BASTEI
LÜBBE

BASTEI LÜBBE JASON DARKS SONDERAUSGABEN IM TASCHENBUCH-PROGRAMM:

73 909 Albtraum Atlantis
73 910 Im Bann der Schwarzen Magie
73 911 Vampir-Schrecken
73 912 Monster aus der Schattenwelt
73 913 Hexenspuk und Teufelssaat
73 914 Im Reich des Bösen
73 915 Grauen aus der Hölle
73 916 Sarggeflüster
73 917 Im Haus der Angst
73 918 Todesträume
73 919 Das Spiel der Dämonen
73 920 Schreckenswelten
73 921 Nächte des Wahnsinns
73 922 Werwolf-Grauen
73 923 Grabgespenster
73 924 Liebesgrüße aus dem Jenseits
73 925 Hexensabbat
73 926 Satans Welt
73 927 Jünger der Finsternis
73 928 Zeit des Horrors
73 929 Besuch aus der Dunkelwelt
73 930 Triumph der Weißen Magie
73 931 Symphonie des Blutes
73 932 Herren der Nacht
73 933 Hexenpest
73 934 Komplizen des Satans
73 935 Phantome der Nacht
73 936 Dämonenehre
73 937 Das Satansmysterium
73 938 Die Farbe des Todes
73 939 Hexenträume
73 940 Teufelsdiener – Satansfreunde
73 941 Dunkles Paradies
73 942 Im Zwischenreich der Toten
73 943 Transsylvanische Verschwörung
73 944 Aufstand im Dämonenreich
73 945 Das schwarze Kreuz
73 946 Die stummen Götter
73 947 Allianz der Werwölfe
73 948 Die Farbe der Finsternis
73 949 Das schwarze Evangelium

JASON DARK

JOHN SINCLAIR

Das schwarze Evangelium

Acht spannende Grusel-abenteuer

BASTEI LÜBBE

BASTEI LÜBBE TASCHENBUCH
Band 73 949

1. Auflage: Juli 2004

Vollständige Taschenbuchausgabe

Bastei Lübbe Taschenbücher
ist ein Imprint der
Verlagsgruppe Lübbe

Lektorat: Hans-Ulrich Steffan
Titelbild: Maren/Bassols, Barcelona
Umschlaggestaltung: QuadroGrafik, Bensberg
Satz: Wildpanner, München
Druck und Verarbeitung:
AIT SA, Trondheim, Norwegen
Printed in Norway
ISBN 3-404-73949-3

Inhalt

Horrornacht im Himmelbett

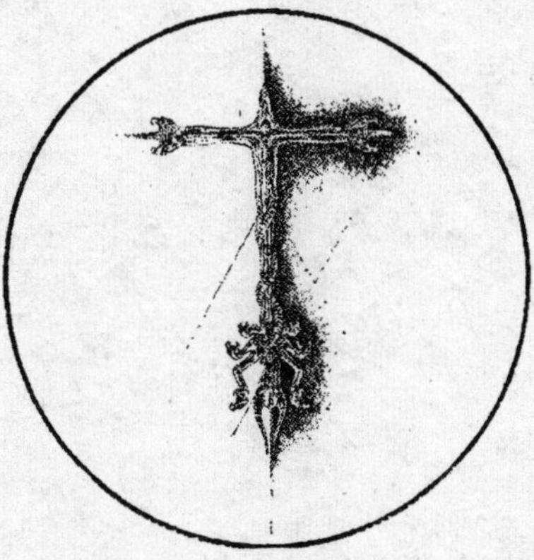

Ed Ghiara schreckte hoch, als er das Geräusch hörte, und sofort war die Angst da!

Irgendetwas stimmte nicht!

Er richtete sich auf und spürte den Druck zwischen den Augenbrauen. Er merkte gleichzeitig, wie es kalt seinen Rücken hinabkroch, als wäre mit seiner Körpertemperatur etwas nicht in Ordnung.

Es war einfach die Angst, die ihn so handeln ließ, denn er schaute aus weit geöffneten Augen in den dunklen Flur, in dem nur die Notbeleuchtung brannte ...

Ein schwaches Licht dicht unter der Decke. Nicht mehr als eine zerfasernde Insel, die vor allen Dingen die Eingangstür erreichte und sie aus dem Dunkeln hervorholte.

Und sie stand einen Spaltbreit offen.

Ghiara pfiff leise durch die Zähne. Er hatte die Tür geschlossen, nicht aber gesehen, dass sie geöffnet worden war. Da hatte er geschlafen, was er als Nachtportier eigentlich nicht hätte tun dürfen. Es musste jemand den Flur und das Hotel betreten haben.

War derjenige noch da? Schlich er vielleicht durch die oberen beiden Etagen, wo die einfachen Zimmer lagen? Ghiara schaute zur oberen Stufe der Treppe hoch. Er sah den alten Teppich auf den Stufen und die üblichen Zimmerpalmen, die auf dem ersten Absatz ein trauriges Dasein fristeten. Eine Gestalt bekam er nicht zu Gesicht.

Ghiara stand auf. Weil er noch immer fror, hängte er sich seine alte Strickjacke über die Schultern und verließ den Platz hinter der Rezeption, nicht bevor er unter die Theke gegriffen und einen handlichen Gummiknüppel hervorgeholt hatte.

Er brauchte wenigstens eine Waffe, um sich verteidigen zu können. Mit diesem Gummiknüppel hatte er schon manchen Einbrecher in die Flucht geschlagen.

Ed Ghiara war kein junger Mann mehr. Vor dreißig Jahren hatte er zu den jugendlichen Schlägern gehört, die ganze Straßenzüge unsicher machten. Heute waren seine Muskeln schlaff geworden. Um sich zu beruhigen, schlug er mit dem Knüppel einige Male auf seine Handfläche. Die klatschenden Geräusche gaben ihm Mut und einen gewissen Auftrieb.

Bis zur Treppe ging er vor und schaute die gebogene Stufenformation hoch. Zu sehen war nichts. Keine Gestalt, kein Fremder, zudem vernahm er auch keine Laute aus den anderen Räumen, die auf einen Überfall hätten schließen lassen können.

Ghiara hatte schon zwei Raube erlebt, er wusste, wie die Sache ablief. Völlig ruhig ging es nie über die Bühne.

Nach oben gehen wollte er auch nicht. Der oder die Einbrecher mussten sich irgendwo hier unten aufhalten. Eine Tür führte in die Küche und den gleichzeitigen Lagerraum, wo die Bierkästen standen und die großen Kühlschränke, die so hoch waren, dass sie einen Menschen fassten.

Ghiara schlich auf die Tür zu, um sie mit einem heftigen Ruck aufzustoßen. Dann knipste er das Licht an.

Nichts hatte sich verändert. Niemand war zu sehen. Die Waren standen unberührt, bedeckt vom Mantel der Stille. Draußen regnete es. Der Sprüh wurde gegen das Fenster mit der Milchglasscheibe geweht und bedeckte sie mit einem feuchten Schmier.

»Ich glaube, ich sehe Gespenster«, murmelte er und schüttelte über sich selbst den Kopf. »Da ist ein Gast zurückgekehrt, der vergessen hat, die Tür zu schließen.«

Mit dieser Erklärung wollte sich der Mann selbst beruhigen. Er wunderte sich darüber, dass es ihm nicht gelang.

Die Furcht blieb.

Eine nicht erklärbare Angst, ein Druck vor dem Schrecklichen oder Unheimlichen, das auf ihn zukommen konnte, und wieder hatte er das Gefühl, von Feinden umlauert zu sein.

Den Raum vor ihm durchsuchte er nicht mehr. Ed zog sich zurück. Durch den schmalen Flur ging er zur Haustür und schloss sie. Gäste sollten schellen. Das war nun mal so.

Irgendwie lief in dieser verdammten Nacht alles verkehrt. Er ärgerte sich über seinen Dienst und über sich selbst, weil er sich so verrückt machen ließ.

Der halbrunde Rezeptionstisch war vom Flur nur als Schatten zu erkennen. Da er geschlafen hatte, brauchte Ghiara auch kein Licht, ging wieder zu seinem Platz und hatte ihn kaum erreicht, als er die Bewegung sah.

Auf dem Tisch.

Dort stand jemand.

Ein Zwerg? Nein, kleiner, aber ein Mensch; jemand der eine gewisse Behaarung zeigte, als wäre diese Person einmal ein Tier gewesen.

Ed Ghiara blieb mit offenem Mund stehen. So sehr staunte er, und gleichzeitig bekam er Angst, als er hinschaute, denn der kleine Mensch auf der Rezeption begann zu grinsen.

Kalt und grausam. Er streckte einen Arm aus, krümmte den Zeigefinger und winkte Ed zu sich heran.

Der näherte sich mit zögernden Schritten. Er wusste, dass etwas Unheimliches geschehen war, dass sich vor seinen Augen jemand zeigte, den es an sich nicht geben konnte.

Ed Ghiara hob seinen Schlagstock. Innerhalb einer Sekunde hatte er sich dazu entschlossen, den anderen zu stellen.

Auf mich wirkte es immer deprimierend, am Tage in einen leeren Pub zu gehen, wenn es nach schalem Bier roch, nach kaltem Rauch und die Putzfrau mit ihrem Lappen über schmutzige Bohlen wischte, wobei ein mürrischer Wirt zuschaute und sich fragte, weshalb er überhaupt hinter dem Tresen stand.

Noch schlimmer allerdings ist es in der Nacht oder am Abend. Dann in einen leeren Pub zu gehen machte einfach keinen Spaß. Aber mir blieb nichts anderes übrig, denn der Mann, der mich herbestellt hatte, musste eine wichtige Information für mich besitzen.

Ich blieb für einen Moment in der Tür stehen. Hinter mir lagen drei Stufen, die mich zu dieser kleinen Welt innerhalb des Kellers geführt hatten.

Ein Schlauch lag vor mir. Rechts befand sich die Theke mit einem Bierfass darauf. Ansonsten war sie glatt, schmuddelig, und auch der Handlauf hätte mal geputzt werden müssen.

Der Theke gegenüber und an der linken Seite des Raumes war die Wand mit grüner Ölfarbe bestrichen worden. Vier Tische zählte ich, eine dreifache Anzahl von Stühlen, wobei nur zwei von Typen besetzt waren, denen man im Dunkeln ausgewichen wäre.

Die Kerle schienen voll zu sein. Einer hatte den Kopf auf die Tischplatte gelegt, döste vor sich hin, und der andere hatte den Kopf in den Nacken gedrückt, wobei er mit offenem Mund vor sich hinschnarchte.

Der Wirt hinter der Theke las Zeitung und warf mir einen undefinierbaren Blick zu, weil ich die Kneipe zuvor noch niemals betreten hatte. »Wenn du reinkommen willst, schließ die Tür. Dieser Sommer ist scheißkalt. Ich habe keine Lust, mir irgendwas zu holen.«

»Schon klar.« Ich zog die Tür hinter mir zu und hörte nicht mehr die klatschenden Geräusche der Regentropfen. Den Kragen der Lederjacke hatte ich hochgestellt; mein Blick glitt misstrauisch zu den Tischen hinüber, aber der Mann, auf den ich wartete, war noch nicht erschienen.

Curly Inlock ließ sich Zeit.

An der Theke blieb ich stehen. Der Wirt hatte ein langes Gesicht mit einem breiten Kinn. Er trug eine Brille. Sein Hemd war schmutzig. »Was willst du? Bier?«

»Nein, Cola.«

Er verzog den Mund. »Da muss ich erst mal nachsehen, ob ich das überhaupt habe.«

»Bitte.«

Er bückte sich und schimpfte dabei. Es war mir egal, was er dachte. Ich war nicht erschienen, um Alkohol zu trinken. Mir ging es um Curly Inlock und dessen Aussagen.

Inlock war ein Mensch, auf den die Polizei nicht verzichten konnte. Er gehörte zu den Personen, die unter dem Begriff V-Leute oder Spitzel liefen.

Für andere hielt er die Ohren offen. Dabei weniger für die Polizei, als vielmehr für die großen Syndikate oder Banden.

Dass er uns, Scotland Yard, hin und wieder eine heiße Information gab, tat er nicht aus Nächstenliebe. Er wollte es sich mit uns nicht verderben. Wenn Curly etwas anbot, hatte das immer Hand und Fuß. Aus diesem Grunde war ich auch in die Kneipe gekommen, die nicht mal einen Namen hatte und so gemütlich war wie ein Folterverlies im Mittelalter.

Was mir Curly genau sagen würde, wusste ich nicht. Aber wir hatten eine Aktion gestartet und ihn in diese Sache mit hineingezogen. Uns ging es darum, einen gewissen Akim Samaran und dessen Leibwächter Kamikaze auszuschalten. Die beiden Männer wuchsen allmählich zu einer Gefahr heran, die wir nicht mehr kontrollieren konnten, denn sie verließen sich auf magische Kräfte, die sie im Hintergrund stützten und dafür Sorge trugen, dass sie stets unter einem gewissen Schutz standen und entsprechend geleitet wurden.

Ich wollte Akim Samaran, der mir zu gefährlich wurde, und ich wollte auch Kamikaze, diesen brutalen Killer, der rücksichtslos über Leichen ging, wenn es seinen Zielen diente.

Bisher war er Suko und mir immer entwischt. Seit ich den zweiten Würfel des Unheils besaß, stand ich auf seiner Abschussliste ganz oben, er allerdings auch auf meiner, wobei ich bei mir nur von einer »Liste« sprechen wollte.

Der Wirt kam wieder hoch. Seine Brille war etwas verrutscht. Er hielt eine Flasche Cola in der Hand, die bereits einen Staubüberzug zeigte. »Richtig?«, fragte er aggressiv.

»Danke.«

Er stellte mir ein Glas hin, ich schob es wieder zur Seite, was er mit einer Bemerkung quittierte. »Ist Ihnen wohl nicht sauber genug, wie?«

»Genau.«

»Dann sauf doch woanders. Du passt sowieso nicht hierher.«

Ich bat um einen Öffner, bekam ihn und hatte die Flasche wenig später offen. Gelassen setzte ich sie an und begann, in langsamen Schlucken das warme Zeug zu trinken.

Der Wirt beobachtete mich dabei. Er griff auch nicht mehr zur Zeitung, als ich mir eine Zigarette anzündete. Den Rauch blies ich gegen eine der drei mit Fliegendreck übersäten Hängeleuchten. Am Tisch regten sich die Schläfer. Einer der beiden stöhnte und nahm eine andere Position auf. Er stützte seinen Kopf jetzt an der Handfläche ab, murmelte etwas von einem Gin, bevor er weiterschlief.

Meine Anwesenheit musste dem Wirt unter die Haut gehen. Er fühlte sich unwohl, konnte nicht auf dem Fleck stehen bleiben und ging hin und her. Nie mehr als zwei Schritte. Dabei sammelte er Gläser ein, die er in ein Spülbecken ohne Wasser stellte.

Schließlich hielt er es nicht mehr aus. »Warten Sie auf jemand?«

Ich drückte die Zigarette aus. »Ja, auf Curly.«

»Inlock?«

Er erntete von mir ein Nicken.

»Der war lange nicht mehr hier.«

»Heute wird er kommen.«

»Wenn Sie das sagen. Ansonsten habe ich keine Lust, den Laden noch länger aufzuhalten. Sie können zahlen und gehen. Ich mache in einer Viertelstunde dicht.«

»Zahlen ja«, sagte ich und legte Geld auf die Theke.

Er nahm es an sich. Die Münzen verschwanden in seiner Hosentasche. Dann spülte er Gläser.

Von draußen hörte ich Schritte. Sie kamen die Treppe hinab, und wenig später wurde die Tür geöffnet.

Herein trat Curly Inlock.

Ein Penner war er nicht, eher das Gegenteil. Wie ein Gigolo kam er mir vor. Curly trug einen weißen Leinenanzug, hatte sich einen dünnen Sommermantel lässig um die Schultern gehängt und das rattenhafte Gesicht mit der Höhensonnenbräune zu einem Grinsen verzogen. Seine dunklen Augen hefteten sich sofort auf mich.

»Sie warten schon, nicht?«

»Sicher.«

Er kam näher. »Ich wurde aufgehalten.« Dem Wirt warf er einen kurzen Blick zu und nickte. Der Mann hinter der Theke verstand. Er servierte ihm einen doppelten Gin.

»Ist das dein Freund, Curly?«, fragte der Wirt.

Inlock grinste. »Seit wann sind Bullen meine Freunde?«

»Bullen?«

»Wusstest du das nicht?«

»Nein, Curly, verdammt! Was hast du mit diesen Schnüfflern zu tun?«

»Eigentlich nichts. Aber du weißt ja, es gibt Dinge, die muss man mal bereden.«

»Wegen mir.«

»Setzen wir uns an einen Tisch, Sinclair?«

Ich war einverstanden und wunderte mich darüber, dass Curly meinen Beruf so offen preisgegeben hatte. Es war schließlich für ihn kein Renommee, mit einem Polizisten zu plaudern. Sein Problem. Die Tische und Stühle waren kaum sauberer als die Theke. Meine Cola hatte ich mitgenommen. Sie stand zwischen mir und Curly, der sein Glas in den Händen drehte.

»Ich habe eine Spur, Sinclair.«

»Von Samaran?«

»Ja.«

»Und wo?«

»In einem Hotel. Ist ein alter Schuppen. Eine miese Absteige.«

»Der Name?«

Er nahm erst einen Schluck Gin. »Ich weiß nicht, ob er Ihnen etwas sagt. *Larry's Gate*.«

»Kenne ich nicht.«

»Das habe ich mir gedacht. Sie müssen raus nach Paddington. Nicht weit entfernt vom Bahnhof liegt der Kasten in einer schmalen Seitengasse. Dort steigen welche ab, die Dreck am Stecken haben und nicht gern gesehen werden wollen.«

»Wohnt er da allein?«

»Nein, da ist noch ein anderer bei ihm, wie ich mir habe sagen lassen. Ein Typ, dessen Anblick selbst abgebrühten Killern Angst einjagt. Der hat lange Haare und einen Pferdeschwanz.«

»Ich kenne ihn.«

Curly Inlock bedachte mich mit einem abschätzenden und skeptischen Blick. »Nichts gegen Sie persönlich, Sinclair, aber ob Sie gegen diesen Typ ankommen, ist fraglich.«

»Das ist meine Sorge. Und Sie sind sicher, dass ich ihn dort finden kann?«

»Ja.«

»Wissen Sie noch etwas?«

Er zögerte mit einer Antwort, leerte sein Glas, bestellte ein neues, dann hob er die Schultern. »Ob es eine Information ist oder nicht, kann ich nicht genau sagen. Jedenfalls hat mein Informant mal eine Unterhaltung zwischen den beiden mitangehört. Da wurde von einem großen Bett gesprochen, einem Himmelbett.« Bei den letzten beiden Worten hatte er die Lippen zu einem Grinsen verzogen.

»Mehr wissen Sie nicht?«

»Reicht das nicht?«

»Im Prinzip ja. Und Sie sind sicher, dass ich ihn in der Absteige finde, Curly?«

»Vor zwei Stunden hat er da noch gewohnt. Im Hof dieser komischen Bude steht übrigens sein Wagen. Ein Rolls, der passt dahin wie die Faust aufs Auge. Eine Sache, die kaum zu glauben ist.« Er bekam seinen Gin und fragte, ob ich die Rechnung übernehmen wolle.

Ich war einverstanden.

»Dann werde ich noch einen nehmen.« Inlock war Gintrinker, das wusste ich. Offiziell bezeichnete er sich als Privatdetektiv. Das war eben ein Beruf, den man dehnen konnte wie Gummi.

»Hat er Sie eigentlich gesehen?«, fragte ich den Spitzel.

»Nein, das doch nicht.«

»Und wer arbeitet für Sie?«

»Ich bin nicht befugt, den Namen meines Klienten preiszugeben, aber in Ihrem Fall mache ich eine Ausnahme. Es gibt da einen Nachtportier. Er heißt Ed Ghiara. An ihn können Sie sich halten, wenn Sie das Hotel betreten. Er steht auf meiner Liste und weiß, dass Sie kommen. Allerdings dürfen Sie sich nicht allzu sehr auf ihn verlassen. Der Schlaueste ist er nicht, wie man so sagt.«

»War's das?«, fragte ich.

»Für heute ja.«

Ich stand auf. »Dann wünsche ich Ihnen viel Glück, Inlock. Und denken Sie daran. Manchmal klappen die Backen einer Schere auch zu, wenn man zwischen ihnen steckt.«

»Ich liebe eben das Risiko«, erwiderte er mit einem breiten Grinsen im Gesicht. »Bisher bin ich dabei gut gefahren.«

»Viel Glück auch weiterhin.«

Mit diesen Worten verließ ich den Pub. Draußen nieselte es noch immer. Das war in diesem Jahr ein Sommer. Direkt zum Abgewöhnen. Die Straße war eng. An einer Seite wurde sie von einer hohen Fabrikmauer gesäumt. Keine Gegend, die man einem Touristen zeigte. Aufgerissenes Pflaster mit tiefen Löchern zeugte davon, dass man Steine ausgebuddelt hatte, um sie als Wurfgeschosse bei Demos zweckzuentfremden. In den Löchern schimmerten dunkle Regenpfützen.

Mein Bentley stand nicht weit weg. Ich hatte ihn vielleicht unbeaufsichtigt gelassen. Suko wartete im Auto. Der Freund und Kollege hatte seinen Kurzurlaub in den Bergen hinter sich, sah erholt aus und schaute mich fragend an, als ich die Tür öffnete und mich hinter dem Lenkrad niederließ.

»Er war da«, sagte ich.

»Ja, ich sah es.«

»Wahrscheinlich ist die Info heiß.« Ich berichtete Suko davon, dass wir Samaran und Kamikaze in *Larry's Gate* finden konnten. Als ich den Namen des Leibwächters erwähnte, leuchtete es in den Augen meines Freundes auf. Er hatte mit ihm eine besondere Rechnung zu begleichen.

»Dann will ich hoffen, John, dass wir ihn in dieser Nacht noch packen. Ich habe nämlich keine Lust, noch länger hinter ihm herzulaufen. Es muss mal Schluss gemacht werden.«

»Wobei ich hoffe, dass er nicht Lunte gerochen hat. Kamikaze ist wie ein Raubtier. Der wittert die Gefahr, bevor sie ihn noch erreicht hat. Wir werden Acht geben müssen.«

»Tun wir das nicht immer?«

Ich lachte nur, startete und musste ehrlich zugeben, dass ich kein gutes Gefühl hatte …

Der Schlagstock wippte auf und nieder. Er traf die Handfläche des Mannes, der die Berührungen kaum merkte, weil sein Augenmerk auf die Gestalt auf dem Tresen gerichtet war.

Ein Zwerg, ein Menschlein, ein Horrorbild!

Diese Vergleiche passten, besonders der letzte, denn trotz der kleinen Gestalt hatte Ed starke Furcht bekommen. Er brauchte nur in die Augen des Monstrums zu schauen und darin die grauenhafte Kälte zu sehen. Das allein reichte aus.

Trotzdem ging er näher. Etwas trieb ihn dazu. Es war eine innere Kraft, ein Motor, um endlich herauszufinden, was es mit dieser kleinen, aber so gefährlichen Gestalt auf sich hatte.

Sie blickte ihm entgegen.

In dem etwas breitflächig anmutenden Gesicht bewegte sich nichts. Der Zwerg saß direkt unter der Lampe und wurde von deren Schein kegelförmig eingerahmt.

Die letzten Schritte fielen dem Portier schwer. Plötzlich war die Angst übergroß, und er schaffte es nicht, bis dicht an die Rezeptionstheke heranzutreten, weil er das Gefühl hatte, dass zwischen ihm und seinem unheimlichen Gast eine Mauer entstanden war.

Überwinden konnte er sie nicht …

Tief holte er Luft. Die Stille wirkte bedrückend. Vor dem Haus fuhr ein Wagen vorbei. Er hörte das Schmatzen der Reifen und hatte das Gefühl, dieses Geräusch würde von einem anderen Stern stammen.

»Wer bist du?«, fragte er. Ed Ghiara erschrak über sich selbst, denn so hatte er sich noch nie sprechen hören.

»Homunkulus!«

Der Portier schüttelte sich. Er hatte nicht damit gerechnet, eine Antwort zu bekommen, und musste nun feststellen, dass der Kleine dort auch sprechen konnte.

»Was ist das für ein Name?«

»Du solltest ihn dir merken«, flüsterte die kleine Gestalt. »Sehr gut merken. Ich bin der aus der Vergangenheit.«

»Wieso?«

Homunkulus gab keine Antwort mehr. Und erst jetzt fiel dem anderen auf, dass er nackt war. »Sind Sie oben?«

»Wer?«

»Samaran und Kamikaze.«

»Ja.«

Der Zwerg nickte. »Ich gehe zu ihnen und werde ...«

Ed Ghiara schüttelte den Kopf. »Nichts wirst du tun. Du bleibst hier unten, hast du verstanden?« Endlich hatte er sich überwunden und machte den letzten Schritt. »Hier unten bleibst du!« Und dann schlug er zu. Es war ein blitzschneller Hieb und so kraftvoll geführt, dass er den Kopf des anderen hatte zerschmettern sollen.

Der Zwerg wich aus. Mit einer Schnelligkeit, die Ed diesem Wesen nicht zugetraut hätte. Ein kraftvoller Sprung brachte den Winzling auf die Seite, sodass der Knüppel fehlte und mit einem klatschenden Laut auf die Rezeption knallte.

Sofort schlug der Mann wieder zu und unterschätzte den Kleinen abermals. Der handelte noch im selben Augenblick. Durch einen Griff gelang es ihm, die Hand des Mannes am Gelenk zu packen und es herumzudrehen.

Ed Ghiara hatte das Gefühl, in eine Presse geraten zu sein. Er drehte sich, den Knüppel ließ er los, und der Zwerg fasste mit der freien Hand gedankenschnell zu.

Plötzlich begann der Schlagstock in seiner Faust zu tanzen. Er hämmerte von oben nach unten. Diesmal traf er ein Ziel. Ghiara schaffte es nicht, auszuweichen. Er musste die Hiebe voll nehmen, die gegen seinen Kopf krachten und kaum eine Stelle ausließen, denn sie erwischten nicht nur die Stirn, auch den Nacken, das Ohr und den Hinterkopf sowie die dunklen Haare des Portiers.

Homunkulus hatte so schnell zugeschlagen, dass es Ghiara nicht mal gelungen war, einem Treffer zu entgehen. Vor der Rezeption brach er zusammen und fiel schwer auf den Rücken, denn erst jetzt hatte das Menschlein ihn losgelassen.

Es hielt die Waffe fest, stand am Rand des Tresens und starrte nach unten. In den Augen leuchtete es, der Mund war verzogen, denn es wusste genau, dass es noch nicht am Ende war.

Mit einem Satz sprang Homunkulus nach unten. Fast war der Schlagstock größer als er, den er hinter sich schleuderte, weil er ihn nicht mehr benötigte.

Dann packte er den Liegenden an der Schulter, wuchtete ihn dort auch hoch und schleifte ihn mit erstaunlicher Kraft aus dem Sichtbereich der Tür hinter die Rezeption, wo er ihn niederlegte.

Tot war der andere nicht. Das hätte Homunkulus auch nie zugelassen. Seine große Aufgabe lag noch vor ihm.

Er wollte sich schon daran begeben, als die Tür aufgestoßen wurde und ein Gast die Absteige betrat.

Der Bursche war volltrunken. Er sang zwar nicht, dafür brummte er eine Melodie und schwankte beim Gehen so, dass er mit seinen Schultern gegen die beiden Wände stieß.

»He, Ed, du alter Penner!«, rief er mit unsicherer Stimme. »Wo steckst du denn wieder?« Er hatte die Rezeption erreicht, hinter der sich der Zwerg und der Portier befanden. Der betrunkene Gast verlor den Halt und fiel über den Tresen. Dabei ruckte auch sein Kopf nach vorn. Es war eine Folge seiner eigenen Unzulänglichkeit.

Wahrscheinlich sah er den liegenden Portier nur verschwommen. Ebenso erging es ihm bei Homunkulus, aber er lachte trotzdem. Es war ein blödes Gelächter, wie es nur Betrunkene ausstoßen können. »Da liegt einer – und schläft. Und wer bist du, Kleiner?«

Wäre er nüchtern gewesen, hätte er vielleicht den grausamen und brutalen Blick des Zwerges bemerkt, so aber schob er alles seinem Zustand zu und sah gewissermaßen weiße Mäuse.

»Schlaf weiter, Ed, ich verzieh mich auch. Den Schlüssel habe ich.« Er stieß sich ab und bewegte dabei seine Arme wie ein Schwimmer auf dem Trockenen.

Stolpernd und wankend schaffte er die Treppe. Zum Glück

war ein Geländer vorhanden, sonst hätte er sich aufs Gesicht gelegt.

Oben polterte er noch weiter, bis er seine Zimmertür gefunden hatte, die laut hinter ihm ins Schloss knallte.

Währenddessen wartete Homunkulus, und er gab noch eine kurze Zeitspanne zu. Danach beugte er sich über den bewusstlosen Portier und begann damit, seine unheimlichen und kaum erklärbaren Kräfte einzusetzen …

Die beiden Männer brauchten eigentlich kein Licht. Dennoch brannte die kleine Lampe mit dem bunten Schirm und warf ihr Licht auch auf die schmutzige Tapete hinter dem Bett, auf dem es sich ein großer Mann bequem gemacht hatte.

Es war eine Gestalt, für die das Bett kaum lang genug war. Auch im weichen Lichtschein wirkte sein Gesicht düster und knochig. Das fahlblonde Haar umrahmte es in einer schon fraulichen Länge. Aus diesem Grunde hatte der Mann es im Nacken auch zu einem Pferdeschwanz zusammengebunden. Er trug eine Hose und eine ärmellose Lederweste ohne Hemd darunter. Ein Hemd hätte den Verband gestört, der seine linke Schulter umspannte, wo er eine schon verheilende Messerwunde abdeckte, die der Killer Kamikaze dem Chinesen Suko zu verdanken hatte.

Dieser Inspektor hatte in Londons Gruselkammer Nr. 1 ein Messer auf ihn geschleudert. Er war schneller als Kamikaze gewesen, hatte ihn aber nicht tödlich treffen können. Kamikaze war die Flucht gelungen, zusammen mit seinem Herrn und Meister Akim Samaran, der in einem schmalen Sessel hockte und ins Leere starrte.

Sie hielten sich seit einigen Tagen in diesem schäbigen Hotel auf. Zuerst hatten sie aus London verschwinden wollen, es sich dann überlegt und daran gedacht, dass sie sich in dieser Stadt auch in der Nähe des Geisterjägers befanden, sodass sich irgendwann die Chance ergeben musste, Sinclair tödlich zu treffen.

Noch war dies Zukunftsmusik, denn Kamikaze musste

seine Verletzung erst auskurieren, obwohl Samaran schon weitere Pläne geschmiedet hatte und kaum noch bereit war, länger zu warten.

Dies war die letzte Nacht. Am Morgen wollten die beiden verschwinden. Kamikaze hatte zugestimmt. Es war ihm sowieso verhasst gewesen, nur im Zimmer zu liegen und an seine Verletzung zu denken. Dabei dachte er natürlich auch an die Person, die sie ihm beigebracht hatte.

Suko, der Chinese!

Wenn es einen Menschen gab, den Kamikaze hasste, war es dieser Gelbe aus China, wie er immer sagte. Irgendwann würde er ihm so gegenüberstehen, dass Suko keine Chance mehr bekam, und dann wollte Kamikaze ihm die Knochen einzeln brechen.

Akim Samaran saß im Dunkeln. Der Mann, der aus Persien nach London gekommen war, um hier der schwarzen Magie zu frönen und dem Spuk zu dienen, saß im Dunkeln. Nicht mal Umrisse seiner Gestalt waren zu sehen. Hin und wieder nur schwang sein schwaches Atemgeräusch durch das Zimmer.

Als Kamikaze einen leisen Fluch ausstieß, erhob sich Samaran. Er kam aus der Finsternis wie ein kompakter Schatten. Da er selbst dunkle Kleidung trug, war eigentlich nur sein Gesicht zu erkennen, das wie ein blasser Mond über dem Schwarz der Kleidung schimmerte.

»Was hast du?«

»Ich will weg!«

Samaran lachte. »Morgen verschwinden wir.«

»Und dann?«

»Lass dich überraschen. Jedenfalls habe ich ein neues Ziel ins Auge gefasst.«

Der Killer drehte den Kopf. »Wo und was ist es?«

»Lass dich überraschen! Wir müssen eine Basis besitzen. Wobei ich hoffe, den richtigen Ausgangspunkt gewählt zu haben. Aber das sind Dinge, die noch in der Zukunft liegen. Es ist ein Quartier, in dem man uns nicht so leicht finden wird, hoffe ich. Von dort aus können wir unsere Aktivitäten steuern. Dieser Platz befindet sich in einer Gegend, die schon seit langen, langen Jahren unter einer magischen Kontrolle steht. Ich weiß es, und ich weiß auch, dass es wohl der einzige Ort auf der Welt ist, wo sich eine uralte Magie zusammen mit einem gefährlichen Mythos, der einst aus einer Urreligion entstand, erhalten hat.«

Kamikaze wusste nichts. »Kannst du mir nicht wenigstens einen Tip geben.«

»Nein, es ist einfach zu früh. Zudem bedarf es monatelanger Vorbereitungen, um diese Stellung auszubauen. Sie liegt zentral und trotzdem einsam. Hohe Berge umschließen das Gebiet, Täler wirken wie unheimliche Schluchten. Es leben nur wenige Menschen in dem Gebiet. Diejenigen, die dort wohnen, wissen von dem alten Zauber, der mächtiger ist als vieles auf dieser Welt. Man spricht von Jerusalems verlorenem Schatz, von den Tempelrittern und dem dunklen Gral. Das alles werden wir finden müssen, und dieses wird unsere Aufgabe in der Zukunft sein. Wir werden die Magie und die Mystik zu einem neuen Leben erwecken und Geheimnisse ans Licht der Welt holen, von denen bisher niemand etwas geahnt hat. Diejenigen, die es wussten, haben es bewusst vergessen oder wollen es nicht begreifen. Genau dies wird unsere Zukunft sein, Kamikaze.«

Der Killer war mit der Antwort noch nicht zufrieden. Er richtete sich auf. »Wo kann das denn alles geschehen?«

»In Europa. In einem Land, das sich Frankreich nennt. Und wir werden auch die Verbindung suchen, die es zwischen dem Gral, dem Teufel und dem Druidenreich Aibon gibt. Deshalb will und muss ich die Rätsel der einst so Mächtigen lösen, die sich Templer oder Tempelritter nannten, denn sie müssen, das habe ich herausgefunden, ein immenses Wissen über eine Waffe besitzen, die unserem Feind John Sinclair gehört. Es ist das geheimnisvolle Kreuz, in dem vieles von dem eingefangen worden ist, von dem ich dir berichtet habe. Nur weiß Sinclair es selbst noch nicht. Wie gesagt, so sieht unsere Zukunft aus, die sich über Jahre hinziehen kann.«

Kamikaze richtete sich in eine sitzende Stellung auf. »Dann

gibt es keine Jagd mehr nach Sinclair? Und was ist mit dem Würfel des Unheils?«

»Du verwechselst da etwas«, erwiderte Samaran. »Wir werden zwar nicht unmittelbar mit dem Geisterjäger zu tun haben, aber er wird uns immer begegnen, daran glaube ich fest. Unsere Wege müssen sich einfach kreuzen, dann werden wir, so hoffe ich, einen Teil der Geheimnisse erfahren haben. Das alles später.«

»Was mache ich?«, fragte der Killer.

»Du bleibst bei mir.«

»Ich muss aber …«

»Du wirst schon kämpfen können.« Samaran lachte. »Glaube nur nicht, dass wir ohne Schwierigkeiten mit Dingen umgehen können, die selbst die Magier der Vergangenheit nicht durchschaut haben. Der Schlüssel zu allem ist der dunkle Gral. Haben wir sein Geheimnis gelöst, wird es uns möglich sein, die Verbindung zwischen Aibon, dem mächtigen Reich der Druiden, und dieser Welt herzustellen.«

Kamikaze hatte die meiste Zeit über zugehört. Er wollte noch Fragen stellen, denn nicht alles hatte er verstanden. Er traute sich einfach nicht. Sein Geist war nicht ausgebildet genug, um fassen zu können, was man ihm da mitteilte.

Trotzdem stellte er eine sehr gute Frage. »Hatten wir nicht vorgehabt, das Geheimnis des ewigen und künstlichen Lebens zu finden? Ich denke an den Rabbi Loew in Prag und seinen Golem, den Homunkulus.«

Samaran winkte ab. »Das stimmt natürlich. Wer sagt denn, dass der dunkle Gral – einige sagen auch der heilige Gral – uns keine Auskunft darüber geben wird?«

Kamikaze war vor Staunen sprachlos. »Glaubst du tatsächlich, dass in diesen alten Schriften und Überlieferungen sowie Legenden das Rätsel des ewigen Lebens beschrieben wird?«

»Ja, der Stein der Weisen muss irgendwo verborgen sein.«

»Dann lass ihn uns finden«, sagte der Killer, und seine Augen hatten bei den Worten einen funkelnden Glanz angenommen.

Akim Samaran trat wieder in die Dunkelheit zurück. Er war

mit dem Resultat des Gesprächs zufrieden und froh darüber, dass er Kamikaze auf diese neue Spur mit eingeschweißt hatte. Der Killer war ihm in den letzten Tagen einfach zu apathisch gewesen und hatte sich zu sehr mit vordergründigen Rachegedanken beschäftigt. Das war nicht gut, überhaupt nicht. Für beide musste nur die große Sache zählen, der Erfolg, aber der Weg dorthin war mit Dornen geschmückt.

Um überhaupt anzufangen und eine Spur zu finden, brauchte Samaran das Dokument. Er wusste, dass man es nach England geschafft hatte, und es war ihm sogar gelungen, die Spur aufzunehmen. Wenn er dieses Dokument besaß, wurde ein winziger Lichtstreifen in das geheimnisvolle Dunkel gebracht, das über dem Gral und den Tempelrittern lag.

Am nächsten Tag wollte er weitersehen. Dann endlich würde sie der Weg raus aus diesem verdammten Bau führen und dorthin, wo er das Dokument finden konnte, das vor über tausend Jahren geschrieben worden war.

Seine Gedanken wurden unterbrochen. Polternde Geräusche waren im Flur aufgeklungen.

Dieser alte Schuppen war kaum belegt, aber die wenigen vorhandenen Gäste machten Lärm für zehn.

So auch jetzt. Der Typ polterte draußen durch den Gang. Es war zu hören, wenn seine Schritte noch schwankender wurden und er mit den Schultern gegen die Wände stieß.

Auch Kamikaze war aufmerksam geworden. Er hatte sich auf dem Bett sitzend nach rechts gedreht und seine Haltung gespannt. Den Blick hatte er auf die Tür gerichtet.

Im Prinzip bestand keine Gefahr, und Samaran winkte auch schon ab. Er kannte das Spiel inzwischen und wollte wieder Platz nehmen, als ihm dennoch etwas auffiel.

Es waren die Worte des Betrunkenen. Der Kerl redete zwar nicht deutlich, trotzdem konnte Samaran einiges mitbekommen. Was er hörte, ließ ihn aufhorchen.

Gut, Betrunkene sponnen sich so manches Mal etwas zusammen. Dann redeten sie von weißen Mäusen oder besonders guten Schnaps- und Biersorten.

Aber von Zwergen?

»Ein Winzling, ein Zwerg!« Der Betrunkene lallte, sprach dumpf, lachte dabei und musste jetzt direkt vor der Tür stehen.

Samaran schnickte mit den Fingern. Dieses Zeichen kannte Kamikaze. Mit einer geschmeidigen Drehung verließ er das Bett, und es war nicht zu erkennen, dass ihn seine Verletzung dabei gehindert hätte.

Während er auf seinen Boss zuging, sagte Samaran nur: »Hol ihn herein!«

Der Killer öffnete die Tür mit einem Ruck.

Im Gang brannte das Licht. Der Betrunkene stand so, dass er sich am Pfosten hatte abstützen können, und erschrak heftig, denn vor ihm wuchs der riesige Mörder wie ein Koloss hoch.

Die Hand glich der Greifklaue eines Baggers, als sie zufasste und den Betrunkenen mit einem Ruck ins Zimmer holte. Er wurde regelrecht über die Schwelle geschleift. Seine Augen quollen aus den Höhlen, er bekam keinen Ton mehr hervor, denn Kamikaze hatte ihm durch seinen Griff die Luft abgeschnürt. Der Killer drehte den Betrunkenen und schleuderte ihn mit einem Wurf auf das Bett, auf dessen Matratze er mehrmals in die Höhe federte, bevor er schließlich auf dem Rücken liegen blieb.

Samaran hatte inzwischen die zweite Nachttischleuchte angeknipst und sie so gedreht, dass ihr Strahl in das Gesicht des Mannes fiel. Der Betrunkene rieb sich die Augen. Er stöhnte, und sein Gesicht hatte einen anderen Ausdruck bekommen. Ein Zeichen dafür, dass er allmählich nüchtern wurde.

Wie eine Statue blieb Kamikaze neben dem Bett stehen. Er schaute auf den anderen herab; in seinem Gesicht rührte sich dabei nichts. Die Augen schauten gnadenlos. Hätte er jetzt noch die Zähne gefletscht, hätte man ihn für einen Wachhund halten können.

Um den Mann kümmerte sich Samaran. Er setzte sich ebenfalls auf das Bett und beugte sich vor. »Kannst du mich hören?«, fragte er.

»Ja.«

»Das ist gut. Du hast dir einen angesoffen, nicht wahr?«

»Klar.«

»Wo?«

»Ich weiß nicht mehr.«

Samaran grinste kalt. »Und dann bist du zurückgekommen, oder?«

»Stimmt.«

»Wie war das denn hier? Hast du unten jemanden gesehen?«

Der Betrunkene fing an zu lachen. Er riss dabei weit den Mund auf und kicherte. »Gesehen?«, fragte er krächzend. »Und wie ich etwas gesehen habe. Sogar sehr viel, weißt du?« Er kicherte und schlug mit den flachen Händen auf seine Schenkel. »Ich habe eine Stadt gesehen, die dunkel war. Ich habe auch noch viel Bier gesehen, ich sah den Mond, die Sterne ...«

»Und einen Zwerg?«

Der Betrunkene stieß das berühmte Hicksen aus. »Woher weißt du das denn? Ist er dir auch entgegengekommen?«

»Vielleicht. Wo hast du ihn entdeckt? Draußen?«

»Nicht auf der Straße. Hier im Haus habe ich ihn gesehen. Unten, direkt nach der Tür. Er saß hinter der Theke. So ein richtiger Zwerg, über den man nur lachen kann.«

»Sagte er was?«

Der Betrunkene begann zu kichern. »Können Zwerge überhaupt reden? Er hat nichts gesagt. Überhaupt nichts.«

»Und wie sah er aus?«

Samaran bekam keine Antwort mehr. Der Mann war von einer Sekunde auf die andere eingeschlafen. Da half es auch nicht, dass Samaran ihn an der Schulter heftig rüttelte – dieser Typ war nicht wach zu kriegen.

Kamikaze bewegte sich an der gegenüberliegenden Bettseite und holte ein langes Messer hervor. Die breite Klinge glänzte im Licht der kleinen Lampe.

»Nein, du wirst ihn nicht killen«, erklärte Samaran. »Wenn wir verschwinden, will ich so wenig Spuren wie möglich hinterlassen haben. Steck die Klinge wieder ein.«

Der Killer mit dem Pferdeschwanz gehorchte. Was sein Boss sagte, war für ihn Gesetz. »Aber was ist mit diesem Zwerg?«, fragte er.

»Um den kümmern wir uns.«

»Du glaubst also an keine Einbildung?«

Samaran erhob sich von seinem Bett. »Nein, daran glaube ich nicht. Der hat ihn gesehen, und ich weiß, dass es ein besonderer Zwerg ist, der uns verlorenging.«

Kamikaze wusste Bescheid. Er hatte auch die fliegenden Leichen von Prag kennen gelernt. »Homunkulus?«

»Genau.«

»Und was will er?«

Samaran lächelte. »Wir werden es sehen.«

Kamikaze drehte sich um. Er schaute gegen die Wand. Seine Augenbrauen wanderten aufeinander zu. Dabei verhakte er seine langen, kräftigen und knochigen Finger, sodass die Sehnen knackten und die Haut sich auf den Knöcheln dehnte.

»Was hast du?«, fragte Akim.

»Das weißt du doch. Ich hasse ihn!«

Der Perser lachte hart. »Du hasst ihn? Weshalb? Er hat dir nichts getan, er ist kleiner als du.«

Kamikaze fuhr herum. »Trotzdem mag ich ihn nicht. Ich möchte, dass er vernichtet wird.«

»Homunkulus und vernichtet?« Samaran lachte laut. »Bist du denn verrückt oder völlig durchgedreht? Nein, ich kann ihn nicht vernichten. Er ist der Beweis, der lebende Zeuge dafür, dass es damals schon schwarze Magie gegeben hat. Und da willst du ihn vernichten? Hast du eigentlich nicht alle Tassen im Schrank? Er wird für uns zu einer großen Hilfe werden, darauf kannst du dich verlassen.«

»Wenn du meinst.«

»Das meine ich, und du wirst dich ihm gegenüber benehmen. Denk mal nach. Du bist ein Riese, er ist ein Winzling. Was soll er schon gegen dich ausrichten können?«

Kamikaze verengte seine Augen. »Wir werden sehen.«

Den Betrunkenen ließen beide in Ruhe. Er konnte

ihretwegen seinen Rausch auf dem Bett ausschlafen. Andere Dinge waren wichtiger. »Ich erledige das«, erklärte Samaran und ging zur Tür. Jetzt ärgerte er sich, dass er den Betrunkenen nicht gefragt hatte, wie der Portier reagiert hatte.

Kaum hatte seine Hand die Klinke berührt, als er das Klopfen vernahm. Jemand wollte rein.

Kamikaze reagierte wie immer. Mit einem langen, gleitenden Schritt stand er im toten Winkel der Tür und zog sein Messer. Wurfbereit hielt er den Arm halb hoch.

Samaran öffnete.

Zuerst sah er keinen, bis er an den Zwerg dachte und seinen Blick senkte.

Da stand er!

Direkt vor der Schwelle hielt sich der künstliche Mensch, der im mittelalterlichen Prag geschaffen worden war, auf, wurde vom Lichtschein erfasst und schaute in die Höhe, wobei er seine großen Augen weit geöffnet hatte.

»Du bist Homunkulus!«, stellte Samaran fest. »Willkommen bei uns.« Er gab den Weg frei, und das Menschlein hüpfte über die Schwelle, wobei es auch in den Blickbereich des Killers geriet.

Kamikaze hatte zwar versprochen, sich ruhig zu verhalten, aber er brachte es trotzdem nicht fertig. Der Zischlaut, den er ausstieß, war ein Zeichen seiner Wut.

Homunkulus sprang auf das Bett. In seinem Gesicht stand ein breites Grinsen, als er zu Kamikaze hochschaute. »Er mag mich nicht«, sagte der Kleine. »Ich spüre es.«

»Das stimmt!«

Samaran schüttelte den Kopf. »Vertragt euch! Ihr beide müsst sehen, wie ihr zurechtkommt.«

»Lass ihn verschwinden!«, bat der Killer.

Samaran lachte. »Willst du?«, wandte er sich an das Menschlein.

»Nein, ich will nicht. Ihr seid die einzigen Bezugspersonen, die ich besitze. Außerdem habe ich euch gesucht.«

»Das habe ich mir gedacht«, meinte Samaran. »Und was willst du von uns? Weshalb bist du gekommen?«

»Ich wollte euch helfen.«

Da begann der Killer zu lachen. »Helfen?!«, schrie er. »Das ist doch nicht wahr. Nein, das glaube ich nicht. Der und helfen … Niemand, verdammt! Was kann er schon machen? Er ist ein Winzling, ein Nichts.« Kamikaze trat bis an das Bett heran und hob ein Bein so weit, dass die Fußsohle über dem Körper des Homunkulus schwebte. »Wenn ich jetzt den Schuh senke, kann ich dich zertreten, und das Zerknirschen deiner kleinen Knochen wäre Musik in meinen Ohren.«

David und Goliath standen sich gegenüber. Aber schon einmal hatte der Kleine den Großen besiegt. Auch hier sah es so aus, als hätte Homunkulus keine Furcht vor Kamikaze.

»Du kannst zutreten«, erklärte er. »Das alles macht mir nichts aus. Ich bin besser als du. Ich bin kein Mensch, sondern ein Menschlein, verstehst du?«

»Nein.«

Samaran hielt sich raus. Die beiden mussten ihre Grenzen abstecken. Und Homunkulus redete weiter. »Du bist echt, ich künstlich. Ich kann euch sehr wertvoll sein.«

»Wie denn?«, höhnte der Hüne.

Das Menschlein schaute Samaran an. »Soll ich es euch tatsächlich noch beweisen?«

»Es wäre besser!«

Homunkulus nickte. »Also gut, ich werde mein Bestes geben. Passt genau auf.« Mit einer raschen Drehung veränderte er seinen Standort und hüpfte auf den schlafenden Betrunkenen zu, denn ihn hatte er sich für seine schaurige Demonstration ausgesucht …

Die Reifen des Bentley schmatzten über den nassen Asphalt. Manchmal spritzte auch das Wasser der Pfützen auf, durch die wir glitten. *Larry's Gate* hieß das komische Hotel. Ich hatte nachgeschaut und herausgefunden, dass es nicht weit vom Bahnhof Paddington entfernt lag. Auf unserem Weg wurden wir hin und wieder von feucht schimmernden Gleisen begleitet, die rechts oder links neben uns herliefen.

Wohn- und Fabrikgegenden wechselten sich ab. Die Häuser hier stammten noch aus den Anfängen des Jahrhunderts. Nur wenige waren renoviert worden. Menschen sahen wir kaum. Hin und wieder nur standen finstere Gestalten in irgendwelchen Hauseingängen und zuckten beunruhigt zusammen, wenn sie vom Licht der Scheinwerfer erfasst wurden.

Es nieselte noch immer. Aber der Wetterbericht hatte Besserung versprochen. Schon für den nächsten Tag. Ich konnte es nicht so recht glauben.

Aus den Gullys stieg Dampf. Katzen und Hunde huschten hin und wieder über die Straße oder blieben geblendet sitzen, wenn sie in die hellen Augen der Scheinwerfer starrten.

Einmal kam uns ein Zug entgegen. Das Gleis lief rechts von uns auf einem erhöhten Damm entlang, der an einer Seite von einer Ziegelsteinmauer abgestützt wurde.

Auf uns wirkte der Zug wie eine erleuchtete Schlange aus Metall.

Die ersten Hinweistafeln zum Motorway A 40, auch Westway genannt, erschienen. So weit wollten wir nicht. Wir mussten noch vor dem Bahnhof und dem St. Mary's Hospital ab, gelangten tiefer hinein in die alte Bahnhofsgegend, wo die Häuserfronten schwarz waren und auch bei hellem Sonnenschein kaum anders wirkten als in der Dunkelheit.

Larry's Gate musste in einer Sackgasse liegen, wie ich herausgefunden hatte. Ich verfuhr mich einmal, musste um einen Block, der zumeist vom Gelände einer Spedition eingenommen wurde, und kam von der anderen Seite in die schmale Straße.

Ein Licht brannte.

Es war die Reklame für *Larry's Gate*. Mich wunderte es, dass noch alle Röhren in Ordnung waren. Nach einem Rolls-Royce hielten wir vergeblich Ausschau. Wahrscheinlich stand er irgendwo hinter dem Haus.

Über das holprige Pflaster rollten wir näher und stoppten schließlich vor der Bude, die einen verlassenen Eindruck machte.

Zugleich stiegen wir aus.

Es war still. Feuchtigkeit lag in der Luft. Letzte Sprühtröpfchen fielen aus tief hängenden Wolken. Über der Straße lagen dünne Dunstschwaden, die wie lange Schleier wirkten.

Suko war als Erster an der alten Tür, blieb dort stehen und wunderte sich. »Es ist offen.«

Ich krauste die Stirn. Für ein Hotel wie dieses eigentlich nicht ungewöhnlich. »Vielleicht hat man uns auch erwartet. Wie heißt dieser Nachtportier noch?«

»Ed Ghiara.«

»Richtig. Ihm werden wir auf den Zahn fühlen.«

Ich betrat als Erster den Flur. Suko hielt sich einen Schritt hinter mir. Da es sehr still war, ging ich automatisch leise und hörte tatsächlich kein Geräusch.

Am Ende des kleinen Flures fiel mein Blick nicht allein auf die gegenüberliegende Treppe, sondern auch nach rechts, wo sich das befand, das man als Rezeption bezeichnen konnte. Über dem halbrunden Tresen brannte eine trübe Funzel, die ihr Licht auf ein Telefon, einige Formulare und auf einen Ablagekasten warf, aber nicht die Gestalt eines Menschen traf, denn der Platz des Nachtportiers hinter dem Tresen war verwaist.

Wir blieben im schmuddeligen Foyer stehen und überlegten. »Entweder ist Ed Ghiara verschwunden, weil er Besuch von uns erwartete, oder er hat sich hingelegt.«

»Sollen wir warten?«, fragte Suko. »Und wenn ja, wie lange? Ich habe keine Lust, mir den Rest der Nacht um die Ohren zu schlagen, wenn ich ehrlich sein soll.«

»Dir ist der Urlaub wohl nicht bekommen, wie?«

Er lachte leise. »Zu gut, John.«

»Wir warten«, entschied ich. »Samaran ist für uns einfach zu wichtig, das weißt du selbst.«

»Der sitzt auf seinem Zimmer.«

»Und ich will wissen, auf welchem.«

Suko gab keine Antwort. Er begann mit seiner Wanderung durch das Foyer und ging auch hinter den leeren Tresen. Dort stoppte er bereits nach einem Schritt.

»John!«

Sein Ruf schreckte mich auf. »Was ist denn?«

Suko winkte nur. »Ich glaube, ich habe Ed Ghiara gefunden. Sieh ihn dir an.«

Ich war schnell bei ihm und schaute, wie Suko, auf den am Boden liegenden Mann, der aus vier Augen zu uns hochstarrte.

Ja, vier Augen.

Und das hatte seinen Grund.

Ed Ghiara hatte zwei Köpfe!

Zuerst wollte ich es nicht glauben, auch Suko flüsterte etwas in dieser Richtung, aber wir hatten uns nicht getäuscht. Vor uns auf dem Boden lag ein Mensch mit zwei Köpfen.

Ein Doppelkopf-Mensch!

Ich bückte mich, um den anderen genauer anzusehen. Seine Köpfe wurden noch vom Licht der Lampe berührt, der Körper lag im Dunkeln. Als ich jedoch kniete, sah ich, dass auch er sich verändert hatte. Der Mann besaß vier Arme und auch vier Beine!

Was war hier geschehen?

Ich kam wieder in die Höhe. Blass war ich geworden. Suko ging etwas zur Seite und schuf mir Platz. Auch er verstand nicht und schüttelte den Kopf. »Verdammt, John, das ist mehr als unheimlich«, flüsterte er.

»Kannst du wohl sagen.«

»Und was machen wir?«

»Nichts, Alter, überhaupt nichts. Wir können nicht groß etwas dagegen tun. Wir müssen es hinnehmen.«

»Ist er tot?«

»Ich weiß es nicht genau, doch ich frage mich, wer sich dafür verantwortlich zeigt? Samaran oder Kamikaze?«

»Nein.«

»Was macht dich so sicher?«

»Ganz einfach«, sagte Suko. »Das hier ist eine Folge schwarzer Magie. Samaran und Kamikaze sind Menschen. Ich glaube kaum, dass sie so etwas bewerkstelligen können.«

»Da wäre ich mir nicht so sicher. Wenn sie den Würfel haben, ist so etwas möglich.«

»Glaubst du denn im Ernst, dass ihnen der Spuk den Würfel permanent überlässt?«

»Was wissen wir schon von seinen Plänen?«

Suko bückte sich und fasste den Mann unter. Er sah tatsächlich makaber aus mit seinen vier Armen. Mein Freund zog ihn hinter dem Tresen hervor und legte ihn dann davor zu Boden, wo wir ihn noch besser sehen konnten.

Ich fühlte nach der Haut. »Kalt«, flüsterte ich.

»Wie bei einem Toten?«

Suko bekam keine Antwort, denn ich suchte nach dem Herzschlag und musste aufgeben, da ich ihn nicht ertasten konnte. »Da ist auch nichts zu machen«, sagte ich.

»Also haben sie ihn umgebracht«, stellte Suko fest.

»Weshalb dann die Veränderung?«

»Das frage ich mich allerdings auch.« Suko deutete auf die Treppe. »Nur sollten wir nicht uns fragen, sondern zwei andere Personen, die sich vielleicht noch im Hotel befinden.«

»Und in welchem Zimmer willst du nachschauen?«

»Es wird doch sicherlich ein Gästebuch geben.«

Sukos Idee war ausgezeichnet. Ich suchte und fand das Buch. Eine schmuddelige Kladde, an der trotzdem sicherlich alles stimmte, bis auf die eingetragenen Namen. Wer da alles Smith und Miller hieß, war schon nicht mehr zu fassen.

Mich interessierten vor allen Dingen die letzten Eintragungen. Da wurde ich auch fündig. Jemand hatte sich nur mit S und K eingetragen. »Da ist es.«

Suko schaute nach. Er murmelte die Zimmernummer. »Fünf.«

Ich nickte. »Schauen wir nach.«

Obwohl wir uns bereits eine Viertelstunde in dem Hotel aufhielten, war nichts geschehen. Kein Gast kam, niemand war gegangen, die Stille blieb.

Es war eine, die mir überhaupt nicht gefiel. Unnatürlich und drückend. Wir schritten auf leisen Sohlen die Stufen hoch, die sich unter unserem Gewicht bewegten. Auf dem ersten Absatz standen zwei staubige Zimmerpalmen, deren Blätter traurig nach unten hingen.

Wir mussten noch höher, um den Gang zu erreichen, in dem sich die Zimmertüren gegenüberlagen. Auf der rechten Seite fanden wir die ungeraden Zahlen.

Die Nummer fünf war noch soeben zu erkennen. Wir gingen noch leiser, da wir beide wussten, dass der Killer Kamikaze ein ausgezeichnetes Gehör besaß. Fast so ausgebildet wie das einer Katze.

Es war Suko, der dicht vor der Tür seinen Schritt verhielt und das Ohr in die Nähe des Holzes brachte, da er lauschen wollte.

Ich schaute ihn fragend an, doch er schüttelte den Kopf. Also nichts zu hören.

War der Raum leer?

Die nächste Arbeit teilten wir uns. Ich drückte die Klinke nach unten, und Suko holte bereits aus. Als die Klinke den Druckpunkt erreicht hatte, gab ich meinem Freund mit dem Kopf ein Zeichen.

Er trat zu! Die Tür flog nach innen, krachte mit der Klinke bis gegen die Wand und wurde von dort wieder zurückgeschleudert. Da war ich bereits im Raum, hatte die Beretta erhoben und bewegte die Hand in einem Halbkreis.

Kein Akim Samaran, kein Kamikaze.

Dafür sah ich einen anderen, mir unbekannten Menschen auf dem Bett sitzen. Er kam hoch, als er die Mündung auf sich gerichtet sah, und begann plötzlich zu lachen.

Ich lachte nicht, denn auch diese Person hatte vier Arme und vier Beine!

Hatte man uns reingelegt? Rechnen mussten wir damit. Und wenn ja, dann steckte auch Curly Inlock wahrscheinlich mit Samaran und Kamikaze unter einer Decke.

Das alles kümmerte uns im Augenblick nicht, für mich zählte der Mann mit den doppelten Armen und Beinen, der allerdings keine zwei Köpfe besaß und trotzdem eine Heidenangst hatte, denn er schaute mich mit Augen an, in denen das Grauen und die Furcht zu lesen standen.

Suko machte Licht.

Jetzt brannte auch die Kugellampe an der Decke, sodass wir uns nicht nur auf beide Leuchten auf den Nachttischen verlassen mussten. Die Person auf dem Bett litt Höllenqualen. Ich konnte mir vorstellen, wie es in ihrem Innern aussah, und wenn er seine normalen Arme oder Finger bewegte, taten es die anderen ihm nach.

Aber was war hier normal, und was war künstlich?

Erst bei genauerem Hinsehen konnten wir dies erkennen, denn das zweite Paar Arme wuchs praktisch seitwärts aus dem runden Schultergelenk hervor und war nicht so lang wie die normalen Arme.

Bei den Beinen verhielt es sich ebenso. Es war für uns ein fürchterlicher Anblick, ein Zerrbild des Schreckens, viel schlimmer als der Anblick von zehn Vampiren.

Auch die folgenden Worte des Mannes trafen mich ins Mark. »Was hat man mit mir gemacht?«, jammerte der Bedauernswerte. »Schaut euch das an, verdammt! Was ist nur los?« Er schrie, und aus seinen Augen rannen Tränen.

»Wer sind Sie?«, fragte ich.

»Jeff Terry.«

»Und wie kommen Sie in das Zimmer?«

Er blies die Luft aus. Ich roch den Alkohol in seinem Atem. »Sie haben mich einfach reingezerrt.«

»Wer?«

»Ein Großer und ein Kleiner. Einer mit Pferdeschwanz. Der sah schlimm aus.«

»Kamikaze«, murmelte ich. »Und wo sind sie jetzt?«

»Weg, verschwunden. Sie haben es nicht länger hier ausgehalten, als sie mich sahen.«

Das konnte ich verstehen, nur sah ich keinen Grund für eine solch schreckliche Handlung. »Wie kam es, dass man Sie so verändert hat? Was haben der Große oder der Kleine mit Ihnen angestellt? Und wie taten sie es?«

»Da war noch ein anderer.«

Ich wunderte mich. »Eine dritte Person?«

»Ja.«

»Und wie sah sie aus?«

»Das glauben Sie mir nicht.« Er schüttelte sich und bewegte seine acht Glieder mit. »Das war ein Zwerg. Nicht größer als einer meiner Arme.«

»Wirklich?«

Auch Suko trat näher. Jetzt wurde die Sache interessant. »Ja, furchtbar, schlimm, sage ich euch. Er war behaart und nackt. Weder Mann noch Frau, ohne Geschlecht, und er sprang mir in den Nacken. Ich spürte den Schmerz, ich spürte seine Zähne und den Griff seiner kleinen Hände, der einfach schlimm war. Wie Stahlspitzen brannten sie in meinem Nacken. Mir wurde dabei ganz anders. Das Blut veränderte sich, es floss durch die Adern. Ich glaubte schon, in Flammen zu stehen.« Er schüttelte sich und sprach nicht mehr weiter.

Ich ließ ihn einige Sekunden in Ruhe, bevor ich die nächste Frage stellte. »Okay, was passierte weiter?«

Er hob seine vier Arme. »Ich weiß es nicht, weil ich bewusstlos wurde. Ich kippte nach hinten und merkte nichts mehr. Es war einfach schrecklich. Die Welt um mich herum erstarb. Aus, vorbei ...«

»Und dann?«

»Erwachte ich. Da sah ich es. Wenig später kamt ihr.« Er schaute mich an, dann Suko, öffnete den Mund und schrie. »Verdammt, was soll ich denn jetzt machen?«

Eine gute Frage, auf die ich ihm keine Antwort geben konnte. Das Schicksal dieses Unbeteiligten ging mir nahe, es traf mich unter die Haut, doch eine Lösung konnte ich ihm nicht anbieten, weil ich selbst zu sehr am Anfang stand.

Es gab eigentlich nur eine Chance. Suko sprach meine Gedanken aus. »Wir müssen ihn ärztlich untersuchen lassen.«

Dafür stimmte ich.

Jeff Terry reagierte sofort. »Verflucht, wo wollt ihr mich hinschaffen lassen?«

»Zu Scotland Yard!«

»Zu den Bullen?«

Ich hob die Schultern. »Was wollen Sie, Mr. Terry? Sie haben die ganze Zeit über mit Polizisten geredet.«

»Aber ich will nicht in eine Klapsmühle.«

»Da kommen Sie auch nicht hin. Sie sollen nur medizinisch untersucht werden.«

»Und dann?«

»Werden wir weitersehen. Wir helfen Ihnen, Mr. Terry. Helfen Sie auch uns, bitte!«

»Wie denn? Ich bin ein verdammter Krüppel geworden. Ich habe vier Arme und vier Beine. Ich bin fertig. Mein Leben ist vorbei.«

»Möglicherweise können wir noch alles rückgängig machen.«

Er lachte mich schrill an. »Sind Sie Zauberkünstler?«

»Das nicht, Mr. Terry, aber wir werden alles daransetzen, um die drei Personen zu finden.«

»Die sind doch weg!«

»Das sehen wir. Nur dachte ich daran, dass Sie uns vielleicht einen Tipp geben könnten, wohin sie gefahren sind.«

Er schüttelte den Kopf. »Kann ich nicht.«

»Haben Sie nichts über ihre Ziele gesagt?«

»Nein, ich war auch bewusstlos.«

»Vorher, meine ich.«

»Auch nicht.«

Das sah schlecht aus. Viel wussten wir nicht. Ich las aus Sukos bedeutungsvollem Nicken, dass er ähnlich dachte wie ich. Die Spur war abgerissen. Möglicherweise hatte es sich nur um Minuten gehandelt. Wäre Inlock früher gekommen, hätten wir es vielleicht noch geschafft. So aber konnten wir fast von vorn anfangen.

Und noch etwas hatte sich herauskristallisiert. Nicht mehr zwei Gegner jagten wir, sondern drei. Welcher von ihnen am gefährlichsten war, konnte ich auch nicht sagen.

Homunkulus, das Menschlein. So war er bei seiner Erschaffung genannt worden. Damals, im späten Mittelalter der bekannten Stadt Prag, hatte der Rabbi Loew diesen künstlichen Menschen entwickelt. Ob ich den Homunkulus als den

Golem bezeichnen konnte, war nicht sicher, jedenfalls existierte er, und es war ihm gelungen, durch eine furchtbare Magie in die Gegenwart zu gelangen, sodass wir uns jetzt mit ihm herumschlagen mussten.

Das gefiel mir überhaupt nicht.

Die drei waren verschwunden, daran gab es nichts zu rütteln. Mir fiel wieder ein, dass Inlock von dem Portier gesprochen hatte, der ein Gespräch zwischen Kamikaze und seinem Boss belauscht hatte. Da war das Wort Himmelbett gefallen.

Jeff Terry saß auf einem Bett. Nur war es kein Himmelbett, und dieses Bett war bestimmt auch nicht gemeint.

Ich wandte mich trotzdem an ihn. Der Mann quälte sich. Mit seinen vier Händen strich er über die Beine, schüttelte den Kopf und flüsterte Worte, die wohl nur er verstand. Mit dieser Anomalie des Körpers musste er auch seelisch fertig werden.

Plötzlich stoppte er seine Bewegungen. Mich schaute er an. Über sein Gesicht rann der Schweiß. »Da, da war noch etwas«, sagte er.

»Und was?«

»Ich bin nicht mehr mein eigener Herr«, drang es flüsternd über seine Lippen.

»Wieso nicht?«

»Der, der Kleine hat es mir gesagt. Ich bin weiterhin mit ihm verbunden, meint er.«

»Wie genau?«

Jeff Terry sprach etwas von einer Kontrolle über seine Handlungen. Mehr wusste er auch nicht.

Suko und ich diskutierten über den Fall. Er konnte Recht haben, andererseits klang es auch nur mehr nach einer Drohung. Sollte die Kontrolle den Tatsachen entsprechen, lag es im Bereich des Möglichen, dass Homunkulus etwas von unseren Gesprächen mitbekommen und an Samaran weitergegeben hatte. Ich wollte es genau wissen und wandte mich abermals an Jeff Terry. »Spüren Sie etwas?«

»Wie meinen Sie das?«

»Ich meine in Ihrem Innern. Ist da etwas anders geworden, seit Sie unter der Kontrolle des Zwergs stehen?«

»Nein, nichts.«

»Keinen fremden Einfluss?«

Er schüttelte den Kopf. »Wirklich nicht. Ich fühle mich wie immer. So wie nach einem Kater. Nur habe ich diese verdammten vier Arme und vier Beine.« Er begann zu schreien. »Ich traue mich ja nicht mal, mich hinzustellen.«

Das war auch egal. Irgendwie würde er es in Zukunft schon schaffen, mit seinem Schicksal fertig zu werden.

Wir mussten uns auch um den toten Portier kümmern. Und dann stand da noch die Aussage über dieses Bett im Raum. Inlock hatte sie von seinem Klienten, dem Portier, gehört.

Was hatte es damit nur auf sich? Wusste auch Terry etwas darüber? Ich fragte ihn danach.

Er schaute mich erstaunt an. »Ein Himmelbett?«, wiederholte er. »Was soll ich denn damit?«

»Sie nichts. Haben Ihre Aufpasser nicht darüber gesprochen?«

»Nein. Nicht dass ich wüsste. Es kann natürlich sein, dass sie geredet haben, während ich schlief.« Er bewegte zuckend seine vier Achseln. »Ich bin zwischendurch auch mal erwacht, ohne dass die anderen es merkten. Das war noch vor meiner Verwandlung …«

»Haben Sie da etwas gehört?«

»Nur Wortfetzen.«

»Erzählen Sie!«

»Sie wollten weg. Das hier war ihnen wohl zu unsicher. Sie hatten keine Lust mehr zu bleiben.«

»Haben Sie etwas über das Ziel gehört?«

»Nein, nicht. Oder doch, warten Sie …« Er wollte die Arme heben und die Fingerspitzen gegen die Stirn legen. Das schaffte er auch, nur eben doppelt. Er schüttelte den Kopf. »Da war etwas, das weiß ich. In einer Wachpause hörte ich es. Aber es ist alles so dumpf. Ich, ich …« Plötzlich verzerrte sich sein Gesicht.

Von einem Augenblick zum anderen zeichneten sich

Schmerz und Entsetzen in seinen Zügen ab. Er ruckte auch hoch, hielt den Mund offen und schnappte verzweifelt nach Luft, die ihm durch irgendeine Kraft geraubt wurde. Suko und ich sprangen zu ihm, stützten ihn ab, hörten noch das verzweifelt klingende Wimmern, danach nichts mehr.

In unseren Armen brach er zusammen.

Als Toter …

Es war furchtbar. Wir schauten auf ihn nieder. Die Gesichtszüge wirkten erstarrt, und wir sahen, dass etwas mit seinen Armen geschah. Es waren die unechten, die allmählich abfaulten, sich zusammenzogen und schließlich als Staub auf dem Bett liegen blieben. Das Gleiche geschah mit seinen Beinen, ohne dass wir etwas dagegen hatten tun können. Wir saßen nur da und schauten zu.

»Meine Güte«, flüsterte Suko. »Er hat tatsächlich unter der Kontrolle dieses verfluchten Homunkulus gestanden. Oder?«

Ich bejahte.

Plötzlich zuckte Suko zusammen. »Verdammt, der Portier«, flüsterte er. »Wenn mit ihm das Gleiche geschehen sein sollte.« Er handelte und verließ mit großen Schritten das Zimmer.

Ich wartete, hörte auf der Treppe seine Schritte und sah ihn eine Minute später wieder. Er blieb in der Türöffnung stehen und nickte bedächtig.

»Vorbei?«, fragte ich.

»Ja, er ist tot.«

Ich wischte über mein Gesicht. Plötzlich fühlte ich mich verdammt mies. Ich hatte einen schalen Geschmack im Mund. Die Zunge schien mit Metall bestrichen worden zu sein. Ich wischte mit dem Handrücken den Schweiß von der Stirn, drehte mich um, hob die Schultern und sah ein, dass wir hier nichts mehr zu tun hatten.

Ein Telefon fand ich an der Rezeption. Während ich unsere Mordkommission anrief, schaute ich auf die Leiche. Der Portier lag auf dem Rücken. Seine Augen waren gebrochen. Er und der Gast hatten ihr Leben verloren, und es war auf eine so schlimme und sinnlose Weise geschehen, dass mir heiß und kalt wurde.

Wir wollten das Eintreffen der Mordkommission noch abwarten. Ich hatte mich auf einen Stuhl gesetzt, rauchte und starrte zu Boden. Suko saß ebenfalls. »Es scheint mir so, John, dass der Tote oben, Samaran und Kamikaze die einzigen Gäste gewesen waren.«

»Das stimmt wohl.«

»Und wie geht es weiter?«

Ich schaute auf. Noch immer stand das Gesicht des toten Jeff Terry vor meinen Augen. Er war in unserem Beisein gestorben. Ferngelenkt in den Tod geschickt. Ein furchtbares Schicksal, für das sich wahrscheinlich der winzige Homunkulus verantwortlich zeigte. Ich hatte ihn erlebt und wusste auch, dass er gefährlich war. Dass er allerdings so schlimm sein würde, hätte ich mir nicht träumen lassen.

»Wir müssen sie finden, Suko.«

»Ohne Spur?«

»Denk an das Himmelbett.«

Ich winkte ab. »Was willst du damit anfangen? Weißt du eigentlich, wie viele Himmelbetten es auf der Welt gibt?«

»Nein.«

»Ich auch nicht.«

»Es müsste eines sein, dass wir mit Samaran und seinen beiden Helfern in Verbindung bringen können. Vielleicht gibt es irgendwo ein besonderes Bett. Das müsste doch herauszufinden sein.«

»Willst du alle Besitzer von Himmelbetten ausfindig machen. Selbst wenn wir das schaffen würden, frage ich mich noch immer, was die mit diesem Bett wollen?«

»Bestimmt nicht darin schlafen.«

»Das glaube ich auch.«

Die Mordkommission traf ein, und wir verschoben unsere Unterhaltung. Ich war in Groß-London bekannt dafür, dass ich die Kollegen oft von den Schreibtischen weg an die Tatorte holte. Auch jetzt schaute man Suko und mich bitterböse an.

»Und dann gleich zwei«, hieß es.

»Wir können nichts dafür.« Ich bat den Doc, sie genauer zu untersuchen und uns auch sofort eine Diagnose zu geben.

Das tat der Arzt dann auch. Beim Portier war er sich nicht sicher, denn dieser Mann hatte noch Kopfverletzungen. Man wunderte sich über den Staub, der neben dem Toten lag. Ich bat darum, ihn einzusammeln und für eine Analyse mitzunehmen.

»Gibt es da einen bestimmten Grund?«

»Wahrscheinlich.«

Die Kollegen folgten meinen Anweisungen. Soweit wir Aussagen verantworten konnten, gaben wir sie preis. Ansonsten fiel alles unter das Siegel der Verschwiegenheit.

»Das schätze ich an euch so«, kommentierte der Chef der Truppe. »Eure Bereitschaft, mitzuarbeiten.«

»Lassen Sie den Sarkasmus! Wir wissen selbst, dass es nicht gut ist, aber wir können nicht anders. Dieser Fall läuft wieder in eine Richtung, mit der wir uns beschäftigen müssen.«

Der Kollege strich über seinen Oberlippenbart. »Geister oder Vampire?«

»Keines davon.« Ich nickte ihm zu. »Wir sehen uns vielleicht später noch einmal.«

Dann gingen wir.

Es hatte aufgehört zu regnen. Wahrscheinlich besserte sich das Wetter tatsächlich. Trotzdem konnte dies an meiner Laune nichts ändern. Sie blieb weiterhin ziemlich schlecht, denn ich sah am Horizont dunkle Streifen auftauchen, die mir verdammt nicht gefielen …

Ein Märchenschloss war es nicht, aber es sah herrlich aus und wirkte inmitten der grünen Landschaft irgendwie verzaubert und verwunschen. Dafür hatten die Besitzer des Schlosses gesorgt, als sie das Äußerliche aufmotzten, renovierten und aus dem alten Gemäuer so etwas wie einen Bau machten, der auch als Filmkulisse hätte dienen können, so perfekt war alles gemacht worden.

Natürlich hatten die Leute es nicht aus Nächstenliebe getan. Dahinter steckten rein geschäftliche Interessen, denn die Besitzer des Schlosses wollten den neuen Trend ausnutzen.

Hin zur Romantik hieß es bei den jungen Paaren. Man hielt wieder Händchen, man schaute in den Mond, man redete über die Zukunft und las Gedichte romantischer Autoren aus dem vergangenen Jahrhundert. Liebe, Schmerz, Leid, das war alles so wunderbar, und fast jeder Romantiker kam sich irgendwie vor wie ein kleiner Werther, den Goethe so hatte leiden lassen.

Romantik war also »in«, Romantik verkaufte sich gut, und zu den Gefühlen musste auch das Äußere passen.

Wenn sich die Paare gefunden und endlich den Hafen der Ehe angesteuert hatten, wollten sie auch entsprechend übernachten. Man bot das Schloss als Ort für eine Hochzeit an, und in den oberen Räumen lagen die Schlafgemächer, wobei eines besonders hervortrat, denn es war der große Raum mit dem herrlichen Himmelbett.

Ein Prunkstück war dieses Bett. Für die Hochzeiter das absolut Wahre, die Spitzenleistung einer handwerklichen Kunst. Es war für die Besitzer des Schlosses in der Tat ein Glücksfall gewesen, dass sie an das Bett herangekommen waren.

Auf welchen Wegen, darüber schwieg des Sängers Höflichkeit. Man sagte dem Bett auch magische oder geheimnisvolle Kräfte nach. Jedenfalls sollte das Paar, das in ihm seine Hochzeitsnacht verbrachte, einen großen Kindersegen bekommen.

Ob dies schon eingetroffen war, wusste keiner zu sagen, denn das Bett war noch nicht lange in Gebrauch gewesen.

Jedenfalls störte das die Werbung nicht. So machte Peter Dermont kräftig Werbung für sein Schloss, seine Hochzeitsfeier und natürlich sein herrliches Himmelbett.

Eine heiße Nacht im Himmelbett, damit warb er in den Zeitschriften und ließ das Bett auch abbilden.

Interessant gemachte Werbung zeigt Wirkung. So erging es auch Peter Dermont. Er konnte sich vor Buchungen kaum retten. Es lief schon in den ersten Wochen gut an und noch besser weiter, sodass sein Schloss immer vermietet war.

Personal wurde fest angestellt. Bald hatten sie einen

fantastischen Koch, der sich um das leibliche Wohl der Gäste kümmerte und für seine Hochzeitstorten berühmt wurde.

Es lief alles prächtig, und auch das Himmelbett war stets ausgebucht. Man schlief wunderbar darin, wenn auch manche Paare am Morgen über gewisse Albträume klagten, die sie des Nachts überfallen hätten, ansonsten aber war alles in Ordnung.

Und so wurde das Hochzeitsschloss nicht mehr als Geheimtipp gehandelt, sondern immer berühmter. Peter Dermont, der Eigentümer, hatte sich schon notiert, wann sich der Kauf rechnete. Sollte er keine Kundschaft mehr in England bekommen, würde er die Werbung auch für das Festland vorbereiten lassen. Und dann musste er sicherlich noch ein Schloss dazukaufen, bei dem Andrang, den es geben würde.

Es lief alles wunderbar.

Das Himmelbett war nach wie vor die große Attraktion. Niemand jedoch wusste von seinem wahren Geheimnis, von einer furchtbaren Kraft und Macht, die tief in seinem Innern schlummerte …

Ich hatte den Rest der Nacht nicht besonders gut geschlafen und mehrmals von einem Himmelbett geträumt. Es soll ja Menschen geben, die beim Schlafen die große Eingebung bekommen. Mir erging es nicht so. Ich lag in meinem Bett und bekam keine Eingebung. Auch beim Frühstück nicht, das ich ziemlich lustlos einnahm. Dabei warf ich einen Blick über die Zeitung, las, was in der Welt wieder passiert war, und fuhr anschließend mit Suko zum Yard. Der Verkehr war in der Ferienzeit nicht ganz so dicht. Wir kamen relativ gut durch.

Suko hatte die Lösung auch nicht gefunden.

»Hast du mit Shao darüber gesprochen?«, erkundigte ich mich.

»Beim Frühstück.«

»Negativ?«

»Genau. Sie wusste auch nichts.«

Ich stoppte an einer Ampel. »Mir scheint, dass uns nichts anderes übrig bleiben wird, als uns mit dem Wort Himmelbett zu beschäftigen.«

»Willst du die Buchstaben zerpflücken?«

»Nein, so etwas kann der Computer übernehmen. Er soll uns mitteilen, was er über ein Himmelbett weiß.«

Suko klatschte in die Hände. »Toll, das hat er sicherlich noch nie getan.«

»Glaube ich auch.«

»Hoffentlich schläft er nicht ein.«

»Der ist ja nicht so wie du.«

»Schäm dich, über einen Freund so zu reden.«

Das Büro fanden wir beide ziemlich leer, denn Glenda war nicht da. Sie hatte sich eine Woche Urlaub genommen. Wahrscheinlich musste sie sich auch von mir erholen. Nach dem letzten Fall, der uns in Italien festgehalten hatte, waren wir noch einige Tage zusammengeblieben, und Glenda hatte ihren Urlaub verlängert, während ich mich wieder im muffigen Büro befand. Zum Glück schien wenigstens ab und zu die Sonne.

Über unseren nächtlichen Einsatz war auch unser Chef, Sir James, informiert worden. Ergebnisse konnten wir ihm leider nicht mitteilen, denn er befand sich auf einer dreitägigen Dienstreise. In dieser Woche überschnitt sich wirklich einiges, sodass Suko und ich auf uns allein gestellt waren.

Aber wir bekamen Besuch.

Bill Conolly schaute vorbei. Er grinste breit und begann zu lachen, da er mich vor einem Pappbecher mit Automatenkaffee sitzen sah.

»Hat Glenda gestreikt?«, fragte er.

»Glenda ist in Urlaub. Was willst du, ein Reporter, überhaupt am frühen Morgen bei uns hart schuftenden Polizisten.«

»Ihr seid doch Beamte.«

»Richtig.«

»Da dachte ich mir, schau mal nach, was die beiden machen, und kauf ihnen dann einen Kräuterschnaps, damit wenigstens der Magen arbeitet.«

Ich verzog das Gesicht. Suko schüttelte den Kopf. »Deine Witze waren auch schon mal besser«, meinte er.

Bill focht das nicht an. Er holte aus der Ecke einen Besucherstuhl, ließ sich nieder und sagte: »Was liegt an?«

»Wieso?«

»Ich meine, welchen Fall bearbeitet ihr gerade?«

»Was hast du denn damit zu tun?«

»Ich habe Zeit.«

»Und deine Frau?«

»Ist nicht da.« Endlich hatte Bill die Katze aus dem Sack gelassen. »Sie ist mit Johnny weggefahren.«

»Wohin?«

»Paris.«

Ich lachte. »Und da bleibst du zu Hause?«

»Glaubst du, mich interessiert es, was im Herbst an neuer Mode auf den Markt kommt. Nein, ich habe drei Tage frei und brenne vor Energie.«

»Fährst du nicht in Urlaub?«, fragte ich.

»Das haben wir uns für den Winter vorgenommen. Jetzt brenne ich darauf, in den Fall hineinzuspringen. Woran arbeitet ihr gerade? Sagt es, ich will dabei sein.«

»Gibst du einen aus?«, fragte ich.

»Was denn?«

»Kaffee. Der schmeckt erst nach dem zweiten Topf.«

»Ist gut.« Bill stand auf und ging.

Suko schüttelte den Kopf. »Ich wüsste ja, was ich machen würde, wenn meine Frau nicht da wäre.«

»Was denn?«

»Zumindest nicht so arbeitsgeil sein. Das ist ja einfach furchtbar.« Er schüttelte den Kopf.

Ich verteidigte den Reporter. »Versetz dich mal in seine Lage. Bill braucht Action.«

»Willst du ihn mit einbeziehen?«

»Mal sehen.«

Unser Freund kehrte zurück. Die beiden Pappbecher mit der heißen Flüssigkeit balancierte er vorsichtig und verzog hin und wieder das Gesicht, wenn die braune Brühe geben seine Fingerspitzen schwappte. Behutsam stellte er die Becher auf den Schreibtisch. »Nimm dir einen, John, aber betrink dich nicht.«

»Keine Sorge, ich habe mich daran gewöhnt.«

Wir nippten in kleinen Schlucken, und Bill, der auf dem Stuhl saß, als hätte er Hummeln im Hintern, wollte unbedingt wissen, wie es bei uns in den letzten Wochen gelaufen war.

»Mal so, mal so«, sagte Suko.

»Das hätte mir auch einer sagen können, der sich seine Hose mit der Zange zukneift. Was ist wirklich geschehen?«

Wir berichteten ihm von unseren Fällen. Ich kam auch auf Prag zu sprechen und auf den Homunkulus.

Bill winkte ab. »Davon hast du mir schon zwischendurch am Telefon berichtet.«

»Kann schon sein, nur ist dieses Menschlein wieder aufgetaucht.«

»Ach. Wo denn?«

Ich nahm einen Schluck Kaffeebrühe. »Hier in London.«

Bills Blick wurde starr. »Erzähl mal.«

Wir hatten den Reporter schon immer in unsere Fälle eingeweiht. Er gehörte zu den verschwiegenen Menschen und sorgte dafür, dass nichts davon, was wir untereinander besprachen, an die Öffentlichkeit gelangte. Sehr aufmerksam hörte er zu, und ich berichtete auch von unseren Vermutungen und über die Spur, die Himmelbett hieß.

Bill schüttelte den Kopf. Sein Blick war skeptisch. »Und man hat euch nicht reingelegt?«

»Nein.«

»Was hat ein Typ wie dieser Samaran mit einem Himmelbett zu tun? Das ist was für Hochzeitspaare.«

Ich stieß meinen ausgestreckten Zeigefinger gegen ihn. »Das hätten wir auch gern herausgefunden. Nur sieht das alles sehr traurig aus, weil du gekommen bist und uns gestört hast.«

Der Reporter winkte ab. »Deine Ausreden waren auch schon mal besser.« Er stützte sich auf den Schreibtisch und legte seine Stirn in Falten. »Sag mal, ihr wollt tatsächlich nach einem Himmelbett suchen?«

»Ja, nach einem bestimmten.«
»Aber ihr habt keine Anhaltspunkte?«
»Kaum.«
Suko sagte: »Wobei es ein Bett sein muss, das irgendwie aus dem Rahmen fällt, sonst hätte es Samaran nicht erwähnt.«
»Ja, das stimmt schon. Hoffentlich nicht aus dem Bettrahmen.« Der Reporter lachte. »Wenn ich mir das so überlege, kann es gar nicht so schwer sein, ein berühmtes Himmelbett zu finden.«
»Ob es berühmt ist, weiß ich nicht«, schwächte ich ab.
»Trotzdem.« Der Reporter legte sein Gesicht in nachdenkliche Falten. Wenig später schüttelte er den Kopf und lachte auf. »Es kann ein Zufall sein, braucht es aber nicht.«
»Wieso?«
Bill schaute uns an. »Lest ihr eigentlich nie Zeitung oder schaut euch die Werbung im TV an?«
»Dazu haben wir keine Zeit«, erwiderte Suko und sprach direkt für mich mit.
Bill lehnte sich zurück. »Das hättet ihr aber tun sollen.«
»Und wieso?«, fragte ich.
»Weil hin und wieder in der Zeitung, in den Zeitschriften, im Radio und auch im TV Reklame für ein bestimmtes Schloss mit einem bestimmten Himmelbett gemacht wird.«
Das hörte sich schon besser an. »Kannst du es erklären?«
»Sicher. Ein cleverer Geschäftsmann hat ein Schloss gekauft, es renovieren lassen und als Hochzeitsschloss umbauen lassen. Das Paar kann die Nacht in einem herrlichen Himmelbett verbringen, das noch aus dem Mittelalter stammt und etwas ganz Besonderes darstellt.«
Suko schüttelte den Kopf. Ein Zeichen, dass er davon nichts wusste. Auch ich hob die Schultern.
»Also nicht«, stellte Bill fest. »Tatsächlich, Freunde, das gibt es. Hochzeit im Schloss, und die Nacht kann das Brautpaar in einem Himmelbett verbringen. Am Morgen wird den jungen Leuten dann das Frühstück ans Bett gebracht, wenn sie es wollen.«
»Eine gute Sache für den, der genügend Geld hat. Aber wer

sagt dir, dass dieses Himmelbett genau das ist, was wir suchen?«

»Keiner.«

»Da beginnt schon das Risiko.«

»Stimmt. Nur frage ich dich nach einer besseren Lösung des Problems.«

»Die habe ich nicht.«

»Wobei wir wieder von vorn anfangen könnten und auf meinen Vorschlag zurückkommen.«

Ich blieb skeptisch. »Der natürlich auch nicht das Gelbe vom Ei ist.«

»Klar, John, aber solange du keinen besseren hast, musst du dich damit abfinden.«

Ich wandte mich an Suko. »Was meinst du?«

Mein chinesischer Freund und Kollege gab sich noch unschlüssig. »Computer oder Bill.«

»Weshalb nicht beides?«

»Ich traue ihm mehr.«

Der Reporter grinste mir zu. Ich musste zugeben, überstimmt worden zu sein. »Dann rück mal mit Einzelheiten heraus«, forderte ich den Reporter auf.

»Die habe ich nicht.«

»Weißt du denn, wo wir sie bekommen?«

»Das schon.«

Ich leerte nicht einmal den Becher, stand auf und deutete zur Tür. »Los, denn …«

Das Schloss lag eingebettet in eine sanfte Hügellandschaft und wirkte tatsächlich wie ein Bild aus dem Märchen. Wer es mietete und noch Glück mit dem Wetter hatte, konnte dort tatsächlich eine Traumhochzeit feiern. So wie Carol und Jerry Wade.

Die beiden oder vielmehr deren Eltern hatten das Schloss gemietet, um eine würdige Hochzeit zu feiern, die auch in den entsprechenden Rahmen hineinpasste.

In der kleinen Dorfkirche war es schon sehr feierlich

gewesen. So manche Träne war vergossen worden. An den großen Ärger, den es vor der Hochzeit wegen des Brautkleides gegeben hatte, dachte niemand mehr, und man schaute nur noch nach vorn.

Das hieß, es konnte gefeiert werden.

Die Wades waren bekannt. Vielmehr die alten. Jerry Wade würde die Firma seines Vaters einmal übernehmen, und dieser Betrieb stellte Computer her. Eine Hardware, für die sich die großen Elektronikgiganten nicht interessierten. Doch Wade hatte es verstanden, in Marktlücken hineinzustoßen, sodass er in den letzten zehn Jahren ein Vermögen sammeln konnte.

Die Braut stammte auch nicht aus armen Verhältnissen. Ihre Eltern hatten lange Zeit in Übersee gelebt und dort Geld gemacht. Sie verschacherten Inseln an solvente Käufer.

Geld kam also zu Geld, und die Hochzeit wurde in einem entsprechenden Rahmen gefeiert.

Bei so prominenten Kunden ließ es sich der Besitzer des Schlosses, Peter Dermont, nicht nehmen, die Gäste persönlich an der großen Freitreppe zu begrüßen.

Aus der weißen Hochzeitskutsche stieg das Paar. Galant half der junge Mann seiner ebenfalls jungen Frau aus der Kutsche. Die anderen Gäste umstanden das Gefährt und klatschten Beifall. Man hatte sich entsprechend angezogen, trug elegante Gesellschaftskleidung. Die Damen waren in Lang erschienen; die Männer hatten sich trotz des warmen Wetters in Smokings oder Fräcke gezwängt.

Auch Peter Dermont trug einen Smoking. Seine Kleidung schimmerte samtblau. Auf der Freitreppe stand er und lächelte minutenlang, bis die Gesellschaft sich formiert hatte und auf den Eingang zukam. Man schritt über einen sehr gepflegten Kiesweg, der von wohlgestutzten Bäumen flankiert wurde, damit allzu wucherndes Astwerk nicht den Blick auf das prächtige, nicht sehr große Schloss verwehrte.

Dermont wusste, wie man sich zu verhalten hatte. Er schritt dem an der Spitze gehenden Brautpaar entgegen.

Das Mädchen war hübsch. Carol Wade hatte schwarzes

volles Haar, um das sich vor der Hochzeit ein Prominentenfriseur gekümmert und ein Meisterwerk vollbracht hatte. Sie trug es etwas nach hinten gekämmt, und silberne Spangen glänzten wie kleine Halbmonde in der dunklen Pracht.

Der Bräutigam war ein wenig kleiner. Er trug eine Brille mit getönten Gläsern und wirkte durch sein blasses Gesicht ein wenig blasiert. Da konnte er schon mit manchem aus dem Hochadel mithalten. Das blonde Haar hatte er sorgfältig gescheitelt, und kein Windzug zerstörte die Frisur.

Zwei Kinder trugen die lange Schleppe. Dermont sah beim Näherkommen, dass die Braut verweinte Augen hatte. Ob vor Glück oder Sehnsucht, wusste wohl nur sie allein.

Tief atmete Peter Dermont ein. »Herzlichen Glückwunsch dem wunderschönen Paar!«, rief er enthusiastisch. Es waren die Worte, die er immer benutzte, weil sie gut ankamen. »Möge Sie das Glück auf Ihrem gemeinsamen Lebensweg niemals verlassen, das wünsche ich Ihnen von ganzem Herzen.« Danach begrüßte er die Braut.

Carol lächelte etwas verlegen. Ihr Mann schaute ein wenig spöttisch, bedankte sich aber höflich für die geäußerten Wünsche.

Man feierte nicht sehr groß. Vierundzwanzig Personen hatten sich hinter dem Brautpaar aufgebaut. Alles Verwandtschaft.

Dermont gab den Weg frei.

Gleichzeitig wurde das Portal von zwei Dienern geöffnet. Sie trugen die Kleidung des späten Mittelalters. Kniestrümpfe, Pumphosen, Schnallenschuhe. Alles ging schon mehr in den Barock hinein, nur fehlten die Perücken.

Beide Diener zuckten mit keiner Wimper, als die Gesellschaft an ihnen vorbeischritt. Sie waren es gewohnt, jeden Spleen mit unbewegten Gesichtern über sich ergehen zu lassen.

Peter Dermont war ein Meister der Organisation. Alles hatte er vorbereitet. In der Halle perlte bereits der Champagner in den schmalen Flötengläsern, und unter der geschmückten Decke standen weitere Diener bereit, um die Tabletts zu reichen.

Dermont hielt sich im Hintergrund. Mit Argusaugen achtete er darauf, dass alles klappte. Wenn es nicht so nach seinen Wünschen lief, gab er knappe Anweisungen, entweder durch Gesten oder mit Worten. Das Personal spurte. Waren die Gläser leer, wurden sofort frisch gefüllte herangeschafft. Die Toastsprüche, das Klingen der Gläser, hin und wieder das leise Lachen der Gäste, das alles waren Geräusche, die Dermont kannte. Er merkte, dass es diesmal gut lief, und begab sich in die Küche.

Sie war hochmodern eingerichtet, und dort wurde ebenfalls hart gearbeitet.

Drei Köche und mehrere Hilfskräfte kümmerten sich um das feudale Menü. Der Chefkoch war ein dunkelhäutiger Mann, der die halbe Welt kannte. An ihn wandte sich Dermont.

»Ist alles klar?«

»Ja, es läuft.«

»Wann können Sie servieren?«

»Wir sind startbereit. Es kommt darauf an, wann die Gäste den großen Hunger verspüren.«

»Das kann sehr schnell gehen. Halten Sie sich bereit.« Dermont hatte sich vorgenommen, auf der Hochzeit zu bleiben und auch im Schloss zu übernachten. Bei dieser Feier musste alles perfekt gehen, das war er seinem Ruf schuldig.

Aus einer der im Eis stehenden Magnumflaschen goss er Champagner in ein Glas, stellte sich an das Fenster und schaute über die Bäume im Tal hinweg, wo sich auch die Straße durch den Wald schlängelte.

Dort fuhr ein Wagen.

Ein dunkler Rolls-Royce.

Peter Dermont, der noch nie etwas von Akim Samaran und dessen Killer Kamikaze gehört hatte, wurde auch nicht misstrauisch. Er wandte sich ab und leerte sein Glas …

Auch äußerlich so vornehme Menschen reagieren zumeist so wie normale Leute, wenn sie dem Alkohol zugesprochen hatten. Bei dieser Hochzeitsgesellschaft verhielt es sich nicht anders. Nur trank man teurere Alkoholika, z. B. Champagner und alten Wein. Doch in der Menge genossen, blieb die Wirkung auch nicht aus.

Nach dem Dinner wurde es noch lustiger. Da sich einige Offiziere unter den Gästen befanden, wurden natürlich auch Schwänke und Witze erzählt. Die Ladys gaben sich hin und wieder shocking, obwohl sie innerlich über die deftigen Geschichten und Witze grinsten, ansonsten versuchten sie vornehm zu sein.

Der junge Bräutigam beteiligte sich nicht an den allgemeinen Erzählungen. Er saß neben seiner Frau, nippte hin und wieder an seinem Weinglas oder sprach mit seiner Mutter.

Carol machte einen etwas müden Eindruck. Sie hatte die Nacht zuvor kaum geschlafen, hinzu kam der Stress dieses Tages, das viele Essen und Trinken … Am liebsten hätte sie sich zurückgelehnt und wäre im Bett eingeschlafen.

Das allerdings verbot ihre Erziehung, und so hielt sie sich tapfer. Peter Dermont hatte sich ebenfalls zurückgezogen. Er saß in einem Nebenraum, der zu einem kleinen Büro umfunktioniert worden war. Den Chef des Personals ließ er sich kommen.

Es war ein älterer, grauhaariger Mann, der auch schon in adeligen Häusern gedient hatte.

»Wie läuft es, Lucas?«

»Well, nicht so, wie ich es mir gedacht habe.«

»Was meinen Sie?«

»Sie sind zwar lustig, aber auch ordinär.«

»So sind doch alle.« Peter lachte kratzig.

»Nein, Sir, nicht alle. Wenn ich an den seligen Lord Cavendish denke, der damals …«

»Lassen Sie das, Lucas. Ich wollte nur wissen, ob es Schwierigkeiten gibt.«

»Nein, Sir.«

Dermont war zufrieden. Entgleisungen konnte er sich nicht leisten. Sie sprachen sich zu schnell herum, und so etwas war verdammt schlecht für sein Geschäft.

»Wie sieht es mit den Getränken aus?«, fragte er. »Ist noch genügend in Reserve?«

»Alles in Ordnung, Sir.«

»Und der Imbiss für Mitternacht?«

»Wird bereits vorbereitet. Danach werden die Köche das Schloss verlassen.«

»Das geht klar.« Peter Dermont schaute auf seine Uhr. Auch er merkte den Stress und die Müdigkeit. »Wissen Sie, Lucas, ich bin oben in meinen Zimmern und lege mich für einen Moment hin. Wenn irgendetwas ist, rufen Sie durch.«

»Natürlich, Sir.«

Dermont verabschiedete sich. Als er die Küchen- und Büroräume verlassen hatte, hörte er aus dem Festsaal das Gelächter der Gäste. Sie waren in Hochstimmung, völlig unter sich, sodass kein Fremder ihre Feier stören konnte.

Peter Dermont nahm nicht den normalen Weg. Er kannte Abkürzungen durch einen schmalen Flur, dem eine Wendeltreppe angeschlossen war, die hoch in einen der Türme führte.

Dort hatte sich Peter Dermont eine kleine Wohnung eingerichtet. Ein Schlafzimmer, ein Arbeitszimmer und das weiß gekachelte Marmorbad, das innerhalb eines Erkers eingebaut worden war. Es stach vor wie eine kantige Nase.

Dermont schloss die Tür zu seiner kleinen Wohnung auf. Als er über die Schwelle trat, zog er bereits die Smokingjacke aus. Auf seiner Haut lag der feuchte Schweiß. Er fühlte sich so matt, dass er sich am liebsten auf das breite Bett gelegt hätte, was leider nicht möglich war. Er musste noch seinen Pflichten als Gastgeber nachkommen.

Der Mann schaltete das Licht ein.

Es war nicht sehr hell, passte zu den Räumen und gab den alten Möbeln einen weichen Schein.

Vom Wohnraum aus ging es in das Schlafzimmer, und von dort führte der Weg ins Bad.

Der Ausblick aus dem Erkerbau beeindruckte Dermont immer wieder. Er blieb für einen Moment stehen, schaute über die hügelige Landschaft hinweg und sah in der Ferne die

Lichter der nächsten Stadt. Für ihn lagen sie meilenweit weg, und über dem Ort spannte sich ein herrlicher Sommerhimmel, der von keinem Wölkchen getrübt wurde.

Die Wetterfrösche hatten tatsächlich Recht behalten. Das Wetter änderte sich.

Um sich wieder zu erfrischen, wollte Dermont unter die Dusche steigen. Während er sich auszog, dachte er über einen Anruf nach, der ihn am Morgen erreicht hatte.

Ein gewisser Oberinspektor John Sinclair hatte sich bei ihm nach dem Himmelbett erkundigt. Er wollte wissen, wo es herkam und welche Geschichte es hatte.

Eine genaue Antwort konnte Dermont auch nicht geben. Er hatte dem Mann allerdings von der Legende erzählt, die sich um die prächtige Liegestatt rankte.

Sie hatte einmal einem König gehört und ganz zum Schluss einem Menschen, den die Leute des Mittelalters als einen Magier bezeichneten. Ein Mann, der bekannt war für seine finsteren Experimente und versucht hatte, im Dunkeln einer mystischen Vergangenheit zu forschen. Es war auch von besonderen Kräften und einem Fluch gesprochen worden, der angeblich über dem Bett liegen sollte. Aber daran konnte Peter Dermont nicht glauben. So etwas war für ihn Kinderkram.

Der Oberinspektor hatte aufgelegt und sich für die Informationen bedankt. Zu seinem Leidwesen hatte er Dermont nichts über den Grund seines Anrufs gesagt.

Er sah sich im Spiegel.

Sein Haar zeigte bereits einen lichten Schimmer in der Nähe des Hinterkopfs. Das Gesicht wirkte noch jung, aber erste Falten hatten seine Haut wie Gräben durchzogen. An diesem Abend wirkten die Augen besonders müde. Er benötigte unbedingt eine Erholung, schlüpfte endlich aus seinen Kleidern und stellte sich unter die Dusche.

Von vier Seiten bekam er die Strahlen mit und wurde gleichzeitig massiert, was ihm natürlich gefiel und auch seine Lebensgeister wieder erweckte. Er schloss bei dieser Massage die Augen, versuchte sich zu entspannen, doch das gelang ihm nicht so ganz. Immer wieder musste er an den Anruf des Polizisten denken. Während des Trubels unten hatte er keine Zeit gehabt, darüber nachzudenken, aber jetzt wollte ihm das Gespräch nicht aus dem Kopf gehen.

Nach einigen Minuten harter Massage zog er sich wieder an. Das Haar fönte er schnell und streifte nur ein anderes Hemd über. In denselben Anzug stieg er, schaute auf seine Uhr und stellte fest, dass es bis Mitternacht nicht mehr weit war. Er grinste. Eine halbe Stunde nach der Tageswende würde das junge Paar in das Zimmer verschwinden, wo das berühmte Himmelbett stand, das einmal einem Zauberer gehört hatte.

Jetzt konnte Jerry Wade seiner Frau etwas vorzaubern.

Dermont zog noch die Jacke über, bevor er das kleine Bad verließ. Er durchquerte sein Schlafzimmer und öffnete die Tür zum Wohnraum. Die Klinke hielt er fest, wollte die Tür aufdrücken, als sie ihm aus der Hand gerissen wurde.

Dann ging alles blitzschnell. Jemand packte zu, bekam ihn am Hals zu packen, riss ihn mit viel Schwung in das Zimmer hinein und ließ dann los. Dermont flog durch das Zimmer und blieb vor der alten Biedermeier-Couch liegen. Er stöhnte, wollte wieder hochkommen, als Kamikaze ihm einen Fuß auf die Brust setzte.

»Liegen bleiben, sonst bist du tot!«

Der Raum erstrahlte im Glanz der kostbaren Lüster. Es war fast wie beim Jahreswechsel. Die schon leicht angeheiterte Hochzeitsgesellschaft wartete auf den Tageswechsel, denn um 24 Uhr war alles vorbei. Dann wurde der Kranz abgenommen, dann fiel der Schleier, und der so genannte Ernst des Lebens begann.

»Noch drei Sekunden!«, schrie einer der Brautonkel und schielte auf seine goldene Uhr.

Alle hielten die Gläser in den Händen.

Dann war es so weit!

Noch einmal ließ man die Champagnerflöten erklingen.

Man prostete sich zu, wünschte dem Brautpaar Glück. Der Schleier fiel, die Schleppe ebenfalls, und jemand schlug vor, den Schleier zu versteigern.

Der Mann sprang auf den Tisch. Fünf Gläser wurden zertrümmert, es machte ihm nichts.

»Wer ist dafür?«, schrie er.

Fast alle waren es, bis auf die Braut. Sie wollte nach dem Schleier fassen und sprang hoch, aber der Mann auf dem Tisch war schneller. »Nein, Carol, den bekommst du nicht mehr zurück. Wir schicken das Geld an eine Stiftung. Einverstanden?«

»Na gut.« Carol nickte und ließ sich in die Arme ihres Mannes fallen. Sie brachte die Lippen dicht an seine Ohren. »Hör zu, Jerry, ich habe keine Lust mehr zu feiern. Wie ist das mit dir?«

»Ich muss noch die Stellung halten.«

»Eine halbe Stunde gebe ich dir. Ich gehe schon vor, ziehe mich um, mache mich frisch und warte auf dich.«

»Im Himmelbett?«

»Wo denn sonst?«

»All right, ich komme dann.«

Carol löste sich von ihrem Mann. Die Versteigerung begann bereits. Für das Brautpaar hatte niemand mehr einen Blick. Jeder wollte den Schleier besitzen, und so gelang es Carol, sich unbemerkt zu verziehen. Sie schlich auf die große Freitreppe zu, huschte sie mit gerafften Röcken hoch und erreichte dort den eingebauten Lift.

Er führte direkt in das berühmte Hochzeitszimmer im Südturm des Schlosses. Auch dort war einiges umgebaut worden, denn zum Schlafraum gehörte ein prächtiges Bad.

Als der Lift stoppte und die junge Frau ausstieg, spürte sie plötzlich starkes Herzklopfen. Sie wunderte sich über sich selbst, denn normalerweise machten ihr leere Zimmer nichts aus, wenn sie die Räume betrat. Hier war alles anders. Sie kam aus dem Trubel. In ihren Ohren klangen noch die Gespräche, das Gelächter und die Musikfetzen nach, und vor ihr lag das Zimmer in einer Stille, die drückend auf sie wirkte.

Das Licht brannte.

Kein Kerzenschein, sondern Wandleuchten, die strahlten, dass auch das Prunkstück des Raumes, das große Himmelbett, erfasst wurde. Es war einfach fantastisch.

Carol hatte schon viel gesehen, aber so ein Bett noch nicht. Vier breite Pfosten hielten das Gestell, das von einem rotvioletten Himmel bedeckt war, dessen Vorhänge an den Seiten offen standen, gerafft worden waren und von Kordeln zusammengehalten wurden. Durch einen Seilzug konnten sie vom Bett aus bewegt werden.

Mit bedächtigen Schritten ging die junge Frau näher an das Bett heran. Fast wirkte sie wie eine Person, die sich nicht traute, und als sie neben dem Bett stand, strich sie mit der flachen Hand über die seidige Wäsche, mit der das Bett bezogen worden war. Auf dem Nachttisch lag ein Gruß des Zimmermädchens, und daneben schaute der Hals einer Champagnerflasche aus dem mit Eis gefüllten Kübel. Zwei Gläser standen umgedreht neben dem Kübel.

Das Lächeln auf den Lippen der jungen Frau ließ ihr Gesicht noch weicher erscheinen. Carol ging dorthin, wo ihr Koffer stand. Sie öffnete ihn und holte nur das Nachtgewand hervor. Etwas aus schwarzer Seide, das, wenn es auf der Haut lag, durchsichtig war. Dies wollte sie überstreifen, mehr nicht.

Sie ging ins Bad.

Der große Spiegel reichte bis zum Boden. Noch einmal schaute sie sich darin an, sah ihr Hochzeitskleid und wusste, dass sie es, wenn sie es abgelegt hatte, nie mehr wieder anziehen würde.

Ein wenig traurig war ihr schon zumute, aber das war nun einmal der Lauf der Zeit.

Sie drehte sich wieder um, sah die große Wanne und wollte darin ein Bad nehmen.

Unter mehreren Zusätzen und Salzen konnte sie wählen.

Carol entschied sich für einen prickelnden Badezusatz, der angeblich stimulieren sollte.

Innerhalb von Minuten war die Wanne so weit voll gelaufen, dass der Schaum einen regelrechten Berg auf dem

Wasser bildete. Carol freute sich, stieg in die Wanne, lehnte sich zurück und genoss den Duft und die Stille. Sie wurde nur vom Platzen der Schaumbläschen unterbrochen oder vom Gluckern der Wellen, wenn sie sich bewegte. Es war ein herrliches Gefühl, im Wasser zu liegen. Auch der Zusatz gefiel ihr. Es erzeugte ein prickelndes Gefühl. Sektperlen schienen über ihre Haut zu laufen.

Jerry war dumm gewesen, dass er nicht mit hochgekommen war. Gemeinsam hätten sie das Bad genießen können. Was nicht war, konnte ja noch werden.

Carol wäre am liebsten doppelt so lange in der Wanne geblieben, doch sie dachte an die Zeit, die sie ihrem Mann gegeben hatte, und sie wollte ihn auch so empfangen wie versprochen.

So schwer es ihr fiel, sie stieg aus der Wanne. Schaumstreifen rannen über ihren schlanken Körper, auf den sie so stolz war, denn sie hatte kein Gramm Fett zu viel.

Lächelnd dachte sie daran, als Jerry sie zum ersten Mal so gesehen hatte. Er war hin und weg gewesen, hatte sie mit Küssen und Komplimenten überschüttet, aber es hatte sich damals nichts abgespielt. Sie war sehr zurückhaltend geblieben. Ein halbes Jahr lang hatte sie ihn zappeln lassen, dann war es über die beiden gekommen wie ein Orkan. Diese Nacht würde die junge Frau nie vergessen.

Sie griff zum leichten Nachtgewand und streifte es über. Die Seide knisterte auf ihrer Haut, sodass sie sich irgendwie erotisiert fühlte.

Nichts trug sie darunter, nicht mal einen winzigen Slip, sodass ihre kleinen Geheimnisse durchschimmerten.

Ein wenig Parfüm spritzte sie noch auf ihre weiche Haut. Nur so viel, dass es aufregend wirkte und nicht alle anderen Gerüche überdeckte. Das Haar schüttelte sie ebenfalls aus. Sie trug es jetzt offen, und die dunkle Flut fiel wellenförmig auf ihre hellen Schultern.

Die Uhr hatte sie neben dem Bett liegen lassen. Es war eine Cartier-Uhr, das Hochzeitsgeschenk ihres Bräutigams. In St. Moritz hatten sie das wertvolle Kleinod ausgesucht. Die

Umrandung war mit Diamantsplittern bedeckt.

Die halbe Stunde war vorbei.

Als Carol dies feststellte, erschrak sie zwar nicht, ein wenig Unruhe spürte sie trotzdem. Wie konnte ein Bräutigam in dieser Nacht unpünktlich sein?

Sie wusste keine Erklärung. Ihr wäre das jedenfalls nicht passiert. Dann dachte sie an die leicht angetrunkene Verwandtschaft. Sicherlich würden die Onkel und Tanten dafür sorgen, dass der Bräutigam noch etwas blieb. Jerry liebte diese anzüglichen Witze nicht, die Gesellschaft zu verlassen, fiel ihm aber schwer.

Eine halbe Stunde wollte sie ihm noch geben. Wenn er dann nicht kam, konnte er die Hochzeitsnacht streichen.

Das Himmelbett lockte.

Sie schaute es sich noch einmal an, sah die in herrliche Seide eingepackten Kissen, nahm den frischen Duft der Wäsche auf und schlug das mit leichten Daunen gefüllte Oberbett zurück.

Dann stieg sie hinein.

Für einen Moment blieb sie noch sitzen, bevor sie ihren Körper zurückdrückte und das Gefühl hatte, in eine andere Welt zu entfliehen. So etwas hatte sie noch nicht erlebt.

Carol Wade fühlte sich nicht wie in einem Bett. Sie glaubte, in einer anderen Welt zu schweben.

Sie war dem Zauber des Himmelbetts erlegen …

Noch immer war die Versteigerung nicht beendet. Auf über tausend Pfund hatte der Mann die Summe hochgepokert, und er gab nicht auf. Den Bräutigam interessierte das alles nicht. Er hatte sich abgewendet, in eine Ecke gedrückt und wartete darauf, dass die ihm vorgegebene halbe Stunde endlich verstreichen würde.

Er wollte zu seiner Frau.

Als er an sie dachte und sich den Körper nackt vorstellte, wurde es in seiner Kehle trocken, sodass er hastig zu einem noch gefüllten Glas mit Veuve Cliquot griff und in einem langen Zug leerte. In der Kehle ging es ihm etwas besser.

Jemand vom Personal trat auf ihn zu, entschuldigte sich und bat den Bräutigam ans Telefon.

»Ist es wirklich für mich?«, fragte Jerry Wade.

»Ja, Sir.«

»Und wer wünscht mich zu sprechen?«

»Mr. Dermont, Sir.«

»Was will er denn?« Die Frage galt nicht dem Bediensteten, er hatte sie mehr an sich selbst gerichtet. Seltsam fand er es schon. Wenn der Schlossbesitzer etwas von ihm wollte, hätte er es ihm auch persönlich sagen können.

»Wo steht der Apparat?«

»Ich führe Sie hin, Sir.«

Das Telefon stand auf einem kleinen Tisch neben der großen Kaminöffnung. Der Hörer lag neben dem Apparat. Er wurde Jerry Wade gereicht, bevor sich der Diener mit einer Verbeugung zurückzog.

»Mr. Dermont, was ist los?«

»Entschuldigen Sie, Sir, wenn ich Sie störe, aber ich muss mit Ihnen reden.«

»Dann kommen Sie her!«

»Nein, das ist nicht gut. Sie müssen zu mir kommen.«

Wade dachte an seine Verabredung und wurde ärgerlich. »Sehe ich gar nicht ein. Sie haben hier unten …«

»Es geht um Ihre Frau, Sir!«

Wade schluckte und rückte seine Brille zurecht. »Meine Frau? Was hat sie damit zu tun?«

»Das wollte ich Ihnen eben erklären.«

»Ist Sie bei Ihnen, Mr. Dermont?«

»Nein, natürlich nicht. Aber wir haben da ein kleines Problem. Sie werden es lösen können. Ich beschreibe Ihnen den Weg in meine Privaträume, bitte sehr.«

Jerry Wade hörte und stimmte zu. Als er den Hörer auflegte, kam er sich irgendwie überfahren vor, und er spürte auch etwas von dem unguten Gefühl, das sich in seinem Magen festgesetzt hatte. Daran trug nicht allein der genossene Champagner die Schuld.

Jerry Wade warf noch einen letzten Blick in den Saal. Er

hörte die Stimme des Auktionators, die sich fast überschlug. So näherte sich die Versteigerung dem Ende.

Kopfschüttelnd verschwand auch Jerry Wade aus dem Sichtbereich der Hochzeitsgäste. Er dachte über den Anruf und die Stimme des Mannes nach. Sie hatte irgendwie anders geklungen. Aufgeregter und dennoch gepresst. So komisch.

Man würde sehen.

Dermonts Wegbeschreibung war hervorragend gewesen. Er fand den schmalen Lift, der ihn nach oben bringen sollte. Die Treppe wollte er nicht nehmen, obwohl man ihm die Wahl gelassen hatte.

Die Tür war schmal, sie schimmerte wie mattes Aluminium. Er riss sie auf, betrat den Lift – und sah den Mann.

Es war Kamikaze.

Jerry Wade war so überrascht, dass er nichts sagen konnte. Als er sich wieder gefangen hatte, schaute er bereits auf die breite, blanke Messerklinge, die seine Kehle berührte.

Im Gesicht des Killers regte sich nichts. Er griff an Jerry vorbei und drückte einen bestimmten Knopf.

Der Lift schoss hoch.

Ich musste verdammt kurbeln, um den Silbergrauen in die enge Kurve hineinzukriegen, denn der Weg, den ich nahm, führte hinter das Schloss, und da wollte ich den Wagen abstellen.

Nicht auf dem offiziellen Parkplatz, der in der Dunkelheit durch die starken Leuchten gleißend hell angestrahlt wurde. Im Schatten des Schlosses war es sicherlich interessanter. Wir schaukelten aus der Kurve hervor und befanden uns hinter dem breiten Schloss auf einer großen Lichtung, wo ebenfalls ein Wagen abgestellt war, der im Licht unserer Scheinwerfer erschien.

Ein Rolls-Royce!

Und einen solchen Schlitten fuhr Akim Samaran!

Neben mir lachte Suko leise auf. »Wer sagt es denn? Irgendwo und irgendwann treffen wir ihn wieder.«

»Ist er denn so stark geworden?«, meldete sich Bill vom Rücksitz her.

»Du hast ihn doch gesehen. An der Küste ...«

»Ja, ja, aber ich bin ja nie auf dem Laufenden. Ihr habt zwar immer von ihm geredet, dass er aber so gefährlich sein soll, ist mir nicht klar geworden.«

»Dann weißt du es jetzt.«

Wir stiegen aus. Bill Conolly hatte darauf bestanden, mit uns zu fahren. Irgendwie empfand ich das auch als legitim. Schließlich hatte er uns auf die Spur gebracht.

Mein Gespräch mit dem Besitzer des Schlosses, einem gewissen Peter Dermont, hatte nicht viel ergeben. Entweder wusste der Mann nichts, oder er hatte nichts sagen wollen. So war es dann bei diesem Versuch geblieben, der sich letztendlich als Erfolg herausgestellt hatte, wenn ich mir den Rolls so betrachtete.

Offiziell wollten wir das Schloss nicht betreten. Auch nicht einbrechen. Vielleicht fanden wir eine Möglichkeit, durch irgendeinen Hintereingang in das Gebäude zu gelangen.

An der Rückfront brannten auch Lampen. Sie schufen helle Inseln. Hier sah es nicht so vornehm aus wie an der Vorderseite. Mülltonnen standen herum. Auf einige passte schon kein Deckel mehr, so sehr quollen sie über.

Wir betraten die Lichtinseln und schauten uns die Rückwand des Schlosses an, soweit dies möglich war.

Bill verzog das Gesicht. »Bisher habe ich noch keine offene Tür entdeckt.«

»Und ich kein Fenster«, sagte Suko.

Doch wir hatten Glück. Nicht weit von uns entfernt vernahmen wir ein kratzendes Geräusch, das entsteht, wenn eine Tür mit der Unterkante über den Boden schleift.

Wir liefen näher, sahen einen Lichtschein nach draußen fallen und von einer gebückten Gestalt durchqueren, die etwas vor sich herschob. Es war ein kleiner, mit leeren Kisten beladener Wagen. Wenn ich die Kisten nachzählte, kam ich mindestens auf zehn. Da mussten einige Leute ganz schön

Durst gehabt haben. Dementsprechend war sicherlich die Stimmung.

Der Mann erschrak zutiefst, als wir plötzlich neben dem Kistenwagen erschienen. Er gehörte zum Personal, war so angezogen, wie die Diener vor zweihundert oder mehr Jahren, und bekam kugelrunde Augen. Mit einem Sprung wollte er verschwinden und lief genau gegen Sukos ausgestreckten Arm, der ihn zurückfedern ließ.

»Bleiben Sie«, sagte ich.

Er nickte sprachlos, und Suko schob ihn tiefer in den Lichtkreis hinein, damit er das lesen konnte, was ich ihm vor die Nase hielt. Es war mein Ausweis.

Zunächst konnte er es nicht fassen und war noch immer erschreckt, auch als ich ihm bestätigte, dass wir von der Polizei waren.

»Aber was wollen Sie hier?«

»Ins Schloss«, sagte Bill.

»Da wird eine Hochzeit gefeiert.«

»Wissen wir«, erklärte ich. »Und glauben Sie mir, wir sind nicht umsonst gekommen. Sie werden uns jetzt einige Fragen beantworten, Mister.«

»Wenn ich kann …«

»Das glaube ich schon.«

Ich fragte ihn nach der Anzahl der Gäste aus und wie ihr Verhalten bisher gewesen war. Wir hatten zum Glück einen Mann erwischt, der beobachten konnte. Er gab uns eine sehr detailgerechte Beschreibung des Zustands der Gäste, und wir bekamen auch die Lage der einzelnen Räume von ihm, was sehr wichtig für uns war.

Nur das Brautpaar befand sich nicht mehr unter den Feiernden.

»Wo können die beiden denn sein?«, erkundigte sich Bill mit einem etwas anzüglichen Grinsen.

Der Mann schaute ihn erstaunt an. »Im Himmelbett!«

Da hatten wir es. Genau das wollten wir wissen. Ich fragte, wo wir das Bett finden konnten.

Er zögerte ein wenig, ich ließ nicht locker, drängte ihn, und schließlich bekamen wir auch hier eine klare Auskunft. Auf einem Zettel hatte Suko die wichtigsten Informationen notiert, sodass wir uns nicht verlaufen konnten.

»Und wem gehört der hier parkende Wagen?«

Der Mann schaute an uns vorbei. »Das ist ein Rolls«, murmelte er.

»Klar.«

»Ich weiß nicht. Bestimmt einem der Gäste.«

»Die haben ihre Fahrzeuge vor dem Schloss geparkt.«

»Dann weiß ich es auch nicht.«

Suko beschrieb Samaran und Kamikaze, aber dem Angestellten war nichts aufgefallen. Er hatte die beiden nicht gesehen.

Das Personal hatte noch Dienst, nur die Köche hatten längst Feierabend und waren gefahren.

»Können Sie uns ungesehen in das Schloss schmuggeln?«, fragte ich.

Der Mann schaute mich erstaunt an. »Wollen Sie denn nicht zu den Gästen?«

»Nein.«

»Ich weiß nicht.«

»Machen Sie schon!«, drängte Suko. Er hatte es besonders eilig, auf Kamikaze zu treffen, da zwischen den beiden noch eine große Rechnung offen stand.

»Aber auf Ihre Verantwortung«, erklärte der Diener, dem noch immer nicht wohl bei der Sache war.

»Natürlich«, lächelte ich.

Wenig später hatten wir das Schloss betreten, hörten den Lärm der Hochzeitsgäste, aber der interessierte uns nicht. Wir wollten dorthin, wo das Himmelbett stand …

Jerry Wade hatte nicht gewagt, auch nur die kleinste Fingerspitze zu rühren, und nur mehr auf die Klinge geschielt, die Kamikaze ihm mit der flachen Seite gegen den Hals gedrückt hielt, sodass die Kühle des Metalls allmählich von der Wärme der menschlichen Haut überlagert wurde.

Der junge Ehemann fühlte sich wie in einem Eisbehälter. Er fror, dann schwitzte er wieder, schließlich bekam er Schüttelfrost und das in dem Augenblick, als der Lift hielt und Kamikaze die Tür öffnete.

Sie betraten das Zimmer, in dem Peter Dermont wohnte.

Der Raum war nicht großartig erhellt. Nur wenige kleine Leuchten brannten. Im Lichtschein hockte ein angststarrer Peter Dermont auf einem Stuhl und hatte seinen Rücken gegen die hohe Lehne gepresst.

»Es, es tut mir Leid«, flüsterte er, als Jerry den Raum betrat. »Ich konnte nicht anders.«

Wade sagte nichts. Hinter ihm ging Kamikaze. Der Killer berührte ihn zwar nicht, allein seine Nähe reichte aus, um in Jerry Angstschauer hochschießen zu lassen.

Neben Dermont stand ein dunkelhaariger Mann, der eine Waffe in der rechten Hand hielt. Die Mündung zielte auf den Kopf des Schlossbesitzers.

Gesprochen wurde nicht. Die Gestik war deutlich genug. Chancen gab es keine.

Der junge Ehemann, der eigentlich bei seiner Frau hätte im Bett liegen müssen, ging mit zögernden Schritten weiter und sah eine dritte Person.

Zuerst dachte er an ein Tier, vielleicht an einen Affen, denn größer war das Lebewesen nicht, das auf den Knien des erstarrten Dermont saß und ihn anstierte.

Die Augen waren weit geöffnet, sodass sie wie Knöpfe innerhalb der tiefen Höhlen wirkten. Beim Näherkommen erkannte Jerry, dass es sich nicht um ein Tier handelte, sondern um einen Menschen, einen Zwerg …

Er schluckte.

Gab es überhaupt Zwerge?

Er kannte sie aus Sagen, und da waren sie immer mit einem bösen Blick beschrieben worden.

Auch dieser auf den Knien des Mannes schaute ihn starr und irgendwie grausam an, ohne sich dabei zu rühren, aber in den Augen las Jerry eine Mordabsicht.

Er holte schwer Luft. Schweiß hatte sich in seinem Nacken

gesammelt. Auf einmal wusste er Bescheid, dass dies eine Falle war, die allein ihm galt. Dermont spielte nur eine Nebenrolle.

Niemand hatte bisher gesprochen. Auch Dermont redete nicht. Er atmete nur schnell und hektisch. Der Blick seiner Augen bat den soeben Eingetretenen um Verzeihung.

Plötzlich bewegte sich der Zwerg. Er war dabei sehr schnell, sprang, und Jerry konnte nicht ausweichen. Im nächsten Moment spürte er den Druck auf seiner Schulter. Dort hockte der Kleine und krallte sich mit seinen scharfen Nägeln, die der junge Mann durch den Stoff seiner Kleidung spürte, fest.

Akim Samaran lachte. »Weißt du eigentlich, wer das ist, der bei dir auf der Schulter sitzt?«

»Nein …«

»Das ist Homunkulus, auch das Menschlein genannt. Er ist sehr gefährlich, und er killt, wenn ich will.«

Samaran wartete auf eine Antwort. Die bekam er auch. Nur als Frage geliefert. »Was wollen Sie von mir oder von uns?«

»Ganz einfach. Euch.«

»Ich verstehe nicht«, flüsterte Jerry. »Wollt ihr kein Geld, keinen Schmuck? Bitte, ich werde den anderen sagen, dass sie sich nicht wehren sollen, aber tun Sie mir einen Gefallen. Lassen Sie uns laufen! Wir haben Ihnen nichts getan.«

Samaran nickte, als er das Thema wechselte. »Du hast geheiratet, nicht wahr?«

»Ja.«

»Ist sie hübsch?«

»Sehr.«

»Sie will dich sehen, nicht wahr?«

»Meine Frau wartet.«

»Und das im Himmelbett.« Samaran lachte. Dermont und Wade wussten den Grund nicht, zudem gab Samaran auch keine Erklärung ab. »Ihr habt geheiratet, ihr liebt euch, ihr wartet aufeinander. Ich sehe keinen Grund, weshalb du nicht zu ihr gehen sollst.«

»Das kann ich mir vorstellen«, flüsterte Jerry. »Nur …« Er hob die Schultern. »Was soll das alles, wenn es fertig ist?«

»Du kannst den fragen, der auf deiner Schulter sitzt. Er ist derjenige, der unbedingt etwas ausprobieren will. Wir hätten euch in Ruhe gelassen, aber unser Menschlein möchte etwas probieren. Du wirst dich wundern.«

»Was denn?«

Da reagierte Homunkulus. Er lachte in das Ohr des anderen. »Es wird schön für dich, denn du bist der Erste, den es zusammen mit Peter Dermont erwischt, mein Lieber.«

»Was denn?«

»Geh vor.«

Als der junge Ehemann nicht augenblicklich gehorchte, bekam er von Homunkulus Druck. Das Menschlein spannte seine Klauen um Jerrys Hals und deutete ihm so an, wohin er zu gehen hatte.

»Bis zu Peter!«, hauchte er noch.

Es blieb Jerry Wade nichts anderes übrig, als diesem Befehl Folge zu leisten. Dicht vor dem Schlossbesitzer blieb er stehen. »Rück zur Seite!«, flüsterte Homunkulus, ohne seine Haltung auf der Schulter zu verändern. Dermont gehorchte. In seinen Pupillen lag ein Ausdruck der Angst und Erwartung. Er wusste, dass etwas Schreckliches auf sie zukommen würde, nur konnte er sich nicht denken, was es war.

Abwarten musste er …

Peter nahm Platz. Er zitterte in den Knien. Sein Herz pumpte. Im Raum schien sich die Luft verändert zu haben, jedenfalls fiel es ihm schwer, sie zu atmen. Ein zusätzlicher Druck lastete wie ein Alb auf seiner Brust, und er hätte seine Not am liebsten hinausgeschrien, aber er schaute auf den noch nahe der Tür stehenden Killer mit dem Pferdeschwanz. Vor ihm hatte er am meisten Furcht. Dieser Mann ging über Leichen, das wusste Jerry auch, ohne ein Wort mit ihm gesprochen zu haben.

»Setzt euch enger zusammen!« Der Homunkulus hatte jetzt das Kommando übernommen.

Die beiden Männer rückten so nahe zusammen, dass sich ihre Beine an den Außenseiten berührten.

Homunkulus war zufrieden. Kichernd wechselte er seine

Stellung. Jerry Wade spürte, wie der Zwerg über seine Schulter glitt, am Nacken vorbeihuschte und auf dem rechten Schultergelenk sitzen blieb. Er berührte ihn nur mehr mit einem Bein. Das andere hatte er auf die Schulter des Nebenmannes gesetzt.

So blieb er hocken.

Akim Samaran bewegte sich. Um seine Lippen lag ein satanisches Lächeln. Er wollte genau mitbekommen, was geschah, deshalb baute er sich vor den beiden Männern auf.

In seinen Augen leuchtete es. Spannung hatte ihn erfasst, im Gegensatz zu den armen Opfern, deren Starrheit von der Angst vor der nahen Zukunft diktiert wurde.

»Jetzt!«, flüsterte das Menschlein rau. »Jetzt werde ich das Experiment wagen.«

Und er drückte zu.

Seine zehn Finger hatten sich über zwei Hälse verteilt und übten einen stets gleichen Druck auf sie aus.

Beide Männer gerieten in einen nicht erklärbaren höllischen Strudel, aus dem es für sie kein Entrinnen mehr gab, denn die Magie des Homunkulus funktionierte.

Beide Männer glaubten, dass ihnen eine Klammer die Luft nehmen würde. Trotzdem konnten sie atmen.

Aber es war nicht der normale Sauerstoff, der in ihre Lungen geriet. Heiße Strömungen tankten sie. Regelrechte Hitze jagte in ihre Lungenflügel hinein, sodass sie glaubten, innerlich verbrennen zu müssen. Sie stöhnten synchron, ihre Angst steigerte sich zu einem Gefühl des Wahnsinns, und gleichzeitig geschah etwas mit der Gestalt des Homunkulus.

Akim Samaran und Kamikaze beobachteten voller Faszination die Veränderung dieses kleinen Menschen. Er behielt zwar seine Größe, wurde aber zu einem glühenden Etwas, als hätte man ihn in das heiße Feuer einer Schmiede geschleudert.

Und dieses Feuer breitete sich aus.

Es fraß, es wanderte, es drängte nach rechts und nach links, sodass es beide Männer zur gleichen Zeit erfasste und sie ebenfalls zum Glühen brachte.

Ihre Körper veränderten sich. Sie schmolzen und wurden aufeinander zugedrückt, sodass sie eine Einheit bildeten.

Aus zwei wurde eins.

Noch einmal glühte das Feuer so intensiv auf, als wäre es das Auge eines Teufels, dann erloschen die Flammen, die Glut nahm einen dunkleren Ton an und war von einem Augenblick zum anderen verschwunden. Nicht mal ein Nachglühen konnten die stummen und faszinierten Zuschauer erkennen.

Das Resultat dieses magischen Vorgangs saß vor ihnen.

Ein Mensch, der aus zwei Körpern zusammengefügt worden war. Halb Jerry Wade, zur anderen Hälfte Peter Dermont.

Beide Arme und Beine waren noch vorhanden, wobei sich der Körper des blonden Jerry Wade ein wenig vorgeschoben hatte und auch der Kopf mit den hellen Haaren vorstand.

Der andere Schädel wuchs ein wenig versetzt aus der Schultergeraden, und beide Gesichter schauten starr nach vorn, auf den kleinen, dennoch so schrecklichen Homunkulus, der die Doppelgestalt umtanzte.

Er hätte auch die Hauptrolle in dem Kindermärchen Rumpelstilzchen spielen können, aber zum Lachen war die Szene nicht. Dieser kleine, künstliche Mensch hatte in den Kreislauf der Natur eingegriffen, und es war ihm auf eine magische Art und Weise gelungen.

Nach langer Zeit ließ sich Kamikaze zu einer Bemerkung hinreißen. »Er ist stärker, als ich dachte«, erklärte der Killer. »Ich werde mich vorsehen müssen, dass er mir nicht den Rang abläuft.« Er hatte so leise gesprochen, dass nur Samaran die Worte verstehen konnte, und der fügte ein leises Lachen hinzu.

»Ja, gib nur Acht.«

Kamikaze hatte verstanden. »Auf welcher Seite stehst du?«

»Auf der des Besseren!«, lautete die eiskalte Antwort. »Du musst dich anstrengen, Kamikaze!«

»Das werde ich.«

Mehr sprachen sie nicht, denn Homunkulus hatte mit

seiner Tanzerei aufgehört. Er war vor dem Doppelmensch stehen geblieben und hatte beide Arme erhoben wie ein Dirigent, der darauf wartet, dass sein Orchester einsetzt.

»Ja, kommt«, sagte er mit seiner rauen Stimme. »Kommt nur her, ihr beiden.«

Sie standen auf.

Etwas verzögernd reagierend, sodass der Blonde seinen Körper früher in die Höhe drückte, als der dunkelhaarige mit dem schon gelichteten Schopf. Es kam zu leichten Schwankungen, denn beiden fiel es nach den ersten Schritten schwer, auf den Füßen zu bleiben. Sie mussten sich erst daran gewöhnen und gedanklich absprechen, wenn sie sich bewegen wollten.

»Es ist sagenhaft!« Samaran konnte sich kaum beruhigen. »Ich habe viel erlebt, das ist die Spitze.«

»Hat sich dein Ausflug nach Prag nicht gelohnt?«

Akim Samaran war von dieser kleinen Gestalt so angetan, dass er den Würfel des Unheils fast vergaß. Er schmiedete längst neue Pläne und dachte darüber nach, ob er diese Person nicht einsetzen konnte, um den Würfel aus dem Archiv von Scotland Yard zu holen.

Das wäre eine Sache …

Zuvor musste er sich mit anderen Dingen beschäftigen. Wichtig war das Himmelbett und die darin versteckte Botschaft. Wenn er das Pergament zwischen die Finger bekam, würde sich seinen gewaltigen Plänen das erste große Tor öffnen.

Homunkulus wandte sich mit einer Frage an seinen Mentor. »Wohin soll ich ihn schicken?«

Akim Samaran lachte. »Er soll den Weg nehmen, den wir auch gehen. Hat der Bräutigam nicht davon gesprochen, dass ihn seine frisch Angetraute erwartet?«

»Das stimmt«, sagte Kamikaze.

»Dann wollen wir ihm nicht im Wege stehen …«

Sie sank ein, sie hatte das Gefühl zu schweben, sie fühlte sich federleicht und wie auf Wolken getragen und vom Wind fortgeschwemmt in ein All hinein, das grenzenlos war.

Hin zu den Sternen, den Sonnen und den Monden, dabei fühlte sie sich frei und sicher.

Bis zu dem Augenblick, als alles vorbei war und sich der Zustand ins Gegenteil umkehrte.

Plötzlich hatte sie die Realität wieder. Auf einmal merkte sie die Matratze unter sich, das leichte Federbett, die hauchdünne, kostbare Seide des zarten Nachtgewandes auf ihrer Haut, und sie sah über sich den nach innen gewölbten Himmel des Bettes.

Bisher hatte sie nicht gewusst, dass die Innenseite des Himmels mit einem Muster bestickt worden war, erst jetzt konnte sie die Zeichen erkennen und musste schon sehr genau hinschauen, um sie identifizieren zu können.

Es waren Motive.

Mal zeigten sie einen Tierschädel, mal den eines Menschen, und die junge Frau wunderte sich darüber, eine Gestalt mit einem Ziegenbockkopf an der Innenseite des Himmels zu sehen.

Das passte einfach nicht dahin.

Carol schloss die Augen, öffnete sie wieder, schaute abermals hoch und sah kein Muster mehr.

Es war weg.

Prustend stieß sie den Atem aus. Also doch eine Täuschung, sagte sie sich. Eine verdammte Täuschung. Wer war auch so verrückt und stickte oder malte solche Figuren in den Himmel eines Hochzeitsbetts?

Plötzlich fiel Carol ein, dass sie noch immer allein im Bett lag. Deshalb drehte sie sich auf die Seite, um einen Blick zur Uhr zu werfen.

Sie erschrak. Das Limit, dass sie ihrem Mann gegeben hatte, war längst überschritten. Schon eine halbe Stunde nach Mitternacht war es. Er kam einfach nicht.

Da stimmt was nicht, dachte sie. So lange kann man sich doch nicht festhalten lassen!

Carol Wade merkte, wie der Ärger in ihr hochschoss. Sie wollte sich nicht lächerlich machen und nach unten gehen, aber anrufen konnte sie schon und ihren Mann von einem Bediensteten an den Apparat holen lassen.

Nur die eine Lampe brannte im Zimmer. Sie warf ihr Licht auf den kleinen Beistelltisch mit dem Sektkühler, den beiden Gläsern und dem Telefon.

Leider konnte sie es vom Bett aus nicht erreichen. Carol musste schon aufstehen.

Das schaffte sie nicht.

Es gelang ihr kaum, die Beine anzuziehen, denn sie hatte sich soeben mit dem Gedanken vertraut gemacht, das Bett zu verlassen, als es anfing zu reagieren.

Es waren die Vibrationen, die plötzlich innerhalb der Pfosten steckten und diese allmählich zum Erzittern brachten. Zunächst nur sehr langsam, dann immer schneller und wilder, sodass Carol das Gefühl hatte, ihr Bett müsste jeden Moment anfangen zu tanzen.

Das geschah nicht.

Trotz der schnellen Vibrationen blieb das eigentliche Bett ruhig, aber die Spannungen pflanzten sich trotzdem fort und griffen auf den Körper der jungen Frau über.

Dabei veränderte sich ihr Herzschlag.

Carol Wade wurde leichenblass, als sie dies bemerkte, denn der Schlag ihres Herzens tuckerte im Rhythmus der Bettvibrationen. Es war ihr einfach rätselhaft, und sie hätte gern dagegen angekämpft. Sosehr sie sich auch bemühte, es gelang ihr nicht.

Dafür vernahm sie eine Stimme.

Zuerst war sie nur ein Zischen, und sie drang aus weiter Ferne an ihre Ohren. Auf dem Weg wurde sie ständig lauter, das Zischen veränderte sich, Worte wurden gesprochen.

Carol Wade lag bleich und schweißbedeckt auf den kostbaren Laken. Sie hatte die Hände in die Decke verkrallt, ihr Atem ging unregelmäßig, den Kopf warf sie von einer Seite auf die andere, wobei sie gleichzeitig der Stimme lauschte.

»Du bist eine Gefangene des Bettes …«

Eine Gefangene des Bettes!

Die junge Frau konnte es nicht fassen. Vor allen Dingen wusste sie nicht, wer da zu ihr gesprochen hatte. Es war keiner ihrer Hochzeitsgäste gewesen.

Stand er vielleicht im Zimmer? Möglicherweise an ihrem Bett. Sie erschrak noch mehr. In ihrem Kopf breitete sich das dumpfe Brausen aus. Manchmal konnte sie kaum Luft bekommen, dann drehte sich alles vor ihren Augen, und sie hatte Mühe, das Gesicht so weit auf die Seite zu drücken, dass sie zur Tür blicken konnte.

Dort tat sich nichts.

Im Restschein des Lichts sah sie die Tür als Schatten innerhalb der Mauer, das war alles.

Von dort hatte also auch keiner zu ihr gesprochen.

Und doch war die Stimme vorhanden gewesen.

Carol bekam Angst. Vielleicht hockte jemand unter dem Bett und wartete darauf, sie töten zu können. Man hörte ja vieles, und möglich war im Prinzip alles.

Noch blieb er ruhig. Nur das Bett summte, vibrierte, aber eine Gestalt, die Carol ans Leben wollte, war nicht zu sehen. Dafür riss die Stimme nicht ab.

Sie flüsterte ihr zu. Aus dem Unsichtbaren brachte sie die Botschaft, und die junge Frau hörte hin. Sie verstand etwas von einer geheimnisvollen Schriftrolle, die in dem Bett versteckt war und den Weg in eine fremde Welt zeigen sollte.

»Wer bist du?«

Carol Wade wunderte sich darüber, dass es ihr gelungen war, diese Worte auszustoßen, wo ihre Kehle doch so rau wirkte. Wie aufgekratzt. Eine direkte Antwort erhielt sie nicht, dafür sagte ein anderer: »Ich bin gestorben, ich bin in diesem Bett gestorben. Mein Geist erfüllt die alte Liegestatt. Und ich werde dafür sorgen, dass mein Geheimnis bewahrt bleibt. Ich habe geforscht, ich habe nachgesehen, ich war der Mann, der alles erforscht und niedergeschrieben hat. Ich …«

»Wer bist du?«, fragte Carol. »Nenn mir deinen Namen!«

Sie hörte ein leises Lachen. »Ich bin der Herrscher über dieses Bett. Darin hat man mich ermordet. Man nahm ein Würgeeisen und brachte mich um. Sie kannten kein Erbarmen, weil sie Angst vor mir hatten. Doch ich habe große Dinge herausgefunden. Ich weiß, wo der Gral seinen Ursprung hat. Ja, ich weiß es …«

Carol verstand zwar die Worte, allein, sie begriff sie nicht. Es war ihr einfach zu hoch. Von einem Magier hatte sie schon einmal gehört. Das waren Menschen mit besonderen Fähigkeiten, die in einem Zirkus auftraten, aber mehr Artisten als irgendetwas anderes, womöglich noch echte. Nein, da musste etwas anderes dahinter stecken.

Und dann die Erwähnung des Würgeeisens. Sie kannte dieses Folter- und Tötungsinstrument. Man nannte es Garotte. Die Spanier hatten es benutzt, um Gegner zu töten. Während der Inquisition war es in Mode gekommen. Ein furchtbares Instrument.

»Ich bin es, mein Geist lebt weiter. Solange das Bett existiert, bin auch ich da …«

Die junge Frau hatte ihre erste fürchterliche Angst überwunden. »Wer bist du?«, hauchte sie.

»Hector de Valois!«

Sie lauschte dem Namen, überlegte, wo sie ihn schon einmal gehört hatte und kam zu keinem Ergebnis. Nein, dieser Name, der so französisch klang, war ihr unbekannt. Noch nie hatte sie etwas von einem Hector de Valois vernommen.

»Ich kenne dich nicht.«

»Viele kannten mich nicht, aber viele haben mich kennen gelernt, und es war nicht immer angenehm für sie, das kann ich dir sagen. Ich hatte mehr Feinde als Freunde. Neider und Menschen, die mich gern tot gesehen hätten. Sie haben es nicht geschafft. Sie konnten meinen Körper vernichten, mein Geist aber lebt weiter. Ebenso wie das Bett. Er und diese Liegestatt bilden eine Einheit.«

»Was willst du von mir?«

»Jeder, der in diesem Bett schläft, gerät in meine Fänge. Der eine stärker als der andere. Es kommt immer auf den Menschen an, der die Liegestatt benutzt. Schon oft haben Hochzeitspaare hier gelegen und waren am nächsten Morgen verstört. Sie sind nie dazu gekommen, ihren ehelichen Pflichten nachzugehen, weil sie mein Geist daran gehindert hat, denn ich bin der wahre Herrscher. Hast du nie mit Leuten gesprochen, die im Himmelbett ihre erste Nacht verbracht haben?«

»Nein.«

»Sie hätten auch nichts gesagt. Sie hatten Albträume, die Nacht gehörte nicht ihnen, sie gehörte mir. Ich habe dafür gesorgt, dass dies geschehen konnte, denn meine Kräfte beherrschen das Bett. Ich sehe alles, was sich darum abspielt.«

Carol atmete wieder schneller. Diese Eröffnungen hatten sie geschockt, weil sie so etwas kaum glauben konnte. Sie musste sich überwinden, um eine nächste Frage zu stellen. »Und was siehst du jetzt?«, erkundigte sie sich mit leiser Stimme.

»Ich sehe sie nicht, ich spüre nur die Gefahr, die sich dir nähert. Jeder, der mein Bett benutzt, schwebt in Gefahr. Doch von mir hast du nichts zu befürchten …«

»Von wem dann?«

Da lachte der unsichtbare Hector de Valois. »Andere sind da. Sie befinden sich bereits auf dem Weg zu dir. Sie werden in dieses Zimmer kommen, weil sie ebenfalls das Bett untersuchen wollen, um dessen Geheimnis zu erfahren. Wundere dich nicht.«

»Wo sind sie?«

»Fast vor der Tür, junge Frau. Fast vor der Tür. Und dein Mann ist auch dabei!«

Carol erschrak. »Wieso mein Mann?«

»Wartest du nicht auf ihn?«

»Schon, aber …«

»Er kommt zu dir. Er wird dich nehmen wollen und kann es nicht. Und er ist nicht allein. Andere sind bei ihm, andere. Schau zur Tür, dann wirst du es sehen.«

Es gelang Carol Wade, sich so weit auf die Seite zu drehen, dass sie ihren Blick auf den Zimmereingang richten konnte.

Dort geschah tatsächlich etwas.

Die Tür wurde geöffnet.

Normalerweise quietschen Türen in alten Burgen oder

Schlössern. Das war hier nicht der Fall. Lautlos glitt sie nach innen und scheuerte nicht einmal über den Teppich.

»Jetzt kommt er«, flüsterte die Stimme des Hector de Valois ein letztes Mal. »Sieh genau hin, denn dein Ehemann bringt bereits in der ersten Nacht Besuch mit …«

Hatte der Unsichtbare gelogen?

Noch sah Carol nichts, doch ihr Herzschlag verstärkte sich, als sie die Schritte hörte. Der oder die Ankömmlinge wurden von der Tür verdeckt, es konnte nur mehr Sekunden dauern, bis sie plötzlich erschienen.

Dann kamen sie.

Schon beim Anblick des ersten Mannes hätte sie schreien können, denn es war eine furchtbare Gestalt. Größer als die meisten anderen Menschen, dabei mit langen, fahlblonden Haaren, die er an seiner hinteren Kopfseite zu einem Pferdeschwanz zusammengedreht hatte. Sein Gesicht geriet für einen Moment in den Schein der Lampe. Es zeigte die Brutalität auf all seinen knochigen Zügen.

Ein menschliches Monstrum …

Carol Wade schüttelte sich und hielt den Atem an, denn die große Gestalt kam nicht allein. Hinter ihr schob sich abermals jemand in den Raum, und auch diesen Mann kannte sie nicht. Er war kleiner als der erste, trug ebenfalls dunkle Kleidung, und auf seiner Schulter hockte ein Tier, das vielleicht die Größe einer sitzenden Katze hatte.

Die beiden Männer schlichen in den Raum. Ihren eigenen sah Carol Wade nicht. Hatte der Unsichtbare nicht davon gesprochen, dass auch Jerry noch kommen würde?

Sie blickte an den beiden anderen vorbei und konnte die offen stehende Tür erkennen, aber niemand sehen. Nur dahinter hörte sie Geräusche, als würde jemand auf der Stelle treten.

Ein kalter Schauer rann über ihren Körper. Er löste sich mit den Hitzewellen ab, die sie ebenfalls überfielen.

Dann musste sie ihre Aufmerksamkeit auf die beiden

Männer konzentrieren, die ihr Bett ansteuerten. So unterschiedlich sie auch vom Aussehen her waren, Carol wusste nicht, vor wem sie mehr Angst haben sollte. Beide sahen gefährlich aus. Auch den kleinen Mann wollte sie unter keinen Umständen unterschätzen. Er schien sogar der Boss zu sein, denn auf einen Wink von ihm ging der Große zur Seite.

Der Kleinere trat an ihr Bett. Dicht daneben blieb er stehen und nickte Carol zu. »Guten Morgen, junge Frau«, sagte er und lächelte dabei kalt.

Carol hatte sich wieder gefangen und auch ihre Stimme zurückgefunden. »Was wollen Sie denn von mir?«

Er stellte sich vor, ansonsten ging er nicht auf ihre Frage ein. »Mein Name ist Akim Samaran, und es tut mir Leid für Sie, dass Sie sich ausgerechnet dieses Bett für Ihre Hochzeitsnacht ausgesucht haben. Hätten Sie kein anderes wählen können?«

»Nein, weshalb?«

»Weil ich das Bett haben will.«

»Das können Sie, Mister. Sie brauchen es nur zu mieten. So haben wir es auch getan.«

Samaran schüttelte den Kopf. »Ich will es nicht mieten, ich will es haben und zerstören. Das ist der Unterschied.«

Er konnte reden, soviel er wollte, Carol begriff von seinen Plänen nichts. Außerdem hatte sich ihr Blick an der Gestalt auf der Schulter des Akim Samaran festgesaugt.

Das war keine Katze, sondern ein Mensch!

Sie hatte so etwas noch nie gesehen. Das war keine Puppe, sondern ein Mensch, ein Winzling, ein Zwerg, der auf der Schulter eines Normalgewachsenen Platz hatte.

Sie versuchte nicht mehr, nach Erklärungen zu suchen. Ihr war alles egal, auch die Stimme des Unsichtbaren. Hier Verbindungen herstellen zu wollen überschritt ihre Kräfte. Das war nicht möglich, zu viel stürmte auf sie ein, und sie schaute zu, wie der Mann neben dem Bett seinen Kopf erhoben hatte. Er interessierte sich überhaupt nicht mehr für sie. Das Bett war wichtig.

Manchmal nickte er sich selbst zu, wenn sich seine Lippen bewegten, er aber keinen Ton sprach.

»Ist es das Bett?«, fragte Kamikaze.

»Ja.«

»Und es hat tatsächlich ihm gehört.«

»Sicher. Hector de Valois!«

Als die junge Frau den Namen aus dem Munde Akim Samarans hörte, erschrak sie.

Das blieb dem Mann nicht verborgen. Er beugte sich vor und fragte: »Ist etwas?«

»Nein, nein!«

»Keine Lüge!« Plötzlich klang seine Stimme scharf. Es sah so aus, als wollte er sie schlagen, und die Augen des Zwergs auf seiner Schulter begannen zu leuchten.

»Ich kenne ihn nicht!«, stieß sie hervor.

»Weshalb hast du reagiert?«

»Weil ich ihn hörte.« Die junge Frau schüttelte den Kopf. Sie hatte sich halb aufgesetzt und stützte sich auf ihren linken Ellbogen. »Seine Stimme war plötzlich da. Ich hörte, aber ich sah ihn nicht. Er warnte mich und sprach davon, dass man seinen Körper zwar hatte vernichten können, aber nicht seinen Geist. Er sei ein gefährlicher Magier gewesen.«

»Das stimmt«, bestätigte Samaran. »Ein Magier war er. Magier und Wissenschaftler. Er wusste genau Bescheid. Er kannte viele Geheimnisse. Leider ging von ihm zu viel im Laufe der wechselvollen Geschichte verloren, aber er war einer der wenigen, die eine Spur des Grals aufgenommen hatten. Dabei hätte er mächtig werden können, wenn nicht irgendwelche Feinde zu groß gewesen wären und ihn töteten. Aber von seinen Aufzeichnungen existiert noch ein Teil. Ich weiß es, und ich weiß auch, wo ich es finden kann.« Samaran streckte seinen Arm aus. Die Hand umklammerte einen der Pfosten hinter dem gerafften Vorhang. »Hier kann ich alles finden. Hier in seinem Bett befindet sich ein großes Geheimnis. Alte Überlieferungen derjenigen, die damals schon viel wussten …«

»Bitte, Mister, ich weiß nichts. Wirklich nichts. Ich wollte hier nur mit meinem Mann die Hochzeitsnacht verbringen.«

Samaran lachte auf. »Ach ja«, sagte er. »Mit deinem Mann

wolltest du die Nacht verbringen. Das ist die Idee. Ich habe ihn ja mitgebracht. Möchtest du ihn sehen?«

»Ja, ja!«

»Wirklich?«, fragte Samaran noch einmal nach, während er sich bereits umdrehte.

Sie nickte nur.

Der Zwerg auf Samarans Schulter begann plötzlich zu lachen. Das Gelächter gefiel Carol überhaupt nicht. Irgendetwas musste er in der Hinterhand halten, darauf deutete seine Reaktion hin.

Samaran streckte seinen Arm aus. Er deutete auf die Tür. »Kommt!«, rief er laut. »Man will euch sehen!«

Carol Wade achtete nicht auf die genauen Worte. Während unter ihr noch immer Hochzeit gefeiert wurde und weiterhin der Champagner floss, schaute sie auf die Tür.

Sie wurde aufgedrückt.

Sehr langsam, als wollte es ihr junger Mann besonders spannend machen. Und dann kam er.

Zuerst erschien der Schatten innerhalb der kleinen Lichtinsel. Ein seltsamer Schatten, irgendwie verwachsen aussehend, zwar menschlich, aber dennoch anders.

Er kam näher.

Carol konnte ihn besser erkennen und glaubte im nächsten Moment, wahnsinnig zu werden

Sie hörte das widerliche, hässliche Lachen Akim Samarans, während sie selbst unfähig war, auch nur einen kleinen Finger zu rühren. Ihr kam es vor, als hätte man sie in Eis gepackt, das durch seine Kälte jegliche Körperfunktionen reduzierte, sodass nur die Angst und das hämmernde Klopfen ihres Herzens blieben.

Es war furchtbar.

Vor ihr stand nicht mehr Jerry Wade, sondern ein Monstrum. Ein Mensch, der zwei Körper besaß, die zusammengewachsen waren. Einmal Jerry Wade, zum anderen Peter Dermont, der Schlossbesitzer.

Sein Schädel wuchs schräg versetzt hinter Jerrys blondem Haarschopf aus der Schulter. Jerry hatte seine Brille verloren, er sah ein wenig fremd aus. Das lag bestimmt nicht an der Qual, die sich in seinen Gesichtszügen abzeichnete.

Furchtbares musste er durchmachen …

Carol hockte in ihrem Bett, rührte sich nicht und schaute auf die Mutation mit vier Beinen, vier Armen, zwei Köpfen und zwanzig Fingern. Auf ihren vier Beinen bewegte sich die Gestalt näher. Ja, sie ging, und Jerry zog die Beine des anderen Menschen gewissermaßen nach. Es drängte ihn trotz seines Zustandes, in die Nähe seiner Frau zu kommen, die ihn mit Gefühlen erwartete, die kaum jemand beschreiben konnte, am wenigsten sie persönlich.

Samaran stand neben dem Bett, hielt einen Arm ausgestreckt und deutete auf die Liegestatt, während er mit der Mutation sprach. »Kommt ruhig näher, ihr beiden. Los, du junger Bräutigam! Willst du deine Frau nicht begrüßen? Sie hat lange genug warten müssen.«

Der blonde Kopf drehte sich Samaran zu. Ein Flehen stand in den Augen, das dieser andere Mensch nur mit einem überheblichen Lachen quittierte.

»Du wirst nicht erlöst«, erklärte er. »Du nicht. Los, geh endlich hin und zeige es ihr!«

Jerry senkte den Kopf. Der andere Schädel mit den Gesichtszügen des Schlossbesitzers war noch hoch aufgerichtet. Die Augen hatte er verdreht, sodass das Weiße zu sehen war, und manchmal zuckten auch seine eigenen Hände, während Jerry anders reagierte, sich noch vorschob und dicht vor dem Bett auf die Knie fallen ließ, als wollte er seine Frau um Verzeihung für den Schrecken bitten.

Es war die Horrornacht im Himmelbett!

So etwas hätte sie sich in ihren schlimmsten Träumen nicht vorstellen können, und als jemand schluchzte, fiel es ihr erst später auf, dass sie es war, die diese Laute ausstieß. Die Nerven spielten nicht mehr mit. Der Blick auf die schreckliche Mutation verschwand hinter einem Schleier, und noch immer kniete Jerry vor ihr.

Ein Bild der Hilflosigkeit. Vier Hände streckten sich ihr Hilfe suchend entgegen. Auf Jerrys Gesicht malte sich eine unbeschreibliche Qual ab, die gleiche Pein, die Carol auch auf den Zügen des Schlossbesitzers entdeckte. Beide Männer mussten schrecklich leiden.

Akim Samaran nahm sich die Zeit, damit Carol die Männer genau ansehen konnte. Im Hintergrund lauerte Kamikaze. Diese Riesengestalt war wie ein wachsamer Schatten, während Homunkulus seinen Spaß hatte und das breite Gesicht oft zu einem noch breiteren Grinsen verzog.

So vergingen Minuten, in denen Carol Wade von einem Taumel in den anderen gerissen wurde.

Von der Kraft oder Magie des Himmelbetts spürte sie nichts mehr. Wichtig war ihr Mann. So rückte sie bis dicht an die Kante heran, flüsterte den Namen und streckte die rechte Hand aus, weil sie mit den Fingerspitzen das so bleiche Gesicht berühren wollte.

Sie schaffte den Kontakt auch und spürte die Feuchtigkeit des Schweißes auf ihrer Haut.

»Jerry – Darling«, hauchte sie und bekam keine Antwort. Er hob nur einen seiner Arme, nahm ihre Finger und hielt sie fest, als wollte er sie nie wieder loslassen.

Kalte Hände hatte er, fast wie Eis.

Ohne ihren Gatten loszulassen, schaute die junge Frau hoch und damit Akim Samaran ins Gesicht. »Warum nur?«, fragte sie. »Weshalb haben Sie das getan? Wir wollten Ihnen nichts, nur unsere Hochzeitsnacht verbringen.«

Samaran hob die Schultern. »Euer Pech, dass ihr euch gerade dieses Bett ausgesucht habt. Ich habe einfach zu lange gesucht und geforscht, um einen Rückzieher zu machen. Es tut mir Leid für Sie.«

»Nein!«, schrie Carol. »Es tut Ihnen nicht Leid. Sie sind kein Mensch mehr, Sie sind ein widerliches Untier! Es kann Ihnen gar nicht Leid tun. Wenn jemand so ist wie Sie, ohne Seele, ohne …«

»Hör auf!« Samaran hatte so laut gesprochen, dass Carol erschrak und die Finger ihres Gatten losließ.

Dessen Arm fiel nach unten. Die Hand berührte den weichen Teppich, auf dem das Bett stand.

Samaran nickte. »Genug geflirtet«, erklärte er. »Ich will, dass du aufstehst!«

»Was soll ich?«

»Raus aus dem Bett. Es gehört uns!«

Carol wehrte sich nicht mehr. Sie schlug die Decke ganz zurück. Dass sie nur mehr das dünne Nachtgewand trug, störte sie nicht. Auch Samaran hatte dafür keinen Blick. Ihn interessierten andere Dinge. Er wollte einen Erfolg erzielen, um seinem großen Ziel ein kleines Stück näher zu kommen.

Als Carol nicht sofort spurte, fasste er sie hart an und schleuderte sie zu Boden. »Raus habe ich gesagt!«

Carol erstickte fast an ihrer Wut und auch an der Angst. Sie stand nur mehr Feinden gegenüber. Auch wenn Jerry ihr hätte helfen wollen, es wäre ihm nicht möglich gewesen. Er befand sich eingekreist in eine schreckliche Magie und sah keine Chance mehr, da je wieder herauszukommen. Würde auch sie in diesen Kreislauf hineingeraten?

Sie stemmte sich hoch. Auch die Mutation stand auf. Der Kopf des Schlossbesitzers war in den Nacken gedrückt worden, sodass Jerry seine Frau ansehen konnte.

Sie trat auf ihn zu, streckte die Arme aus und legte beide Hände gegen die Wangen. So fasste sie ihn an und weinte leise.

»Zurück mit euch!«, forderte Samaran sie auf. »Ihr könnt meinetwegen zuschauen!«

Sie ging nicht. »Und dann?«, fragte Carol. »Was geschieht danach, wenn Sie das Bett zertrümmert haben?«

»Dann überlasse ich euch Kamikaze!«

Nach dieser Antwort schaute Carol zu dem schweigenden Leibwächter hin, und über ihren Rücken rann eine Gänsehaut. Sie wusste, wie das Danach aussehen würde.

Menschen wie Samaran konnten keine Zeugen gebrauchen. Sie würden alles daransetzen, um sie zu töten. Radikal vernichten, eiskalt ausschalten, das war ihre Devise. Nur keinen am Leben lassen, der zu viel über ihre Pläne wusste.

Sie suchte nach einem Ausweg aus dem Dilemma. Dass sie nicht zur offenen Tür laufen konnte, war ihr klar. Der hochgewachsene Killer würde immer schneller sein und dafür sorgen, dass ihr nicht die Spur einer Chance blieb.

Konnte sie Samaran überreden, es nicht zu tun? Aber was sollte sie sagen? Plötzlich fiel ihr etwas ein. »Nein«, sagte sie, »nein! So einfach ist das nicht. Wir sind nicht die Einzigen in diesem Schloss. Unter uns wird noch gefeiert. Das sind über zwanzig Personen. Sie können nicht alle umbringen.«

Gelassen drehte sich Akim Samaran herum. »Wirklich nicht?«, fragte er beinahe lässig. Es war der Klang in seiner Stimme, der die Hoffnung der jungen Frau zusammenschrumpfen ließ.

Carol nickte. Ja, gab sie sich selbst zu. Diesen Typen würde es nichts ausmachen, alle umzubringen. Das traute sie ihnen zu.

»Carol!«

Es war nur mehr ein Flüstern, ein Hauch, aber sie hatte die Stimme ihres Mannes verstanden und drehte sich zu ihm um.

Die beiden schauten sich an. Peter Dermont hatte seinen Kopf zur anderen Seite hin gebogen. Wahrscheinlich wollte er nichts hören und auch nicht sehen, was sich Carol und Jerry zu sagen hatten.

Sie nahm die Hände ihres Mannes, dessen folgende Worte sie tief trafen und sie erschütterten. »Carol, ich habe dich heiraten wollen. Ich liebe dich, aber andere sind stärker. Bitte, tu mir einen Gefallen! Vergiss mich nicht …«

Ein erstickt klingender Laut drang aus dem Mund der jungen Frau. Die Worte ihres Mannes hatten so endgültig geklungen, als wäre alles vorbei. War es das wirklich?

Sie riss sich so zusammen, wie nie in ihrem Leben zuvor, denn sie wusste, dass sie in den folgenden Minuten Hoffnung verbreiten musste. Das würde ihr schwer fallen.

»Bitte, mein Lieber, bitte! Noch ist nicht alles verloren. Es ist schrecklich, was man dir angetan hat, aber denke daran, dass du noch lebst. Ja, noch lebst du!«

Er lachte. »Leben?«, fragte er. »Himmel, was ist das für ein

Leben, das ich führe. Es ist mehr ein Dahinvegetieren. Es ist einfach schlimm, schrecklich und grausam. Es tut mir schrecklich Leid, dir die nächsten Worte sagen zu müssen. Der Tod ist für mich eine Erlösung. Soll ich jahrelang als Doppelkörper herumlaufen? Mit vier Händen, vier Beinen und …«

»Nein, Jerry, auf keinen Fall. Du weißt selbst, dass die Wissenschaft nicht stehen bleibt. Heute kann man Menschen, die zusammengewachsen sind, auch wieder trennen. Das ist nicht mehr unmöglich, Jerry, glaub mir das.« Sie nickte heftig, weil sie selbst an diese Chance glaubte. »Wir müssen es schaffen. Du bist mein Mann, ich werde dir dabei helfen!«

Jerry schüttelte seinen Kopf und musste sich vorsehen, nicht gegen den Schädel des anderen zu stoßen. »Ich finde es nett von dir, dass du so denkst, ich kann es nämlich nicht. Für mich ist die Hoffnung einfach verschwunden.«

Unter Tränen nickte Carol. »Keine Sorge, mein Lieber, ich gebe sie dir wieder zurück.«

Schritte unterbrachen ihren Dialog. Kamikaze hatte sich in Bewegung gesetzt. Er ging auf das Bett zu, weil Samaran ihm gewunken hatte. »Du musst es auseinander nehmen!«, befahl er seinem Leibwächter.

»Zerstören?«

»Ja.«

Kamikaze nickte. Er hatte kräftige Hände, auf dessen Haut die dunklen Härchen wuchsen. Carol ekelte sich vor diesen Pranken und fürchtete sich davor, von ihnen einmal angefasst zu werden. Aber sie riss sich mit einer fast unmenschlichen Kraft zusammen und bezeichnete es als einen Glücksfall, dass Kamikaze die Stellung gewechselt hatte. Er stand jetzt so, dass er die Tür nicht mehr im Auge behielt.

War das die Chance?

Nicht allein Carol musste es gelingen, den rettenden Ausgang zu erreichen, auch den beiden zusammengewachsenen Männern. Dann konnten sie in den Gang rennen, um Hilfe schreien und die anderen Gäste aufmerksam machen. Dass dieser Samaran tatsächlich alle umbringen würde, konnte sich die junge Frau einfach nicht vorstellen.

Auf der rechten Hacke drehte sie sich ein wenig um. Jetzt schaute sie zum Bett.

Dort standen Samaran, Kamikaze, und auch der zwergenartige Mensch hockte noch auf der Schulter des Dunkelgekleideten.

Sie alle interessierten sich für das Bett. Kamikaze hielt einen Pfosten mit seinen beiden Pranken umklammert, als wollte er prüfen, ob er ihn auseinander brechen konnte.

Die Gelegenheit war günstig.

Im Augenblick redete niemand. Das Schweigen lastete über dem Raum. Nur ihren eigenen Atem hörte Carol. Ihr war auch klar, dass sie nicht Jerry und den anderen durch Worte aufmerksam machen konnte. Das hätten die anderen vernommen und dementsprechend reagiert. Sie musste ihnen ein Zeichen geben und darauf hoffen, dass es wenigstens von Jerry verstanden wurde.

Carol Wade suchte seinen Blick.

Es dauerte nur Sekunden, dann schauten sich die beiden an. Sie versuchte, ihm mit den Augen ein Zeichen zu geben, schielte dabei zur Tür und hoffte, dass er verstanden hatte.

Jerry zog die Augenbrauen zusammen.

Nein, er hatte nicht begriffen.

Sie musste es anders versuchen, bewegte ihre Lippen und formulierte ein Wort, ohne es auszusprechen.

Im Hintergrund murmelten Kamikaze und Samaran. Jerry aber sollte sich nur auf sie konzentrieren, während sein »Partner« zu Boden schaute, aber auch wohl verstanden hatte, was gespielt wurde.

T – ü – r!

Das war das Wort, das sie lautlos aussprach. Wenn Jerry jetzt nichts mitbekam, wusste sie nicht mehr, wie es weitergehen sollte.

Sie schaute ihn an. Er reagierte noch nicht. Um seine Mundwinkel zuckte es, und die Schweißperlen auf seiner Haut bewegten sich mit. Dann nickte er.

Ja, er hatte begriffen!

Carol Wade jubelte innerlich. Einen hatte sie überzeugen

können. Als schwere Schläge durch das Zimmer hallten, weil Kamikaze gegen einen Bettpfosten drosch, riskierte Carol es und sprach auch den Schlossbesitzer an.

»Tür!«

Sein Kopf drehte sich. Auch die Gesichtszüge des dunkelhaarigen Mannes waren nicht mehr so wie früher. Viel verzerrter, ängstlicher und angespannter.

Doch er wollte weg!

Und das bedeutete, dass es kein Hindernis geben würde. Beide Körper mussten parallel reagieren.

»Los!«

Es war ein Zeichen, das Carol ausgestoßen hatte. Nach diesem Wort setzten sie alles auf eine Karte.

Die beiden Körper hatten sich durch ihre zusammengewachsenen mehrzahligen Glieder noch nicht auf die neue Lage einstellen können, deshalb rannten sie nicht so schnell, wie es eine Einzelperson getan hätte. Und Zeit hatten sie nicht zu verlieren.

Die folgenden Sekunden verliefen wie im Traum. Carol nahm ihre Umgebung kaum noch auf. Der Blick war einzig und allein auf die Tür fixiert und gleichzeitig auf die Gestalt mit den beiden Köpfen, die neben ihr herlief.

War es zu schaffen?

Vor ihren Augen tanzte die Tür, auch die Zimmerwände bewegten sich, und Carol wusste nicht, ob sie überhaupt durchhalten konnte.

Aber die Tür rückte näher.

Und die Gefahr auch.

Kamikaze, der nur zwei Augen besaß, hatte seine Blicke überall. Trotz seiner Arbeit war er gewarnt worden, denn er hatte die Schritte gehört. Sofort kreiselte er herum.

Noch in der Bewegung zog er eines seiner Messer.

Und er schleuderte die Klinge aus dem Stand.

Dieser Mensch gehörte zu den Typen, die, übertrieben gesagt, einer Fliege ein Auge auswerfen konnten. Ein Ziel wie das der flüchtenden Menschen traf er mit verbundenen Augen.

Carol Wade hörte das fremde Geräusch. Es war das Pfeifen der Klinge, und sie vernahm den dumpfen Aufschlag, während sie nur mehr eine Distanz von drei Schritten von der Tür trennte.

Da brach die Gestalt rechts neben ihr zusammen.

Obwohl Carol hätte noch weiterlaufen können, schaffte sie es nicht mehr. Sie hatte plötzlich das Gefühl, als wären ihre Beine mit Blei gefüllt worden. Aus dem Lauf heraus blieb sie stehen, hörte das Stöhnen und das schwere, keuchende Atmen.

Sie drehte sich um.

Die Mutation lag auf dem Bauch. Rechts sah sie den blonden Schopf ihres Gatten, links das dunkle Haar des Schlossbesitzers Peter Dermont.

Und in seinem Rücken steckte das Messer!

Die junge Frau wusste nicht, was sie denken sollte. In ihr breitete sich eine Leere aus, die sie zuvor nicht gekannt hatte, für die sie jedoch einen Begriff fand.

Apathie!

Ja, sie war apathisch geworden. Was auch in der Zukunft geschehen würde, es war ihr alles egal. Ob sie lebte, ob sie starb, es hatte doch keinen Sinn.

Sie sah Rücken Peter Dermonts und auch den Blutfleck, der sich um die Aufschlagstelle der Messerklinge ausbreitete und innerhalb des Jackettstoffs versickerte.

Er musste tot sein.

Und Jerry?

Ihr Mann lebte noch. Sie hörte ihn atmen und auch stöhnen. Er drehte seinen Kopf nach links, nur mehr zwei Hände reagierten, als er sich in die Höhe stemmen wollte und dabei den anderen Körper mit hochwuchten musste, was nicht einfach war, sodass er es beim ersten Anlauf auch nicht schaffte.

»Lass es!«, erklang der kalte Befehl Akim Samarans. »Ich habe euch gesagt, dass Flucht keinen Sinn hat. Ihr kommt aus diesem Zimmer nur heraus, wenn ich es will.«

Jedes Wort hatte Carol wie ein Tiefschlag getroffen.

Dennoch fand sie die Kraft, den Kopf zu drehen und in die Richtung zu schauen, wo Samaran nahe des Bettes stand.

Kamikaze nicht mehr.

Er kam auf sie zu!

Dabei war er sich seiner Sache so sicher, dass er nicht einmal eine zweite Waffe in der Hand hielt. Die erste, schreckliche Demonstration hatte ihm gereicht.

Je näher er herankam, umso größer wurde für Carol die Gestalt des Killers. Angst schnürte ihre Kehle zusammen. Trotzdem blieb sie aufrecht stehen, denn sie wollte nicht weichen. Nicht vor diesem brutalen Unmensch, dem ein Menschenleben nichts bedeutete.

Sogar ansprechen konnte sie ihn, und darüber wunderte sie sich selbst am meisten. »Irgendwann«, sagte sie, »wird der Zeitpunkt kommen, wo es auch dich erwischt, du Killer!«

Kamikaze grinste nur. Er war es gewohnt, so angesehen zu werden, und von Samaran erhielt er den nächsten Befehl. »Lass dich auf nichts ein! Mach Schluss und komm dann her! Wir brauchen das Pergament!«

Der Leibwächter nickte. Dicht vor der Mutation hatte er seinen Schritt angehalten, bückte sich jetzt gedankenschnell und zog das Messer aus dem Rücken des Schlossbesitzers, noch bevor Carol Wade es überhaupt richtig fassen konnte.

Dann aber schaute sie auf die breite Klinge.

»Die ist für dich!«, flüsterte Kamikaze und suchte ihren Körper ab, um eine Stelle für seine Waffe zu finden.

Carol Wade blieb stehen. Beinahe furchtlos schaute sie dem Tod ins Auge. Sie wusste, dass es keine Rettung mehr für sie und ihren Mann gab. Wenn schon sterben, dann gemeinsam.

Das sagte auch Jerry. Er hatte das Schreckliche mitbekommen und meldete sich vom Boden her.

»Töte mich auch, du Hundesohn! Wenn sie nicht mehr lebt, will ich auch nicht!«

Kamikaze nickte, hob den Arm – und hörte die Stimme.

»Messer weg, sonst schieße ich dir die Kugel genau zwischen die Augen, Bastard!«

Gesprochen hatte Suko!

Er und ich hatten es verstanden, bis an die Tür heranzukommen, während Bill Conolly im Flur zurückgeblieben war, gewissermaßen als unsere Rückendeckung.

Zudem standen wir beide günstig. Auf der Türschwelle hielten wir uns auf und bildeten zu Kamikaze eine schräge Linie. Beide hatten wir die Waffen gezogen, und als wir einen Schritt nach vorn gingen, konnte Kamikaze in die beiden Mündungslöcher schauen.

Er stand noch immer so da, als wollte er die Klinge schleudern. Das gefiel Suko überhaupt nicht. »Weg mit der Waffe, habe ich gesagt!«

»Ja ...«, dehnte der Killer und fügte ein Nicken hinzu, bevor er seine Hand zur Seite knickte und die Faust öffnete.

Jetzt konnte das Messer fallen.

Wir beide empfanden das dumpfe Geräusch des Aufpralls als angenehm, als die Waffe den Teppich berührte. Die erste Spannung war genommen, wir konnten uns etwas gelöster geben und uns im Zimmer umschauen.

Unser Blick fiel auf das Himmelbett, auf Samaran und auf Homunkulus, der seinen Platz auf der Schulter des Mannes gefunden hatte, von wo er uns böse anstarrte.

Wir sahen auch die dunkelhaarige junge Frau in dem Nichts von Nachtgewand und erkannten am Boden einen Mann, der vier Beine, vier Arme und zwei verschiedene Köpfe besaß.

Das Haar des einen Kopfes war dunkel, das andere hell. Der Dunkelhaarige rührte sich nicht mehr. Kamikaze hatte ihn durch einen Messerwurf umgebracht.

Vielleicht waren wir nur um Sekunden zu spät gekommen, doch wer hätte das wissen können?

Um den Leibwächter brauchte ich mir keine Sorgen zu machen. Der wurde von Suko nicht aus den Augen gelassen. Dafür kümmerte ich mich um die junge Frau.

»Kommen Sie zur Seite«, sprach ich sie an. »Aber geben Sie Acht, dass Sie nicht in die Schusslinie geraten.«

»Ja, ja.« Sie nickte und sagte: »Ich bin Carol Wade!«

»Ich weiß.«

Sie stellte sich hinter uns, wollte aber trotz meiner Aufforderung nicht das Zimmer verlassen, denn ihr Mann war noch immer nicht gerettet. Durch Magie an den leblosen Körper gebunden, lag er auf dem Boden und atmete ächzend.

Ich wollte ihn jedoch aus dem Weg haben und bat Carol deshalb, ihrem Gatten zu helfen.

»Und wo sollen wir hin?«, fragte sie.

»In den Gang.«

»Wer sind Sie überhaupt?«, erkundigte sie sich schüchtern.

»Polizei!«

Das schien sie zu beruhigen, und sie kümmerte sich jetzt um ihren Gatten, wobei sie es sehr schwer hatte und allein damit nie fertig werden würde. Deshalb rief ich nach Bill, der den Raum mit vorsichtigen Schritten betrat und erfuhr, dass er mithelfen sollte.

»Ja, mache ich, John.«

Suko kümmerte sich um Kamikaze, ich um Samaran und diesen verfluchten Homunkulus.

Wir sahen zu, dass beide nicht zusammenstanden und räumlich getrennt wurden. Suko scheuchte Kamikaze in eine Ecke des Raumes, während Samaran so stehen bleiben konnte.

Wenn er durch unser Auftauchen überrascht gewesen war, so zeigte er es nicht. Jedenfalls nickte er mir nur zu, und seine schmalen Lippen zogen sich in die Breite.

»So trifft man sich wieder, Sinclair!«

»Ja, an einem Himmelbett! Und diesmal sogar ohne Würfel, Akim. Unsere Chancen stehen gleich, nicht wie im Kerker.«

Er hob die Schultern. »Was spielt es für eine Rolle, ob wir uns an einem Himmelbett treffen oder im Kerker. Ist das nicht völlig egal?«

»Im Prinzip schon«, gab ich ihm Recht. »Nur kann ich mir nicht vorstellen, dass dich der Weg in diesen Raum nur zufällig geführt hat. Ich hörte, dass du scharf auf das Himmelbett bist, und das muss einen Grund haben. Willst du ihn mir nicht nennen?«

»Es gibt keinen!«

Mit dieser Antwort hatte ich gerechnet, deshalb stellte ich sofort eine provozierende Frage: »Soll ich das Menschlein mit einer Silberkugel von deiner Schulter schießen?«

»Ich kann dich nicht daran hindern!«

Er ging also aufs Ganze. Ich aber fragte mich, wie ich die Informationen aus ihm herausholen sollte.

In meinem Rücken hörte ich Stimmen. Bill Conolly versuchte, Carol zurückzuhalten, sie aber fuhr ihn hart an. »Lassen Sie mich, Mister! Ich habe etwas zu sagen.«

Sie kam.

Ich sah sie nicht, doch ich hörte ihre Schritte und wusste auch, wo sie ungefähr stehen geblieben war, als die Schritte verstummten. »Er wird Ihnen nichts sagen wollen, Mister. Aber ich weiß Bescheid. Ich habe in diesem verdammten Bett gelegen, wartete auf meinen Mann und konnte nicht einschlafen. Das Bett ist verhext oder verflucht!«

»Wieso?«

»Ich hörte plötzlich die Stimme, als jemand mit mir in Kontakt treten wollte. Entdecken konnte ich ihn nicht. Es war auch kein Mensch mehr, sondern ein Geist. Hector de Valois nannte er sich. Er berichtete davon, dass er in diesem Himmelbett gestorben sei. Umgebracht durch eine spanische Garotte. Das Leben haben sie ihm zwar nehmen können, nicht aber seinen Geist vernichtet. Der existiert weiter, er beherrscht das Bett, denn dort muss etwas sehr Wichtiges versteckt worden sein, über das ich nicht Bescheid weiß. Informationen, die er herausgefunden hat.«

Carol Wade stoppte ihren Redefluss, ich hörte sie nur schwer atmen, aber ich wusste jetzt, weshalb Samaran den Weg in dieses Schloss gefunden hatte.

An seinem Gesicht sah ich, dass die Wut in ihm tobte. Er hätte mich am liebsten erwürgt, doch meine Waffe und mein am Abzug liegender Zeigefinger hielten ihn davon ab.

»Also doch«, sagte ich. »Auf dem Gang hörten wir polternde Geräusche. Solltet ihr etwa damit begonnen haben, das Bett zu demolieren?«

»Nein!«

»Doch«, widersprach Carol. »Sie fingen damit an. Sie wollten es zerstören, Mister.«

»Wie schön.« Meine Stimme wurde spöttisch. »Es tut mir Leid, dass ich euch bei der Arbeit gestört habe, aber ich bin nicht dagegen, wenn ihr weitermacht. Also ran, nur keine Müdigkeit vortäuschen. Sie, Samaran, werden das Bett zerstören und dafür sorgen, dass ich das bekomme, auf das ihr so scharf seid. Klar?«

Samaran schüttelte den Kopf. »Du Hundesohn hast dich geschnitten. Nie kommst du hier weg!«

»Fang an!«

Er nickte, wollte sich umdrehen, aber ich hatte etwas dagegen. Mir gefiel es nicht, dass sich Homunkulus so dicht bei ihm aufhielt, deshalb befahl ich dem Menschlein, sich auf einen Sessel zu setzen. Ohne eigentlich recht zu wissen, dass sich Bill im Zimmer befand, gab ich ihm die Anweisung, auf den gefährlichen Zwerg Acht zu geben.

»Wird erledigt, John!«

Ich hatte mich also nicht getäuscht. »So, Samaran, jetzt spiel mal den Handwerker. Zerstöre das Bett.«

»Ohne Werkzeug?«

»Streng dich an. Du hättest es sonst auch nicht anders getan.«

»Aber Kamikaze.«

Das konnte ich mir vorstellen, aber ich wollte auf keinen Fall, dass er sich der Sache annahm. Samaran konnte man besser unter Kontrolle halten als diesen Killer.

»Es wird bei Ihnen länger dauern, Samaran, aber wir haben Zeit.«

»Nein, John!«

Plötzlich hatte sich Suko gemeldet. Ich schaute zu ihm und sah, dass Kamikaze ihm den Rücken zudrehte.

Mein Freund schlug zu.

Schattenhafte Bewegungen erkannte ich, hörte die Treffergeräusche und sah, wie Kamikaze in die Knie brach, schwer zu Boden fiel und bewusstlos liegen blieb. Der Inspektor drehte sich um. Er nickte Samaran zu. »Du hast Glück gehabt, ich werde deinen Part übernehmen.«

»Wieso? Ich …«

»Geh zur Seite!«

Über meine Lippen flog ein Grinsen. Suko hatte es tatsächlich geschickt angestellt. Jetzt konnte uns Samaran nicht mehr reinlegen. Ich kannte die körperlichen Kräfte meines Freundes. Der würde es auch schaffen und das Himmelbett mit bloßen Fäusten zerstören.

Ein Antiquitätenhändler hätte zwar vor Wehmut geweint, denn das Bett brachte, wenn man es verkaufte, sicherlich ein Vermögen, aber für uns gab es keine andere Chance.

Samaran war tatsächlich zur Seite getreten. Ich hatte seine Schrittfolge gewissermaßen nachvollzogen, sodass er jetzt wieder vor meiner Beretta-Mündung stand.

Suko fasste das Bett an den beiden hinteren Pfosten und rüttelte daran. Er hatte vor, es zur Seite zu schieben, und musste einsehen, dass es einfach zu schwer war. Die alte Liegestatt war noch aus massivem Holz erbaut worden, und ein Goliath war mein Freund nun auch nicht.

Er schimpfte leise, ging einen Schritt zurück und dachte über eine andere Möglichkeit nach.

Dass Kamikaze ausgefallen war, hatte mir einen Stein vom Herzen fallen lassen. Bill hielt Homunkulus in Schach. Ich kümmerte mich um Samaran, so konnte Suko eigentlich in aller Ruhe darangehen, das Bett zu zertrümmern.

Und er begann damit. Er wühlte das mit Seide bezogene Oberbett in die Höhe und schleuderte es ebenso zur Seite wie das Kissen. Die Matratze darunter riss er hoch, stellte sie aufrecht, schaute in den Bettkasten und schüttelte den Kopf. Auch da entdeckte er nichts.

»Die Pfosten, Suko«, sagte ich.

»Klar, das habe ich mir auch schon gedacht.« Mein Freund ging zwei Schritte zurück.

Ich wusste, was folgte, hielt den Atem an und war voll gespannter Erwartung.

Den rechten Arm hob Suko. Er krümmte die rechte Hand

halbrund, nahm einen kurzen Anlauf, stieß einen Schrei aus und hämmerte zu.

In der Mitte traf er den ersten Bettpfosten. Zunächst wackelte das gesamte Gestell. Ich dachte schon an einen Misserfolg, als ich das Brechen hörte, denn das Gewicht des Himmels drückte auf den einen angeschlagenen Pfosten.

Das Oberteil fiel nicht ganz zu Boden, aber es bildete eine Schräge und blieb so hängen.

Suko nahm sich den nächsten Pfosten vor. Es war der an der gegenüberliegenden hinteren Seite, und bei diesem Schlag fetzte er ihn sofort entzwei.

Jetzt rutschte der gesamte Himmel nach hinten. Mein Freund musste zur Seite springen, um nicht getroffen zu werden. Der Stoff fiel zusammen, auch die gerafften Vorhänge hielten nicht mehr und kippten. Suko war zur Seite gegangen und hatte einen Pfosten abgerissen. Er hielt ihn hoch, drehte ihn, sodass er gegen ihn blicken konnte.

»Hohl, John, das Ding ist tatsächlich hohl.«

»Mach weiter!«

»Und wie.«

Ich stand wie auf Kohlen. Es musste etwas ungemein Wertvolles sein, das ein gewisser Hector de Valois in diesem Bettpfosten versteckt gehalten hatte. Es war zudem bekannt, dass manche Magier des Mittelalters ein Wissen besaßen, das mit dem heutigen nicht zu vergleichen war. Sie hatten zwar noch keine Computer, Autos oder Flugzeuge gekannt, dafür andere Dinge, die oft sogar viel wertvoller waren als das, was man heute als so hochwissenschaftlich ansah.

»Leer«, erklärte Suko.

Ich war enttäuscht, aber es standen noch drei Pfosten zur Verfügung. Samaran grinste, was mich ärgerte. »Du brauchst nicht zu lachen, Samaran, wir finden es.«

»Und dann?«, fragte er.

»Werden wir es auswerten. Ich bin sicher, dass wir mehr damit anfangen können als Sie.«

»Mal sehen.«

Suko hatte sich den nächsten Bettpfosten geholt, hielt ihn

schräg nach oben und schaute hinein. Plötzlich lachte er auf. »John, da ist was.«

»Wieso?«

Er ließ das Stück Holz sinken. »Es steckt ziemlich in der Mitte. Ich müsste ihn noch mal zerschlagen.«

»Dann mach es.«

»Okay.«

»Was hast du denn da gesehen?«, meldete sich Bill aus dem Hintergrund.

»Es war nicht so direkt zu erkennen, dazu ist das Licht zu schlecht. Meiner Ansicht nach könnte es sich um eine Botschaft oder ein Papier handeln.«

Mit dieser Aussage hatte er ziemlich ins Schwarze getroffen. Ich sah, dass Samaran das Gesicht verzog und es einen ärgerlichen Ausdruck bekam. So weit hatte er es wohl nicht kommen lassen wollen. Nun, es war nichts daran zu ändern, wir besaßen alle Vorteile.

Suko stellte den Pfosten schräg. Er lehnte ihn mit einem Ende an die Wand, gegen das andere drückte er seinen Fuß, sodass er hart zuschlagen konnte.

Er hob den rechten Arm, die Handkante war gekrümmt, und im nächsten Augenblick fuhr sie nach unten.

Ein Volltreffer.

Ich hätte mir sicherlich die Hand verstaucht, aber Suko war im Training und zudem ein Experte auf diesem Gebiet. Er hatte es tatsächlich geschafft und den Bettpfosten in zwei Hälften geschlagen. Die eine Hälfte schleuderte er weg, die andere hob er hoch, wobei er zwei Finger in die Öffnung schob und das zu fassen bekam, was im Innern des Pfostens steckte.

»Ich hab's«, sagte er leise. Auch Suko war von der Spannung nicht verschont geblieben, ebenso wenig wie ich oder Samaran.

Er schaute auf den Chinesen. Sein Gesicht hatte im Lichtschein einen dämonischen Ausdruck bekommen. Den Mund hielt er offen, die Zähne waren gefletscht. Ebenso gespannt wie wir wartete er auf das, was Suko aus dem Bettpfosten hervorholen würde.

Es war ein Papier.

Man hatte es zusammengerollt, damit es in den Pfosten hineinpasste, und es war im Laufe der langen Zeit brüchig geworden. Trotzdem musste es ungemein wertvoll sein, denn Samaran hatte alles auf eine Karte gesetzt, um es zu bekommen.

Jetzt hatten wir es!

Suko ließ den Pfosten fallen, hielt das Papier hoch, wollte etwas sagen, doch er kam nur dazu, den Mund zu öffnen, denn einen Augenblick später wurde ihm das Papier durch einen unsichtbaren Griff aus der Hand gezogen und flatterte vor ihm weg.

»Da!«, schrie Samaran. Er wollte starten, hörte meinen Befehl, blieb stehen und verfolgte, ebenso wie ich, den Weg des Papiers, das auf das halb zerstörte Bett fiel, während Suko zurückwankte und sich schüttelte, als hätte man ihn mit Wasser übergossen.

Ich wollte das Dokument haben, als eine Stimme erklang. Keiner der sichtbaren Anwesenden hatte gesprochen. Die Stimme drang aus dem Nichts an unsere Ohren, aber ich wusste sofort, wer da redete.

Hector de Valois!

»Nein!«, rief er aus dem Unsichtbaren. »Nein, niemand soll es in die Hände bekommen. Ich habe lange darum gekämpft, es vor den Blicken anderer zu verbergen. Das Erbe und die Aufzeichnungen des Hector de Valois dürfen für Fremde nicht sichtbar werden. Sie enthalten zu viele Hinweise auf große Geheimnisse. Der dunkle Gral, der verlorene Schatz der Templer und das Geheimnis des lichterfüllten Kreuzes müssen verborgen bleiben. Es ist einfach zu viel, die Menschen sind dafür nicht reif. Ich habe gekämpft, ich wusste mehr, ich war derjenige, der die Geheimnisse genau kannte, aber ich hütete mich, mit anderen darüber zu sprechen, weil man mich auslachte. Von den Mächtigen der Kirche bin ich verfolgt worden. Man legte mich in Eisen und strangulierte mich, aber ich gab das Geheimnis nicht preis. Niemand wusste, dass es sich in einem der Bettpfosten befand. Bei der Liegestatt, die zu meinem Totenbett geworden ist. Mein Geist aber wanderte ruhelos durch die Dimensionen, denn ich bin der Wächter dieser Aufzeichnungen. Erst wenn sie vernichtet sind, kann auch ich sterben. Einige hundert Jahre blieb es unentdeckt, ich will weiterhin, dass es so bleibt. Lasst ihr die Finger davon, vergesst mich, vergesst das Pergament, vergesst mein altes Wissen …«

Mehr sagte er nicht.

Es hatte ausgereicht, und ich ahnte schon, dass er sich noch eine Überraschung ausgedacht hatte.

Ich täuschte mich nicht.

Auch Suko sah es. Das auf dem halb zerstörten Bett liegende Papier bewegte sich plötzlich. Es rollte sich nicht zusammen, sondern wurde auseinander gefaltet, als wäre jemand dabei, es zu glätten, um die Botschaft lesen zu können.

Leider trat genau das Gegenteil von dem ein.

Plötzlich wurde das Papier schwarz, die Ecken hoben sich ab, und im nächsten Augenblick schoss eine dünne, schmale Flamme aus seiner Mitte in die Höhe.

Ich rannte los!

Suko stand näher am Ziel als ich. Wahrscheinlich hatte er den letzten Angriff aus dem Unsichtbaren noch nicht überstanden, deshalb überließ er mir die Initiative, und mir war es auch egal, dass sich Samaran bewegen konnte, ich wollte das Dokument, dessen Aufzeichnungen für uns Menschen in der Gegenwart von einem unschätzbaren Wert sein konnten.

Die Flamme hatte das Dokument noch nicht ganz erfasst, als ich das Bett erreichte. Was um mich herum geschah, interessierte mich nicht, ich kümmerte mich auch nicht um gellende Schreie, hörte auch einen Schuss, ich hechtete auf das Bett zu, krachte hinein und schlug meine flache Hand auf die senkrechte Feuerzunge.

Noch im gleichen Moment schrie ich auf. Eine Sekunde ließ ich mir Zeit, um hinzuschauen.

Die bläulich rote Flammenzunge war durch meine Hand gestoßen, als wäre sie als Hindernis überhaupt nicht vorhanden gewesen. Ich spürte nur den Schmerz, zog die Hand wieder hoch und sah, dass es dem Feuer gelang, eine Ecke des Bettbezugs anzusengen.

Wenn es mir nicht gelang, die Flammen zu löschen, würde bald das Bett in Flammen stehen.

Ich dachte an das Pergament und sah, dass es brannte. Über die Hälfte davon hatten die Flammen bereits zu fassen bekommen, und ich wusste noch immer nicht, wie ich es löschen sollte.

»John, dein Kreuz!«

Bill hatte es geschrien und möglicherweise genau das Richtige getroffen.

So rasch wie möglich holte ich das Kreuz hervor, während die Flammen sich weiterfraßen.

Dann drückte ich meinen Talisman auf das Pergament.

Im gleichen Augenblick umgab mich eine helle Lichtwolke, die wie eine Leinwand wirkte, denn in ihr sah ich das Gesicht eines grauhaarigen Mannes, dessen Kinn von einem ebenfalls grauen Knebelbart bedeckt war. Ein scharfer Blick war auf mich gerichtet. Forschend, lauernd, vielleicht auch wütend.

Ich wusste es nicht.

Aber der Mann, der mich da innerhalb dieser magischen Zone anschaute, musste der Verfasser des Dokuments, Hector de Valois, sein.

So schnell, wie er gekommen war, verschwand er auch wieder. Das Gesicht löste sich auf, die magische Zone ebenfalls, die Realität hatte mich wieder.

Mein Kreuz hatte den Brand gelöscht! Verdammt, das musste doch etwas bedeuten!

Ich war ziemlich durcheinander und hätte eigentlich etwas anderes tun müssen, stattdessen saß ich da, dachte nach und fragte mich, wieso es dem Kreuz gelungen war, das Feuer zu löschen.

Okay, es war ein magischer Brand gewesen, dennoch musste mein Kreuz ursächlich etwas mit diesem Dokument zu tun haben. Vielleicht auch mit den Templern oder dem dunklen Gral. Und was war eigentlich der Schatz von Jerusalem?

In den letzten Minuten hatten sich zahlreiche Fragen aufgetan, auf die ich nicht die Spur einer Antwort wusste.

Stattdessen lag vor mir ein verbranntes Dokument. Das Erbe des Hector de Valois, das nur mehr bis auf einen winzigen Rest an der unteren rechten Kante aus Asche bestand.

Ansonsten konnte man es vergessen.

Und ich spürte den Hauch.

Wie ein heißer Atem strich er über meinen Nacken. Das war Warnung genug, denn ich dachte wieder daran, dass nicht allein das Pergament gebrannt hatte, auch das Bett in Flammen stand.

Ich blickte hoch.

Der Stoffhimmel qualmte. Die dunklen Wolken wurden durch den Windzug an der offenen Tür zur Seite gedrückt, sodass sie mir den Atem nicht raubten, aber die kleinen Flammen schafften es, sich sehr schnell auszubreiten.

Ich stieß mich ab. Den Rest des Pergaments hatte ich mitgenommen und in die Hosentasche geschoben. Von meinen Freunden sah ich nichts mehr. Sie mussten das Zimmer verlassen haben. Dafür erkannte ich eine andere Gestalt, die auf mich zuwankte.

Es war Kamikaze!

Suko hatte seinen Freund John Sinclair starten sehen. Bill Conolly war es ähnlich ergangen, Carol Wade ebenfalls. Sie hatten zugesehen, wie das Papier verbrannte.

Samaran sah wieder einen großen Plan zusammenbrechen und drehte plötzlich durch. Blitzschnell fuhr er herum, während sich von seinen Lippen ein Schrei löste.

Er galt dem Menschlein.

Und Homunkulus startete. Bevor Bill Conolly sich versah, jagte der Kleine auf ihn zu. Bill sah ihn plötzlich vor sich, er schoss, aber er fehlte. Im nächsten Moment wurde er zur Seite gerissen. Carol Wade hatte ihn angestoßen, sodass ihn der springende Homunkulus verfehlte.

»Er killt Sie!«, schrie die Frau.

Bill konnte sich zwar nicht vorstellen, wie das über die Bühne gehen sollte, aber wenn sie das sagte, musste es auch einen Grund geben. Und schon huschte Homunkulus an ihm vorbei auf die offene Tür zu.

Bill jagte hinterher.

Carol blieb noch. Sie sah Akim Samaran, der unter seine Jacke griff und eine Schusswaffe hervorholen wollte.

Er schaffte es nicht ganz, denn die Frau warf ihm eine Blumenvase ins Kreuz.

Samaran wurde nach vorn gestoßen, zog erst dann und fuhr schießend herum.

Er hatte auf Suko gezielt, der sich im Sprung befand. Dicht wischte das Geschoss am Ohr des Chinesen vorbei, der auf dem Boden landete, ebenfalls zur Waffe griff und zurückfeuern wollte, als ihm jemand in den Nacken sprang.

Es war Homunkulus!

Zum ersten Mal spürte Suko die Kraft der kleinen Hände. Er hatte das Gefühl, als wären kleine Stahlstifte in das Fleisch seines Nackens gefahren, und hörte auch die angsterfüllten Schreie der jungen Ehefrau.

Samaran übersah die Lage mit einem Blick. Er erkannte seine Chance, zog die Waffe und zielte auf Carol.

»Keiner bewegt sich!«, keuchte er. »Keiner!«

Suko lag still.

»Soll ich?«, hörte er die Frage des Homunkulus.

»Eigentlich gern, aber wir haben keine Zeit. Wir …« Plötzlich schoss er. An der Tür klang ein Fluch auf. Er stammte von Bill, vor dessen Nase die Kugel in den Türpfosten geschlagen war.

Heftig zuckte er zurück.

Carol hatte sich erschreckt und erschrak noch mehr, als

Samaran sie erreichte, festhielt, herumwirbelte und sie als Geisel an sich presste. »Okay«, sagte er. »Alles hört auf mein Kommando. Freier Abzug für mich!« An Kamikaze dachte er nicht mehr, dafür an Homunkulus. »Komm du her zu mir!«

Suko hörte das Knurren. Der Kleine war überhaupt nicht einverstanden damit, aber er ließ ihn los und blieb dicht neben seinem Herrn und Meister stehen.

Der drehte sich mit seiner Geisel und zog sich in Richtung Tür zurück. Carol Wade hing starr in seinen Armen. Sie wurde heftig mitgeschleift, weil sich der andere beeilte.

Auch Bill machte Platz. Die Mündung des Revolvers »klebte« an Carols Stirn. Es war einfach zu gefährlich, wenn er eingriff. Er musste Samaran die Initiative überlassen.

Samaran verschwand aus dem Zimmer, während das Feuer um sich griff und das Bett in Brand setzte.

Suko schaute dorthin. Er wollte John warnen, aber der wusste schon Bescheid.

Wichtig war jetzt Carol.

Als Suko den Raum verließ, stand Bill Conolly an der Wand. Carol und Samaran hatten die Mutation schon passiert. Jerry Wade sah seine Frau. Er hob den Arm, ein schrecklicher Schrei hallte durch den Gang und Suko schob seine Hand in den Jackenausschnitt.

Jetzt half nur noch der Stab.

Aber Samaran hatte es gesehen.

Plötzlich geschah das Unbegreifliche.

Er schoss.

Nicht auf Carol, sondern auf ihren Mann, und er tötete ihn vor den Augen der anderen.

»Keine Bewegung mehr, Chinese!«, brüllte er. »Sonst ist sie auch tot, verdammt!«

Da stand Suko still. Auch Bill rührte sich nicht mehr. Beide waren grau geworden. Sie konnten so viel Menschenverachtung nicht fassen. Und Samaran ging weiter, erreichte den Lift und verschwand dort mit seiner Geisel.

Bill schrie den Freund an. »Deinen Stab, Suko. Du musst ihn einsetzen!«

»Ich komme zu spät.«

»Dann gib ihn her!«

»Nein«, sagte der Inspektor. »Ich werde nichts tun, was Carol Wade in Gefahr bringt.«

»Verdammt, sind wir denn nur hilflos?«

Eine Antwort bekam er von Suko nicht. Dafür zersplitterte im Nebenraum eine Scheibe.

»Himmel, da ist noch John!«, schrie der Reporter ...

Dieser menschenverachtende Superkiller Kamikaze würde genau meinen Weg kreuzen, wenn er so weiterlief. Er hatte sich erhoben, die Schläge aber noch nicht völlig verdaut, da er doch ziemlich auf seinen starken Beinen schwankte.

Jetzt sah er mich.

Und warf sich vor.

Es war trotz allem ein gewaltiger Sprung. Mit den ausgestreckten Armen erreichte er mich auch und hinderte mich daran, meine eigene Waffe zu ziehen.

Ich wurde dicht oberhalb der Gürtelschnalle getroffen, bekam zunächst einmal keine Luft und wankte nach hinten, sodass ich Angst davor hatte, wieder in die Flammen zu fallen.

Kamikaze setzte nach – und lief genau in meinen Tritt. Ich hatte das rechte Bein hochgerissen, ihn am Hals getroffen und ihn aus dem Konzept gebracht. Er taumelte zur Seite, die Rauchwolke schluckte ihn. Ich konnte nichts sehen, musste auch selbst husten und sah, dass ihn der Qualm im nächsten Moment wieder ausspie.

Jetzt hatte er ein Messer.

Sein Arm beschrieb einen Halbbogen, er schrie und warf die Klinge mit einer mörderischen Wucht. Vielleicht brannten ihm durch den Rauch die Augen. Außerdem bewegte ich mich, jedenfalls traf mich das Messer nicht und flirrte wie ein silberfarbener Blitz an mir vorbei. Wo es landete, wusste ich nicht, denn ich sprang den Hünen an.

Beide Fäuste stieß ich in seinen Magen.

Er kippte nach hinten, ich kam sofort nach und nahm seinen rechten Arm in einen Hebelgriff.

Diesmal konnte er kein Messer ziehen. Mit großer Kraft wuchtete ich ihn herum, trat ihm noch die Füße weg und schleuderte ihn in den Rauch und auf das brennende Bett zu.

Er konnte sich nicht mehr fangen, fiel in die Trümmer hinein, sodass ein Funkenregen in die Höhe fegte. Gleichzeitig kippte brennender Stoff auf ihn nieder, umwickelte ihn, und Kamikaze versuchte sich zu befreien. Ich hörte ihn schreien. Er schleuderte die Teile zur Seite, aber auch seine Hose hatte Feuer gefangen.

Dann kam er.

Er war wie ein Sturmwind. Diesmal jagte er als brennender Mensch auf das Fenster zu und hechtete durch die Scheibe.

Alles war so schnell gegangen, dass ich ihn nicht hatte stoppen können. Inmitten des Scherbenregens fiel er nach draußen, während im Zimmer das Himmelbett lichterloh brannte.

Ich sah plötzlich meine Freunde, als ich zum Fenster rannte. Sie hielten mich fest, ich riss mich los, lief zum Fenster und schaute durch die Öffnung.

Unten wankte Kamikaze davon. Es hatte ihn also nicht erwischt, und sein Ziel war der Rolls.

»Wo steckt Samaran?«, fragte ich.

»Er ist weg!«

»Wie konntest du … ?«

Suko hob den Arm. »Ruhig, John, ruhig. Er hat sich Carol Wade als Geisel genommen und ihren Mann getötet.«

Ich war sprachlos!

Wir fanden Carol Wade nirgendwo in der Nähe des Schlosses. Samaran musste sie tatsächlich mitgenommen haben. Die Angestellten kümmerten sich um den Brand. Bevor er sich ausbreiten konnte, hatten sie das Feuer schon gelöscht.

Nur das Himmelbett würde es nicht mehr geben.

Ich gab nicht auf. Zusammen mit Bill nahm ich die Verfolgung auf. Samaran und Kamikaze sowie das Menschlein waren in dem Rolls weggefahren.

Nicht weit vom Schloss entfernt, trat ich wuchtig auf die Bremse. Im Licht der Scheinwerfer taumelte uns eine Gestalt entgegen.

Carol Wade!

Nervlich am Ende. Sie stammelte wirre Sätze, erkannte uns nicht, und wir luden sie in den Wagen.

Über Autotelefon gab ich die Fahndung nach dem Rolls durch. Leider befanden wir uns etwas weit von London entfernt. Nichts gegen die Kollegen vom Land, aber ihnen traute ich es nicht zu, diesen Fluchtwagen zu stoppen.

Ich sollte Recht behalten.

Die Fahndung wurde ein Schlag ins Wasser.

Im Schloss aber herrschten Angst und Entsetzen.

Es war so gut wie unmöglich, den Leuten zu erklären, was sich da ereignet hatte. Sie konnten es nicht fassen. Zum Teil waren sie auch betrunken, aber sie wussten inzwischen alle, dass Peter Dermont und Jerry Wade, der junge Ehemann, nicht überlebt hatten.

Zusammengewachsen waren sie nicht mehr. Der Tod hatte die magische Verbindung bei ihnen aufgelöst.

Ein Arzt war unterwegs, der sich um Carol kümmern sollte. Bisher befand sie sich noch in der Obhut ihrer Eltern.

Bill und Suko diskutierten noch immer darüber, ob es richtig gewesen war, Samaran so einfach ziehen zu lassen. Jedenfalls war das Leben der Frau auf diese Art und Weise gerettet worden.

Ich verzog mich in das Zimmer, wo das schreckliche Finale stattgefunden hatte.

Es roch nach kaltem Rauch. Das Himmelbett war völlig zusammengebrochen. Nur mehr Fragmente entdeckte ich. Sie waren übergossen mit Schaum und Löschwasser.

Dieses aus Frankreich stammende Bett, das einen Umweg

über England genommen hatte, war ein großer Geheimnisträger gewesen. Leider waren wir zu spät gekommen.

Woran hatte es gelegen?

Ich wusste es nicht. Möglicherweise an den Umständen, aber die ließen sich nicht mehr zurückschrauben.

Ein altes Pergament hatte in einem der Pfosten gesteckt. Die Botschaft wäre für mich sicherlich wichtig gewesen, hätte sie mir doch die Verbindung zwischen den Templer-Rittern, dem Gral, vielleicht auch Aibon und meinem Kreuz aufgezeigt.

Ich wusste nicht viel, aber was mir bekannt war, reichte aus, um erkennen zu können, dass wir wieder einmal am Beginn eines neuen Weges standen. Die Großen Alten waren vernichtet worden. Wurden die Probleme dadurch kleiner? Ich glaubte nicht daran, sie verlagerten sich nur mehr und waren irgendwie vielschichtiger geworden.

Suko kam zu mir. »Ich habe mir doch gedacht, dass ich dich hier finden kann. Und?«

»Nichts und«, erwiderte ich und schlug ihm auf die Schulter. »Am liebsten würde ich jetzt ein Glas Champagner darauf trinken, dass wir trotzdem mit dem Leben davongekommen sind.«

»Schon da«, sagte Bill Conolly, betrat ebenfalls das Zimmer und hielt das Tablett mit beiden Händen. Gefüllt hatte er es mit drei Gläsern und einer Flasche Champagner.

Wir tranken auf die Zukunft und auf die vielen Rätsel, die sie für uns barg …

ENDE

Götzentanz im Märchenpark

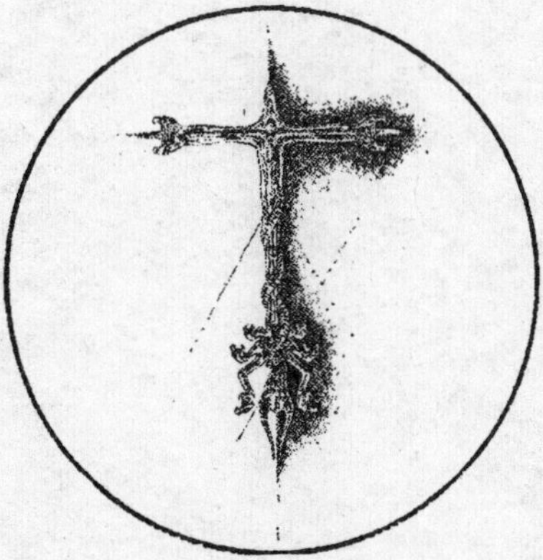

Er war groß, mächtig, hatte Geld, steckte in zahlreichen Geschäften und ließ die Menschen nach seinem Willen tanzen. Dabei hatte er sich einen Kindheitstraum erfüllt, denn im Land der unbegrenzten Möglichkeiten war so etwas manchmal alltäglich.

Sein anderes Imperium, das wahrhaftig keinem Kindheitstraum glich, war wesentlich härter und nicht immer legal, aber darum hatte sich der Mann noch nie gekümmert.

Er nannte sich selbst einen Macher oder einen Selfmade-Millionär. Sein Name war vielen Bewohnern des sonnigen Florida ein Begriff.

Hugo de Valois!

Er war französischer Abstammung. Seine Vorfahren lebten schon lange Zeit in den Staaten, doch ihren Namen hatten sie nie abgelegt, auch wenn sie zu typischen Amerikanern geworden waren.

Wie eben Boss Hugo!

So nannten ihn seine engsten Mitarbeiter, von denen de Valois fast das Gleiche verlangte wie von sich selbst. Nun gehörte er zu den Männern, die sich kaum Hobbys leisteten, es sei denn, man betrachtete seine junge Frau als Hobby.

Er war über fünfzig, sie gerade fünfundzwanzig und ließ sich mit Baby anreden. Ein süßes Geschöpf, wie die Presse immer schrieb. Manche redeten auch von einem Luxusweibchen mit Superkurven. Vielleicht stimmte beides. Jedenfalls war Baby für Hugo der absolute Traum, den er sich auch hatte erfüllen wollen.

Er selbst residierte nicht inmitten seines Jugendtraums, sondern in den letzten Etagen eines vollklimatisierten Geschäftshauses in Miami. Von dort aus leiteten er und seine Mitarbeiter die Geschäfte mit eisenharter Hand, und wehe dem, der nicht parierte. Da kannte Hugo kein Pardon. Wer nichts brachte, flog.

Die amerikanische Art eben, die sich der Mann mit dem französischen Namen angewöhnt hatte.

Er liebte das Außergewöhnliche. Bei seiner Frau hatte er es so gehalten, und bei seinem Büro ließ er ebenfalls keine

Abstriche zu. Wer den gewaltigen Raum zum ersten Mal sah, glaubte, die Pilotenkanzel eines Raumschiffs zu betreten. Vieles bestand aus hellem Metall, das wie Silber leuchtete. Der Schreibtisch, die Telefonanlage, die Bildschirme, das alles war mit einer dünnen Metallschicht überzogen. Im krassen Gegensatz dazu stand die futuristisch anmutende Sitzgruppe eines italienischen Designers, die so groß war, dass sie sich in dem gewaltigen Raum nicht verlor. Es war schon ein Wunder, dass de Valois eine Wand als großes Fenster benutzte, sodass er, wenn er seinen Schreibtischstuhl drehte, über die Dächer der Stadt schauen konnte und sein ferner Blick sich dann auf das weite Meer verirrte.

De Valois fühlte sich wohl.

Das heißt, bis vor einigen Tagen hatte er das. Da war zum ersten Mal ein Anruf aus Europa gekommen. Ein gewisser Akim Samaran hatte sich bei ihm gemeldet.

De Valois kannte keinen Menschen dieses Namens und hatte auch kein Interesse daran, ihn kennen zu lernen. Das sagte er ihm nach dem zweiten Anruf mehr als deutlich.

Nach dem dritten schwieg er dann.

Akim Samaran bestand darauf, empfangen zu werden. Wenn das nicht geschah, würde Baby gekillt.

Nun beschäftigte de Valois ein Heer von Aufpassern und Leibwächtern. Auch seine Frau stand unter Bewachung. Dennoch hatte es die andere Seite geschafft, an sie heranzukommen.

Allerdings waren drei Tote zurückgeblieben. Und da wusste er endgültig, dass er diesen Samaran empfangen würde. So blieb ihm nichts anderes übrig, als einen Termin auszumachen.

Das aber war nicht alles.

Die nächste Hiobsbotschaft kam ebenfalls aus Europa. Aus London, um genauer zu sein. Da meldete sich ein gewisser Oberinspektor John Sinclair von Scotland Yard, der unbedingt mit ihm sprechen wollte. Besonders über de Valois' Vorfahren und deren Herkunft.

Hugo hatte bei diesem Gespräch so reagiert, wie er es sonst nie tat. Als der Oberinspektor den Namen Samaran erwähnte, war ihm herausgerutscht, dass er diesen Bastard namentlich kannte.

Ein Wort hatte daraufhin das andere gegeben, man schmiedete einen Plan, von dem Samaran auf keinen Fall etwas wissen sollte, und zum Schluss gab sich de Valois einigermaßen zufrieden. Er hoffte, dass dieser Mann aus England es schaffen würde, seine Probleme zu lösen. Und dies auf eine unkonventionelle Art und Weise.

Trotz hervorragender Air Condition schwitzte der Boss. Der Besuch dieses Akim Samaran stand dicht bevor, und er würde pünktlich sein, das hatte der andere versprochen.

Hugo de Valois war ein kompakter Mensch. Sein Haar hatte in den letzten Jahren die Schwärze verloren. Jetzt lag es weiß und wellig auf einem kantigen Schädel. Der Oberkörper wirkte gedrungen. Seine Schultern waren breit. Die Haut im Gesicht zeigte Florida-Bräune, und um seine Augen hatte sich ein Kranz von Fältchen gebildet.

Noch immer strahlte er die Energie seiner Gründerjahre aus, wie er stets zu sagen pflegte, und das bekamen auch seine Geschäfts- oder Gesprächspartner zu spüren. Er saß ihnen stets mit einer lauernden Bereitschaft gegenüber, immer aufnahmebereit für neue Ideen, um blitzschnelle Entscheidungen treffen zu können.

Marsha, seine Mischlingssekretärin mit Hochschulausbildung, würde Samaran empfangen und ihm Bescheid geben. Die Kleine arbeitete nur für ihn persönlich. Er nahm sie auch mit auf Reisen. Baby hatte nichts dagegen, da sich beide Frauen mochten.

Auf seinem bequemen Stuhl hielt er es nicht mehr aus. Mit langen Schritten durchwanderte er sein ungewöhnlich eingerichtetes Büro und schaute zu, wie seine weißen Slipper in dem hochflorigen Teppich versanken.

Er dachte an Baby.

Es war für ihn kaum vorstellbar, dass sich seine Frau in den Händen dieses Killers befand. Er hatte sie so gut schützen wollen, nun war alles umsonst gewesen. Falls er sie wieder zurückbekam, würde er sich neue Schutzmaßnahmen überlegen müssen, denn erpressbar wollte dieser Mann auf keinen Fall sein.

Auf seinem Schreibtisch glühte eine rote Leuchte, und das gleichzeitig tönende Piepsignal zeigte ihm an, dass jemand etwas von ihm wollte. Es musste der Besucher sein.

Er trat an seinen Arbeitsplatz, das Cockpit, heran und stellte die Verbindung zu Marsha her. »Ja, was ist?«

»Mr. Samaran, Boss!«

»Er soll kommen.«

»Sofort.«

Hugo de Valois warf sich sein blaues Leinenjackett über, rammte seine kräftigen Hände in die Hosentaschen und blieb vor seinem Schreibtisch breitbeinig stehen, um den Besucher zu empfangen. In seinem Gesicht regte sich nichts, die Augen funkelten wie kleine Eiskristalle. Er würde mit diesem Mann, den er am liebsten an den höchsten Galgen gehängt hätte, kein freundliches Wort reden.

Die Stahltür fuhr zurück. So ähnlich wie bei einem Lift, dessen Einstieg auch auf Schienen zur Seite rollte.

Für einen Moment tauchte Marshas dunkler Haarschopf auf. Sie gehörte zu den wenigen Personen, die eingeweiht waren. Dass sie ein Lächeln schaffte, wunderte Hugo, doch gute Mitarbeiterinnen beherrschten so etwas eben.

»Mr. Samaran, Sir.«

»Ja, okay, Marsha, Sie können gehen. Und keine Störungen, da ich eine wichtige Sache zu besprechen habe.«

»Natürlich, Boss.«

Die Tür glitt wieder zu. Marsha zog sich ebenfalls zurück. Akim Samaran kam näher. Hugo de Valois hatte ihn zuvor noch nie gesehen, er kannte nur seine Stimme und musste nun zugeben, dass ihm die Erscheinung ebenso unsympathisch war wie der Kerl überhaupt.

Er war kleiner als Valois, hatte schwarzgraues, zurückgekämmtes Haar, ein Gesicht mit leicht grau wirkender Haut, dunkle, stechende Augen und einen zynisch verzogenen Mund. Trotz der Hitze trug er dunkle Kleidung und sogar eine Krawatte.

De Valois hatte sich vor Gesprächspartnern oder Geschäftsleuten nie gefürchtet, diesmal sah die Sache anders aus. So wie dieser Mann sich benahm und auf ihn zukam, glaubte er ihm sofort, dass er Baby entführt hatte. Samaran strahlte etwas aus, das man nicht in Worte fassen konnte. Es war eine gewisse Aura, die ihn umgab, was auch Hugo de Valois spürte.

»Sie sind also Samaran«, stellte der Amerikaner fest.

»Ja.«

De Valois deutete auf seine außergewöhnliche Sitzgruppe. »Nehmen wir doch Platz.«

»Danke.« Der Besucher versank wenig später in einem weichen Leder und sah aus wie von Blut umgeben.

Ihm gegenüber setzte sich de Valois. »Möchten Sie etwas trinken, Samaran?«

»Nein.«

»Gut, kommen wir zur Sache. Wie viel?«

Samaran grinste kalt. »Wie meinen Sie das denn?«

»Wie viel wollen Sie für die Freilassung meiner Frau haben? Nennen Sie eine Summe.«

»Sie verstehen noch immer nicht.«

De Valois ballte die rechte Hand zur Faust. »Was wollen Sie dann?«

»Moment.« Samaran griff in seine rechte Tasche. »Ich möchte Ihnen etwas zeigen.« Er holte ein Foto hervor, das von einer Sofortbildkamera geschossen worden war. Mit einem lässigen Schwung warf er es auf den Tisch. Es rutschte über die Glasplatte und blieb dicht am Metallrand des Tisches liegen.

»Es gehört Ihnen, Mister!«

De Valois griff danach. Erst schielte er auf seinen Besucher, danach senkte er den Kopf und schaute sich das Foto an.

Samaran gab ihm fünf Sekunden. Dann fragte er: »Na, was sagen Sie dazu, Mister?«

Die rechte Hand des Amerikaners zitterte. Er spürte den Kloß in der Kehle, im Magen den Druck und hätte sein Gegenüber am liebsten mit den eigenen Händen erwürgt.

Stattdessen presste er hervor: »Sie sind ein verdammtes Schwein!«

»Das ist mir egal. Ich wollte Ihnen nur beweisen, dass ich kein Bluffer bin.«

»Nein, das sind Sie nicht.«

»Schauen Sie noch mal genau hin.«

»Nicht nötig.« De Valois warf das Foto weg, als würde er sich davor ekeln. Er war unter der Sonnenbräune bleich geworden und dachte daran, was er gesehen hatte.

Seine Frau und einen Mann.

Aber was für einen Kerl.

Ein brutaler Schlächter mit langen Haaren, die er zu einem Pferdeschwanz zusammengebunden hatte. Sein Gesicht konnte man als eine Mischung aus Fleisch und Knochen bezeichnen, wobei die einzelnen Teile nie richtig zusammengewachsen waren, denn sie zeigten eine gewisse Unordnung. Das war ein Henker. Nur hielt er kein Beil in der Hand, sondern ein Messer mit langer Klinge, dessen scharfe Seite sich verdammt nahe an der Kehle der Frau befand.

Baby de Valois war fast nackt. Sie trug nur noch einen kleinen Lendenschurz. Mochte der Teufel wissen, wo der Kerl ihn aufgetrieben hatte. Hugo kannte ihn nicht.

»Nun?«, fragte Samaran.

De Valois schüttelte den Kopf. Es bereitete ihm Mühe, das nächste Wort auszusprechen. Deshalb presste er die Frage hervor: »Wie viel?«

»Kein Geld.«

»Was dann?«

»Moment, wir haben Zeit.« Samaran hob lässig den rechten Arm und lehnte sich zurück. Für einen Augenblick wirkte er jovial, so, wie er da in den weichen Lederpolstern saß, und der Amerikaner spielte bereits mit dem Gedanken, die Couch und die Sitzgruppe auszutauschen, wenn der andere verschwunden war.

»Ich habe zwei Bedingungen, Mr. de Valois.«

»Welche?«

Samaran lächelte kalt. »Zunächst einmal möchte ich Ihnen

die eine erklären. Das heißt, die habe ich mir selbst erfüllt. Es ist mir gelungen, Ihren Jugendtraum zu kontrollieren.«

»Wie?«

»Adventure World!«

»Ja, das gehört mir«, bestätigte der Amerikaner.

»Ich weiß. Ein Wunderwerk der Technik und als Mittelpunkt der gewaltige Götze unter der Erde. Das alles steht jetzt unter meiner Kontrolle, wenn Sie verstehen.«

»Nein, ich begreife nicht.«

»Magie, Mister. Reine Magie. Ich spiele mit ihr, sie gehorcht mir, sie ist für mich das Lebenselixier geworden. Durch sie bin ich stark, denn ich besitze etwas, das mir von einem mächtigen Magier leihweise überlassen wurde, gerade um diesen Einsatz zu fahren.«

»Was ist es?«

»Ein Würfel, Mister, mehr nicht. Aber dieser Würfel hat es in sich. Er besitzt Kräfte, die man als magische Wellen bezeichnen kann und die auch Frequenzen besitzen. Das heißt, dieser große Abenteuerpark steht unter meinem Kommando. Ich kann all Ihre technischen Tricks und Spielereien umfunktionieren und habe es zum Teil schon getan. Die beiden nächsten Tage werden zu einer kleinen Hölle. Besucher, die in den Park kommen, erleben zum ersten Mal ein richtiges Abenteuer, das sie nie vergessen werden. Was tot war, wird lebendig, was lebte, dreht plötzlich durch. Elektronik wurde durch Magie ersetzt, der Würfel ermöglichte es mir. Ob es Tote gibt, liegt allein in Ihrer Hand, de Valois. Mir erschien eine Geisel nicht sicher genug, deshalb habe ich mich entschlossen, auch zu anderen Maßnahmen zu greifen.«

Hugo de Valois war ein Mensch, der hart gearbeitet hatte. Auf seinem Weg nach oben waren ihm schon die absonderlichsten Typen begegnet, aber keiner von denen hatte in etwa diesem Akim Samaran geglichen. Der setzte allem die Krone auf.

»Das meinen Sie im Ernst?«, fragte er.

»Ja.«

»Beweisen Sie es.«

»Denken Sie an das Unglück!«

De Valois wurde bleich. In der Tat hatte es am vergangenen Tag einen Unfall im Vergnügungspark gegeben. Zwei Ungeheuer aus Kunststoff waren explodiert und hatten Menschen verletzt.

»Zufall!«

»Nein, Hugo, kein Zufall. Ich habe dafür gesorgt, dass alles so kam, wie es gekommen ist. Die beiden Verletzten waren der Beginn. Ich habe weitergemacht. Einige Überraschungen stehen noch bevor, und ich lasse den Götzen erwachen.«

De Valois sprang auf. Er atmete heftig, seine Augen funkelten. »Weshalb, verdammt?!«, schrie er. »Aus welch einem Grunde haben Sie das getan? Ich komme da nicht mit!«

»Das ist doch klar. Sie haben mich hintergangen.«

»Wieso?«

»Ich weiß zwar nicht alles, aber vieles. Es passt mir nicht, dass Sie einen bestimmten Mann in einem der Bungalows des Parks beherbergen. Soll ich noch deutlicher werden?«

»Ich bitte darum!«

»Oberinspektor Sinclair!«

»Sie kennen ihn?«

»Sehr gut sogar. Er ist nicht gerade mein Freund und geht der gleichen Spur nach wie ich. Das ist ärgerlich, ich gebe es zu, aber ich habe mich damit abgefunden. Es ist vielleicht ganz gut so, dass ich Sinclair unter Kontrolle weiß, deshalb können Sie ihn auch in dem Park wohnen lassen. Dagegen habe ich nichts mehr.«

De Valois setzte sich. Es geschah wie in Zeitlupe. Zudem schwitzte er stark, traute sich aber nicht, ein Taschentuch zu ziehen und den Schweiß abzuwischen. Er musste zugeben, dass sein Gegenüber die besseren Trümpfe in den Händen hielt.

Samaran hatte ihm den ersten Schock versetzt und ließ ihm Zeit, sich zu erholen. De Valois war ein harter Geschäftsmann. Er steckte auch den Schock weg und fragte nach einer Weile: »Weshalb haben Sie gerade mich ausgesucht? Es gibt mächtigere Personen im Land, auch reichere. Warum also ich?«

»Das ist einfach. Sie sind ein de Valois!«

Der Amerikaner lachte krächzend. »Es hängt also mit meinem Namen zusammen, wenn ich Sie richtig verstanden habe?«

»Auch.«

»Und sonst?«

»Mit Ihrer Herkunft.«

De Valois winkte ab. »Die können Sie überall nachlesen. Ich stamme aus den Staaten, bin sogar hier in Miami geboren und aufgewachsen. Da ist nichts Besonderes. Dass ich mich nach oben geboxt habe, sehe ich als eine Selbstverständlichkeit an.«

Samaran winkte ab. »Es interessiert mich überhaupt nicht, wie weit Sie nach oben gekommen sind oder nicht. Ich will von Ihnen etwas anderes, Mr. de Valois.«

»Was denn?«

»Hören Sie genau zu. Fast jeder Amerikaner, vor allen Dingen so einer wie Sie, der es geschafft hat, ist irgendwo und irgendwie stolz auf seine Herkunft. Wer von Ihren Landsleuten stammt denn schon aus den Staaten? Kaum jemand. Fast alle Wiegen der Weißen standen im alten Europa, die Ihrer Vorfahren in Frankreich.«

»Stimmt.«

»Das weiß ich alles. Und mir ist auch bekannt, dass Amerikaner gern Ahnenforschung treiben. Sie sind stolz darauf, von irgendwelchen bekannten Familien abzustammen. Was in Europa der Hochadel, ist für die Amerikaner die Mayflower-Abstammung oder ähnliches. Jedenfalls glaube ich fest daran, dass Ihre Vorfahren etwas Besonderes gewesen sind. Und es gab tatsächlich in Ihrem Stammbaum einen Mann, der Hector de Valois hieß. Wann er genau gelebt hat, konnte ich nicht so schnell herausfinden. Jedenfalls hat es ihn gegeben. Er gehörte damals zu den sehr einflussreichen Leuten, denn er beschäftigte sich mit einem Gebiet, das man mit dem Begriff Magie umschreiben kann. Er war ein Magier, Zauberer und ein sehr weiser Mensch. Er kannte Praktiken, die leider verschüttet worden sind, und er hat Spuren aufgezeigt zu geheimnisvollen Reichen. Zudem blieb das alles nicht in seinem Kopf verborgen, es wurde schriftlich niedergelegt. Und einige Fragmente oder Auszüge dieser schriftlichen Hinterlassenschaften existieren noch. Ich will von Ihnen folgendes: Klären Sie das Rätsel um Ihre Abstammung. Sehen Sie zu, dass Sie etwas über die alten de Valois in Erfahrung bringen, dann ist die Sache gelaufen. Sie kriegen Ihre Frau gesund und munter zurück. Haben Sie keinen Erfolg, werden Sie Baby auch wiedersehen, aber nur als Tote. Das ist alles.«

»Sie sind verrückt!« De Valois konnte nicht anders. Er musste diesen Satz loswerden und sah, wie der andere den Kopf schüttelte. Samaran ging überhaupt nicht auf die Bemerkung ein. »Drei Tage«, sagte er.

»Wie?« Jetzt war de Valois durcheinander.

»Ich gebe Ihnen drei Tage Zeit, die Unterlagen zu beschaffen. Es wäre übrigens besser, wenn Sie mir die Papiere früher geben könnten. Mit jeder Stunde erhöhe ich das Chaos im Adventure World. Noch hat es keine Toten gegeben, das aber kann sich ändern. Haben wir uns verstanden? Konnte ich mich gut genug ausdrücken?«

Hugo nickte. »Ja, verdammt, das konnten Sie.«

»Dann bin ich zufrieden.«

De Valois ließ sich zurücksinken und wischte über seine Stirn. »Drei Tage!«, hauchte er. »Verdammt, das ist unmöglich. So etwas schaffe ich niemals.«

»Reden Sie nicht. Ein Mann wie Sie besitzt den nötigen Einfluss, um auch so etwas in die Reihe zu bringen. Sie brauchen mir nichts vorzumachen. Wenn Sie alle Ihre zur Verfügung stehenden Hilfsmittel und Möglichkeiten einsetzen, wird es kaum Schwierigkeiten geben, das kann ich Ihnen versichern. Sie müssen nur für die nächsten drei Tage die anderen Geschäfte sein lassen, was Ihnen sicherlich nicht schwer fallen wird bei dem, was auf dem Spiel steht.«

»Nein!«, flüsterte der Millionär. »Nein, Sie verlangen da etwas Unmögliches von mir.«

»Wieso?«

»Das kann ich nicht schaffen. Überlegen Sie mal. Ich habe

keine Beziehungen mehr zum Land meiner Vorfahren. Das liegt alles weit zurück. Hunderte von Jahren. Es ist quasi unmöglich, Ihre Bedingungen zu erfüllen. An wen soll ich mich wenden?«

»Ihre Sache.«

»Ich kann nicht.«

»Auch Ihre Sache!«, konterte Samaran. »Dann sehe ich mich gezwungen, zu anderen Mitteln zu greifen. Ich las einmal in einem der Klatschblätter, dass Sie Ihre junge Frau abgöttisch lieben. Alles, was Sie nicht mehr besitzen, sehen Sie in ihr wieder. Sie würden für sie durchs Feuer gehen oder so ähnlich. Beweisen Sie es!« Nach diesen Worten stand Akim Samaran auf. »Ich werde mich hin und wieder bei Ihnen melden. Und denken Sie an Ihre Frau und die Unschuldigen, deren Leben Sie ja sicherlich retten wollen.« Samaran lächelte kalt. Er wandte sich zur Tür ohne ein Wort des Abschieds. Als er über eine bestimmte Stelle schritt, wurde der Kontakt hergestellt, sodass sich die Tür automatisch öffnete und Samaran freien Weg in das Sekretariat bekam.

Hugo de Valois aber blieb in seinem Sessel hocken und wirkte wie ein gebrochener Mann. Zum ersten Mal seit Jahren hatte ihn jemand ausgepokert, und das mit Mitteln, gegen die er einfach nicht ankonnte, weil sie ins Persönliche hineinzielten.

Der Millionär war nicht mal in der Lage zu denken. Er schaute dabei auf das Foto, das sein Besucher zurückgelassen hatte. Baby und der Killer.

Ein Wahnsinn.

Dieser Mann würde sie eiskalt umbringen, wenn er nicht spurte. Also musste er spuren.

Hugo de Valois stemmte sich aus dem Sessel. Er atmete tief durch und wurde erst aufmerksam, als sich die Tür zum Sekretariat öffnete und Marsha sein Büro betrat.

Mit einem Blick erkannte sie die Lage, verschwand wieder und kam mit einem Glas Wasser zurück. Die hübsche Mulattin trug einen hellgelben Anzug, der an Joggingkleidung erinnerte, nur weiter und pumpiger geschnitten war. In dem runden Ausschnitt hüpften ihre kleinen Brüste bei jedem Schritt.

»Trink das, Hugo.« Wenn sie unter sich waren, duzten sie sich.

»Danke.« Er nahm das Glas und leerte es in einem Zug. Als er es wieder auf das Tablett stellte, fühlte er sich besser und konnte Marsha auch ins Gesicht sehen.

»War es schlimm?«, fragte sie. Ihre blassrot geschminkten Lippen bewegten sich kaum.

»Noch schlimmer.«

»Kannst du mit mir darüber sprechen?«

»Ich muss sogar.«

»Okay.« Marsha setzte sich und hörte von der Geschichte. Auch das Bild sah sie. Die knapp 27-jährige Frau konnte sich vorstellen, wie es in ihrem Chef aussah, aber sie mussten etwas tun, daran ging kein Weg vorbei.

Das sagte sie ihm auch. »Du musst es wenigstens versuchen, Hugo.«

De Valois nickte. »Das werde ich auch, aber ich brauche dich ebenfalls, Marsha.«

»Bitte.«

»Setz dich mit Sinclair in Verbindung. Er arbeitet an dem gleichen Fall und befindet sich in Adventure World. Er hat dort den Bungalow 10 an der Südgrenze bezogen, nicht weit vom See entfernt. Klar?«

»Verstanden.«

»Weihe ihn ein. Nimm kein Blatt vor den Mund, Marsha. Ich habe mich über Sinclair und seinen Begleiter erkundigen können. Sie sind in Ordnung. Als er von mir den Namen Samaran hörte, sprang er an wie ein Rennmotor, der den Zündschlüssel riecht.«

»Ich kümmere mich um ihn.« Marsha lächelte.

»Und dann versuchst du, meine Frau zu finden.«

»Weißt du denn, wo man sie gefangen hält?«

»Nein. Doch ich werde das Gefühl nicht los, dass sie sich sogar in meiner Nähe befindet. Nämlich im Vergnügungspark. Durchkämmt ihn, ich werde mich inzwischen mit einem Freund in der Regierung kurzschließen. Er hat gute Beziehungen nach Frankreich.«

»Drei Tage bleiben dir?«, fragte Marsha, als sie aufstand.

»Nein, nur noch zweieinhalb ...«

Vor mir stand tatsächlich ein Skelett!

Und es war bewaffnet, denn es hielt in der rechten Hand ein Schwert und schützte zudem seinen Knochenkörper mit einem runden Schild, den es in der anderen Klaue hielt.

Ich war so geschockt, dass ich erst einmal einen Schritt zurücktrat, die Tür somit freigab und das Skelett die Möglichkeit nutzte. Es trat über die Schwelle.

Und es schlug zu!

Dass es keine Spielzeugwaffe bei sich hatte, merkte ich einen Moment später, als die Waffe eine Wandlampe zertrümmerte. Die Scherben flogen vor meinen Augen zu Boden, während ich mit einem hastigen Sprung den Rückwärtsgang einschob, sodass ich mit den nackten Füßen nicht in das Glas trat.

Der Knöcherne folgte mir. Er ging, als hätte man ihm den Weg einprogrammiert, und er bewegte dabei sein Schwert von einer Seite auf die andere. Ich vernahm das Pfeifen der Klinge, wenn sie die Luft zerschnitt. Was ihr im Wege stand, räumte sie zur Seite, sodass ein Teil der Garderobe zur Seite kippte, auf den Boden krachte, sogar zerbrach und auch ein Schirmständer umgerissen wurde.

Ich hatte mich so weit zurückbewegen können, dass ich unverletzt im Wohnraum ankam. Die Tür zum kleinen Garten und damit auch zum Pool stand offen.

Dort lagen meine Kleidungsstücke und natürlich die Waffen. Ich hatte alles mitgenommen und meinem Chef sogar den zweiten Würfel des Unheils aus dem Kreuz leiern können, auf den ich besonders Acht geben musste.

Der Knöcherne nahm auf nichts Rücksicht. Er schlug gnadenlos zu und kümmerte sich auch nicht darum, dass irgendwelche Gegenstände im Weg standen. Die Schwertklinge räumte Gläser vom Tisch, zerfetzte eine Sessellehne, und noch immer hielt der Knöcherne seinen Schild als Schutz vor sich.

Er hätte ihn nicht gebraucht, da ich ihn mit bloßen Händen nicht angreifen wollte.

Meine erste Überraschung lag hinter mir. Endlich konnte ich zu Gegenmaßnahmen greifen, und ich war eigentlich im Umgang mit lebenden Skeletten erfahren genug, um mir von einer solchen Figur nicht die Butter vom Brot nehmen zu lassen.

Die Steine der Terrasse waren heiß. Eine glühende Nachmittagssonne stand hoch am Himmel und hüllte Florida mit ihren sengenden Strahlen ein. Ich schaute leider in die Sonne, denn die Brille mit den dunklen Gläsern lag außer Reichweite.

Das Skelett hatte den Wohnraum verlassen. Seine Knochenfüße klapperten auf den Fliesen. Ich war schneller gewesen und hatte den Pool zwischen uns gebracht.

Es blieb stehen.

Ich legte eine Hand gegen die Stirn, um nicht geblendet zu werden. Nur wenige Schritte entfernt befand sich der Liegestuhl, wo Kleidung und Waffen lagen. Selbst das Kreuz hatte ich abgenommen. Im Pool hätte ich es nicht gebraucht.

Wie sollte ich ihn erledigen?

Ich entschied mich für den Würfel. Er war ein Mittelding zwischen Gut und Böse, wenn ich das mal so vereinfacht sagen darf. Ich konnte ihn manipulieren, er gehorchte mir, aber er konnte auch von anderen beherrscht und manipuliert werden. Deshalb durfte er nicht in die Hände meiner Feinde fallen.

Leider besaß ich nicht das Original, das hatte der Spuk. Er gab es hin und wieder seinem Diener Samaran, auf dessen Spur ich mich gesetzt hatte.

Unter meinem Hemd lag der Würfel verborgen. Ich hob den Stoff hoch und hielt den rotviolett schimmernden Quader zwischen meinen Fingern. Sehr genau konzentrierte ich mich auf ihn und auch auf die Vernichtung des Knöchernen.

Jetzt musste der Würfel allein entscheiden.

Das tat er.

So etwas gehörte zu seinen leichtesten Übungen. Die Schlieren in seinem Innern bewegten sich kaum, als er die Methode wählte, um den Knöchernen zu vernichten.

Ich hätte mich auf eine bestimmte Sache konzentrieren können, da diese Waffe all das ausführte, was sein momentaner Besitzer befahl. Ich wollte nur, dass das Skelett vernichtet wurde.

Dies trat ein.

Es machte noch einen Schritt zur Seite, wobei es seinen Knochenfuß ziemlich hoch schleuderte, wieder zu Boden fiel und schon beim Kontakt zusammenbrach.

Das heißt, es flog auseinander.

Eine scharfe Handgranate hätte eine ähnliche Wirkung gezeigt, denn das Skelett zerplatzte, und die gelblich schimmernden Knochen verteilten sich. Ich zog sicherheitshalber den Kopf ein, um von den Stücken nicht getroffen zu werden. Mich erwischten sie nicht, dafür klatschten sie in den Pool, versanken aber nicht, sondern schwammen schaukelnd auf den Wellen.

Sein Schild landete ebenfalls im Wasser. Der allerdings tauchte unter. Am Rand lag das Schwert, direkt neben dem Schädel, der fast heil geblieben war und aus dem feine Drähte schauten, die im Licht der Sonnenstrahlen glänzten.

Ich ging zunächst einmal auf den Stuhl zu und zog mir etwas über. Für ein Bad hatte ich keine Lust mehr, trotz der sengenden Hitze. Helle Hose, Leinenhemd, so ließ es sich einigermaßen aushalten. Auch meine weißen Stoffschuhe passten zur Witterung.

Die dünne Jacke, die so lang war, dass sie unterwegs meine Waffen verdeckte, ließ ich liegen.

Die Reste des Knöchernen interessierten mich sehr. Neben dem Schädel ging ich in die Knie. Wie erwähnt, ihm war kaum etwas passiert. Ich hob ihn hoch und konnte in sein Inneres schauen. Als kleines Wunderwerk der Technik wollte ich es nicht gerade bezeichnen, was sich meinen Augen bot, aber die Drähte und die Mikrochips ließen auf eine elektronische Steuerung schließen.

War er tatsächlich elektronisch gelenkt worden?

Daran konnte ich nicht so recht glauben, denn normalerweise musste dieses Skelett zu einer der Gruselbahnen gehören, die es in Adventure World natürlich auch gab.

Nein, da war etwas anderes vorgefallen.

Ich war mir zwar nicht sicher, aber ich kannte Samaran und dessen Beziehungen zum Spuk. Samaran und ich standen gewissermaßen am Beginn einer neuen Epoche. Durch den Namen Hector de Valois war einiges in Bewegung geraten. Für mich und Samaran hieß es jetzt forschen, nachhaken und in der Vergangenheit wühlen. Sie war sehr wichtig geworden, und da hatte der Spuk sicherlich dazu überredet werden können, den Würfel aus seinem Besitz an Samaran weiterzugeben.

Wenn er ihn besaß, konnte er damit Dinge in Bewegung setzen, die normalerweise tot waren oder, wie hier, elektronisch gesteuert wurden. Da wurde aus einem harmlosen Kunststoffskelett ein gefährlicher Gegner, der auch töten konnte.

Wieder dachte ich daran, welcher Weg oder welche Fügung des Schicksals mich überhaupt nach Florida geführt hatte. In der Nähe von London hatte es begonnen, und zwar mit einem Himmelbett, in dessen hinteren rechten Pfosten ein Dokument versteckt worden war, das einmal einem gewissen Hector de Valois gehört hatte. Dieser Mann, der schon lange tot war – man hatte ihn in dem Bett mit einem Würgeeisen getötet –, war zu seiner Zeit etwas Besonderes gewesen, denn er kannte sich mit Dingen und Praktiken aus, die für die meisten Menschen unheimlich waren.

Man konnte ihn als Magier bezeichnen oder auch als einen magischen Forscher.

Jedenfalls hatte er Verbindungen zwischen verschiedenen Gebieten entdeckt, die mich außerordentlich interessierten. Es war die Rede von den Templer-Rittern gewesen, dem heiligen oder dunklen Gral, dem Land Aibon und einem geheimnisvollen Kreuz mit rätselhaften Zeichen, wobei damit eigentlich nur mein Kreuz gemeint sein konnte.

Hector de Valois hatte dies alles gewusst und auch schriftlich niedergelegt. Nur waren diese Aufzeichnungen im Laufe der Jahrhunderte verschwunden. Ob zerstört oder ob sie noch irgendwo vergraben lagen, wusste niemand von uns. Ein altes Pergament jedenfalls hatten wir in einem der Bettpfosten entdecken, aber leider nicht mehr entschlüsseln können, weil es vor unseren Augen verbrannte.

Da hatte Akim Samaran ebenso das Nachsehen gehabt wie ich.

Einen nicht verbrannten Fetzen davon hatte ich noch retten können. Er befand sich in London und wurde wissenschaftlich untersucht. Es konnte ja sein, dass trotz allem noch wertvolle Informationen verborgen waren, auch wenn ich persönlich dem Rest nicht mehr viel zutraute. Ich würde möglicherweise mehr darüber erfahren, wenn ich wieder nach London zurückkehrte.

Klar, dass Akim Samaran ebenfalls der Spur des Namens de Valois nachging. Wie ich, so hatte auch er damit gerechnet, dass es Nachkommen geben musste. Wir hatten unseren Computer eingesetzt und auch internationale Beziehungen spielen lassen. So waren wir schließlich auf den amerikanischen Millionär Hugo de Valois gestoßen, der in Florida lebte und sich durch Adventure World einen Jugendtraum erfüllt hatte.

Er hatte ein gewaltiges Gelände aufgekauft und zu einer Vergnügungsstätte umgebaut. Während unseres Telefonats hatte er mir davon berichtet und auch davon, dass man ihn erpresste. Eigentlich war es nur durch ein dummes Versprechen ans Tageslicht gekommen. Ich aber hatte sofort Blut gerochen und den Millionär dazu überreden können, in den Fall einzusteigen.

Suko war mit in die Staaten gedüst. In dem Park aber hatten wir uns getrennt. Zuschlagen wollten wir dann wieder gemeinsam, wobei ich stark hoffte, dass es dazu auch kam.

Auch unser Freund Bill Conolly wäre gern mitgekommen.

Er musste in London bleiben, weil er genau an diesem Tag seine Frau Sheila und den Sohn Johnny zurückerwartete.

Akim Samaran, mein neuer, großer, mit allen Wassern gewaschener Gegner und Günstling des Spuks, dem letzten der Großen Alten, befand sich in der Nähe. Das Skelett war der Beweis für seine magische Tätigkeit. Und wenn er nicht weit entfernt war, konnte ich auch damit rechnen, auf seinen brutalen Killer und Leibwächter Kamikaze zu treffen, dieses menschliche Monstrum, das keine Gnade kannte und in dessen Klauen sich unter Umständen die Frau des Hugo de Valois befand.

Und noch mit einem weiteren Lebewesen umgab sich Samaran. Es war der Homunkulus, der erste künstliche Mensch. Es hatte ihn gegeben. Die Geschichten über den alten Rabbi Loew, die man sich erzählte, entsprachen den Tatsachen. Durch einen unglücklichen Zufall war es gelungen, den Homunkulus nicht in seiner Zeit zu lassen, sondern in die Gegenwart mitzunehmen.

Das war natürlich schlecht.

Für Samaran gut, denn dieses zwergengroße Menschlein besaß höllische Kräfte. So schaffte es der Homunkulus, zum Beispiel, Menschen aneinander wachsen zu lassen oder deren Glieder zu verdoppeln. Das hatten wir leider selbst erleben müssen.

Ihn durfte ich ebenfalls nicht unterschätzen.

Und auch nicht den Park, dessen Kernstück und von allen bewunderter Punkt eine gewaltige Höhle war, die besichtigt werden konnte. Mittelpunkt dieser Höhle war der Götze Sokk-Ull, ein gewaltiges Urviech, das angeblich von einem Sternenvolk stammen sollte. So jedenfalls erzählte es eine alte Legende der Seminolen, der Ureinwohner Floridas.

Als cleverer Geschäftsmann hatte Hugo de Valois sich so etwas nicht entgehen lassen und den Götzen Sokk-Ull nach den Angaben der Indianer nachbauen lassen.

Jetzt stand er in der riesigen Höhle, wurde elektronisch gesteuert und verbreitete Schrecken.

So hatte man mir jedenfalls erzählt. Ich selbst war noch

nicht dazu gekommen, ihn mir anzusehen, konnte aber schon Verbindungen schließen. Wenn ein Skelett außer Kontrolle geriet, war es durchaus möglich, dass so etwas auch mit Sokk-Ull geschah.

Diese Vorstellung ließ mich nicht eben vor Freude hüpfen. Noch ein paar Knochen untersuchte ich und stellte fest, dass sie aus einem Kunststoffmaterial bestanden.

Ich schleuderte sie fort, setzte meine dunkle Brille auf und hörte, wie durch den leichten Wind ein gewaltiger Schrei an meine Ohren getragen wurde. Normalerweise lagen die kleinen Bungalows oder Hotels des Parks ein wenig abseits vom eigentlichen Trubel, aber der Schrei in der »Space Range« war bis zu meinem Motel zu vernehmen. Er stammte aus den Kehlen der zahlreichen Fahrgäste, die mit dieser gewaltigen Bahn über Berge jagten, in Täler rasten, in einen Überschlag gerieten, um anschließend in die Kuppel gestoßen zu werden.

Das war der absolute Schrecken. Mit voller Geschwindigkeit in die Dunkelheit hinein, da musste man schon eiserne Nerven haben, um so etwas zu überstehen. Ich hatte mir erzählen lassen, dass man wirklich das Gefühl hatte, ins All gestoßen zu werden, denn über den raketenartigen Bahnen befand sich ein täuschend echt nachgeahmter Sternenhimmel.

Ich selbst war mit diesem Ding noch nicht gefahren und verspürte auch null Bock darauf.

Schritte unterbrachen meine Gedanken. Es waren leichte Schritte. So ging kein Mann, nur eine Frau.

Gelassen drehte ich mich um.

Die Frau, die ich anschaute, nahm soeben ihre dunkle Brille ab. Sie war eine Mulattin und eine Augenweide zugleich. Zudem trug sie einen knallgelben Hosenanzug, der im Kontrast zu ihrer dunklen Haut stand. Das Gesicht war fein geschnitten, und ihre etwas breiten Lippen zeigten einen erotisierenden Schwung.

Sie ließ die Brille in der Hand kreisen und deutete mit der anderen Hand über die Schulter. »Entschuldigen Sie, aber die Tür stand offen.«

»Ja, ich weiß. Wollten Sie mich besuchen?«

»In der Tat, Mr. Sinclair.«

»Okay, meinen Namen wissen Sie. Und mit wem habe ich das Vergnügen?«

»Ich heiße Marsha Devine, bin die Privatsekretärin von Mr. de Valois, der mich abgestellt hat, um an Ihrer Seite zu bleiben, Mr. Sinclair. Haben Sie etwas dagegen?«

»Bei einer Frau wie Ihnen?« Ich lachte. »Auf keinen Fall, Marsha.« Ich streckte die Hand aus. »Auf gute Zusammenarbeit.«

Sie nahm meine Hand. »Das wünsche ich mir auch, John …«

Und Suko wünschte sich weniger Sonne!

Im Gegensatz zu seinem Freund John Sinclair hatte er die Aufgabe übernommen, einen ersten Rundgang oder eine Rundfahrt durch den Park zu machen, um sich solche Punkte einzuprägen, die später einmal wichtig werden könnten.

Bei der Größe dieser Anlage war es unmöglich, sie zu Fuß zu durchqueren. Deshalb ließ Suko sich die größten Strecken fahren. Er benutzte dabei die kleine Elektrobahn, die die Besucher auf ihrem Kurs von einem Abenteuer zum anderen beförderte, wie der Prospekt es versprach.

Suko hatte die größere Tour gewählt. Er kannte schon vieles, hatte Westernstädte erlebt, Indianercamps, war in der Arktis gelandet und auch in finsteren Grotten, wo unheimlich aussehende Ungeheuer lauerten. Über eine kleine Holzbrücke waren sie gerollt, die einen Teich überspannte. Das Holz der Brücke knackte und splitterte verdächtig, während unten im Wasser Haie mit aufgerissenen Mäulern auf ihre Beute lauerten.

Bei jedem Zug knackte die Brücke, sodass die Menschen immer wieder erschraken und entsprechende Kommentare abgaben. Das alles machte Suko nichts aus. Er merkte sich zentrale Punkte und hörte nicht auf den ihn umgebenden Stimmenwirrwarr.

Einmal jedoch hatte er eine interessante Bemerkung aufgeschnappt. Jemand berichtete davon, dass eine Fahrt mit der Space Range erst den großen Überblick geben würde. Wer in einem dieser Wagen saß, konnte eigentlich erst dann ermessen, wie groß Adventure World war.

Das hatte sich Suko gemerkt.

Umgeben war er von fröhlichen, ausgelassenen Menschen. Erwachsene und Kinder freuten sich gleichermaßen auf einen Besuch im Park und gaben dies auch äußerlich zu verstehen.

Manche Besucher hatten sich zu Gruppen zusammengeschlossen und Hostessen engagiert, die sie an besonders interessante Punkte führten und ihnen auch einige erklärten.

Suko dachte mehr an die Superbahn, die »Space Range« genannt wurde. Man warnte zwar davor, nicht in diese Schlange aus raketenähnlichen Wagen hineinzusteigen, aber gerade der Reiz dieser Gefahr zog die Menschen magisch an, sodass auf der Bahn der größte Betrieb herrschte.

Dort stieg Suko auch aus.

Vom langen Sitzen war er etwas steif geworden, schlenkerte seine Beine aus und schaute sich die großen Hinweisschilder an, deren Pfeile zu einer Baumgruppe hinwiesen, wo sich auch der Eingang zur Bahn befand.

Suko schlenderte hin.

Eisbuden säumten den durch die belaubten Bäume in Schatten getauchten Weg. Daneben gab es Stände, an denen Hamburger und Hot Dogs ebenso verkauft wurden wie Waffeln und Eis.

Zahlreiche Kinder befanden sich unter den Besuchern und bekamen ihre Wünsche nach etwas Essbarem erfüllt, bevor sie in die Bahn stiegen, um das Eis oder den Hot Dog in ihrem Magen richtig durchschaukeln zu lassen.

Der Inspektor aß und trank nichts. Er stellte sich hinten an die Menschentraube, die sich immer bildete und besonders lang in den Nachmittagsstunden war.

Die meisten Leute unterhielten sich über die bevorstehende Fahrt. Es gab einige unter ihnen, die es schon zum vierten oder fünften Mal probierten, hell begeistert waren und jeden Abschnitt der Weltraumreise genau schilderten.

Alles wirkte so normal, so unverdächtig. Dennoch wurde Suko ein ungutes Gefühl nicht los. Nicht, dass er etwas entdeckt hätte, aber er fühlte sich beobachtet.

Sehr oft hatte er sich schnell umgedreht, hinter sich geschaut, aber niemals einen Verdächtigen gesehen.

An eine Täuschung wollte der Chinese auch nicht glauben. Er musste zudem stets damit rechnen, von Samaran oder dessen Helfershelfern angemacht zu werden.

Beide hatten ihm schließlich den Tod geschworen. Besonders Kamikaze, der Killer. Er konnte Suko nie vergessen, dass er einige Male von ihm geleimt worden war.

Kamikaze gehörte auch zu den Typen, die aus einem Hinterhalt heraus einfach schossen. Aus diesem Grunde spürte der Inspektor mehr als einmal ein kaltes Gefühl im Nacken.

Während sich die Schlange aus Menschen allmählich vorschob und erste farbige Warntafeln erschienen, drehte sich Suko immer wieder um. Nein, es hatte keinen Sinn. In dem Spiel aus Licht und Schatten einen einzelnen Menschen zu erkennen, war so gut wie unmöglich. Auch wenn er so aussah wie Kamikaze, der ja überall auffiel.

Ein farbiges Mädchen im hellen weißen Kleid und mit zwei ebenfalls weißen Schleifen im dunklen Haar strich zu nahe an Suko vorbei und schmierte Eis an der hellen Hose des Chinesen ab. Die Kleine merkte es nicht mal. Sie lief weiter zu ihren wartenden Eltern.

Mit einem Taschentuch putzte Suko die Hose an dieser Stelle trocken. Das waren so die kleinen Freuden, die man in Parks dieser Art bei Hochbetrieb kostenlos erlebte.

Er dachte daran, dass er und sein Freund John Sinclair schon zweimal gefährliche Abenteuer auf einer Achterbahn erlebt hatten. Einmal war sogar Susannoo, ein japanischer Dämon, auf den Schienen aufgetaucht, um die Bahn zu stoppen.

Auch in Hongkong waren sie vor ungefähr einem Jahr durch das künstliche Land einer Filmkulisse gefahren, um nach einem Vampir-Theater zu suchen. An all das erinnerte sich Suko, als er in der Schlange stand und die erste Sperre erreichte.

Hier wurden die Wartenden bereits zu Vierergruppen zusammengefasst. Helfer sorgten mit dafür, dass Familien zusammenblieben.

Suko war allein. Eingerahmt wurde er von zwei Jugendlichen. Der Junge führte das große Mundwerk, während das Mädchen mit skeptischem Gesicht das sich bereits vor ihnen abzeichnende Gestänge der »Space Range« betrachtete.

Man hörte die Wagen, wie sie mit donnernden Geräuschen in die Tiefe rasten und von den Schreien der darin sitzenden Besucher begleitet wurden.

Spaß und Horror wurden hier geboten!

Eine Fahrt mit dieser Bahn war im Eintrittsgeld eingeschlossen. Deshalb gab es auch keine Kartenkontrollen.

Über Holzbohlen liefen die Besucher entlang, rechts und links durch hüfthohe Eisengitter abgeschirmt. Dahinter waren fleckenhaft die Gesichter anderer Gäste zu erkennen, die nur schauten und sich nicht trauten, mit der Bahn zu fahren.

Suko würde einen Einzelsitz bekommen, und das war ihm sogar recht.

Er sah die Schlange vor sich kleiner werden. Immer mehr Menschen verschwanden in den kleinen Wagen.

Je näher sie ihrem Ziel kamen, umso stiller wurde auch der Junge. Sein Girl lächelte leicht, aber umkehren wollten beide nicht. Hinter ihnen kreischten Kinder, vor ihnen stiegen wieder welche ein, und dann waren sie an der Reihe.

Ein Mann mit hellem Leinenkäppi auf dem Kopf und einem Namensschild an der Brust streckte seinen Arm aus. Suko hatte Pech gehabt. Er musste auf einen neuen Zug warten.

Der andere verschwand soeben in einem Tunnel, der sehr steil in die Höhe führte.

Suko warf einen Blick nach rechts, wo die Wagen nach der Fahrt hielten und die Passagiere ausstiegen. Wie blass manche Gesichter waren, konnte er nicht erkennen.

Er sah auch den großen, wuchtigen Aufbau hinter dem Überschlagrad, in den der Zug hineindonnern würde. Das war die Attraktion. Da kam man sich tatsächlich vor wie im All. Durch die hohe Geschwindigkeit und die Dunkelheit schwerelos erscheinend.

Die nächsten Wagen ratterten heran.

Sie waren leer, rot angestrichen und glichen einer Rakete, denn der vordere Wagen zeigte eine stromlinienförmige Spitze. Zunehmend bekam Suko das komische Gefühl, als würde sich etwas in seiner Nähe verdichten.

Sollte er die Fahrt nicht doch lieber verschieben?

Die Entscheidung wurde ihm aus der Hand genommen, denn der Angestellte drängte darauf, endlich die Wagen zu betreten. »Sie müssen allein sitzen«, sagte er zu Suko.

»Ich weiß.«

»Dann gute Fahrt. Als Erster hat man ein besonderes Vergnügen dabei, glauben Sie mir.«

Hinter ihm stieg das Pärchen ein. »Du hältst mich ja fest, nicht?«, fragte sie.

»Mal sehen.«

Suko streckte die Beine aus und drückte sich mit dem Rücken gegen das weiche Polster. Er starrte über die Schienen. Noch stand der Sicherheitsbügel hochkant. Sobald die Wagen gefüllt waren, würde er sich senken.

Der Chinese machte es sich so bequem wie möglich. Er hörte bereits das Kommando zur Abfahrt und sah auch die Bewegung des Bügels, als neben ihm ein Schatten erschien, der sich gedankenschnell über den Rand des Wagens schwang, noch unter dem sich senkenden Bügel hinwegtauchte und plötzlich neben Suko saß.

Damit hatte er den Chinesen überrascht.

Vielleicht hätte Suko noch verschwinden können, aber der Bügel hakte sich in diesem Augenblick fest, sodass Suko die Fahrt mit einem ihm bekannten Menschen und Todfeind unternehmen musste.

Mit Kamikaze!

Selten hatte Suko ein so breites, diabolisches und gemeines Grinsen im Gesicht eines Menschen gesehen wie bei diesem überhässlichen Killer mit dem Pferdeschwanz. In den Augen leuchtete der Hass. Seine knochigen Mörderfäuste lagen auf dem roten Haltegriff, als wollten sie ihn zerquetschen.

»Jetzt hab ich dich!«, sagte er.

Im selben Augenblick fuhren die Wagen an. Plötzlich spürte Suko den Schweiß auf der Stirn. Okay, er war kein Schwächling, traute sich im fairen Kampf gegen Kamikaze auch zu, ihn zu besiegen, aber war dieser Mensch jemals fair gewesen?

Daran konnte sich Suko nicht erinnern. Kamikaze lebte von seiner ungebändigten Kraft und Heimtücke.

»Ich wusste, dass du da bist«, sagte er. »Ich wusste es genau, und ich ließ dich nicht aus den Augen.«

Suko nickte. »Ich weiß.«

»Und du fährst trotzdem?«

»Weshalb nicht?«

»Weil es für dich eine Reise ohne Wiederkehr geben wird, das verspreche ich dir.«

»Mal sehen.«

Der Chinese blieb ruhig. Er dachte an seine Kräfte und auch an seine Waffen. Zudem würde es Kamikaze nicht leicht fallen, ihn während der Fahrt zu killen. Schließlich gab es zahlreiche Zeugen, die zusahen. Da musste er sich schon etwas anderes einfallen lassen.

So rollten sie weiter. Hinter ihnen lachten die Fahrgäste noch. Sie machten sich gegenseitig Mut. Das Seitengestänge huschte vorbei. Gesichter wurden zu Schatten, die Strecke führte schon leicht bergauf, und vor ihnen tauchte der Eingang des Tunnels wie das gefräßige Maul eines Raubtiers auf.

Suko warf einen kurzen Blick nach rechts und sah eine andere Bahn den Kreisel durchfahren. Vielleicht wollte Kamikaze ihn genau dort aus dem Wagen stoßen.

Er war auf alles vorbereitet.

Leider ließ ihm die Sicherheitsstange nicht viel Bewegungsfreiheit. Es war auch nicht so einfach, an die Pistole oder den Stab zu kommen. Beides trug der Inspektor bei sich. Und wenn er es jetzt schon versuchte, wurde der Killer neben ihm nur unnötig aufmerksam.

So blieb er ruhig, aber wachsam.

Sie näherten sich der Einfahrt in den Tunnel. Suko konnte erkennen, dass der Schienenstrang ziemlich steil in die Höhe führte und sie schon nach wenigen Yards von der Dunkelheit verschluckt wurden. Gleich würde der Tunnel sie wieder ausspeien, um sie in ein Tal zu schicken: Anlauf und Aufstieg zum Überschlagkreisel.

Bei der Bergfahrt wurden die Passagiere gegen die gepolsterten Rückenlehnen gedrückt. Auch Suko kippte nach hinten. Kamikaze ebenfalls. Im letzten noch einfallenden Licht sah Suko die Bewegung des Killers. Er war schneller gewesen als der Chinese, denn eines seiner gefährlichen Messer hatte er bereits griffbereit in seiner Tasche stecken gehabt.

Marsha Devine ließ es sich nicht nehmen, die letzten Knochen zusammenzufegen und in eine Mülltonne zu werfen. »Erklären kann ich mir das alles noch immer nicht«, gab sie zu.

»Auch mir fällt es schwer.«

Lachend ging sie zum gefüllten Kühlschrank. Mit zwei Gläsern und einer Flasche Limonensaft kehrte sie zurück. »Kommen Sie, trinken wir einen Schluck.« Sie schenkte ein und reichte mir ein Glas. »Da haben Sie es besser als ich, John.«

»Weshalb?«

»Sie nehmen die Magie als Erklärung. Daran will ich nicht so recht glauben.«

»Finden Sie sich damit ab, wenn Sie mit Akim Samaran zu tun haben!« Ich konnte so offen sprechen, weil Marsha eingeweiht worden war. Sie hatte auch von Samarans Besuch berichtet.

»Der sieht mir danach nicht aus.«

»Da gebe ich Ihnen Recht. Nur wer sieht schon aus wie ein

Mörder? Wenn Sie sich die Bilder von Schwerverbrechern anschauen, werden Sie überrascht sein, wie normal viele von ihnen wirken.«

»Das habe ich auch schon gehört.«

Wir hatten beide unsere Gläser geleert, und ich fragte Marsha, welchen Plan sie verfolgte.

Die Farbige legte sich gegen eine Sesselkante. »Eigentlich keinen bestimmten. Ich wollte nur die Verbindung zwischen Ihnen und meinem Boss halten. Hier, wenn etwas ist.« Sie griff in die rechte aufgesetzte Seitentasche der Hose und holte ein sehr flaches Gerät hervor, das Ähnlichkeit mit einem Taschenrechner aufwies. »Ein Funkgerät«, sagte sie. »Direktverbindung zum Chef.«

»Meldet er sich auch bei uns, wenn es Neues gegeben hat?«

»Das ist abgemacht.«

»Dann können wir ja.«

Sie lachte. »Was ist los? Sie klingen so energiegeladen.«

»Das bin ich auch. Wenn sich Samaran und seine Helfer hier in Adventure World herumtreiben und gewisse Dinge unter magische Kontrolle bekommen haben, müssen wir höllisch auf der Hut sein.«

»Sie meinen, dass es Unsinn wäre, im Bungalow zu bleiben?«

»So ist es.«

»Ich bin einverstanden.«

»Ich kenne den Park nicht, Marsha, aber Sie. Schlagen Sie etwas vor, wobei es für mich nur eine Möglichkeit gibt.«

»Sie meinen Sokk-Ull.«

»Ja, den Götzen.«

»Habe ich mir gedacht. Er ist die Hauptattraktion, das Herz des Parks und die Zentrale. Sein Götzentanz wird oft genug von Hunderten von Menschen bestaunt.«

»Er tanzt?«

Sie nickte. »Das gehört zu der großen Schau. Der beginnt zu tanzen, speit Feuer, tobt, will raus aus dem Gefängnis, wobei dann Krieger erscheinen, die gegen ihn fliegen.«

»Wie?«

»Mit extra konstruierten Flugdrachen.« Sie lachte. »Es ist wirklich sehenswert. Eine irre Schau, sage ich Ihnen.«

»Fahren wir hin.«

»Wollen Sie direkt, dann bestelle ich uns einen Wagen. Wir können aber auch mit dem Adventure Train fahren. Das ist ein Zug, der die großen Attraktionen im Park ansteuert.«

»Nehmen wir ihn.«

»Gut, kommen Sie.«

Ich packte noch meine Waffen ein und legte dabei besonderes Gewicht auf den Würfel. Er durfte auf keinen Fall fehlen, weil er mir die Chance gab, andere zu stellen und, wenn möglich, zu vernichten.

Marsha beobachtete mich, während sie eine Zigarette rauchte. Der Glimmstängel steckte in einer Spitze. »Sie sind ganz schön ausgerüstet, John.«

»Das muss leider sein.«

»Hat man Sie noch nie erwischt?«

»Noch lebe ich.«

»So meine ich das nicht. Haben Sie nie das Gefühl gehabt, dass ein Gegner stärker war als Sie?«

Ich winkte ab. »Schon oft. Auch jetzt noch. Ich habe zum Glück gute Freunde, die auf meiner Seite stehen. Das ist unheimlich viel wert, glauben Sie mir.«

»Richtig, Freunde findet man heute selten.« Sie deutete zur Tür. »Wir sollten gehen.«

Dagegen hatte ich nichts. So traten wir aus den klimatisierten Räumen hinaus in den strahlenden Sonnenschein und damit auch in eine dumpfe Hitze, die mir überhaupt nicht gefiel. Nahe der Wohnanlage wurde sie noch durch die suptropischen Gewächse gefiltert, auf der freien Strecke aber war es schlimm.

Wir verließen den Park, kamen auch an einem großen Schwimmbad vorbei, das zu einem Hotel gehörte, und erreichten eine Haltestelle. Einige Besucher warteten schon dort.

»Diese Züge führen auch so etwas wie einen Speise- oder Getränkewagen mit«, erklärte Marsha. »Wir werden versuchen, uns dort einen Platz zu ergattern.«

Ich hatte nichts dagegen. Mein Blick fiel in den Park. Ich sah das Gestell der Space-Range-Bahn über alle anderen Attraktionen hinausragen. Ich hörte die Schreie der Fahrgäste, das Lachen von Kindern und eine Schießerei in der nachgebauten Westernstadt.

Dann kam der Zug.

Er rollte fast lautlos heran, da er von Elektromotoren angetrieben wurde. So fuhr man hier umweltschonend.

Der Wagen, den wir uns ausgesucht hatten, befand sich im vorderen Teil. Es war genau der zweite hinter der Zugmaschine. Wir bekamen einen freien Platz an einem der runden Tische, und Marsha wurde von der Hostess begrüßt.

»Ein Gast des Hauses«, stellte sie mich vor. Das blonde, junge Mädchen erkundigte sich nach unseren Wünschen.

Wir nahmen Saft. Bei dieser Hitze wäre ein alkoholisches Getränk genau das Falsche gewesen.

Ich saß als Einziger in einer Jacke da. Der Schweiß rann mir über den Rücken. Ausziehen konnte ich das Jackett auch nicht, und so freute ich mich, als der kalte Saft durch meine verdörrte Kehle rann. Wir fuhren inzwischen und erreichten zuerst die Westernstadt. Hier wurde tatsächlich gekämpft.

Stuntmen führten ihre Kunststücke vor. Sie kippten aus Fenstern, fielen von Vordächern oder ließen sich durch die Schwingtüren der Saloons schleudern.

Der Zug fuhr langsamer, sodass die Zuschauer mehr mitbekommen konnten.

Ich schaute ebenso wenig hin wie Marsha. Sie hatte ihre Sonnenbrille mit dem gelben Gestell, passend zur Kleidung, aufgesetzt. Ich fragte sie nach ihrem Chef aus.

Sie lachte mich an. »Tut mir Leid, aber ich kann Ihnen keine Skandale berichten. Wenn Sie etwas gehört haben sollten, stimmt davon nicht mal ein Zehntel.«

»Sorry, aber ich habe nichts gehört.«

Sie lehnte sich zurück, schob die Brille hoch und ließ ihren Blick durch den voll besetzten Wagen gleiten. »Er liebt seine junge Frau sehr«, erklärte sie, »und würde alles tun, um sie aus den Klauen dieses Killers zu befreien.«

»Das glaube ich. Und wie stehen Sie zu ihm?«
Marsha Devine lächelte mich an. »Ich bin seine Geliebte.«
»Oh.«
Sie fasste nach meiner Hand, die ich um das kühle, beschlagene Glas gelegt hatte. »Es ist genau so, wie Sie denken, John. Nur weiß seine Frau von unserem Verhältnis. Sie akzeptiert es.«
»Dann gibt es einen Dreierbund?«
»So ähnlich.«
Das war nicht meine Sache. Ich hatte auch nicht darüber zu richten und entschuldigte mich quasi durch die Blume für meine Fragerei. »Es ist nur so, Marsha, ich wollte herausfinden, wie weit ein Mann gehen will, dessen Frau sich in der Gewalt eines Killers befindet.«
»Sehr weit, John.«
»Haben Sie sich eigentlich Gedanken darüber gemacht, wo Baby de Valois stecken könnte?«
»Ich sah das Bild.«
»Und?«
Sie hob die Schultern. »Das ist ein zweischneidiges Schwert. Diesen Killer konnte man gut erkennen, das Messer auch, aber der Hintergrund war zu verschwommen. Jedenfalls zeigte er eine dunkle Farbe.«
Ich nickte. »Es könnte in einem Raum gewesen sein.«
»Ja, auch in einer Höhle.«
Ich verstand. »Sie meinen Sokk-Ull?«
»Rechnen wir mit allem, John.«
Sie leerte ihr Glas; ich schaute wieder in die Landschaft hinaus. Sie hatte gewechselt. Wir durchfuhren grünes Hügelland, und ich kam mir in meine Heimat versetzt vor, denn rechts von uns tauchte ein düsteres Schloss auf.
Es stand auf einem Berg und sah aus wie eine normannische Burg. »Wir sind in Schottland, nicht?«
Marsha nickte, wollte noch etwas sagen und verstummte ebenso wie ich, denn wir beide hatten den Schrei vernommen.
Er war aus dem Schloss gedrungen und hatte sich verdammt echt angehört. Ich stand auf, hielt mich an einer

Stange fest und drückte meinen Oberkörper vor, sodass ich besser sehen konnte.

Auf einer Brüstung oder Galerie stand ein schwarz gekleideter Henker und köpfte eine Frau. Das Beil fuhr wieder einmal von oben nach unten, abermals erklang der Schrei. Diesmal war ich darauf gefasst. Wir verließen die Umgebung des Schlosses und gelangten in ein anderes Land.

Hawaii!

Palmen, herrlicher Strand. Hula-Musik, tanzende Mädchen, glückliche Menschen.

Inmitten dieser Landschaft befand sich ein Südsee-Restaurant unter freiem Himmel. Die Sonnenschirme waren aus Palmenblättern geflochten, und auch die große Kochstelle befand sich im Freien.

Der Zug hielt.

Zahlreiche Gäste stiegen aus. Der Duft des Restaurants und die Musik animierten zahlreiche Besucher dazu, an dieser Haltestelle den Zug zu verlassen.

Ich zündete mir eine Zigarette an. Marsha rauchte auch. »Wohin führt uns der Weg jetzt?«

»In die Grotten.«

»Zum Götzen?«

Sie lachte. »Nein, noch nicht. Die unterirdische Höhle liegt am Ende des Parks.« Sie legte beide Hände dicht nebeneinander auf den runden Tisch. »Sie müssen sich vorstellen, dass Adventure World in zwei Hälften geteilt ist. Die eine Hälfte beinhaltet den normalen Jahrmarkttrubel, wenn ich das mal so bezeichnen soll. Das sind die Buden, die Karussells, die Space-Range-Bahn und so weiter. Im anderen Teil, durch den wir fahren, hat man die normale Welt mit der Märchenwelt vermischt. Das werden Sie auch in den Grotten erleben, da fahren wir sogar durch Wasser. Und glauben Sie nicht, dass dies der einzige Zug ist. Sie müssen normalerweise drei Routen fahren, um alles gesehen zu haben. Wir nehmen eigentlich die kürzeste. Es gibt noch eine, die führt in die Theater- und Filmwelt. Dort sind viele Dinge aufgebaut, die auch in Hollywood stehen könnten.«

»Ich habe verstanden. In den USA ist eben alles größer als bei uns in Europa.«

Sie lachte. »Wir haben auch mehr Platz.«

Wäre der Druck des Falles nicht gewesen, so hätte ich die Fahrt genießen können. So aber musste ich immer wieder an das Skelett denken, das, ferngesteuert oder magisch gelenkt, mich hatte ermorden wollen. Deshalb rechnete ich mit weiteren Überraschungen dieser Art und war dementsprechend auf der Hut.

Wir verließen Hawaii, und die schmalzigen Klänge blieben hinter uns zurück.

Ein großer Teich erschien. Die Schienen führten um ihn herum. Auf dem Wasser lagen die Menschen auf Luftmatratzen, ließen sich von der künstlichen Strömung treiben und warteten darauf, dass vor ihnen irgendwann ein Fisch aus dem Wasser sprang.

Vom Guppy bis zum Hai war alles vorhanden.

Ein in meinen Augen blödes Vergnügen.

Das sagte auch Marsha. »Sie glauben aber nicht, John, wie begeistert die Kinder darüber sind.«

»Kann ich mir vorstellen.«

Der Teich verschwand, und ich sah vor mir eine dichte grüne Wand, die aus dieser Entfernung undurchdringlich erschien. »Ist das ein Dschungel?«

»Genau.«

»Welcher soll es sein?«

»Die Everglades.«

»Die habe ich schon mal erlebt.«

Sie grinste. »War es schön?«

»Ich habe wochenlang nur davon geträumt. Allerdings als Albtraum, wenn Sie verstehen.«

»Klar doch.«

Es wurde dunkler. Urplötzlich war der Zug in den Dschungel gefahren. Uns umgab eine andere Umgebung. Tierische Laute drangen aus dem Unterholz. Vogelgezwitscher begleitete unseren Weg. Manchmal lichtete sich die grüne Wand, sodass wir die Tümpel erkennen konnten, in denen Krokodile schwammen, die man von echten nicht unterscheiden konnte. Wenn sie Menschen sahen, rissen sie ihre Mäuler auf.

Auch die Luft war anders geworden. Feuchter, tropischer. Auf meinem Gesicht klebte der Schweiß.

Der Zug fuhr wieder bis dicht an den Dschungelrand und wurde langsamer.

»Gibt es hier auch eine Station?«, fragte ich Marsha.

»Nein, nur eine Verpflegungshütte mit Plattform. Man findet sie auch in den echten Everglades. Sie ist für die gedacht, die die Kanäle mit Kanus durchqueren.«

»Und die gibt's auch?«

»Natürlich. Neulich stand etwas von einem deutschen Ehepaar in der Zeitung, das es geschafft hatte, einen Teil der Everglades zu durchqueren. Die Schröders waren damals eine kleine Sensation hier in Florida.«

»Freiwillig würde ich mich dazu nicht hergeben.«

Der Zug glitt langsamer an die Plattform heran. Sie war leer gewesen. Jetzt öffnete sich die Tür der auf der Plattform stehenden Hütte. Zwei Menschen traten heraus.

Es waren Seminolen. Bewaffnet mit Bögen, Pfeilen und Lanzen. Einer der beiden drehte sich um. Dabei schwang seine Lanze mit. Ich konnte mir die Bewegung nicht erklären, denn der Kerl sah so aus, als wollte er den Speer vorstoßen.

Und ich stand in der Richtung.

Im letzten Augenblick wich ich zur Seite. Der Zug rollte kaum im Schritttempo, sodass der andere eine gute Chance gehabt hätte, mich zu erwischen.

Durch das rechtzeitige Abdrehen verfehlte mich die Lanze. Sie wischte an meinem Hals vorbei.

Blitzartig griff ich zu. Und dann ging alles sehr schnell. Die anderen Fahrgäste bekamen kaum etwas mit. Ich ließ den Lanzenschaft nicht los, aber auch der Seminole wollte seine Hände nicht lösen, sodass er, von meiner Wucht gezogen, gegen die untere äußere Wagenwand krachte. Dabei hatte er den Kopf gebeugt, der vor meinen Augen zersplitterte, als bestände er aus Porzellan.

Ich ließ die Lanze los. Sie verschwand ebenso wie der zerstörte Körper des Seminolen.

Marsha war blass geworden. Wenn man davon bei ihrer Hautfarbe überhaupt sprechen konnte.

»Was war das?«, fragte sie.

»Ein Mordversuch«, erwiderte ich lakonisch.

»Wieso? Sie …«

Jemand tippte mir auf die Schulter. »He, Mister, Sie haben da eine Figur zerstört. Das werde ich melden.«

Ich schaute mir den Kerl an. Er sah ebenso mickrig aus, wie sich seine Stimme anhörte. Ein Widerling von Spießer, der von seiner matronenhaften Frau nickend Beifall erhielt.

Ich tätschelte seine blasse Wange. »Schon gut, Onkel. Setz dich hin oder bau dir ein Haus, wobei du dich am Zaun anmelden kannst. Klar?«

Der Knabe war so verdutzt, dass er sich tatsächlich auf seinen mageren Hintern fallen ließ.

Ich schaute Marsha an. »Na, den Schock überwunden?«

»Nein.«

»Wir stehen weiterhin unter Kontrolle. Das heißt, ich bin es, den man kontrolliert.«

»Und wieso?«

»Keine Ahnung. Vielleicht ist es der Würfel, der den anderen auf meiner Spur hält.«

»Dann werfen Sie ihn doch weg.«

»Den brauche ich noch!«

Es passierte nichts mehr. Wir ließen den Dschungel hinter uns, und ich dachte daran, dass ich auch den zweiten Mordanschlag gut überstanden hatte.

Mal sehen, wie viele noch folgen würden.

»Ihre Nähe ist lebensgefährlich«, stellte Marsha fest.

»Stimmt. Deshalb bin ich noch Junggeselle.«

Sie schaute mich zweifelnd an. »Gibt es da wirklich keine, John?«

»Es gab sie mal.« Ich dachte an Jane Collins und auch an Glenda Perkins. Beide hätte ich heiraten können, aber ich wollte nicht. Es reichte, wenn die Frauen meiner Freunde

Angst um ihre Männer hatten, wobei ich gestehen muss, dass sich auch Glenda um mich stets Sorgen machte.

»Jeder hat wohl seine Probleme«, sagte Marsha, um sofort danach das Thema zu wechseln. »Nach der nächsten Haltestelle geht es abwärts«, erklärte sie.

»In die Grotten?«

»Ja.«

»Ich bin gespannt, was uns dort erwartet.«

»Eine Märchen- und Mythenwelt. Aber wenn Sie nicht wollen, John, können wir aussteigen.«

»Nein, lassen Sie. Ich habe so etwas in Hongkong schon kennen gelernt. Wichtig ist der Götze!«

»Das meine ich auch.«

Sehr bald erreichten wir den Haltepunkt. Der Zug füllte sich wieder. Die unterirdische Anlage der Märchenwelt gehörte zu den großen Attraktionen von Adventure World.

Hinein fuhr man durch ein großes Tor, das dem Maul eines Drachen nachgebildet war.

Auf meinem Rücken spürte ich die Gänsehaut. Und die kam nicht allein von der Kühle …

Wenn Hugo de Valois nach seinem Beruf gefragt wurde, gab er Manager an. Zu den Aufgaben des Managers gehörte es unter anderem, viel und regelmäßig zu telefonieren, um Entscheidungen treffen oder Aufträge hereinholen zu können.

Noch nie in seinem Leben hatte Hugo de Valois so viel telefoniert wie an diesem Tag.

Es war der reine Albtraum. Hand und Ohr schienen mit dem Hörer festgewachsen zu sein. Seine Gespräche galten besonders Washington, wo er erst nach einigem Suchen seinen Bekannten gefunden hatte.

Robert, so hieß er, war über die vorgetragene Bitte nicht begeistert gewesen, versprach jedoch, sein Möglichstes zu tun und schnell zurückzurufen.

Er hatte es nicht getan. So war dem unter Druck stehenden

Ehemann nichts anderes übrig geblieben, als selbst anzurufen und sich anhören zu müssen, dass es für Robert unmöglich war, die Bitte zu erfüllen.

»Aber du hast zwei Tage Zeit.«

»Zu wenig, Junge.«

»Denk doch mal an mich. Ich weiß nur, dass meine Vorfahren aus Südfrankreich stammen, dass ich den Namen de Valois behalten habe, mehr kenne ich aus meiner Vergangenheit nicht. Du hast Beziehungen zu allen möglichen Stellen. Mach die Leute flott, bezahle sie meinetwegen fürstlich, ich gebe dir das Geld dann wieder, aber bekomm um Himmels willen heraus, was dieser Hector de Valois hinterlassen hat. So schwer kann das für dich doch nicht sein, Robert.«

»Im Prinzip nicht, Hugo.«

»Aber?«

»Mein Bekannter ist vor einer Woche in Pension gegangen und ist auf einer Urlaubsreise. Niemand weiß, wo er hingefahren ist. Kinder hat er keine, seine Frau befindet sich bei ihm, und ich stehe da wie der Ochse vor dem Berg.«

»Stimmt das?« De Valois konnte nur noch mit rauer Stimme flüstern.

»Ja, Hugo, ich habe keinen Grund, dich anzulügen. Tut mir selbst Leid, mein Lieber.«

»Dann danke ich dir sehr.« Mit einer müden Bewegung legte der Millionär auf und vergrub sein Gesicht in den auf den Tisch gelegten und angewinkelten Armen.

Keine Chance mehr, an Informationen heranzukommen. Nie hatte er sich dafür interessiert. Auf einmal benötigte er sie. Das war der glatte Irrsinn. Er atmete tief ein, hob den Kopf und schaute auf das Bild seiner jungen Frau, die ihn anlächelte. Sie trug einen blonden Kurzhaarschnitt und deutete mit dem Mund einen Kuss an, den sie auf die ausgestreckte Handfläche blies.

Er liebte dieses Foto, er liebte seine Frau, er wollte sie zurückhaben, doch diesmal nutzten ihm weder Beziehungen noch seine Millionen. Nur ein Mann besaß noch die Chance.

John Sinclair!

Und Suko hätte sie vielleicht auch besessen, aber der befand sich in keiner beneidenswerten Lage.

Finsternis umgab ihn. Nur hin und wieder fiel durch eine Lücke in der Tunnelwand irgendein Lichtreflex, und der brach sich ausgerechnet noch auf der Messerklinge, deren Spitze auf die Hüfte des Chinesen wies.

Kamikaze würde zustechen, das stand fest. Rücksicht kannte dieser Killer nicht. Die Frage nach dem Zeitpunkt stellte sich. Geschah es im Tunnel, vielleicht im Überschlag?

Suko konnte unter einigen Möglichkeiten wählen, was ihm überhaupt nicht gefiel. Beide wurden sie gegen die gepolsterte Rückenlehne gepresst, und der Chinese schielte nach rechts auf die lange Klinge. Sie stach wie ein spitzer Stahlarm aus der Faust des Killers.

Es war nicht ruhig. Die Wagen wurden in die Höhe geschoben oder gezogen. Manchmal ratterten sie auch über die Schienen und schüttelten sich, als wollten sie ihre Fahrgäste loswerden.

Kamikaze musste laut sprechen, um verstanden zu werden. Die Fahrgeräusche wurden von den Tunnelwänden als Echos zurückgeworfen. »Rühr dich nicht, Gelber!«, warnte er. »Bald wird ein Toter neben mir sitzen, und kaum jemand merkt es! Es fällt nicht auf, wenn ich mit einer Leiche spazieren fahre!«

Suko nickte.

Er wollte nicht reden und dachte daran, wie er aus dieser verdammten Lage herauskommen sollte. Der Tunnel wollte kein Ende nehmen. Steil und lang war der Anstieg, dementsprechend lang würde auch wieder die Talfahrt werden.

Und dann?

Vielleicht als Toter, wie Suko sich selbst sah. Kamikaze musste vor dem Überschlagkreisel etwas tun, wenn er Suko loswerden wollte.

Wieder schielte der Chinese auf die Klinge. Er sah auch das Gesicht des Killers.

Wie ein graublauer Schatten kam es ihm vor.

Kamikaze bemerkte Sukos Blick. Breit grinste er und hob andeutungsweise die Schultern. »Keine Chance mehr, Chink. Diesmal steht auch kein Himmelbett zwischen uns.«

»Ich weiß.«

»Wo willst du die Klinge hinhaben? Du kannst es dir aussuchen. Noch hast du die Wahl.«

Ja, die hatte er. Aber nicht mehr lange. Das Ende des Tunnels rückte näher. Ein viereckiger Ausschnitt in der Dunkelheit, durch das die Schienen führten, um in eine weite Rechtskurve zu laufen.

Die Gäste in den hinteren Wagenteilen begannen mit ihrer rhythmischen Klatscherei. Sie hatten sich steif hingesetzt, die Arme über die Haltestange gebracht und schlugen die Hände gegeneinander.

Vielleicht wollten sie sich Mut machen. Suko war es recht. So wurden sie wenigstens von ihm und Kamikaze abgelenkt.

Die Öffnung!

Auf einmal war es wieder hell. Suko wurde von der Sonne geblendet. Kamikaze musste es ebenfalls so ergehen, da der glühende Ball direkt über ihnen stand und seine Strahlen gegen ihre Gesichter warf.

War das die Chance?

Der Inspektor überlegte nicht mehr lange. Urplötzlich griff er zu, und er überraschte damit selbst den wachsamen Kamikaze. Der hatte sich im wahrsten Sinne des Wortes blenden lassen.

Zum Glück konnte Suko seine Arme normal bewegen. Er drückte das Gelenk des Kamikaze nach oben, kannte auch einige Tricks und empfindliche Stellen am Handgelenk seines Gegners, die er nur zu treffen und einzudrücken brauchte.

Suko drehte das Gelenk. Rücksicht nahm er nicht. Er hörte Kamikaze ächzen, während sich die Wagenschlange in eine Rechtskurve und auch in diese Richtung kippte. Gleichzeitig wurde sie etwas schneller. Der Kreisel aber war noch nicht erreicht.

Hügel und Täler lagen vor ihm. Eine Art stählernes Gebirge, in das sie hineinrasten.

Eisern hielt Suko fest.

Und er bekam den Gegendruck, weil Kamikaze nicht daran dachte, sein Messer fallen zu lassen. Er musste Schmerzen haben, und auch sein Gesicht blieb nicht mehr unbewegt. Über die Wangen glitt ein Zucken, der Mund verzerrte sich, und es gelang Suko, den Arm immer wieder in Kamikazes Richtung zu drehen, sodass die Klingenspitze schon fast dessen Gürtelschnalle berührte.

Noch ging es abwärts. Der Fahrtwind umrauschte sie. Hinter ihnen schrien die Passagiere. Nicht aus Angst. Es war so üblich, dass man sich Luft verschaffte.

Die Kurve!

Mit voller Geschwindigkeit rasten sie in sie hinein, und Suko hielt den Arm noch immer fest, aber Kamikaze wehrte sich. Mit seiner rechten Faust wollte er durchkommen.

Er hätte Suko im Gesicht erwischt. Dem aber gelang es, den freien Arm hochzureißen und den Hieb mit der Handfläche abzublocken. Es folgte ein Kampf auf Gedeih und Verderb. Keiner wollte aufgeben. Kamikaze brauchte einen Erfolg. Er musste Suko loswerden und versuchte alles.

Der stach plötzlich zu.

Es war kein Messerstich, sondern einer mit zwei Fingern. Blitzschnell hatte er eine Lücke gesehen. Dank seiner Ausbildung wusste er genau, wo er treffen konnte, und erwischte Kamikaze tatsächlich so, dass dieser zusammensackte.

Für die Dauer einer Sekunde schien der gewaltige Körper seine Kraft zu verlieren. Da glich er einem Ballon, aus dem die Luft rausgelassen worden war. Er fiel ineinander, und die Wagen schossen aus der Kurve in eine Gerade hinein, die kurz danach wieder zu einer schrägen Ebene wurde und in die Höhe führte.

Der Kreisel rückte näher.

Suko bog den Arm des Killers so zur Seite, dass Kamikaze seine Faust öffnen musste.

Das Messer entfiel ihm.

Suko wollte es an sich nehmen. Er reagierte diesmal nicht schnell genug. Die Waffe tickte erst auf Kamikazes Knie, und von dort rutschte sie ab.

Vor den Beinen der beiden Männer blieb sie liegen. Unerreichbar für sie, da sie sich durch die Sicherungsstange nicht bücken konnten.

Suko atmete auf.

Kamikaze hatte zu kämpfen. Sukos Fingerstich konnte von ihm kaum verdaut werden. Seine Gesichtsmuskeln zuckten. Er war grau geworden. Ab und zu huschte ein Streifen Sonnenlicht über seine Wange und malte dort ein fleckiges Muster.

Die Bahn nahm Anlauf für den Kreisel. Suko hätte jetzt noch die Chance gehabt, den anderen bewusstlos zu schlagen, aber er kam nicht an seine Waffe heran, und Kamikaze hatte sich auch etwas erholt. Er stierte Suko an. Der Mund stand offen. Röchelnd holte er Luft. Selbst gegen den Fahrtwind war dieses Geräusch zu hören. Er wollte etwas sagen, bewegte die Lippen, nur verstand Suko kein Wort.

Die Fahrgäste hinter ihnen begannen zu schreien. Als hätten sie sich abgesprochen. Besonders Mutige saßen auch jetzt mit erhobenen Armen in den Wagen, hielten die Münder offen und brüllten ihren Spass oder ihre Angst heraus.

Der Kreisel!

Suko hatte zu sehr auf Kamikaze geachtet, sodass er diesmal überrascht wurde. Auf einmal jagten sie in die Tiefe. Er kam sich vor wie jemand, der im Flugzeug sitzt und nicht mehr weiß, wo sich die Erde befindet.

Voll hinein!

So hatte es mal jemand gesagt. Auch Suko spürte dieses Gefühl. Er hörte den rauschenden Fahrtwind, das Schreien der Leute, stand plötzlich auf dem Kopf und hatte kaum bemerkt, dass der Weg wieder in die Höhe führte. Erst jetzt fiel ihm auf, dass dies ein Doppelkreisel war. Der andere stand ein wenig versetzt. Er war vom Eingang aus nicht zu erkennen gewesen.

Und sie schossen hinein.

Rauschen, Kippen, Drehen, Schreie – es wurde zu einem wirbelnden Inferno, das blitzschnell beendet war, denn urplötzlich standen die Wagen wieder waagerecht und jagten auf einer Schiene weiter, die völlig normal verlief, sodass sich die Fahrgäste wieder beruhigen und nach Luft schnappen konnten.

Auch Suko musste sich von diesem Stress erholen. Nur allmählich nahm er wieder die normale Umgebung wahr. Er sah das Gestänge der Achterbahn, die Bäume, hörte die Menschen, die Sonne bewegte sich nicht mehr, und auch der Park war zur Ruhe gekommen.

Kein Stress ...

Bis auf Kamikaze, der bestimmt seinen Plan nicht aufgegeben hatte und wieder zu Kräften gekommen war. Er hockte in einer abwehrenden Haltung neben Suko und belauerte ihn.

Dem Inspektor war klar, dass er ein zweites Mal den Killer nicht mehr überraschen konnte. Auch Kamikaze würde nicht angreifen, denn die große Schau stand noch bevor.

Es war das »All«!

Zunächst einmal begann eine Anlaufstrecke. Die Bahn wurde wieder beschleunigt. Eine Erhebung erschien, die sie ziemlich schnell nahm. Danach kam eine Doppelkurve, in der die Leute noch einmal kräftig durchgeschüttelt wurden, und anschließend begann wieder ein Aufstieg.

Kamikaze hockte neben dem Chinesen und atmete pumpend. Er sprach nichts, nur sein Brustkasten hob und senkte sich, während über seine dicken Lippen der Atem strömte.

Suko ließ er nie aus den Augen. Deshalb hütete sich der Inspektor auch, seine Waffe zu ziehen. Er hielt seine Hände so, dass sie von Kamikaze gesehen werden konnten.

»Ich töte dich noch!«, drohte der Killer. »Dieser Park gehört uns, verstanden?«

»Nein. Wieso euch?«

»Wir kontrollieren ihn durch den Würfel und können ihn zu einer Hölle machen. Das hat Samaran versprochen.«

Sie konnten sich relativ gut verstehen, weil sie von wenig Fahrgeräuschen begleitet wurden und sich die Unterhaltung der hinter ihnen sitzenden Personen in Grenzen hielt.

Suko lächelte schmal. »Wenn er gegen John Sinclair ankommt, will ich das wohl glauben.«

»Sinclair und de Valois werden sich fügen müssen. Wir halten die Trümpfe fest. Durch den Würfel verfolgt Samaran genau Sinclairs Weg und wahrscheinlich auch unseren. Wir stehen unter Kontrolle, Chink. Mach dich auf etwas gefasst!«

Suko blieb gelassen. Das Knochengesicht Kamikazes widerte ihn an. Sollte er die Fahrt überstehen, war es noch immer fraglich, ob er Kamikaze überhaupt aus dem Zug bekommen konnte. Schließlich befanden sich dort, wo die Bahn anhielt, auch zahlreiche Menschen.

Für ihn ideale Geiseln …

Es sah nicht gut aus. Suko musste aber überleben!

Kamikaze ließ seine Blicke an Sukos Gestalt entlanggleiten, als suchte er einen Punkt, wo er ansetzen konnte. Der Inspektor wich dem Blick nicht aus. So fixierten sie sich, und beide trugen noch Waffen bei sich. Kamikaze war bestimmt mit mehreren Messern ausgerüstet und sicherlich auch mit einem Revolver. Stellte sich nur die Frage, ob es ihm durch die Haltung des Sperrbügels auch gelang, an die Waffen heranzukommen.

Kamikaze verzog abermals seine Lippen zu einem breiten Lächeln. In den Augen las Suko das Mordversprechen, das er auch kurz darauf durch Worte untermauert bekam. »Die Fahrt ist noch nicht beendet, Chink. Das Schärfste kommt noch.«

»Da stehen die Chancen gleich.«

»Meinst du?«

»Sicher.«

Der Dialog verstummte, weil hinter ihnen der junge Mann anfing zu singen. Er intonierte einen Rod-Stewart-Song, nur völlig falsch, und der Text passte auch nicht.

Unaufhaltsam näherten sie sich dem Zentrum dieser Anlage, dem »All«. Und wieder schien jemand die Kontrolle über die Fahrgäste bekommen zu haben. Sie waren plötzlich ruhiger geworden.

Da sang niemand mehr, keiner schrie. Wenn geredet wurde, nur flüsternd, und die gespannte Erwartung lag über der Bahn wie eine unsichtbare Glocke.

Das Tempo nahm zu.

Zwar bewegten sie sich noch auf einer Geraden, aber sie bekamen einen harten Schub, und der Fahrtwind presste sich in ihre Gesichter, wo die Haare flatterten und in die Höhe wirbelten.

Hände krampften sich um die Haltestangen, Gesichter wurden bleicher als sonst. Augen vergrößerten sich, und ein jeder wollte einen Blick auf die große Kugel erhaschen, in die sie hineinschießen würden.

Ein mächtiges Gebilde.

Wie es darin aussah, wussten auch diejenigen nicht zu sagen, die die Strecke schon einmal gefahren waren. Zu viele Eindrücke stürmten auf die Besucher ein, sodass sie kaum nachdenken konnten, ob sie sich nun bergauf, bergab oder in einer Spirale bewegten.

Dafür nahm sie dann der Himmel auf oder das All.

Noch war es nicht so weit, aber die Wagen bekamen Schub. In einer leichten Kurve wurden sie noch einmal beschleunigt. Suko und Kamikaze konnten bereits die dunkle Öffnung erkennen. Diesmal war sie anders als bei dem ersten Tunnel.

Viel breiter gebaut, mächtiger, und sie sahen auch nicht, wo die Schienen herliefen.

Noch wenige Yards …

Kamikaze grinste kalt. Suko war sicher, dass er es noch einmal versuchen würde. In der absoluten Finsternis des »Alls« würde er seine Chance suchen.

»Wir fliegen zu den Sternen!«, rief jemand. »Wir fliegen hinaus und werden uns nicht mehr sehen. Freunde, bereitet euch auf das Ende vor …«

Niemand lachte, keiner gab einen Kommentar. Die Spannung war einfach zu dicht.

»Pass nur auf!«, versprach Kamikaze flüsternd. »Ich werde dich packen!«

Suko schwieg. Er konzentrierte sich, hörte das summende Geräusch, mit dem die Wagen über die Schienen glitten und noch einmal an Geschwindigkeit gewannen.

Im nächsten Augenblick waren sie drin.

Dunkelheit, der Sternenhimmel, das Tempo wurde abermals erhöht. Kamikaze war der Einzige, der hässlich lachte. Einen Moment später war alles anders. Da hatte jeder das Gefühl, abzuheben und hineinzuschießen in die ewige Kälte und Dunkelheit des Weltalls …

Mein ungutes Gefühl verstärkte sich beim Einfahren in die unterirdische Grottenanlage. Gleichzeitig gab ich zu, einen Fehler gemacht zu haben. Ich hätte nicht mit dem Zug fahren sollen. Wenn Samaran einen Überfall plante, befanden sich einfach zu viele Unschuldige in meiner unmittelbaren Nähe, die er als Geiseln nehmen konnte.

Davon sagte ich meiner Begleiterin nichts.

Es wurde dunkler, aber nicht finster. Das geheimnisvolle Licht einer unterirdischen Welt umgab uns. Grünfahles Leuchten, als würden wir durch eine Wand aus Wasser rollen. In der Tat hörte ich das Rauschen und schaute nach vorn.

Marsha Devine bemerkte meinen Blick. »Warten Sie es ab, John, wir werden gleich daran vorbeifahren.«

»Woran?«

»An einem Meer.«

Ich stellte eine dumme Frage. »Mit echtem Wasser?«

Sie lachte das »Ja« der Antwort.

Ich ließ mich überraschen. In der Tat erschien plötzlich eine Wasserwand neben uns. Es war ein fantastisches Bild. Das Wasser bewegte sich hinter einer Scheibe, die allerdings so dünn war, dass sie von den Fahrgästen kaum wahrgenommen wurde und man das Gefühl haben konnte, neben einer senkrecht stehenden Wasserwand entlangzufahren.

Es war ein herrliches Bild, denn das Wasser war nicht leer.

Ich sah Fische heranschwimmen, die aus ihren neugierig aufgerissenen Glotzaugen die Besucher anstarrten.

Sie waren echt.

Nicht die Schiffe am Grund.

Gesunkene und mit Goldschätzen beladene Galeonen. Die Schatzkisten lagen zumeist an Deck oder auf dem Grund zwischen den Trümmern. Keine einzige war noch geschlossen. Weit offen standen die Deckel, sodass jeder hineinschauen konnte, das Gold, die Perlen und das wertvolle Geschmeide sah, das sich in den Kisten befand.

Die durch das Wasser schwimmenden Leichen hingen an dünnen Fäden. Puppenartige Gestalten, manche noch mit der Kleidung der Piraten versehen. Wenn sie sich drehten und die Besucher anstarrten, sahen die Leute oft in schrecklich verzerrte Gesichter und auf Körper, die große Stich- oder Hiebwunden zeigten.

Die Unterwasserwelt blieb, sie wechselte nur das Motiv. Neptun wurde gezeigt, der auf einem Muschelthron saß, seinen Dreizack festhielt, von Nymphen umschwommen wurde und die Waffe drohend gegen die Zuschauer schwang.

Man konnte tatsächlich das Gefühl haben, als würden die Wassermassen jeden Augenblick nach vorn drängen und über dem Zug zusammenfallen. Falls Samaran tatsächlich die Kontrolle über Adventure World übernommen hatte, war das für ihn eine Kleinigkeit.

Auch unsere Gesichter hatten einen fahlen Schein bekommen. Den Kindern gefiel diese Welt am besten. Sie konnten nicht genug fragen und stießen ihre Eltern immer wieder an, um die entsprechenden Antworten zu bekommen.

Auch die schönste Unterwasserwelt hat einmal ein Ende, und ich atmete auf, als wir ein anderes Gelände erreichten. Die Hostess kam und fragte nach unseren Wünschen.

Marsha bestellte für sich und mich Saft. »Na?«, fragte sie, als sich die Wagenschlange in eine Kurve legte, »wie hat es Ihnen gefallen, John?«

»Bisher war es beeindruckend. Und wo geraten wir jetzt hin?«

»In den Orient. Märchen aus 1001 Nacht. Das ist ein besonderes Erlebnis, besonders für Kinder, wenn sie plötzlich die fliegenden Teppiche oder die gefährlichen Ungeheuer sehen.«

Ich runzelte die Stirn und verengte ein wenig die Augen, da die Farbe des Lichts wechselte. Es nahm einen violetten Ton an, der sich auch auf unsere Gesichter legte.

»Es ist der Beginn des Wunderlands«, erklärte mir Marsha.

Und schon bald wechselte das Bild.

Rechts und links weitete sich das Gelände. Felswände erschienen, in die gewaltige Grotten hineingeschlagen worden waren, wo wir die Szenen sahen, die man als Jugendlicher in den Büchern gelesen hatte.

Ali Baba und die 40 Räuber waren in Lebensgröße ebenso vertreten wie Aladin, der seine Wunderlampe festhielt. Eine Grotte zeigte den Helden Sindbad, wie er, an Bord eines Schiffes stehend, gegen eine aus dem Meer hervorstoßende Seeschlange kämpfte und dabei war, ihr den Kopf abzuhacken.

Über ihm schwebte ein drachenähnlicher Vogel, der seine Schwingen ausgebreitet hatte.

Wir fuhren sehr langsam. Jeder konnte die Eindrücke aufnehmen. Die einzelnen Bilder und Szenen waren auf die beiden verschiedenen Seiten der Felswände verteilt. So sahen alle etwas, egal, wo sie ihren Platz hatten.

Marsha lächelte. »Ist das nicht toll gemacht, John? Und dann das immer anders wirkende Licht in den Grotten. Ich finde es spannend, durch die Grotten zu fahren.«

»Sicher.«

Sie runzelte die Stirn und beugte sich vor. »Was haben Sie? So ernst ist kein Fahrgast.«

»Ich musste an Samaran denken. Wenn er den Park unter seine magische Kontrolle gebracht hat, kann uns noch einiges bevorstehen, bevor wir die Höhle des Götzen erreicht haben. Denken Sie an den Mordanschlag vorhin.«

Marsha verzog zweifelnd das Gesicht. »Sehen Sie da nicht ein wenig zu schwarz?«

»Fragen Sie Ihren Boss.«

»Sicher, er hat seine Probleme. Ich hoffe auch, dass wir Baby finden können. Dennoch bin ich der Typ, der mehr im Augenblick lebt und nicht an die Zukunft denkt. Wenn ich diese Bilder sehe, kann ich mich trotzdem daran erfreuen.«

»Das ist eine gesunde Einstellung, die ich aus beruflichen Gründen leider nicht mit Ihnen teilen kann.«

»Verstehe schon.«

Wir hörten einen Jubelschrei. Die Kinder waren aus dem Häuschen, als sie sahen, dass von irgendwoher ein fliegender Teppich durch die Luft raste. Auf ihm hockte im Schneidersitz ein gefährlich aussehender Mann mit einem dunklen Bart, nacktem Oberkörper und zwei Schwertern in den Händen, die er ausgestreckt hielt.

Er kam auf uns zu.

Auch Marsha hatte sich gedreht. »Wissen Sie, wer das ist?«

»Nein.«

»Der Großwesir eines Sultans. Ein Verfluchter, ein Ausgestoßener, der, glaubt man der Sage, für immer dafür verdammt ist, auf einem fliegenden Teppich durch die Zeiten zu segeln.«

»Aha.« Ich behielt den Großwesir im Auge. Er zog weiterhin seine Kreise und hatte die Richtung geändert. Immer wenn er in einen Lichtstrahl hineinglitt, blitzten beide Klingen auf.

Plötzlich standen wir.

Zuerst fiel es nicht auf, bis ich es merkte und Marsha Devine anstieß. »Ist das normal!«

»Wie?« Ihr war noch nichts aufgefallen.

»Wir stehen.«

Sie zögerte mit einer Antwort. »Tatsächlich, jetzt merke ich es auch.«

Am Klang ihrer Stimme erkannte ich, dass dieser Stopp nicht normal war, und mich wunderte es. Die anderen Fahrgäste dachten sich nichts dabei. Ich brachte die Tatsache automatisch mit Akim Samaran in Verbindung.

Marsha erhob sich. »Ich frage mal die Hostess.«

Ich blieb sitzen, denn mein Augenmerk richtete sich auf den Großwesir mit dem fliegenden Teppich. Er hatte sich dem Zug genähert und visierte uns an.

Sollte das der zweite Mordversuch werden?

Ich musste damit rechnen.

Wenn er mich aufs Korn nahm, würde er auch in den offenen Wagen hineinfliegen, und dort saßen wir nicht allein. Unschuldige konnten in Gefahr geraten.

Kurz entschlossen stand ich auf und verließ den Wagen.

Die Schienen liefen über Felsgestein, während die Wände rechts und links nachgebaut worden waren. Mein Blick glitt am Zug entlang nach vorn. Jemand beschwerte sich über mich, weil das Aussteigen verboten war. Darum konnte ich mich nicht kümmern. Ich musste den Großwesir stellen.

Er kam.

Plötzlich wurde er schnell. Er war nur ein nachgebauter Mensch, eine Puppe, die auf dem Teppich saß, aber konnten Puppen das Gesicht verziehen?

Vielleicht durch eine ferngelenkte Elektronik. Hier aber hatte ich es mit Magie zu tun.

Er war da.

Und stach zu.

Mit beiden Schwertern gleichzeitig, die er mir rechts und links in den Körper rammen wollte. Ich ließ mich auf die Knie fallen, entging den Stichen und rollte mich gleichzeitig einige Male um die Achse, während er einen weiteren Angriff flog.

Da hatte ich schon meine Waffe gezogen.

Vor den aufgerissenen Augen der übrigen Fahrgäste drückte ich ab und jagte diesem Großwesir eine Kugel entgegen. Das geweihte Silber traf voll ins Ziel.

Von einem Augenblick zum anderen wurde sein Flug unterbrochen. Er hatte das Geschoss auffangen können. Es steckte in seinem Körper, der magisch aufgeladen war. Das bekam ich einen Moment später zu sehen, als er von einem hellen Strahlen umhüllt wurde, bevor er zusammensackte, verpuffte und eine dünne Rauchwolke über dem fliegenden Teppich stand.

Das war einmal ein Großwesir gewesen.

Ich schüttelte den Kopf und schaute zu, wie die Reste vom Teppich kippten.

Es waren Staub, auch Knochen, sogar einige Drähte und Module. Für mich der Beweis, dass Magie und Technik eine Verbindung eingegangen waren.

Dafür hatte Samaran gesorgt.

Ich schaute noch auf den schaukelnden Teppich und besah mir die Waffen. Es waren Messingschwerter, die hätten einen Menschen töten können.

Bisher hatte der Schreck die Passagiere gelähmt. Nun reagierten sie. Man beschimpfte mich, man schrie nach der Polizei, einige wollten sich auf mich stürzen. Es war die Rede von Sachbeschädigung, und ich wurde auch als Spielverderber bezeichnet.

Vom ersten Wagen her kam jemand angerannt. Es war der Fahrer, das erkannte ich an seiner Uniform. Er war so wütend, dass er sich gleich auf mich stürzte und meinen Kragen zusammendrehen wollte. Ich schlug zweimal kurz zu, dann hatte ich ihn mir vom Hals geschafft.

Er fluchte.

»Machen Sie es, Marsha.«

Sie redete auf ihn ein. Der Fahrer nickte mehrmals. Ich hörte, wie Marsha ihn bat, die Fahrt fortzusetzen. Wegen dieser Lappalie sollte die Reise nicht unterbrochen werden.

Ich hatte mich ein wenig abseits aufgebaut, da ich neugierigen Fragen aus dem Weg gehen wollte.

Marsha regelte alles. Zusammen mit der Hostess konnte sie die Leute beruhigen und wartete, bis sich der Zug wieder in Bewegung setzte. Erst dann kam sie zu mir.

»Puh, das war hart.«

»Sie sagen es.«

»Und das musste sein?«, fragte sie mich.

Ich deutete auf die Reste. »Schauen Sie sich das Zeug an. Diese Figur hat gelebt. Akim Samaran ist es gelungen, sie durch seine Magie so zu erwecken.«

»Ist er denn so mächtig?«, fragte sie zweifelnd.

»Ja, das ist er.«

»Und wie wollen wir oder wollen Sie gegen ihn ankommen, John?«

»Indem wir ihn suchen und finden.«

»Wo denn?«

»Wahrscheinlich in der Höhle. Ist es noch weit? Wir müssen zu Fuß dorthin.«

»Nein«, sagte Marsha, »nicht zu Fuß. Wir nehmen den nächsten Zug, der hier vorbeikommt.«

»Dagegen habe ich etwas. Noch einmal möchte ich keine Unschuldigen in Gefahr bringen.«

»Wenn Sie das so sehen.«

Ich schaute mich um. Einige Grotten lagen frei in meinem Blickfeld. Die menschengroßen und lebensechten Gestalten bewegten sich so wie auch im normalen Leben. Dafür musste eine hervorragend gesteuerte Elektronik sorgen, aber wer von diesen Gestalten war magisch beeinflusst und wer nicht?

Marsha blickte mich fragend an. Sie merkte, dass ich etwas sagen wollte. »Hören Sie zu, Mädchen! Hier muss es doch irgendwie Notausgänge geben ...«

»Stimmt.«

»Kennen Sie die?«

»Ich hoffe. Meist sind die Hostessen da besser ausgebildet. Es ist nicht mein Job, wissen Sie.«

»Natürlich. Nur erst mal raus hier.«

»Im Notfall können wir auch noch zurücklaufen«, schlug sie vor.

»Wirklich nur im Notfall. Wir würden zu viel verlieren, glauben Sie mir.«

Nach dieser Antwort begaben wir uns auf die Suche nach dem Notausgang. Wir blieben in einer künstlichen, dennoch echt wirkenden Welt, die mich faszinierte.

Als normale Menschen und lebende Personen bewegten wir uns an den Figuren vorbei, die in den Nischen standen. Marsha ging vor. Sie hatte mir erklärt, dass man den oder die Notausgänge auch von den einzelnen Nischen aus erreichen konnte.

Wir befanden uns in einer, die mit einer Geschichte ausgefüllt war, die mich an Schneewittchen erinnerte, denn in einem gläsernen Sarg lag ein junges Mädchen. Nur besaß dieses hier im Gegensatz zu dem bekannten Schneewittchen spitze Vampirzähne und zeigte sie auch. In gewissen Intervallen öffnete sich der Sargdeckel, und das Vampir-Mädchen richtete sich auf, um sofort von zwei gemein und verschlagen aussehenden Burschen gepfählt zu werden.

Die Umgebung war das düstere Zimmer eines alten Hauses, durch das auch wir uns jetzt bewegten und sehr nahe auch an den beiden Pfählern vorbeikamen.

Die hoben ihre Arme. Der Sargdeckel öffnete sich. Sogar ein schleifendes Geräusch und ein leises Quietschen waren zu vernehmen, als er zur Seite kippte.

Ich hatte die beiden Pfähler schon fast passiert und vernahm auch Marshas Ruf, als ich noch einmal zurückblickte.

Das war mein Glück.

Beide Figuren hatten sich so gedreht, dass sie mir ihre Pfähle in den Rücken stoßen konnten.

Ich sprang sofort zur Seite. Die Dinger verfehlten mich, aber ich hatte trotzdem Pech, stolperte, fiel zur Seite, direkt vor den Sarg, aus dem sich das Vampir-Mädchen erhob.

Es fasste mich an.

Verdammt, die Kleine lebte auch. Ob sie nun mein Blut tatsächlich wollte, wusste ich nicht, jedenfalls hielt sie mich mit ihren künstlichen Fingern am Gelenk fest und wollte sich an mir in die Höhe ziehen.

Marsha rief meinen Namen. Um sie konnte ich mich nicht kümmern, denn die beiden anderen Gestalten wollten mich ebenfalls zwischen die Finger kriegen.

Sie wurden von Akim Samaran geleitet und standen voll unter seiner Kontrolle. Das war mir jetzt klar geworden.

Ich stemmte mich hoch. Die Hand des Vampir-Mädchens rutschte ab. Ich wich gleichzeitig einem Pfahlstoß aus und bekam den Typ an den Hüften zu packen.

Wütend schmetterte ich ihn gegen den zweiten.

Der konnte die Balance nicht mehr halten. Beide krachten

zu Boden und ausgerechnet in einen der drei Scheinwerfer hinein, der unter dem Druck der Körper splitternd zerbrach.

Es wurde dunkler.

Wieder rief Marsha mich.

Diesmal ging ich zu ihr, blieb aber sofort stehen und holte den Würfel hervor.

»Was machen Sie, John?«

»Passen Sie genau auf«, erklärte ich zischend und ließ die beiden hochkommen.

Ich konzentrierte mich. Würde der Würfel sie ebenso leicht vernichten wie das Skelett?

Ja, er schaffte es.

Es waren für ihn Kleinigkeiten. Die beiden Gestalten tanzten plötzlich zur Seite, bevor sie zu Boden sackten und dort zerplatzten, als wären sie mit kleinen Bomben gespickt gewesen.

Und auch das Vampir-Schneewittchen fand sein Ende im Glassarg.

»Das war's«, sagte ich.

Marsha stand neben mir und schüttelte den Kopf. Sie wusste nicht, was sie noch sagen sollte, und konnte nur staunen. »Wie haben Sie das gemacht?«, fragte sie nach einer Weile.

»Nicht ich, meine Liebe, es war der Würfel, den ich zwischen den Händen halte.«

Sie staunte auch weiterhin. »Besitzt Samaran ebenfalls einen solchen Würfel?«

»Das wissen Sie doch!«

»Und welcher ist stärker?«

Eine sehr gute Frage hatte sie mir gestellt. Nur konnte ich darauf keine Antwort geben. »Ich weiß es leider nicht. Vielleicht sind beide gleich stark, ja, so müsste es eigentlich sein.«

»Dann bräuchten Sie sich ja kaum vor Samaran zu fürchten – oder?«

»So kann man es sehen«, gab ich lächelnd zur Antwort. »Nur dürfen Sie ihn nicht mit mir vergleichen. Samaran ist zwar ein Mensch, dennoch ein Teufel. Er dient gefährlichen schwarzmagischen Mächten, und die haben ihn auch stark gemacht.«

»Dann gibt es so welche tatsächlich?«

»Leider ja.« Ich schaute auf meine Uhr. »Wie lange werden wir denn noch unterwegs sein, bis wir die Höhle erreicht haben?«

»Wir müssen erst hier raus.«

»Haben Sie den Notausgang gefunden?«

»Sicher.«

Er lag ziemlich versteckt, ebenso wie das Hinweisschild, das wohl nur die Hostess kannte und von den Fahrgästen übersehen wurde. Marsha lief vor. Sie fand eine schmale Tür, drückte sie auf, und wir tauchten in einen spärlich erleuchteten Tunnel.

Hinter mir zog ich die Tür wieder zu. »Haben Sie eine Ahnung, Marsha, wo dieser Gang hinführt?«

»Zumindest ins Freie. Ich bin ihn noch nie gegangen. Wir müssten irgendwo im Park herauskommen und es dann auch nicht weit bis zur Götzenhöhle haben.«

Ihre Worte waren das Startsignal. Der Gang war gut ausgebaut. Es brannte auch Licht, das uns den Weg wies. Aus welchem Material die Wände bestanden, wusste ich nicht. Wahrscheinlich war es irgendeine Kunststoffmischung. Niemand begegnete uns. Mir kam es fast vor, als hätte Samaran diesen Gang vergessen.

Aber nur fast.

Denn plötzlich war er da.

Ziemlich weit vor uns noch und wie aus dem Nichts erschienen, hielt er sich an einer Krümmung auf, stand direkt unter einer Deckenleuchte und hielt den Würfel des Unheils in den Händen …

Auch wir stoppten.

Marsha begriff sofort. »Ist er das?«, fragte sie.

»Ja, Sie müssten ihn doch erkannt haben. Schließlich war er in Ihrem Büro.«

»Ich meine ja den roten Gegenstand in seinen Händen.«

»Das ist der echte Würfel des Unheils.«

Über den Körper meiner Begleiterin lief eine Gänsehaut. Unter Umständen auch durch meine Stimme verursacht, denn ich hatte meine Antwort raunend gegeben.

Schon einmal hatten wir uns so gegenübergestanden und versucht, die Würfel einzusetzen. Es war zu keinem Resultat gekommen, weil sich ihre Kräfte gegenseitig aufhoben.

»Willkommen in Adventure World!«, hörte ich die Stimme meines Feindes durch den Gang hallen. »Du hast also auch die Spur der de Valois gefunden, wie ich sehe.«

»Es war nicht einmal schwer.«

»Das weiß ich.«

»Wo steckt die junge Frau?«

Er lachte mich aus. »Du glaubst doch nicht im Ernst, dass ich dir das zustecke? Nein, Sinclair, sie ist mein Trumpf, mein Pfand. Durch sie ist gewährleistet, dass sich Hugo de Valois auch richtig für meine Belange einsetzt. Ich werde die Spur finden, das schwöre ich dir. Die Spur der alten Templer-Ritter, und ich werde auch herausfinden, was es mit dem Gral auf sich hat.«

»Das hattest du bei unserer letzten Begegnung auch vor. Wir werden sehen, wer von uns Sieger bleibt.«

»Du nicht!«

»Was macht dich so sicher?«

»Weil mir der Park gehört. Er steht unter meiner Kontrolle. Ich kann ihn verändern, und das werde ich dir gleich beweisen. Diese Grotten sind ein beliebtes Ziel. Wunderbar nachgebaut, fast zu schön, um sie zu zerstören. Leider kann ich mir diese Sentimentalitäten nicht erlauben. Ich werde sie einstürzen lassen. Der Würfel gibt mir die Macht, er gibt mir die Kraft. Ich herrsche!«

Bisher hatte ich den zweiten Würfel so gehalten, dass die Sicht auf ihn durch Marsha verdeckt wurde. Nun trat ich einen Schritt zur Seite, hob meine Arme, und Samaran musste den Würfel zwischen meinen Händen einfach sehen.

»Du kennst ihn, nicht?«, rief ich ihm entgegen und sah trotz der Distanz, dass er zusammenzuckte. »Versuch es, Samaran. Versuche, diese Höhle zum Einsturz zu bringen und alles unter den Trümmern zu begraben. Ich halte dagegen!«

Er überlegte. Auch seine Macht, mochte sie noch so groß erscheinen, war begrenzt. Und er wusste auch, dass er den Würfel nicht für sich allein behalten konnte. Wenn es dem Spuk gefiel, nahm er ihn wieder an sich, und Samaran hatte das Nachsehen. So stand er in einer permanenten und starken Abhängigkeit zu diesem letzten der Großen Alten, dem gefährlichen Spuk eben.

Dass ich den Würfel in meinem Besitz hatte, hätte ihn eigentlich nicht überraschen können. Trotzdem stand er da wie eine Eins, ohne sich vom Fleck zu rühren oder etwas zu unternehmen.

Jetzt hätte ich die Chance gehabt, ihn kampfunfähig zu schießen. Die Beretta trug ich bei mir, die Entfernung zwischen uns war noch günstig, und so zog ich die Waffe, wobei ich den Würfel auf die linke Handfläche legte.

Ich ging vor. Marsha musste zurückbleiben, und Samaran konnte die Pistole erkennen.

»Du stehst vor der Mündung«, sagte ich. »Lass den Würfel fallen!«

Er lachte mich aus. »Willst du tatsächlich schießen?«

»Es ist kein Bluff.«

»Dann tu es!«

Seine Sicherheit verunsicherte mich. Ich schielte auf meinen Quader. In dessen Innern tat sich etwas. Die feinen Schlieren waren in Bewegung geraten. Sie kreisten, sie wellten sich, sie peitschten voran, und ich rechnete damit, dass sie sich auf diese Art und Weise gegen eine andere Kraft anstemmten.

»Nun, Sinclair?«

Da schoss ich.

Und ich wusste gleich, als ich abgedrückt hatte, dass es Munitionsverschwendung gewesen war. Nicht umsonst hielt Akim Samaran den Würfel fest, der auch ihn schützte, sodass ich keine Chance hatte, mit einer Kugel durchzukommen.

So war es auch.

Der Würfel fing das geweihte Silbergeschoss auf wie ein Angler den Fisch mit seinem ausgeworfenen Netz.

Nichts war mehr von dem Geschoss zu sehen.

Samaran hatte seinen Spass. »Willst du noch einmal feuern, Sinclair? Los, schieß alle Kugeln raus! Ich bitte dich sogar darum.« Es waren vorerst seine letzten Worte, die er mir entgegenschleuderte, denn als ich startete, lief auch er.

Samaran war schneller. Ich erreichte die Kurve, in der er gestanden hatte, und sah ihn nicht mehr. Dafür die nach oben führende Steintreppe, die vor einer Tür endete.

Marsha kam zu mir gelaufen. Sie atmete heftig. »Meine Güte«, sagte sie. »Das ging gerade noch einmal gut. Was wäre geschehen, wenn Sie den Würfel nicht gehabt hätten?!«

Ich stand schon auf den ersten Stufen. »Dann wären wir wahrscheinlich tot. So einfach ist das. Dieser Mensch kennt kein Pardon.« Eine graue Eisentür versperrte mir den Weg. Über ihr hing eine nach unten gebogene Lampe. Die Tür war offen.

Ich schaute auf die Rückwand einer fahrbaren Toilettenanlage und sah auch die zahlreichen Menschen, die über einen in der Nähe verlaufenden Weg schritten.

Keine Chance mehr, Samaran zu finden.

Aufatmend traten wir ins Freie. Dieses Grottenabenteuer hatten wir gut überstanden. Es war auch vorteilhaft gewesen, dass wir nicht weitergefahren waren. Schlimmes hätte mit uns und den Menschen im Zug noch passieren können.

Erschöpft lehnte sich Marsha gegen einen Baumstamm. Das Gesicht und ihre Kleidung zeigten Schweißflecken. Sie strich sich die Haare zurück. »Hätte nie gedacht, dass es so anstrengend ist, mit Ihnen unterwegs zu sein. Ich kann mir vorstellen, dass Sie Junggeselle bleiben wollen. Die Frau an Ihrer Seite hätte es nicht einfach.«

»Das stimmt.«

»Und jetzt zum Tempel?«, fragte sie.

»Ja.«

»Wissen Sie schon, was Sie dort wollen?«

Ich nickte. »Das Finale einläuten und Baby de Valois befreien …«

Sie war blond, noch ziemlich jung, hatte in ihrer Kindheit einige trübe Jahre erlebt, doch in der letzten Zeit hatte sie durch ihren Mann erfahren, was es heißt, in Luxus regelrecht zu baden.

Umso tiefer war ihr der Sturz vorgekommen.

Baby de Valois, die eigentlich Rita mit Vornamen hieß, verzweifelte fast an Gott und der Welt.

Man hatte sie regelrecht eingekerkert und angekettet. Dieser Hüne mit der Killervisage und dem als Pferdeschwanz gebundenen Haaren war über sie hergefallen. Er hatte ihr die Kleider vom Leib gefetzt und hätte ihr sicherlich etwas angetan, wenn der Mann mit dem Würfel nicht dazwischengekommen wäre.

Er konnte den anderen zurückhalten. Dafür hatte er sie auch höchstpersönlich an die Mauer gekettet, sodass sie sich vorkam wie eine Gefangene in einem mittelalterlichen Verlies. Aus alten Lumpen hatte man ihr einen Lendenschurz gebunden, damit sie nicht völlig bloß war, und danach war fotografiert worden.

»Für deinen Alten!«, hatte der Mann mit dem Würfel lachend gesagt. Sie kannte von ihm nur den Vornamen Akim.

Die Männer waren gegangen. Baby de Valois blieb allein mit ihren Gedanken, ihrer Angst und der Verzweiflung.

Sie wusste, dass sie von ihrem Mann geliebt wurde, dass er alles tun würde, um sie aus diesem menschenunwürdigen Gefängnis zu befreien. Dabei befand sie sich gar nicht mal weit von ihm entfernt. Sogar noch in Adventure World, in einem Raum, wo Kulissen aufbewahrt wurden. Nur gelangte hier kaum jemand hinein, höchstens bei miesem Wetter oder wenn etwas ausgebessert werden musste.

Wann passierte das schon mal?

Im Sommer nie. Bis sie hier entdeckt wurde, konnte sie schon längst verhungert sein.

Einmal war Samaran gekommen und hatte ihr etwas zu trinken gebracht. Wie er die Schale mit dem kalten Wasser an ihre Lippen gehalten hatte, war für sie abermals entwürdigend gewesen, aber sie hatte getrunken. Der Durst war stärker als ihr Stolz.

Nun vegetierte sie dahin. Angekettet wie eine alte Hexe, die kurz vor dem Transport zum Scheiterhaufen steht. Draußen schien heiß die Florida-Sonne. Sie brannte auch auf das Dach ihres Gefängnisses, und Baby de Valois spürte, dass die Luft sich immer stärker aufheizte und schlechter wurde.

Zum Glück ließen ihr die Ketten so viel Spielraum, dass sie sich auch hinsetzen konnte. Vom langen Stehen wurden ihre Beine schwer, sie selbst verlor dabei immer mehr Kraft, und die Angst saß wie ein dicker Druck in ihrem Magen.

Manchmal hatte sie auch geweint. Um Hilfe konnte sie nicht schreien. Die Kehle war einfach zu rau geworden. Sie brachte nur noch krächzende Worte hervor.

Die Intervalle zwischen Sitzen und Stehen wechselten immer häufiger. Wieder einmal ließ sie sich auf die Knie fallen, und ihre Bewegung wurde vom Rasseln der Ketten begleitet. An die Geräusche hatte sie sich mittlerweile gewöhnt, nicht aber an die harte Erde, den muffigen Geruch und die schlechte Luft.

Baby de Valois war es gewohnt, nicht allein zu leben, sondern zu residieren oder Hof zu halten. Sie besaß Personal, das sich um alles kümmerte.

Wenn sie baden wollte, floss das Wasser aus vergoldeten Kränen in die Marmorwannen der Bäder. Ein Mädchen war abgestellt, das sich um Ritas Körper kümmerte. Sie brauchte nicht einen einzigen Zehennagel zu schneiden, und ihr Wasser in den Luxusbädern war angereichert mit hautfreundlichen Ölen und Essenzen.

Schweißgeruch kannte sie kaum.

Nun nahm sie ihn wahr. Ihren eigenen sogar. Und sie ekelte sich davor, denn dieser Geruch erinnerte sie wieder an die schlechten Tage ihrer eigenen Kindheit.

Zwar trug sie noch ihre Uhr, nur hatte sie es sich

abgewöhnt, auf das Zifferblatt zu schauen. Was spielte es schon für eine Rolle, ob es Tag oder Nacht war?

Wieder einmal hörte sie ein bekanntes Geräusch. Es war das Quietschen einer Tür.

Baby de Valois richtete sich diesmal nicht auf. Sie blieb sitzen und spürte den Schmerz an ihren Handgelenken, wo sie sich durch die rauen Kettenmanschetten die Haut aufgescheuert hatte.

Jemand kam.

Es war Akim Samaran, der mit schleichenden Schritten das Verlies betrat und den Lichtschalter an der Wand herumdrehte. Eine Lampe wurde unter der Decke hell, und in ihrem direkten Lichtschein blieb Akim Samaran stehen.

Babys Blick war sofort bei seinem Eintritt auf die Hände des Mannes gefallen. Voller Schrecken stellte sie fest, dass er nichts Trinkbares mitgebracht hatte. Er wollte sie also weiterhin leiden sehen.

Gemächlich schlenderte er näher und grinste spöttisch, als er sah, wie das Mädchen die Lippen zusammenpresste. Vor ihr blieb er stehen und zog sie hoch. Sie schrie, weil durch die heftige Bewegung die Manschetten über die Haut scheuerten.

Er schaute in ihre Augen, bevor er mit flüsternder Stimme sagte: »Ich habe mit deinem Mann gesprochen, Baby. Ich war bei ihm.«

So etwas wie ein Strahl der Kraft durchzuckte sie. »Und?«, fragte sie mit bebender Stimme.

»Er weiß über dich Bescheid.«

»Was denn noch?«

»Ich habe ihm drei Tage gegeben. Wenn er bis zu deren Ablauf meine Bedingungen nicht erfüllt hat, werde ich dich als Leiche zu ihm schicken. Verstanden?«

Baby nickte. Ihr blondes Haar lag verklebt auf dem Kopf, der Schmollmund zitterte, und sie musste hart schlucken, bevor sie eine Frage stellen konnte. »Wird er Ihnen das Geld geben?«

»Ich will kein Geld.«

»Was dann?«

»Nur eine Auskunft.«

Die Frau überlegte. Sie hatte sich vorgenommen, jede Chance für eine Befreiung zu nutzen. »Welche Auskunft? Vielleicht kann ich Ihnen helfen, Mister?«

»Du?« Samaran schaute sie skeptisch an.

»Ja, ich weiß so einiges. Fragen Sie mich ruhig.«

»Es geht um die Abstammung deines Gatten. Um den Namen de Valois und die französischen Vorfahren. Bist du darüber informiert?«

Die Hoffnung brach zusammen. »Nein, das bin ich nicht.«

Samaran hob die Schultern. »Schade, dann musst du dich doch auf deinen Alten verlassen. Bis zum nächsten Mal.« Er drehte sich um und ging.

Zurückblieb eine verzweifelte junge Frau, die zusammenbrach und weinend dem Boden entgegensank …

Sie stießen ins All!

Für die folgenden Sekunden vergaß Suko alles, was zuvor gewesen war, weil er sich dieser plötzlichen Faszination einfach nicht entziehen konnte. Es war der reine Irrsinn und gleichzeitig fantastisch. Nie hätte er gedacht, so etwas zu erleben.

Die perfekte Illusion wurde hier geboren, und sie hielt eine Weile an, sodass sich alle Fahrgäste mit der neuen Situation anfreunden und nur mehr staunen konnten.

Der Inspektor gehörte zu den wenigen Menschen auf der Welt, die bereits Dimensionsreisen hinter sich gebracht hatten. So ähnlich kam er sich hier vor. Obwohl er in einem der Wagen saß, hatte er das Gefühl, ins Leere zu treten und keinen Untergrund mehr zu spüren. Leicht wie ein Ballon fühlte er sich, und er legte seinen Kopf in den Nacken, um in die Höhe schauen zu können.

Er sah einen dreidimensionalen Ausschnitt des Sternenhimmels und diesen in einer solchen Pracht, dass ihm einfach die Worte fehlten, es zu erfassen oder zu beschreiben.

Auf der dunklen, leicht gewölbten Fläche hoch über ihm

schienen unzählige Diamantsplitter zu explodieren. Sie funkelten und gleißten in einer kühlen, kalten Pracht, wie man sie eigentlich nur in den völlig klaren Nächten auf der Südhalbkugel der Erde erleben konnte.

Diese Sternenpracht war tatsächlich zum Greifen nahe, sodass Suko in Versuchung geriet, seine Hand auszustrecken und nach einem der funkelnden Sterne zu fassen.

Einfach umwerfend empfand er dieses Bild.

Auch den anderen erging es so. Er hörte die geflüsterten Stimmen, die Ahs und Ohs, und dachte dann wieder daran, welch ein Hundesohn neben ihm saß.

Er war noch mit dem Gedanken beschäftigt, als der Zauber brutal gestoppt wurde.

Die Technik dieser Anlage machte allen klar, dass sie nicht schwebten und auch nicht in die Unendlichkeit des Alls hineingeschossen worden waren, sondern auf Schienen liefen.

Steil ging es ab!

Ein gellender Schrei, geboren aus zahlreichen Kehlen, hallte durch das »All«. Die Menschen klammerten sich aneinander fest, suchten Schutz, denn die Bahn wurde zu einem rasenden Werkzeug des Teufels. Sie jagte in die Tiefe, sodass jeder das Gefühl hatte, in die kompakte und endlose Dunkelheit zu fallen und nie mehr einen normalen Halt zu bekommen.

Ein hohl klingendes Pfeifen begleitete die Fahrt in die Unendlichkeit. Das Geräusch vermischte sich mit den Schreien der Personen, und als die Wagen in eine Rechtskurve gerissen wurden, bekamen es die meisten nicht einmal sofort mit. Erst als sie gegeneinander fielen, wussten sie, dass eine neue Situation eingetreten war, auf die sie sich erst einstellen mussten.

Durch die bei der Kurvenschussfahrt entstandene Fliehkraft wurden Kamikaze und Suko an den linken Rand des Wagens gedrückt.

Kamikazes massiger Körper berührte Suko, und das hatte dieser Killer gewollt.

Mit den eigenen Händen zu töten, so etwas gehörte auch zu seinen widerlichen Stärken.

Zum Glück war es finster. Suko hatte auch ein wenig den Kopf eingezogen. Instinktiv rechnete er mit einer Attacke seines Todfeinds, sodass Kamikaze beim ersten Versuch zwar nicht gerade ins Leere griff, seine Finger aber nicht genau den Hals des Inspektors trafen, sondern daran entlangschrammten und sogar Wunden hinterließen, die sich als krustige Streifen abzeichneten.

Leider konnte sich Suko nicht so bewegen, wie er es gern gewollt hätte. Er musste den anderen Kräften Tribut zollen. Dennoch gelang es ihm, den rechten Arm anzuwinkeln und den Ellbogen zur Seite zu stoßen. Und zwar so heftig, dass der andere aufstöhnte, als ein weicher Teil seines Körpers getroffen wurde.

Wieder griff Kamikaze zu.

Diesmal erwischte er Sukos Kopf. Er hatte fünf Finger gespreizt und sie gegen Sukos Gesicht gepresst. Jede einzelne Fingerkuppe bekam etwas von der Kraft des Mannes mit und drückte tief in das Fleisch an den Wangen und am Kinn ein.

Es war einfach mörderisch, und Suko musste einsehen, dass er nur schwer aus dieser verdammten Lage herauskam, denn Kamikaze wollte ihn gleichzeitig nach hinten stoßen, damit Sukos Körper über den Rand des Wagens hinaushing.

In diesem Moment verließen sie die Kurve. Geradeaus schoss der Wagen weiter in die Finsternis hinein, die Fliehkraft verschwand, Kamikaze wurde wieder zurückgedrückt, und auch seine Klaue rutschte von Sukos Gesicht ab.

Suko schlug zu.

Er, der Karatemann, versuchte es diesmal mit einem Boxhieb. Die geballte Hand zog er von unten nach oben, hatte Glück und traf das Ziel. Es fühlte sich an, als hätte er haargenau das Kinn seines Gegners erwischt, vernahm auch ein dumpfes Geräusch und setzte eine schnell geschlagene Handkante nach.

Sie prallte ab, denn Kamikaze hatte seine Arme als Deckung vor das Gesicht gerissen.

Dann griff er an.

Den Schädel stieß er vor und erwischte damit Suko an der

Stirn. Zwar nicht voll, er schrammte am Ohr entlang, doch die Aufprallwucht war so hart, dass vor Sukos Augen Sterne aufblitzten und er das Gefühl hatte, sein Kopf würde explodieren.

Dieser Treffer machte ihm zu schaffen. Er verlor die Übersicht, seine Reaktionen erlahmten, während die rasende Fahrt weiterging. Irgendwie musste Kamikaze gespürt haben, was mit Suko geschehen war, denn aus seinem Mund drang ein triumphierendes Lachen.

Natürlich setzte er nach.

Und wieder erwischte er Suko.

Diesmal am Hals und an der Brust. Seine Hand tastete sich vor. Der Inspektor spürte die harten Finger des Killers wie dicke Spinnenbeine über seine Haut laufen, weil sie sich irgendwo festkrallen wollten, um Suko die Luft abzudrücken.

Er musste etwas tun.

Es gelang ihm, die Arme zu heben. Er fühlte nach den Fingern des anderen, fand sie auch, als beide Männer einen Schlag bekamen, ein gewaltiger Schrei durch die Dunkelheit toste, denn der Wagen hatte sich steil aufgerichtet.

Er raste in einen Kreis hinein. So schnell, so rasant, dass die meisten es erst merkten, als sie etwa für eine halbe Sekunde auf dem Kopf standen und anschließend in einer mörderischen Geschwindigkeit in die Tiefe jagten.

Das überstand auch Kamikaze nicht. Die physikalischen Kräfte waren einfach stärker als seine körperlichen. Er wurde zurückkatapultiert, löste seine Finger von Sukos Hals und musste sich erst mit der neuen Lage zurechtfinden.

Dies gab dem Inspektor Zeit.

Das Überschlagrad hatten sie verlassen. Es ging geradeaus, aber kaum weniger schnell weiter, und Suko setzte mit der Linken zu einem Halbkreisschlag an, der auch traf.

Sein Handrücken musste Kamikaze erwischt haben, denn Suko hörte ihn wild fluchen.

Und wieder änderte sich das Fahrverhalten.

Plötzlich drehten sie sich im Kreis. Es waren sehr schnelle Drehungen, die ihnen das Gehirn fast aus dem Schädel drückten. Gleichzeitig jagten sie mit einer ungeheuer starken

Geschwindigkeit weiter, und Suko konnte für einen Moment keinen klaren Gedanken fassen.

Sie mussten sich jetzt in der Todesröhre befinden, einem Tunnel, der das Ende der rasenden Fahrt ankündigte. Ohne Übergang wurde es plötzlich hell.

Hatten sie beim Eintritt das Gefühl gehabt, in das All und die Finsternis zu fliegen, so jagten sie jetzt der hellen Florida-Sonne entgegen, die noch immer am Himmel stand und ein Beweis dafür war, dass alle, die sie sehen konnten, die Fahrt gut überstanden hatten.

Das Tempo wurde in den folgenden Sekunden geringer, die Wagen rollten allmählich aus und glitten in eine sanfte Kurve hinein, deren Bogen sie dorthin führte, wo die Metallschlange endgültig stoppte und man aussteigen konnte.

Die letzte halbe Minute wurde von allen Fahrgästen dazu benutzt, sich zu erholen.

Die meisten von ihnen waren leichenblass. Nur einige ganz verwegene Burschen in den hinteren Sitzreihen hatten noch die Arme hochgerissen und klatschten begeistert.

Alle anderen waren über das Ende der Fahrt froh.

In gewisser Hinsicht auch Suko. Zu Beginn der Fahrt hatte ihm Kamikaze den Tod versprochen, jetzt, am Ende, lebte Suko noch.

Und Kamikaze ebenfalls.

Er drehte Suko sein Gesicht zu. Es hatte sich verändert. Zwar stand in den Augen noch immer der gleiche Hass zu lesen, aber Sukos letzter Treffer hatte Kamikaze arg erwischt. Seine Nase saß schief, und aus dem linken Nasenloch rann ein feiner Blutstreifen, der seinen Weg über die Lippen bis zum Kinn gefunden hatte.

»Wir sind noch nicht fertig!«, versicherte Kamikaze.

Das glaubte ihm Suko aufs Wort. Es kam nun darauf an, wer von ihnen am schnellsten reagierte.

Der Killer suchte bereits nach einem Ausweg. Sein Blick irrlichterte. Er hatte nur noch Sekunden, dann kam die kleine Bahn endgültig zum Stehen, und die Sicherheitsgriffe würden sich lösen.

Beide belauerten sich gegenseitig.

Und beide hatten etwas abbekommen.

Kamikaze blutete aus der Nase, Suko blutete zwar nicht, aber die dunklen Flecken im Gesicht und die roten Striemen am Hals redeten eine deutliche Sprache. Zudem durfte er auch den Schmerz in seinem Schädel nicht unterschätzen.

Die beiden hinter ihnen fanden wieder ihre Sprache zurück. Der Junge begann großspurig von einer affengeilen Reise zu reden, die er zehnmal hintereinander machen könnte.

Seine Freundin ging darauf nicht ein. Sie kannte ihn mittlerweile wohl besser.

Ein kleiner Bahnsteig erschien. Zu beiden Seiten durch Gitter abgetrennt. Helfer standen bereit, um die Gäste in Empfang zu nehmen und sie eventuell auch zu betreuen.

Nicht immer überstanden alle die Fahrt heil, manchen wurde es doch sehr flau im Magen.

Suko kam sich vor wie in einer Zeitlupenszene. Er sah den Bahnsteig näher kommen, auch die Helfer schienen größer zu werden. Sie trugen gelbe Anzüge mit blauen Namensstreifen.

Einer winkte schon.

Der andere schaute auf die Schienen und den automatischen Bremsklotz.

Die Wagen hielten.

Für einen Moment schien die Welt um Suko herum zu erstarren. Es dauerte eine Sekunde, bis die Griffe sich lösten und den Weg für den Ausstieg freigaben.

Suko und Kamikaze belauerten sich. Ihre Hände waren jetzt frei, beide hätten ihre Waffen ziehen können, niemand tat es. Jeder wartete auf eine Reaktion des anderen.

Andere Fahrgäste verließen bereits den Wagen. Nur mehr Suko und Kamikaze saßen.

»Hier, ihr beiden, raus!«, rief einer der Männer.

Kamikaze schaute ihn an.

Da wurde der Mann blass. Noch nie in seinem Leben hatte er in so grausame Augen geschaut. »Schon gut«, sagte er, »schon gut.«

Suko machte den Anfang. Er schoss plötzlich hoch, zog

seine Waffe und richtete die Berettamündung auf Kamikaze. »Und jetzt du!«, sagte er. Er hatte sich so hingestellt, dass die Beretta von den meisten der Zuschauer nicht gesehen werden konnte.

»Steck sie weg!«, zischte Kamikaze.

»Nein.«

»Gut, dann bist du daran schuld, wenn Baby de Valois stirbt …«

Der Inspektor zögerte. Hatte Kamikaze geblufft oder die Wahrheit gesagt? Er wusste es nicht, und in den Augen des Killers konnte er nichts darüber lesen.

»Nun?«

Suko zögerte noch. »Wieso bin ich daran schuld?«

Kamikaze ging einen Schritt zur Seite. Suko folgte ihm. Die Wagen konnten endlich weiterrollen. Beide standen dicht an der Barriere. Einige Besucher schauten sie an, sagten aber nichts und griffen auch nicht ein.

»Ich muss in einem bestimmten Rhythmus zu ihr. Wenn ich nicht erscheine und eine Uhrzeit verlängere, wird die Bombe, die sich vor ihr befindet, hochgehen und sie zerreißen. Kannst du das verantworten?«

War es nur ein Bluff?

Darüber dachte Suko nach. Kamikaze half ihm nicht, der Inspektor musste sich selbst entscheiden.

»Was ist jetzt, Gelber?«

»Weshalb solltet ihr der Frau noch eine Bombe vor die Füße gelegt haben?«

»Weil wir uns absichern mussten!«

Suko wurde schwankend. Die Entscheidung fiel ihm nicht leicht. Irgendetwas musste geschehen. Sie konnten hier nicht für alle Ewigkeiten stehen und warten.

»Du kannst gehen«, sagte der Chinese. »Aber ich bin dabei!«

Kamikazes Gesicht blieb ausdruckslos. »Wie du meinst, Chink. Gern nehme ich dich nicht mit, aber mir bleibt keine andere Wahl.« Er schielte auf die Waffe.

»Das stimmt.« Suko war trotzdem beunruhigt. Ihm gefiel es überhaupt nicht, dass Kamikaze so rasch auf seinen Vorschlag eingegangen war. Irgendeinen Trumpf schien er in der Hinterhand zu haben. Um welchen es sich allerdings handelte, wusste Suko nicht.

Über die mit Blut beschmierten Lippen des Killers glitt ein kaltes Lächeln. »Was ist nun? Gehen wir? Die Zeit drängt. Oder willst du schuld sein, wenn die Frau stirbt?«

»Nein.«

Kamikaze nickte. Wortlos drehte er sich um und nahm den schmalen Pfad, der zum Hauptweg führte. Die Blicke der Aufsichtspersonen begleiteten sie. Suko hatte die Pistole weggesteckt. Allerdings hielt er sie und seine Hand in der rechten Jackentasche vergraben, hatte die Waffe gekantet, sodass die Mündung auch beim Gehen auf den Rücken des Killers wies.

Suko konnte sich nicht helfen, aber er hatte das unbestimmte Gefühl, in eine Falle zu laufen …

Baby de Valois war wieder allein mit der Angst und der verdammten Hoffnungslosigkeit. Nur eines hatte sich verändert. Das Licht brannte noch. Akim Samaran hatte es nicht für nötig befunden, es auszuschalten. Seine Gefangene sollte erkennen können, in welch einer aussichtslosen Lage sie sich befand.

Hilfe konnte sie nicht erwarten, und es gab auch keine Werkzeuge in ihrer Reichweite, mit deren Hilfe sie sich hätte befreien können. Nur durch die Kettenschlüssel konnte sie freikommen.

Und die besaßen Samaran und dieser widerliche Killer mit dem Pferdeschwanz.

Abermals verstrich Zeit. Wenn sie den Kopf drehte, konnte sie auf die abgestellten Kulissenteile schauen. Es waren gemalte Landschaftsfragmente, aber sehr echt aussehend. Wenn jemand in einem dieser Züge vorbeifuhr, glaubte er, sich innerhalb einer anderen Welt zu befinden.

Einige der abgestellten Kulissen waren mit Decken

verhangen. Aus welchem Grund dies geschehen war, wusste die Gefangene nicht. Sie wunderte sich nur, dass eine der Decken plötzlich in Bewegung geriet, obwohl kein Luftzug durch den Raum strich.

Es war auch der reine Zufall gewesen, dass sie gerade dorthin geschaut hatte.

Sie reagierte.

Trotz der Gefangenschaft war sie nicht in eine Lethargie verfallen. Das Gegenteil war eingetreten. Ihre aufs Äußerste angespannten Nervenseile meldeten sich, und sie dachte daran, dass einiges nicht mit rechten Dingen zugehen konnte.

Wieso konnte sich die Decke bewegen? Lauerte zwischen ihr und der abgestellten Kulissenwand jemand?

Vielleicht ein Tier …

Möglich war es. Auch in einem Park wie Adventure World gab es Ratten und Mäuse. Sogar Eichhörnchen waren gesichtet worden, und selbst Biber hatte man entdeckt.

Eines dieser Tiere musste sich verlaufen haben.

Sie hielt den Kopf weiterhin gedreht und damit auch die Decke im Blickfeld, die auf einmal angehoben wurde. Direkt an ihrem Ende geschah dies, und ein Schatten huschte hervor.

Er war sehr schnell, äußerst gewandt, außerdem so flink, dass Rita de Valois ihn nicht hatte identifizieren können. Eines wusste sie mit Bestimmtheit. Eine Maus war es nicht, die ihr Versteck verlassen hatte, und auch keine Ratte.

Jetzt behinderten sie die Ketten. Sie konnte sich nicht so weit drehen, dass sie das Tier hätte erkennen können. So musste sie warten, bis es vielleicht in ihre Nähe kam.

Es wurde wieder still. Auch Rita bewegte sich nicht. Ein Klirren eines Kettenglieds konnte sie verraten. Bisher hatte sie nie viel auf ihre Gefühle oder auf innere Stimmen geachtet. Nun glaubte sie, dass sich innerhalb dieses Verlieses etwas verändert hatte.

Es war nichts Bestimmtes, das sie hätte sehen können, nur das Gefühl war vorhanden. Und dies sagte ihr, dass sie von jemandem belauert wurde.

Noch stand sie still. Sogar den Atem hielt sie an, hörte nur mehr ihren eigenen Herzschlag und horchte in die Ruhe hinein, die plötzlich durch Geräusche unterbrochen wurde.

Schritte …

Leise, tappend. Auch irgendwie zögernd, aber sich ständig der Gefangenen nähernd.

In ihrem Rücken waren sie aufgeklungen, und sie hätte sich schon drehen müssen, um die Person zu erkennen. Das allerdings ließen die Ketten nicht zu, denn sie waren schon bis zum Zerreißen gespannt. So musste die Gefangene darauf warten, dass die unbekannte Person hinter ihr die Richtung änderte.

Dies geschah auch.

Die Gestalt schlug einen Bogen, sodass sie sich von der linken Seite her der angeketteten Frau nähern konnte.

Sie schaute hin.

Diesmal konnte sie schreien. Es war ein Schrei der Überraschung und des Entsetzens, denn vor ihr auf dem Boden stand ein nackter, haariger Zwergmensch …

Es war Homunkulus, das Menschlein und der zweite Helfer Akim Samarans.

Ihn hatte er an diesem sicheren Ort als zusätzlichen Wächter zurückgelassen, und bisher hatte sich der Kleine hervorragend verborgen gehabt. Nun aber kam er aus seinem Versteck und baute sich einen normalen Schritt vor der Gefangenen auf.

Baby de Valois wich zurück, bis sie die Wand im Rücken spürte. Das raue Gestein kratzte über ihre nackte Haut.

Der Zwerg grinste diabolisch. Er streckte seine überlangen Arme aus, und Baby de Valois konnte sehen, dass sich seine dicht wachsenden Haare auf den Armen sträubten.

War er ein Mensch oder ein Affe?

Sie fürchtete sich vor ihm, schämte sich wegen ihrer Blöße, denn die Blicke des Menschleins glitten begierig über ihren Körper.

Er schlich näher, und ein leises Trappen war zu vernehmen,

sonst nichts. Dicht vor Baby blieb er stehen und berührte sie. Das ließ er sich nicht nehmen.

Sie zuckte zusammen.

Es war ein ekeliger Schauder, der bei dieser Berührung in ihr hochwallte, und sie vernahm das Flüstern des kleinen Widerlings. »So eine schöne Haut, so eine wunderschöne Haut. Davon müsste es mehr geben, viel mehr …«

Den Doppelsinn dieser Worte begriff Rita nicht. Sie interessierte sich allein für das Gesicht des kleinen Mannes. Es sah alt, hässlich und gleichzeitig wissend aus. Zusammen mit dem Körper eine widerliche Mischung.

Aber konnte ihr dieser kleine Mensch nicht auch Hoffnung geben? Bisher hatte er nichts darüber gesagt, dass er zu ihren Feinden gehörte. Wenn er sich in diesem Raum versteckt gehalten hatte, konnte er vielleicht auch für eine Befreiung sorgen.

Sie überwand ihre Antipathie und sprach den Homunkulus an. »He«, flüsterte sie, »he, kannst du mich verstehen?«

»Ja.«

»Ich will etwas von dir. Du siehst, dass man mich angekettet hat. Kannst du mich befreien?«

Natürlich hatte das Menschlein die Worte verstanden. Nur dachte es im Traum nicht daran, auf diese Frage eine Antwort zu geben. Es sprang plötzlich hoch.

Baby de Valois zuckte noch in den Ketten. Sie hörte das Klirren, aber sie schaffte es nicht, auszuweichen. Der Zwerg mit seiner gewaltigen Sprungkraft erwischte sie voll.

Kleine, aber sehr starke Finger umklammerten ihre Haare, hielten sich fest, wobei der Zwerg seine Beine auf die Schulter der Gefangenen gesetzt hatte. Sein Gesicht brachte er dicht an ihr Ohr und flüsterte die Worte hinein. Sie waren in einem für das Baby unverständlichen Dialekt gesprochen. Dazu noch krächzend und auch zischend.

Was er sagte, blieb Baby de Valois auch weiterhin unbekannt. Sie konnte sich dabei nicht vorstellen, dass es sich um Nettigkeiten handelte. Dieser Kleine wollte etwas von ihr.

Noch immer akzeptierte sie ihn nicht als Menschen. Für sie

war er eine Mischung aus Mensch und Tier, ein Wesen, das erst am Beginn seiner Entwicklung stand, und sie konnte sich nicht vorstellen, dass so einer überhaupt Eltern gehabt hatte.

Die Finger wanderten.

Sie befanden sich noch in ihren Haarsträhnen. Dabei waren sie hart und fordernd. Gleichzeitig streichelten sie auch, als wollten sie jeden Zentimeter ihrer Kopfhaut genau untersuchen. Und sie näherten sich der Kehle.

Auf einmal wusste Baby Bescheid. In ihrem Innern verkrampfte sich der Magen, die Angst schoss hoch.

Finger an der Kehle!

Kalt und gleichzeitig warm.

Und dabei die Stimme. Flüsternd und versprechend. »Ich werde dich verändern, sehr verändern. Du wirst in meine Sammlung eingehen. Ich kann nicht anders, ich muss es …«

Baby de Valois schloss mit ihrem jungen Leben ab. Sie rechnete fest damit, dass sich die Finger um ihre Kehle schließen und zudrücken würden. Das war falsch.

Vielleicht wäre der Tod sogar gnädiger gewesen als das, was ihr nun bevorstand.

Etwas durchfuhr ihren Körper, wie sie es nie zuvor erlebt hatte. Dieses Gefühl nahm ihr alles. Die Sicht, die Konzentration, auch den eigenen Willen.

Baby de Valois hatte sich voll und ganz in die Hand des schrecklichen Zwergs begeben.

Und der lachte wie ein kleiner Teufel …

Akim Samaran war verschwunden, und wir mussten mit dem Schlimmsten rechnen, als wir die Götzenhöhle betraten. Man hatte sie in das Gelände eingebaut oder integriert. Da schoben sich die Felsen wie ein gewaltiger Berg in die Höhe, der von dichtem Wald umgeben war. Den Eingang sahen wir als großen Schlund, auf den zahlreiche Besucher zustrebten.

Marsha warf einen Blick auf die Uhr. »Ja«, sagte sie. »Es ist bald so weit.«

»Wie beginnt der Tanz?«

»Sie werden sich wundern, John. So etwas haben Sie noch nicht erlebt. Das ist ein Wunderwerk der Technik.«

»Oder der Magie.«

»Nein, ich weiß noch sehr genau, wie es gebaut worden ist. Das hat mit Magie nichts zu tun.«

»Aber jetzt. Vergessen Sie nicht, dass sich ein Typ wie Akim Samaran in den Park begeben hat und ihn nun voll unter Kontrolle bekommt. Er kann den Götzen manipulieren, glauben Sie mir.«

»Was hat er davon?«

»Das müssten Sie eigentlich ihn fragen. Ich weiß es nicht. Wenn er tatsächlich Sokk-Ull nach seiner Pfeife tanzen lässt, dann eigentlich nur, um mir zu imponieren und mir zu zeigen, wer hier die Macht hat.«

»Wir sollten nicht hineingehen.«

Ich hob die Schultern. »Wer aber gibt mir die Gewähr, dass sich Samaran ruhig verhält? Er hat sich zurückgezogen. Er weiß, dass ich den Würfel besitze und ihn suche. Man kann ihn als angeschlagen bezeichnen, und angeschlagene Gegner sind immer gefährlich. Vor allen Dingen drehen sie oft durch.«

Wir waren stehen geblieben und konnten durch den hohen Eingang in das Innere der Höhle schauen. Die Umgebung war in ein düster glosendes Licht getaucht, das auch einen gewaltigen, in die Höhe ragenden Schatten umschmeichelte.

»Denken Sie einfach, Sie wären in einem Zirkus, John«, erklärte mir meine Begleiterin.

Damit hatte sie auch Recht. Als wir die Höhle betraten, kam ich mir fast so vor, denn nach rechts und links konnten sich die Zuschauer verteilen und dort auf langen, halbrunden Bankgestellen Platz nehmen, die tatsächlich so aufgebaut waren, als würden sie vor einer Manege stehen.

»Wo sollen wir hin?«

»Nicht zu weit weg.«

Marsha lächelte schmal. »Sie glauben noch immer daran, dass etwas passieren könnte.«

»Glauben?«

»Schon gut.«

Ich ging noch nicht und schaute mich um. Der Götze war momentan uninteressant. Über den Zuschauerrängen entdeckte ich eine Galerie, die etwa in der oberen Hälfte des Götzenkörpers entlanglief. Sie interessierte mich viel mehr.

Ich sprach Marsha darauf an.

»Von dort werden die Aktionen gelenkt.«

»Das ist genau richtig für mich.«

»Wollen Sie hin?«

Ich grinste sie an. »Sicher. Sie haben mir doch berichtet, dass von der Galerie aus die Vögel starten. Drachenähnliche Flugungeheuer, die ihren Kurs auf den Götzen nehmen.«

»Das stimmt.«

»Und so etwas interessiert mich. Außerdem muss ich der Lenkzentrale einen kurzen Besuch abstatten. Bleiben Sie hier unten, Marsha, halten Sie die Stellung!«

»Und wenn etwas passiert?«

»Rufen Sie über Ihr Sprechfunkgerät Hilfe herbei.«

»Ich werde es versuchen.« Sie lächelte schmal. Wohl war ihr nicht, mir aber auch nicht. Dieser Götze, den ich mir bisher noch nicht genau angesehen hatte, konnte eine große Gefahr darstellen.

Niemand außer Marsha und mir ahnte etwas davon. Unruhe umgab uns und gleichzeitig eine gespannte Erwartung. Jeder wollte etwas zu sehen bekommen. Man drängte sich auf den besten Plätzen zusammen und schaute zur Mitte der gewaltigen Höhle hin, wo der riesige Götze stand und von künstlichen Nebelschleiern umwallt wurde.

Ich suchte nach Marsha und sah ihren Rücken. Sie hatte sich in die Mitte der Bankreihen gesetzt, so konnte sie direkt auf den Götzen blicken.

Er war ein Koloss!

Irgendwie erinnerte er mich in seinen Körperformen an einen gewaltigen Buddha. Nur stand Sokk-Ull hier auf stammähnlichen Beinen, die einen massigen Oberkörper trugen, der zur Hälfte mit einem Hemd aus Metall bedeckt war. Auf seinem runden, übergroßen Schädel saß ein Metallhelm, der an drei Seiten Lanzenspitzen besaß, die sehr scharf und deutlich abstachen.

Unter dem Helm sah ich das Gesicht. Eine fleischige, irgendwie widerliche Masse. Augen, Lippen, eine Nase, das alles war vorhanden, und die Erbauer hatten es geschafft, den Götzen tatsächlich sehr echt nachzumodellieren.

Wer die neuen Monsterfilme kennt, wird Bescheid wissen. Auch dort sehen die Ungeheuer immer echter aus.

Sokk-Ull stand da wie ein Felsen. Die Zeit bis zum Beginn des Götzentanzes wollte ich nutzen. Es blieben mir ungefähr zehn Minuten. Dabei wollte ich mir noch die Steuerzentrale anschauen, und – wenn es eben ging – versuchen, Akim Samaran zu stoppen, falls er den Götzen manipuliert hatte.

Zur Galerie hoch führte eine Treppe. Aus Sicherheitsgründen wurde sie von einem Eisengeländer flankiert. Die Stufen bestanden aus Holz und bewegten sich unter meinem Gewicht.

Ich beeilte mich. Das Halbrund der Zuschauerbänke blieb unter mir zurück. Dabei hatte ich das Gefühl, als würde der Götze näher kommen. Etwa in Höhe seines massigen Gesichts verhielt ich meinen Schritt. Das Licht fiel aus einem Lampenkreis über dem Schädel des Götzen. Man hatte die Leuchten in den Felsen installiert, das Licht durch farbige Filter verändert, es auch zum Streuen gebracht, damit eine möglichst große Fläche getroffen wurde.

Der Götze sah widerlich aus.

Unter dem Metallhelm wirkte die nachgemachte Fleischmasse wie hineingepresst. Kinn und Lippen waren nur als Klumpen zu erkennen. Bei der Nase verhielt es sich ebenso, und ich sah zum ersten Mal seine Pranken. Seine Finger erinnerten mich an kurze Gummischläuche.

Die Galerie, auf der ich stand, war ziemlich breit. Ich musste sie weiter durchgehen. Die Strahlen kleiner Spotlights begleiteten meinen Weg und sorgten dafür, dass ich nicht stolperte.

Rechts von mir brach sich das Licht auf einer großen Scheibe. Sie gehörte zu einer Kabine, die breit gegen den

Felsen gebaut worden war und mich an Tonstudios erinnerte. Die Kabine hing praktisch über. Hinter der Scheibe brannte Licht. Menschen sah ich nicht, nur das Schimmern der Instrumententafel.

Ich fand einen Aufgang.

Sehr schmal war die Treppe, über die ich den Steuerstand erreichen konnte. Auf der letzten Stufe entdeckte ich eine weitere Neuigkeit. Man hatte in die Felswand hinein kleine Nischen geschlagen, in denen sich die Figuren aufhielten, die den Kampf gegen den Götzen aufnahmen. Es waren die großen Vögel mit langen Hälsen, spitzen Schnäbeln und weiten Schwingen. Auf den Rücken dieser Fabeltiere hockten die mit Schwertern und Lanzen bewaffneten Krieger.

Vier zählte ich.

Ich merkte mir deren Stellung und wandte mich nach links. Auf einem schmalen Weg schritt ich dem Eingang der Galerie entgegen. Dabei fiel mir mein Freund Suko ein. Bisher war er mir noch nicht über den Weg gelaufen, ebenso wie Kamikaze, der Killer Samarans.

War das ein böses Omen? Es konnte sein, dass die beiden sich begegnet waren, aber diesen Gedanken verscheuchte ich vorerst.

Vor der Tür hielt ich an und erlebte eine Enttäuschung: Sie war verschlossen.

Ich drückte und rüttelte an der Klinke. Die Tür blieb zu.

Aber jemand musste in die Zentrale, um den Götzentanz zu lenken. Gab es noch einen zweiten Eingang?

Ich kam nicht dazu, ihn zu suchen, denn hinter der großen Scheibe nahm eine Bewegung meine Aufmerksamkeit in Anspruch.

Eine Gestalt erschien. Aus der Hocke schob sie sich in die Höhe. Dabei grinste sie breit und siegessicher, wobei sie mit einer pedantischen Bewegung den Würfel des Unheils auf das Steuerbord mit den zahlreichen Schiebern und Knöpfen stellte.

Es gab eigentlich nur einen, der sich so diabolisch freuen konnte. Das war Akim Samaran!

Er stand in der Zentrale, ich hielt mich davor auf und klopfte auch gegen die Scheibe.

Nein, das war kein normales Glas, sondern dickes, sicheres, vielleicht auch kugelfestes.

Samaran sah meine Bemühungen und lachte. Lässig und gleichzeitig überheblich wirkte sein Kopfschütteln, als er einen Arm ausstreckte und mit der Spitze des Zeigefingers auf einen bestimmten Punkt am Board zielte. Ich konnte die Stelle nicht genau erkennen, reckte mich und sah, dass er einen Hebel umlegte.

Sekunden später hallte ein Kreischen durch die große Höhle. Und die große Eingangstür schob sich langsam und quietschend zu.

Ungefähr acht Sekunden dauerte es, bis das Eingangsloch endgültig geschlossen war.

Gehörte das zum Götzentanz?

Ich schaute auf die Zuschauer unter mir. Sie saßen gespannt auf ihren Sitzen und schauten auf den gewaltigen Götzen vor sich.

Niemand ahnte etwas von der Gefahr, in der sie schwebten. Da gab es einen Menschen namens Samaran, der keine Rücksicht kannte und mit dem Leben der Menschen spielte, nur weil dies seinen Plänen eben entgegenkam.

Das fasste ich nicht.

Er winkte mir sogar zu, bevor er damit begann, die Anlage in Betrieb zu setzen.

Samaran wusste genau Bescheid. Plötzlich durchlief ein gewaltiges Zittern die große Höhle.

Der Götze lebte und begann mit seinem makabren Tanz!

Irgendetwas hatte Kamikaze vor, er reagierte einfach atypisch. Normalerweise ging er nicht auf die gestellten Bedingungen ein.

Suko wurde vorsichtig. Besonders, als ihn Kamikaze in eine Gegend führte, in die sich sonst keine Besucher verirrten. Dort standen Transportwagen, da gab es ein graues Gebäude, das als Werkstatt diente, und einen Ziegelsteinbau, auf den Kamikaze zulief.

»Haltet ihr sie dort gefangen?«, fragte Suko.

»Ja.«

Der Inspektor hatte seine Beretta wieder hervorgeholt. Die Mündung deutete auf den Rücken des Killers, der einen knappen Befehl hörte und vor der Tür des Ziegelsteinbaus stoppte.

»Was ist los?« Kamikaze drehte sich langsam um.

»Ich will, dass du sauber wirst.«

»Wieso?«

»Weg mit den Waffen!«

Er hob die Schultern und knöpfte seine Jacke auf. Suko sah ein Messer und einen Revolver im Gürtel stecken und an der anderen Seite abermals eine Klinge.

Kamikaze schleuderte die Dinge fort, als wären sie ihm lästig. Er trennte sich sehr schnell und ohne Widerspruch von ihnen, was Suko abermals stutzig werden ließ.

Welchen Trick hielt er noch in der Hinterhand? Hing er vielleicht mit der Gefangenen zusammen?

Suko spürte die Strahlen der Sonne im Nacken. Der glühende Ball war gewandert, stand nicht mehr so hoch, aber noch immer schien er mit einer nahezu ungebrochenen Intensität.

Die meisten Wagen standen unter den ausladenden Ästen dicht belaubter Bäume, die wenigstens an einigen Stellen einigermaßen Schatten gaben.

»Ich bin sauber«, sagte Kamikaze. Er schaute Suko lauernd an und wartete auf dessen nächste Handlung. Das Blut auf seinem Gesicht war getrocknet. Als krustiger Streifen zog es noch eine Spur von der Nase, über die Lippen bis hin zum Kinn.

»Was befindet sich in dem Bau hinter dir?«, fragte Suko.

»Ein Lager.«

»Wofür?«

»Alte Kulissen und so. Säulen, bemalte Flächen, abgestellte Dinge, die man nicht mehr braucht.«

»Und das Mädchen?«
»Ja.«
»Hast du einen Schlüssel zur Tür?«
»Soll ich ihn dir zeigen?«
»Nicht nur das, schließ auf.« Suko blieb von der Situation nicht unberührt. Er, der sonst immer ruhig wirkte, spürte ein ungewöhnliches Kribbeln in sich. Das musste an den Verhältnissen liegen und an der Person Kamikazes.

Suko konnte sich kaum daran erinnern, jeweils auf einen Menschen einen so großen Zorn gehabt zu haben wie auf Kamikaze. Es kam daher, weil er ihn des Öfteren hatte in Aktion erleben müssen, denn Kamikaze kannte nur die reine Gewalt.

Leider war es Suko bisher nicht gelungen, ihn zu überwältigen. Immer wieder hatte der Killer einen Ausweg gefunden, und auch jetzt besaß er durch die Gefangene einen Trumpf in der Hinterhand.

Samarans Leibwächter hatte den Schlüssel hervorgeholt. Er hielt ihn zwischen zwei Fingern so hoch, dass Suko ihn auch erkennen konnte. »Kein Trick«, sagte er beim Umdrehen, wandte Suko seinen breiten Rücken zu und bückte sich dem Schloss entgegen.

Lautlos glitt der Schlüssel hinein. Zweimal drehte Kamikaze ihn, richtete sich wieder auf und erklärte: »Es ist offen!«

»Dann geh vor!«

Der Killer zog die Tür auf. Sie quietschte ein wenig in den Angeln. Suko wunderte sich darüber, dass Licht innerhalb des Ziegelsteinbaus brannte. Er hatte damit gerechnet, in einen düsteren Raum zu kommen.

Kamikaze ging. Noch versperrte sein breiter Rücken die Sicht des Chinesen auf die Gefangene. Das änderte sich, als Kamikaze einen Schritt zur Seite trat und mit der rechten Hand nach vorn deutete. »Das ist sie!«

Suko war auf der Schwelle stehen geblieben. Er konnte geradewegs auf eine Mauer schauen.

Dort hatte man eine junge Blondine angekettet. Das war

schlimm genug, doch am schrecklichsten empfand Suko das Aussehen dieser weiblichen Person.

Sie hatte zwei Köpfe, vier Arme und vier Beine!

Homunkulus!

Suko sprach den Namen nicht aus, er dachte ihn nur, und er dachte daran, dass dieses Wesen wieder zugeschlagen hatte. Gnadenlos, eiskalt hatte es seine verdammten Kräfte eingesetzt und aus einem Menschen ein Monstrum gemacht.

Über Sukos Rücken glitt ein Schauer. Er hatte mit allem gerechnet. Mit einem heimtückischen Angriff des Killers, mit irgendwelchen mechanischen Fallen wie Luken oder Falltüren, aber nicht mit diesem schrecklichen Bild.

Dabei wusste er von Homunkulus, nur hatte er nicht mehr an das Menschlein gedacht, das praktisch als zweiter Begleiter des Akim Samaran angesehen werden konnte und wahrscheinlich selbstständig gehandelt hatte, denn Samaran wäre nicht so dumm gewesen, seinen größten Trumpf aus der Hand zu geben.

Als Druckmittel gegen de Valois konnte er dessen Frau nicht mehr einsetzen. Sie war kein normaler Mensch mehr und würde auch nie mehr so werden wie früher.

Aber wusste de Valois dies?

Das war die Frage. Wahrscheinlich rechnete er damit, seine Frau zurückzubekommen, wenn es ihm gelang, die Bedingungen des anderen zu erfüllen.

Nun nicht mehr.

»War das abgemacht?«, fragte Suko den Killer.

»Nein.«

»Dann hat Homunkulus selbstständig gehandelt.«

Kamikaze lachte. »Genau. Und ich freue mich darüber. Ihm kann Akim nichts befehlen. Er macht, was er will. Er ist ein künstlicher Mensch, der glaubt, denken zu können.«

Suko hatte keine Lust, weiterhin über das Thema zu diskutieren. Deshalb befahl er: »Geh tiefer in das Lager hinein, und stell dich vor die verdammte Wand.«

»Gern.«

Auch Suko folgte. Er allerdings blieb gut zwei Schritte hinter der Eingangstür stehen. Mit der linken Hand holte er das Walkie-Talkie aus der Tasche. Er musste John Sinclair unbedingt über die neue Lage informieren.

Während er auf den Kontakt wartete, schaute er sich die doppelköpfige Rita de Valois an.

Für sie war es am schlimmsten. Zwei Hände hatte sie frei. Sie schlugen manchmal gegeneinander, während sie ihre beiden Köpfe unkontrolliert bewegte, sodass diese hin und wieder zusammenstießen.

Die beiden Gesichter zeigten Anzeichen einer großen Verwirrung. Sie waren verzerrt, Angst spiegelte sich in den Augen, der Atem floss laut über die Lippen.

Das Gerät sandte ein Signal aus, das auch eingefangen wurde. Jemand meldete sich.

»John?«, fragte Suko.

»Hier spricht nicht John Sinclair, sondern Marsha Devine. Sind Sie es, Suko?«

»Ja, aber wieso kann ich John Sinclair nicht erreichen?«

»Wir mussten uns trennen. Die Situation hat es so ergeben.«

»Wo befindet sich John jetzt?«

»Wir sind beide in der Götzenhöhle«, quäkte es aus dem Lautsprecher zurück.

»Was geschieht dort?«

»Der Götzentanz. John ist auf die Galerie gegangen. Ich habe mich unter das Publikum gemischt. Außerdem befürchtet John, dass sich Akim Samaran bald zeigen wird.«

»Können Sie ihn warnen?«

»Über das Sprechfunk…«

»Ja, versuchen Sie es. Und lassen Sie ihm eine Information zukommen. Ich habe die Gefangene gefunden.«

Marsha war nicht so leicht aus der Ruhe zu bringen. Diesmal jedoch jagte sie regelrecht hoch. »Was haben Sie da gesagt?«, rief sie. »Sie haben das Mädchen gefunden?«

»Genau.«

»Lebt sie?«

»Auch, nur ...« Suko begann mit seinem Bericht. Ob Marsha ihm glaubte oder nicht, das war ihm egal. Er konnte einfach nicht verschweigen, in welch einem Zustand er die Frau des Millionärs vorgefunden hatte. Und er erklärte auch, wo sie sich befanden.

Marsha war geschockt. Suko hörte nichts von ihr, nur die Hintergrundgeräusche. Da musste jemand trommeln oder wild stampfen beziehungsweise tanzen. Jedenfalls waren die Laute nicht normal. Das Spektakel hatte schon begonnen.

Der Inspektor behielt auch Kamikaze im Auge. Unnatürlich ruhig stand der Killer auf der Stelle. Nur über seine Lippen hatte sich ein wissendes Lächeln gelegt.

»Suko?«

Endlich hatte sich Marsha mit schwacher Stimme gemeldet. Der Inspektor hörte den Schmerz aus ihren Worten. Sie musste nahe vor dem Zusammenbruch stehen.

»Ich höre.«

»Was machen wir denn jetzt?«

»Sie nichts, Marsha. Bleiben Sie im Tempel. Ich habe das Gefühl, als würden sich Samarans Aktivitäten auf ihn konzentrieren. Unternehmen Sie auf keinen Fall etwas. Versprochen?«

»Ja. Und John?«

»Es ist gut, wenn wir ihm vorerst nichts sagen, damit er unbelastet bleiben kann. Sie verstehen?«

»Natürlich.«

Suko verabschiedete sich und unterbrach die Verbindung. Er ließ das Gerät verschwinden und hatte auch nichts dagegen, dass Kamikaze den Arm ausstreckte und auf die Gefangene deutete. »Was hast du mit ihr vor, Chink? Willst du sie befreien?«

»Nein.«

Er lachte hässlich. »Sie gefällt dir wohl nicht, wie? Was meinst du, was ihr Mann sagt, wenn er seine Frau so zurückbekommt. Der dreht durch.«

»Halt den Mund, verdammt!«

»Nervös?«

»Nicht mehr. Dein Plan ist nicht aufgegangen. Jetzt bin ich am Drücker.«

»Eine Kanone hat mich noch nie beeindrucken können«, gab Kamikaze freimütig zu. »Niemals, merk dir das. Manchmal habe ich sogar das Gefühl, kugelfest zu sein. Ich sage dir, Chink, wir finden die Spur der alten de Valois. Wir sind schneller, wir sind besser, wir …«

Er redete und redete. So kannte ihn Suko nicht. Deshalb wurde er auch misstrauisch. Wer so viel sprach, wollte von etwas anderem ablenken.

Tatsächlich!

Es war Homunkulus, der die Gunst der Minuten ausnutzte, einen Bogen schlug und sich von der Seite her dem Inspektor näherte. Suko hörte das triumphierende Zischen, und da war es fast zu spät.

Homunkulus sprang so schnell, dass Suko die Beretta nicht mehr drehen konnte.

Im nächsten Augenblick hing der Kleine an seinem rechten Handgelenk und biss zu …

Sokk-Ull war erwacht!

Ob durch Technik, wie es normal gewesen wäre, oder durch Magie, das konnte mir egal sein. Für mich zählte die Tatsache an sich, und die zahlreichen Zuschauer wollten ihn auch erleben.

Ich warf einen Blick in die Zentrale. Dort stand Samaran am Pult und grinste diabolisch. Er würde sich einen Spass daraus machen, den Götzen auf magische Weise zu manipulieren, damit er Furcht und Schrecken verbreiten konnte.

Noch reagierte er normal. Wenigstens bildete ich mir das ein. Er hatte seinen gewaltigen, unförmigen Körper in Bewegung gesetzt, blieb jedoch auf der Stelle, hob hin und wieder ein Bein, ließ es auf den Boden sausen, sodass der Untergrund erzitterte und sich dieses Geräusch durch die gesamte Höhle pflanzte.

Bei jedem Tritt hob er auch die entsprechende Schulterseite.

Sein fleischig wirkendes Gesicht geriet ebenfalls in wabernde Bewegungen. Er öffnete das Maul, sodass stinkender Brodem hervordrang, der sich in gelblichen Schwaden verteilte und eine andere Farbe bekam, wenn er in die Lichtlanzen der strahlenden Scheinwerfer geriet, die an der Höhlendecke aufgeflammt waren.

Die Zuschauer waren von dieser ersten Szene fasziniert. Auch diejenigen staunten, die nicht zum ersten Mal in der Höhle saßen. Es musste immer wieder etwas Besonderes sein, dem Monstrum zuzuschauen.

Man hatte tatsächlich für alles gesorgt. Auch für die entsprechende Beleuchtung, denn die Strahlen blieben nicht mehr starr. Durch automatisch laufende Drehfilter gerieten sie in Bewegung und zuckten durch die besetzte Höhle.

Hinzu kam der Brodem, der träge den mächtigen Körper umspielte und auch träge in die Höhe zog.

Eingerahmt wurde der Götze von zwei gewaltigen Säulen, die auch mithalfen, die Decke zu tragen. Manchmal geriet der Koloss so nahe an die Säulen heran, dass ich davor Angst bekam, er würde sie mit seiner immensen Kraft umstoßen.

Noch spielte die Technik die Hauptrolle. Das aber würde sich ändern, wenn Samaran voll eingriff.

Ich schaute durch die Scheibe.

Er hatte keinen Blick für mich. Seine Hände lagen auf dem Würfel. Es sah so aus, als stünde er dicht davor, ihn einzusetzen. Wenn das geschah, musste ich dagegenhalten.

Ein Urschrei ließ die Grotte erzittern. Ich erschrak, ebenso die Zuschauer. Aus dem Maul des tanzenden Götzen war der Schrei gedrungen. Er war gewissermaßen der Start für weitere Aktivitäten, die ich in ihrem Anfangsstadium nicht mitbekam, da sich mein Sprechfunkgerät meldete.

»Ausgerechnet jetzt!« Ich war sauer, aber ich musste antworten.

»John?« Marshas Stimme klang aufgeregt. Irgendetwas hatte sie aus dem Gleichgewicht gebracht.

»Was ist denn?«

Sie atmete schwer und schien in ihr Gerät hineinzupusten.

Ich hörte einige erstickt klingende Worte, aber keinen zusammenhängenden Satz. Dennoch verstand ich einen Namen.

Baby de Valois!

»Was ist mit der Frau?«

»Suko hat sie gefunden.«

»Herrlich.«

»Aber wie, John, aber wie! Sie ist …«

Mir rann eine Gänsehaut über den Rücken, da ich mit einer Todesnachricht rechnete. Die überbrachte mir Marsha nicht, das andere jedoch war ebenso schlimm. Rita oder Baby de Valois war in die Fänge des Zwergmenschen Homunkulus geraten und hatte einen schlimmen Tribut zahlen müssen.

»Zwei Köpfe. Vier Arme, vier Beine!« Die Stimme der Frau schrillte. »Können Sie sich das vorstellen, John?«

»Ja.«

»Wieso denn?«

»Weil ich es schon erlebt habe.«

»O nein.« Sie seufzte auf, musste völlig durcheinander sein, und ich fragte nach Suko. »Was er vorhat, weiß ich nicht, aber war das alles in Samarans Sinn?«

So dachte ich auch. Wieder blickte ich zu ihm. Er war voll konzentriert. Ich rechnete damit, dass er seine Magie in den nächsten Minuten einsetzen würde, deshalb musste ich zuvor noch einige wichtige Informationen von Marsha bekommen.

»Was hat Suko noch gesagt?«

»Sonst nichts mehr.«

»Ist er allein?«

»Kann ich Ihnen nicht sagen. Es ging alles sehr schnell. Ich glaube auch, dass er unter Druck stand.«

Ja, das konnte ich mir vorstellen. Zwangsläufig dachte ich an Kamikaze. Möglicherweise war mein Freund sogar mit ihm zusammengetroffen, und ich konnte ihm nicht helfen.

»Wissen Sie einen Ausweg, John?«, vernahm ich Marshas Frage.

»Momentan muss alles so bleiben. Ich kann hier nicht weg, und Suko wird es auch nicht können. Am besten drücken Sie uns allen die Daumen.«

Ihr Ja klang ängstlich.

Ich steckte das Gerät wieder ein und kümmerte mich um den tanzenden Götzen.

Er war ein widerlicher Koloss, der auch seine mächtigen Arme in Bewegung gesetzt hatte und sich sogar bückte.

Die Menschen bekamen Angst.

Wie die Greifklaue eines Schaufelbaggers, so fuhren seine Arme über die Köpfe der Zuschauer hinweg. Einige duckten sich, andere sprangen auf, als wollten sie weglaufen.

Der Götze war in Ekstase geraten.

Gehörte das zur Vorstellung, oder hatte Akim Samaran bereits eingegriffen?

Ich schielte zu ihm rüber.

Er stand in gespannter Haltung und erwartungsvoll hinter dem Steuerpult. Seine Hände umklammerten den rotvioletten Würfel, der alles verändern konnte.

Und er strahlte ab.

In diesem Augenblick wurde mir klar, dass Samaran die Magie eingesetzt hatte.

Ich musste dagegenhalten.

Bevor es dazu kam, änderten sich die Verhältnisse und überraschten mich dabei total.

Es begann mit einem irren Schrei. Ausgestoßen hatte ihn nicht der Götze, sondern eine Frau, die plötzlich zwischen seinen gekrümmten Fingern steckte und nur mit dem Kopf aus der Faust hervorschaute. Der Götze hatte sie geholt.

Das gehörte nicht mehr zum Spiel.

Was sollte ich tun? Den Würfel einsetzen oder versuchen, die Frau zu befreien? Dazu musste ich nahe an den Götzen heran, so viel Zeit hatte ich nicht.

Blieb der zweite Würfel.

Und das schaffte ich ebenfalls nicht, denn aus den Nischen lösten sich die Krieger auf ihren fliegenden Drachenvögeln. Es war die normale Schau, die nun weiterlief, die vier Vögel jagten auf den Götzen zu. Elektronisch gesteuert, würden sie ihre Lanzen werfen, den Götzen vielleicht vernichten, und die Schau war vorbei.

Im Normalfall.

Aber nicht bei Samaran. Ich stellte fest, dass die Tiere an dünnen Fäden hingen und durch sie gesteuert wurden. Dabei konnten sie Kreise und Kurven ziehen, die Fäden ließen ihnen viel Spielraum.

Ein Krieger nahm mich aufs Korn. Er hockte vorgebeugt auf dem Rücken des Flugtiers. Sein Oberkörper war nackt, das bullige Gesicht wirkte wie ein dicker Schwamm. Durch die Magie des Würfels geleitet, erkannte er in mir einen Feind, den es zu töten galt.

Ich setzte den Würfel nicht ein. Seine Kraft hätte beide vernichtet. Das wollte ich auf keinen Fall, da mir eine fast wahnsinnige Idee durch den Kopf schoss.

Wenn dieser Reiter das Flugtier benutzen konnte, musste es mir auch gelingen.

Und so ließ ich ihn kommen.

Die Frau schrie nicht mehr. Dafür herrschte unter den Zuschauern ein großes Durcheinander. Alle waren von ihren Sitzen hochgesprungen. Eltern hielten ihre Kinder fest und schauten ebenso gebannt und angstvoll wie sie auf den tobenden Götzen, der sich durch nichts mehr aufhalten ließ.

Wie auch der Krieger, der sich mich als Ziel ausgesucht hatte. Er stach schräg von oben nach unten mit seiner Lanze zu, doch ich war einfach zu schnell. Mit einem Sidestep glitt ich zur Seite. Die Lanze verfehlte mich; der Krieger beugte sich nach vorn, sodass er fast vom Rücken seines Flugtiers gekippt wäre.

Ich nahm ihn in den Klammergriff. Mit beiden Armen umschlang ich seinen Nacken, riss ihn vom Rücken des Flugdrachens, kümmerte mich nicht weiter um ihn und sprang hoch, um mit beiden Händen den Hals des Flugtiers zu umfassen.

Das gelang mir.

Plötzlich hing ich an diesem künstlichen Drachen, wurde weitergeschleift, und meine Füße prallten noch gegen den oberen Handlauf des Geländers, bevor ich darüber hinwegschwang.

Ich flog, warf ein Bein hoch, drückte es auf den Rücken des Tieres, stemmte mich dort ab, konnte das andere Bein nachziehen und so die Position einnehmen, die auch der Krieger gehabt hatte.

Im gleichen Moment raste das Tier so schnell in die Tiefe, dass ich das Gefühl hatte, in die Zuschauer hineinzujagen. Ich hielt den Atem an, wurde wieder hochgerissen und dachte auch daran, dass ich mich durch diese Aktion eigentlich in die Falle der Samaran'schen Magie begeben hatte. Er konnte mit mir machen, was er wollte.

Mir kam es vor allen Dingen auf die bedauernswerte Frau an, die auch weiterhin in der Faust des Riesen klemmte und nur mit ihrem Kopf hervorschaute.

Der allerdings war zur Seite gesunken. Sie sah aus, als wäre sie bewusstlos geworden.

Die Hälfte der Distanz hatte ich bereits zurückgelegt. Begleitet wurden wir von den drei anderen Flugtieren, die gegen den Götzen angingen und ihn mit ihren Waffen niederstrecken wollten.

Dann aber hatte die Magie eingegriffen und die Kontrolle übernommen.

Sokk-Ull war stärker und brutaler geworden.

Auch die Krieger bekamen das zu spüren. Menschen waren es nicht, sondern ferngelenkte, magisch beeinflusste Figuren, die von der Rache des anderen voll erwischt wurden.

Seine rechte Faust öffnete er.

Wie ein Stein fiel die Frau in die Tiefe und zwischen die unten stehenden Zuschauer. Ob sie zur Seite spritzten oder versuchten, sie aufzufangen, konnte ich nicht erkennen, da ich mich auf den verdammten Götzen konzentrieren musste.

Der hatte jetzt beide Hände frei.

Ich war der Letzte in der Reihe der Angreifer. Deshalb erwischte es zuerst die beiden vor mir fliegenden Gestalten. Der heftige Rundschlag traf zwei von ihnen zur gleichen Zeit. Er fegte sie nicht nur von ihren Flugtieren, sondern schleuderte sie dem Boden entgegen, wobei sie noch in der Luft zerbrachen.

Aus …

Der dritte griff weiter an. Er sah die gewaltige linke Pranke auf sich zukommen und stach sein Schwert hinein.

Eine tiefe Wunde riss es in den Ballen. Hervor strömte eine dunkle Flüssigkeit, vielleicht dämonisches Blut, wer konnte das schon nach dieser magischen Verwandlung sagen?

Der Götze brüllte dumpf. Ein Rauchstoß quoll aus seinem Mund. Er nebelte nicht nur den Krieger ein, auch mich und nahm mir die Sicht auf die vor mir fliegende Figur.

Als der Blick endlich freier wurde, sah ich von dem Krieger und seinem Flugtier nur noch Fragmente, die mir entgegenwirbelten, bevor sie unter mir in der Tiefe verschwanden.

Wieder einmal war der Götze stärker gewesen!

Samaran wollte das Chaos, er war auf dem besten Wege dazu, seine blutige Handschrift zu setzen und damit Hugo de Valois noch mehr in die Enge zu treiben.

Vielleicht hielt er mich auch für einen Idioten, weil ich vorerst darauf verzichtet hatte, den zweiten Würfel einzusetzen. Jetzt allerdings spielte er mit mir und ließ mich gegen den Götzen anfliegen.

Ich näherte mich ihm.

Unter mir tobten die Menschen. Sie hatten den kalten Horror dieser Szenen mitbekommen, starrten in den Nebel und sahen, ebenso wie ich, dass der Götze beide Arme ausgebreitet hatte, als wollte er in die Hände klatschen.

Das hatte er bestimmt auch vor, nur hätte ich mich dann zwischen ihnen befinden sollen.

So etwas gefiel mir nicht!

Deshalb hatte ich die Beretta hervorgeholt, hockte vornübergebeugt auf dem künstlichen und doch magisch erweckten Flugtier und zielte auf den breiten Schädel und die Brust des Götzen.

Dreimal drückte ich ab!

Das hätte Suko auch gern getan, nur ließ man ihn nicht. Der verdammte Homunkulus hatte sich an seinem Gelenk festgebissen, und Suko sah sich gezwungen, die Beretta fallen zu lassen.

Das hatten Homunkulus und Kamikaze erreichen wollen, und das Menschlein löste sich vom Gelenk des Chinesen, ließ sich zu Boden fallen, kicherte und setzte zu einem Sprung an.

Auf Kamikaze konnte Suko nicht achten. Für ihn war der Zwerg im Augenblick gefährlicher. Er kannte dessen unwahrscheinliche Fähigkeiten, und er wollte auf keinen Fall in der nächsten Zukunft mit zwei Köpfen und mehreren Gliedern herumlaufen.

Der Kleine sprang.

Er musste dabei an Sukos Kehle, um seine Magie wirkungsvoll einsetzen zu können. Von dieser Stelle aus startete er seine magischen Attacken. So hoch kam der Zwerg bei seinem Sprung, dass Suko das funkelnde Augenpaar dicht vor sich sah und auch die Gefahr erkannte, in der er schwebte.

Auf den Hacken drehte er sich zur Seite, zog noch in der Bewegung seine Dämonenpeitsche und schlug mit ihr einmal einen Kreis über dem Boden.

Drei aus der Haut eines mächtigen Dämons geschnittene Riemen rutschten hervor.

Die Waffe war schlagbereit.

Man konnte sie als mächtig bezeichnen. Sie räumte mit sehr starken Gegnern auf. Sie war in der Lage, Dämonen entscheidend zu treffen und auch zu vernichten.

Homunkulus kannte die Waffe nicht, aber Suko.

Und er schlug zu.

Sein Arm streckte sich. Er hatte die Hand während des Hiebs ein wenig gedreht und stand selbst so, dass er in den Knien einknickte. Zugleich fächerten die drei Riemen auseinander, damit sich die Chance für einen Treffer erhöhte.

Homunkulus wollte instinktiv ausweichen. Er schaffte es nicht mehr. Voll musste er die drei Riemen nehmen, die, leicht angedreht, sich um seinen kleinen Körper wickelten und dort augenblicklich mit ihrer zerstörerischen Kraft begannen.

Homunkulus war kein normaler Mensch, sondern ein

künstliches Wesen, aufgeladen durch schwarze Magie. Er wurde nun von einer noch mächtigeren erwischt.

Er schrie!

Es waren helle, spitze Schreie. Sie klangen so, als hätte ein Tier sie ausgestoßen. Er zappelte dabei mit den Armen. Die Arme lagen nicht frei, um sie hatten sich die Riemen gewickelt, die damit begannen, ihre zerstörerische Kraft einzusetzen.

Sie brannten sich in den kleinen Körper hinein.

Der künstliche und so gefährliche Mensch hing zwischen ihnen wie in einem Netz. Suko bewegte seinen Arm und schleuderte den kleinen Gefangenen kreisförmig herum.

Er sah den Dampf, hörte das leiser werdende Schreien und wuchtete die Gestalt voller Wut gegen die Wand neben der Tür.

Ein ungemein harter Schlag, der Homunkulus normalerweise nichts getan hätte.

Jetzt aber, geschwächt durch die magische Kraft der Dämonenpeitsche, zerplatzte er. Staub und Knochenteile, vermischt mit einem stinkenden Brodem, fielen aus den Schlingen der Peitsche zu Boden, wo die Reste liegen blieben.

Suko hatte ihn vernichtet.

Noch stand Kamikaze in der Nähe, und als der Inspektor herumfuhr, sah er den Killer zum ersten Mal sprachlos. Er hielt sich an der Tür auf, stierte auf die Reste, schüttelte dabei den Kopf, als könnte er das Bild nicht glauben, und jagte plötzlich durch die Öffnung.

Suko hätte ihn gern mit einer Kugel ins Bein gestoppt, doch seine Waffe lag am Boden, und Kamikaze war schnell wie der Blitz. Dafür erinnerte er sich an sein draußen liegendes Messer und auch an seine Kanone. Plötzlich krachten Schüsse.

Suko musste zu Boden, um den verdammten Kugeln zu entwischen, die Kamikaze in den Raum jagte. Der Inspektor rollte sich aus der Gefahrenzone und zog dabei seinen Stab. Wenn er das Wort *Topar* rief und der andere es hörte, würde er zur Bewegungslosigkeit erstarren.

Bevor Suko noch zu seinem Schrei ansetzen konnte,

verstummten die Schüsse. Hastige Schritte vernahm er und wusste, dass Kamikaze flüchtete. Der Tod oder die Vernichtung des künstlichen Menschen Homunkulus mussten ihm einen Schock versetzt haben.

Suko riss die Beretta an sich, verließ ebenfalls den Bau und sah Kamikaze nicht mehr. Er war irgendwo zwischen den abgestellten Wagen verschwunden. Vielleicht würde ihn der Ruf noch erreichen, aber es dauerte bestimmt mehr als fünf Sekunden, um Kamikaze zu finden. Suko hielt es für besser, sich wieder zurückzuziehen, zudem stand er in der Tür wie auf dem Präsentierteller.

Er hatte erlebt, dass auch ein Mensch mit Killerinstinkt wie dieser Kamikaze zu packen war. Man musste nur seine Schwachstellen finden und durfte sich nicht überraschen lassen.

Aufgegeben hatte er die Verfolgung noch nicht. Kamikaze würde sich irgendwo auf dem Gelände verborgen halten, möglicherweise auch nahe der beiden Geisterjäger, weil er diese Personen einfach zu sehr hasste.

Es sollte nicht zu einer Verfolgung kommen, da Suko abgelenkt wurde. In seinem Rücken vernahm er das leise Wimmern, vermischt mit angstvollen Lauten.

Jetzt erst dachte er wieder an die Gefangene.

Er drehte sich um und schaute ihr ins Gesicht. Darin spiegelten sich die erlittenen Qualen und noch mehr.

Ein furchtbares Bild bot sich seinen Augen. Durch die Vernichtung des Menschleins hielt auch dessen Magie nicht mehr. So lösten sich die doppelten Glieder zusammen mit dem Gesicht auf.

Dass die Glieder abfaulten, war noch als erträglich anzusehen. Die Vernichtung des Gesichts aber bot ein Bild des Schreckens.

Die einzelnen Züge liefen ineinander, als hätte man eine Masse erhitzt. Zu trockenem Staub wurden sie, nicht mal helle Knochen schimmerten durch, und als Staub blieb der Rest auch auf den Schultern der Gefangenen liegen.

Suko ging zu ihr.

Baby de Valois musste unter einem Schock stehen. Sie sprach mit Suko wie mit ihrem Mann, dann schrie sie zwischendurch, verdrehte die Augen und sackte in den Ketten zusammen.

Suko fing sie zusätzlich noch ab und hob bedauernd die Schultern. Er konnte für die Frau nichts mehr tun, da er keinen Schlüssel besaß, um die Manschetten zu öffnen.

Er wollte nur bei ihr bleiben, denn sich auf die Suche nach Samaran zu machen, hatte keinen Sinn. John Sinclair war zudem in dessen Nähe. Er musste mit ihm fertig werden.

An Aufgabe dachten Samaran und Kamikaze bestimmt nicht. Suko fragte sich allerdings gespannt, wie Samaran wohl reagieren würde, wenn er von der Vernichtung des Homunkulus hörte.

Drehte er dann durch?

Zuzutrauen war es ihm, denn der Zwerg war gewissermaßen sein Liebling gewesen.

Suko unterschätzte die Kraft des anderen keineswegs. Schließlich stand der Spuk als großer Bruder oder Schatten hinter ihm. Er würde dafür sorgen, dass Samaran das in seinen Augen Richtige tat. Allerdings schien der Spuk nicht die Macht zu besitzen, das Geheimnis um das Wissen eines gewissen Hector de Valois zu lösen. Da musste man ihn irgendwie ausgepokert oder ausgeblufft haben.

Mit der Vernichtung des gefährlichen Homunkulus war ein Beginn gemacht worden. Jetzt kam Samaran dem Chinesen weniger gefährlich vor. Und das Sinclair-Team hatte endlich wieder einen Teilsieg errungen.

Ich aber wollte alles.

Sokk-Ull musste weg, bevor er Menschen vernichtete. Unter mir tobten die Zuschauer. Sie kamen nicht raus. Samaran musste es gelungen sein, auf magische Art und Weise die Tür zu verriegeln. So blieb ihnen nichts anderes übrig, als meinem verzweifelten Kampf gegen den Götzen zuzuschauen.

Ich hatte mehrmals geschossen und auch getroffen.

Die geweihten Silberkugeln waren in das Gesicht und die Brust eingeschlagen. Sie zeigten Wirkung. Sie mussten einfach so reagieren, denn hier kämpfte die schwarze gegen die weiße Magie.

Schlug er seine Hände zusammen?

Nein, der Götze wankte. Einen schweren Schritt ging er zurück. Dabei kippte er nach rechts über, sodass er in Gefahr geriet, gegen die Säule zu fallen.

Er stützte sich daran ab. Dennoch schwankte sein massiger Körper. Wenn der fiel und die Menschen es nicht schafften, sich in Sicherheit zu bringen, würden sie unter dem künstlichen und jetzt mit Magie gespickten Koloss begraben werden.

Die Kugeln hatten bei ihm Wunden gerissen. Ein dicker Saft quoll hervor, der mich an Sirup erinnerte. Eine Kugel war in sein Gesicht gefahren und hatte ein Auge zerstört. Auch aus dieser Öffnung quoll Flüssigkeit.

Noch hielt er sich auf den Beinen, und ich merkte, dass eine andere Kraft versuchte, über das künstliche Flugtier die Kontrolle zu bekommen, denn er sackte plötzlich weg und riss mich mit.

Ich hatte das Gefühl, in einem Lift zu sitzen, so schnell ging es abwärts. Vor der breiten Brust des Götzen tauchte ich weg, wurde noch schneller und geriet in Gefahr, am Boden zerschmettert zu werden.

Was konnte ich tun?

Ich sprang.

Es hörte sich schlimmer an, als es war. Zwar fiel ich auch wie ein Stein nach unten, aber ich hatte mich so schräg abgestoßen, dass ich zwischen die Sitzreihen krachte, dort einiges zertrümmerte, aber mit heilen Knochen aus dem Holzwirrwarr hervorkletterte.

Noch stand der Götze.

Und dieses verdammte Untier war auch wieder zu Kräften gekommen. Irgendwie gelang es ihm, die Magie der geweihten Silberkugeln auszugleichen. Zwar stand er noch recht wacklig auf den Beinen, er schwankte auch, berührte sogar die Säulen, die überraschenderweise hielten, aber er würde weitermachen.

Ich war ziemlich hoch in die Ränge gefallen. Erst als ich stand, stellte ich fest, dass mein Rücken etwas abbekommen hatte. Durch das Kreuz zuckte der Schmerz, auf den ich jetzt nicht achten konnte, viel wichtiger war der Götze.

Zwischen ihm und mir befanden sich die Zuschauer. Sie drängten sich zusammen, wussten nicht, wohin sie schauen sollten. Ich sah den gelben Hosenanzug von Marsha Devine wie eine lange Sonne leuchten und sah, dass sie zu mir wollte.

»Bleib da!«, schrie ich ihr entgegen und hatte schon den Bumerang hervorgeholt. »Weg von dem Götzen!« Mein Ruf schallte den Zuschauern entgegen. Hoffentlich war er verstanden worden.

Ich holte aus.

Der Götze stand günstig, obwohl er mir das Profil zudrehte. Er hatte seine breiten Schaufelhände um eine Säule geklammert. Es sah so aus, als wollte er sie in der Mitte durchreißen.

Noch hatte er nicht die Kraft dazu. Sein Zögern gab mir Gelegenheit, die Banane zu schleudern.

Als flirrender, blitzender Strahl wischte die Waffe auf den Götzen zu. Ich hatte direkt auf den Hals dieses künstlichen Untiers gezielt, und der Bumerang hämmerte in die gewaltige nachgemachte Fleischmasse, wo er wie ein Messer durch dickes Fleisch schnitt.

Der Bumerang war stark. Vielleicht stärker als der Götze. Wäre er nur elektronisch gelenkt worden, hätte ich wohl kaum einen Erfolg erzielen können, so aber erwischte es ihn.

Sein Kopf mit dem Helm darauf kippte.

Als er fiel, brandete ein einziger Schrei durch das Rund. Zahlreiche Zuschauer flohen. Wenn sie getroffen wurden, konnte dies für sie böse enden.

Ich schaute zu, wie der massige Schädel dem Boden entgegentrudelte. Es war wirklich gewaltig. Selbst ich hielt den Atem an, stand vorgebeugt und mit glänzenden Augen so lange da, bis der abgetrennte Schädel aus meinem Blickfeld verschwunden war.

Der kopflose Götze aber wollte nicht fallen.

Noch immer umklammerte er die Säule. Er drückte dagegen, schüttelte sie. Ich nahm an, dass sie brechen würde, aber dieses Schütteln waren nur die letzten Zuckungen oder das allerletzte Aufbäumen des Götzen gewesen.

In seinen stämmigen Beinen sackte er ein. Intervallweise ruckte er in die Tiefe. Seine Hände lösten sich von der Säule, die Beine konnten ihn nicht mehr tragen, und schwer wie eine Tonne Blei krachte er auf den staubigen Untergrund der Höhle.

Er würde nie mehr tanzen.

Ob Menschen verletzt worden waren, konnte ich nicht erkennen, da mir aufwallende Staubwolken die Sicht nahmen. Außerdem musste ich mich um einen anderen kümmern.

Ich fuhr herum.

Akim Samaran und ich schauten uns gegenseitig an. Er hatte die Steuerzentrale verlassen, stand außen vor der Scheibe, hielt den Würfel und konnte nicht fassen, dass ich ihm Paroli geboten hatte.

Hinter ihm aber tat sich etwas.

Dort erschien aus dem Nichts eine mächtige Gestalt. Nein, eigentlich war es keine Gestalt, sondern eine amorphe Wolke, die sich schwarz und drohend ausbreitete.

Samaran sah sie nicht. Er war auf mich fixiert und wollte den Würfel einsetzen.

Er glühte bereits zwischen seinen Händen, als ihn die Wolke erreichte und ihn überschwemmte.

Ich hörte Samaran schreien, unterbrochen von einer donnernden Stimme. »Es steht unentschieden, Sinclair. Keiner ist einen Schritt weitergekommen, keiner!«

Gesprochen hatte der Spuk, der letzte der Großen Alten. Er war gekommen, um seinen Diener zu sich zu holen. Samaran konnte sich dagegen nicht wehren. Die Wolke saugte ihn auf. Er wurde regelrecht hineingezerrt und immer kleiner, als würden ihn und mich Meilen voneinander trennen.

Um mich gegen den Spuk zu schützen, hielt ich ebenfalls meinen Würfel fest.

So stand es unentschieden.

»Wir treffen uns wieder, Geisterjäger!«, rief mir der Spuk zu. »Ein Wettlauf um die großen Geheimnisse der Welt beginnt. Ich bin ehrlich zu dir. Auch ich weiß nicht genau, um was es geht, aber ich werde es sicherlich herausfinden …«

Das waren seine letzten Worte.

Er verschwand vor meinen Augen und nahm Akim Samaran, seinen Diener, mit auf die magische Reise.

Ich atmete auf, spürte die Erschöpfung in mir, das Zittern der Knochen und ließ mich auf einen noch heilen Stuhl in meiner Nähe fallen.

Für die nächsten Minuten war mir alles egal …

Marsha wuchs über sich selbst hinaus. Sie sorgte für den Abtransport der Leute. Zum Glück hatte es nur einige Leichtverletzte gegeben. Auch der Frau, die sich in den Pranken des gewaltigen Götzen befunden hatte, war nicht viel geschehen. Über Walkie-Talkie setzte ich mich mit Suko in Verbindung und erfuhr von ihm, dass Homunkulus nicht mehr existierte.

»Endlich mal eine gute Nachricht von dir. Wie hast du es denn geschafft?«

»Mit der Peitsche.«

»Gratuliere.«

»Holt ihr mich ab?«

»Ja, bleib solange da.«

Es dauerte seine Zeit, bis Marsha alles geregelt hatte. Sie wusste, wo sich mein Freund befand. Zu Fuß war es zu weit, deshalb nahmen wir einen der Elektrowagen.

»Haben wir nun gewonnen?«, fragte sie mich.

Ich hob die Schultern. »Das ist so eine Sache. Zumindest konnten wir einen Teilsieg erringen.«

»Adventure World ist außer Gefahr!«

»Das hoffe ich.«

Marsha lenkte den Wagen. Wir fuhren über schmale Wege, die von tropischen Bäumen gesäumt wurden.

»Sie werden doch der Spur folgen?!«

»Sicher.«

»Ich glaube, dass Sie Erfolg haben werden, was die Abstammung der de Valois angeht.«

»Wieso?«

Marsha lächelte. »Da sind Sie wie mein Boss. Auch der gibt nicht auf.«

»Finden Sie das gut?«

»Ich mag erfolgreiche Männer.«

Als Antwort winkte ich ab. »Was glauben Sie, Marsha, wie viele Misserfolge ich schon habe einstecken müssen. Wenn Sie mich näher kennen lernen würden, redeten Sie anders.«

»Da bin ich mir nicht sicher.«

»Es stimmt aber.«

Wenig später hatten wir Suko erreicht und sahen auch die junge Frau.

Marsha Devine bekam einen nicht geringen Schreck, als sie Baby de Valois in den Ketten hängen sah. So kannte sie die Frau ihres Chefs nicht. Suko zeigte mir die Überreste des Menschleins. Viel war es nicht.

»Hoffentlich war das das einzige Exemplar«, murmelte ich.

»Das walte Hugo.«

Wir ließen Handwerker kommen, die Rita de Valois von den Ketten befreiten. Von allein konnte die Frau nicht laufen. Wir mussten sie stützen. »Ihr Mann wartet«, sagte ich aufmunternd zu ihr, erntete aber keine Reaktion, weil sie einfach zu apathisch war.

Marsha Devine managte alles. Sie ließ einen Chauffeur kommen. In dem klimatisierten Cadillac hatten wir alle Platz. Marsha unterhielt sich mit dem Fahrer, der sich darüber wunderte, von seinem Boss lange nichts mehr gehört zu haben.

»Er ist nicht in der richtigen Stimmung.«

Nein, das war er wirklich nicht. Das konnte er auch gar nicht sein. Als wir sein Büro betraten, lag er über dem Schreibtisch. In seinem Rücken steckte ein Messer.

Wir blieben wie erstarrt stehen. Keiner wagte, ein Wort zu sagen. Die Stille war schon unheimlich.

Ob Baby de Valois überhaupt etwas mitbekam, wusste niemand von uns. Bis Suko einen Satz flüsterte und damit den Nagel auf den Kopf traf. »Das war Kamikazes Rache …«

Mit einem schlechten Gefühl flogen wir wieder zurück nach London. Es war schlimm gewesen, denn mit dem Tod Hugo de Valois' war auch sein Imperium zusammengebrochen. Und Rita würde auch nie mehr so werden, wie sie vor ihrer Entführung einmal gewesen war.

»Ist die Spur noch heiß?«, fragte Suko irgendwo über dem Atlantik.

Ich drehte mein Bierglas in den Händen. »Keine Ahnung. Jedenfalls werden wir dranbleiben. Der dunkle Gral, Aibon, die Templer und mein Kreuz. Irgendwo sind alle Dinge miteinander verwoben. Hoffentlich bekommen wir die Chance, es vor Akim Samaran herauszufinden, sonst sehe ich verdammt schwarz!«

Suko sprach nicht dagegen. Vielleicht wären wir optimistischer gewesen, hätte es nur dieses eine Problem gegeben, aber da waren noch andere Dinge, die sich wie eine Wand vor uns aufbauten.

Darüber nachzudenken und immer zu grübeln war sinnlos. Deshalb lehnte ich mich zurück, schloss die Augen, schlief auch ein und träumte von einem wilden, tanzenden Götzen, der all meine Gegner, die ich kannte, verschlang, sodass sie nie mehr zurückkehrten …

ENDE

Satans Killerhai

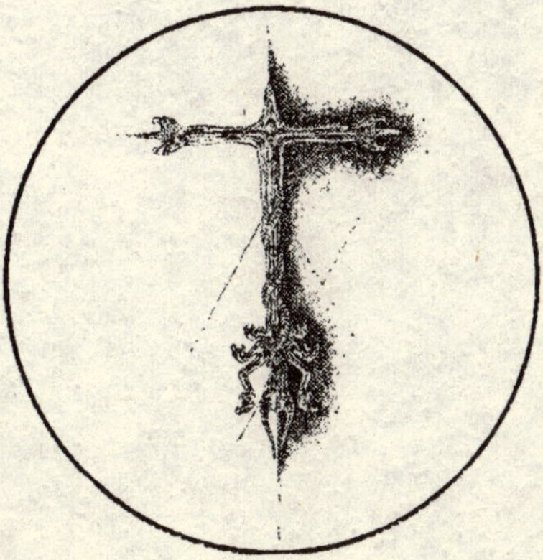

Zum Meer hin deckten uns die Felsen, sie schützten uns vor dem Wind und dem Sprüh der Brandung.

Der Himmel sah aus wie eine bleigraue, an einigen Stellen aufgerissene Masse, als hätte jemand vergessen, die einzelnen Wolken miteinander zu verkleben.

Jenseits des weißen Brandungsstreifens lag das Meer. Wild und rau. Ein gefährliches Stück Küste, von Stürmen umtost, sagenumwoben und auch noch heute ein Ort, den viele Menschen mieden, weil das Klima in Cornwall ebenso eigen war wie die Bewohner der Halbinsel. Sie hatten sich ihren persönlichen Lebensrhythmus bewahrt, und diesen wiederum dem Meer angepasst.

Das Meer, die See, der Ozean, drei Namen für eine weite, wogende, oft stürmische und gefräßige Fläche, die kein Pardon kannte und in den langen Jahrhunderten schon unzählige Schiffe zu sich in die Tiefe geholt hatte. Auch wir beobachteten das Meer, aber nicht, um uns am Spiel der Wellen zu erfreuen; wir warteten auf ein bestimmtes Ereignis.

Neben mir hockte Suko. Hin und wieder nahm er einen Schluck aus der Thermoskanne. Sie war mit warmem Tee gefüllt, denn trotz des Hochsommers konnte man das Klima und die Temperaturen hier nicht gerade als sehr freundlich einstufen.

Ohne Windjacke fror man, deshalb hatten wir auch die Parkajacken übergestreift.

»Willst du auch einen Schluck?«, fragte er.

»Nein, danke.«

Suko grinste mich an. Sein Gesicht hob sich hell vor dem grauen Gestein der Felsen ab. »Ich habe auch noch Rum.«

»Behalte ihn.«

»Wie du willst.« Er schüttete Tee in die Verschlusstasse der Kanne und trank daraus.

Es war bereits die vierte Nacht, die wir uns auf diese Art und Weise um die Ohren schlugen. Gegen 22 Uhr jeweils hatten wir uns zum Strand begeben, den Platz zwischen den höher liegenden Felsen eingenommen, um das Meer zu beobachten.

Ereignet hatte sich nichts.

Auch nicht in den Stunden zwischen Mitternacht und Sonnenaufgang, wo wir abwechselnd schliefen oder Wache hielten. Da war nicht der aufgetaucht, auf den wir warteten.

Es ging um einen Fisch!

Eigentlich eine lächerliche Sache, wenn es sich bei ihm nicht gerade um einen gewaltigen Hai von übergroßen Ausmaßen gehandelt hätte. Auch das wäre nicht tragisch gewesen und hätte unser Eingreifen bestimmt nicht erforderlich gemacht, aber dieser Hai war, wenn er auftauchte, nicht mit einem normalen Artgenossen zu vergleichen.

Er hatte stets sein Maul aufgerissen, und zwischen den beiden mit Zähnen bestückten Kiefern hielt sich eine Gestalt auf, die mit einem flammenden Dreizack bewaffnet war.

Nicht Neptun oder Poseidon, sondern ein alter Bekannter von uns, dem die Menschen den Namen Teufel oder Satan gegeben hatten.

Ich nannte ihn zumeist Asmodis, und er gehörte zu meinen Urfeinden, da er der Herrscher über die Hölle war.

Eigentlich hätten wir das Ganze nicht für bare Münze genommen, aber der Brief eines Fischers war dennoch interessant gewesen. Kein Seemannsgarn, wie wir meinten. Es hätte schon einem gewaltigen Zufall gleichkommen müssen, weil dieser Mann den Teufel haargenau so beschrieben hatte, wie wir ihn kannten.

Das hatte uns aufhorchen lassen.

Kein anderer Dämon zeigte sich in der gleichen Gestalt wie Asmodis, aus diesem Grunde hatten Suko und ich uns auf die Reise nach Cornwall gemacht. Dabei hatten wir nicht einmal richtig ausschlafen können. Das letzte Florida-Abenteuer hing uns noch ziemlich in den Knochen, als es uns gelungen war, einen gewaltigen Götzen auszuschalten. Leider hatten wir Akim Samaran und dessen Leibwächter Kamikaze nicht erwischen können. Aber die beiden würden uns sicherlich noch einige Male begegnen.

Einen Erfolg hatten wir allerdings erzielen können. Homunkulus, das Menschlein, gab es nicht mehr. Sukos

Peitsche hatte dem gefährlichen und magisch beeinflussten Zwerg den Garaus gemacht.

Die Rätsel aber waren geblieben. Und die hießen der dunkle Gral, Aibon, die geheimnisvollen Templer-Ritter und de Valois, der vor einigen hundert Jahren in Frankreich gelebt hatte und mehr über den Gral und dessen Verbindung zu den Templer-Rittern wissen wollte. Dieser Mann hatte auch ein Erbe hinterlassen, das uns leider nicht in die Hände gefallen war, weil die in einem Himmelbett versteckte Rolle verbrannte.

Aber wir kannten den Namen und würden bestimmt einmal auf Details stoßen. Leider dachten Samaran und Kamikaze auch so. In Florida war ihr Plan schief gelaufen, über einen Nachfolger des alten de Valois' an irgendwelche Aufzeichnungen heranzukommen. Jetzt mussten Samaran und wir uns einen neuen Plan einfallen lassen.

Uns standen einige Mittel zur Verfügung. Unter anderem die moderne Kommunikationstechnik. Wir hatten den Computern Arbeit gegeben, und dies auf internationaler Ebene. Sie waren mit Informationen gefüttert worden, die sich auf die Familie de Valois bezogen. Was dabei herauskam, musste erst einmal abgewartet werden. Allerdings sah ich dem Problem hoffnungsvoll entgegen, denn auch Interpol und die Amerikaner waren eingeschaltet worden.

Suko schraubte den Verschluss der Kanne zu und stellte sie weg. »Wie lange willst du eigentlich noch warten?«, fragte er.

»Bis wir ihn entdeckt haben.«

»Das kann sieben Wochen dauern.«

»Die nächsten beiden Tage halte ich noch durch. Wenn bis dahin nichts passiert ist, machen wir die große Flatter.«

»Sollen wir nicht jetzt schon verschwinden?«

Ich schaute ihn überrascht an. »Was ist los? Sonst bist du doch derjenige, der immer eine Engelsgeduld zeigt.«

»London gefällt mir besser. Je länger man von dieser Stadt weg ist, umso mehr fehlt sie einem.«

»Oder meinst du Shao?«

Der Inspektor grinste verschmitzt. »Die natürlich auch.«

»Ja, ja!«, stöhnte ich. »Sie wird es wohl eher sein.« Ich griff zum Fernglas, setzte es gegen meine Augen und schaute auf das Meer hinaus, dessen wogender Rhythmus irgendwie einschläfernd auf mich wirkte. Es war ein Nachtglas mit Restlichtverstärker und holte mir das Meer so nahe und scharf heran, als würde die Sonne scheinen.

Die Wellen liefen wie graue Bahnen gegen den Strand, wo sie von den hochragenden Felsen gebrochen wurden und in langen Gischtfontänen gegen die Steilküste donnerten. Ein wildes, urromantisches Bild, für das ich mich immer begeistern konnte, aber nur, wenn ich Urlaub hatte.

Der Fischer, der den Brief geschrieben hatte, wohnte weiter oben in einem windschiefen Haus. Es lag im Schatten einer normannischen Burg, die besser nach Schottland gepasst hätte. Bewohnt war das Gebäude seit einigen Jahren von Feriengästen, die aber den Hai mit dem aufgesperrten Maul noch nie zu Gesicht bekommen hatten.

Zum Glück nicht.

Ich warf einen Blick gegen den Himmel, sah die dünnen Wolken und dahinter den kreisrunden Ausschnitt des Mondes schimmern. Er füllte sich allmählich auf und wirkte blass wie eine Zitrone.

Suko sprach mich an. »Tom kommt.«

Ich drehte mich.

Ein schmaler Weg führte in Serpentinen dorthin, wo der Fischer Tom Jones seine Hütte hatte. Dass der gute Mann den gleichen Namen trug wie ein berühmter Sänger, dafür konnte er nichts. Wenn er sich vorstellte, fügte er sofort hinzu, dass er weder verwandt noch verschwägert mit dem Namensvetter sei.

Dass wir ihn in der Dunkelheit überhaupt sahen, lag an der alten Laterne, die er in der linken Hand trug. Bei jeder heftigen Bewegung schwankte sie mit, sodass ihr Schein immer wieder tanzte und blasse Flecken über den mit Steinen und kargem Gras bedeckten Boden warf.

Tom Jones war ein Original. Ein schon älterer Mann, der mich an die Comicfigur Popeye erinnerte, denn auch sein

Kinnbart stand so ab, wie der des gezeichneten Helden. Zumeist rauchte Tom eine Pfeife, die Popeyes sehr ähnlich war. In seinem wettergegerbten Gesicht leuchteten zwei blanke Augen, und das Haar stand wie graues Stroh von seinem Kopf ab, falls er es nicht unter der alten blauen Schirm- und Schiffermütze verbarg.

Wie immer trug er die alte abgewetzte Cordhose und seine blasse Jacke, die irgendwann einmal, so hatte er uns erzählt, dunkelbraun gewesen war. Sein Alter war schlecht zu schätzen, es musste irgendwo zwischen sechzig und siebzig liegen. Die letzten beiden Schritte sprang er, landete auf dem Hosenboden und ließ sich zwischen uns nieder.

»Da bin ich«, sagte er, wobei er vorsichtig seine alte Sturmlaterne abstellte.

»Das sehen wir«, sagte Suko.

Tom grinste ihm und mir zu, bevor er in die Jackentasche griff und etwas hervorholte, das in Fettpapier eingewickelt worden war. Zwei Fischschwänze schauten noch heraus.

»Echte Bücklinge«, sagte er. »Herrlich geräuchert. Die müsst ihr einfach probieren. Sie schmecken ausgezeichnet.«

Wenn Tom das sagte, konnten wir uns darauf verlassen. Er verstand etwas davon. Er behauptete stets, selbst ein Fisch gewesen zu sein, bevor er als Mensch wiedergeboren wurde.

»Ich nehme einen halben«, sagte ich.

Suko nickte.

Tom war fröhlich. In seinen Augen blitzte der Schalk, denn er packte noch eine Flasche Rum aus. In der Tasche seiner weiten Hose hatte er sie bisher verborgen gehabt.

»Das ist doch etwas, nicht?«

Ich mochte keinen Rum, so nahm Tom allein mehrere Schlucke hintereinander, während Suko und ich uns um den Bückling kümmerten, der wirklich ausgezeichnet schmeckte.

»Meine kleine Räucherkammer«, erklärte Tom. »Sie ist etwas Besonderes. Die Leute aus dem Hotel reißen sich um die Fische.«

Das glaubten wir ihm gern.

Unsere fettigen Finger putzten wir an dem zähen Gras ab.

Mir gefiel die Nacht immer besser. Gedeckt zwischen den Felsen am Strand zu sitzen erinnerte mich ein wenig an die Boy-Scout-Romantik meiner Kindheit. Nur hatte da noch ein Lagerfeuer gebrannt, und irgendwer fing damit an, Geschichten zu erzählen. Meistens waren es Gruselstorys, die uns Kindern eine Gänsehaut über den Rücken trieben, obwohl wir sie so gern hörten. Damals hatte ich noch nicht geahnt, dass diese erzählten Geschichten in meinem späteren Leben einmal Wirklichkeit werden sollten.

Tom Jones nahm einen Schluck Rum und nickte stumm. Als er unsere fragenden Blicke sah, bequemte er sich zu einer Antwort. »In dieser Nacht kommt er.«

Suko schaute ihn schräg an. »Der Hai?«

»Ja, denn Weihnachten ist vorbei.«

»Woher weißt du das?«

»Das habe ich im Urin.«

»Aha«, sagte ich. »Andere Gründe gibt es nicht?«

»Doch. Steht mal auf und schaut hinauf auf das Meer.«

Es konnte nicht schaden, wenn wir unsere Knochen streckten. Also erhoben wir uns und blickten nach vorn. Uns fiel nichts auf. Die große Fläche lag als wogende Dünung vor unseren Blicken. Sie war mit hellen Kränzen besetzt, die als quirlende Schaumstreifen über die Kämme der Wellen rannen und sie bis dorthin begleiteten, wo die anrollende Brandung von den ersten, aus dem Wasser schauenden Klippen gebrochen wurde, bevor sie gegen die Steilküste donnerte.

Von dem uns beschriebenen Hai entdeckten wir nicht eine Flosse. »Tut mir Leid«, sagte ich. »Du scheinst dich geirrt zu haben.«

Tom Jones schüttelte den Kopf. »Habe ich nicht.«

»Ich sehe auch nichts«, stand mir Suko bei.

»Der Himmel ist anders!«, behauptete der alte Fischer. Er deutete in die Höhe. »Die dunklen Wolkenbänke vor dem fast runden Mond seht ihr ja. Ihr müsst auch auf die Farben dazwischen achten. Da ist doch ein gelbes Schimmern zu erkennen. Sogar mit einem Stich ins Grünliche. Schaut sehr genau hin, dann könnt ihr es erkennen.«

Wir taten ihm den Gefallen und mussten zugeben, dass er sich nicht geirrt hatte. Es gab tatsächlich diesen Farbunterschied. Der konnte alles zu bedeuten haben und brauchte nicht gerade auf eine Ankunft des Teufels hinzuweisen.

Das sagte ich Tom auch.

Der schüttelte so heftig den Kopf, dass der Bart gleich mitzitterte. »Ihr seid die großen Zweifler. Nehmt es so hin, wie es tatsächlich ist. Was ihr seht, ist nicht normal, glaubt mir das. Ich spüre es, der Satan ist nah.«

Wir hatten nichts dagegen. Es wurde allmählich Zeit, dass sich etwas ereignete. Weitere Nächte wollte ich mir nicht unbedingt um die Ohren schlagen.

»Hoffentlich ist es nicht nur der Teufel, sondern auch der Hai«, bemerkte ich sarkastisch.

»Die beiden gehören zusammen«, behauptete Tom Jones. »Wenigstens bei uns hier.«

»Mal sehen.«

Ich ging zu meinem Freund Suko, der bis fast an den Rand der Klippen getreten war. Es ging nicht senkrecht in die Tiefe, aber gesprungen wäre ich freiwillig auch nicht, denn der Hang war doch ziemlich steil, zudem übersät mit Geröll und kleinen Querrinnen, die einen Körper leicht aufhalten konnten.

Dahinter begann das Meer. Wellen rollten heran, wurden gebrochen und als Gischtfontänen in die Höhe geschleudert. Vor Cornwall war die See nie ruhig. Man konnte den Eindruck haben, als wollte sie die Halbinsel wegreißen, so hart und stürmisch rollte sie gegen die Küste an.

Auch Jones war zu uns gekommen. Er schraubte seine Rumflasche zu und hob den Arm. »Dort seht ihr eine Stelle, wo das Wasser kreiselt. Da ist es sogar rötlich. Dort wird der Hai mit dem Teufel im Maul erscheinen.«

»Hast du ihn denn da schon kommen oder aufsteigen sehen?«, fragte ich zurück.

»Sicher.«

Ich konnte mir ein Lächeln nicht verkneifen, da der alte Tom mit einer wirklich alles beherrschenden Sicherheit über Dinge sprach, die eigentlich ins Reich der Fantasie gehörten.

Suko stieß mich an. »John, mir scheint, das ist die Nacht der Nächte. Der Hai …«

»Ja, ja!«, rief auch Tom Jones. »Er ist es, verdammt, er ist es.« Die Augen des Mannes strahlten wie die eines Goldsuchers, der ein großes Geschäft gemacht hatte. Er nahm alles lässig hin, rieb sich sogar die Hände und flüsterte: »Jetzt könnt ihr dem Satan ins Maul spucken, Freunde!«

»Mal sehen …«

Noch konnten wir nichts von ihm erkennen, aber die Fläche, unter der er sich befinden musste, geriet in Bewegung. Kreise und Wirbel entstanden, als würde vom Grund des Meeres her ein rotierendes Saugrohr seine geballte Kraft einsetzen.

Ich wurde an mein letztes Abenteuer in Italien erinnert, als ich gegen Skylla, die Menschenschlange kämpfte. Auch vor ihrem Auftauchen war das Wasser in Bewegung geraten, hatten sich Wirbel gebildet und gefährliche Strudel.

Trotz der Dunkelheit erkannten wir das Kochen der Flüssigkeit. Helle Inseln bildeten sich auf der dunklen Fläche, kreisten, warfen Blasen, die zerplatzten oder wieder in die Höhe schäumten.

Eine geraume Weile veränderte sich dort nichts. Bis zu dem Zeitpunkt, als sich die Farbe änderte. Man hätte schon blind sein müssen, um das dunkle, düstere Rot innerhalb des Schaumwirbels nicht zu sehen.

Ein Rot, wie es die Hölle ausspie.

Rot wie das Feuer der Unterwelt.

»Asmodis!«, flüsterte Suko und wandte sein Gesicht gegen den Wind.

Auch ich war gespannt. Nur Tom Jones verhielt sich relativ lässig. Er grinste nur, denn er wusste ja, was uns und ihm blühte, da er es schon des Öfteren erlebt hatte.

Asmodis im aufgerissenen Maul eines Hais! Ich konnte es kaum fassen, denn ich sah noch keine Verbindung zwischen dem Herrscher der Hölle und dem König der Meere.

»Er ist riesig!«, sagte Tom. »Er ist gewaltig, ihr werdet ihn …«

Das letzte Wort konnte sich der Fischer sparen, denn wir sahen ihn bereits. In der Tiefe hatte er gelauert, hatte mit den Wellen und dem Wasser gespielt.

Ein Schatten verdunkelte das Rot des Wassers. Ein Schatten, der blitzschnell aus der Tiefe heranglitt, höher kam, aus dem Wasser schoss und quasi senkrecht und auf seiner Schwanzflosse stehen blieb.

Das genau war er.

Asmodis' Mörderhai!

Wir hatten vieles gesehen. Schreckliche Dinge, schaurige Vorgänge, unheimliche Szenen, aber dieser Anblick verschlug auch uns den Atem, und so konnten wir nur den Kopf schütteln und überhaupt nichts sagen, denn der Hai bot einen Anblick, wie ihn Spielberg in seinem Film nicht besser hätte machen können.

Im Gegenteil, dieser Hai, der ja lebte und von einer fürchterlichen Magie geleitet wurde, war noch schlimmer und sah auch schrecklicher aus. Seine Proportionen konnte ich nur schätzen. Mir jedenfalls kam die Hälfte seines Oberkörpers vor wie ein gewaltiger Felsen, der aufgeklappt war und eine Reihe mörderischer und höllisch spitzer Zahnreihen zeigte, die alles zerknacken würden, was ihnen dazwischen kam.

Wie Feuer leuchtete es in seinem Maul, ohne es allerdings zu verbrennen.

Auf dem Unterkiefer und innerhalb des gewaltigen Maules hatte derjenige Platz genommen, den wir als Höllenherrscher kannten. Den Umständen angepasst, war er mit einem flammenden Dreizack bewaffnet, den er in der rechten Hand hielt und dessen Feuerarme aus dem Maul wie gierige Zungen hervorschossen. Die Zacken brannten rotgelb, aber sie verbrannten nicht und tauchten die Umgebung des Maules in ein zuckendes Licht.

Asmodis trug diesmal ein rotes Trikot, das seine hässliche Gestalt bis auf das Gesicht verhüllte. Wir konnten es nicht genau erkennen. Es sah schwarz aus, wirkte wie eine verbrannte Fläche, doch der Teufel, der in unzähligen Gestalten auftreten konnte, zeigte sich in dieser mit am liebsten, weil er so einen schlimmen Schrecken verbreiten konnte.

Wer ihm als normaler Mensch in diesem Aufzug begegnete, bekam automatisch Furcht.

Wir ließen ihn nicht aus den Augen. Und auch nicht den Hai, dessen aufgerissenes Maul so gewaltige Proportionen zeigte, dass die Gestalt des Höllenherrschers direkt klein darin wirkte. Aber man sollte ihn nicht unterschätzen. Asmodis war in der Lage, dieses überdimensionale und graue Ungeheuer mit einer Bewegung seines kleinen Fingers zu lenken.

Suko und ich waren von dem Anblick fasziniert. Tom weniger, er kannte ihn schließlich, und wir hörten sein leises Lachen. »Na, habe ich euch zu viel versprochen?«

»Nein, das hast du nicht.«

»Stimmt genau, Freunde. Er ist gekommen, so wie ich es mir gedacht habe.«

»Und jetzt?«

»Ich weiß nicht, was geschieht, John. Er wird möglicherweise kreisen, wie er es schon des Öfteren getan hat.«

Damit wollte ich mich nicht so recht abfinden, da ich mich fragte, was das eigentlich sollte. Asmodis tat nichts ohne Grund. Er musste nach den langen Wochen der Enthaltsamkeit und Regeneration wieder einen neuen Plan gefasst haben. Im Duell gegen die Großen Alten hatte auch der Satan Federn lassen müssen. Kämpfe gingen selbst am Teufel nicht spurlos vorüber, wie ich selbst oft genug erlebt hatte.

Was, zum Henker, tat er an dieser Küste? Und weshalb hatte er sich gerade einen Hai ausgesucht und dieses Tier zu einer Bestie verändert, dass sie von der Größe her fast die Form eines Wals hatte?

Noch tat sich nichts.

Der Hai drückte seinen Oberkörper aus dem Wasser, hatte

sein Maul weit aufgeklappt, und zwischen den beiden Kieferhälften stand Asmodis mit flammendem Dreizack.

Ich fragte Tom Jones. »Hat er schon Menschen angegriffen? Weißt du etwas davon?«

»Nein, nein, ich sah ihn nur auf dem Meer und hatte das Gefühl, als würde er auf etwas warten.«

»Hast du über den Grund nachgedacht?«, wollte Suko wissen.

»Auch nicht. Was habe ich mit der Hölle zu tun?«

Ich lachte. Diese Antwort war gut, weil sie so echt klang. Es stimmte schon. Was hatte er mit der Hölle zu tun? Im Prinzip nichts. Ich war gespannt, wie Asmodis reagieren würde, wenn er erfuhr, dass wir uns in seiner Nähe befanden.

Angst hatte ich vor ihm nicht. Mich schützte mein Kreuz, dessen Anblick bei ihm die Panik hochkommen ließ. Trotz aller Stärke und Macht war es ihm bisher noch nicht gelungen, gegen diese Waffe des Lichts und des Guten anzukommen.

Noch »stand« der Hai. Im Gegensatz zu einem normalen Tier hatte er große Augen. In ihnen, das sahen wir erst jetzt, glühte das gleiche Feuer wie an den drei Zacken der Waffe, die der Teufel in seiner Rechten hielt. Der zuckende Schein geisterte auch über die Zahnreihen des höllischen Killertiers und ließ sie aussehen, als wären sie mit einer dünnen Schicht aus Blut überstrichen worden.

»Da!« Tom rief das Wort und trat unwillkürlich einen Schritt zurück, denn der Hai hatte sich bewegt.

Ein Schlag mit der Schwanzflosse reichte. Er peitschte das Wasser in seiner Nähe zu einer schaumigen Welle in die Höhe, der gewaltige Oberkörper des Tieres senkte sich, sodass der größte Teil im Wasser verschwand und nur mehr das aufgeklappte Maul aus den Fluten hervorschaute.

Asmodis stand in seinem Innern wie ein höllischer Wachtposten. Ich hatte das Gefühl, als würden die Flammen für einen Moment noch stärker aufleuchten, und dieses feurige Licht kam in etwa einem Startsignal gleich, denn der Mörderhai setzte sich in Bewegung.

Mit einer geschmeidigen, schlangengleichen Bewegung peitschte er seinen schweren Körper voran und jagte auf den schmalen Sandstrand zwischen den grauen Küstenfelsen zu.

Für uns war es ein faszinierender, erschreckender und unheimlicher Anblick, wie er voranjagte, das Wasser aufwirbeln ließ, es zu schaumigen Streifen hochschleuderte, die ihn begleiteten und Tom Jones veranlassten, einen Schreckensruf auszustoßen.

»Der schwimmt zum Land!«

Weder Suko noch ich lachten darüber, denn Tom hatte Recht. Dieser Hai jagte tatsächlich auf die Küste zu. Innerhalb der nächsten Sekunden geriet er bereits in die Nähe der aus dem Wasser schauenden scharfen Felsköpfe, die in der Lage waren, einem Schiff den Kiel vom Bug bis zum Heck aufzureißen. Normalerweise hätte er stranden müssen, aber das Monstrum war nicht normal, es wurde von einem dämonischen, höllischen Trieb geleitet und vorangepeitscht.

»Heiliger Klabautermann, das darf nicht wahr sein!« Tom konnte sich überhaupt nicht beruhigen, während Suko und ich uns eines Kommentars enthielten und nur dieses Monstrum beobachteten.

Die Entfernung zwischen ihm und den Klippen schmolz rasend schnell zusammen. Eigentlich hätte er in den folgenden beiden Sekunden dagegen prallen und aufgeschlitzt werden müssen, das aber passierte nicht. Stattdessen geschah etwas, das selbst Suko und mir den Atem stocken ließ, wobei wir schließlich einiges mitgemacht hatten und an außergewöhnliche Dinge gewöhnt waren.

Die rechte Hand des Teufels ruckte. Er stieß seinen flammenden Dreizack vor und in einer schrägen Linie aus dem Maul des Hais, sodass die tanzenden Feuerzungen wie ein Fanal vor den beiden weit aufgerissenen Kieferhälften standen.

Dies war das Zeichen.

Mit einem kraftvollen Aufbäumen seiner Schwanzflosse stellte sich der gefährliche Fisch plötzlich aufrecht, bevor er dicht vor Erreichen der ersten spitzen Klippe aus dem schäumenden Wasserteppich jagte und in einer schrägen Linie den hochwachsenden Felswänden des Ufers entgegenstrebte.

Es war ein Bild, das ich einfach nicht vergessen konnte. Ich musste zuschauen, spürte den Schweiß auf meinen Handflächen und sah einen fliegenden Raubfisch.

In seinem offenen Maul aber stand der Teufel, der ihn leitete und dessen flammende Waffe als drei Speerspitzen aus dem Maul hervorstießen wie ein Wegweiser in die Hölle.

Es war einfach gewaltig! Mir stockte der Atem, als ich dies erkannte. Ich atmete durch die Nase ein und verfolgte den Weg des fliegenden Monstrums. Es hatte bereits die Küste erreicht.

Wo lag sein Ziel?

Tom Jones, Suko und ich hatten uns gedreht, die Köpfe in den Nacken gelegt und verfolgten mit gespannten Blicken den weiteren Weg des Mörderhais. Zeigte er an uns Interesse?

Ich wartete darauf und rechnete damit, dass er seinen Kurs ändern und auf uns niederstoßen würde, um seinen mörderischen Dreizack gegen uns einzusetzen.

Wir irrten.

Der Hai flog vorbei!

Mit offenem Maul.

Ein monströser, fliegender Fisch, ein Untier, ein gewaltiges Etwas, das man als Höllenmutation bezeichnen konnte, flog durch die Luft, als hätte es uns, die Menschen, überhaupt nicht wahrgenommen.

Wie ein Komet stieß der graue Fischkörper in die Luft, erhellte mit den Flammen des Dreizacks den Himmel und zeichnete den Weg des Killertiers genau nach.

So weit und so lange, bis wir ihn aus den Augen verloren hatten.

Wir standen da und schwiegen. Tom Jones wischte über seine Augen, als wollte er einen Traum verscheuchen. Er murmelte etwas, das wir nicht verstanden, und auch ich zeigte mich geschockt.

Damit hätte keiner von uns gerechnet!

Ein fliegender Killerhai, angetrieben von Asmodis, dessen Höllenkräfte bei diesem Monstrum wie ein belebender Motor wirkten.

Tom räusperte sich und putzte seine Kehle mit einem Schluck Rum frei. Erst danach konnte er wieder sprechen. »Na?«, krächzte er. »Habe ich euch zu viel versprochen?«

Suko schüttelte den Kopf. »Im Gegenteil, es war sogar noch zu wenig.«

Tom hob die Schultern. »Tut mir ehrlich Leid, Männer, aber geflogen ist er wohl heute zum ersten Mal.« Er lachte. »Ich glaube, es gibt Regen, wenn die Fische so tief fliegen.«

Ich hätte auch gern mitgelacht. Dazu aber fehlte mir in diesem Moment der Humor. Ich dachte über das Erlebte nach. Asmodis und ich waren Todfeinde. Ein jeder wusste, was er von dem anderen zu halten hatte. Am liebsten hätte der Teufel noch auf meiner Asche herumgetrampelt, und ich auf der seinen. Da taten wir uns also nichts. Andererseits kannte ich den Höllenherrscher so gut, um zu wissen, dass er nichts ohne Grund unternahm. Wenn er sich in das aufgerissene Maul eines übergroßen Hais stellte, geschah das nicht aus reinem Spaß. Wo lag das Motiv? Was hatte Satan vor?

Suko sprach in meinen Gedankengang hinein. »Wahrscheinlich denkst du das Gleiche wie ich, oder?«

»Kann schon sein.«

»Wo kann er hingeflogen sein?«

Ich hob die Schultern.

Tom hatte die Frage ebenfalls gehört. »Tut mir Leid, Männer, das kann ich euch auch nicht sagen. Eines weiß ich jetzt schon. Ich hasse dieses verdammte Biest und möchte es am liebsten vernichten. Wisst ihr eine Möglichkeit?«

»Nein.«

Suko hatte sich gedreht und zeigte in die Ferne. »Er ist in die Richtung geflogen. Nach Nordosten. Was liegt dort?«

»Viel Gegend.« Tom lachte.

»Und was sonst noch?«

»Eine Burgruine.«

Ich stutzte. »Die man zu einem Hotel umgebaut hat?«

»Nein, nein, zum Glück nicht. Die Ruine, von der ich spreche, ist leer und verfallen. Seit Jahrhunderten nichts als Trümmer. Da steht auch nichts unter Denkmalschutz. Niemand kümmerte sich um das graue Gemäuer.«

»Hat es einen Grund?«

»Ja.« Tom trat von einem Fuß auf den anderen. Er wirkte ein wenig nervös. »Es ist ja zerfallen, nicht?«

»Sonst noch einen?«

»Kaum.«

»Also doch«, widersprach ich.

»Ja, das ist eine Legende. Dort soll vor langen Jahren mal ein Ritter gehaust haben, der ausgestoßen worden ist. Aus welchen Gründen auch immer. Vielleicht hat er eine Ehefrau entehrt, ich weiß da so genau nicht darüber Bescheid. Er war geistesgestört und hat seine eigene Burg einfach angezündet. So sagt man.«

»Dadurch ist sie zerfallen?«, wunderte ich mich.

»Nein, nein, das nicht, aber die Zeit hat dafür gesorgt, wie ihr sicherlich wisst. Das kennt man ja. Eine verfallene Burg, um die sich Sagen und Legenden ranken.«

Ich legte meine Hand auf Toms Schulter. »Weshalb sagst du nicht die Wahrheit?«

»Das ist sie.«

Ich schaute ihn an, er mich. Tom wich meinem Blick nicht aus. Wenn er gelogen hatte, war er ein guter Schauspieler, der mit keiner Regung zu erkennen gab, was er tatsächlich dachte.

Meine Hand rutschte wieder herab. »Nun gut«, sagte ich. »Wenn du meinst.«

»Das meine ich …«

»Jedenfalls«, so schlug Suko vor, »sollten wir uns die Trümmerburg mal näher anschauen. Oder bist du anderer Meinung?«

»Wenn sie das einzige Ziel in der Nähe ist, sollten wir uns tatsächlich auf den Weg machen.« Ich nickte Tom Jones zu. »Du bist doch hoffentlich auch dabei?«

»In dieser Nacht?«

»Je früher, desto besser. Du hast selbst erzählt, dass sich der Hai bisher nicht aus dem Wasser gewagt hat. Dass er es jetzt tat, muss einen Grund haben. Den möchte ich kennen lernen.«

Der Fischer versuchte es mit einem Einwand. »Der Teufel ist gefährlich.«

Suko winkte ab. »Das sind wir auch!«

»Aber gegen den Teufel?« Der Fischer zog ein zweifelndes Gesicht.

Mir gefiel seine Haltung immer weniger. Dieser Typ verschwieg uns etwas. Eindringlich redete ich ihn an. »Tom«, sagte ich, »was ist los? Rede endlich! Du weißt mehr, als du zugeben wolltest. Mit dieser verfallenen Burg stimmt etwas nicht, das habe ich längst gemerkt. Welches Geheimnis rankt sich um die alte Ruine, und wer hat die Burg früher einmal bewohnt?«

»Ein Ritter!«

»Ich will seinen Namen wissen!«

»Ansgar of Osborne. So hieß der Mann. Mehr weiß ich auch nicht von ihm.«

»Wie weit ist es bis zur Burg?«, fragte ich.

»Wir müssen eine halbe Stunde laufen.«

Ich schaute auf die Uhr. Mitternacht war längst vorbei. Von Asmodis und seinem Killerhai hatten wir nichts gesehen. Vielleicht würden wir ihn auf der Burg treffen.

»Liegt sie weit im Landesinneren?«

»Nein, wir können an der Küste bleiben. Die Trümmer stehen auf einem Felsen dicht am Wasser. Man kann das Meer von ihnen aus erreichen.«

»Und sie ist nicht bewohnt?«, hakte ich noch einmal nach.

»Bis vor zwei Tagen war sie es nicht.«

»Und jetzt?«

Tom schaute zu Boden. Ich sah ihm an, wie unwohl er sich fühlte. »Ich glaube, da sind ein paar Leute eingetroffen. Manchmal campen welche dort wild, wisst ihr.«

»Aha, und wer?«

Der Fischer hob die Schultern. »Angesehen habe ich mir die

Typen nicht. Aber ich hörte die typischen Geräusche irgendwelcher Motorräder. Vielleicht sind es Rocker.«

Ich presste die Lippen zusammen und fing Sukos nachdenklichen Blick auf. Der Teufel, ein Killerhai, vielleicht eine Horde Rocker.

Die Lage spitzte sich zu.

Von der Sonneneinstrahlung des Tages waren die Felsen noch warm. Sie hatten die Hitze gespeichert, gaben sie ab, und Brenda Cooper spürte die Wärme an ihrem Rücken.

Sie lag auf den Felsen und hatte noch die letzten Reste ihrer Kleidung abgelegt.

So wie Gott sie erschaffen hatte, gab sie jede Falte ihrer herrlichen Figur dem Streicheln des Windes hin, und sie hatte das Gefühl, von mehr als tausend Fingern angefasst zu werden, die nichts ausließen und ihr Träume brachten, die in das Gebiet der Erotik zielten.

Es tat gut, sich seinen Körper so trocknen zu lassen, nachdem er zuvor von der Brandung umspült worden war. Endlich konnte sie das Leben einmal genießen. Kein knarrendes Leder, nicht das Singen der Reifen oder der Geruch von heißem Öl. Keinen Staub, den sie bitter auf der Zunge schmeckte, keine Hitze und auch nicht den Druck des Helms auf dem Kopf.

Es war eine andere Freiheit, die sie nackt erlebte und sich auf dem warmen Felsen vorkam wie eine Göttin, denn ihre langen, noch vom Seewasser feuchten Haare hatten sich auf dem warmen Gestein ausgebreitet, wo sie auch bald trocknen würden.

Es war eine gute Idee von Machine Gun Kelly gewesen, in diesen einsamen Landstrich zu fahren, wo man die Menschen auf zehn Quadratmeilen noch an den Fingern abzählen konnte. Hier würden sie einige Tage genießen und sich vorkommen wie im Paradies, auch wenn die Burg längst nicht mehr den Schutz wie früher bot.

Brenda Cooper, die Rockerbraut, schloss die Augen. Wenn

sie es sonst in ihrer Bude tat, die in einem Hinterhof von Southwark lag, hörte sie das Geschrei der Kinder oder das Keifen der alten Weiber, nur manchmal übertönt von harter, wilder Rockmusik, ohne die das Leben in den Londoner Slums unerträglich gewesen wäre.

Hier aber war alles anders.

Da rauschte das Meer und schleuderte seine Wellen gegen die Felsen, wo die lange Dünung in haushohe Gischtstreifen verwandelt wurde, deren Ausläufer sie erreichte, wenn der Wind einmal von einer anderen Seite kam und den Sprüh über die Felsen wehte.

Ihr machte es plötzlich Spaß, so zu leben. Sie hätte nie damit gerechnet. Ausgerechnet sie, Brenda Cooper, ein Kind der Großstadt, die es gelernt hatte, sich durch- und einzusetzen. Von Jugend an hatte ihre Mutter ihr beigebracht, die Attribute auszunützen, die ihr von der Natur mitgegeben worden waren.

Das bedeutete bei ihr nur eines: Sex!

Brenda hatte das Glück, gut auszusehen. Jeder Fotograf hätte sich wegen ihr die Linse ausgerenkt. Aber wer verirrte sich schon in diese Gegend?

Die Schule hatte Brenda beendet, aber keinen Job bekommen, höchstens mal ein paar Aushilfswochen in einem großen Lebensmittellager, wo der Chef ihr gewisse Erfahrungen beigebracht hatte, die sie später vervollkommnete. Da war sie bereits mit Machine Gun Kelly zusammen, und der hatte das Lager ausräumen lassen.

Machine Gun Kelly!

Das war ein Bursche, ein Macho, wie es heute so schön heißt. Eine Mischung zwischen James Bond und Sylvester Stallone. Ein Typ, der wusste, was er wollte, der sich nicht hatte unterkriegen lassen und Boss über ein großes Viertel geworden war.

Dort herrschte er mit seiner Bande und Brenda an seiner Seite, die das, für ihre Verhältnisse, Leben einer Königin führte. Nichts ließen die beiden anbrennen, alles nahmen sie mit, lebten nur, wie es ihnen gefiel und scherten sich einen Teufel um die Gesetze.

Natürlich war Machine Gun Kelly, der zu seinem Namen gekommen war, weil er so für einen amerikanischen Killer aus den Tagen des Al Capone schwärmte, auch erwischt worden, aber nie reichten die Beweise aus, um ihn länger einzulochen.

Auch Brenda hatte bereits Zellen von innen gesehen. In gewisser Hinsicht glich sie ihrem Freund. Sie war ebenso zäh wie eine Katze und auch verdammt hart.

Dann hatte Machine Gun Kelly den Vorschlag gemacht, ans Meer zu fahren. Urplötzlich. Einmal den ganzen Dreck der Slums hinter sich zu lassen, frische Luft tanken und fort aus dem überhitzten London, in dem bei diesem schwülen Wetter die Emotionen überkochten.

Es gefiel ihr.

Der Strand war zwar nicht mit dem in Spanien oder Italien zu vergleichen, aber allein die Ruhe und das Klima hatten ihre Reize. Hier ließ es sich aushalten.

Brenda Cooper war darauf trainiert, Geräusche zu hören und praktisch nur mit einem geschlossenen Auge zu schlafen. Trotz des Meeresrauschens vernahm sie die Schritte, die sich ihr näherten. Sie hob den Kopf ein wenig und sah den Schatten einer Gestalt, wie er auf sie zukam und einen Schritt von ihr entfernt stehen blieb.

Es war Machine Gun Kelly!

Wie ein Denkmal hatte er sich aufgebaut. Die Arme in die Seiten gestemmt, ein Grinsen auf dem Gesicht und die Augen leicht verengt. Der Macho trug eine kurze Lederhose und hatte über seinen nackten Oberkörper eine Weste gestreift. Seine Arme zeigten Tätowierungen, und das braune Haar wuchs in einer großen Fülle auf seinem Kopf. Vorn war es kurz geschnitten, im Nacken länger, wobei es die Ohren genau nachzeichnete.

Die Lederhose glänzte in einem hellen Gelb, die Weste war schwarz. Um seinen Hals hatte er eine Kette aus Tigerzähnen gehängt. Auf den Lippen lag ein kaltes Grinsen, der Blick seiner funkelnden Augen streifte über den nackten Körper des Mädchens.

Brenda streckte ihm die Arme entgegen. »Willst du nicht zu mir kommen? Es ist irre.«

Er hob die Schultern. Lässig machte er das, wie aus dem Kino gelernt. »Weshalb, es wäre dir zu hart.«

Brenda war überrascht. »Seit wann nimmst du auf mich Rücksicht. Das hast du noch nie getan.«

»Wir sind auch nicht in London.«

»Stimmt. Und allein.«

Sie ließ sich wieder zurückfallen, weil ein erneuter Windstoß heranfuhr und über ihren nackten Körper glitt. Er streichelte auch die Haare, hob sie an, ließ sie wehen, und Brenda kam sich vor, als würde sie von einer Bö weggetragen.

Weit weg, hinaus aufs Meer, die salzige Feuchtigkeit auf den Lippen. Ein herrliches Gefühl, das sie erlebte, ohne sich, wie so oft in London, einen Joint durch die Lunge gezogen zu haben.

Das hier war eine andere Welt, in die sie hineintauchen und sich gefangen nehmen lassen wollte, ohne jemals wieder freizukommen. Sie spürte die Erregung ihres Blutes, das harte Brennen an den besonders empfindlichen Stellen, und sie dachte nicht daran, dass sie keinen Fetzen Stoff am Leibe trug. Nur eben dieses herrliche Gefühl, das sie noch stärker überfallen hatte, seit der Mann neben ihr stand.

Es fiel Brenda schwer, die Augen zu öffnen. Sie hatte Kelly gesagt, was sie wollte, zwar nicht mit so obszönen Worten, wie sie es sonst gewohnt war, aber auch er wollte mit ihr schlafen, das hatte sie seinem Blick entnommen. Zudem hätte er längst nahe bei ihr sein müssen, aber er kam nicht. Machine Gun Kelly blieb, wo er war.

Brenda ärgerte sich. Sie wollte es, jede Faser ihres Körpers sehnte sich danach. Weshalb kam er nicht?

Das Mädchen öffnete die Augen.

Zuerst sah sie ihren Freund nicht. Sie musste schon den Kopf nach rechts drehen, um ihn überhaupt zu erkennen. Er stand dort lässig an einen Felsen gelehnt und schaute nicht sie an, sondern mit einem ihr irgendwie starr vorkommenden Blick aufs Meer.

»He!«, beschwerte sich Brenda.

Machine Gun Kelly gab keine Antwort. Er drehte nicht mal den Kopf. Der Blick blieb stur geradeaus gerichtet.

»Willst du mich nicht mehr?« Brenda richtete sich auf. Der warme Stein befand sich nicht mehr unter ihrem Rücken. Jetzt spürte sie den Wind wie einen kalten Streifen auf ihrer nackten Rückenhaut und schauerte zusammen.

Die Stimmung war hin, auch ihre. Sie brauchte nicht zu fragen, als Frau fühlte sie das. Ihr Körper entspannte sich. Sie spürte wieder den harten Stein, auf dem sie saß, beugte sich zur Seite und hob die Kleidungsstücke auf, die sie zuvor abgelegt hatte.

Einen hauchdünnen Slip, eine lässige weiße Bluse mit schmalem Ausschnitt, die fast wie eine Jacke geschnitten war und bis über die kurzen Beine der knallroten Boxer-Hose fiel, in die sie ebenfalls gestiegen war. In die Turnschuhe glitten ihre Füße wie von selbst.

Machine Gun Kelly hatte überhaupt nicht bemerkt, was mit seiner Freundin geschehen war. Das wurmte sie. Er hatte den Zauber der Stunde brutal zerbrochen.

Typisch Mann!

Mit einer wütenden Geste schleuderte sie die blonden Haare zurück und stieß ihm ihre kleine Faust in den Rücken, sodass er zusammenzuckte. »He, du Penner, hier bin ich.«

»Klar.«

»Wolltest du nicht bumsen, Mensch?«

Er winkte ab, ohne sie anzuschauen. »Später, Süße.«

»Ach.« Brenda verzog das Gesicht, weil sie sich verschaukelt fühlte. »Und was ist für dich interessanter als ich?«

»Das Meer!«, lautete seine trockene Antwort.

Sie lachte dagegen an. »Seit wann bist du ein Freund der See?«

»Ob Freund oder nicht. Es gibt Dinge, die gehören kaum aufs Meer. Komm her, Süße, was siehst du da in der Ferne?«

Brenda Cooper verzog das Gesicht. Sie wollte Kelly den Gefallen tun und schaukelte auf ihn zu. Ihre Füße schleiften dabei über den Boden. Sie gab sich völlig desinteressiert.

Machine Gun Kelly fasste sie an. Sein Griff um ihren Arm war zwingend. »Da, schau nach vorn, da kannst du es sehen!«

Auch Brenda blickte über das Meer. Trotz der Dunkelheit sah sie in der Ferne den Schatten aus dem Wasser ragen. Ein graues, dunkles Gebilde, das in seinem Innern rot und flackernd leuchtete. So etwas hatten die beiden noch nie gesehen, sprachen nicht darüber, starrten weiterhin auf die Stelle und zuckten beide zusammen, als das graue Etwas mit dem Feuermaul raketenartig in die Luft stieg.

Sie sprachen nicht. Sie schauten nur, suchten jeder für sich nach Erklärungen, ohne welche auszusprechen. Wie gebannt verfolgten sie den Kurs der »Rakete«.

»Ist da eine Abschussbasis?«, hauchte Brenda.

»Unsinn.«

»Was dann?«

Machine Gun Kelly drehte sich, ließ keine Sekunde das unbekannte Objekt aus den Augen.

»Sag doch was!«, forderte das Mädchen, dem dieser Vorgang unter die Haut fuhr, denn es waren keine Geräusche zu hören. Raketen heulten, sie jaulten heran. Hier jagte der Gegenstand beinahe lautlos durch die Luft, drehte sich und bewegte sich dem Ufer zu.

»Weißt du, was das ist?«, fragte der Rocker bloß.

»Ja, eine Ra…«

»Von wegen, Rakete. Das ist ein Hai!«

Ein Hai! Die beiden letzten Worte echoten in Brendas Schädel. Sie wollte lachen, aber sie konnte es nicht. Irgendetwas in ihrem Hals hatte sich nach der Antwort verstopft.

»Seit wann fliegen Haie?«, fragte sie.

»Weiß ich auch nicht.« Kelly streckte seinen Arm in die Höhe und reckte den Finger vor. »Da, verfolge mal den Flug. Sieh dir das Ding haargenau an. Das ist ein Hai. Der hat sein Maul aufgerissen. Du siehst die beiden spitzen Zahnreihen.«

»Und wer steht darin?«

»Das kann ich dir auch nicht sagen!«

Brenda hatte ihren Freund selten so fassungslos gesehen. Er war völlig aus seinem Rhythmus gekommen und schien ein anderer geworden zu sein. Mit offenem Mund atmete er und schaute dem Hai hinterher.

»Da steht jemand im Maul!«

Brenda hatte geflüstert, sie bekam abermals keine Antwort, und beide duckten sich, als sich der fliegende Riesenfisch noch einmal drehte und genau ihre Richtung einschlug.

Er jagte über sie hinweg.

Für einen Moment hatten sie direkt in das weit aufgerissene Maul schauen können. Dort stand der Unheimliche, eingehüllt in ein rotes Trikot, das auch sein schwarzes Gesicht umhüllte. In der rechten Hand hielt er einen Speer oder einen Dreizack, dessen Spitzen aus Flammen bestanden.

Sie blickten ihm nach.

Er wurde von der Dunkelheit verschluckt, als hätte es ihn nie gegeben, und die beiden wischten sich über die Augen, schauten sich an, schüttelten die Köpfe und waren nicht in der Lage, sich gegenseitig Erklärungen zu geben.

»Das kann doch nicht sein«, meinte Brenda.

»Doch.«

»Und jetzt?«

Machine Gun Kelly, der in seinem Londoner Bezirk stets die große Klappe führte, bekam weiche Knie. »Weißt du was, Süße?«

»Nein.«

»Der ist genau dorthin geflogen, wo wir es uns gemütlich gemacht haben.«

Brenda trat einen Schritt zurück. Die restliche Farbe wich auch noch aus ihrem Gesicht. »Zur Burg?«

»Ja.«

»Was will er denn da?«

»Vielleicht unsere Maschinen.«

»Red kein Blech.« Sie biss auf ihre Unterlippe. »Auf jeden Fall müssen wir hin.« Sie trat nahe an Kelly heran und legte ihre Hände auf seine Schultern. »Das meinst du doch bestimmt auch, oder?«

»Klar. Und was machen wir dann?«

»Weiß ich doch nicht.«

»Aber ich. Wir werden zur Ruine laufen, uns auf die Maschinen setzen und verschwinden.«

Zuerst wollte Brenda widersprechen. Sie schaute jedoch in das Gesicht ihres Freundes und nickte. »Ja, lass uns von hier verschwinden. Das wird besser sein …«

Es war keine mondhelle Nacht, dafür glitten einfach zu viele Wolkenbänke über den Himmel, aber es war eine Nacht, in der sie trotz allem etwas erkennen konnten.

Die beiden hatten nicht weit zu laufen. Was die Strecke etwas mühsam machte, war der steile Pfad, der durch steiniges Gelände führte, felsigen Boden nachzeichnete und wie eine Schlangenlinie durch das hohe Gras führte.

Sie hatten beide schwer zu kämpfen. Hin und wieder blieben sie stehen, um Luft zu holen. Vor allen Dingen Brenda, die eine selten gekannte Mattheit in ihren Gliedern spürte.

Kelly trieb sie immer wieder hoch. »Komm schon, Baby, wir haben es eilig.«

»Weshalb eigentlich?«

»Das kannst du dir doch denken.«

»Ja, ja …« Sie nahm seine ausgestreckte Hand, ließ sich in die Höhe ziehen und weiter über den Weg schleifen, der irgendwann die Höhe erreicht hatte, sodass sie nun besser und bequemer laufen konnten.

Sie blieben stehen. Beide atmeten schwer vom schnellen Laufen, schauten nach vorn und sahen die Trümmer der Burg, wo sie ihr Lager aufgeschlagen hatten.

Sie standen da, staunten, schauten und erkannten auch die roten Flammen, die, gemischt mit schwarzem fettigem Rauch, in die Höhe zuckten und wie lange Finger wirkten.

»Da brennt es«, keuchte Brenda.

»Klar. Weißt du was?«

»Nein, verdammt.«

»Das sind unsere Maschinen.«

Nach dieser Antwort war Brenda für einen Moment stumm.

Dann wollte sie lachen. Das Geräusch aus ihrem Mund erinnerte an ein Krächzen, und sie spürte, wie allmählich die Angst über ihren Rücken kroch und sich zu einer Gänsehaut verdichtete.

»Ist das ein Witz?«

»Leider nicht. Und nicht mal ein schlechter.«

Brenda war noch immer nicht überzeugt. »Woher willst du denn wissen, dass es die Maschinen waren, die da gebrannt haben oder noch brennen.«

»Das erkenne ich am Rauch.«

»Wieso?«

»Hinzu kommt der Gestank. Schon oft habe ich das erleben müssen. Eine Scheiße ist das, eine verfluchte …« Der Rockerboss schüttelte den Kopf und ballte beide Hände.

»Was willst du denn jetzt tun?«, fragte Brenda Cooper.

»Hingehen.«

»Und dann?«

»Werde ich mir die Sache mal aus der Nähe ansehen. Du kommst natürlich mit.«

Brenda nickte, obwohl sie am liebsten in einer sicheren Entfernung stehen geblieben wäre. Aber man stellte sich nicht gegen den Willen eines Machine Gun Kelly. Es sei denn, man war lebensmüde.

Der Griff des Rockers um das Handgelenk seiner Freundin war hart und fordernd, als er sie weiterzog. Er schaute starr nach vorn. In seinem Gesicht regte sich nichts. Der Mund bildete einen Strich, die Augen hatte er verengt, und auf seinen Lippen lag ein hartes Grinsen. Wer immer sich an den Maschinen vergriffen hatte, er würde es dem oder denen schon zeigen, darauf konnten sie sich verlassen.

Es war nicht mehr weit. Die brennenden Feuerstühle erzeugten einen Flammenschein, dessen Ausläufer über die noch stehenden hohen Mauern der Burg glitten und auch den Innenhof mit einem gespenstischen Licht umhüllten. So sahen die Ruinen aus, als würden sie nicht mehr normal in die Luft ragen, sondern anfangen zu tanzen und sich bewegen nach dem Takt eines unsichtbaren Dirigenten.

»Ob das der Hai war?«, fragte das Mädchen.

»Kann schon sein. Zumindest derjenige, der in seinem komischen Maul gestanden hat.«

»Ja, ja.«

Sie gingen weiter. Sehr vorsichtig, als hätten sie Angst, etwas Schreckliches zu erleben. Beiden war nicht wohl zu Mute, und sie blieben plötzlich stehen, als sie den Rand des tanzenden Feuerscheins erreicht hatten, denn sie sahen nun, dass sich die Maschinen tatsächlich in Brand befanden und von ihnen nichts mehr zu retten war.

Vielleicht war das Benzin schon explodiert oder verpufft, das spielte keine Rolle mehr. Tatsache war, und nur die zählte, dass beide Feuerstühle nicht mehr benutzt werden konnten.

Es war aus, vorbei.

Sie schauten sich an.

Ein jeder sah die starren Züge im Gesicht des anderen. Das Heben der Schultern, ein Zeichen der Verzweiflung, der Hilflosigkeit, und sie ballten vor ohnmächtiger Wut die Hände.

»Das zahle ich ihnen zurück!«, flüsterte der Rockerchef. »Das zahle ich ihnen, verdammt noch mal, zurück. Die mache ich fertig.«

»Wen machst du fertig?«, fragte Brenda.

»Wie?« Er hatte überhaupt nicht zugehört.

»Wen du erledigen willst?«

Kelly schluckte. Sein Adamsapfel tanzte dabei. Er schaute mit brennenden Augen in die allmählich zusammensinkenden Flammen. »Der das getan hat.«

»Weißt du das denn?«

Über Kellys Gesicht huschte ein rotschwarzes Schattenmuster. »Ja, das weiß ich.«

»Und wer war es?«

»Der Typ im Maul des Hais!«

Brenda hatte lachen wollen. Sie unterließ es. Zudem hatte sich ihr Freund ruckartig in Bewegung gesetzt. Danach wurden seine Schritte steif. Er schaute die beiden Maschinen nicht an, sondern ging an ihnen vorbei, somit tiefer in den Innenhof der ehemaligen Burg.

Brenda bekam Angst um ihren Freund. Er war in London immer so souverän gewesen, wusste stets einen Ausweg, ließ sich niemals kleinkriegen, aber hier hatte das Mädchen das Gefühl, als hätte er sich echt übernommen. Das packte er nicht. Die Probleme waren andere, er musste zurückstecken, hier würde niemand vor seinen Fäusten zittern, denn was sie in der letzten Viertelstunde erlebt hatten, war kaum erklärbar.

Sie sah seinen Schatten. Die Geste, mit der das Mädchen die Hand ausstreckte, dokumentierte ihre Hilflosigkeit. Der Mund stand offen, die Augen waren zwei dunkle Kreise, und die Furcht saß in Brendas Nacken.

Machine Gun Kelly verschwand aus dem Lichtkreis des Feuers. Nicht mal dessen Ränder erwischten ihn noch. Er war verschwunden, eingetaucht in die Düsternis zwischen den Ruinen.

Zurück ließ er Brenda, die vor Furcht fast verging. Sie rührte sich auch nicht, jede Bewegung fiel ihr schwer. Ihre Sinne waren gespannt wie selten. Sie tastete mit ihnen die Umgebung ab, und sie wurde das Gefühl nicht los, dass noch etwas anderes in der Nähe lauerte. Etwas, das mit ihr direkt nichts zu tun, sondern von der Burg Besitz ergriffen hatte.

Eine genaue Antwort hätte sie nicht geben können, denn da stand etwas wie eine Wand zwischen ihr und den düsteren Mauern. Linkerhand sanken die restlichen Flammen allmählich zusammen. Es wurde wieder dunkler. Und noch immer konzentrierte sie sich auf das fremdartige Flair in dieser unheimlich wirkenden Umgebung, die sie eingepackt hielt und ihr keine Chance mehr ließ.

Der bohrende Druck stellte sich in ihrem Magen ein. Sie wäre ihrem Freund gern nachgelaufen, allein, es war ihr nicht möglich, sich von der Stelle zu lösen. Zudem kamen ihr die Mauern plötzlich unheimlich vor, wie Gegenstände, die nur für einige Stunden erstarrt waren, um irgendwann zu erwachen und über sie herzufallen.

Längst hatte die Düsternis zwischen den Ruinen ihren Freund verschluckt. Seine Schritte hörte sie nicht mehr, und sie zuckte erschreckt zusammen, als sie den Ruf vernahm.

Er schallte ihr entgegen, wetterte noch als Echo zwischen den Mauern, wobei aus einem Wort ein lang gezogenes Heulen wurde.

»Brenda!«

Kelly hatte sie gerufen. Er musste sich in Schwierigkeiten befinden. Seine Stimme klang so anders, als hätte er eine furchtbare Entdeckung gemacht. Sollte sie ihm helfen? Konnte sie das überhaupt?

»Brenda! Komm her zu mir!«

Der letzte Ruf klang wie ein Befehl, und er gab dem Mädchen auch einen gewissen Schwung, der unbedingt nötig war, um sich von seinem Platz zu lösen.

Sie ging vor.

Zuerst langsam, dann schneller. Rennen konnte sie nicht, dazu war das Gelände einfach zu uneben. Die Steine sahen manchmal aus wie erstarrte Fußbälle. Sie bildeten Stolperfallen, sodass sie die Hindernisse jedes Mal umgehen musste, wenn sie weiterwollte.

Durch die Lücke zwischen zwei Mauern lief sie. Dabei hatte sie das Gefühl, in einen Tunnel zu gelangen, der über ihr zusammenschlug. Wo sie nach wenigen Schritten hingelangte, musste damals das Haupthaus gestanden haben.

Zurückgeblieben waren nur mehr Fragmente, die sich jahrein, jahraus den Stürmen entgegenstemmten und manchmal aussahen wie stumme Ungeheuer oder Boten von einem anderen Planeten.

Zwischen ihnen nistete die Dunkelheit. Das hohe Gras wuchs dem Mädchen manchmal bis zu den Knien. Es verdeckte auch die Löcher im Boden, die kleinen Erhebungen und die festgetretenen oder unter der Vegetation verborgenen Steine, weshalb Brenda manchmal nach vorn stolperte und sich nur mühsam fangen konnte.

Sie kam sich vor wie eine Gefangene innerhalb eines Labyrinths und spürte wieder die Wellen der Furcht, die sie erfasst hielten. Brenda war sich sicher, dass zwischen diesen Fragmenten nicht alles mit rechten Dingen zuging, aber sie fand keine Beweise.

Stattdessen hörte sie die Stimme des Mannes aus irgendeinem Winkel in der Finsternis. »Komm her!«

Sie blieb stehen. Von rechts war die Stimme geklungen, und sie hatte einen hohlen Klang besessen. Vorsichtig ging sie weiter. Es war nicht stockfinster. Brenda sah die Schatten der Felsen, nur fürchtete sie sich davor, zwischen sie zu tauchen, bis sie an ihrer rechten Seite die Lücke entdeckte. Dort befand sich der Durchgang.

Und das Licht!

Für einen Moment war sie geblendet worden. Sie traute sich erst Sekunden später weiterzugehen, weil sie auch die Gestalt ihres Freundes entdeckt hatte.

Er stand neben dem Feuer, der Widerschein umschmeichelte seinen Körper, ließ die Konturen entweder scharf hervortreten oder zerfließen, aber – und das war genau zu erkennen – er selbst hatte nicht für die Flammen gesorgt. Die stammten von einem anderen Gegenstand.

»Los, komm!« Der Rocker drängte sie.

Brenda Cooper bewegte sich langsam in seine Richtung. Er hatte sich etwas gedreht, sodass er ihr sein Profil zuwandte und sie endlich erkennen konnte, wer sich für das Feuer verantwortlich zeigte.

Es war ein im Boden steckender, brennender Dreizack!

Brenda Cooper verstand überhaupt nichts mehr. Sie konnte sich nur wundern, wusste nicht, wen sie zuerst anschauen sollte, den flammenden Dreizack oder ihren Freund.

»Komm näher!« Kellys Stimme klang gepresst.

Brenda setzte sich in Bewegung. Schweiß spürte sie überall auf der Haut. Sie fühlte sich unwohl, und es war auch das Gefühl der Angst, das sie so beherrschte.

Unter ihren Sohlen knirschten kleinere Steine. Die Augen waren so weit geöffnet, dass der Widerschein des Feuers über die Pupillen tanzte.

Neben Kelly hielt Brenda an. »Was ist das?«, hauchte sie.

»Der Dreizack.«

»Welcher?«

»Den der Kerl im Maul des Hais in der Hand gehalten hat.«

»Und wo ist der Fisch?«

Kelly lachte scharf. »Weiß ich doch nicht.«

Brenda war zu geschockt, um eine Antwort zu geben, aber sie interessierte sich für den brennenden Dreizack. Eigentlich hätte er in der weichen Erde stecken müssen, um Halt zu bekommen. Das war nicht der Fall. Jemand musste ihn mit einer solchen Wucht geschleudert haben, dass sich die Waffe in eine alte Felsplatte gebohrt hatte.

Dort steckte sie.

Sie zitterte nicht, sie wankte nicht, sie stand nur da, ohne sich zu rühren. Sie erinnerte das Mädchen aus London an ein Zeichen, das bewusst gesetzt worden war.

Aber für wen?

»Was ist das für eine Platte?«, hauchte sie.

Kelly hob die Schultern. »Keine Ahnung. Wir haben sie vorher nicht gesehen.«

»Sieht aus wie ein Einstieg.«

»Und wohin?«

Brenda antwortete mit einer so dumpfen Stimme, dass selbst Machine Gun Kelly ein Schauer über den Rücken rann. »Vielleicht zu einem Grab in der Tiefe.«

Er schwieg. Auch Brenda sagte nichts. Beide starrten auf den flammenden Dreizack, dessen drei Spitzen oder Arme fest im Gestein der Platte verankert waren. Auch die Flammen blieben nicht ruhig. Sie hatten sich auf der Platte ausgebreitet, als wollten sie durch ihr Zucken die Richtung des Windes angeben.

Aus welch einem Material der Stab geschaffen worden war, erkannten beide nicht deutlich. Es musste Metall sein, jedenfalls hatte er diesen blauschwarzen Farbton, der darauf hindeutete.

»Soll ich ihn rausziehen?«, fragte Brenda.

»Hüte dich. Nicht berühren!«

Sie nickte und sagte das, was ihr aufgefallen war. »Weißt du, ich spüre nichts.«

»Wie meinst du das?«

»Keine Wärme, Kelly. Das verdammte Feuer strahlt keine Wärme aus. Das ist doch nicht normal.«

Der Rocker nickte. »Du hast Recht, normal ist das nicht.«

»Lass uns von hier verschwinden!«, bat Brenda plötzlich, und sie folgte damit einem Impuls. »Bitte, ich will nicht mehr bleiben! Dieser Ort ist mir unheimlich. Erst verbrennen unsere Maschinen, wir erleben dabei keine Explosionen. Und jetzt das Feuer ohne Hitze. Kelly, du kannst sagen, was du willst. Das ist Teufelsspuk! Ich habe ja immer darüber gelacht, aber jetzt glaube ich daran. Vielleicht war die Gestalt im Rachen des Fisches sogar der Teufel. Überlege mal, der …«

»Hör auf!«

Brenda schloss den Mund. Wenn Kelly in diesem Tonfall sprach, war es tatsächlich besser, nichts mehr zu sagen. Er hatte sich entschlossen, etwas zu unternehmen. Auf dem Fleck blieb er nicht mehr stehen, sondern schlich auf Zehenspitzen um die Luke herum.

»Suchst du etwas?«, fragte Brenda.

Er gab nicht sofort eine Antwort. Das dumpfe Schweigen hüllte sie ein. Brenda wurde das Gefühl nicht los, als hätte sich hier in diesem kleinen Bereich die Welt verändert. Sie war eine andere geworden, eine, die nicht in die normale Zeit hineinpasste und ihr vorkam wie eine, die erst Atem holen musste, um zuzuschlagen.

Als sich die beiden gegenüberstanden, stoppte Kelly seinen Lauf und schaute Brenda an. »Da hat sich etwas bewegt.«

Sie zuckte zusammen. »Wo?« Fieber klang aus ihrer Frage.

»Dort unten.«

Brendas Blick folgte dem ausgestreckten Finger des Mannes. Die Spitze deutete haargenau auf die Mitte der Platte, und endlich entdeckte auch Brenda sie.

Die Platte hob sich.

Sie musste mit der Erde verwachsen sein, bewegte sich innerhalb des Lukenrands, sodass die kleineren Steine knirschten, die sich zwischen ihr und dem Rand befanden.

Danach hob sie ab.

Der steinerne Deckel stemmte sich schräg in die Höhe, und zwar an der Seite, wo das Mädchen stand, sodass es durch die schräge Öffnung in die düstere Tiefe schauen konnte.

Noch sah sie nichts. Nur eine drückende Dunkelheit, und sie hörte auch ein fernes Rauschen, das aus der Tiefe an die Oberfläche drang.

Durch hastiges Winken machte sie ihrem Freund klar, zu ihr zu kommen. Kelly ließ sich auch nicht lange bitten. Er lief um die Platte herum, stand neben ihr und schaute ebenfalls in die Tiefe.

»Was kann das sein?«

Der Rocker schüttelte den Kopf. Er wusste es nicht, er hörte nur das Rauschen. Es musste vom Wasser stammen, und er dachte daran, dass es vielleicht ein Schacht war, der durch die Felswand bis zum Meer hin führte. »Ich schaue mal nach«, sagte er.

»Nein, nein!« Brenda war nervös. Sie hielt ihren Freund an der Schulter fest. »Du machst dich unglücklich.«

»Warte es ab.«

Er ging in die Knie. Leider war die Taschenlampe zusammen mit den Maschinen verschmort oder verbrannt, sie mussten sich schon auf ihre Augen verlassen, die in der Finsternis nichts erkennen konnten.

Bis auf den Schatten.

Das Mädchen sah ihn nicht, bekam aber von Kelly eine Erklärung, ohne dass er sich umdrehte. »Da kommt jemand!«, hauchte er.

»Wer denn?«

»Ich kann ihn nicht erkennen. Ich …« Mit einem Satz sprang er plötzlich zurück und hätte Brenda fast noch zu Boden gestoßen, als er gegen sie prallte.

Die Platte kippte auch. Bevor sie den Boden berühren konnte, löste sich der flammende Dreizack, der wieder einmal raketenähnlich in die Luft stieg und innerhalb des düsteren Himmels verschwand.

Die beiden nahmen es nur mehr am Rande wahr, der andere Vorgang war viel interessanter und auch unheimlicher.

Aus dem Schacht stieg eine Gestalt!

Ein furchtbares Wesen. Trotz der Düsternis zu erkennen. Bleich im Gesicht, aufgedunsen, grünlich und auch bläulich schimmernd, dabei mit einer Rüstung bekleidet, zu der kein Helm gehörte, sodass der Kopf aus der verrosteten Öffnung des Metallpanzers schaute.

Brenda fasste nach ihrem Freund. »Wer, wer ist das?«, fragte sie stotternd.

»Ich weiß es nicht.«

»Der ist doch tot, nicht?«

Sie bekam keine Antwort, denn der wie ein Ritter gekleidete Mann legte beide Hände auf den Rand und schob sich völlig aus der Luke. Vor den beiden blieb er stehen.

Es war Zufall, dass ein Windstoß die Wolken zur Seite fegte, den Mond freigab, sodass dieser sein Licht nach unten und fast genau auf die Ruine senden konnte.

Totenlicht erfüllte die Umgebung. Der Schauer des Unheimlichen verstärkte sich dadurch, die beiden aus London wurden ebenfalls getroffen und auch die Gestalt aus der Tiefe.

Sie bewegte sich.

Es war nur eine kurze Drehung nach links. Die alte Rüstung knarrte dabei wie die verrosteten Angeln einer Tür. Die Gestalt hob beide Arme und deckte für einen Moment ihr totenbleiches Gesicht ab. Mit Schwung schleuderte sie die Arme vor, traf das Mädchen und auch den Rocker, sodass sie den Weg freimachten.

Dann ging der andere.

Er schritt zwischen den Ruinenmauern einher, als hätte er nichts anderes getan. Er kannte sich aus, fand seinen Weg zielsicher und war den Blicken der Wartenden sehr schnell entschwunden.

Reden konnten sie nicht. Der unheimliche Vorgang hatte ihnen die Sprache verschlagen.

Sie schauten sich an, hoben die Schultern und fragten mit Blicken und Gesten, was hier vorgefallen war.

»War das ein Toter?« Erst eine Weile später durchbrach die kratzige Stimme des Oberrockers die Stille.

»Können Tote gehen?«
»Ein Zombie kann das.«
»Die gibt es doch nur im Kino«, widersprach Brenda.
Machine Gun Kelly nickte eifrig. »Das habe ich bis vor zwei Minuten auch gedacht. Jetzt nicht mehr.«
Brenda hatte verstanden. »Willst du damit andeuten, dass wir es hier mit einem Zombie zu tun hatten?«
»Ja.«
»Und wo ist der hergekommen?«
Kelly deutete in den Schacht. Er sah das zweifelnde Gesicht seiner »Braut« und trat bis dicht an den Rand, wo er sich vorbeugte und in die Tiefe blickte. »Ich sehe nichts, aber ich höre es. Das ist Wasser, das da unten rauscht.«
»Vielleicht das Meer.«
»Möglich.«
»Dann muss er ja im Meer gelegen haben …«
»Auch das.«
Brenda schüttelte sich nach dieser Antwort, denn sie konnte nichts begreifen. Durch das Erscheinen dieser Gestalt war ihr Weltbild völlig ins Wanken geraten. Da stimmte einiges nicht. Tote, die lebten, Lebende, die tot waren. Wo gab es das schon?
Der Rocker nickte. »Alles, was du gerade denkst, ist wohl richtig«, erklärte er.
»Dann lass uns gehen.« Brenda hob die Arme und legte sie schützend vor die Brust. »Ich habe eine schreckliche Angst. Die Gegend ist mir nicht geheuer. Da passiert bestimmt noch was.«
Machine Gun Kelly, der sich selbst als einen Typen bezeichnete, der dem Teufel ins Gesicht spuckte, stimmte seltsamerweise sofort zu. »Ja, ich will auch weg.«
Brenda lachte. »Und das zu Fuß.«
Er gab keine Antwort, trat einen Schritt zurück, drehte sich um – und blieb wie angewurzelt stehen.
Sein Blick war genau auf die Gestalt gefallen, die schon im Maul des Hais gestanden hatte.
Es war der Teufel

Seinen flammenden Dreizack trug er diesmal nicht, doch auch ohne ihn sah er furchtbar genug aus. Eingewickelt in das blutrote Trikot, mit einem verbrannten Gesicht, den furchtbaren Augen, dem verzogenen Mund, der aussah wie eine rechteckige Öffnung, der kalten, unheimlichen Aura, die ihn umgab, strömte er einen Schrecken aus, den die beiden jungen Leute aus London körperlich spürten.

Auch ein Macho wie der Rocker war von diesem Anblick geschockt. Er kippte zwar nicht gerade aus den Pantinen, aber aufrecht konnte er sich kaum halten, als er dieses Geschöpf sah, dem er zuvor noch nie im Leben begegnet war.

Angst hatte Kelly in den letzten Jahren nicht gekannt. Nur in seiner Kindheit war das Gefühl in ihm hochgekommen, nun verspürte er es abermals.

Es war diese schleichende Furcht, die in ihm hochglitt und sich wie ein Ring um sein Herz legte. Er wusste, dass er gegen den anderen nicht ankommen würde, und überraschenderweise fand Brenda Cooper als Erste die Sprache zurück.

Sie redete mehr zu sich selbst, aber auch der andere verstand die geflüsterten Worte. »Der sieht aus wie der Teufel.« Sie legte eine Pause ein, um Luft zu holen.

»Ich bin der Teufel!«

Die Gestalt hatte die Antwort in einem dumpfen Tonfall gegeben, und die Worte schwangen den beiden wie Echos entgegen. Er brauchte den Satz nicht zu wiederholen, sie glaubten ihm, dass er der Teufel war. Kein anderer sah so scheußlich aus, verbreitete eine so schlimme Aura, und kaum jemand wäre auf den Gedanken gekommen, sich in dieser Art und Weise zu verkleiden.

Das musste der Höllenherrscher sein!

Es gab keine andere Möglichkeit. Er war dem ewigen Feuer entstiegen, auf die Erde gekommen, um den zu erwecken, der in einer schaurigen Tiefe gelegen hatte.

Satan und Ritter.

Beide waren verschieden, aber beide mussten ursächlich zusammengehören. Das Auftauchen des einen hatte nicht ohne den Befehl des anderen geschehen können.

So weit dachten sie schon, als sie den Teufel anschauten, der ihrem Blick nicht auswich.

Im Gegenteil, er schätzte und maß sie ab, bevor er den Kopf schüttelte und loslachte. »Ihr habt Pech gehabt, ihr beiden, großes Pech. Und ich habe Glück, weil ich mir eure Seelen holen werde. Ansgar of Osborne ist zurückgekehrt, er hat nur meinen Befehlen gehorcht, weil ich ihm bei seinem Tod versprach, ihn erneut zu holen, wenn ich ihn brauche. Ihr seid Zeugen geworden, und Zeugen kann selbst der Teufel nicht gebrauchen, wenn ihr versteht …«

Sie hatten verstanden, und sie starrten Asmodis an.

Er kam noch näher. Auf die Schmalseite der Luke schritt er zu. Sein Maul hielt er ein wenig geöffnet, sodass über seine Lippen die dünnen Rauchfäden strömten, die auch die beiden jungen Leute rochen und das Gefühl hatten, von einer Schwefelwolke umgeben zu sein.

Schwefel war der Gestank der Hölle. Auch das hatte man ihnen früher erzählt.

»Spring!«

Der Befehl galt Machine Gun Kelly, und der Rocker wusste genau, was er zu tun hatte.

Er schielte nach rechts.

Dort befand sich die Öffnung. Er stand direkt daneben und konnte in die Tiefe blicken.

»Na los!«

Plötzlich schüttelte er den Kopf, während Brenda einen schluchzenden Laut von sich gab. Allein die Vorstellung, in der Tiefe des Schachtes zu verschwinden, machte ihn fast wahnsinnig. Er hörte das gleichmäßige Rauschen des Wassers und stellte sich vor, dass er in irgendeinem unterirdischen Fluss ertrinken würde. Sein Körper würde ins Meer mitgerissen werden und nie wieder auftauchen.

»Du willst nicht?« Satans Stimme klang höhnisch und überheblich zugleich. Seine Anwesenheit war etwas Besonderes. Sie füllte den Raum zwischen den Felsen aus, eine wirklich gefährliche Aura, der sich die beiden Menschen nicht entziehen konnten.

Machine Gun Kelly verlor die Nerven. »Nein!«, schrie er plötzlich. »Nein, verdammt, ich will nicht!«

»Dann zwinge ich dich!«

Für den Rocker war Angriff die beste Verteidigung. So hatte er es immer gehalten, so hielt er es auch jetzt, wobei es ihm egal war, ob er dem Höllenherrscher gegenüberstand oder einem zahlungsunwilligen und durch ihn unter Druck gesetzten Geschäftsmann.

Er musste ihn mit bloßen Fäusten attackieren und überwand die Distanz mit einem Sprung.

Brenda schrie auf, als sie das sah. Sie wusste, dass ihr Freund niemals gewinnen konnte, wenn es tatsächlich der Teufel war, dem sie gegenüberstand. Dennoch drückte sie ihm die Daumen.

Machine Gun Kelly kam durch.

Beide Fäuste rammte er vor in das hässliche Gesicht des Höllenherrschers. Er spürte die Wucht des Aufschlags bis in seine Schultern hinein und hatte trotzdem das Gefühl, nicht in eine weiche Masse, sondern gegen Beton geschlagen zu haben. Er spürte das Brennen in seiner Hand, hatte auch geglaubt, ein Knacken zu hören, aber das ging schnell vorbei, denn der Satan startete einen Gegenangriff.

Er spielte mit Kelly Katz und Maus …

Plötzlich fühlte sich der Rocker in die Höhe gehoben, ohne überhaupt angefasst worden zu sein. Gegen Satans magische Kräfte kam er nicht an. Sie schleuderten ihn so hoch, dass er sich überkugeln konnte, ohne dabei den Boden zu berühren, und er drehte sich bereits oberhalb der Öffnung zusammen.

Dann fiel er. Es war ein abrupter, rasender Fall, den auch Brenda Cooper mitbekam. Vor Angst erstarrte sie. Sie konnte nicht begreifen, bis sie den Schrei ihres Freundes hörte, ihn selbst aber nicht mehr sah, denn der Schacht hatte ihn bereits verschluckt.

Es war ein schlimmer Laut.

Brenda stand da und musste ihn hören, weil sie einfach nicht weg konnte. Dieser Schrei, der nicht enden wollte, stach wie ein Messer in ihre Seele und trieb sie in eine Lage der Verzweiflung, aus der sie keinen Ausweg wusste.

Erst er, dann sie.

Der Satan wollte keine Zeugen.

Das Wasser rauschte, es hatte den Schrei überdeckt, vielleicht war er auch verstummt. Brenda stand da, stierte auf den Teufel und wartete darauf, einen klatschenden Aufschlag zu hören, wenn der Körper ins Wasser fiel oder an Felsen zerschmettert wurde.

Brenda wartete vergeblich. Möglicherweise lag es auch an dem dumpfen Rauschen, das alles andere übertönte, und sie dachte daran, dass sich der Teufel eines Zeugen entledigt hatte.

Blieb sie als zweiter …

Brenda spürte Angst in ihrem Magen. Der Anblick des Teufels und das Wissen um seine Macht bereiteten ihr körperliche und seelische Pein.

Sie war die Nächste.

Asmodis schaute sie mit einem Blick an, in dem das Wissen stand. Ja, er wusste mehr, viel mehr. Er wusste sehr genau, wie es weitergehen würde, denn er hielt die Fäden in den Händen, an denen die Menschen wie Marionetten tanzten.

»Jetzt du!«, sagte er und begleitete seine Worte mit dem Ausstoßen einer Schwefelwolke.

Sie schaute ihn starr an. In ihrem Blick flackerte die Furcht. Es war nur ein winziger Schritt, der sie vom Tod trennte.

Eine Bewegung, mehr nicht.

»Ich warte nicht länger!«, erklärte der Teufel. »Menschen, die mich stören, vernichte ich.«

Brenda lief der Schweiß in Bächen über das Gesicht. Da sie den Mund nicht geschlossen hatte, schmeckte sie die salzige Flüssigkeit auf den Lippen. Ihre Bemühungen waren fruchtlos, das wusste sie, trotzdem wollte sie es versuchen. Möglicherweise zeigte der Teufel ein Einsehen.

Und dann wurde sie gerettet.

Für Brenda war es das Wunder überhaupt, denn sie sah, wie der Teufel den Kopf drehte. Die Frau, sein Opfer, war für ihn plötzlich uninteressant geworden. Er schaute dorthin, wo er hergekommen war, und stieß die folgenden Worte zusammen mit einer gelbgrünen Schwefelwolke aus.

»Verdammt, er ist da. Sinclair!«

Und dann war er verschwunden.

Die allein zurückgebliebene Brenda Cooper konnte es nicht fassen. Die Stelle, wo der Teufel gestanden hatte, war leer, bis auf ein schnelles magisches Flimmern.

Hatte sie geträumt?

Nein, es war kein Traum gewesen. Kelly stand nicht mehr neben ihr. Er lag wahrscheinlich mit zerschmetterten Knochen unten im Schacht, wenn er nicht ertrunken war. Die eine Möglichkeit schloss die andere nicht aus, nur sie hatte überlebt.

Brenda ging einen Schritt zur Seite. Mit einem seufzenden Laut auf den Lippen ließ sie sich gegen eine Mauer sinken, und an Flucht dachte sie nicht mehr …

Wir hatten uns auf den Weg gemacht, und schon nach wenigen Schritten hörten wir Toms Einwände. »Ich brauche ja nicht unbedingt mit, Männer. Ich gehe in meine Hütte und warte dort.«

»Du bleibst!«, entschied ich.

Er ging vor mir. Wind fuhr uns entgegen. Er brachte den Geruch einer herrlichen Frische mit, die uns nach den schwülen Tagen in London gut tat.

Tom stoppte. »Weshalb muss ich denn mitgehen? Ich habe euch den Weg beschrieben …«

Ich unterbrach ihn mit einer Frage: »Du hast Angst, nicht?«

Zuerst wollte er den Kopf schütteln, doch er machte ein Nicken aus dieser Bewegung, und er bestätigte auch meine Vermutung. »Ja, John, ich habe Angst. Ich habe eine hundsgemeine, verdammte Angst!«

Jetzt war es heraus, und es hatte ihm sichtlich geholfen. Wie von einem Druck fühlte er sich befreit.

»Wovor?«, fragte Suko.

»Vor dem Teufel und diesem Ansgar of Osborne.«

»Der tot ist«, sagte mein Partner.

»Weißt du das? Weiß ich es, weiß es John?«

»Also ist er nicht tot«, stellte Suko fest.

Tom Jones schüttelte den Kopf, um gleich darauf zu nicken. »Ja und nein. Es gibt die alte Geschichte, die besagt, dass sich Osborne mit dem Teufel, der schwarzen Magie, der Zauberei und dem Studium des Meeres beschäftigt hat. Ob er dem Teufel tatsächlich gedient hat, weiß niemand genau. Es war auch nicht mehr feststellbar, aber eines steht fest. Wenn der Satan jemanden braucht, der ihm bei irgendeiner Sache helfen soll, muss er sich auf Ansgar of Osborne verlassen. Er hat damals hier geherrscht.«

Ich fasste zusammen. »Dann rechnest du also damit, dass Osborne zurückkehrt?«

»Ja.«

»Als Toter?«

»Auch.«

Suko schnippte mit den Fingern. »Wir sollten uns, falls es passiert, auf einen Zombie einstellen.«

»Richtig.«

»Kann ich jetzt gehen?«, fragte Tom.

»Nein, du brauchst nicht mit zur Ruine, aber ich möchte dich doch gern an meiner Seite haben.«

»Du vertraust mir nicht, wie?«

Ich lächelte mokant. »Sagen wir so, Kontrolle ist besser. Versteh es nicht falsch, es ist auch zu deinem Vorteil.«

Er nickte eifrig. »Das kann ich mir vorstellen, aber nicht mit mir. Wenn der Teufel noch einmal erscheint, könnt ihr auf meine Hilfe nicht rechnen. Ich habe genug getan.«

»Das wissen wir.«

Tom wollte noch etwas sagen, verschluckte die Worte aber, drehte sich um und schlug wütend seinen Arm nach unten. Dann ging er vor und stieg mit langen Schritten den Weg hoch, der uns auf eine kleine Anhöhe führte, von der wir einen fantastischen Blick auf das Meer hatten.

Mir kam eine Idee. »Wo ist dieser Osborne noch mal begraben worden?«

»In seiner Burg.«

»Dann kennst du das Grab?«

Tom Jones bejahte. Und ich hatte das Gefühl, als hätte ihn die Antwort eine große Überwindung gekostet. Deshalb half ich ihm ein wenig. »Wenn du uns das Grab zeigst, kommen wir schon allein zurecht. Dann kannst du verschwinden.«

»Das werde ich auch.«

»Und wie verhält es sich mit dem Hai?«

Tom hob die Schultern. »Das müsst ihr herausfinden. Ich habe euch nur darauf hingewiesen.«

Irgendwie konnte ich ihn verstehen. Auch Tom Jones war ein Kind dieser Landschaft und von ihr mit allen Vor- und Nachteilen geprägt worden. Es war für ihn jetzt nicht einfach, sich gegen Dinge zu stellen, an die er seit frühester Kindheit geglaubt hatte.

Wir sahen bereits die Ruine der Burg!

Ein hohes Trümmerfeld lag vor unseren Augen. Ich wunderte mich darüber, dass noch so viele Mauern standen. Zwar nicht gerade und glatt, an einigen Stellen zeigten sie tiefe Risse, Einkerbungen und abgebrochene Teile, aber sie boten einem Menschen Schutz und Unterkunft.

Auch für Asmodis konnten die Ruinen ein ideales Versteck sein. Oder eine Art von Hauptquartier, von dem aus er agierte.

Sie standen da wie gemalt. Wir hatten zudem Glück, dass der Wind einen Teil der Wolken vertrieb. So konnte das fahl glänzende Mondlicht ungehindert der Erde entgegenfallen und die vor uns aufragenden Ruinenteile mit seinem Glanz bedecken.

Die einzelnen Seiten, Kanten und Vorsprünge stachen konturenscharf hervor. Ein Turm war noch zur Hälfte stehen geblieben. Mauerreste verbanden ihn mit den Fragmenten eines zweiten Turms. Dazwischen sah ich die großen Lücken, durch die der Wind ungehindert in den ehemaligen Hof der romanischen Burg pfiff.

Es war eigentlich ein schönes Bild, an dem sich ein Romantiker hätte ergötzen können. Eine Burg im bleichen

Mondlicht, umgeben von den düsteren Schatten der Hügel, war etwas Außergewöhnliches, das auch mich beeindruckte.

»Das ist die Burg«, sagte Tom.

»Warst du öfters dort?«

»Nur am Tage.«

»Weshalb nicht in der Nacht?«

»Weil es dort wahrscheinlich spukt. Ich habe euch doch gesagt, dass dieser Ansgar of Osborne nicht …« Er begann plötzlich zu zittern und mit dem Gebiss zu klappern, denn aus einer der größeren Öffnungen in der ehemaligen Burgmauer war eine Gestalt erschienen, die dem Teufel überhaupt nicht glich.

Das musste einfach Ansgar of Osborne sein!

Ein Ritter war er. Auch seine Gestalt wurde vom Mondlicht umschmeichelt.

Irgendwie passte die Gestalt zu der hinter ihr liegenden Burg, aber nicht in die Gegenwart hinein, vor allen Dingen nicht in ihrer Rüstung und der außergewöhnlichen Bewaffnung.

Sie trug den Dreizack!

Ich schüttelte den Kopf, schaute Suko an, der die Schultern hob und auch nicht wusste, wieso der alte Ritter mit diesem Dreizack bewaffnet war. Zwischen ihm und dem Teufel musste es einen Zusammenhang geben, den wir nicht kannten.

Falls er uns gesehen hatte, zeigte er das nicht. Stur ging er geradeaus weiter. Seine Schritte wirkten mechanisch, und jede seiner Bewegungen war zu hören, da die Scharniere der Rüstung quietschten.

Von seinem Gesicht war nicht viel zu erkennen, weil er von unserem Standort aus zu weit entfernt war, aber – und das sahen wir sehr deutlich – einen Helm trug er nicht. Sein Haar wehte im Wind.

Tom Jones begann zu zittern und zu beben. Der alte Fischer rief alle Heiligen an, die er kannte. Er flehte auch zu den Meeresgöttern, die ihm schützend beistehen sollten.

Mir ging seine Schwatzerei auf die Nerven. Ziemlich barsch fuhr ich ihn deshalb an. »Sei ruhig!«

Er verstummte auch für einen Moment, bevor er sich zu mir umdrehte und mich am Arm fasste. »Ich weiß genau, dass es dieser Osborne ist. Ich habe es gewusst, es war mir immer klar, jetzt müsst ihr zusehen, dass ihr mit ihm zurechtkommt.«

»Das werden wir auch«, erwiderte ich und wollte noch etwas hinzufügen, als wir einen fürchterlichen Schrei hörten, der sogar noch in seiner Länge durch die Luft schwang, bevor er plötzlich abbrach.

Wir blickten uns an.

Suko deutete mit einer knappen Bewegung hinter sich. Er meinte damit die Ruine. »Von dort ist er gekommen.«

Auch ich war der Ansicht, während sich Tom Jones heraushielt. »Wer geht zur Ruine?«, fragte Suko.

»Du!«

Mein Freund schaute mich kurz an, bevor er nickte. »Okay, John, ich gehe. Komm mit.« Er meinte Tom Jones. Der Fischer wollte natürlich nicht, konnte sich aber nicht sträuben, denn Suko griff blitzschnell zu, hielt sein Handgelenk umklammert, und gegen die Kraft des Inspektors musste erst mal jemand ankommen.

Tom Jones jedenfalls schaffte es nicht. Suko zog den Mann hinter sich her, der vor lauter Angst sogar sein Schimpfen und Lamentieren vergaß.

Ich aber nahm den untoten Ritter aufs Korn …

Natürlich hätte ich ihn überholen und zum Kampf stellen können, denn so schnell ging er nicht. Das aber wäre unklug gewesen. Der Ritter war nicht ohne Grund einem Grab oder einer Gruft in der alten Burg entstiegen. Er musste durch seinen nächtlichen Spaziergang irgendein Ziel verfolgen, das mich selbstverständlich auch interessierte. Möglicherweise brachte es mich direkt zu Asmodis oder dessen Killerhai. Genau die beiden wollte ich haben, zudem musste ich den Knoten lösen, der die Verbindung zwischen dem Höllenherrscher und dem Hai darstellte.

Aus diesem Grunde ließ ich ihn laufen.

Auch in der Dunkelheit konnte ich seinen Weg anhand des flammenden Dreizacks sehr gut verfolgen. Das tanzende Feuer wies mir den Weg. Sein Schein breitete sich aus. Er zuckte geisterhaft über Felsen, Gras und schuf eine sich bewegende rötliche Insel oberhalb des Kopfes mit dem dünnen, dennoch wirren Spinnenhaar der lebenden Leiche.

Dieser neue Fall war nicht hart oder brutal. Irgendwie unheimlich und schaurig. Zudem sehr geheimnisvoll, denn bisher hatte ich noch kein Motiv hinter dem Erscheinen des Teufels, seinem Hai und diesem untoten Ritters entdecken können.

Ansgar of Osborne schritt geradewegs in Richtung Strand oder der Klippen. Falls es einen Weg gab, den ich wegen der Dunkelheit nicht sah, hätte er ihn wohl nicht genommen, da er sich keinen Umweg erlauben konnte und es relativ eilig hatte.

Ich blieb ihm auf den Fersen. Allerdings so, dass er mich nicht sah, auch wenn er sich plötzlich und unerwartet einmal umdrehte. Links von mir befand sich ein weit geschwungener Hügel, dessen eine Seite mit grauen Steinen belegt war. Ich folgte dem Verlauf des Hügels, lief geduckt durch eine schmale Rinne und sah das Gelände neben mir niedriger werden. Deshalb konnte ich auch die gesamte Gestalt des Ritters erkennen, der vor mir herschritt.

Er hielt den Dreizack in seiner rechten Hand. Sein Arm stand ebenfalls in einem rechten Winkel vom Körper ab und war in Höhe des Ellbogens eingeknickt.

Aus der Faust ragte der Flammendreizack.

Ein gefährliches Instrument, meiner Ansicht nach magisch aufgeladen. Von ihm wollte ich nicht gerade getroffen werden.

Ich warf einen etwas längeren Blick an der Gestalt vorbei und konnte auch auf das Meer schauen. Es lag als weite, dunkle, auf den Wellenkämmen oft glitzernde Fläche vor mir in einer dünenden Stille, in der sich überhaupt nichts rührte.

Kein Teufel, kein höllischer Hai!

Dafür der untote Ritter.

Er ging sogar schneller. Der Wind wehte von vorn und trug

mir die Geräusche der quietschenden Rüstung entgegen, die bei jeder seiner Bewegungen entstanden.

Ein Mensch wäre wohl kaum in dieser Rüstung vorangekommen. Ihm als Untoten machte es nichts aus.

Weit hatte er nicht mehr zu gehen. Schon nach wenigen Yards hatte er den Rand der Klippen erreicht. Ich erkannte es an dem hellen Streifen, einer Kalkschicht direkt an der Kante, wo es keine Vegetation mehr gab.

Ich rechnete damit, dass er am Rand der Klippen stehen bleiben und nach einem Weg suchen würde.

Den Gefallen tat er mir nicht. Plötzlich war er verschwunden, als hätte er bei dem folgenden Schritt ins Leere getreten und wäre von dem Abgrund verschluckt worden. Ich lief schneller und spürte plötzlich einen Stich in der Brust. Abgegeben durch das Kreuz, das einen plötzlichen Kontakt bekommen hatte.

Sinclair!

Jemand sprach meinen Namen gedanklich aus. Für eine kaum messbare Zeitspanne nur hatte sich ein anderer direkt auf mich konzentriert, und ich war durch das Kreuz gewarnt worden.

Ich konnte mir denken, um wen es sich dabei gehandelt hatte. Nur Asmodis kannte den Kontakt.

War er mir auf den Fersen?

Ich spürte den kalten Schauer auf dem Rücken, drehte mich in meiner etwas geduckten Haltung um, sah vor mir die Dunkelheit, die Ruine, aber keine Spur von Asmodis.

Der blieb im Hintergrund.

Wahrscheinlich würde er später oder überhaupt nicht eingreifen. So etwas musste man ihm auch zutrauen, da er oft genug seine Diener in den Kampf schickte.

Mit vorsichtigen Schritten lief ich bis zum Klippenrand und schaute über ihn hinweg. Wohin der untote Ritter verschwunden war, konnte ich nicht erkennen, der Hang war zwar steil, aber er fiel nicht senkrecht ab wie die Wände in seiner Nähe. Und er lief nahe am Wasser in einen kurzen Strand aus, dessen Sand hell schimmerte.

Zudem war die Schräge bewachsen. Strauchwerk, Krüppelbäume, oft verbogen, weil sie sich gegen den Wind stemmen mussten, und dichtes Gras bildeten den natürlichen Wirrwarr und auch ein Hindernis für den Kletterer.

Wie auch Ansgar of Osborne!

Ich sah ihn. Er hatte schon eine ziemliche Distanz zurückgelegt und bewegte sich geduckt sowie rutschend dem schmalen Strandstreifen entgegen, der für ihn wahrscheinlich zur Fluchtinsel werden sollte. Das Gras bewegte sich ebenso wie die sperrigen Buschzweige. Hin und wieder brach von einem Krüppelbaum auch ein trockener Ast ab, weil er das Gewicht nicht halten konnte.

Einen Blick zurück warf der Untote nicht. Er musste sich zu sehr auf die Strecke konzentrieren, an einen Verfolger dachte er nicht. Deshalb rutschte ich auch hinter ihm her.

Ich ging den Hang schräg an, hatte die Arme ausgestreckt, fand immer genügend Halt und entdeckte auch durch Zufall eine mit nur wenigen Steinen belegte Rinne, die in weiten Kehren der Tiefe entgegenführte und an manchen Stellen von dichtem Buschwerk begrenzt wurde.

Der andere hatte die Rinne nicht genommen. Links von mir versetzt ging er seinen Weg nach unten, verschwand hin und wieder, wenn er ausrutschte, tauchte aber sehr schnell wieder auf, sodass ich ihn stets im Auge behalten konnte.

Vor Geräuschen brauchte ich mich nicht in Acht zu nehmen. Die Meeresbrandung übertönte alles und sorgte für die nötige Begleitmusik auf unserem Weg nach unten.

Ich dachte über das Ziel der Gestalt nach. War dieser untote Ritter vielleicht nur aus seinem Grab gestiegen, um ein neues innerhalb des Wassers zu finden?

Rechnen musste ich damit, denn es war schwer, die verzwickten Spielregeln des Teufels zu durchschauen.

Die erste Hälfte des Hanges lag hinter mir. Zweige waren gegen mein Gesicht gepeitscht, und die Haut brannte, als hätte ich Säure aufgetragen, und ich sah das Ende der Rinne, aber auch den steilen Hang.

Ich kam nicht mehr weiter.

Jetzt wusste ich, aus welch einem Grund der Zombie-Ritter den anderen Weg gewählt hatte, denn er kam noch voran, im Gegensatz zu mir. Als ich es ihm schließlich nachmachte, hatte er sein Ziel bereits erreicht und den Hang hinter sich gelassen.

Er stand auf dem Strand.

Ich hatte mich geduckt, mit einer Hand an dem zähen Gras festgekrallt und schaute nach, was er jetzt vorhatte. Er schaute aufs Meer, dessen dunkle und trotzdem glitzernde Fläche wie ein unendlich erscheinender Teppich vor mir lag. Er schien in die Unendlichkeit zu führen und hörte für meine Sicht dort auf, wo Himmel und Wasser miteinander verschmolzen.

Als ich wieder auf den Ritter schauen wollte, war er verschwunden. Zum schäumenden Wasser hin war er nicht gelaufen. Er musste sich demnach im toten Winkel der Felswand befinden, dort hocken und alles Weitere abwarten.

Ich aber nicht.

Sehr vorsichtig ging ich zu Werke. Erstens wollte ich ihn nicht erschrecken und auf mich aufmerksam machen, und zweitens musste ich aufpassen, nicht doch noch vom Hang zu rutschen.

Wider Erwarten ging alles glatt. Den letzten Rest sprang ich nach unten. Mit beiden Füßen zuerst landete ich im weichen Sand, der sofort über den Rand in meine Schuhe quoll.

Ich ließ mir Zeit. Nicht weil es mir Spaß gemacht hätte, aber ich sah nichts von meinem Verfolger. In Luft aufgelöst haben konnte er sich nicht. Er musste irgendwo hocken, lauern, um vielleicht blitzschnell zuschlagen zu können.

Von vorn wehte mir der Sprüh der Wellen entgegen. Immer wenn das anlaufende Wasser gebrochen wurde, schleuderte es die gewaltigen Gischtfontänen hoch, die auch mich erreichten und mit einem wirbelnden Schleier überfielen.

Das Mondlicht schien in die Gischtwolken hinein. Es wurde durch die zahlreichen Tropfen gebrochen, die wie Linsen wirkten und das Licht in blasse Farben zerlegten.

Eine komische Nacht hielt mich umfangen. Sie sah so normal aus, alles wirkte wie immer, trotzdem wurde ich das

Gefühl nicht los, als wäre sie vom Odem der Hölle durchstreift worden.

Die Felsen rechts und links erinnerten mich manchmal an bläulich schimmernde Basaltsteine, die von einem Sprühteppich umwirbelt wurden. Manchmal sah die Gischt aus wie Nebel, vor allen Dingen an der linken Seite, wo sich ein Felsen wie eine hochkant gestellte Riesenhand in das Brandungswasser hervorschob und für mich einen Sichtschutz bildete.

Hinter ihm tauchte der Ritter auf.

Von den Wellen getragen, schoss er nach vorn, in einen ufernahen Strudel hinein, der ihn einmal um die eigene Achse drehte und ihm dabei so viel Schwung mitgab, dass er die vorlaufenden Brandungswellen überbrücken konnte und von den zurücklaufenden erfasst und weitergetragen wurde.

Er schwamm nicht, er ging auch nicht, er stand auf einem Holzfloß, das in seiner Mitte einen braunen Segelmast hatte, der wie ein angestrichener Finger in die Höhe wies.

Ansgar of Osborne wollte auf seinem Floß verschwinden. Wohin, das war mir unbekannt. Jedenfalls wollte ich dafür sorgen, dass es ihm nicht so einfach gemacht wurde.

Ich wollte ihn haben!

Ob ich dabei vom Glück des Tüchtigen sprechen konnte, will ich mal dahingestellt sein lassen. Jedenfalls gab mir die Formation der aus dem Wasser schauenden Felsen die Chance, ihn doch noch zu erreichen. Ich musste nur von Felsen zu Felsen springen und durfte mir dabei keinen Fehltritt erlauben.

Den ersten Felsen erreichte ich mit einem kurzen Anlauf und dem folgenden Sprung. Er war günstig gebaut, flach auf der Oberfläche und auch entsprechend breit.

Wasser umschäumte mich. Wo der Stein aus der Brandung schaute, bildete es eine weiße Krause.

Die nächsten beiden Sprünge schaffte ich auch sicher. Dann wurde ich durch die aufspritzende Gischt fast bis auf die Haut nass, wischte mir über die Augen und beobachtete, wie sich das Floß zwischen zwei Felsen festhakte.

Mir gab dies Gelegenheit, einiges aufzuholen. Obwohl ich

es eilig hatte, überstürzte ich nichts. Es war auch gefährlich. Ich wunderte mich, dass ich durch die anlauflosen Sprünge immer wieder die richtigen Steine traf, mich auch halten konnte und immer näher an das Floß mit dem untoten Ritter herankam.

Es schaukelte. Wasser gischtete über und verlief sich auf den Bohlen zu langen Streifen.

Noch drei Steine musste ich überwinden, die allerdings tiefer im Wasser. Zudem waren sie ziemlich schmal. Zwei schaffte ich. Ich tickte auf den ersten, stieß mich sofort ab, erreichte auch den zweiten und wollte den dritten Sprung mit der gleichen Kraft angehen, als ich auf der Kante landete, abrutschte und plötzlich Wasser schluckte.

Verdammt auch!

Natürlich spülte mich die Brandung wieder hoch. Ich wurde gegen den Stein gepresst, bekam ihn zu fassen, rutschte ab und sah ein, dass es so keinen Sinn hatte.

Ausgerechnet jetzt kam das verdammte Floß frei!

Ich kümmerte mich einen Dreck um die Steine, warf mich vor und nutzte den Schwung einer ablaufenden Welle aus, die mich näher an das Floß herantrug. Kraulstöße unterstützten mich. Ich sah das schwankende Etwas dicht vor mir erscheinen, noch bevor es ins offene Meer getrieben wurde.

Wie eine angreifende Wasserschlange, so wuchtig schnellte mein Arm aus dem Schaum. Die Hand bekam den Floßrand zu packen und hielt eisern fest.

Mit der zweiten stützte ich mich ab; eine Welle hob das Floß hoch, mich gleich mit, sodass ich mir das Kinn stieß, es aber dennoch schaffte, mich auf dieses provisorische, flache Gefährt zu rollen. Dort blieb ich liegen.

Mit einer knappen Bewegung schüttelte ich den Kopf, schleuderte mir Wasser aus den Haaren und stand auf.

Der Ritter drehte sich um.

Ich grinste ihn an und fragte: »Darf ich mitfahren, Freund?«

Der Todesschrei hatte Suko alarmiert. Mein Kollege wusste sofort, dass dort niemandem mehr zu helfen war.

Er lief sehr schnell, erreichte auch die im Mondlicht glänzenden und trotz der Zerstörung noch hohen Mauerreste, wobei ihm auch der kalte Brandgeruch auffiel, den ihm der Wind ins Gesicht blies.

Suko blieb stehen.

Er sah den Klumpen.

Blech, Gummi, alles verbogen oder geschmolzen. Dazwischen kleine Glassplitter, die wie zum Hohn noch blinkten. Zwei Schritte ging er näher heran, untersuchte das Wrack und stellte sehr schnell fest, dass es sich dabei um zwei Motorräder gehandelt haben musste.

Suko gehörte selbst zu den Feuerstuhl-Freaks. Es tat ihm in der Seele weh, diesen schwarzen, stinkenden Klumpen anschauen zu müssen.

Tom Jones hatte ihn erreicht. Er schnappte nach Luft, weil er so schnell gelaufen war. »Das waren die Maschinen der Rocker.«

»Nehme ich auch an!«, erwiderte Suko.

»Aber wer hat geschrien?«

»Hier wohl keiner«, erwiderte Suko und konnte einen Durchschlupf erkennen, durch den er tiefer in die alte Burgruine gelangte. »Wo geht es dorthin?«

»Ich war selten ...«

»Los, komm schon!« Suko stieß den Fischer vor. Er hatte keine Zeit, ihn sanft anzufassen, und sah plötzlich einen Schatten vor sich herhuschen. Für einen Moment war der Schatten vorbei. Das Gefühl verging, aber Suko, der darüber nachdachte, glaubte, in ihm die Gestalt des Teufels gesehen zu haben.

Floh der Satan?

Wenn ja, weshalb?

Suko drehte noch den Kopf. Erkennen konnte er nichts mehr. Der Teufel war schnell wie ein Schatten.

»Was war denn?«, fragte Tom, der von alldem nichts mitbekommen hatte.

»Nichts, geh weiter.« Suko schob ihn wieder vor. Wenig später waren sie eingetaucht in die düsteren Ecken und Winkel zwischen den hohen Burgruinen, wo sich das Mondlicht kaum trauen wollte, richtig hinzuleuchten. Sie ahnten mehr, als dass sie etwas sahen. Und sie bewegten sich vorsichtiger weiter. Dann hörten beide gleichzeitig das Geräusch.

Jemand weinte …

»Das ist ja eine Frau«, hauchte der alte Fischer und blickte Suko erschreckt an.

»Scheint so.«

»Aber wo kommt die her?«

»Vielleicht hat ihr eines der Motorräder gehört.«

Der Fischer schlug gegen seine Stirn. »Klar, Mensch, dass ich nicht darauf gekommen bin.«

»Nobody is perfect.«

Sie hatten sich während des Gesprächs weiterbewegt. Die Richtung war überhaupt nicht zu verfehlen. Rechts und links sahen sie Löcher in der Mauer, außerdem wuchsen die ehemaligen Innenwände nicht mehr so dicht zusammen, sodass sie eine Art von Innenhof betreten konnten und die Person an der Wand lehnen sahen, die weinte.

Es war eine Frau.

Nein, ein Mädchen noch. Ziemlich jung. Die Kleine trug Boxer-Hosen und ein langes Hemd mit einem spitzen Ausschnitt. Sie hatte die Männer noch nicht bemerkt, dafür sahen Suko und der Fischer aber die offene Luke und vernahmen das Rauschen des Wassers.

Tom Jones stieß den Chinesen an. »Das muss sein Grab gewesen sein.«

»Glaube ich auch.« Suko drängte sich an seinem Begleiter vorbei. Er sprach das Girl mit leiser Stimme an, hörte ihren erschreckten Ruf und sah die heftige Bewegung, mit der ihr Arm nach unten fiel.

»Ruhig«, flüsterte der Inspektor. »Keine Panik. Sie sind hier in Sicherheit!«

Sie wiederholte das letzte Wort, bevor sie lachte. »Schauen Sie mal nach unten. Da, in der Tiefe.«

»Was ist damit?«

»Verschwunden. Er ist verschwunden.«

»Wer?«

»Mein Freund, Kelly. Der Teufel warf ihn rein. Mich nicht, er schaffte es nicht mehr, weil er gestört wurde.«

Suko ging bis dicht an den Rand. Auch er trug stets eine kleine Lampe bei sich, holte sie hervor, schaltete sie ein und leuchtete den Schachtrand ab.

An drei Seiten entdeckte er das raue, feuchte und mit Moos bewachsene Gestein.

Die vierte Seite allerdings wurde von in den Fels gehauenen Leitersprossen eingenommen, deren Weg in die Tiefe führte und die sogar in, wie Suko erkannte, regelmäßigen Abständen angebracht worden waren.

Er drehte sich zu den beiden um. »Es gibt da eine Sprossenleiter«, erklärte er. »Haben Sie das gewusst?«

Das Mädchen schüttelte den Kopf.

»Wie heißen Sie?«

»Brenda Cooper.«

»Und was haben Sie hier zu suchen gehabt?«

»Wir kommen aus London und wollten hier campen. In einer Burg ist es ja romantisch.«

»Und auch gefährlich«, fügte Suko hinzu. Er winkte Tom Jones näher. »Kümmere du dich um sie.«

»Was soll ich denn machen?«

»Bring sie weg.«

Brenda erstarrte. »Nein«, sagte sie und nahm eine steife, abwehrende Haltung ein. »Ich gehe nicht.«

»Und weshalb nicht?«

»Weil Kelly da unten liegt.«

»Können Sie ihm denn helfen?«, fragte Suko leise.

»Nein, nein, aber ich …« Sie schaute Suko an und hob die Schultern. »Vielleicht ist er nur verletzt. Hören Sie nicht das Rauschen da unten aus dem Schacht? Da ist doch Wasser. Er kann ja hineingefallen und weggeschwemmt worden sein.«

Suko nickte. »Vieles ist möglich. Aber wissen Sie, wie tief dieser Schacht ist?«

»Nein.«

»Aber ich«, meldete sich Tom Jones. Der Fischer deutete auf die Öffnung. »Der ist zu tief, um überleben zu können.«

Brenda Cooper starrte ihn an und schüttelte den Kopf. »Verdammt!«, schrie sie. »Sag doch nicht so was!« Ihre Stimme hallte als Echo zwischen den Wänden und Mauern wider.

»Das ist aber so.«

»Ach, verdammt.« Sie winkte ab. »Ihr wollt ja nur nichts tun, weil Kelly ein Rocker ist.«

»Hören Sie«, widersprach Suko. »Ob Rocker oder Mönch, das ist mir egal, Miss. Es kommt mir allein auf den Menschen an. Haben Sie verstanden?«

»Ja, schon.«

»Und jetzt gehen Sie!«

Brenda wollte noch nicht. »Was haben Sie denn vor, Mister?«

»Ich steige in die Tiefe und schaue nach, ob ich Ihren Freund finde. Einverstanden?«

Der Chinese bekam ein zögerndes Nicken als Antwort. So ganz hatte er die junge Person nicht überzeugt. Sie stand da und zitterte. Den Oberkörper hielt sie gebeugt, die Hände flach zusammengelegt, und sie schaute mit starrem Blick in die Tiefe und die Dunkelheit des Schachtes hinein. Wieder einmal gab der Inspektor Tom Jones ein Zeichen, doch der Fischer kam nicht mehr dazu, Brenda aus dem Wirrwarr der alten Burgmauern herauszuführen. Aus dem Schacht hallte eine dumpfe, röhrende Stimme.

»Brenda! Hilfe!!«

Dieser grauenhafte Schrei ließ selbst Sukos Atem stocken, und er fühlte sich plötzlich wie in einem Eisblock steckend. Er stand da, schaute auf das Viereck und bekam aus den Augenwinkeln mit, wie Brenda nach hinten fiel, sich gegen die Stirn schlug und den Namen ihres Freundes ächzend aussprach.

»Kelly, das war Kelly, meine Güte!« Sie kam auf Suko zu, fasste ihn an und schüttelte ihn durch. »Hast du nicht gehört, Mann? Das war er. Kelly ist nicht tot. Ich wusste es doch …«

»Schon gut, schon gut.« Suko hatte Mühe, die Hände des Mädchens abzuschütteln. »Es ist alles klar.«

»Ja, ja …« Sie trat wieder zurück, blieb am Rand stehen und machte den Eindruck, als wollte sie selbst in die Tiefe steigen.

»Nein, nicht Sie.« Suko drückte sie zurück. Er schärfte dem alten Fischer ein, auf das Mädchen Acht zu geben.

»Willst du wirklich, Suko?«

»Ja.«

»Das ist gefährlich!«

Der Inspektor winkte ab. »Nicht mehr oder weniger als eine Überquerung des Broadway ohne Ampel. Was soll mir passieren? Ansgar of Osborne hat den Schacht verlassen. Es gibt eine Steigeisenleiter.«

»Und weshalb kommt dieser Kelly dann nicht hoch?«

Eine gute Frage, die sich Suko ebenfalls gestellt hatte. »Darüber werde ich mir Informationen verschaffen«, erklärte er. »Halt die Augen offen, Tom.«

»Klar.«

Der Inspektor begann mit dem Abstieg. Das rechte Bein verschwand zuerst im Schacht. Er fand auf dem Ring Halt, drückte nach und stellte fest, dass die Steigeisen noch ziemlich sicher in der Schachtwand verankert waren.

Auch bei einer Doppelbelastung vernahm er kein Knirschen, und die Eisen bogen sich auch nicht durch.

Tom erschien an der Öffnung. »Wie ist es?«

»Günstig.«

»Okay, ich drücke dir die Daumen.«

»Am besten die Zehen mit«, erwiderte Suko und sah zu, dass er in den Schacht hineinkam.

Jetzt, in der relativ engen Röhre, hörte er das Rauschen des Wassers besonders laut, da die blanken Felswände den Schall in die Höhe und an seine Ohren schickten.

Es war ein ewiger Fluss, ein Rauschen, Brausen und Klatschen. Die Luft verschlechterte sich zusehends. Sie enthielt viel Feuchtigkeit, die sich beim Atmen auf die

Lungen legte. Auch hatte sich die Feuchtigkeit auf den Steigeisen abgesetzt, sodass diese dementsprechend glatt waren und von Suko hart umklammert werden mussten.

Einen Ruf vernahm er nicht mehr. Das wunderte ihn. Wenn der andere bei Kräften war, musste er Suko sehen, wie sich dieser an der Schachtwand nach unten ließ.

Allerlei Getier krabbelte an den Wänden. Es huschte, wenn Suko zu nahe herankam, in Spalten und kleine Einbuchtungen, um sich dort zu verstecken und so lange zu warten, bis der große Schatten vorbeigeglitten war.

Oben zeigte sich das Mädchen. Brenda kniete am Rand, hatte die Hände als Trichter vor ihre Lippen gelegt und schrie die Frage nach unten. »Haben Sie meinen Freund gefunden?«

»Nein!«

»Mach doch schneller, verdammt!«

Suko kümmerte sich nicht um sie. Er ging seinen Plan genau durch und stoppte, wann er es für richtig hielt. Es war nicht so einfach, sich auf der Sprosse zu drehen, da Suko seine Lampe anknipsen und nach unten leuchten wollte.

Viel brachte der dünne Finger aus Licht nicht. Er wurde aber von dem gesehen, der auch gerufen hatte. Wie ein blasser Fleck traf er dessen Gesicht und huschte auch an den weit geöffneten Augen des Mannes entlang.

»Wo ist Brenda?«

Suko kümmerte die Antwort nicht. Er fragte stattdessen: »Sind Sie verletzt?«

»Nein.«

»Wieso nicht?«

»Ein Netz hat mich aufgefangen.«

»Okay, ich hole Sie.«

»Ja, schon gut.«

Suko wunderte sich über die Reaktion dieses Menschen. Wenn er von einem Netz aufgefangen worden war, aus welchem Grunde hatte er dann nicht aus eigener Kraft versucht, sich zu befreien. Er hätte an den Sprossen in die Höhe klettern können.

Suko kletterte schneller. Über ihm wurde die Öffnung

immer kleiner. Das Rauschen hatte sich verstärkt, und plötzlich trat er ins Leere. Jetzt wusste er, weshalb der Mann nicht den gleichen Weg wie er genommen hatte. Die Steigeisen hörten so weit über dem Netz entfernt auf, dass sie von einer Einzelperson nicht erreicht werden konnten.

Aber der Lampenstrahl erreichte jetzt die im Netz hockende Gestalt, die den Kopf angehoben hatte und Suko entgegenschaute. Das Gesicht war verzerrt, die Augen waren aufgerissen. Der Mann schaukelte, wenn er sich nur leicht bewegte, und begann plötzlich zu lachen.

»Jetzt kannst du wieder hochklettern!«, rief er nach dem kurzen Anfall.

»Weshalb?«

»Die Entfernung zwischen dem Netz und der Sprosse ist viel zu groß. Keine Chance.«

Er musste laut schreien, um das Rauschen des Wassers zu übertönen, das mit einem nahezu gewaltigen Getöse den Schacht ausfüllte und seine Echos in die Höhe schickte.

Suko leuchtete das Netz und die Gestalt an. Dann verglich er die Entfernung zwischen sich und dem unter ihm hockenden Ziel. Ja, er musste springen, das war klar, und er dachte auch über eine Möglichkeit nach, den anderen hochzuholen.

Wenn Tom Jones ein Seil besorgen konnte, war schon viel gewonnen. Deshalb drehte Suko seinen Kopf so, dass er gegen die Öffnung schauen und auch schreien konnte.

»Tom!«

Hoffentlich hörte man ihn.

Der Fischer erschien. Suko sah den Mann über den Rand in den Schacht schauen. »Was hast du?«

Nur schwach drang die Stimme an Sukos Ohren, und er hatte schon sehr genau hinhören müssen. »Ein Seil! Treib irgendwo ein Seil auf, dann packen wir es!«

»Wo soll ich das herholen?«

»Ist mir egal!«

»Okay!«

Tom verschwand wieder, dafür erschien der Kopf des

Mädchens. Auch Brenda rief in den Schacht hinein, ihre Stimme war zwar zu hören, aber nicht zu verstehen.

Die Lage war für den Inspektor unbequem. Es konnte seine Zeit dauern, bis Tom mit einem Seil zurückkehrte, wenn überhaupt. So lange hätte Suko sich an der Wand festklammern müssen.

Das gefiel ihm überhaupt nicht.

»Was ist denn?«, schrie ihn der Rocker aus dem Netz her an. »Wann gehts los?«

»Keine Ahnung. Wir brauchen ein Seil.«

»Das weiß ich auch. Und dann?«

»Knote ich es an die letzte Sprosse fest, lasse es nach unten hängen, damit du es packen kannst.«

»Gute Idee.« Der andere lachte. »Ja, hätte ich nicht gedacht.«

»Schaffst du es noch so lange?«

»Sicher. Mich würde nur interessieren, wer dieses komische Netz gespannt hat.«

»Das war der, der dich auch in die Tiefe hat fallen lassen.«

»Dann war es der Teufel!« Der Rocker lachte. »Stell dir vor, ich habe den Leibhaftigen gesehen. Was sagst du dazu?«

»Das glaube ich dir sogar.«

»Ehrlich?«

Suko gab keine Antwort mehr. Der Dialog gefiel ihm erstens nicht, und zweitens hatte er plötzlich ein so komisches Gefühl, denn die Sprossen über und unter ihm, die sein Gewicht spürten, gaben plötzlich nach. Sie konnten das Gewicht nicht mehr halten, besonders die nicht, auf der Suko stand.

Langsam gab sie nach.

Es blieb dem Inspektor nur noch die Möglichkeit, nach oben zu klettern. Das wollte er auch, vielleicht um Sekunden zu spät, denn beide Sprossen brachen fast zur gleichen Zeit ab. So lange hatten sie kein Gewicht halten können.

Suko fiel.

Er hörte den Protest des im Netz liegenden Rockers, einen Augenblick später fiel er in die Maschen, federte noch einmal nach und kippte auf den anderen.

Der Rocker protestierte lautstark und wurde erst ruhig, als ihn Suko zum zweiten Mal erwischte. Es dauerte seine Zeit, bis sich die Schwingungen beruhigt hatten und Suko normal liegen konnte. Er lag dabei auf dem Bauch, wälzte sich herum und schaute seinem unfreiwilligen Kumpan direkt ins Gesicht.

Der grinste. »Ja, Kumpel, jetzt bist du bei mir. Das hast du doch gewollt, nicht?«

»Fast.«

»Willkommen bei uns.«

Suko krauste die Stirn. »Wieso bei uns? Gibt es hier im Netz noch einen?«

Machine Gun Kelly schüttelte den Kopf. »Nein, du kleiner Chinese. Hier im Netz nicht. Woanders.« Er drehte den Daumen. »Schau mal durch die dünnen Maschen.«

»Da ist Wasser!«

»Das höre und sehe ich, aber ich weiß noch mehr, Chinese. Das Wasser lebt. Man wartet auf uns. Manchmal, da sehe ich die Schatten, wenn sie hochspringen. Sie üben, bald haben sie das Ziel erreicht. Weißt du, wen ich meine?«

»Ja, die Haie!«

»Richtig, Chinese, diese Tierchen lauern auf uns ...«

Tropfnass stand ich auf dem schwankenden Floß und schaute den an, der sich vor mir aufgebaut hatte.

Es war der untote Ritter!

Verstehen konnte ich ihn nicht. Er stand da, schwankte ebenso wie ich und hielt sich mit einer Hand am Mast fest, während er mit der anderen den Dreizack umklammerte.

Noch hatten wir den Bereich der Brandung nicht verlassen. Wellen rollten an, brachten Schaumkronen, die gegen unser Floß stießen und es überfluteten. Wir bewegten uns im Rhythmus der anrollenden Wellen mit, wobei ich es schwerer hatte, denn ich konnte mich nicht festhalten. Sicherheitshalber ging ich auf die Knie.

Das Floß hüpfte und drehte sich. Manchmal kränkte es

auch über, als wollte es uns von Bord stoßen, aber immer wieder konnte es sich fangen, und die Wellen drückten es auch nicht gegen die aus dem Wasser ragenden Steine, sondern immer haarscharf vorbei.

Osborne hatte den Flammendreizack. Ein Symbol des Meeresgottes Neptun, das ich aber auch in der Klaue des Satans gesehen hatte. Nun hielt es dieser untote Ritter. Damit war die Verbindung zwischen dem Teufel und ihm hergestellt.

Wind fuhr über das Wasser, traf mich und presste mir die nasse Kleidung gegen den Körper. Ich begann zu frieren und klapperte mit den Zähnen. Das Floß geriet wieder in einen Wirbel und drehte sich um die eigene Achse. Ich hatte mit dem Gleichgewicht Mühe, rutschte in eine Ecke, und auch Osborne musste kämpfen, um von der Fliehkraft nicht umgerissen zu werden. Er klammerte sich fest. An seinen Flammendreizack dachte er nicht mehr. Ich suchte nach einer Chance, ihn ihm zu entwinden. Vergeblich.

Hinter uns befanden sich die Schatten der Küstenfelsen. Manchmal drückten sie sich auch vor, sodass sie sich als hohe Kanten in das Meer hineinschoben, an denen unser Floß zersplittern konnte, wenn es die Wellen vorschleuderten.

Osborne dachte daran wohl nicht. Und auch ich verschwendete daran keine Gedanken mehr. Ich musste allmählich zu einer Entscheidung kommen, drückte mich höher, blieb aber breitbeinig knien.

Der untote Ritter und ich starrten uns gegenseitig an. Sein Gesicht war flach, als hätte jemand hineingetreten. Bleich und aufgedunsen präsentierte sich die Haut. Die Augen sahen aus wie gefrorener Gelee. Aus ihnen schaute mich der Tod an. Ohne jegliches Leben präsentierten sie sich, und auch innerhalb seines Gesichts bewegte sich kein Muskel.

Aber er wusste, was er zu tun hatte. Urplötzlich griff er an. Ich hatte damit gerechnet, dass er die drei Spitzen seiner Waffe in meinen Körper stoßen wollte, und warf mich auf dem schwankenden Floß zur Seite. Wenn der Speer in seiner ursprünglichen Richtung blieb, war es gut. Driftete er jedoch ab, hatte ich keine Chance.

Es zischte, als wäre kaltes Wasser auf eine heiße Ofenplatte getropft. Sofort riss mein Gegner ihn wieder hervor und musste meinen Tritt nehmen, den ich ihm im Liegen mitgegeben hatte. Mit den Armen rudernd wankte er zurück und fiel ebenfalls.

Die Rüstung schepperte laut, blieb aber intakt. Mein Gegner versuchte wieder auf die Beine zu kommen.

Das war nicht einfach.

Zu sehr behinderte ihn die Rüstung, sodass seine Bemühungen plump wirkten und ich mir sogar Zeit lassen konnte. Durch die zurücklaufenden Brandungswellen waren wir weiter auf das dunkle Meer hinausgetrieben worden und hatten den Bereich der scharfkantigen Felsen verlassen. Jetzt konnte die lange Dünung mit uns ihr Spiel treiben.

Ich wollte mich auf keinen langen Fight einlassen. Für mich war es wichtig, den Gegner schnell auszuschalten. Einer Silberkugel würde die Rüstung standhalten, deshalb wollte ich es mit einer anderen Waffe versuchen. Wenn er ein Freund des Teufels war, musste er alles fürchten, was auch der Satan fürchtete.

Das war mein Kreuz!

Ich hatte mich dem mittleren Pfahl genähert, umklammerte ihn mit der linken Hand und holte mit der rechten mein Kreuz hervor. Rasch streifte ich die Kette über mein nasses Haar, hielt die Waffe fest und ließ den anderen in dem Augenblick auf das Kreuz schauen, als er sich herumwälzte. Er musste es sehen, erkannte auch den Gegenstand, der aus meiner Faust ragte, und reagierte so, wie ich es mir vorgestellt hatte.

Er brüllte!

Noch nie hatte ich bis zu diesem Augenblick von ihm einen Laut gehört. Jetzt konnte er nicht mehr an sich halten. Er schrie seinen Ärger, seinen Schmerz und seine Pein hinaus, und sein Gesicht verzerrte sich auf Grauen erregende Art und Weise.

Furchtbare Qualen mussten ihn durchzucken. Sein Kopf hob und senkte sich. Er schlug dabei hart auf die Bohlen des

Floßes, und sein Arm, den er hatte gegen mich erheben wollen, fiel wieder zurück, sodass mir auch der flammende Dreizack nichts mehr anhaben konnte.

Ihn wollte ich besitzen.

Blitzschnell war ich bei dem untoten Ritter, hatte mich niedergekniet, packte den Schaft des Dreizacks und riss ihn hoch. Er schleifte noch über die Handfläche, sodass Hautfetzen abgerissen wurden und am Schaft hängen blieben.

Auf der Seite lag er und streckte einen Arm aus. Es kam mir vor wie eine bittende Geste, umsonst, ich würde den Dreizack nicht mehr aus der Hand geben.

Eine Welle hob unser Floß hoch. Ich hatte Schwierigkeiten mit dem Gleichgewicht und war schneller als die Welle. Bevor wir in das Tal schossen, hatte ich mich auf die Knie fallen lassen und blieb in dieser breitbeinigen Haltung hocken.

Vor mir loderten die Flammen des Dreizacks. Sie tanzten über die Spitzen, gaben einen kalten Schein ab, der sich aus zwei Farben zusammensetzte. Einmal Rot, zum anderen Gelb.

Ich hielt ihn so, dass die Arme auf den Zombie wiesen, der es noch immer nicht geschafft hatte, sich auf die Beine zu stemmen. Bei jeder Bewegung des Floßes rollte er von einer Seite zur anderen und suchte irgendwo Halt.

Allein mit einem Zombie auf einem Floß zu sein, das hatte ich auch noch nicht erlebt. Aber man lernte nie aus, und ich hatte mich schon gut auf die neue Lage eingestellt.

»Kannst du reden?«, fragte ich.

Eine Antwort bekam ich nicht. Dafür rollte eine neue Welle heran. Sie hob das Floß diesmal nicht höher, sondern kam über. Der Zombie wurde erfasst, auch meine Knie waren wieder nass geworden, denn dort rollte die Welle aus.

Ich ging davon aus, dass der Zombie einen Auftrag bekommen hatte. Wahrscheinlich von meinem Freund Asmodis, der sich im offenen Maul des Killerhais gezeigt hatte.

Und den Hai hatte ich nicht vergessen. Im Unterbewusstsein beschäftigte ich mich mit seiner Existenz und musste auch daran denken, dass er bestimmt irgendwann erscheinen würde.

Ich hatte zunächst das Feuer des Dreizacks löschen wollen. Nicht mit Wasser, mit meinem Kreuz. Den Gedanken ließ ich nun fallen, weil ein anderer Plan in meinem Kopf Gestalt angenommen hatte.

Etwas wuchtete gegen unser Floß.

Das war unter unserem Gefährt geschehen, und das Floß wurde an einer Seite in die Höhe gehoben, als hätte dort jemand mit einer Hand zugefasst.

Ich kippte, mein Gegner rollte. Wir gerieten nahe aneinander und konnten nichts dagegen tun.

Plötzlich sah ich den Arm.

Er lief in eine Hand aus, die ebenfalls in einem mittelalterlich wirkenden Eisenhandschuh steckte, dem ich nicht ausweichen konnte, als er nach unten fiel.

Er krachte auf meine Brust.

Genau das hatte der Zombie gewollt. Jetzt konnte er seine Kräfte einsetzen, um mich zu töten, denn mein Kreuz hatte ich in die Hosentasche gesteckt …

Sie tummelten sich unter ihnen!

Herrliche Haie, geschmeidige, graublaue Körper. Ein faszinierendes Schauspiel, das die Fische boten. Suko konnte die schlanken Leiber sehr deutlich erkennen, wenn er durch die feinen Maschen des Netzes nach unten in die Tiefe schaute.

Dort schäumte, brodelte und kochte es. Ein unterirdischer Wasserfall musste sich in diesem Becken gesammelt haben, wo auch die Haie ihre Heimat hatten. Dass sie sich normalerweise nicht in diesen Gewässern aufhielten, darüber dachte Suko nicht nach. Er nahm die Existenz dieser Bestien als Tatsache hin.

Im Schacht war es dunkel, und Suko konnte die Haie auch nur erkennen, wenn er den Strahl der Lampe nach unten richtete, damit er auf das kochende Wasser und die springenden Körper fiel.

»Genug gesehen?«, fragte der Rocker.

»Sicher.«

Die beiden mussten trotz der geringen Distanz sehr laut sprechen, um sich verständigen zu können. Suko hatte die Lampe gelöscht. Er hockte im Netz, das sich wegen des doppelten Gewichts durchgebogen hatte und über dem kochenden Wasser zitterte. Oben war die Luke sehr schmal geworden. Hin und wieder erschien der Kopf des wartenden Mädchens. Die Stimme hörten sie nicht. Brenda konnte nicht so laut schreien.

Machine Gun Kellys Gesicht leuchtete bläulich bleich. In seinen Pupillen brannte ein düsteres Feuer. Er dachte über die Lage nach, und die war nicht gerade günstig.

»Hat der Teufel die Haie geschickt?«, fragte er Suko.

»Davon können wir ausgehen.«

»Und weshalb?«

»Das bekomme ich auch noch heraus«, erklärte der Chinese. »Wenn wir diesen Osborne kriegen.«

»Ist das der Ritter?«

»Ja.«

Der Rocker lachte. »Der ist doch tot und läuft trotzdem.« Er schlug gegen seine Stirn. »Verdammt, ich fasse es nicht. Ich begreife überhaupt nichts mehr. Ich wollte nur diese Tour machen, weg von den Grufties und Softies, raus aus dem stinkenden London. Und wohin gerate ich? An die verdammten Haie. Ich habe ihre Gebisse gesehen, die reißen alles klein.« Er beugte sich vor und legte Suko eine Hand auf die Schulter. »Ich sage dir was, Chinese, die Haie machen uns fertig. Die haben Kraft, verstehst du? Mehr Kraft als wir Menschen. Die schnellen aus dem verdammten Wasser, reißen ihr Maul auf und kommen so hoch, dass sie mit den messerscharfen Zähnen das Netz aufschlitzen können. Und uns reißen sie auch was ab, bevor wir im Wasser verschwinden.«

»Noch ist es nicht passiert.«

»Aber es wird passieren, Chinese.«

»Ich heiße übrigens Suko.«

»Meinetwegen. Ich bin Kelly. Machine Gun Kelly. Weißt du, weshalb ich den Namen bekommen habe?«

»Fühlst du dich als Killer?«

Er überlegte einen Moment. »Um überleben zu können, muss man sich so fühlen, verstehst du?«

»Nein.«

»Etabliert, wie?«, höhnte Kelly.

»Sogar sehr in deinen Augen. Ich bin nämlich Polizist.«

Der Rocker zuckte zurück, als hätte er in Suko einen Aussätzigen vor sich. »Bulle?«, ächzte er. »Du als Gelber bist ein Bulle? Das darf doch nicht wahr sein!«

»Sogar von Scotland Yard.«

Er schlug sich gegen die Stirn. »Scheiße auch! Unten die Haie und vor mir ein Bulle. Das kann ja nicht gut sein. Das ist verrückt, schon pervers, einfach …«

»Reg dich wieder ab!«

»Bleibt mir ja nichts anderes übrig.« Er schüttelte sich. »Vor euch hat man auch nie Ruhe.«

Suko kümmerte sich nicht mehr um die Schimpferei seines unfreiwilligen Begleiters. Er wollte nach einer Möglichkeit suchen, aus dieser Falle zu entwischen. Deshalb schaltete er wieder seine Lampe an und ließ den Strahl an den Schachtwänden entlanggleiten, da er nachsehen wollte, wo und wie das Netz befestigt war.

Rechts und links von ihnen lief es den Schachtwänden entgegen und war dort durch aus dem Gestein schauende Haken befestigt. Jemand hatte dort starke und reißfeste Seile verknotet. Wer dieser Jemand war, konnte Suko nur erraten. Möglicherweise Asmodis.

Als Suko seinen Arm senkte, berührte der Lampenstrahl auch das Gesicht des Rockers. Als Reflex huschte das Licht über sein Gesicht. Es war schweißnass, der Mund war an den Winkeln nach unten gebogen, wie auch sein rechter Zeigefinger, der in die Tiefe deutete.

»Da ist was.«

Suko leuchtete.

Der Rocker hatte sich nicht geirrt. Es waren die Haie, die den beiden noch wilder vorkamen als sonst. Die Tiere zogen nicht allein ihre Kreise, sie nahmen auch immer wieder einen gewissen Anlauf, um die Körper aus dem Wasser schnellen zu lassen.

Pfeilartig schossen sie hervor, hielten die Mäuler offen, sodass ihre spitzen Zähne schon in die gefährliche Nähe des Netzes gerieten, wo sie zubeißen wollten.

Suko rann es kalt über den Rücken. Noch trennten die Gebisse der Haie sie ungefähr eine Armlänge vom Netz, in dem sie lagen, aber wenn sie sich erst einmal eingesprungen hatten, würden sie auch zubeißen.

»Schöner Tod, nicht?«, fragte Kelly.

»Noch leben wir.«

»Wenn dein Kumpel es nicht schafft, früh genug ein Seil zu besorgen, sind wir verloren.«

»Das seid ihr so oder so!«

Keiner der beiden hatte die Worte gesprochen. Ein anderer war erschienen. Über ihnen hatte er sich manifestiert, und eigentlich hätte er nur sein dreieckiges Gesicht zu zeigen brauchen, um erkennen zu können, um wen es sich dabei handelte.

Es war Asmodis, der Teufel!

Er stand nicht, er schwebte, und er schaute so hohnlachend und triumphierend auf die beiden Menschen herab, wie es eben nur der Satan konnte. Er genoss, das gehörte zu seinen großen Pflichten und Aufgaben. Sich an der Angst irgendwelcher Opfer zu weiden und daraus neue Kraft zu tanken. Suko besaß Waffen, allein sie nutzten gegen Asmodis nicht. Über einen Silberkugel-Treffer konnte er nur lachen. Die Dämonenpeitsche, eine sehr starke Waffe, reichte für ihn auch nicht, nur vor dem Kreuz fürchtete er sich, denn in ihm waren die Insignien der Erzengel eingraviert worden, und sie hatten damals, als die Zeiten begannen, das Gute vom Bösen getrennt.

Hätte es eine Chance gegeben, sich in eine Ecke zu verkriechen, Kelly hätte sie sicherlich genutzt. Das Erscheinen des Höllenherrschers hatte ihm einen regelrechten Schock versetzt, den er zunächst einmal verdauen musste.

So stierte er in die Höhe, und sein Blick drückte allein das Gefühl aus, das in ihm tobte.

Angst!

Suko sah die Sache gelassener, auch wenn er sich nicht viel ausrechnete. Er wusste, dass Asmodis ein Schwadronierer war und sich gern reden hörte. Das hatte er oft so gehalten, und daran würde sich auch nicht viel ändern. »Du vergisst einen!«, rief Suko dem Satan entgegen. »John Sinclair!«

Asmodis lachte grollend und produzierte die Schwefelwolken. Sie füllten bald den Schacht aus. Aus dem Dampf erklang krächzend die Antwort. »Sinclair kannst du vergessen. Auf ihn brauchst du nicht zu hoffen. Er ist außer Gefecht gesetzt worden.«

»Wie das?«

»Es war ein Fehler von ihm, die Spur des Ansgar of Osborne aufzunehmen. Ein großer Fehler sogar. Er hätte sich um ganz andere Dinge kümmern sollen. Jetzt schwimmt er auf dem Meer, und mein Killerhai wartet auf ihn. Sinclair wird seine Beute.«

Falls Suko erschreckt war, ließ er es sich wenigstens nicht anmerken. Er nickte nur. »Der Hai«, sagte er. »Was hast du mit ihm vor, Asmodis? Wieso haben wir dich im Maul dieses Fisches gesehen?«

»Weil nur er mich zu meinem Ziel führen kann.«

»Und das wäre?«

»Ich werde es dir nicht sagen. Es ist etwas, das nur allein mich angeht.«

»Und diesen Osborne.«

»Er ist mein Diener.«

»Weshalb hast du ihn zurückgeholt?«

»Weil er das Ziel kennt.«

»Und?«

»Ansgar of Osborne hatte in seinem Leben zu vielen Dämonen Kontakt. Unter anderem auch zu einem meiner großen Feinde. Er hat für den Spuk etwas gebaut.«

»Und was war das?«

»Der Dämonenschrein!«

Jetzt hatte Asmodis die Katze doch aus dem Sack gelassen. Suko wusste nicht, was er darauf erwidern sollte. Von einem Dämonenschrein hatte er noch nichts gehört. Wenn der Teufel sich persönlich auf die Suche machte, musste etwas daran sein, und dann musste dieser Schrein auch etwas Wichtiges enthalten.

»Was ist sein Inhalt?«, fragte Suko.

»Etwas sehr Wichtiges.«

»Kann ich mir vorstellen.«

»Ich werde es dir nicht sagen, Chinese. Auch Sinclair soll dumm sterben, verschlungen von einem Haifisch ...«

Sukos laute Stimme unterbrach den anderen. »Was genau willst du mit deinen verdammten Haien?«

»Ich wollte ihm einen Gefallen tun. Osborne ist Herr über die Haie. Er hat den Hai-Zauber angewandt, die Tiere gehorchen ihm. Er kann sie lenken, sie dirigieren, sie sind auf ihn fixiert, denn er gehört zu den wenigen Könnern, die den Tierzauber beherrschen. Er ist schon damals in der Welt herumgekommen und hat ihn aus einem fernen Land mitgebracht. Durch den Hai-Zauber ist es ihm auch gelungen, mit dem Spuk Kontakt aufzunehmen, denn seine wahre Gestalt kennen nur wenige.«

Mehr sagte Asmodis nicht. Suko hatte die Worte sehr genau begriffen. Im Gegensatz zu Machine Gun Kelly, der den Kopf schüttelte und alles für Spinnerei hielt. »Das ist doch Wahnsinn«, sagte er. »Der ist verrückt. Der will uns hier auf den Arm nehmen.«

»Nein, das will er nicht.« Suko ließ Asmodis nicht aus den Augen. Er wusste genau, dass der Teufel eine Hinterlist plante.

Unter ihnen gerieten die Haie in eine Art von Ekstase.

Sie schienen sich vermehrt zu haben. Ein Körper nach dem anderen schnellte aus dem Wasser. Je mehr sich der Fisch dem Netz näherte, umso größer schien das weit aufgeklappte Maul zu werden, in das Suko und der Rocker hineinstarrten.

Die scharfen Zahnreihen blitzten ihnen entgegen wie helle Schwerter; in den verhältnismäßig kleinen Augen lauerte die Tücke und die Gier nach Menschenfleisch.

Der Teufel ließ die Haie tanzen. Aus einer sicheren Entfernung beobachtete er die beiden Männer, erfreute sich an ihrem Schrecken, und besonders der Rocker hatte Angst.

»Kann man denn nichts tun?!«, schrie er. »Das ist doch ein verfluchtes Unding, hier zu hocken und zu warten.«

»Du wirst sterben!«, donnerte die Stimme des Teufels. »Und zwar in der nächsten Minute.«

Kelly schaute hoch. Er hatte schon den Mund aufgerissen, um etwas zu sagen, als ihm die Worte in der Kehle stecken blieben, da er die Aktivitäten des Teufels detailgenau mitbekam.

Asmodis löste an einer Schachtseite das Halteseil des Netzes. Was das bedeutete, war den beiden klar.

Das Netz würde rutschen, sie mit und den aufgerissenen Kiefern der Raubfische entgegen.

Suko suchte verzweifelt nach einer Lösung. Er dachte an seinen Stab. Für fünf Sekunden hätte er die Zeit anhalten können, aber es wäre ihm in dieser Spanne nicht mehr gelungen, den Teufel zu vertreiben.

Und so war er machtlos!

»Tu was!«, brüllte Kelly, schnellte hoch, brachte das Netz zum Schaukeln und hörte, wie auch Suko, die grölende Stimme des Teufels.

»Gute Reise dann!«, schrie er und löste die Verbindung auf.

Die Pranke nagelte meinen Körper auf den Planken des Floßes fest. Es war ein verdammt harter Griff. Der eiserne Handschuh drückte mich so hart gegen den ebenfalls festen Widerstand, dass es mir nicht gelang, mich in die Höhe zu stemmen.

Der Zombie würde mich killen!

Er beugte seinen Oberkörper vor, noch unterstützt durch das Schaukeln des Floßes, das ihn zusätzlich in meine Richtung drängte. Ich sah sein Gesicht, diese blasse, widerlich teigige Masse, die an einigen Stellen bläulich schimmerte.

Den Modergeruch wehte der Wind weg, aber nicht die

gelbliche Flüssigkeit, die aus seinem offenen Maul rann und gegen meinen Körper tropfte. Er war grausam und schlimm. Sein eherner Handschuh zerfetzte die nasse Kleidung; ich spürte bereits die Kälte des Metalls auf meiner Haut.

Es war möglicherweise diese Berührung, die mich aufweckte, sodass ich meinen rechten Arm herumschwang und den Dreizack fallen ließ. Er bohrte sich in die Rüstung des Zombies, der diesen Aufprall spürte, ein Zischen vernahm und seinen Griff löste. Ich rutschte unter ihm hinweg, drehte mich, bevor er nachfassen konnte, und gelangte auf dem schaukelnden Floß in eine kniende Haltung. Meine rechte Hand rutschte auf die Beretta zu. Ich wollte diesem Wesen eine Silberkugel durch den Schädel jagen, denn anders war es nicht mehr zu stoppen.

Mein Finger blieb am Abzug. Ich zog nicht durch, denn für Ansgar of Osborne war ich plötzlich uninteressant geworden. Wo ich sonst eine lebende Leiche mit einer geweihten Kugel aus dem Weg räumte, zögerte ich hier. Dieser Zombie war von einer besonderen Art, das bekam ich wieder mal zu spüren, denn er hatte den Dreizack gefasst und richtete sich mit ihm in der rechten Klaue auf.

Etwas musste für diesen lebenden Toten viel wichtiger als meine Person sein.

Er drehte mir sogar den Rücken zu. Die lebende Leiche hatte den Dreizack als Stütze benutzt. So konnte er auch stehen bleiben, trat bis dicht an den Rand des Floßes, baute sich dort breitbeinig auf und schaute auf die dunkle, wogende Wellenfläche mit der langen Dünung.

Ich warf einen Blick zur Küste zurück.

Die Felsen verschwammen in der Finsternis. Nur dort, wo die Wogen gegen sie brandeten, sah ich einen weißen Schaumstreifen, der auf mich den Eindruck eines waagerecht verlaufenden Bartes machte.

Keine Spur von Asmodis. Auch war nichts von seinem verdammten Killerhai zu sehen. Dennoch ging ich davon aus, dass beide in der Nähe lauerten und nur auf einen günstigen Zeitpunkt warteten, um eingreifen zu können.

Manchmal schoben sich die langen Wellen wie dunkle Berge aus Glas heran. Sie wirkten jedes Mal so, als würden sie unser Floß überschwemmen oder umkippen. Dabei schaukelten wir in die Höhe, wurden danach in das Wellental gedrückt, um der nächsten langen Dünung entgegensehen zu können.

Sehr deutlich nahm ich die Aura des Ungewöhnlichen oder Unheimlichen wahr. Der Mond hielt sich hinter abstrakt wirkenden Wolkenformationen versteckt. Dunkelheit lag dicht über dem Wasser, und die Schaumkränze der Wellen erinnerten mich an lange, schmale, blinde Spiegel.

Der Zombie starrte auf die See!

Er hatte den rechten Arm angewinkelt und hielt seinen Flammen-Dreizack dabei so, dass die drei Spitzen auf die Wasserfläche deuteten. Ihr loderndes Muster veränderte sich in den folgenden Sekunden, als der Untote begann, den Dreizack zu bewegen.

Zuerst führte er ihn in einen Kreis. Die Flammenarme bewegten sich mit. Sie zeichneten die runde Spur glühend nach und liefen ineinander über, je schneller der andere seinen brennenden Dreizack führte.

Da er sich sehr rasch bewegte, stand die Figur in der Finsternis und veränderte sich plötzlich, weil der Untote seinen Arm wieder in die Höhe schnellen ließ.

Er stach den Dreizack in die Düsternis. Es war das Ende seiner lautlosen Beschwörung und gleichzeitig der Beginn einer neuen Gefahr. Die erkannte ich schon, bevor der andere sich umgedreht hatte.

Die See ist nie ruhig, auch bei einer Flaute nicht. Wellen bilden sich immer, aber sie quirlen nie so schaumig in die Höhe, wie das in der Nähe unseres Floßes geschah.

Das hatte einen anderen Grund.

Ich wollte ihn nicht glauben, denn ich hatte ihn noch nicht gesehen, aber ich ahnte, was sich dort tat.

Der andere musste durch seine finstere Beschwörung die Haie herangeholt haben.

Und so war es auch.

Mich durchfuhr ein heißer Schreck, als ich den ersten schlanken Körper entdeckte, der dicht unterhalb der Wasseroberfläche pfeilschnell dahinglitt, sich drehte und unser Boot umkreiste. Mit dem größten Teil seines grauen Leibes blieb er unter Wasser, nur den Schädel streckte er hervor, und das reichte mir, denn ich sah sein geöffnetes Maul und die tückischen Augen, die mich anstarrten und regelrecht sezierten, als wollten sie eine besonders günstige Stelle an mir aussuchen.

Der nächste Hai schwamm herbei.

Wie ein Torpedo glitt er auf das Floß zu, hätte eigentlich abdrehen müssen und hämmerte mit seinem Maul dagegen, sodass ich damit rechnete, es gleich knirschen zu hören, wenn er das Holz zerbiss.

Er zog sich zurück.

Wieder sah ich einen herbeischwimmen. Aus der Tiefe stieß er hoch, und zwar dort, wo Ansgar of Osborne auf ihn wartete, wie ein Dompteur auf den Delphin.

Der Zombie bewegte seinen Flammen-Dreizack. Er führte damit den Hai, der sein Maul weit aufriss, dem Körper in der Luft eine Drehung gab, bevor er wieder mit einem geschmeidigen Satz im Wasser verschwand.

Diese Spielchen waren nicht possierlich. Die Tiere führten sie auf, um uns ihre Macht zu zeigen. Osborne würde sich daran sicherlich ergötzen, ich weniger, denn die Haie, davon ging ich aus, hatten es allein auf mich abgesehen.

Sie umkreisten das Floß. Immer enger drehten sie die Runden. Das Wasser quirlte und schäumte. Manchmal stießen sie auch mit ihren rauen Leibern gegen das Holz, als wollten sie dafür sorgen, dass unser Floß endlich umkippte und wir im Wasser verschwanden.

Ich hatte mich sicherheitshalber hingekniet. So wurde mir ein besserer Halt gegeben. Die Blicke konnte ich nicht überall haben. Zudem waren die schlanken Leiber der Fische einfach zu schnell, wenn sie ihre Runden um das Floß drehten.

Ansgar of Osborne hatte die Raubfische durch seine stumme Beschwörung herbeigeholt. Für ihn war die Arbeit praktisch erledigt, sodass er sich anderen Dingen zuwenden konnte.

Das tat er auch.

Lässig drehte er sich um. Die drei brennenden Dreizack-Pfeile wiesen auf meinen Körper, er aber schaute in die Mündung der Beretta und gegen das Kreuz, das ich wieder hervorgeholt hatte.

Wind wühlte sein spinnendünnes Haar in die Höhe. In seinem teigigen Gesicht bewegten sich die Augen, die blassen, kaum zu erkennenden Lippen zuckten, nur bemerkte ich nicht mehr die Angst bei ihm, die er beim ersten Anblick des Kreuzes empfunden hatte.

Dieser Zombie musste als normaler Mensch schon etwas Ungewöhnliches gewesen sein, sonst wäre er nicht in der Lage gewesen, als Untoter die Könige des Meeres zu dirigieren, die noch immer in einer wahnsinnig anmutenden Geschwindigkeit unser Floß umkreisten und an graue, in schnelle Bewegung geratene Torpedos erinnerten.

Was genau wollten sie?

Bisher blieben sie zum Glück harmlos, dies allerdings änderte sich, als der Zombie seinen rechten Arm bewegte und damit auch den verdammten Dreizack.

Er stieß ihn hoch.

Als hätten die Haie nur auf dieses Zeichen gewartet, waren sie plötzlich da. Diesmal zu zweit. Sie wuchteten die grauen, langen, auch herrlichen Körper aus den Fluten, drehten sich im Sprung, rissen dabei die Mäuler auf und befanden sich plötzlich über dem Floß.

Noch einmal veränderten sie ihre Sprungrichtung, damit sie sich auf ein Opfer einfixieren konnten.

Und das war ich!

Das Netz riss nicht, es fiel!

Gleichzeitig verschwand der Teufel mit einem schaurigen Lachen auf den Lippen, in das sich der kreischende Entsetzensschrei des Rockers mischte, als er nach hinten kippte.

Der noch junge Mann, dem es nichts ausgemacht hatte, in London Menschen zu terrorisieren, erlebte in diesen Augenblicken eine wahre Todesangst. Es war furchtbar für ihn. Mit beiden Armen schlug er um sich, suchte nach einem Halt, rutschte aber weiter, hörte Sukos harten Befehl, und es gelang ihm tatsächlich im letzten Augenblick, seine Finger in die schmalen Öffnungen des herabhängenden Netzes zu verkrallen, wo er sich eisern festhielt und für einen Moment Ruhe hatte.

Man konnte es bei ihm als Pech im Glück bezeichnen. Er hätte früher zufassen müssen, denn so hing er dicht am Rand des Netzes fest, das jeden Moment seinem Gewicht nachgeben und auch reißen konnte.

Suko hatte es da besser gemacht. Er war ein Mensch, der auch in extremen Situationen nicht den Überblick verlor. Hier war es ihm so ergangen.

Kaum hatte er den ersten Ruck des Netzes gespürt, als er schon seinen Arm bewegte und zugriff.

Mit der rechten Hand zuerst, die linke sofort folgend, hatte er seine zehn Finger in die Lücken verhakt und hielt eisern fest.

Das Netz musste zwei Gewichte aushalten.

Auf die Dauer würde es das nicht schaffen, vor allen Dingen nicht, wenn man wie Kelly in Panik geriet und mit den Beinen strampelte.

»Hör damit auf!«, schrie ihn Suko an.

Kelly hob den Kopf. Die beiden hingen ziemlich nahe beisammen, der Rocker ein Stück unter Suko, aber sein Gesicht war nur mehr als glänzender Fleck zu erkennen. Der Schweiß verschaffte sich in wahren Bächen freie Bahn und lief wie Leim über die Augen des jungen Mannes, der voller Panik steckte.

Unter ihnen tobten die Haie in dem Wasserwirbel. Suko fragte sich, wann sie hochschnellen und zubeißen würden, und er fragte sich weiterhin, wie lange sie sich an diesem Netz halten konnten, das irgendwann einmal reißen musste, wenn es einseitig belastet wurde.

»Verdammt noch mal, Bulle, so tu doch was!«, schrie Kelly voller Panik. »Ich drehe noch durch!«

»Zieh dich höher!«

»Kann nicht.«

»Versuch es, sonst schnappen dir die Biester noch deine Füße weg!«

Der Rocker lachte heulend. Er kämpfte jetzt gegen sein Schicksal an, löste die linke Hand, wollte höher greifen und verfehlte die Maschen. Stattdessen streckte er die Beine aus, genau in dem Moment, als der erste Hai sprang.

Ein dunkelgrauer Schatten schoss aus dem Wirbel hervor. Das Maul offen, die Zähne gebleckt, so biss er blitzschnell zu.

Suko hörte den Rocker schreien.

Es war ein furchtbarer Laut, der durch den Schacht hallte und auch von dem oben wartenden Mädchen gehört werden musste. »Er hat mich erwischt, verdammt, er hat mich erwischt.«

»Dann komm auch hoch!«

Suko hätte ebenso gegen eine Wand reden können. Machine Gun Kelly hörte ihn nicht oder wollte ihn nicht hören. Er schüttelte in wilder Verzweiflung den Kopf, was auch wieder ein Fehler war, denn diese Bewegung übertrug sich automatisch auf seinen Körper, sodass dieser in Schwingungen geriet und es kam, wie es kommen musste.

Das Netz riss.

Genau an der Stelle, die der Rocker mit der rechten Hand umklammerte. Durch seine Gestalt ging ein Ruck. Es sah so aus, als würde er in die Tiefe fallen und zwischen den weit aufgerissenen Mäulern der Haie verschwinden, aber in einer schier übermenschlichen Kraftanstrengung hielt er sich noch mit der linken Hand fest, wobei sein hängender Körper nicht mehr in der gleichen Lage blieb, sondern sich drehte.

Er schwang genau in die Richtung, in die Suko zwangsläufig schaute, sodass die beiden sich anstarrten. Noch hing Suko relativ sicher, aber auch er spürte das harte Ziehen in seinen Armen und hatte das Gefühl, dass bereits einige Maschen über ihm gerissen waren.

Zuerst war der Junge an der Reihe. Der Inspektor konnte ihn nicht dort hängen lassen. Obwohl auch er sich in einer lebensbedrohlichen Lage befand, wollte er dem anderen helfen.

Deshalb drehte er sich weiter.

Dabei fiel sein Blick nach unten. Der rechte Schuh des Rockers fehlte, auch der Strumpf, und der Hai hatte noch mehr erwischt. Aus der Wunde fiel das Blut in Tropfen nach unten, klatschte in das brodelnde Wasser und stachelte die Raubfische noch mehr an. Sein Geruch machte die Haie schier wahnsinnig.

Sie tobten in diesem schmalen Felsenbecken, sprangen, klatschten gegeneinander, wurden noch mehr aufgepeitscht und würden sich bestimmt gegenseitig zerreißen, wenn das so weiterging.

Wieder schnellten zwei Körper aus dem Wasser. Sie waren sehr schnell. Die Reißzähne schnappten zu, doch diesmal vergeblich. Dicht unter den Füßen des Rockers klappten die Kiefer zusammen, während die Haie wieder in den brodelnden Hexenkessel hineintauchten und auf ihre Artgenossen fielen.

»Ich kann mich nicht mehr halten!«, jaulte Kelly. »Mein Arm reißt gleich ab!«

»Nur für einen Moment noch!«, schrie Suko zurück. »Ich komme und helfe dir.«

»Mach schon!«

Das war leichter gesagt, als getan, denn auch Suko musste seine Richtung verändern. Um Erfolg zu haben, würde er schräg auf den anderen zuhangeln müssen.

Eine verdammte Sache.

Aber er riskierte es und setzte sein eigenes Leben damit aufs Spiel.

Das Netz hing nicht nur durch, es federte auch nach, wenn sich der Inspektor bewegte, und er hoffte, dass sich Kelly so vernünftig anstellte, wie es gefordert war.

»Bewege dich nur nicht!«, schrie er dem Rocker zu. »Versuche, meine ausgestreckte Hand zu greifen. Verstanden?«

»Ja.«

Eine Antwort bekam Suko nicht. Der andere verzerrte nur sein Gesicht noch mehr. In den Zügen paarten sich die Angst und die Anstrengung.

Suko versuchte es. Er musste sehr vorsichtig und auch langsam zu Werke gehen, denn die Zeit drängte. Ein gewagtes Spiel auf Leben und Tod hatte begonnen, denn als sich Suko nach unten drückte und mit einer Hand noch nachfasste, wobei er seine Finger in die Netzmaschen verkrallte, spürte er den leichten Ruck über sich.

Es waren wieder einige Maschen gerissen.

Sein Herzschlag beschleunigte sich. Auch Suko war nur ein Mensch. Möglicherweise hätte auch er seine Angst hinausgeschrien, aber er hielt sich zurück. Es machte sich nun sein Training bemerkbar, auch in Extremlagen die Übersicht zu behalten.

In einem halben Kreisbogen schoss der nächste graue Körper aus der Flut, aber sein Gebiss schlug unter den beiden Männern zusammen, und er klatschte wieder zurück.

»Mach doch!«

Machine Gun Kelly bekam von Suko keine Antwort. Jedes Wort hätte Kraft gekostet, und die zu verlieren, konnte er sich auf keinen Fall leisten. So arbeitete er sich im Schweiße seines Angesichts weiter voran, um das Leben des jungen Mannes unter Einsatz seines eigenen zu retten oder nur beide um Sekunden zu verlängern.

Er hoffte, dass Kelly noch in etwa die Nerven behielt und nicht nach ihm schlug, sodass er alles zerstörte und beide mit in den sicheren Tod riss.

Suko hatte sich jetzt so weit nach links und in die Tiefe gehangelt, dass er seinen linken Arm ausstrecken konnte. Mit der rechten Hand hielt er sich fest. Das volle Gewicht war dorthin verlagert, hatte das Netz straff gespannt und Suko hoffte …

»Greif zu! Versuche es!«

Er fuhr den anderen hart an, der sich noch nicht traute, Suko aus weit geöffneten Augen anschaute und mit bebenden Lippen Worte formulierte, die er selbst nicht verstand.

Suko hätte sich in diesem Moment gern einen doppelt so langen Arm gewünscht, da wäre er besser an den Rocker herangekommen. So aber musste er mit großen Schwierigkeiten kämpfen, um überhaupt in greifbare Nähe der anderen Finger zu gelangen.

Sosehr sich Suko auch bemühte, ihn trennte noch immer etwa die Länge eines Daumens. Im Prinzip eine lächerliche Distanz, in diesem Falle jedoch so gut wie unüberbrückbar.

»Kannst du mir noch ein winziges Stück entgegenkommen!?«, schrie der Chinese gegen das Toben des Wassers an.

»Nein!«

»Versuch es trotzdem!«

Kelly wollte, er strengte sich an. Das Netz war bis zum Zerreißen gespannt!

Noch hielt es …

Unter den beiden tobten die Fische. Auch auf sie mussten sie achten, denn die Haie schossen mit ihren grauen Körpern immer wieder hervor, rissen die Mäuler auf, schnappten gierig, um anschließend in die Tiefe zu fallen, wo das gurgelnde Wasser über ihnen zusammenschlug.

Wie lange würde das Netz halten?

»Noch ein winziges Stück!«, schrie Suko.

Er selbst konnte nicht mehr, hatte alles eingesetzt und hoffte, dass er Kraft genug besaß, um den anderen auch halten zu können.

Kelly reckte sich.

Kontakt!

Die Finger der beiden Männer berührten sich. Beide schweißbedeckt, schienen sie aneinander zu kleben, und jeder musste seine Hand noch um eine Winzigkeit vorschieben.

Da schoss ein grauer Körper aus der Tiefe hoch. Er streifte die Beine des Rockers, den es wie ein elektrischer Schlag durchfuhr. Er zuckte so heftig zusammen, dass er alles vergaß.

Suko sah das Unheil kommen.

Er brüllte dagegen an, doch seine Stimme wurde von dem

Todesschrei des Machine Gun Kelly übertönt, als dieser vor seinen Augen in die Tiefe fiel und gleich auf zwei Haikörpern landete, wo er abrutschte, unter das kochende, schaumige Wasser gedrückt wurde und die Raubtiere sich auf ihn stürzten.

Suko schaute nicht hin.

Er hing am Netz, seine Augen waren verdreht, der Blick nach oben gerichtet.

Machine Gun Kelly hatte es nicht geschafft. Es war aus, sein Leben verwirkt.

Konnte Suko seines retten?

Genau dort, wo der Rocker gehangen hatte, baumelten Netzfetzen in die Tiefe. Es wurde nur noch mehr von einer Seite belastet. Diese Tatsache konnte sich auch zu einem Fluch auswirken, denn ewig würden die Maschen nicht halten.

Suko verdrehte die Augen. Ein Schrei klang ihm entgegen. Aus einer Frauenkehle war er ausgestoßen worden.

Brenda Cooper musste am Rand der Öffnung sitzen und in die Tiefe starren. Möglicherweise hatte sie mitbekommen, was mit ihrem Freund geschehen war. Helfen konnte sie nicht mehr.

Und doch musste von dort Hilfe kommen!

Suko hoffte auf Tom Jones. Wenn er schnell genug war und ein langes Seil geholt hatte, konnte das die Rettung bedeuten.

Aber Tom kam nicht.

Dafür spürte Suko die beiden dicht hintereinander folgenden Rucke. Ein Zeichen dafür, dass wieder einige Maschen dem Druck nicht standgehalten hatten und gerissen waren.

Wenn das so weiterging, landete auch er bald zwischen den Haien. Der Gedanke ließ ihn nach unten schauen.

Das Wasser hatte sich zwar nicht beruhigt, aber so schlimm wie noch vor einer Minute tobten die Wellen nicht.

Von Machine Gun Kelly sah Suko bis auf einen Turnschuh nichts mehr, der kreiste mit der Strömung an der Oberfläche.

Der Rocker hatte es hinter sich.

Wie lange musste Suko noch warten? Auch darüber machte er sich seine Gedanken, während er merkte, dass seine Kraft immer mehr abnahm. Lange würde er sich nicht mehr halten können. Er konnte sich auch nicht an der Schachtwand abstützen. Sie war einfach zu feucht. Hand oder Fuß würden sofort abrutschen.

Wieder schaute er in die Höhe.

Dicht über sich sah er das bis zum Zerreißen gespannte Netz. Auf eine größere Fläche verteilt hielt es, aber bei einer so kleinen und bei diesem Druck musste es einfach reißen.

Und es riss.

Nicht ganz, nur wenige Maschen, aber Suko fiel ein Stück nach unten und geriet damit in die gefährliche Nähe der aus dem Wasser schnellenden Haie, die ihre Chance nutzen wollten und nach Sukos Beinen schnappten.

Er hatte sie angezogen und konnte den messerscharfen Gebissen somit entgehen.

Seine Arme spürte er kaum noch. In den Gelenken hatte sich ein Ziehen ausgebreitet, als wäre eine Kraft dabei, jede Ader gleichzeitig auszureißen. So hing der Chinese da, konnte überhaupt nichts tun und wartete praktisch darauf, dass auch die letzten Fäden rissen …

Ich sah die beiden Haie kommen und größer werden. Sie sprangen …

Meine Beretta war schneller.

Ich feuerte zweimal. Die Mäuler waren überhaupt nicht zu verfehlen. Dort hinein jagte ich die geweihten Silbergeschosse.

Mehr konnte ich einfach nicht tun. Mich nur noch zur Seite werfen. Ich knallte auf die Holzplanken, eine Welle schoss über, bedeckte auch mich, mir drang Wasser in den Mund. Ich spie es aus und sah die beiden schattenhaften Körper über das Floß hinwegfliegen, so viel Kraft hatten sie tatsächlich in ihren Sprung gelegt.

Der eine schaffte es und glitt in das dunkle Wasser. Der andere aber hieb mit seinem Oberkörper auf das Floß, rutschte noch weiter und tauchte erst dann unter.

Ich kam wieder hoch.

Ansgar of Osborne starrte mich an. Seinen flammenden Dreizack hielt er fest. Über die drei Spitzen huschte das Feuer. Er beherrschte diese Tiere, konnte mir sie vielleicht im Dutzend auf den Leib schicken, das genau wollte ich nicht.

Ich musste Schluss machen.

Deshalb stemmte ich mich von den Knien hoch auf meine Füße und schritt ihm entgegen.

Furchtlos, das Kreuz und die Beretta in den Händen.

Um das Floß herum hatte sich das Meer in eine kochende Hölle verwandelt. Dort kamen die Haie ihrem Trieb nach. Sie stürzten sich auf die von mir getroffenen Artgenossen und zerrissen sie. So waren sie wenigstens zunächst beschäftigt.

Ich wollte Osborne!

Der Untote ahnte, was ihm bevorstand, er nahm eine andere, gespanntere Haltung an. Den rechten Arm senkte er, sodass die drei brennenden Lanzen auf mich wiesen.

Er würde mich nicht beschwören können, das wusste er, deshalb rammte er den Dreizack auch vor.

Abermals war es für mich nicht einfach, auf dem schwankenden Floß auszuweichen, zudem bewegte sich der Untote überraschend schnell. Ich hatte Glück, dass mich die Spitzen nicht an der Schulter erwischten und sie aufrissen.

Schnell drehte ich mich, ließ ihn auch bei seiner zweiten Attacke ins Leere laufen. Eine Welle hob das Floß in diesem Moment hoch, mich gleich mit, sodass ich die Gunst der Sekunde nutzte, den Schaft zu fassen bekam und dem Zombie den Dreizack entriss.

Ich sprang einen Schritt zurück. Das war gut, der drehende Untote hätte mich mit dem Schlag seines verdammten Eisenhandschuhs sonst noch voll erwischt.

Er pfiff ins Leere, die Rüstung schepperte, als ich mit dem Dreizack Osborne in der Körpermitte voll erwischte. Er wurde zurückgetrieben und fiel mit seinem Gewicht gegen den Mast, der bedenklich wackelte.

Ab jetzt lagen die Vorteile auf meiner Hand. Ich konnte ihm, wenn ich wollte, den Dreizack ins Gesicht schleudern, hatte schon ausgeholt, sah den Schrecken in seinen Augen, als das geschah, mit dem ich eigentlich schon früher gerechnet hätte.

Nicht mal weit entfernt schien ein Seebeben das Meer zu erschüttern. Es begann mit einem Grollen, dann schlugen und peitschten die Wellen hoch, das Floß wurde gepackt, als wäre es nur mehr ein kleines Spielzeug, über die Wasserberge hinweggeschleudert, und ich konnte mir ausrechnen, wann Osborne und ich in den dunklen Fluten versinken würden.

Ich kippte, rollte über das Floß, hielt den Dreizack fest, als wäre er ein Lebensretter, wurde gegen die an den Seiten entlanglaufende, hochstehende Kante gedrückt und wieder in eine andere Richtung geschleudert, sodass ich in die Nähe des Mastes geriet.

Da hielt ich mich mit der freien Hand fest.

Noch einen Stoß bekam unser primitives Gefährt, der es fast wieder hochgeschleudert hätte, doch eine querankommende Woge kam über, drückte es nach hinten, und ich hatte das Gefühl, in einer Wasserwand zu liegen, weil das Zeug auch mich überspülte.

Sekunden später erst bekam ich Luft.

Tief atmete ich ein, stemmte mich halb auf die Füße, sah meinen Gegner liegen und kümmerte mich nicht um ihn, da eine andere Sache wesentlich wichtiger war.

Fast zum Greifen nahe erhob sich das gewaltige, aufgerissene Maul des Killerhais aus dem Wasser. Und beinahe lässig zwischen den beiden Kiefern stand mein Todfeind Asmodis, der sich in diesem Moment köstlich amüsierte …

Zeit kann schnell vergehen. Sie kann sich aber auch sehr lange hinziehen, wie im Fall des Chinesen Suko. Er hatte das Gefühl, als wären bei ihm beide Faktoren zusammengekommen, während er an diesem Netz hing und eigentlich darauf wartete, dass es riss.

Furchtbar für ihn war das Rucken der einzelnen reißenden Maschen. Jedes Mal durchzuckte Sukos Körper dann ein

Schreck, sodass er sich fragte, ob dies nun das endgültige Aus war.

Er schaffte es immer wieder.

Noch hielt er sich …

Unter ihm lauerten die Haie. Sie wurden in dem schäumenden, natürlichen Felsenbecken fast verrückt. Ein Opfer hatten sie bekommen, das zweite wollten sie auch erwischen, aber Suko gelang es immer wieder, die Beine anzuziehen.

Ein anderer hätte es kaum mehr geschafft. In diesen langen Minuten bewies der Chinese, wie zäh er war. Aufgabe kannte er nicht, ebenso wenig wie die Haie.

Sie kreisten, sie lauerten, sie öffneten ihre Mäuler, ließen ihre Zähne blitzen, sprangen manchmal wie Delphine, glitten wieder zurück und tauchten tiefer, um auch unter Wasser ihre Kreise zu drehen.

Suko schielte in die Höhe. Er zwang sich dazu, nicht mehr an die Haie zu denken. Für ihn allein war es wichtig zu überleben, und vielleicht gab ihm jemand die Chance.

Da war Tom Jones!

Er hatte den Mann weggeschickt, damit er ein Seil besorgte. Wie lange brauchte Tom, um es zu holen? Wohin musste er laufen? Suko kannte die Gegend nicht gut genug, um sich selbst darauf eine klare Antwort geben zu können.

Und so blieb ihm nichts anderes übrig, als weiterhin an den dünnen Netzfäden zu hängen und abzuwarten.

Bis zu dem Ruf!

Er hallte ihm entgegen, als wieder mehrere Maschen rissen und Suko den Ruck mitbekam. Diesmal war es nicht die Stimme des Mädchens, sondern die von Tom.

»Ich habe es!«

Suko hätte kaum antworten können. Irgendwie saß seine Kehle zu. Er brachte ein Krächzen zustande, das war alles. Den Kopf hatte er in den Nacken gelegt, sah oben, wo der Schacht endete, eine schattenhafte Bewegung, dann fiel etwas nach unten.

Es bewegte sich auf den ersten Yards wie der Körper einer

Schlange, wurde dann länger, streckte sich, klatschte gegen die Innenwand des Schachtes, rutschte schneller, berührte schon das Netz und kam in Sukos Nähe zur Ruhe.

Die Länge reichte soeben noch. Zudem hatte Tom Jones mitgedacht und eine Schlinge geknüpft, die Suko als große Hilfe nehmen konnte. Er streckte seinen linken Arm vorsichtig aus, bekam das Seil zu packen und sah im gleichen Moment den Lichtstrahl, der bleich und breit in den tiefen Schacht fiel.

Die Helligkeit blendete ihn sofort. Zudem hielt Tom die Lampe nie ruhig, denn der weiße Arm tanzte von einer Schachtwand zur anderen und gab dem Inspektor die Gelegenheit, Einzelheiten zu erkennen.

Die Schlinge war groß genug geknüpft worden, damit er sich hineinhängen konnte. Er streifte sie über seine Schulter, bewegte sich dabei hektischer, und das genau nahm ihm das Netz übel.

Es riss.

Suko hatte sich noch mit einer Hand festgehalten. Er spürte den heftigen Ruck, den Fall, das Reißen, sah zwei Haie springen, wurde von dem kalten Wassersprüh benetzt und schaute dem fallenden Netz hinterher, das auf die Körper der Fische klatschte, bevor es verschwand.

Geschafft!

Suko holte tief Luft. Er hing in der Schlinge, auch keine bequeme Lage, aber noch immer besser, als Gefangener dieses Netzes zu sein. Zudem hatte Tom Jones oben am Schachtende viel Kraft angesetzt, um das Seil nebst Suko zu halten.

Er würde den Inspektor kaum hochziehen können. Da musste sich Suko schon selbst helfen, und das gelang ihm auch, als er in die Nähe der Steigeisen geriet.

Über sie konnte er nach oben klettern.

Die letzten waren gebogen. Er hatte Mühe, sie mit einer Hand zu erreichen, schaffte es dennoch und hangelte sich höher, wobei er sich mit einem Bein abstützte.

Das Seil gab ihm eine zusätzliche Sicherheit. Tom hielt es fest, er zog auch daran, denn Suko spürte den Druck unter seinen Achseln, als es immer weiter hochging.

Er atmete tief durch.

Zum ersten Mal seit geraumer Zeit fühlte er sich einigermaßen sicher. Unter ihm – jetzt zum Glück tiefer – tobten die Raubfische. Sie jagten durch ihr enges Bassin und waren durch nichts mehr zu stoppen. Nun mussten sie mit ansehen, wie ihr Opfer verschwand.

»Das war's, Freunde!«, keuchte Suko. »Aber diesmal für immer, ihr verfluchten Bestien!«

Überrascht stellte er fest, dass sich auch seine Stimme wieder erholt hatte. Er sprach beinahe normal und litt nicht mehr unter dieser gewaltigen Anstrengung.

Deshalb drückte er den Kopf in den Nacken und schrie nach oben. »Tom, hörst du mich?«

»Ja.«

»Ich klettere hoch. Hilf mir dabei! Du musst nur ein wenig ziehen. Nur nicht zu hart, okay?«

»Ja, geht klar.«

Tom gab sein Bestes. Suko hörte ihn sogar keuchen, so sehr strengte er sich an. Der Fischer hätte es nie geschafft, wenn er nicht von Suko unterstützt worden wäre. Er fand zielsicher die Tritteisen und verteilte sein Gewicht stets auf zwei gleichmäßig, sodass er keine Angst zu haben brauchte, dass sie brachen.

Unangefochten ließ er den Schacht hinter sich und damit auch die Geräusche des schäumenden Wassers. Der Ausschnitt über ihm vergrößerte sich, nahm deutlichere Konturen an, und Suko erkannte auch für einen Moment die Gestalt des Mädchens, bevor Brenda Cooper hastig zurücktrat.

Nur noch wenige Yards lagen vor ihm. Tom atmete ebenso heftig wie der Chinese. Die beiden sahen sich, starrten sich an, und Suko erkannte das Erschrecken im Gesicht des Fischers.

»Gott, wie siehst du aus?«

Er bekam keine Antwort. Suko brauchte seinen Atem, um sich über den Rand stemmen zu können.

Das tat er wie jemand, der am Ende seiner Kräfte war. So langsam und auch ächzend.

Vor seinen Augen bildeten sich manchmal Kreise und

Nebel, und Suko merkte es kaum, dass er plötzlich neben der Luke lag und der frische Wind über sein Gesicht strich.

Er blieb auf dem Bauch liegen, wurde von Brenda und Tom angesprochen, gab keine Antwort, sondern holte Luft. Tief und regelmäßig. Er spürte das Zittern seiner Glieder, die Achselhöhlen und Schultern brannten, weil die Muskeln und Sehnen von der langen Hängerei überanstrengt worden waren. Auch gelang es ihm nicht, weiterzusprechen. Im Hals saß ein dicker Kloß, der ihn daran hinderte.

»Okay, alles wieder okay?«

Mehrmals wiederholte Tom die Frage, bis sich Suko so gut fühlte, dass er sich hochstemmen und hinsetzen konnte. Er nickte. »Ja, es ist alles wieder okay.«

Aus dem Schatten der Burgmauer löste sich eine Gestalt. Sie kam sehr zögernd auf den Chinesen zu.

Es war das Mädchen.

Im Mondlicht wirkte ihr Gesicht bleich. Aber es trug nicht für den erschreckten Ausdruck die Schuld, der die Züge der Brenda Cooper zeichnete. Sie hatte es nicht gesehen, aber sie konnte sich einiges zusammenreimen und stellte zitternd die Frage.

»Ist er tot?«

»Ja«, krächzte Suko. »Er hat es nicht geschafft.«

Für einen Moment blieb sie stehen, ohne sich zu rühren. Nur die Hände hielt sie geballt, und durch die Arme rann ein heftiges Zucken. »Wirklich?«, flüsterte sie mit einer Stimme, die so unnatürlich fremd klang.

»Ja.«

Tief holte sie Luft. Brenda wankte. Auch Tom merkte es und stützte sie ab. »Warum?«, fragte sie plötzlich. »Verdammt, warum gerade er. Warum?« Das letzte Wort brüllte sie hinaus. Der Klang ihrer Stimme sprach von dem gewaltigen Schmerz, den sie bei diesen Worten empfand. Sie schüttelte den Kopf, begann zu weinen und sank plötzlich zusammen, weil ihre Knie einfach nachgaben.

Der alte Fischer fing sie ab und zog sie in den Schatten der Mauer, wo er Brenda niederlegte. Dann kam er zu

Suko. »Ja?«, fragte auch er. »Warum? Wie konnte es passieren?«

»Das Netz war an einer Seite gerissen. Wir hingen an der anderen und schafften es soeben noch, uns festzuhalten. Glaub mir, ich habe alles versucht. Er ist in die Tiefe gefallen.«

»Da war Wasser, nicht?«

»Ja – und die Haie!«

Mehr brauchte der Inspektor nicht zu sagen. Der alte Fischer hatte verstanden. Er nickte langsam und mechanisch. Er sprach auch nicht. Schließlich wandte er sich ab und setzte sich auch nieder. »Ich habe es gewusst.«

»Was hast du gewusst?«

»Dass die Haie kommen.«

»Wieso?«

»Der Teufel, der große Hai, dieser Osborne, das gehört alles zusammen. Man hat ihm nachgesagt, dass er sich mit Tieren sehr gut verstand. Er hat sie verhexen können, sie hörten auf ihn. Hier waren es die Haie, die er herholte, als er zurückkehrte. Er muss zu seinen Lebzeiten vom Teufel hofiert worden sein.«

»So sieht es aus.« Suko konnte an den Tatsachen nichts mehr ändern. Er war soeben noch mit dem Leben davongekommen, und deshalb dachte er auch weiter. »Hast du nichts von John Sinclair gehört?«, fragte er.

»Nein.«

Suko erhob sich. Er bewegte seine Arme. Allmählich spürte er die Muskulatur wieder, und er dachte daran, dass er es bestimmt überstehen und sich schnell erholen würde. »Er ist zum Strand gelaufen, nicht?«

»Zu den Klippen.«

»Hast du ihn noch gesehen?«

Tom schüttelte den Kopf und ging dorthin, wo er ein Ende des Seils um einen dicken Felsen geknotet hatte. Er löste die Verschnürung. »Ich musste das Seil holen.«

»Okay«, sagte Suko. »Ich werde ihn suchen. Vielleicht steckt er zwischen den Felsen und …«

»Oder ist auf dem Meer.«

Suko schaute den Fischer nachdenklich an. »Ja, das kann auch sein. Danke für den Tipp.«

»Soll ich mitkommen?«

Der Chinese schüttelte den Kopf. »Keinesfalls.« Er deutete auf Brenda. »Kümmere dich um sie und sag ihr, dass es mir Leid tut, aber ich habe alles versucht.«

»Das glaube ich dir sogar.«

Der Inspektor bedankte sich bei Tom für die Rettung und machte den Fischer verlegen. Dann ging er. Den Komplex der Burgmauern hatte er schnell hinter sich gelassen und gelangte auf die freie Fläche, wo ihm der Wind scharf entgegenwehte.

Noch immer wusste er nicht, um was es genau ging. Der Satan, die Haie, dann dieser untote Ritter Ansgar of Osborne. Wie war da die Verbindung? Was hatte er damals geleistet, um von dem Teufel so in Schutz genommen zu werden?

Sukos Gedanken drehten sich um dieses Thema, während er den direkten Weg zum Strand einschlug. Beruhigt hatte er sich noch immer nicht, von Erholung konnte er überhaupt nicht sprechen. Zu tief steckte der Schock des Erlebten. Auch ein Kämpfer wie Suko wäre gegen diese Bestien nicht angekommen.

Er sah bereits das Meer.

Dunkel, wogend und sehr weit lag es vor seinen Blicken. In der Ferne schien es mit dem ebenfalls dunklen Himmel zusammenzustoßen. Wolken verdeckten den Mond, nur wenn Suko genau hinschaute, sah er die blasse Scheibe durch die dünne Schicht aus Dunst schimmern.

Das Gelände senkte sich leicht. Bewachsen war es mit hohem, manchmal sperrigem Gras, in dem die grauen Steine versteckt lagen, gegen die Suko hin und wieder mit seinen Füßen stieß.

Den Blick hielt er nach vorn gerichtet und blieb plötzlich stehen, als wäre er irgendwo vorgelaufen.

Über den dunklen Wellen tanzte ein Licht.

Es sah aus wie ein Feuer, schimmerte rotgelb, und der Inspektor wusste rasch Bescheid.

Er hatte es schon einmal gesehen, denn das unruhige Licht

stammte von einem Gegenstand, der eigentlich in die Hände des Meeresgottes Neptun gehört hätte.

Es war der brennende Dreizack.

Dass er über dem Wasser schwebte, wollte dem Inspektor kaum in den Sinn. Der Gegenstand selbst war nicht normal, okay, aber wieso konnte er dann auf oder über den Wellen schweben?

Wurde er festgehalten?

Suko lief schneller. Er hatte das Gefühl, plötzlich bis dicht an die Klippen kommen zu müssen, um alles genau erkennen zu können. Der Inspektor erreichte den Rand, sah die Wellen, die Dunkelheit, und er entdeckte plötzlich den riesigen grauen Schatten, der aus dem Wasser ragte.

Gleichzeitig fuhr ein Windstoß in den Verbund einer dicken Wolkenbank und riss ihn auf.

Die Sicht verbesserte sich.

Jetzt erkannte der Chinese auch den Gegenstand, der auf den Wellen tanzte.

Es war ein Floß.

Ein besetztes Floß, denn sein Freund John Sinclair stand auf diesem tanzenden Untergrund und schaute den an, der sich im offenen Maul des Riesenhais aufhielt.

Asmodis!

Ich hatte natürlich mit dem Erscheinen meines Feindes gerechnet. Trotzdem war ich überrascht, wenn nicht sogar schockiert, als ich meinen Todfeind erkannte und in sein Gesicht mit den grausamen Augen schaute, das mich unverwandt anstarrte.

Es war schlimm.

Ich rührte mich zunächst nicht. Die Wellen hoben das Floß in die Höhe oder ließen es in das Tal zurücksinken, aber sie brachten es nicht näher an das Ungeheuer heran.

So stand ich da und starrte in dessen Maul.

Asmodis freute sich. Sein Gesicht hatte sich in die Breite verzogen. Der Mund war geöffnet. Wie Dampf strömte es aus ihm hervor. Die Augen verrieten durch ihren Glanz den Hass, der in seinem Körper steckte und mir entgegenstrahlte.

Er wollte hier ein Ende machen.

Und er befand sich in einer hervorragenden Lage. Ich konnte von diesem verdammten Floß nicht weg. Ein Sprung hätte mich ins Wasser gebracht, mehr wäre nicht geschehen.

So blieb ich.

In einer Hand den flammenden Dreizack, mit der anderen am Mast.

Asmodis sprach mich an. Sein dunkles Gesicht hob sich scharf gegen das tiefe Rot seiner Kleidung ab. »Schlechte Karten, Sinclair. Diesmal bist du dran.«

»Das hast du schon oft gesagt.«

»Weiß ich«, gab er lachend zur Antwort. »Aber dieser Ort ist ein besonderer, das weißt du auch.«

Und ob ich das wusste, aber ich sagte nichts, dafür redete der Teufel weiter. Wie immer hörte er sich gern sprechen, vor allen Dingen dann, wenn er im Vorteil war. »Auf den Chinesen kannst du nicht hoffen. Ich habe ihm eine perfekte Falle gestellt, in die er hineingeraten ist. Auf ihn warten die Haie. Du weißt, was das bedeutet?«

»Dann zeig mir seine Leiche!«

»Keine Zeit, denn jetzt bist du an der Reihe. Vielleicht trefft ihr euch in der Hölle!« Er donnerte mir sein Lachen entgegen und amüsierte sich köstlich.

Ich musste nicht allein auf den Teufel achten, auch dieser Ansgar of Osborne war wichtig. Durch das Erscheinen des Satans hatte er wieder Auftrieb bekommen, das dokumentierte er auch, als er seinen Körper herumschwang und sich trotz der hinderlichen Rüstung auf die Füße stemmen wollte.

Ich lenkte Asmodis ab, indem ich Osborne ins Gespräch brachte. »Ist er so wichtig für dich geworden?«, fragte ich, »dass du ihn sogar von den Toten erweckt hast?«

»Ja, er war und er ist wichtig.«

»Was hat er Besonderes geleistet?«

»Er weiß genau, wo der Dämonenschrein versteckt ist. Eine sehr wichtige Sache für mich.«

»Wieso?«

»Hast du nie von ihm gehört, Geisterjäger?« Asmodis drückte seinen hässlichen Kopf ein wenig vor, sodass sich dieser jetzt genau zwischen den beiden Kieferhälften befand. Wenn sie jetzt zufielen, würden sie ihn durchbeißen können.

»Nein, davon hörte ich nicht. Was ist so Besonderes an ihm?«

»Er enthält einen wichtigen Gegenstand, Sinclair. Du hättest ihn bestimmt gern in die Hände bekommen.«

»Sag es mir.«

»In dem Dämonenschrein ist eine Reliquie versteckt. Hörst du? Eine dämonische Reliquie, und zwar ein Teil des Spuks.«

Ich lachte leise. »Soll ich dir das glauben? Ist der Spuk nicht ein Schatten? Ein gestaltloses Wesen? Nein, du willst mich auf den Arm nehmen. Ich kann dir nicht glauben und auch ihm nicht. Vielleicht hat dich dein Diener sogar reingelegt.«

»Rede keinen Unsinn, Geisterjäger! Halte nur den Mund, du weißt zu wenig. Oder hast du etwa vergessen, dass der Spuk in seiner Urgestalt völlig anders ausgesehen hat? Kannst du dich tatsächlich nicht mehr daran erinnern?«

»Ich sah ihn nie so …«

»Auch nicht vor Jahren im Horror-Taxi?«

Ich überlegte. Verdammt, Asmodis hatte recht. Als ich dem Spuk zum ersten Mal gegenüberstand, war er durch New York gerast, als Insasse des Horror-Taxis, auf dessen Dach ein Sarg befestigt war. Der Spuk war nicht allein ein pechschwarzer Schatten, er hatte einmal eine andere Gestalt besessen, und ein Stück davon musste sich in dem geheimnisvollen Dämonenschrein befinden.

»Osborne hat diesen Schrein versteckt. Oder er weiß zumindest, wo der sich befindet!?«

»Nicht allein das, Sinclair. Er hat ihn sogar gebaut. Kannst du dir das vorstellen? Ansgar of Osborne, ein damals bekannter Ritter, beschäftigte sich mit den Pfründen und mit der Herkunft schwarzmagischer Phänomene. Er war ein Suchender und ein Findender. Er stand auf meiner Seite, und er beherrschte die Magie, die nötig ist, um Raubtiere lenken zu können. Die Haie gehorchen seinem Willen, er kann sie lenken, er kann sie herholen. Ich erfuhr von ihm und seinen Kräften. Eines Nachts setzte ich mich mit ihm in Verbindung. Ich erschien ihm, und er war von mir sehr angetan. Wir kamen überein, dass er mir dienen sollte, was dem Spuk allerdings nicht gefiel, als er davon hörte. Deshalb tötete er Osborne, ohne jedoch zu wissen, dass ich mit ihm bereits einen Pakt geschlossen hatte. Ich werde nun seine Kenntnisse nutzen, um an die Reliquie des Spuks zu gelangen. Um Osborne meine Gunst zu erweisen, habe ich diesen Killerhai erfunden, der ebenfalls nur mir allein gehorcht. Er ist ein Produkt schwarzer Magie und wird mich auf meiner Jagd nach dem Schrein begleiten.«

»Weißt du denn, wo er sich befindet?«

»Nicht genau, das gebe ich zu, aber er weiß es. Ich bin nur nicht dazu gekommen, ihn zu fragen. Das werde ich nachholen, darauf kannst du dich verlassen.«

»Dann müsste er hier irgendwo in Cornwall sein – oder?«

»Vielleicht …«

Die Antwort hatte mir eher wie ein Ja geklungen. Sollte ich aus dieser verzwickten Lage jemals wieder herauskommen, würde ich mich ebenfalls auf die Suche nach dem Dämonenschrein machen. Etwas gegen den Spuk, den letzten der Großen Alten, in den Händen zu halten, war natürlich ideal. Osborne hatte sein erstes Leben an der Küste verbracht und sich mit einer geheimnisvollen Tiermagie beschäftigt, die für mich noch ein Rätsel darstellte. Er hatte dem Spuk gedient, war dann übergelaufen zum Teufel, während Akim Samaran, der erst dem Teufel diente, zum Spuk kam.

Eine interessante Konstellation.

»Nun, Sinclair? Weißt du alles?«

»Fast.«

»Eine Frage hast du noch.«

»Was hat es mit dem flammenden Dreizack auf sich?«, fragte ich. »Wozu benötigt er ihn?«

»Er ist der Anzeiger, der Indikator, der Sucher. Dieser Dreizack gibt ihm Macht über die Tiere des Meeres. Wenn er verlöscht, wird auch die Magie verschwunden sein. Die langen Jahrhunderte hat er gebrannt, als er im Grab des Ansgar of Osborne lag. In einer Felshöhle wartete mein Diener auf seine Rückkehr, eingeklemmt in einen tiefen Schacht, für den sich niemand interessierte, bis zu diesem Abend, als ich ihn erweckte und ihm bewies, dass ich Wort gehalten habe. Ich bin da, ich habe ihm den Hai geschickt, von dem er immer träumte. Er ist meine Belohnung für ihn, denn dieses Tier räumte Osborne die Feinde aus dem Weg. Auch dich wird es verschlucken, Sinclair, davon bin ich überzeugt.«

Das war ich auch, aber so weit wollte ich es eigentlich nicht kommen lassen. Der Teufel sollte und durfte nicht gewinnen. Als er es nicht sah, schielte ich auf den jetzt stehenden Ansgar of Osborne. Auf einen Kampf konnte ich mich nicht einlassen, weil das Floß zu sehr schwankte. Ein unkalkulierbares Risiko!

Ich musste einen günstigen Moment abwarten und die schwache Stelle der beiden treffen.

War es Osborne?

Ja, denn der Teufel ließ sich nicht so einfach besiegen, da hatte ich meine Erfahrungen sammeln können. Er gab sich sehr gelassen, als er im Maul des Riesenhais stand. Die Wellen schlugen gegen den Killerfisch, der die anrollenden Bewegungen nicht ausgleichen konnte und sich deshalb leicht bewegte.

»Er verschlingt alles, Sinclair, auch dich!«, hörte ich den Teufel rufen.

In diesem Augenblick warf ich den Dreizack!

Nicht auf Asmodis hatte ich gezielt, sondern auf seinen Diener, den untoten Ritter. Der Körper wurde durch die verdammte Rüstung geschützt, mir kam es darauf an, ihn tödlich zu verletzen.

Er trug keinen Helm, der Kopf lag frei.

Und auf ihn jagte der brennende Dreizack zu.

Ich hatte viel Kraft in den Wurf gelegt, die Distanz zwischen uns war größer als eine Körperlänge.

Ein Treffer musste einfach drin sein!

Und er war drin!

Vielleicht hatte Ansgar of Osborne seinen Schädel noch zur Seite nehmen wollen, die zuckende Bewegung aber kam viel zu spät. Von den drei Spitzen wurde er zwar nicht erwischt, zwei aber reichten ebenfalls aus, um sich tief in die schwammige, bleiblaue, untote Haut zu wühlen.

Er stand da, rührte sich nicht mehr, hatte die Arme ausgebreitet und bekam sie nicht mehr hoch, um sich den Flammen-Dreizack aus dem Gesicht zu reißen, das durch das magische Feuer eine Veränderung erfuhr und plötzlich nachdunkelte. Zuerst war es nur ein Grauschimmer, der sich über die Züge legte, aber sehr schnell intensiver wurde und eine schwarze Farbe annahm.

Vor meinen Augen zerfiel das Gesicht, flackernd durch die Flammen des Dreizacks angestrahlt.

Es war ein furchtbares Bild, und der Ritter fiel nicht zurück, womit ich gerechnet hätte, nein, er ging sogar vor, kam auf mich zu und streckte beide Arme aus.

Ob er mich oder den Mast umfassen wollte, wusste ich nicht. Sicherheitshalber ließ ich den Halt los, ging einen Schritt zurück und hatte Mühe mit meinem Gleichgewicht.

Der andere ebenfalls.

Eine Welle hob uns und das Floß in die Höhe. Es gab uns beiden gleichzeitig einen Drall, den der Ritter aber für sich ausnutzen konnte, denn er umschlang den aus dem Floßboden ragenden Mast wie ein Betrunkener den Laternenpfahl.

So ähnlich hielt er sich auch. Nicht mit der Hand, sondern mit dem Ellbogenknick.

Er starb.

Er musste einfach sterben, aber noch besaß er die Kraft, sich zu halten. Nur bekam er den linken Arm nicht mehr hoch, um mit dem Schutzhandschuh auch den Dreizack zu fassen, um diesen aus seinem immer schwärzer werdenden Gesicht zu ziehen. Zudem strömte ein fettiger Rauch aus den beiden

Wunden, der vom Wind erfasst und über das Floß geweht wurde. Auch ich bekam ihn zu schmecken.

Den Kopf drehte ich zur Seite. Dabei fiel mein Blick auf Asmodis, und ich zog gleichzeitig mein Kreuz.

Der Teufel rührte sich nicht.

Er stand im offenen Maul des Hais. Meine Attacke hatte ihn kalt erwischt. Vielleicht hatte er auch damit gerechnet, dass ich den Dreizack auf ihn geschleudert hätte. Ein Irrtum, denn dem Satan hätte diese Waffe bestimmt nichts getan.

Osborne aber vernichtete sie.

Er hatte sich halb gedreht und sackte in die Knie. Sein Mund stand offen, die Haare glühten plötzlich weg, krächzende Schreie drangen über die lappigen Lippen, das Gesicht war jetzt völlig geschwärzt, und gleichzeitig breitete sich die Magie aus.

Sie erfasste den, der mit Osborne in Verbindung stand. Es war der verdammte Killerhai. Er schoss plötzlich aus dem Wasser, wurde noch größer, hielt sein Maul offen, in dem der Teufel stand, seine Arme vorgestreckt hatte und auf mich zeigte.

Ich sah ihn wie auf einer Leinwand. Verzerrt die Fratze, aus den Händen zuckten mir Blitze entgegen, denen ich das Kreuz vorhielt, sodass sie aufgefangen wurden.

Hitze durchströmte das Metall, fast verbrannte ich mir die Hand, und die Gefahr wuchs noch mehr, sodass ich mich mit einem gewaltigen Satz zurückwarf, mich über den Floßrand hinwegkatapultierte und die Wellen über mir zusammenschlugen.

Ich sank!

Das Kreuz hielt ich fest, Strömungen erfassten mich, schleuderten meinen Körper zur Seite, während ich anfing, Wasser zu treten, es mir dabei nicht gelang, mich weiterhin zu halten, weil ich plötzlich das Gefühl hatte, inmitten eines Seebebens zu tauchen.

Kräfte packten mich, denen ich überhaupt nichts entgegensetzen konnte. Ich hielt nur krampfhaft den Mund geschlossen und hoffte darauf, dass mich die mächtigen

Unterwasserwellen irgendwann einmal wieder hoch an die Oberfläche schleuderten …

Die gläserne, dunkle Wasserwand war vorhanden. Sie spielte mit mir, sie schleuderte mich hoch, sie drückte mich in die Tiefe. Ich sah einen Schatten, der sich auf mich senkte, versuchte es mit Schwimmbewegungen, erreichte dabei nichts und kam mir vor wie ein Korken, der zum Spielzeug eines Riesen geworden war.

Die Tiefe fraß mich. In der nächsten Sekunde wollte sie mich nicht mehr und schleuderte mich wieder hoch.

Ich kam nicht durch, jemand warf mich um, ein Strudel packte mich, ich rechnete nach, wie lange ich schon unter Wasser war.

Kam ich noch hoch?

Manchmal hat man Glück im Unglück.

Auch ich hatte es, denn der Strudel wollte mich nicht. Ich geriet in eine lange Welle, die mich höher trug, sodass ich die Oberfläche durchstieß.

Zuerst wollte ich es nicht glauben. Ich hielt noch die Luft an, weil ich nichts sah. Wasser verschleierte meinen Blick. Erst als der kalte Wind mein Gesicht traf, wurde ich wieder in die Realität gerissen.

Ich öffnete den Mund.

Zum Glück befand ich mich auf einem langen Wellenberg, den die Dünung voranschob. Ich konnte atmen, wischte mir hastig die Augen frei – und sah!

Es war kaum zu fassen!

Der Hai verging. Nicht direkt hatte ich ihn getötet, sondern indirekt, durch die Vernichtung des untoten Ritters Ansgar of Osborne. Allein seine außergewöhnliche magische Kraft hatte dafür gesorgt, dass dieser Hai überhaupt existieren konnte, auch wenn er vom Teufel beeinflusst gewesen war. Jetzt gab es ihn zwar noch, aber er hatte sich völlig verändert.

Ich trat Wasser und ließ mich von der langen Dünung tragen, während ich dorthin starrte, wo der Hai verging.

Noch schwamm er auf den Wogen. Nur schaute er nicht mehr mit seinem vorderen Körper senkrecht aus den Fluten, sondern hatte sich auf die Wasserfläche gelegt und glühte.

Dieses rote Glühen kam von innen her, als hätte man dort zahlreiche kleine Lampen entzündet.

Aber Lampen zerstörten nicht.

Der Hai wurde vernichtet.

Er kämpfte nicht mal dagegen an, drehte nur manchmal den Kopf und hatte das Maul aufgerissen, sodass ich hineinblicken konnte und auch sah, wie in seinem Innern einiges schmolz.

Asmodis entdeckte ich nicht mehr.

Mein Kreuz hatte ihn vertrieben, auch die Gewissheit, es letztendlich doch nicht geschafft zu haben.

Die Kälte des Wassers spürte ich nicht, zu sehr faszinierte mich der Anblick des sterbenden Killerhais. Er hatte alles erreichen wollen und musste nun dafür zahlen.

Vor meinen Augen wurde er kleiner. Das innere Feuer zehrte ihn aus und ließ ihn schrumpfen. Dampf wölkte über seinem Körper; das Glühen veränderte seine Farbe bis zu einem tiefen Rot. Knitterfalten entstanden auf der Haut des Hais, die immer stärker schrumpfte, sodass das Tier schon sehr bald die Größe eines seiner normalen Artgenossen angenommen hatte. Aus der Tiefe des Ozeans rollte eine Woge heran. Sie kam mir aus meiner Perspektive mächtig vor. Wuchtig klatschte sie gegen den Hai.

Er verging.

Es war ein einziger Schlag, der dieses Tier zerriss, sodass die Überreste weggespült wurden.

Damit war die Sache endgültig erledigt.

Mich erfasste die Woge ebenfalls, hob mich in die Höhe, und ich erkannte das Floß, das noch heil geblieben war und in meine unmittelbare Nähe getrieben wurde.

Wir stießen nicht zusammen, ich aber schwamm auf diese rettende Holzinsel zu und kletterte drauf.

Zitternd blieb ich knien. Ich spie Wasser, keuchte und holte tief Luft.

Mein Blick fiel auf die Gestalt, die neben dem Mast lag. Es war Ansgar of Osborne. Er hatte seinen Arm noch immer an das Holz geklammert und scheuerte mit dem Oberkörper über den Planken, wenn sich das Floß bewegte. Nur etwas hatte sich bei ihm verändert.

Der Kopf fehlte!

Ihn hatte der flammende Dreizack zerstört. Als ich näher herankroch und den Zombie untersuchen wollte, stellte ich fest, dass sich in seiner Rüstung außer Staub nichts mehr befand.

Ansgar of Osborne war endgültig vernichtet worden, und er hatte auch sein Wissen über den geheimnisvollen Dämonenschrein mitgenommen. Uns aber war eine Spur gegeben worden, der wir unbedingt nachgehen mussten …

Es waren Suko und Tom Jones, die mich herausholten. Mit einem kleinen Motorboot kamen sie in die Nähe des Floßes. Ein Scheinwerfer strich bleich über das Wasser, erfasste mich mit seinem Kegel, und ich hörte Sukos Stimme durch ein Megafon verstärkt.

»Wir holen dich!«

Minuten später war alles erledigt. Ich freute mich riesig, dass es Suko auch geschafft hatte. Nur der Tod des Londoner Rockers Kelly war ein schwerer Wermutstropfen in diesem ansonsten glücklich überstandenen Fall.

»Irgendwie muss es weitergehen«, sagte Suko.

»Wie meinst du das?«

Tom hörte uns nicht. Er steuerte das Boot in eine kleine Bucht hinein, deren hohe Felsen lange Schatten auf uns warfen. »Du hast mir vorhin von diesem Dämonenschrein erzählt, John. Ich wäre dafür, ihn zu suchen.«

»Ich auch.«

»Und wo sollen wir deiner Ansicht nach anfangen?«

Da musste ich lachen und deutete auf das Land. »Nimm einen Spaten und fang an zu graben. Irgendwann wirst du ihn finden.«

Der Inspektor ersparte sich eine Antwort. Stattdessen deutete er auf Tom, den Fischer.

»Sollen wir ihn graben lassen?«, fragte ich.

»So ungefähr. Jedenfalls bin ich davon überzeugt, dass Tom mehr weiß, als er zugibt.«

Suko traf bei mir auf keinen Widerspruch.

ENDE

Der Dämonensarg

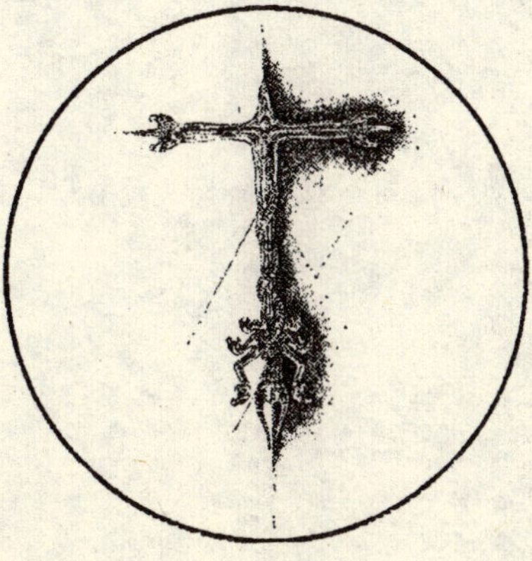

Zuerst war es nur der Wind, der wie ein sanftes Ungeheuer über das Land strich, mit seinen unsichtbaren Armen in jede Bodenspalte fuhr, sie untersuchte, sich wieder erhob, gegen die Bäume drückte, mit dem Laub spielte, sich weiter hinaus in die Ebene bewegte und dort das hoch wachsende Gras kämmte, als würde sich jeder einzelne Halm vor ihm verneigen. Er war nicht bösartig, kein Sturm wirbelte über die Felsen oder heulte in schmalen Buchten und Graten. Das Meer blieb ruhig, ein weiter Ozean, der von den Seefahrern respektvoll als Grauer Atlantik bezeichnet wurde.

Das Säuseln des Windes blieb. Die Nacht hatte ihn aus dem Schlaf geweckt. Aber es waren auch andere wach geworden, die lange und fest geschlafen hatten, die sich versteckten, die bewachten und die das Raunen des Küstenwinds wie einen an sie gerichteten Ruf empfangen hatten.

Das Flüstern lag plötzlich in der Luft.

Hätte jemand zugehört, es wäre ihm nicht möglich gewesen, seine ursprüngliche Richtung zu bestimmen. Von überallher schien es zu kommen, auch aus den düsteren Wolkenbergen, die beinahe lässig über den nachtdunklen Himmel trieben.

Es waren beklemmende Sätze und Worte, die sich die drei noch Unsichtbaren zuwisperten. Sie erzählten von einer anderen Zeit, die tief in der Vergangenheit vergraben lag und erst jetzt an das Licht des Tages und in den Rhythmus der Gegenwart geholt worden war.

»Er ist in Gefahr«, sagte die eine Stimme, deren Klang vom Wind weitergetragen wurde.

»Ja, ich merke es«, erwiderte die zweite Stimme.

»Wir dürfen es nicht zulassen«, meldete sich die dritte Stimme.

»Dann müssen wir uns zeigen!«, stellte die erste enegisch fest. Es klang wie ein Befehl.

Die anderen beiden schwiegen. Sie sahen, obwohl sie nicht zu sehen waren. Sie schauten, sie kontrollierten, und sie merkten genau, dass etwas nicht stimmte.

Einiges war anders geworden. Man hatte den Zeitstrom

unterbrochen. Jemand befand sich auf dem Weg zu Dingen, die keinen anderen etwas angehen durften.

Man musste es verhindern, denn es war so wertvoll wie ein Schatz. Es durfte nicht gefunden werden.

»Was tun wir?«, fragte der zweite Unsichtbare.

»Wir müssen die Dimension verlassen.« Der dritte hatte gesprochen. Er hörte auf den Namen Tri-Arion.

»Ohne ihn zu fragen?«, wandte Casial, der erste Sprecher, ein.

»Bleibt uns dazu die Zeit?«

»Nein, Tri-Arion«, erwiderte der mittlere. »Ich, Murghal, bin auch dafür, dass wir es jetzt tun.«

Casial hatte noch einen Einwand. »Aber es ist viel geschehen. Die Jahre sind vergangen. Zeiten haben gewechselt. Dort, wo es verborgen ist, hat sich etwas verändert.«

»Dann müssen wir es eben hervorholen.«

»Menschen werden da sein.«

Tri-Arion lachte über den Einwand. »Was sind schon Menschen? Einfache Geschöpfe. Stehen wir nicht hoch über ihnen?«

»Ja«, bekam er von zwei Seiten Antwort. »Das stimmt. Wir stehen über ihnen. Wir sind mächtiger und besser.«

Sie schwiegen. Die noch im Unsichtbaren lauernden Geschöpfe hingen ihren eigenen Gedanken nach.

Casial war es, der das Schweigen unterbrach und aufseufzte. »Ob er Bescheid weiß?«

Niemand konnte ihm eine Antwort geben. Tri-Arion aber vertraute ihm. »Er ist nicht allwissend, aber mächtig. Er wird es bestimmt erfahren haben. Worauf wir uns aber nicht verlassen sollten. Wir werden handeln und ihm beweisen, dass er auf uns zählen kann, obwohl so viel Zeit vergangen ist. Seid ihr auch der Meinung?«

»Das sind wir.«

»Dann lasst uns die Grenzen überwinden«, schlug Tri-Arion vor.

»Ich freue mich«, sagte Casial. »Wir sehen Menschen, sie sehen uns. Wir werden sie …«

»Warte es ab.«

Es war der letzte Satz, den einer der drei Unsichtbaren gesprochen hatte. Kein Flüstern der Stimmen mehr, kein geheimnisvolles Raunen, kein Wispern oder Erzählen.

Der Nachtwind war wieder allein.

Und doch hatte sich etwas verändert. Es begann in der Ferne, wo die Klippen an das Meer grenzten. Zuerst sah es so aus, als wollte es aus der Tiefe steigen, weil es sich plötzlich über den Felsen gebildet hatte. Es war ein schwarzer Fleck, fast ein Klumpen, der sich erweiterte und zu einer Wolke wurde.

Schwarz wie Tinte.

Noch schwärzer als die Nacht.

Ein unheimlicher Schatten, der sich in die Länge zog und lautlos über das Land bewegte. Er trudelte, drehte sich, zitterte und blieb plötzlich stehen, weil er von zwei verschiedenen Seiten her die beiden anderen Schatten entdeckt hatte, die sich ihm näherten.

Auch sie bewegten sich lautlos. Sie huschten über das Gras, berührten es und ließen es dennoch in Ruhe, weil sich nichts mehr an den langen Halmen bewegte.

Die Schatten glitten hindurch, auch über verstreut liegende Steine, sie huschten einen Hang hoch, umfingen die im Weg stehenden Bäume wie dünne Schleier, um weiterzuwandern und zu dem Ziel zu kommen, an dem sie sich treffen wollten.

Sie waren gestaltlos, amorph, wie auch ihr Herr und Meister, dem die Schatten dienten, aber sie konnten sich verändern, wenn sie ihre Dimension verlassen hatten.

Die Distanz zwischen den dreien schrumpfte immer stärker zusammen. Es gab kein Hindernis, das sie aufhielt. Sie sahen, obwohl sie keine Augen hatten, sie rochen ohne Nase, und sie hörten voneinander, obwohl sie ohne Ohren waren.

Sie kamen zusammen.

Für einen Moment sah es so aus, als wollten sie sich vereinigen, bis jeder von ihnen zurückdrängte und auf dem weiten Plateau eine Stelle suchte, die ihnen am besten gefiel.

Dann veränderten sie sich.

Es begann mit Casial. Der Schatten, der seinen Namen trug, drehte sich zusammen, schrumpfte, wurde immer kleiner, verdichtete sich dabei und nahm neue Formen an.

Umrisse, die denen eines Menschen ähnelten. Das Schwarze verschwand, eine andere Farbe trat hervor, wurde dominant, und man konnte sie mit einem dunklen Rot vergleichen.

Dann stand er da.

Klein, glatzköpfig, rötliche Haut, ein Kugelkopf mit nur einem Auge in der Mitte. Keine Nase, keine Ohren, nur das große Auge, in dem alles vereint war. Es zirkulierte, wechselte die Farbe. Mal überwog das Rote, dann bekam es einen Stich ins Gelbe oder Blaue. In ihm spiegelten sich die Stimmungen wider, denen Casial unterworfen war. Es fielen seine langen, schon affenähnlichen Arme auf, genauso wirkten auch die schwarzen Pranken, bei denen es schwer fiel, trotz ihrer Finger, sie als Hände zu bezeichnen. Der Körper war ein gedrungenes Etwas, auf dem eben nur dieser eine Schädel saß.

Casial wartete, und er schaute zu, wie sich der zweite Schatten veränderte.

Bei ihm ähnelte die Wandlung der ersten, nur trat aus diesem Schatten eine völlig andere Gestalt, beinahe das Gegenteil von der, die Casial mit Namen hieß.

Es war Murghal, der kam. Er war groß, schlank, schon mager und bleich wie ein Gespenst. Ein kalkiger Körper mit langen Armen und schwarzen Pranken, die Casials glichen. Sein Kopf war zwar kein Totenschädel, viel fehlte aber nicht. Man konnte ihn als Knochengerüst bezeichnen, über das jemand eine dünne Haut gestreift hatte, die sich bei jedem Zucken reflexartig bewegte. Zwei Augen waren ebenfalls zu erkennen. Sie sahen grau aus, waren noch hell, wirkten aber im Gegensatz zum Körper dunkel.

Noch eine dunkle Wolke schwebte über dem harten Gras. Casial und Murghal wandten sich dieser dritten Gestalt zu, denn sie erwarteten von ihr ebenfalls eine Veränderung.

Und die trat ein.

Ein nach innen gekehrtes, blitzschnelles Drehen ließ den Schatten schrumpfen und gab gleichzeitig die Gestalt frei, in der sich Tri-Arion auf der Erde zeigte.

Er war etwas Besonderes, sah aus wie ein Mensch und war trotzdem keiner. Irgendwie hätte auch der Vergleich mit einem besonders auffälligen Punker gestimmt, nur trug Tri-Arion keine bunte, auffallende Kleidung, seine Haut bestand daraus.

Sie wirkte wie dünnes, glattes Leder und bestand aus drei Farben, die sich in breiten, schrägen Linien von links nach rechts über den Körper verteilten.

Von außen nach innen waren es die Farben Schwarz, Grün und Blau. Da sie den gesamten Körper bedeckten, ließen sie auch den Kopf und damit das Gesicht nicht aus. Selbst die glatten Haare schimmerten in diesem farbigen Wechselspiel.

Keiner von ihnen sprach. Sie schauten sich nur an und nickten.

Das Auge in Casials Schädel hatte einen gelbroten Schein angenommen. Er prüfte, ob irgendwo in der Nähe eine Gefahr lauerte, ging sogar zur Seite und streckte seinen hässlich wirkenden Kopf wie witternd vor.

»Da ist etwas«, sagte er.

Sofort waren die anderen beiden hellwach. »Wo?«, fragte Tri-Arion.

»Ich kann es nicht orten, es ist auch nicht nahe. Ich merke nur, dass es irgendwo lauert.«

»Unser Meister?«

»Nein, nicht der Spuk. Vor ihm brauchen wir uns nicht zu fürchten. Jemand anderer.«

»Ein Feind?«

»So fühle ich es. Er ist noch weit, aber er ist stark, wenn er eine so große Ausstrahlungskraft besitzt. Es geht etwas von ihm aus, das ich hasse, das wir alle hassen müssen. Gebt Acht, Brüder, gebt Acht!«

Die anderen beiden hatten die Warnung verstanden. Sie reagierten wie Menschen, als sie nickten.

Das Thema war für sie erledigt, aber nicht vergessen.

So wandten sie sich ihrer eigentlichen Aufgabe zu. Tri-Arion übernahm das Wort. »Wir suchen den Schrein und werden ihn finden«, sagte er. »Jeder, der sich uns in den Weg stellt, wird vernichtet.«

Um diesen Pakt zu besiegeln, legten sie die Pranken übereinander. Es war ein finsterer Dämonenschwur, der nie gebrochen werden sollte …

Der Mann hieß Tom Jones, war nicht verwandt mit dem berühmten Sänger, hatte schon einige Lebensjahrzehnte hinter sich, trug einen Bart, hatte Suko das Leben gerettet, und wir wurden dennoch nicht schlau aus ihm, weil wir beide den Eindruck hatten, dass er uns etwas verheimlichte.

Aber er spielte mit.

Geschlafen hatten wir nur wenige Stunden, ich spürte eine aufkommende Erkältung, und Suko lag auf dem Boden vor der Liege, denn in der Fischerhütte war nicht viel Platz.

Jetzt zog ein strahlend schöner Morgen herauf mit einer Sonne am Himmel, die regelrecht explodierte und ihren goldenen Schein auf die Wellen des Atlantiks schleuderte.

Wir konnten es von Toms Haus aus sehen, das erhöht stand, gewissermaßen an der Rückseite eines kleinen, natürlichen Hafens, der von den hier lebenden Fischern angelaufen wurde.

Sieben Häuser hatte ich gezählt. Es gab nicht mal eine richtige Straße. Ein Ortsschild fehlte. In einem kleinen Laden konnte man Lebensmittel, Fleisch und Geräte, die man zum Fischfang benötigte, kaufen.

Wer Ruhe haben wollte, konnte hier Urlaub machen. Wir waren dienstlich hier, denn es galt für uns, einen Dämonenschrein zu finden. Weder Suko noch ich wussten viel darüber, nur eines war uns bekannt. Innerhalb des noch verborgenen Schreins sollte eine Reliquie des Spuks liegen. Ein Stück, ein Erbe oder eine Hinterlassenschaft von seiner Urgestalt, die auch der Spuk besaß, obwohl er, wenn er sich zeigte, immer nur als schwarze Wolke ankam. Diese Reliquie musste etwas

Besonderes sein, sonst wäre der Teufel nicht so stark hinter ihr her gewesen.

Er hatte sie nicht bekommen, trotz seines Helfers Ansgar of Osborne, der in seinem ersten Leben den Schrein hergestellt und auch verborgen hatte. Leider wussten wir den Platz nicht, Asmodis ebenfalls nicht. Er hatte sich hinführen lassen wollen und seinen Diener sogar noch mit einer grauenhaften Tiermagie unterstützt, um ihm Feinde aus dem Weg zu räumen. Das hatte nicht gereicht. Der Mörderhai hatte ebenso aufgehört zu existieren wie Osborne.

Darüber wollte ich nicht mehr nachdenken, das war vergessen, lag in der Vergangenheit. Für uns zählte die Zukunft.

Suko war auch noch nicht topfit. Immer wenn er die Arme hob, verzog er das Gesicht. »Die Sehnen sind verdammt angespannt.«

»Kein Wunder, wenn man an einem Netz hängt und so dick ist wie du.«

»Danke gleichfalls.«

Wir saßen in Toms Haus. Es hatte nur ein großes Zimmer und drei kleine Kammern. In dem großen Raum war alles untergebracht worden, was Tom für sein Leben benötigte.

Der Ofen, die Stühle, der Tisch, zwei Regale mit Angelsachen, das Bett und ein Schrank. Mehr brauchte er nicht. Auch kein Telefon, und das ärgerte mich, denn es gab nur einen Apparat in der Nähe. Beim Lebensmittelhändler stand er. Direktverbindung mit London war nicht vorhanden, so hatte ich mein Gespräch anmelden müssen.

Tom hatte Suko und mich allein gelassen. Er wollte für unser Frühstück frische Eier besorgen.

»Und du willst tatsächlich bleiben?«, fragte Suko.

»Weshalb nicht?«

Er hob die Schultern. »Wenn Asmodis den Schrein schon nicht gefunden hat, wird es uns kaum gelingen.«

Ich winkte ab. »Das kannst du nicht sagen. Ich habe das Gefühl, dass hier irgendetwas eingeläutet worden ist. Asmodis hat sich zwar zurückgezogen, aber glaubst du daran, dass er seinen Plan ändern wird? Ich nicht. Der sucht mit.«

»Vielleicht. Fragt sich nur, ob Sir James uns nicht dazwischenfunkt.«

»Das war einmal«, widersprach ich. »Der Alte muss inzwischen begriffen haben, dass wir immer auf den besseren Pferden sitzen. Wer an der Front steht, kann die Lage immer objektiver beurteilen.«

Mein Freund grinste. »Sag das mal einem General, der im sicheren Bunker sitzt.«

Die Tür wurde aufgerissen. Ein Mädchen von vielleicht zehn Jahren stand auf der Schwelle und schaute neugierig herein. Die Kleine hatte das blonde Haar zu Zöpfen geflochten und sah mit ihren Sommersprossen im Gesicht fast so aus wie Pippi Langstrumpf. »Wer ist denn hier von euch Mr. Sinclair?«, fragte sie mit hoher Piepsstimme.

Ich stand auf. »Das bin ich.«

»Telefon. Mein Vater hat mich geschickt.«

»Wunderbar.« Ich war froh, endlich die Beine bewegen zu können und verließ das Haus.

Das Mädchen hüpfte vor mir her. Wie gesagt, es gab keine Straße. Das war mehr eine Holperstrecke, über die wir gingen. Irgendjemand hatte versucht, sie zu pflastern, die Steine aber nicht tief genug in den Boden geschlagen, sodass sie immer wieder verschieden hoch hervorstachen und Stolperfallen bildeten.

Das Haus des Kaufmanns war das erste direkt am Hafen und der schmalen Mole, wo nur zwei Boote lagen. Eines davon gehörte Tom Jones. Er hatte seinen Kahn gestrichen. In der weißen Farbe konnte man sich fast spiegeln.

Einen so gefüllten Laden hatte ich selten gesehen. Wenn mehrere Kunden kamen, mussten die sich fühlen wie Ölsardinen in der Büchse, so eng war es in dem zweigeteilten Verkaufsraum, in dessen rechter Hälfte Werkzeug und Angelgeräte standen und in der anderen die Lebensmittel in Regalen und Kartons gestapelt waren.

Beinahe hätte ich einen Turm aus Bierkästen umgestoßen, als ich mit der Schulter daran entlangschleifte.

Ich wurde in einen Hinterraum geführt. Dort saß auch der

Kaufmann. Er packte eine Kiste aus und holte zahlreiche Dosen hervor. Der Hörer lag neben dem schwarzen Telefon auf dem Tisch.

»Das Gespräch steht schon«, wurde mir von dem Mann im grauen Kittel gesagt, aus dessen Kragen ein runder Kopf mit rosiger Gesichtshaut schaute. Der Händler hatte dieselbe Haarfarbe wie seine Tochter.

»Danke«, sagte ich, nahm den Hörer und meldete mich.

»Hat ja sehr lange gedauert«, klang mir die mürrische Stimme meines Chefs entgegen.

»Klar«, erwiderte ich. »In Cornwall wird an manchen Stellen noch getrommelt.«

»Ach so. Und weshalb wollen Sie bleiben? Deswegen rufen Sie doch sicherlich an, oder?«

»Genau, Sir, es gibt Ärger.«

»Dann mal los!«

Sir James war ein guter Zuhörer, der sich auch auf einen Bericht konzentrieren und anschließend die nötigen Schlüsse ziehen konnte. In meinem Fall reagierte er ebenfalls, ohne großartig nachzudenken. »Sie sind also der Ansicht, noch nachforschen zu müssen?«

»Das meine ich, Sir.«

»Dann bleiben Sie. In London ist es ziemlich ruhig. Wir haben auch keine Informationen darüber bekommen, wo sich Samaran eventuell aufhalten könnte.«

»Und wie ist es mit der Südfrankreich-Spur?«

»Hector de Valois bleibt uns weiterhin ein Rätsel, John. Tut mir Leid, dass ich Ihnen keine angenehmere Mitteilung machen kann. Es ist nun mal so.«

»Wir suchen die Reliquie.«

Mit diesem Satz beendete ich das Gespräch, legte auf und sah den Blick des Kaufmanns auf mich gerichtet. Er hatte natürlich zugehört, auch meine Erklärung verstanden, wusste aber nicht, wo die Glocken hingen, die er hatte läuten hören.

Er versuchte es mit einem Witz. »Auch Trommeln kostet Geld, Mister.«

»Weiß ich. Was bin ich Ihnen schuldig?«

Er nannte die Summe. Ob er mich übers Ohr haute, wusste ich nicht, zahlte den geforderten Preis und ließ mir bis auf den letzten Penny das Wechselgeld herausgeben.

Er legte mir die Münzen in die offene Hand. »Was suchen Sie denn für eine komische Reliquie?«

»Das weiß ich selbst nicht genau.«

»Ist es ein Schatz?«

»Kann man so sagen.«

»Da müssten Sie draußen auf dem Meer nachschauen. In der Tiefe finden Sie oft etwas. Ich habe hier schon Taucher erlebt, die reich geworden sind. Soll ich Ihnen Tipps geben? Wir können auch teilen, wenn Sie etwas gefunden haben.«

»Danke, nicht nötig. Aber Sie können mir zwei Päckchen Zigaretten verkaufen.«

»Mach ich. Welche Marke?«

»BH.«

»So was führen wir nicht.«

»Nicht Benson und Hedges?«

»Ach so.« Er kicherte. »Ich dachte, Sie meinten den besten Torwart der Welt, das ist der BH nämlich.«

»Inwiefern?«

Bevor ich eine Antwort bekam, schaute sich der Mann um, ob auch nicht jemand zuhörte. Seine Frau oder so. »Der BH hält nämlich zwei Bälle gleichzeitig.«

Obwohl ich den Spruch noch nicht kannte, grinste ich nur müde. Ich bekam meine Zigaretten, zahlte und verließ den Laden. Sicherlich würde es sich jetzt in Windeseile herumsprechen, dass wir eine Reliquie suchten. Viele wussten bestimmt nicht, um was es sich dabei handelte, und würden sich die Köpfe zerbrechen.

Die Tür zu Toms Haus stand offen. Suko hielt sich draußen auf. Er saß auf einer Bank und wedelte sich mit der Hand etwas von dem Bratenduft zu, der aus der Öffnung strömte. »Jetzt merke ich erst mal, welch einen Hunger ich habe.« Er schielte mich an. »Erfolg gehabt, John?«

»Ja, der Alte ist einverstanden.«

»Prima. Du kennst ihn doch besser.«

Zusammen mit meinem Freund betrat ich das Haus. Tom Jones stand am Herd. Er hatte das Feuer entfacht, eine große Pfanne auf den Herd gestellt und Eier hineingeschlagen, die er zusammen mit einigen breiten Speckstreifen briet.

»Ich bin gleich fertig. Ihr könnt euch schon setzen.«

Das taten wir auch, denn der Tisch war gedeckt worden. Einfaches Geschirr. In der Kanne dampfte bereits der Kaffee. Auf Untertassen wurde verzichtet. Ich trank einen Schluck von der dunklen Brühe und war von deren guter Qualität überrascht. Tom konnte nicht nur Fische fangen, auch einen anständigen Kaffee aufbrühen.

Er kam mit der Pfanne. Geruch von gebratenem Speck vermischte sich mit dem der frisch in das Gusseisen geschlagenen Eier.

Brot gab es auch. Wir hatten uns jeder ein Stück abgeschnitten. »Mehr esse ich am Morgen auch nicht«, erklärte uns der alte Fischer, während er Eier mit Speck auf seinen Teller schaufelte.

Auch Suko und ich ließen es uns schmecken. Für eine Weile vergaßen wir unsere Sorgen, denn beim Essen sollte man an nichts anderes denken. Danach fühlte ich mich wie genudelt, war aber froh über diese Unterlage und rauchte meine erste Zigarette.

Tom wischte durch seinen Bart. »War es gut?«, fragte er mit einem verschmitzten Lächeln auf den Lippen.

»Hat man das nicht gesehen?«

»Sicher.«

»Und es wäre noch besser, wenn wir wüssten, wo wir diesen Dämonenschrein finden könnten«, fuhr ich fort.

»Tja, das ist schwer.« Er hob die Schultern und ließ sie wieder sinken. »Wirklich nicht einfach.«

Suko wusste, worauf ich hinauswollte, und schüttelte den Kopf. »Tom, du bist ein netter Kerl, hast mir auch das Leben gerettet, aber ich habe trotzdem das Gefühl, dass du uns etwas verschweigst.«

Er drehte sich Suko zu. »Wieso denn?«

»Du weißt mehr.«

»Über den Schrein?«
»Möglich.«
Seine Antwort klang entschieden. »Nein, dann hätte ich euch etwas gesagt. Oder glaubt ihr, ich spiele falsch?«
Ich mischte mich ein. »Das hat keiner behauptet. Aber vielleicht ist dir eine Sache bekannt, die du momentan nur vergessen hast und die uns zu diesem Schrein führt.«
»Ich habe zum ersten Mal davon gehört.«
Das mussten wir ihm glauben. Also versuchte ich es auf eine andere Art und Weise. »Cornwall ist ein Land mit Geschichte. Nicht allein mit einer genau nachzuvollziehenden Historie, sondern voll mit Ereignissen beladen, die ins Mystische hineingehen. Gerade hier am Meer wird es doch immer wieder etwas geben, das eine Verbindung darstellt zu Ereignissen, Legenden oder Sagen, die auf einen bestimmten Fall hindeuten. Ansgar of Osborne war dafür das beste Beispiel.«
»Das stimmt.«
»Wenn wir uns so weit einig sind, kann es auch möglich sein, dass du mehr weißt. Zwar nicht direkt, aber diese Gegend hat eine bestimmte Legende, die im ersten Augenblick nichts mit dem Dämonenschrein zu tun hat, uns aber auf den Weg führen kann. Es muss so etwas geben, sonst hätte sich der Teufel nicht so angestrengt, danach zu fahnden.«
Dass Tom die Lippen verzog, merkten wir nur daran, wie sich der Bart bewegte. Er nickte auch. Nach einer Weile meinte er: »Da könntest du sogar Recht haben.«
»Also doch.«
»Man weiß es nicht. Die Leute reden auch nicht gern darüber. Ich ebenso wenig.«
»Tu es trotzdem.«
Er beugte sich vor und stemmte seine Ellenbogen links und rechts neben den Teller. »Das ist so. Um diesen Ort herum existiert ein gewisses Umfeld, ein Weg, den man im Volksmund als Geisterpfad bezeichnet. Dieser Begriff stammt aus der Vergangenheit, und der Pfad soll den Finder zu einem kostbaren Schatz bringen.«

»Welcher Art von Schatz?«, fragte Suko.

»Das weiß ich nicht. Der Schatz ist niemals gefunden worden. Man erzählt sich nur davon.«

»Hatte Ansgar of Osborne auch damit zu tun?«

»Kann sein, denn die Sage stammt aus seiner Zeit.«

»Wo beginnt der Pfad?«, fragte ich.

»Nicht weit von hier.«

»Und wie lang ist er?«

»Man muss schon einen Tag rechnen. Die Legende erzählt, dass man an bestimmten Punkten vorbeikommt, wo etwas passiert ist. Da soll es noch spuken.«

»Und am Ende erwartet denjenigen, der den Pfad hinter sich gelassen hat, der Schatz.«

»So ist es.«

»Gefunden hat ihn noch niemand?«

Tom Jones beugte sich zurück und lachte. »Nein, weil keiner bisher den ganzen Pfad bewältigt hat.«

»Weshalb?«

»… man fand viele tot …«

Ich war verwirrt, auch Suko schaute ziemlich überrascht aus der Wäsche. »Wie?«, fragte er. »Tot?«

»Ja, so erzählt man sich. Nicht in der heutigen Zeit, sondern früher, ganz früher, meine ich. Heute traut sich niemand mehr. Der müsste ja verrückt sein.«

Ich schlug mit der flachen Hand auf den Tisch. »All right, dann sind wir eben verrückt.«

Tom Jones bekam große Augen. »Wollt ihr wirklich diesen Geisterpfad gehen?«

»Klar.« Ich deutete mit dem Zeigefinger auf ihn. »Und zwar mit dir, mein Lieber.«

Da wurde der Fischer bleich. Er verzog zudem das Gesicht, als hätte er Zitronensaft geschluckt. »Kann ich auch ablehnen?«

»Das kannst du«, sagte Suko. »Dann nehmen wir allerdings an, dass du uns etwas verschweigst.«

»Ihr seid Erpresser!«, beschwerte sich der Fischer.

»Auch das«, gaben wir zu und grinsten uns an. Es war für

eine Weile das letzte Lächeln, das wir uns noch leisten konnten …

Casial flüsterte die Worte. »Zuerst müssen wir den Weg finden, Freunde. Danach geht alles besser.«

Murghal stimmte ihm zu. »Sicher müssen wir das. Wisst ihr noch genau Bescheid?«

»Worüber?«, fragte Tri-Arion.

»Über die alten magischen Fallen. Wir sind in der Lage, sie zu öffnen. Klar?«

»Ja.«

»Wunderbar.«

Und Casial fügte noch einen Satz hinzu. »Wer von den Menschen diesen Weg gehen wird, ist verloren. Niemand soll an den Schrein herankommen. Nur wir, seine Hüter …«

Das Lachen der jungen Frau klang so laut, dass die Vögel in den Bäumen erschreckt hochflogen, um sich woanders bessere Plätze auszusuchen. Beide Arme hatte die Frau angehoben, ließ sie nach unten fallen und klatschte die Handflächen auf ihre Oberschenkel. »Nein, Ed«, sagte sie zu dem etwa dreißigjährigen Mann mit den schon leicht angegrauten Haaren. »Das gibt es doch nicht! Du hast Angst?«

»Ja.«

»Wovor denn?«

Ed deutete nach vorn. Seine Stimme nahm einen drängenden Ton an. »Terry, dieser Pfad ist doch nicht geheuer. Denk daran, was dein Bruder gesagt hat.«

Terry winkte ab. »Der war ein Spinner. Außerdem ist er ertrunken. Das Meer war eben stärker als er.«

»Klar, er ist ertrunken. Hast du seine Leiche denn untersuchen lassen?«

»Dazu bestand kein Grund.«

»Vielleicht hätte man anderes Wasser in den Lungen gefunden«, sagte der Mann namens Ed.

»Wie meinst du das denn?«

Ed deutete auf den Tümpel nicht weit entfernt. »Der, zum Beispiel. Er hätte hineinfallen und ertrinken können. Schließlich kannte er sich in diesem Land aus. Er wollte es untersuchen, er hatte vor, seine Geheimnisse zu erforschen.«

»Und ist auf dem Meer ertrunken.«

»Wie du meinst, Terry.«

Terry Morgan und Ed Sommer waren in Cornwall unterwegs. Sie machten einen Trip, auf den Terry gedrängt hatte, weil sie an den letzten Brief ihres Bruders dachte. Er hatte in seiner Euphorie an Terry geschrieben und in dem Brief einen geheimnisvollen Schatz erwähnt, den er finden wollte, wenn er eine bestimmte Strecke oder einen bestimmten Pfad hinter sich gelassen hatte. Einen so genannten Geisterpfad, der durchwandert werden musste. Dann war ihr Bruder gestorben, und Terry dachte nach, wieso das hatte geschehen können. Er war auf ein Schiff geklettert und mit dem Boot zwischen den Klippen verschollen.

Daran wollte Terry nicht glauben. Ihr Bruder war ziemlich wasserscheu gewesen. Den bekam man nicht auf ein Boot, der hatte überhaupt keine Lust, die schwankenden Planken zu betreten, weil ihn Wasser anwiderte, wie er selbst sagte. Und ausgerechnet er sollte ertrunken sein.

Terry hatte erst später vom Ableben des Bruders erfahren, da lag er bereits unter der Erde. Sie war auf einer Reise gewesen und hatte sich in Indien herumgetrieben, weil sie dort für ihre Firma – sie arbeitete in einem Reisebüro – ein Hotel besichtigen musste.

Erst in London erinnerte sie sich wieder an den letzten Brief des Bruders. Sie hatte ihn mehrere Male gelesen und das Gefühl, dass etwas nicht stimmte. Terry Morgan war es gelungen, ihren Freund Ed Sommer zu überreden, sich einige Tage Urlaub zu nehmen und mit nach Cornwall zu fahren, wo sie genauere Untersuchungen anstellen wollten.

Das war auch geschehen.

Sie hatten den geheimnisvollen Geisterpfad gefunden. Diese Tatsache war allerdings mit Schwierigkeiten verbunden gewesen, da die hier wohnenden Menschen kaum mit der Sprache herausrücken wollten und ziemlich verschlossen wirkten. Sie kamen Terry vor, als wäre ihnen die ganze Geschichte sehr unangenehm.

Nicht dass sie direkt etwas dagegen gehabt hätten, aber sie wollten nicht so recht mit der Sprache herausrücken, für Terry schon ein Indiz, dass etwas nicht stimmte.

Und sie verstellte sich auch. Terry nahm den Weg mehr mit einem gewissen Humor. Sie warf die Bedenken ihres Freundes kurzerhand über Bord. Es interessierte sie überhaupt nicht, was er einwandte, doch tatsächlich dachte sie anders darüber. Ja, ihr Bruder hätte auch in dem Tümpel ertrinken können, auf dessen Oberfläche sie starrten. Sie sah grün aus, Algen hatten das Wasser getrübt. Auf dem Wasser schaukelten Blätter, und Mücken führten ihre wilden Tänze über dem Wasser auf.

Der Boden war mit hohem Gras bewachsen und in der Nähe des Tümpels ziemlich sumpfig.

Sie standen erst am Beginn des Geisterpfads, an dessen Ende der Schatz winken sollte.

Ed Sommer wischte den Schweiß von seiner Stirn. »Sollen wir weitergehen?«, fragte er.

»Meinetwegen.«

Ed schaute seiner Freundin entgegen. Terry trug das braune Haar kurz, im Nacken aber länger. Über der Stirn standen die Strähnen gebogen in die Höhe. Ihre braunen Augen wirkten hinter den Gläsern ihrer Brille vergrößert. In die Jeans passte sie kaum hinein, denn Terry brachte einige Pfunde zu viel auf die Waage. Man konnte sie als rundlich bezeichnen, aber nicht als dick, nur entsprach sie nicht dem Idealbild einer schlanken Frau.

»Willst du weitermachen, Ed?«

»Klar.«

»Dann lass uns gehen.«

Ed bückte sich, hob das Gepäck vom Boden hoch – es war ein Rucksack – und schleuderte ihn über die Schulter. Terry war einige Schritte vorgegangen, er wollte ihr folgen und blieb wie angewurzelt stehen, als sein Blick zu einer kleinen Gruppe von Bäumen hinglitt. Zwischen ihnen stand eine Gestalt und beobachtete ihn.

Eine Glatze, ein runder Kopf, rötliche Haut und, was am schlimmsten war, der Fremde hatte nur ein glosendes Auge …

»Terry?« Der harte Ruf des Mannes erreichte die junge Frau, als sie gerade über einen Baumstamm hatte steigen wollen. Er lag quer über dem Weg, umgerissen von einem der wilden Herbststürme.

Sie drehte sich um.

»Terry, verdammt, da ist einer!« In Eds Stimme schwang Panik mit. Er schüttelte den Kopf, er hatte Angst, was Terry nicht verstand.

»Wo?«

»Zwischen den Bäumen.«

Terry blickte hin. »Ich sehe nichts«, erwiderte sie und hob die Schultern. »Wenn du sicher sein willst, schau nach.«

»Ich habe ein komisches Gefühl.«

Die Frau lachte. »Wieso das denn?«

»Der hatte nur ein Auge!«

Zuerst wollte Terry lachen, dann erinnerte sie sich an den Klang der Stimme, mit der Ed gesprochen hatte, und sagte sich, dass etwas nicht stimmen konnte. Auf irgendeine Art und Weise musste Ed Recht gehabt haben, auch wenn er ein wenig übertrieb.

»Er war da, Terry!«

»Ich schaue nach.«

Beinahe sah es so aus, als wollte Ed einen Einwand geltend machen. Er ließ es dann bleiben und schaute zu, wie Terry auf die von ihm bezeichnete Stelle zuging.

Irgendwie war sie zu bewundern. Sie hatte weniger Angst als er. Vielleicht hätte sie anders reagiert, wenn sie den Menschen gesehen hätte, der nur ein Auge hatte. War das überhaupt ein Mensch gewesen? Das fragte sich Ed Sommer zum wiederholten Male, denn diese Gestalt hatte tatsächlich nur ein Auge besessen.

Ein Zyklop …

Bei diesem Gedanken erschrak Ed. Er war auch erschrocken gewesen, als die Leute in der Umgebung mit ihnen über den Geisterpfad gesprochen hatten. Furchtbare Dinge mussten dort geschehen sein. Es hatte Tote gegeben, und die lockere Bezeichnung Trimmpfad für Gespenster wollte Ed nicht mehr über die Lippen kommen.

Seine Freundin ging parallel zum umgestürzten Baumstamm entlang. Wenn sie ihn passiert hatte, waren es nur noch wenige Yards zum Ziel. Ed Sommer schaute noch einmal auf die Lücke zwischen den Stämmen. Nur einen kurzen Blick wollte er riskieren und schaute trotzdem länger hin, denn die Stelle dort war leer.

Ed schluckte. Terry würde sich über ihn lustig machen, wenn sie hinkam und niemanden fand, deshalb wollte er sie schon zurückholen, aber sie hatte den Ort bereits erreicht.

Terry blieb stehen. Sie schaute nach vorn und bekam auf einmal das Gefühl, in einer anderen Welt zu stehen, obwohl sich die ursprüngliche Umgebung nicht verändert hatte.

Irgendetwas war anders geworden …

Sie und ihr Freund hatten sich in einem normalen Wald befunden. Auch die Baumgruppe zeigte nichts Besonderes, und dahinter lag eine Lichtung. Sie irritierte die Frau, denn der Flecken Erde lag in einem unnatürlichen Glanz. Man konnte ihn als fremd und außergewöhnlich bezeichnen, als würden die Strahlen einer völlig anderen Sonne die Lichtung berühren. Der Flecken kam ihr vor wie ein kleines, verwunschenes Zauberreich, in dem alles anders war als im normalen Wald.

Sie hörte Eds Stimme. »Was ist denn, Terry? Siehst du etwas?«

»Nein.«

»Aber da war jemand.«

»Schon gut.« Sie kümmerte sich nicht um Ed und ging vorsichtig weiter. Ihre Füße schleiften durch dichtes Gras. Wilde

Blumen wuchsen zwischen den Halmen. Es tat ihr Leid, wenn sie drauftrat, aber allen konnte sie nicht ausweichen.

Terry betrat die kleine Lichtung mit vorsichtigen Schritten und bekam das Gefühl, in einer anderen Welt zu stehen. Alles um sie herum war so seltsam durchsichtig geworden. Völlig anders, verspielt, gläsern wirkend, durchscheinend und verzerrt von der Perspektive her. Ein ungewöhnliches Bild, das sich vor ihren Augen ausbreitete.

Bäume, die sie an Figuren erinnerten, die zwar normal aussahen, aber trotzdem Äste und Zweige hatten, die sie mehr an knorrige Armgewächse erinnerten.

Ein Bild wie aus einem Märchenbuch. Es fehlte nur ein geheimnisvolles Wispern und Flüstern, um den Zauber perfekt zu machen. Und so fiel es ihr manchmal schwer, weiterzugehen und sich immer den innerlichen Ruck zu geben.

War diese Lichtung verzaubert?

Es kam ihr fast so vor. Zudem erinnerte sie sich an die alten Legenden und Sagen, die sie gelesen hatte. Da war es oft genug passiert, dass irgendwelche Menschen durch einen Zufall in Welten hineintraten, in denen Feen oder Elfen regierten und die für sie fremden Menschen oft genug mit offenen Armen empfingen.

Terry Morgan verspürte keine Angst. Es war ein anderes Gefühl, das sich ihrer bemächtigt hatte. Kein Gefühl des Gefangenseins, sondern ein zeitlich eingeschränktes. Sie glaubte fest daran, dass die Zeit langsamer ablief.

Die junge Frau drehte sich um.

Sie wollte ihren Freund ansehen und ihm etwas zurufen. Terry erkannte ihn auch. Er stand noch immer auf dem gleichen Fleck, nur hatte er sich verändert. Seine Gestalt wirkte verzerrt, wie durch eine Linse betrachtet.

Terry schüttelte den Kopf. Bisher hatte sie solche Probleme mit ihren Augen nicht gehabt. Sie trug zwar eine Brille, aber so etwas war ihr noch nie passiert.

Sie nahm die Brille ab, presste ihre Finger hinein, wischte und schaute noch einmal hin, ohne dass sie die Brille aufgesetzt hatte. Das Bild blieb, auch ohne die Verstärkung der

Gläser wirkte ihr Freund so anders. Nur sah sie seine Konturen jetzt ein wenig verschwommener.

Sie setzte die Brille wieder auf. Das Bild blieb, allerdings klarer.

Ed Sommer öffnete den Mund. »Was ist denn, Terry?«, rief er laut zu ihr hinüber.

Sie hob den Arm und winkte ihm zu. »Warte, ich komme.« Das Sprechen fiel ihr schwer. Auch die Luft hatte sich auf der Lichtung verändert. Terry kam sie irgendwie dichter vor. Sie hatte das Gefühl, sie nicht zu atmen, sondern zu trinken.

Terry wusste, dass es keinen Sinn hatte, deshalb ging sie wieder zu ihrem Freund zurück. Kaum hatte sie den Bereich der Lichtung verlassen, fühlte sie sich wohler. Sie konnte tief durchatmen, alles war wieder normal.

Ihr Freund schaute sie fragend an.

»Da war etwas«, flüsterte Terry. »Verdammt, da ist etwas gewesen, Ed!«

»Was denn?«

»Ich weiß es nicht«, antwortete sie leise.

»Aber die Gestalt mit dem einen Auge hast du nicht zufällig gesehen – oder?«

»Habe ich nicht.«

»Glaubst du mir denn?«

Terry lächelte, starrte auf ihre Schuhe und spürte es kalt den Rücken hinabrieseln. »Ja, ich glaube dir, Ed. Die Lichtung, auf der ich war, ist irgendwie anders als der übrige Wald hier. Man kann sie mit dem Wort verzaubert umschreiben. Etwas anderes fällt mir nämlich nicht dazu ein. Das ist ein Zauberwald, sehr komisch, anders und irgendwie ungewohnt für mich.«

»Wenn du meinst …«

Terry hob den Blick. Ihre Hand fand seinen Arm in Höhe des Ellenbogens. »Hast du es auch gespürt, Ed? Ist dir aufgefallen, dass in diesem Wald etwas nicht stimmt?«

»Ja, die Gestalt mit dem einen Auge.«

Terry schüttelte den Kopf. »Die meine ich nicht, Ed. Von der Atmosphäre her.«

»Nein.«

»Dann muss sie nur auf der Lichtung gewechselt haben«, flüsterte Terry Morgan. »Wenn ich nur wüsste, wie sich das alles verhält.« Sie hatte die Stirn in Falten gelegt. »Was sagten denn die anderen dazu, die wir gefragt haben. Kannst du dich daran erinnern?«

»Nein.«

»Sie warnten uns.«

»Das schon, aber sie gaben uns keine Informationen. Den Weg sollten wir uns selbst suchen.«

Terry nickte heftig. »Nach meinem letzten Erlebnis bin ich der Ansicht, dass wir ihn auch gefunden haben«, erklärte sie. »Dieser Wald ist bestimmt nicht normal.«

»Wie meinst du das?«

»Er ist verhext!«

Ed Sommer starrte seine Freundin mit offenem Mund und aus großen Augen an. »Das von dir zu hören ist mehr als komisch.«

»Es stimmt aber.«

»Dann bist auch du davon überzeugt, dass der Name Geisterpfad seine Berechtigung hat?«

»Jetzt allerdings.«

Ed Sommer holte tief Luft. »Ich bin froh, dies gerade aus deinem Munde zu hören, denn bisher hatte ich Furcht davor gehabt.«

»Wieso?«

»Ich glaubte immer, von dir nicht ernst genommen zu werden.«

Terry winkte ab. »Da brauchst du dir keine Sorgen zu machen. Mittlerweile glaube ich auch, dass hier einiges nicht stimmt.«

»Und dein Bruder?«

»Mein Bruder ist tot und begraben. Zurückholen kann ihn keiner. Mir aber kommt es darauf an, die Umstände seines Todes herauszufinden, und da rechne ich noch mit allerlei Überraschungen.«

Ed Sommer widersprach nicht. Er warf noch einen letzten

Blick auf die Lichtung hinter der Baumgruppe, sah sie leer und hatte trotzdem das Gefühl, beobachtet zu werden.

Da musste jemand die Kontrolle über den Wald und die Menschen in seinem Innern bekommen haben.

Tom Jones war von unserem Vorschlag nicht sehr begeistert gewesen, das hatte er uns auch deutlich genug zu verstehen gegeben, es schließlich sein lassen und sich mit uns auf den Weg gemacht. Die Hälfte der Strecke lag bereits hinter uns.

Ich wunderte mich darüber, wie gut Tom Jones den Geisterpfad kannte. Er hatte uns zielsicher geführt. Wir waren über die Felsen gelaufen, in Senken eingedrungen, hatten uns durch Felder mit wildem Strandhafer gekämpft und stets an markierten Punkten unseren Marsch unterbrochen, um uns die entsprechenden Erklärungen anzuhören.

Oft war es nur ein schief stehender Stein, der einen Ort markierte, an dem vor langen Jahren etwas Außergewöhnliches geschehen war. Ein Mord, eine Untat. Oder nur ein magisches Ereignis. Tom Jones umriss es jeweils mit knappen Sätzen. Bei manchen wusste er auch nicht Bescheid, er kannte nur eben die Stellen.

Es war bereits Nachmittag. Noch stand die Sonne hoch am Himmel und wärmte unsere Rücken. Es wurde aber nie richtig heiß, weil vom Meer her stets ein kühleres Lüftchen wehte.

In Cornwall ließ sich der Sommer auch bei Hitze ertragen. In einer kleinen Mulde hatten wir pausiert. Es roch nach frischem Gras und wilden Blumen. Eine angenehme Luft.

Tom Jones schaute uns an. »Das war ungefähr die Hälfte der Strecke, die ihr gesehen habt. Es ist nichts Außergewöhnliches passiert. So richtig überzeugt bin ich nicht.«

»Es könnte noch etwas geschehen«, gab ich zu bedenken.

»Vielleicht.«

Suko ließ einen Grashalm durch seine Finger gleiten. »Wie verläuft denn der zweite Teil des Geisterpfads? Bleiben wir auf dieser Hochebene, oder müssen wir hinunter zu den Klippen?«

»Nein, nein, wir bleiben schon noch.«

»Und?«

Tom grinste. »Die Umgebung wird sich etwas verändern.« Er deutete an uns vorbei. »Der Weg wird uns ins Landesinnere führen. Wir verlassen das Feld und die Ebene, um in einen Wald zu gehen. Er ist ziemlich groß und zieht sich durch mehrere kleine Täler.«

»Was ist dort passiert?«

Tom nickte. »So einiges, Suko. Ich habe nie etwas erlebt. Mir ist es stets so ergangen wie euch, aber die Legenden erzählen von grausamen Dingen, die im finsteren Tann passiert sind.«

»Was, zum Beispiel?«, fragte ich.

»Morde, Verbrennungen, Vergewaltigungen.« Er hob die Schultern. »Ihr wisst ja, wie die Leute sind. Viele dramatisieren die Geschichten auch oder erfinden etwas, wo gar nichts war. Davon können wir uns dann selbst überzeugen.«

Ich stand auf und reckte mich. Den vorherigen Marsch spürte ich schon in den Knochen. Meine Beine waren etwas müde geworden. Das würde sich beim Weitergehen geben.

Ich schritt den flachen Senkenrand hoch, wollte oben stehen bleiben und einen Blick auf das vor mir liegende Gelände werfen. Dazu kam ich nicht. Etwas anderes passierte.

Ich bekam einen magischen Schlag.

Plötzlich hatte ich das Gefühl, auf Rollen zu stehen. Ich warf die Arme in die Luft, ohne es bewusst zu tun, konnte mich kaum noch halten und ging schnell zwei Schritte nach hinten. Während der Bewegung hatte ich ein ungewöhnliches Erlebnis. Ich schaute in einen Nebel hinein, sah hinter der Wand aus Schwaden fratzenhafte Gesichter, hörte ihre leisen Schreie und spürte auf meiner Brust einen gewissen Druck, der in einen kurzen Schmerz mündete.

Dann war es vorbei!

Ruhe, Stille, die Umgebung sah ich ohne Nebel. Sie war wieder völlig normal.

Suko und Tom Jones hatten etwas mitbekommen. Ich hörte

die besorgte Stimme meines Freundes. »Ist etwas geschehen, John?«

Mit leicht zitternden Knien ging ich zu den beiden zurück und wischte über mein schweißnasses Gesicht. Noch rauschte das Blut in meinen Adern, und ich hob die Schultern. »Ja, da ist etwas geschehen. Ich weiß es auch nicht, aber …«

»Du bist ja ganz blass!«, flüsterte mein Freund und erhob sich.

»Man hat mich angegriffen!«

»Wie?«

»Magisch.«

Tom Jones wollte lachen. Als er mein ernstes Gesicht sah, ließ er es bleiben. Ich holte das Kreuz hervor, ließ es auf der Handfläche liegen und bat Suko, es zu berühren.

»Ja, es ist warm.«

Ich nickte dem Inspektor zu. »Genau. Und wie ist das möglich? Nur durch Magie.«

»Die in der Nähe sein muss.«

»Eben.«

Tom Jones wollte nicht so recht an meine Antwort glauben. Er schaute das Kreuz an und meinte: »Das ist doch normal. Und wenn es sich erwärmt hat, kommt das sicherlich von der Körperwärme her.«

»Nein, nein, das hat einen anderen Grund.« Ich ging auf keine nähere Erklärung ein und nickte Suko zu. »Wir wissen jetzt, dass wir uns auf dem richtigen Weg befinden. Die magische Zone muss irgendwo existieren. Das ist dir auch klar?«

»Du kannst fragen.«

»Der Wald, Suko. Für mich ist der Wald unser großer Feind. In ihm werden wir Überraschungen erleben.«

Tom lachte leise. »Ihr beide redet, als wärt ihr hier geboren und würdet alles genau kennen.«

»Manchmal sehen Fremde mehr als die Eingeborenen.« Ich schaute auf die Uhr. »Was meinst du, Tom, wie lange es dauern wird, bis wir den Wald erreicht und durchquert haben?«

»Einige Stunden.«

Das passte weder mir noch Suko. Von dem Chinesen kam der nächste Vorschlag. »Wir brauchen ja nicht gerade alle Stellen anzulaufen. Wir könnten doch direkt bis ans Ende durchgehen und dort nach dem angeblichen Schatz suchen.«

Ich war einverstanden. »Kennst du den genauen Ort?«, fragte ich den alten Fischer.

»Ja, so in etwa.«

»Dann werden wir ihn schon finden«, entgegnete ich voller Optimismus und übernahm die Führung. Ich war mir sicher, den richtigen Weg eingeschlagen zu haben. Er würde uns zu dem geheimnisvollen Dämonenschrein führen, und ich hoffte nur, früher am Ziel zu sein, früher als Asmodis …

Tri-Arion, der Dreihäutige, verstand die Welt nicht mehr. Er hatte gespürt, dass der Feind auf einmal nahe war, und er hatte ihm den magischen Stoß versetzt.

Eine harte Magie, ein Schub, den dieser ihm Unbekannte spüren musste.

Dann war er zurückgekommen.

Tri-Arion taumelte. Er hatte das Gefühl, zerrissen zu werden. Die Knie gaben nach, aus seinem Kopf quoll ein dunkler Nebelschatten, und der zeigte an, dass sich dieser Dämon praktisch vor der Auflösung befand, sich aber wieder fing und zu dem wurde, was seine beiden Artgenossen in ihm sahen.

Sie starrten sich gegenseitig an. Tri-Arion schüttelte seinen farbigen Schädel. Er konnte es noch immer nicht fassen. Aus dem Unsichtbaren hatte er angegriffen, und es war dem anderen tatsächlich gelungen, diese Attacke zu parieren.

Als Mensch hatte er es geschafft!

Das konnte sich der Dämon kaum vorstellen, da er einen solchen Menschen noch nie zuvor gesehen oder erlebt hatte.

»Ich habe ihn erwischt – und er mich«, erklärte er seinen beiden staunenden Brüdern.

Casial und Murghal schauten sich an. Sie schüttelten die Schädel. »Dich erwischt?«, fragte Casial.

»Ja, und zurückgeschlagen.«

»Dann ist er mächtig!«, hauchte Murghal.

»So habe ich ihn nicht eingeschätzt, als ich ihn sah«, fuhr Casial fort. »Er machte mir eher einen ängstlichen Eindruck, ganz im Gegensatz zu dieser Frau.«

»Das waren andere«, widersprach Tri-Arion.

»Aber sie waren im Wald.«

»Nicht die, die ich angriff.«

Tri-Arion musste einiges zurechtrücken, bevor seine beiden Artgenossen durchblickten. Er berichtete ihnen auch, dass sie zu dritt waren. Drei Männer auf der Suche nach dem Schrein.

»Kommen wir ihnen zuvor!«, rief Murghal.

»Ja, wir müssen schneller sein.«

»Das wissen die anderen auch, und sie werden dementsprechend handeln. Sie haben unsere Anwesenheit gespürt. Sie wissen jetzt genau Bescheid, es ist ihnen klar, dass sie nicht so ohne weiteres an den Schrein herankommen können. Versteht ihr das?«

Casial und Murghal nickten.

»Das bedeutet Kampf!«, fuhr Tri-Arion fort. »Ein Kampf, in dem wir Sieger bleiben müssen.«

Casial lachte. »Haben wir schon jemals verloren?«, fragte er.

»Nein, aber diese Männer sind etwas Besonderes. Lasst uns gehen, Brüder! Ich will, dass der Wald zur Falle wird und sie nicht bis an das Versteck des Schreins gelangen …«

Irgendwann einmal blieb Ed Sommer stehen, stemmte seine Hände in die Hüften und schaute sich um.

Auch Terry Morgan verhielt ihren Schritt. »Was ist los mit dir?«

Er hob die Schultern. »Ich weiß es auch nicht so genau. Wenn ich mir den grünen Laubkranz der Baumkronen ansehe und auch keinen Weg finde, so habe ich das Gefühl, dass wir uns in diesem Wald verlaufen haben. Ich komme mir vor wie der Hänsel aus dem Märchen.«

»Aber ich möchte nicht Gretel sein.«

»Kann ich mir denken. Dann hätte eine Hexe auf uns gewartet.«

Terry blickte sehr ernst. »Wer sagt denn, dass uns etwas Ähnliches nicht passieren wird.«

»Du glaubst an böse Überraschungen?«

»Und wie.«

Ed ballte die Hände. »Wäre es nicht besser, wenn wir den Wald verließen?«, fragte er.

»Und wie? Deiner Meinung nach haben wir uns doch verlaufen. Wo du auch hingehst, welche Richtung du auch einschlägst, irgendwann wirst du den Waldrand erreichen.«

»Falls wir nicht im Kreis laufen.«

»Das müssen wir verhindern«, sagte Terry.

Sie hielten sich nicht mehr länger auf, sondern schritten tiefer in den Forst. Wege gab es nicht. Die Erde war weich und noch vom Laub des letzten Herbstes bedeckt, das längst faulig geworden war und einen dunkelbraunen Farbton bekommen hatte. Es vermischte sich mit den vom Sturm abgerissenen Ästen und Zweigen, die ebenfalls einem Verfaulungsprozess entgegenschritten.

Ein natürlich gewachsener und nicht von Menschenhand hochgezogener Mischwald umgab sie. Als ungewöhnlich empfanden die beiden Menschen die Stille. Zwar vernahmen sie Vogelstimmen, aber nur sehr vereinzelt. Keines der Tiere stimmte irgendein Konzert an.

Auch Wege fanden sie nicht. Kaum Pfade, so waren sie gezwungen, querfeldein zu laufen, was ihnen nicht sehr entgegenkam, denn das Unterholz hatte wuchern können.

Ed Sommer hielt die Augen besonders offen. Er dachte fortwährend an seine Begegnung mit dem Einäugigen und glaubte auch fest daran, dass er keiner Täuschung erlegen war.

Da hatte jemand gestanden.

Nur sprachen sie nicht mehr über die Gestalt, sondern achteten mehr auf das Gelände.

Die dicht belaubten Bäume hielten den vom Meer herkommenden Wind ab und filterten auch einen Teil des vom Himmel fallenden Sonnenlichts. Wenn vereinzelte Strahlen den Boden erreichten, malten sie dort helle Streifen oder runde Inseln gegen die dicken Stämme der Bäume.

Es war warm unter dem Blattwerk. Die Luft hatte einen stickigen Geruch angenommen, man konnte sie schmecken. Zu hastige Bewegungen trieben den Schweiß aus den Poren, und beide Wanderer entdeckten den besonders großen und hervorstechenden Baum zur gleichen Zeit.

Es war eine mächtige Eiche. Sie stand fast für sich, jedenfalls wuchs in ihrer Nähe nichts, was sie behindert hätte. Durch ihre mächtigen Äste schien sie sich die Umgebung freigehalten zu haben.

Der Baumstamm zeigte eine dunkelbraune Farbe, vermischt mit dem moosigen Grün der Rinde, deren Form wie ein runzeliges Gesicht wirkte, in dem die Zeit tiefe Furchen hineingeschnitten hatte.

Ein seltsamer Baum …

Zudem ging von ihm eine Faszination aus, die sich weder Ed noch seine Freundin erklären konnten.

Sie blieben stehen. »Hast du so eine Eiche schon einmal gesehen?«, fragte Terry.

Sommer schüttelte den Kopf. Bei dieser Bewegung wurden kleine Schweißperlen von der Stirn gewirbelt. »Nein, ich war schon in vielen Wäldern, aber so eine Eiche …«

Der Baum faszinierte sie. Er strahlte eine gewisse Ruhe aus und gleichzeitig etwas Majestätisches, das ihnen das Gefühl der Ehrfurcht gab, sodass sie einen Schauder auf ihrem Rücken nicht unterdrücken konnten. Diesen Baum musste man sich nicht nur ansehen, mit ihm konnten sich die Wanderer auch beschäftigen.

Er hatte ihnen etwas zu sagen.

So ungewöhnlich sich dies anhörte, aber beide fühlten so. Terry senkte ihre Stimme, als sie darüber sprach. »Kommt es dir nicht auch so vor, als würde dieser Baum leben?«

»Ja, fast.«

»Vielleicht ist er verwunschen.«

Ed lachte leise. »Das gibt es nur im Märchen.«

Terry widersprach. »Vergiss nie, wo wir uns hier befinden. Das ist kein normaler Wald. Hier gibt es einen Geisterpfad. Mein Bruder Ray muss das Gleiche verspürt haben, als er den Wald durchschritt. So ähnlich jedenfalls hat er in seinem Brief geschrieben.«

»Auch was von der Eiche?«

»Nein, nicht direkt. Er meinte wohl allgemein den Wald. Da beziehe ich die Eiche mit ein.«

»Das kann hinkommen.«

Sie konzentrierten sich auf den Baum. Schauten an den Ästen und Zweigen hoch, sahen das Laub, das sich zitternd bewegte und an einigen Stellen im Sonnenlicht golden leuchtete. Trotzdem blieb der Baum düster.

Terry rückte ihre Brille zurecht. Sie ging einen Schritt nach vorn und flüsterte: »Da ist etwas eingeritzt.«

»Ich sehe nichts.«

»Doch, ich schaue mal nach.«

»Nein, bleib hier. Sei ...«

Sie hörte nicht auf ihn und lief mit schnellen Bewegungen auf den Baum zu.

Aus der Nähe betrachtet, kam ihr der Stamm noch dicker vor. Allein konnte sie den Stamm nicht umfassen. Seine Rinde war außergewöhnlich dick, furchig, bildete ein reliefartiges Runenmuster, und die Schrift, die sie vorhin aus größerer Entfernung entdeckt hatte, war nicht mehr zu sehen.

»Was ist denn?«, rief Ed fragend.

»Ich sehe sie nicht mehr.«

»Du hast dich getäuscht, Terry.«

Die Frau warf einen schnellen Blick zurück. Ed stand da in einer lässigen Haltung und hatte ein Bein vorgeschoben. Er glaubte ihr einfach nicht, sie aber wollte es genauer wissen.

Beide Handflächen drückte sie gegen die Rinde. War sie normal in ihrer Weichheit? Terry hatte das Gefühl, ihre Fingerkuppen in den Baum eindrücken zu können.

»Stimmt etwas nicht?«

Die Frau achtete nicht auf den Einwand ihres Begleiters. Es interessierte sie allein der Baum, an dessen Stamm sie tastend vorbeischritt und auf einmal fündig wurde.

Die Schriftzeichen glühten auf.

Es war kein direktes Rot. Eine Mischung zwischen Rot und Braun, aber zu erkennen.

Jemand hatte eine Botschaft hinterlassen.

Terry schluckte, bevor sie sich dazu überwinden konnte, die Botschaft zu lesen. Leise und stockend sprach sie die Worte aus und verband sie zu Sätzen.

»Um dem Henker die Arbeit abzunehmen, wurden die Verbrecher, die Hexer und Hexen in diesem Wald so lange aufgehängt, bis sie tot waren. Erst wenn die Vögel des Himmels sich an ihnen labten und bleiche Gerippe unter den starken Zweigen pendelten, war die Rache erfüllt.«

Terry ging einen Schritt nach hinten. Sie schüttelte sich, denn es waren harte Worte gewesen, die sie ausgesprochen hatte. Eine raue Haut lief über ihren Rücken, erreichte sogar die Kniekehlen und ließ sie erschaudern.

Demnach war sie keiner Täuschung erlegen. Dieser Baum hatte etwas Außergewöhnliches an sich.

Leider im negativen Sinne.

Woher die plötzlichen Geräusche kamen, konnte sie sich nicht erklären. Jedenfalls begann es mit dem Rauschen der Eichenblätter. In das Rauschen hinein stieß ein anderes Geräusch, das so gar nicht in den Wald passen wollte.

Ein hohles Klappern …

Da hörte sie schon den Schrei ihres Freundes. »Komm da weg, Terry! Um Himmels willen!«

Sie drehte sich um und sah Ed Sommer, der einen Arm ausgestreckt hielt und in die Höhe deutete. Die Spitze seines Zeigefingers wies dabei auf die Baumkrone.

Dort musste etwas passiert sein.

Hatte sie vor Sekunden noch etwas von den Gehängten gelesen, so bekam sie dies nun bestätigt.

Es waren fünf Skelette, die von den stärksten Ästen herabhingen, schaukelten, gegeneinander schlugen, sodass die Knochen klapperten …

Es gibt Situationen, wo man wegrennen muss, aber nicht kann, weil der Schock noch zu sehr im Körper steckt. So erging es Terry Morgan. Sie wollte die unheimliche Stelle fluchtartig verlassen und wusste gleich, dass sie es nicht schaffen würde, weil sie plötzlich das Gefühl hatte, Blei in den Beinen stecken zu haben.

Zu scheußlich war das Bild.

Fahle, bleiche Knochen, manche auch gelblich schimmernd, aber alle waren völlig blank, sodass sie ein hohles Geräusch erzeugten, wenn sich die Knochenmänner berührten.

Ein Bild des Schreckens.

Das mussten die aus der Vergangenheit zurückgekehrten Hexen, Verbrecher und Schandtäter sein, die mal erhängt worden waren.

Terry hatte den Kopf in den Nacken gelegt. Sie stand so ungünstig, dass zwei knochige Füße direkt über ihrem Kopf baumelten. Die Skelette selbst hingen an zerfransten Stricken. Ein Wunder, dass diese überhaupt noch hielten.

»Komm endlich her!«, rief Ed Sommer, der sich selbst nicht traute, seine Begleiterin zu holen.

Sie hatte zu lange gewartet, denn der Strick des über ihr hängenden Skeletts riss plötzlich.

Senkrecht fiel der Knöcherne nach unten.

Und genau auf sie.

Von den bleichen Füßen wurde zuerst ihr Kopf getroffen, dann rutschten sie ab, berührten die Schultern, glitten noch weiter, und als Terry sich bückte, dabei die Hände gegen ihr Gesicht schlug, spürte sie sehr deutlich, wie das uralte Skelett über ihren Rücken glitt, zu Boden fiel und dort in einer verrenkten Haltung liegen blieb.

Nur langsam überwand sie ihren Schock, drückte den Körper hoch und den Rücken durch.

Die anderen hingen noch an den Ästen. Für Terry war es

nur eine Frage der Zeit, wann auch sie herabfielen und die bleichen Gebeine um den Baumstamm verteilen würden.

Sie blieb noch stehen, starrte das vor ihr liegende Skelett an und konnte einfach nicht anders. Zuerst hob sie den rechten Fuß an, dann trat sie zu. Wuchtig, hart. Sie legte all ihre Wut und ihre Kraft in diesen Tritt, der den Knöchernen nicht nur erwischte, ihn auch zertrümmerte. Sogar den Schädel ließ sie nicht aus, hämmerte zweimal zu, damit das bleiche Gebein in zahlreiche Stücke zersprang.

Erst dann ging es ihr besser.

Tief holte sie Luft, bevor sie über die Knochen hinwegsprang und auf ihren Freund zulief, der sie schon erwartet hatte.

Sie fiel ihm in die Arme.

Es war ein Aufschluchzen, das über ihre Lippen drang. »Halt mich fest, halt mich bitte fest!«

Ed hielt den zitternden Körper an sich gepresst. Er konnte nicht mal sagen, wer mehr Angst verspürte. Seine Freundin oder er. Ed kam sich wie ein Schuft vor, weil er einfach stehen geblieben war und zugeschaut hatte, wie sich aus dem Nichts die Skelette bildeten und Terry bis aufs Mark erschreckten.

»Ist alles okay?«, fragte er und fuhr über ihr Haar. »Ist wirklich alles okay?«

»Nein«, hauchte sie. »Nein, verdammt! Nichts ist okay. Du hast sie doch auch gesehen ...«

»Ja.«

»Wo kamen sie her?«

»Ich weiß es nicht«, flüsterte er. »Ich weiß es wirklich nicht. Sie waren plötzlich da, ich sah den Nebel zwischen den Ästen, dann kamen sie hervor.«

»Ed, dieser Wald ist verflucht.«

»Ja, das stimmt.«

Terry drückte sich von ihm weg. Sie wischte über ihre Augen, die Lippen hatte sie fest zusammengepresst. Dann drehte sie sich um, damit der andere ihre Tränen nicht sah.

Es waren Tränen der Verzweiflung. Sie fürchtete sich vor den Skeletten und der Zukunft.

»Lass uns gehen!«

Ed lächelte verzerrt. »Und wie verhält es sich mit dem Schatz? Wolltest du ihn nicht suchen?«

»Nein! Nein! Nicht mehr.«

»Weshalb nicht?«

»Ich will ihn nicht mehr. Ich will nur noch weg. Fort aus dem Wald, Ed. Du doch auch, oder?« Sie schaute ihn bittend an, und Ed nickte.

»Ja, ich habe Angst.«

»Nicht mal geholfen hast du mir«, warf sie ihm vor. »Du hast mich allein gelassen.«

»Ich konnte nicht, war wie gelähmt.«

»Schon gut. Mir erging es ebenso. Auch ich konnte mich nicht so bewegen. Weiter ...«

Plötzlich drehte sich Terry um. Dem Baum warf sie keinen Blick mehr zu, schaute rechts an ihm vorbei und lief so rasch wie möglich durch das hohe Gras davon.

Ed zögerte noch. Er hatte eine trockene Kehle bekommen. Irgendetwas kratzte dort und saß wie ein Klumpen. Die Angst zeichnete auch ihn, ebenso eine innere Unsicherheit, über die er nicht hinwegkam.

Sie standen unter Kontrolle. Das war ihm klar geworden. In diesem Wald lebten oder hausten Gestalten, die ihnen überlegen waren.

Langsamer, als er es eigentlich wollte, folgte er seiner Freundin in die Tiefe des Buschwerks hinein, durch das sie sich erst einen Weg bahnen mussten, denn in dieser Gegend wuchsen nicht so viele Bäume. Da war der Wald in der Höhe lichter geworden.

Sie fanden sogar einen schmalen Pfad und nahmen den typischen Geruch wahr, der von einem stehenden Gewässer ausging.

»Wir sehen bestimmt gleich einen Tümpel«, sagte Terry, die die Führung übernommen hatte.

»Geh weiter. Bitte.«

»Ja, ja.«

Sie musste sich bücken, denn die Zweige von beiden Seiten waren zu einem tief hängenden Dach zusammengewachsen.

Die Kehren wurden enger, die Unterlage glatter, der Weg führte ein wenig bergab auf einen dunkel schimmernden Tümpel zu, der wie ein Oval aussah und dessen Uferränder von dichtem Strauchwerk bewachsen war. Zudem stachen noch Schilfrohre aus dem Boden wie lange Röhren, in deren Öffnungen man hineinschauen konnte.

Auf dem Tümpel bewegte sich nichts. Nur über ihm tanzten Mückenschwärme. Ed und Terry blieben stehen. Sie hielten sich an den Händen gefasst und suchten beide nach einem Weg, um den Tümpel zu umgehen.

»Durch will ich auf keinen Fall!«, flüsterte Ed Sommer.

»Ich auch nicht.«

»Links könnten wir vorbei. Da wächst das Gebüsch nicht ganz so dicht.«

»Es hat aber Dornen.«

»Na und? Besser gestochen zu werden, als im Schlamm zu versinken.«

Terry hatte gegen diese Logik nichts mehr einzuwenden, und so machten sie sich wieder auf den Weg. Diesmal existierte kein Pfad, dem sie folgen konnten. Sie mussten sich ihren Weg regelrecht bahnen, und das taten sie mit wilden Armbewegungen.

Zwar hakten sich die Dornen an ihrer Kleidung fest, aber der derbe Jeansstoff hielt.

Beide kamen gut voran. An die im Unsichtbaren lauernde Gefahr dachten sie nicht mehr.

Ein Fehler.

Urplötzlich war sie da.

Die beiden Gestalten hatten unerkannt zwischen den dichten Büschen gelauert. Terry und Ed hatten keine Chance, als aus dem Gestrüpp vier Hände zielsicher zugriffen. Die dunklen Hände mit den langen, klauenartigen Fingern griffen brutal zu, bekamen sie an den Hüften zu fassen und rissen sie um.

Beide verloren den Halt unter den Füßen.

Zuerst brach Ed taumelnd durch den nahen Uferbewuchs, fiel in den schmalen Schilfwald und fühlte sich im ersten

Moment wie aufgespießt, als die Rohre gegen seinen Körper drückten.

Dann hatte er sie unter seinem Gewicht zerknickt, wobei wenig später die Wellen des brackigen Wassers über ihm zusammenschlugen und ihn die schmutzige Tiefe des Tümpels verschluckte.

Terry war es noch gelungen, sich an zwei starken Buschzweigen festzuklammern. Sie drehte ihren Körper dabei, schielte auf die scharfen Pranken an ihrer Hüfte, und die Angst schoss in ihr wie eine heiße Flamme hoch. Hinter dem Busch sah sie die Gestalt. Ein weißlich schimmerndes Monstrum, mit Kräften versehen, denen sie nichts entgegensetzen konnte. In den blassen Augen des Unheimlichen irrlichterten Funken.

Das war das erste und auch das letzte Bild, das sie von dem anderen mitbekam.

Der plötzliche Stoß war zu heftig, als dass sie sich hätte gegen ihn stemmen können.

Sie fiel ins Wasser, das sofort über ihrem Körper zusammenschwappte.

Ed Sommer war es gelungen, das erste Gefühl der Panik zu unterdrücken. Zudem hatte er festgestellt, dass der Tümpel nicht diese Tiefe besaß, mit der er eigentlich gerechnet hätte. Zwar waren seine Arme fast bis zu den Ellenbogen im Schlamm versunken und hatten diesen auch aufgewühlt, aber er konnte sich fangen, auf die Knie gelangen und wieder in die Höhe stemmen. Pudelnass tauchte er auf. Das Haar klebte auf seinem Kopf, grünlich gefärbtes Wasser rann über sein Gesicht. Er schmeckte es auf den Lippen, spie es aus und bekam eine nächste Welle mit, als Terry Morgan in den Tümpel geschleudert wurde.

Sie ging sofort unter.

Ed wollte ihr diesmal helfen, wischte sein Gesicht frei und stellte selbst fest, dass er mit beiden Füßen in einem weichen, widerlichen Schlammgrund versunken war, der aus tausend Händen zu bestehen schien, die ihn immer tiefer zogen.

Am Ufer sah er die Bewegung und erkannte die weiße Gestalt, die sich für einen Moment zeigte, bevor sie sich wieder hinter den Büschen zusammenduckte.

Terry tauchte auf.

Sie kam langsam in die Höhe. Ihr Haar wurde hochgeschwemmt, zuerst erschien der Hinterkopf, und Ed fasste zu, um sie in die Höhe zu heben. Sie riss den Mund auf, schnappte nach Luft, spie Wasser aus. In ihrem Haar hingen Pflanzenreste, verklebt mit dem Schleim des Tümpelgrunds.

Ed half seiner Freundin dabei, das Gesicht abzuwaschen. Er hörte dabei ihr Flüstern. »Ed, da war etwas, Ed!«

»Wo?«

»Auf dem Grund. Ich spürte es zwischen meinen Händen. Ich habe genau hineingefasst.«

»Was war es denn?«

Sie schauderte vor der Antwort zusammen. »Haare, verdammte Haare, in die ich fasste. Widerlich. Ich habe mich geekelt.«

Sommer nickte und schaute zum Ufer, wo er die bleiche Gestalt gesehen hatte.

Sie stand dort nicht mehr. Nur noch die Zweige des Busches, hinter der sie hochgekommen war, wippten nach.

»Raus aus dem …!«

Terrys Schrei hallte Ed Sommer in den Ohren. Sie schüttelte sich dabei, es flogen die Wassertropfen, und sie stierte auf die Oberfläche des kleinen Tümpels.

Vom Grund her war etwas in die Höhe gestiegen. Etwas Schauriges, das gleichzeitig bewies, dass sich Terry nicht getäuscht hatte, als sie von den Haaren sprach.

Es waren zwei Köpfe, die vor ihnen schwammen.

Auf mich wirkte der Wald wie ein gewaltiges Gefängnis. Der Vergleich mit der grünen Hölle war nicht angebracht, denn hier herrschte eine völlig andere Vegetation, aber stickig war es schon unter dem Dach der Bäume, wo die Luft stand, die Insekten tanzten und wir Mühe hatten, zu Atem zu kommen.

Tom Jones hatte die Führung übernommen. Er bewegte sich so sicher, dass ich davon ausgehen konnte, einen Mann vor mir zu haben, der auch den Wald kannte.

Pfade entdeckten wir nicht. Wir mussten schon schaufeln, wenn wir unseren Weg frei haben wollten. Wir gerieten in ein Gelände, in dem die Bäume nicht mehr so dicht nebeneinander wuchsen und sich zahlreiche lichte Stellen zeigten.

Von Geistern sah ich nichts, von einem Pfad ebenfalls nichts, und ich fragte mich, weshalb der Weg Geisterpfad genannt wurde. Vor uns breitete sich eine Mulde aus. Sie war ziemlich groß, wirkte wie eine Schüssel mit relativ steil ansteigenden Rändern.

Tom kletterte in die Mulde hinein; ich folgte ihm, und Suko bildete den Schluss.

In der Mitte blieb der Fischer stehen. Seine Schuhe versanken im alten Laub. »Seht ihr den Eingang?«, fragte er.

Wir blickten hin und erkannten in der Muldenschräge eine Höhle, durch die sich auch ein Mensch zwängen konnte, wenn er sich sehr schmal machte.

»Was ist damit?«, fragte ich.

»Hier soll ein Einsiedler gehaust haben, der Menschen köpfte, wenn es ihm in den Sinn kam.«

»Hat er das tatsächlich getan?«

»Schau in die Höhle hinein.«

»Verzichte.«

Tom erklärte weiter. »Die Köpfe hat er genommen und in einen nicht weit entfernten Tümpel geworfen. Das war ein regelrechtes Schwein, kann ich euch sagen.«

»Kommen wir auch an diesem Tümpel vorbei?«, fragte Suko.

»Ja.«

Ich wollte etwas anderes wissen. »Wie ist dieser Köhler eigentlich ums Leben gekommen?«

»Man hat ihn aufgestöbert, in Ketten gelegt, in seine Höhle gesteckt und verhungern lassen. Befreien konnte er sich nicht. Irgendwann hat man seine Knochen herausgeschafft.«

Die alten Geschichten konnten zwar sehr gruselig sein,

mich interessierten sie nicht so sehr. Für mich war es wichtig, den Dämonenschrein zu finden.

Das sagte ich Tom zum wiederholten Mal.

Er hob nur die Schultern. »Am Waldrand endet auch der Geisterpfad. Da muss es irgendwo sein. Den genauen Ort kann ich euch nicht beschreiben.«

Wir verließen die Mulde. Tom stieg wieder voran. Ich hatte während des Ganges durch den Wald sehr stark auf mein Kreuz geachtet. Nichts war mit ihm passiert, niemand hatte versucht, durch das Kreuz mit mir in Kontakt zu treten.

Und doch ging ich davon aus, dass uns dämonische Wesen nicht aus den Augen lassen würden. Wir hatten unterwegs einige Orte passiert, wo vor Jahren das Grauen gelebt hatte. Unter anderem eine verfallene Hütte, die einer Hexe gehörte. Auch einen Hochsitz hatte ich gesehen, auf dem jemand ermordet worden war.

Geschichten und Histörchen.

Ob sie den Tatsachen entsprachen, konnte ich nicht nachprüfen. Tatsache aber war der zweite magische Ansturm auf mich und mein Kreuz. Plötzlich spürte ich das Brennen, blieb sofort stehen, und Suko musste ausweichen, um nicht gegen mich zu laufen.

Auch Tom Jones hatte etwas bemerkt. Er stand still und drehte nur den Kopf. »Was ist denn?«

Ich gab keine Antwort. Meinen Körper hatte ich auf Konzentration geschaltet. Sehr gespannt blieb ich auf dem Fleck stehen, bewegte nur die Augen, denn die Gefahr war vorhanden, und ich wollte sie unbedingt frühzeitig genug erkennen.

Jenseits der von uns durchquerten Mulde war das Gelände wieder baumreicher geworden. Sehr dicht standen die hohen Bäume zusammen. Die Zweige berührten sich und bildeten ineinander verschlungene Dächer. Ab und zu tupften ein paar warme Sonnenstrahlen gegen unseren Nacken.

Dann wurde es dunkler.

Keine natürliche Dunkelheit, wie sie die Dämmerung oder die Nacht brachten, nein, diese hier war anders. An mehreren

Stellen gleichzeitig quoll sie regelrecht auf, und als wir hinschauten, sahen wir auch, dass es schwarze Wolken waren, die zwischen den Bäumen lauerten.

Drei insgesamt!

Dicht und dunkel, so wie Tinte. Nicht ein Lichtstrahl drang durch. Schwärzere Schatten gab es nicht.

»Was ist das?«, hauchte Tom Jones.

»Eine dämonische Attacke.«

»Und von wem?«

»Ich habe noch keine Ahnung, rechne aber damit, dass es der Spuk sein kann.«

»Dreigeteilt?«, fragte Suko.

»Bei ihm ist alles möglich. Er wird doch sicherlich versuchen zu verhindern, dass wir an seine Reliquie gelangen.«

»Klar.«

Die Wolken hatten sich bisher nicht bewegt. Nun aber kamen sie näher. Von drei Seiten gleichzeitig setzten sie sich in Bewegung und nahmen uns in die Zange.

Ich kannte ihre Funktion. Wenn sie über uns herfielen, konnten sie uns töten.

Neben mir zog Suko die Dämonenpeitsche. Er schlug einen Kreis über den Boden, damit die drei aus Dämonenhaut gefertigten Riemen hervorrutschten.

Ich hatte mein Kreuz, die Beretta ließ ich stecken. Aus Erfahrung wusste ich, dass es dem Kreuz gelang, die schwarzen Wolken aufzureißen, falls sie über uns herfallen wollten.

Es sah danach aus.

Sie zogen den Kreis noch enger.

Tom Jones schaute mich an. Ich winkte ihm zu. »Komm lieber her. Hier bist du geschützter.«

»Okay, ich, ahhrr…« Es war ein rollender Schrei, der über seine Lippen drang. Plötzlich konnte er sich nicht mehr bewegen. Der unsichtbare Bannstrahl einer schwarzen Magie hatte ihn voll erwischt und bannte ihn auf dem Fleck.

Er riss den Mund auf, sein Gesicht war von der Anstrengung gezeichnet, als er versuchte, sich zu befreien. Ich sah ein, dass er es aus eigener Kraft nie schaffte, wollte ihm zu Hilfe eilen und musste erkennen, dass ich zu spät kam.

Die Wolke war stärker.

Als hätte man ihm die Beine weggeschlagen, so wurde er plötzlich in die Höhe gewirbelt. Er schlug noch mit seinen Armen, bekam einen Zweig zu fassen, umklammerte ihn, aber er schaffte es nicht, sich daran festzuhalten. Die andere Kraft war stärker.

Sie riss an ihm und an dem Ast. Ich hörte ihn brechen, den Fischer schreien, und dann jagte er durch das Astwerk und Laub eines Baumes hinweg auf die schwarze Wolke zu, die ihm am nächsten war.

Innerhalb einer halben Sekunde hatte sie ihn verschlungen.

Wir standen da, rührten uns nicht und wussten nicht, was wir unternehmen sollten. Zu schnell und zu viel war geschehen. Die Wolke, die den armen Mann verschluckt hatte, begann sich zu bewegen. Sie drehte sich, sie zuckte und führte vor unseren Augen beinahe einen höhnischen Tanz auf. Vom Körper des Fischers sahen wir nichts mehr, obwohl er sich im Innern der Wolke befinden musste.

Die Schwärze war zu tief!

Ich rannte vor. Vielleicht konnte ich mit dem Kreuz noch etwas helfen, wenn ich es aktivierte. Wenn …

Es blieb beim Vorsatz.

Die Gegenseite war schneller.

Ich hatte den ersten Buchstaben der Aktivierungsformel noch nicht ausgesprochen, als sich die schwarze Wolke über mir öffnete und einen Körper entließ.

Sie schleuderte ihn nach unten. Durch einen raschen Sprung zur Seite konnte ich mich retten, sonst wäre mir der Tote genau auf den Kopf gefallen. Dass er tot war, erkannte ich an seinem blauen Gesicht. Dieser Mensch war erstickt.

Tom Jones lag vor meinen Füßen. Blau angelaufen, mit aus den Höhlen quellenden Augen und einem weit geöffneten Mund, als hätte er in den letzten Sekunden seines Daseins versucht, noch einmal Luft zu bekommen.

Das war ihm nicht mehr gelungen.

Und die Wolken verschwanden.

Weder Suko noch mir gelang es, eine von ihnen zu fassen und magisch zu beeinflussen.

Der Inspektor stand neben mir, starrte auf den toten Fischer, und seine Mundwinkel zuckten.

Ich wusste, wie es in seinem Innern aussah. Dieser Mann hatte Suko erst am vorherigen Tag das Leben gerettet, und jetzt musste er so etwas Schreckliches erleben.

Ich drückte dem Freund die Hand auf die Schulter. »Wir haben ihn nicht retten können. Es ging zu schnell.«

»Ja, zu schnell!« Suko knirschte die Antwort. »Weshalb hat er sich gerade Tom ausgesucht und nicht uns, wo wir bewaffnet waren?«

»Das wusste der Gegner auch. Das schwächste Glied in der Kette. Ist doch klar.«

»Leider.«

Der Inspektor konnte den Gesichtsausdruck des Toten nicht mehr ertragen. Er ging in die Knie und drückte dem Fischer Tom Jones, der kein Seemannsgrab gefunden hatte, die Augen zu.

»Er war ein guter Mann.«

Jetzt mussten wir das Ende des Geisterpfads selbst suchen, und ich fragte mich, ob uns das gelingen würde.

Suko beschäftigte sich gedanklich mit seinem toten Lebensretter. »Wir werden dafür sorgen, dass er ein anständiges Grab bekommt. Verdammt, er war ein guter Mann.«

Der Tod dieses Mannes war meinem Freund unheimlich nahe gegangen. Auch ich schmeckte die Bitternis auf der Zunge, und dieser verfluchte Wald kam mir vor wie ein Gefängnis.

Die Schatten sahen wir nicht mehr. Sie hatten sich verzogen, vielleicht auch aufgelöst, und trotz meiner Waffen bekam ich so etwas wie Angst vor ihnen, da sie aus dem Hinterhalt angriffen und so schnell waren, dass wir sie nicht sahen.

»Vielleicht hätte man den Bumerang schleudern können«, sagte Suko, der noch immer über unser Nichteingreifen nachdachte.

»In die Wolke?«

»Vergiss es.«

Wir gingen weiter. Wühlten uns förmlich durch die Schwüle, duckten uns unter Ästen hinweg, stöberten mal einen Hasen oder ein Eichhörnchen auf, die aber schnell wieder verschwanden.

Unwillkürlich beobachtete ich ein Eichhörnchen. Sein Ziel war ein breiter Stamm, der in der Krone eine dichte Belaubung aufwies. Gedankenschnell huschte das Tier den Stamm hoch, hatte die ersten Äste schon hinter sich gelassen, als es geschah.

So etwas war mir noch nie vorgekommen. Ich blieb erschreckt stehen, wurde ebenso starr wie das kleine Eichhörnchen, nur glühte ich nicht so auf wie dieses Tier, das von innen her in einem dunkelroten gleichmäßigen Feuer verbrannte, zu Asche wurde, die als feiner Staubregen an der Rinde herabrieselte.

Hatte uns das kleine Tier das Leben gerettet?

Ich musste davon ausgehen. Einer von uns hätte auf seinem weiteren Weg sicherlich den Stamm berührt. Was dann passiert wäre, wagte ich mir kaum auszumalen.

Sukos Atem traf meinen Nacken. »John, jetzt wird es kriminell«, flüsterte er.

Damit hatte er Recht. Auch mein Kreuz reagierte. Es erwärmte sich, zeigte mir an, dass sich eine fremde, gefährliche Magie in der unmittelbaren Nähe befand.

Aber wo?

Wahrscheinlich im Baum.

Jetzt holte ich meinen Bumerang hervor, schaute den Baum an und dachte daran, wie harmlos er doch wirkte. Nichts an seinem Äußeren wies daraufhin, welch eine zerstörerische Kraft in ihm steckte, die weder Rücksicht auf Tier noch Mensch nahm.

War der Baum überhaupt mein Gegner oder hielt sich jemand in seiner Krone verborgen, weil ich dort eine Bewegung wahrnahm, die sich auch auf das Laub übertrug.

Da konnte einer sitzen.

Auch Suko dachte so wie ich. »John, ziel mal mehr nach links. Ich habe das Gefühl, von dort beobachtet zu werden.«

»Okay!«, zischte ich durch die Zähne, drehte meinen Körper etwas und holte aus.

Dann warf ich.

Schräg angesetzt und leicht angeschnitten verließ die silberne Banane meine Hand.

Von mir aus bis zum Baum war es nur mehr eine lächerlich geringe Distanz, trotzdem war ein solcher Wurf für mich neu, denn bisher hatte ich bei meinen Einsätzen stets auf ein Ziel gehalten, das nie so kompakt gewesen war wie dieses.

Selbst damals der Schwarze Tod nicht.

Der Bumerang durchschnitt das Laub, als wäre er ein Messer. Danach jagte er in das Geäst, wir hörten es knacken und knirschen. Erste Zweige regneten zu Boden, gefolgt von armdicken Ästen oder Aststücken.

Die Waffe selbst war von mir so geschleudert worden, dass sie nicht durch den Baum fuhr, sondern sich um die eigene Achse drehte und dabei auch ihre Stellung wechselte.

Der Bumerang senste ein gewisses Gebiet ab. Er leuchtete fahl, und direkt um ihn herum sahen wir einen silbrigen Schimmer.

Der Blitz traf uns wie aus heiterem Himmel. Nicht ein Gewitter zeigte sich dafür verantwortlich, auch keine andere elektrische Entladung, sondern eine magische.

Und das in der hohen Baumkrone!

Dort hatte der von mir geschleuderte Bumerang endlich sein Ziel gefunden und die Gestalt erwischt, von der bisher nur Suko etwas gesehen hatte. Der Blitz war so stark, dass er uns blendete, wir die Augen schlossen und deshalb nur den gellenden Schrei hörten, der an unsere Ohren drang.

Auch mit geschlossenen Augen konnten wir merken, dass sich die Lichtverhältnisse wieder normalisiert hatten.

Beide standen wir unter Hochspannung, blickten auf den Baum und sahen die Gestalt.

Sie hing fest.

Der Bumerang hatte ihr nicht das dämonische Leben

ausgesaugt, er war möglicherweise von den starken Ästen aufgehalten oder behindert worden, aber er hatte den Dämon geschwächt.

Halb war er gekippt, hing in einer Astgabel schlaff zur rechten Seite herab und wirkte so, als würde er jeden Augenblick das Übergewicht bekommen und fallen.

Wir hatten ihn noch nie gesehen.

Ein dreifarbiges Wesen hockte im Baum. Seine gesamte Haut bestand aus schwarzen, grünen und blauen Streifen, die allesamt einen Stich ins Dunkle hatten. Selbst das Gesicht war davon nicht ausgenommen worden, und die glatten Haare ebenfalls nicht.

»Den kenne ich nicht!«, flüsterte Suko.

Ich sah meinen Bumerang, wie er zu Boden fiel. Neben dem Stamm blieb er liegen.

Rasch lief ich hin, hob ihn auf, als der im Baum hockende Dämon das Übergewicht bekam und zu Boden schlug.

Dumpf erreichte der Aufprall meine Ohren. Natürlich mussten wir uns um ihn kümmern, eine bessere Geisel konnten wir nicht bekommen, wenn nicht etwas anderes eingetreten wäre.

Beide hörten wir den Schrei.

Einen gellenden Ruf. Hoch und spitz hallte er durch den Wald. So schrie nur eine Person, die sich in Not befand.

Suko schaute mich an, ich ihn.

Der Inspektor nickte. »Ich gehe!«, rief er und rannte schon davon, während ich mich um unseren speziellen Freund kümmern wollte.

Auf dem Wasser schwamm der Kopf!

Ein grausames und scheußliches Bild. Die Wellen spielten mit dem Schädel, der bereits Spuren von Verwesung zeigte. Wahrscheinlich hatte er lange Jahre im tiefen Bodenschlamm gelegen und war erst durch das Aufwühlen an die Oberfläche gespült worden.

Beide konnten nicht hinschauen. Ed und Terry klammerten

sich aneinander, während die Frau immer wieder flüsterte: »Das darf doch nicht wahr sein. Nein, das ist verrückt! Wahnsinn!«

Ed gab keine Antwort. Irgendetwas hatte seine Kehle zugedrückt. Es fiel ihm sogar schwer, Atem zu holen, aber er musste einfach weg und konnte sich trotzdem nicht rühren.

Unter seinen Füßen spürte er den nachgiebigen Schlamm und hatte dabei das Gefühl, auf den langen Haaren eines zweiten Schädels zu stehen, aber das entsprach seiner Einbildung.

»Komm!«, flüsterte er, »komm …«

Er wollte zurück und drückte Terry von sich, um sich besser bewegen zu können. Ein Schritt trennte sie, und genau in diesem Zwischenraum stieg der zweite Schädel in die Höhe.

Er kam vom Grund hoch, drückte sich näher an die Oberfläche und war immer besser zu erkennen.

Ein altes Gesicht, bleich, aufgedunsen, von den Spuren der Zeit gezeichnet, so trieb er hoch, bis er die Oberfläche durchbrach, von einer Welle erwischt und gegen Terry Morgan gedrückt wurde.

Sie schrie.

Diesmal gellend und laut. Mit einer heftigen Bewegung warf sie sich zurück, geriet dabei ins Schwanken und konnte nicht vermeiden, dass eine Welle über ihr Gesicht floss.

Auch Ed Sommer stand Todesängste aus. Vielleicht noch größere als die Frau. Nervenstärke gehörte nicht zu seinen hervorstechenden Eigenschaften. Er war mehr der Softie. Die Exkursion hatte ihm ohnehin nicht gefallen. Lieber wäre er in London geblieben, als in dieser verfluchten Gegend herumzuirren.

Er stand da und rührte sich nicht. Schaute auf den Kopf. Ekel nistete in seinem Blick. Es kostete ihn eine ungemein starke Überwindung, seine Hand zu senken und die Haare anzufassen. Er spürte sie nass in der Hand. Dann hob er den Kopf mit einem Ruck in die Höhe und schleuderte ihn fort.

Er hatte so viel Kraft in den Wurf gelegt, dass der Schädel

über den Uferrand hinwegflog und irgendwo zwischen den Büschen landete. Erst jetzt kam Sommer wieder dazu, sich um seine Freundin zu kümmern.

Terry Morgan war ebenfalls nicht an Land geklettert. Sie stand noch im Tümpel, hatte Ed angeschaut und ließ auch jetzt ihren Blick nicht von seiner nassen Gestalt.

»Raus!«, keuchte sie. »Wir müssen hier raus!«

»Ja! Ja!«, schrie er zurück. »Ich will auch raus. Ich will weg aus diesem verdammten Wald!«

Sie fassten sich an den Händen. Gemeinsam bewegten sie sich auf dem Schilfgürtel, der das Ufer als schmaler Rand umgab. Dabei hatten sie Mühe, die Beine zu heben, denn der Schlamm war so zäh, dass er schon an eine Gummimasse erinnerte. Er wollte sich um ihre Füße legen. Sie zerrten, unterstützten sich gegenseitig und hielten sich an den aus dem Wasser wachsenden Rohren fest.

Dann wateten sie aufs Trockene. Der Schilfgürtel wurde von ihnen eingerissen. Schlamm und Schlick wichen einem härteren Untergrund. Sie keuchten beide, über ihre Gesichter rann eine dunkle Brühe. Manchmal spien sie das Zeug auch aus, wenn es über ihre Lippen rann. Nass waren sie. Die Kleidung klebte auf ihrer Haut, sie rochen nach dem brackigen Wasser, waren aber froh, dem Tümpel entkommen zu sein.

Zuerst blieb Terry stehen. Sie warf den Kopf in den Nacken und atmete keuchend. »Ich begreife das nicht, Ed. Was ist mit diesem verfluchten Wald los?«

»Du hast es doch gesagt. Er ist verflucht!« Ed vollführte wilde Handbewegungen. »Jeder Baum, jeder Strauch, jeder Fußbreit Boden ist hier verwunschen. Ich bin sauer, ich hätte tot sein können, ich …«

»Okay, okay, wir müssen weg!«

»Wenn man uns lässt!«

Ed Sommer besaß kaum Energie. Da reagierte Terry schon anders. Sie wollte nach ihrer Brille fassen und merkte erst jetzt, dass sie das Gestell verloren hatte. Die Brille musste irgendwo im Tümpel liegen. Zum Glück konnte sie sich auch ohne zurechtfinden. Sie sah zwar nicht so scharf, aber gegen Bäume würde sie schon nicht laufen.

»Weißt du denn, wo der Wald zu Ende ist?«, fragte Ed keuchend. Er stand da, hatte die Arme ausgebreitet und hob die Schultern. In seinem Gesicht zeichnete sich ein ratloser Ausdruck ab.

»Das weiß ich nicht. Schlimmer als jetzt kann es auch nicht kommen!«

»Wie du meinst.«

Terry stieß ihren Freund an. »Reiß dich zusammen, Mensch. Wir müssen trotzdem weiter.«

»Ja, schon gut.«

Es blieb beim Vorsatz. Nur Terry hatte den ersten Schritt gesetzt, als sie abrupt stehen blieb.

Jemand hatte gelacht!

Ihr Freund war es nicht gewesen, der stand ebenfalls da und lauschte, weil er auch das Lachen vernommen hatte. Jemand anderer musste die beiden verfolgen.

»Da ist einer!«, hauchte Terry.

Ed Sommer nickte nur. Vorsichtig drehte er sich auf der Stelle. Er hatte eigentlich bis auf den Tümpel schauen wollen, den Vorsatz ließ er sein, denn zwischen den Zweigen eines Gestrüpps sah er die Bewegung, bevor sich eine Gestalt aufrichtete.

»Da!«, keuchte er. »Da ist sie. Da ist der Typ mit dem einen Auge!« Er war so aufgeregt und geschockt, dass er zitterte und seine Freundin oftmals anstieß.

Auch Terry blickte in die Richtung. Ihre Augen weiteten sich allmählich. Dabei öffnete sich auch der Mund. Sie spürte den Klumpen im Magen, der das Gefühl der Angst ausdrückte. Ihre Augen waren feucht, sie wollte etwas sagen, aber sie brachte keinen Ton hervor.

Zu schrecklich sah die Gestalt aus.

Sie war klein, glatzköpfig, und das eine Auge auf ihrer Stirn leuchtete in einem wechselnden Farbenspiel. Eine trikotähnliche Kleidung spannte sich um ihren Körper. Als Mann wurde sie identifiziert, das spielte keine Rolle, fasziniert waren beide Menschen von diesem einen Auge, dessen Pupille in zahlreichen Farben leuchtete. Sie wechselten oft von einer Sekunde auf die andere. Mal leuchtete das Auge rot, dann wieder gelb, es strahlte auch grün, bis es rot blieb, sodass beide Beobachter an ein im Kopf eingelassenes Feuer erinnert wurden.

»Wer ist das?«, hauchte Terry.

Ed hob nur die Schultern. Er wusste keine Antwort mehr. Dieser verfluchte Wald stellte ihn vor Rätsel, die er nicht lösen konnte.

Von dem Unheimlichen strahlte ein Flair ab, das die beiden Menschen sehr deutlich spürten. Sie zuckten und schauderten unter dem Blick zusammen. Die Gänsehaut lag auf ihrem Rücken, das Blut war aus ihrem Gesicht gewichen, und Terry hatte Mühe, die Worte, die sie bedrückten, leise auszusprechen.

»Lass uns gehen, Ed! Nach links, komm. Ganz langsam, auch wenn es schwer fällt. Reiß dich zusammen. Okay?«

»Ich will es versuchen!«

Sie rückten zur Seite, den ersten Schritt, den zweiten, auch den dritten, bis sie den Bleichen sahen, der sich bisher versteckt gehalten hatte und sich plötzlich neben ihnen in die Höhe schraubte, sodass er ihren weiteren Weg versperrte.

Keine Chance.

Nur zurück. Da lag der Tümpel, in den hinein beide auf keinen Fall wieder wollten.

Der Bleiche war übergroß im Gegensatz zu dem mit dem einen Auge. Und er hatte lange Fellarme mit hornigen, braunschwarzen Pranken, die Terry genau kannte, weil sie aus dem Gebüsch geschossen waren und sie angefasst hatten.

Diese Pranken drückten letzte trennende Zweige zur Seite, damit es zwischen Dämon und Mensch kein Hindernis mehr gab. Auch der Einäugige hatte sich in Bewegung gesetzt.

Von zwei Seiten sollte die Falle zuschnappen, und die beiden sahen keine Chance für einen Ausweg.

Der Bleiche war näher. In seinem Gesicht, das über den Zweigen des Busches hinwegschaute, lagen die Augen völlig ausdruckslos. Wie bei jemandem, der tötet und überhaupt nichts dabei empfand.

»Die, die haben sich nicht verkleidet«, sagte der Mann mit zitternder Stimme. »Verdammt, hier kommen wir nicht mehr raus. Ich könnte deinen Bruder noch verfluchen.«

Terry schwieg.

Aber sie hörte plötzlich Schritte, während Ed in seiner Angst darauf nicht achtete. Er war ein Feigling. Und plötzlich erkannte Terry Morgan einen Schatten, der mit beiden Händen einen starken Ast umklammerte und sich nach vorn schwang wie Tarzan in seinen besten Zeiten.

Gleichzeitig kam auch der Bleiche …

Ich hatte es endlich geschafft, eine Spur zu finden. Vor mir lag der Dämon, der meinem Bumerang hatte Tribut zollen müssen. Er war auf den Rücken gefallen, zudem von einer starken magischen Randwirkung getroffen worden, denn voll hatte ihn der Bumerang nicht erwischt. So war es allerdings besser.

Ob er sprechen oder sich still stellen wollte, würde sich zeigen. Vorerst machte er auf mich den Eindruck eines Geschlagenen. Sogar noch schlimmer. Ich hatte das Gefühl, auf einen Toten zu schauen.

Suko war verschwunden, auch seine Schritte hörte ich nicht mehr, sodass ich von einer beklemmenden Stille umgeben wurde. Auch die Sonne hatte sich allmählich gesenkt. Es war nicht mehr so hell wie am Mittag hier im Wald. Die Schatten wurden länger. Hellere Flecken waren nur mehr verteilte Inseln, die einen unnatürlich grünweißen Farbstich bekommen hatten.

Ich hatte mir das Kreuz offen vor die Brust gehängt und war sehr vorsichtig und auf alles gefasst, als ich mich neben den von mir erlegten Dämon niederkniete.

War er tatsächlich tot?

Nein, er lebte. Seine Augen bewegten sich.

»Kannst du mich hören?«

Er musste meine Frage vernommen haben, ich hatte schließlich laut genug gesprochen. Dennoch blieb er ruhig liegen. Nur seine Augen veränderten sich. Dort sah ich die gleichen drei Farbstreifen im Hintergrund der Pupillen leuchten wie auch auf seinem Körper. Ich berührte ihn, weil ich einfach wissen musste, ob das Haut war, was mir entgegenleuchtete.

Oft genug habe ich weiches Leder gefühlt oder auf ihm gesessen. So war es auch hier. Die Haut fühlte sich an wie Leder. Sie war bestimmt aus einem besonderen Material hergestellt worden. Ich ließ meine Hand über seine Brust gleiten und stellte fest, dass ich sie sogar eindrücken konnte, so nachgiebig war sie.

Wie kam es?

Dabei sah er so harmlos aus, wie er auf dem Rücken lag. Ich wusste es besser. Schließlich hatte er sich in einen Schatten verwandelt und auch getötet.

»Verstehst du mich?«, sprach ich ihn erneut an.

Da zuckte es in seinen Augen. Es war eine wilde, hastige Bewegung. Leben kehrte in ihn zurück, auch wenn es ein dämonisches oder schwarzmagisches war. Für einen Moment sah es so aus, als wollte er seine Hände um meine Kehle schlagen, weil ein Zucken durch seine Klauen lief, danach blieb er ruhig liegen.

Und er musste mein Kreuz sehen, das dicht vor seinem dreifarbigen Gesicht pendelte.

»Nun?«

Er hörte das eine Wort. Eine Reaktion las ich in seinen Augen, als sie größer wurden, und ich hörte seine Antwort. »Der Wald!«, flüsterte er. »Der Wald gehört uns.«

Ich hatte ihn verstanden. Auch wenn er aus irgendeiner anderen Dimension kam, hatte er sich den Verhältnissen gut angepasst. »Euch? Nein, der Wald gehört allen.«

»Wir sind die Herren.«

»Und wer ist das?«

»Ich, Tri-Arion, sowie Casial und Murghal, meine beiden Freunde. Wir sind gekommen, weil sich Frevler auf den Weg machten, um etwas Wichtiges zu stehlen.«

»Den Schrein?«

»Ja, ihn.«

Ich freute mich innerlich. Endlich hatte ich eine konkrete Spur. Dieser Dämon wusste mehr, als ich erwartet hatte. Er war eingeweiht und hatte sich wahrscheinlich selbst auf die Suche nach dem Schrein begeben, um ihn in die Klauen zu bekommen. Wahrscheinlich gehörte er auch zu den Beschützern des Schreins, in dem etwas für Dämonen sehr Wertvolles versteckt sein musste.

»Du kennst den Schrein?«

»Ich und meine Freunde.«

»Wo befindet er sich?«

Da lachte Tri-Arion. »Nicht weit von hier. Aber niemand wird an ihn herankommen, dafür sorgen wir.«

»Wer seid ihr?«

»Seine Hüter.«

»Das habe ich mir gedacht. Aber wer hat euch eingesetzt? Weshalb verändert oder verhext ihr diesen Wald?«

Er ließ sich mit seiner Antwort Zeit und machte mir überhaupt nicht den Eindruck, als hätte er irgendeinen Widerstand vor. Tri-Arion kam mir für einen Dämon schon zu harmlos vor.

»Wir leben schon lange Zeit, und im Laufe eurer Jahrhunderte ist in diesem Wald viel passiert. Hier haben Hexen, Hexer, Mörder und Dämonen gehaust. Die Menschen fürchteten sich vor diesem Wald nicht ohne Grund. Und sie fürchteten auch uns, die Hüter des Schreins. Wir haben dafür gesorgt, dass die im Wald verborgenen Kräfte wieder hervortraten und sich die Panik ausbreitete. Jeder, der es versucht, wird getötet.«

»Einer hat es …«

»Ja«, unterbrach er mich und zeigte mir an, dass er sehr genau informiert war. »Ansgar of Osborne. Er wollte den Schrein unbedingt finden. Er wusste auch, wo er liegt. Er hat ihn hergestellt und den wertvollen Inhalt hineingelegt. Aber er wandte sich dem falschen Dämon zu, weil er einfach noch mehr wollte. Dabei konnte er zu seinen Lebzeiten diesen

Wald kontrollieren und seine Tiermagie ausnutzen und vervollkommnen. Er hätte es immer gut gehabt, aber Asmodis wollte es anders.«

»Osborne lebt nicht mehr«, sagte ich. »Es sind andere hinter dem Schrein her.«

»Wie du!«

»Genau!«

Tri-Arion lachte mir ins Gesicht. »Auch du wirst ihn nicht bekommen. Keiner darf ihn kriegen. Wir schaffen ihn fort von hier, es ist zu gefährlich.«

»Wo befindet sich euer Herr und Meister?«

»Du wirst ihn nicht kennen. Er ist der Herrscher über die Welt der Schatten.« Kaum hatte Tri-Arion den Satz ausgesprochen, als er sich veränderte. In die Dreierfarbe seiner Augen trat ein Glänzen, und auch die Intensität seiner Körperfarbe nahm zu. Von seinem Herrn und Meister zu sprechen, musste für ihn etwas unwahrscheinlich Großes sein.

»Ich kenne ihn trotzdem«, erklärte ich. »Nur unter einem anderen Namen. Es ist der Spuk!«

»Ja, das stimmt.«

»Siehst du.« Mein Lachen klang leise. »Und weil ich ihn kenne, möchte ich zu gern wissen, was von ihm in dem Dämonenschrein liegt. Das wirst du sicherlich begreifen.«

»Er ist ein Schatten.«

Ich gab ihm durch ein Nicken Recht. »Das stimmt sogar, ein Schatten. Aber das war er nicht immer. Er gehörte zu den Großen Alten, er wurde der Namenlose genannt.«

»Dann kennst du auch den Grund?«

»Vielleicht …« Den kannte ich nicht, aber das wollte ich Tri-Arion nicht auf die Nase binden. Dieser Dämon war sehr von sich überzeugt, jetzt, da Osborne nicht mehr lebte. Vielleicht konnte ich auch dafür sorgen, dass er redete.

Wir würden sehen.

Tri-Arion spannte mich auf die Folter. Ich wartete. Sekunden vergingen. Mein Kreuz hing völlig ruhig über ihm. Ich bekam plötzlich das Gefühl, dass ich vor einer entscheidenden Situation stand. Es fehlte viel in meiner Rechnung. Mein Wissen wies große Lücken auf, die von Tri-Arion unter Umständen gestopft werden konnten.

»Er war einer von ihnen und war es trotzdem nicht«, sagte er plötzlich.

»Meinst du die Großen Alten?«

»Ja, er hat sich zu ihnen gesellt, als er entstand. Oder als er in einer Zeit geschaffen wurde, wo es noch keine Menschen gab, aber Götter und Dämonen. Er ist ein Abtrünniger, den ein Volk nicht mehr haben wollte, das niemand mehr kennt. Ein Sternenvolk, Dimensionsreisende, die die Erde ausgemacht hatten, niederkamen und den Spuk einfach zurückließen, da sie ihn nicht mehr wollten.«

»Dann gehört er einem Sternenvolk an?«, hakte ich noch einmal nach.

»So ist es.«

Plötzlich begann etwas in meinem Kopf zu rotieren. Ich erinnerte mich, davon schon gehört zu haben. Ein Abtrünniger der Sterne, eine weiße Gestalt, die aus dem Boden wuchs und so etwas wie eine Gipsform besaß. Ja, das hatte ich gehört. Es lag einige Zeit zurück. Wir hatten es damals schwer gehabt, die Albtraum-Schlucht kennen gelernt und auch etwas über die Entstehung des Spuks gehört. Und jetzt war er schwarz, gestaltlos, eine Wolke, die ihre Form stets veränderte.

Weshalb hatte man ihn nicht so gelassen?

Tri-Arion merkte meine Befangenheit und auch, dass Lücken in meinem Wissen vorhanden waren. »Nun?«, flüsterte er. »Habe ich dich überrascht? Weißt du doch nicht so über ihn Bescheid, wie du mir hattest weismachen wollen?«

»Ich versuche nur, das eine mit dem anderen zu verbinden«, antwortete ich ausweichend. »Er kam also von den Sternen auf unseren Planeten. Er wurde zurückgelassen und lernte die Großen Alten kennen.«

»Kann sein.«

»Und weiter?«

»Er wollte eine andere Gestalt haben. Er wollte sich rächen

für das, was man ihm angetan hatte, und er verschrieb sich dem absolut Bösen. Die Erde befand sich damals in der Entwicklung, mit den Dämonen war es nicht anders. Gut und Böse, wie du als Mensch sagst, lagen in einem ewigen Kampf. Es war noch nicht entschieden, und der Spuk entschloss sich daher, ein eigenes Reich zu bilden, ohne die Verbindung zu den Großen Alten, den damals mächtigsten Dämonen, völlig abreißen zu lassen. Er blieb bei ihnen.«

»Und diese weiße Riesengestalt?«, fragte ich.

Tri-Arion lachte nur. »Die zerstörte er. Er wollte nicht mehr. Von nun an gab es sie nicht mehr, denn er war jetzt der Namenlose oder der Spuk, wie du sagst. Er herrschte über die Seelen der getöteten Dämonen, war Herr im Reich der Schatten, wurde immer mächtiger und blieb den Großen Alten trotzdem verbunden.«

Mit diesen Informationen hätte ich gar nicht gerechnet, trotzdem wollte ich noch mehr wissen. »Ich habe ihn mal als ein grünes Ungeheuer erlebt. Eine Art von Drachen- oder Schlangenmonster. Wie verhält es sich denn damit?«

»Ja, das ist schon möglich, denn der Spuk konnte auch seine Gestalten wechseln. Es gab eine Zeit, da herrschten die Drachen auf diesem Planeten, und der Spuk schloss sich ihnen an, um die Kontrolle über sie zu bekommen. Er tat es dann nicht mehr, weil andere Dinge ihn in Anspruch nahmen, denn die Drachen wurden auch von anderen, mächtigen Dämonen benutzt, und der Spuk wollte ein Einzelgänger innerhalb des Dämonenreiches bleiben. Irgendwann entschied er sich dafür, sein Schattendasein für immer zu behalten. Das ist auch gut, denn er hat uns, seinen Dienern, ebenfalls etwas von seiner Kraft abgegeben.«

Das hatte ich leider feststellen müssen. Der Mord an Tom Jones war ein brutales Beispiel dafür gewesen.

»Und der Schrein?«, fragte ich. »Was befindet sich darin?«

»Ich werde es dir nicht sagen.«

»Wie du willst. Wir finden ihn!«

Tri-Arion verzog das Gesicht. »Dazu müsst ihr die Stelle wissen. Nicht alles, was du dir vorgenommen hast, kannst du auch durchführen. Denke daran, du bist ein Mensch, der Spuk ist ein mächtiger Dämon, ich bin es ebenfalls. Dieser Wald gehört uns. Der Spuk hat uns eingesetzt, um auf ihn zu achten. Wir sollen ihn durchkämmen, wir müssen ihn bewachen und haben dafür Sorge getragen, dass sich im Laufe der Jahrhunderte Legenden unter den Menschen gebildet haben, damit sich jeder fürchtete, den Wald zu betreten.«

»Bis auf den Teufel.«

»Ja, aber wir werden auch mit ihm fertig. So wie mit Osborne, den der Satan nicht schützen konnte.«

»Weil ich ihn vernichtete!«

Tri-Arion schwieg. Wahrscheinlich hatte ich ihn mit dieser Eröffnung überrascht. Er kannte mich nicht. Vor dem Kreuz zeigte er keine Furcht. Womit konnte ich ihn überzeugen, dass er mich dorthin führte, wo ich den geheimnisvollen Dämonenschrein fand?

Vielleicht mit dem Bumerang?

Ich sah ihm an, dass er nicht mehr gewillt war, mir noch weitere Informationen zu geben, deshalb zog auch ich mich zurück und stand langsam auf. Seine Blicke verfolgten mich. In seinen Augen sah ich plötzlich ein dreifarbiges Leuchten.

Eine Warnung für mich!

Und dann kam der Schatten!

Plötzlich war er da, quoll aus seinem Maul hervor und breitete sich in Sekundenschnelle aus, wobei ich den Ansturm einer Kälte mitbekam, die nicht erklärbar war.

Magie.

Stark und konzentriert jagte sie mir entgegen. Ich wich zurück, mein Kreuz hob ich an, aber es gelang mir nicht, den Ansturm zu stoppen. Noch hatte mich die Wolke nicht erreicht, nur Tri-Arions Stimme hörte ich aus ihrem Innern schallen.

»So ergeht es allen. Ich werde euch vernichten. Ich vernichte jeden, der sich mir in den Weg stellt, das versichere ich dir. Du kannst es nicht schaffen. Du wirst …«

Ich sprang einfach vor. Mein Ziel war die Wolke. Mit dem

Kreuz in der Hand setzte ich alles auf eine Karte und schrie die Aktivierungsformel, die mein Kreuz zu einer wirksamen Waffe der weißen Magie machte …

Der Bleiche mit den langen, affenartigen Armen befand sich im Sprung, und auch Suko jagte heran. Sekundenbruchteile entschieden darüber, wer schneller war.

Der Chinese hatte sich noch einmal Schwung geben können. Mit den Beinen voran flog er auf den Bleichen zu und befand sich in dessen Rücken. Einen Lidschlag später rammte er die Füße gegen die Gestalt, die nach vorn und gleichzeitig zur Seite geschleudert wurde, sodass sie die beiden Menschen um Haaresbreite verfehlte.

Suko kam gut auf. Er fing sich sofort wieder, war mit dem nächsten Sprung bei Terry und Ed, stieß sie zur Seite und brüllte ihnen zu: »Verschwinden Sie!«

Sie reagierten schnell und liefen durch die Lücke, die Suko ihnen mit seiner Aktion geschaffen hatte.

Er blieb.

Die beiden Bewegungen glichen einer, als er die Peitsche hervorholte, den Kreis schlug und die drei Riemen ausfahren ließ.

Er war kampfbereit!

Und er drehte sich.

Casial befand sich bereits auf dem Weg. Der Dämon mit dem einen leuchtenden Auge wollte das wieder wettmachen, was sein Artgenosse verbockt hatte. Noch zeigte er sich nicht in seiner Schattengestalt, dafür glühte das Auge in seiner Stirn in einem gefährlichen Rot. Es demonstrierte die Angriffslust des Spukdieners.

Suko wartete mit schlagbereiter Peitsche.

Hinter ihm bewegten sich die Zweige der Büsche und auch die langen Grashalme.

Der Bleiche stand wieder auf.

Aber Suko kümmerte sich um Casial.

Er schlug zu.

Gedreht hatte er die Peitsche, sodass die drei Riemen auseinander fächerten und eine ziemlich große Fläche abdeckten. Der Chinese rechnete auch damit, den Dämon zu erwischen, der aber reagierte noch schneller als der Inspektor.

Plötzlich war er ein Schatten.

Die aus der Haut eines Dämons bestehenden Riemen befanden sich noch auf dem Weg, als Casial seine Kräfte einsetzte und sich so verwandelte, dass Suko zwar die Wolke traf, dennoch aber ins Leere schlug, denn er spürte keinen Widerstand.

Die drei Riemen jagten durch diesen schwarzen, wallenden, widerstandslosen Berg, rissen ihn an den getroffenen Stellen noch auf, sodass Suko ein helles Funkeln sah, aber zerstört wurde der Schatten von den Treffern nicht.

Das gab dem Chinesen zu denken. Er hatte noch immer das Bild vor Augen, auf welch eine grauenvolle Art und Weise Tom Jones ums Leben gekommen war. Ihm sollte so etwas nicht passieren, und auch nicht seinen beiden neuen Schützlingen, die den Inspektor aus einigermaßen sicherer Distanz beobachteten.

Suko musste zu ihnen.

Auch der Bleiche hatte sich verwandelt. Direkt am Ufer des Tümpels schwebte die schwarze Wolke, bewegte sich, ohne allerdings ihren Standort zu verändern.

Dafür glitt Casial auf Suko zu. Wäre er allein gewesen, hätte er sich noch einmal zum Kampf gestellt. So aber musste er zusehen, dass er die beiden Menschen in Sicherheit brachte. Erst einmal weglaufen. Später konnte er sich dann von ihnen trennen.

Suko rannte auf sie zu. Er brach wie ein Berserker durch die Büsche und trieb sie an, sofort zu verschwinden.

Die Frau reagierte besser als der Mann. Sie zog Ed Sommer gleich mit, und Suko blieb an ihrer Seite, wobei er ab und zu einen Blick über die Schulter warf und nach den Wolken suchte.

Er sah sie nicht mehr.

Dass sie völlig verschwunden waren, daran wollte er nicht

glauben. Sicherlich suchten sie nach einer neuen Chance, und die würden sie auch bekommen, wenn Suko nicht besser war und die Schatten überlistete.

Es war Zufall, dass die drei ausgerechnet in die Richtung liefen, wo der Wald mit am dichtesten war und die Bäume so nahe beieinander wuchsen, dass sich ihre Zweige berührten. Sie konnten auch nicht normal laufen, sondern mussten die Köpfe einziehen. Dumpf klangen ihre Schritte auf dem Boden. Gedämpft durch einen braunen Teppich aus verfaulenden Nadeln von Tannen und Fichten.

Suko hatte die beiden vorlaufen lassen. An ihren Laufbewegungen erkannte er, dass sie sich nicht mehr lange auf den Beinen halten konnten. Die Schwäche wurde immer gravierender.

Den Mann erwischte es zuerst. Er lief noch einige taumelnde Schritte, bevor er zur Seite fiel, den Arm ausstreckte und sich gegen einen Baumstamm stützte.

Pfeifend holte er Luft. Den Kopf warf er dabei zurück, schüttelte ihn und begann zu keuchen. »Verdammt, ich, ich kann nicht mehr.«

Auch Terry war ziemlich am Ende. Sie blieb stehen, warf die Arme hoch, dann wieder nach unten und legte ihre flachen Handflächen auf die Knie, wobei sie mit offenem Mund ein- und ausatmete.

Suko wäre natürlich weitergelaufen. Er sah jedoch ein, dass er den beiden eine Pause gönnen musste. Also hielt auch er an. An einem sicheren Platz ließen sie sich nieder.

Ed Sommer fiel auf sein Hinterteil und drückte sich so weit zurück, dass er sich gegen einen Baumstamm lehnen konnte.

Da blieb er.

Terry fiel auf die Knie, während Suko, der kaum schneller atmete, einen Teil des Weges im Auge behielt, den sie auch gekommen waren. Sehr weit konnte er dabei nicht blicken, nur einen kleinen Ausschnitt sah er, aber er entdeckte keine Verfolger.

Noch nicht …

Er wandte sich wieder um.

Die Frau schaute ihn an. Sie war nass, erschöpft, und noch rann Wasser aus ihren Haaren. »Ich bin Terry Morgan«, keuchte sie, bevor ihr Zeigefinger auf den Mann deutete. »Das ist Edward Sommer.«

Auch Suko sagte seinen Namen.

»Wo kommen Sie denn her?«

»Aus London.«

Sie lachte auf. »Wie ein Urlauber sehen Sie nicht aus, Mister!« Mit einer heftigen Bewegung schleuderte sie die nasse Haarsträhne aus der Stirn.

»Das bin ich auch nicht, weil ich einen Grund hatte, den Wald zu betreten.«

»Und welchen?«

Der Inspektor winkte ab. »Kommen wir lieber zu Ihnen. Was hat Sie überhaupt hergeführt?«

»Der Tod meines Bruders.« Als Terry Sukos aufmunterndes Nicken sah, begann sie zu reden. So erfuhr Suko eine Geschichte, die mit der seinen kaum etwas zu tun hatte. Ein teuflisches Schicksal nur hatte die drei zusammengeführt.

»Vielleicht ist Ihr Bruder tatsächlich ertrunken«, meinte der Inspektor. »Den Schrein hat er jedenfalls nicht gefunden.«

»Schrein?«, fragte sie.

»Ja.«

»Er redete von einem Schatz.«

Suko winkte ab. »Das ist Jacke wie Hose. Ob Sie Schrein oder Schatz sagen, es läuft aufs Gleiche hinaus.«

»Das weiß ich inzwischen auch.«

Ed Sommer hatte sich von der Lauferei und dem Schock einigermaßen erholt und mischte sich ein. »Es war ein Wahnsinn!«, keuchte er. »Ein verdammter Wahnsinn, dass wir so etwas überhaupt in Angriff genommen haben. Wir hätten es sein lassen sollen. Ich war von Beginn an dagegen, aber du wolltest es nicht anders haben.«

»Bitte, Ed, sei ruhig.«

»Ist doch wahr, verflucht! Du hättest ...«

»Ruhig!« Terry schrie das Wort, hob die Arme und ballte die Hände zu Fäusten. »Du bist kein Mann, du bist ein Feigling.

Ich habe auch Angst gehabt und habe sie noch!«, schleuderte Terry ihm die Worte entgegen. »Aber ich reiße mich zusammen und denke nicht allein an mich, auch an andere Dinge. Du aber hättest dir ja fast in die Hose gemacht, du …«

»Bitte, Miss Morgan!« Suko wollte schlichten, und sie hörte auch auf ihn.

»Es tut mir Leid«, entschuldigte sie sich, »dass ich mich so habe gehen lassen, aber es ist doch so. Wenn Sie erlebt hätten, wie er sich benahm …« Sie lachte bitter auf. »Und so etwas soll ich noch heiraten. Nein, das kommt nicht in Frage.«

»Ihr Problem«, sagte Suko, der empfand, dass die Frau überempfindlich reagierte. »Wir haben jetzt ein anderes.«

»Ich weiß«, sagte Terry. »Wir müssen den verdammten Wald hier verlassen. Und das so schnell wie möglich.«

»Genau. Kennen Sie den Weg?«

Terry schaute Suko an, als hätte er etwas Furchtbares von ihr verlangt. »Den Weg kennen?« Sie schüttelte den Kopf. »Nein, den kennen wir nicht mehr. Oder sehen Sie hier einen? Wir haben uns verlaufen, wie Hänsel und Gretel. Es ist egal, in welch eine Richtung wir laufen. Irgendwann kommen wir mal zum Ziel, aber man ließ uns nicht. Überall waren diese verdammten Fallen aufgebaut.«

»Vielleicht könnten wir uns verstecken!«, schlug Ed vor.

»Das sieht dir ähnlich!«, zischte Terry. »Kein bisschen Mumm in den Knochen, du …«

»Lassen Sie es!«, sagte Suko scharf.

Sommer schüttelte den Kopf. Er begriff seine Freundin nicht mehr. »Was ist denn los mit dir? Weshalb reagierst du so aggressiv?«

Sie schwieg. Es war auch besser so. Ärger stand ihnen noch genug ins Haus, wie Suko vermutete. Er hatte durch die Existenz der beiden zwei Klötze ans Bein bekommen, die ihm überhaupt nicht gefielen. Allein lassen konnte er sie auch nicht.

Was machte John Sinclair? Er hatte sich den Dritten vorgenommen. War es ihm gelungen, ihn zu vernichten? Gern hätte Suko mit seinem Freund gesprochen, so aber stand er inmitten des Waldes und musste eine Lösung für dieses Problem finden.

»Wissen Sie denn keinen Weg, der nach draußen führt?«, fragte Terry Morgan.

»Nein, es erging uns ebenso wie Ihnen.«

»Uns?«

Suko erklärte ihr, dass er nicht allein unterwegs war.

»Dann haben Sie auch den Schatz gesucht?«

»So ungefähr. Wenn auch vielleicht aus anderen Motiven als Sie.«

Terry nickte heftig. »Man hat uns erzählt, dass dieser Wald verflucht sein soll. Eigentlich habe ich darüber gelacht. Jetzt nicht mehr. Ich kann die Leute verstehen, dass sie ihn so lassen, wie er wächst, und nichts kultivieren.«

Was Suko dann sagte, fiel ihm schwer. »So Leid es mir für Sie beide tut, aber bei Ihnen kann ich nicht bleiben. Sie müssen sich den Weg schon allein aussuchen.«

»Und von den Wolken überfallen werden!«, bemerkte Ed.

»Möglicherweise nicht«, erwiderte Suko. »Obwohl ich für nichts garantieren kann. Aber die schwarzen Wolken haben es auch auf mich abgesehen. Ich habe sie sogar attackiert. Jetzt werden sie sich möglicherweise rächen wollen.«

»An Ihnen?« Terry wollte es nicht glauben.

»Ja.«

»Und was wollen Sie dagegen unternehmen?«

Der Inspektor winkte ab. »Machen Sie sich deswegen keine Sorgen. Mir fällt schon etwas ein.«

Sie schüttelte den Kopf. »Die Wolken sind zu stark. Sie und die Monstren sind ein und dieselbe Person. Ich begreife überhaupt nicht, dass es so etwas gibt.«

Ed Sommer stand auf. Noch ein wenig unsicher blieb er stehen und schaute sich im Dämmerlicht der Lichtung um. »Ihr könnt meinetwegen sagen, was ihr wollt. Ich verschwinde von hier. Kommst du mit, Terry?«

»Soll ich?«

Die Frage war an Suko gerichtet. Der nickte. »Ja, versuchen Sie es. Schlagen Sie sich allein durch. Laufen Sie einfach weiter. Irgendwann werden Sie den Wald schon verlassen können.«

»Wenn Sie das sagen.«

»Daaaa!« Es war Ed Sommers Schrei, der über die Lichtung hallte. Ein irrer Ruf, geboren aus der Angst ums Überleben.

Suko wirbelte herum, schaute in die Höhe, weil er mit einem Angriff rechnete, und sah tatsächlich die wandernde dunkle Front, die sich auf sie zubewegte.

Es war eine Wolke!

Hindernisse gab es für sie nicht. Wie ein Nebelstreifen glitt sie durch die Kronen der Bäume, umschmeichelte das Geäst, huschte weiter voran und senkte sich in einer schrägen Linie dem Grund entgegen.

Aufgegeben hatten die Dämonendiener nicht!

Suko hielt die Peitsche abwehrbereit. Er wollte es noch einmal versuchen, musste aber so lange warten, bis die dunkle Wolke sich so weit dem Boden genähert hatte, dass er sie auch erwischen konnte.

Er wurde trotz seiner Wachsamkeit reingelegt. Die zweite Wolke hatte sich von der anderen Seite genähert. Eine pechschwarze, gefährliche Insel, die plötzlich und lautlos die Lichtung erreichte.

Sie griff an.

Und sie hatte sich Ed Sommer als Opfer ausgesucht, denn sein Schrei drang markerschütternd durch den Wald.

Er riss auch Suko und Terry herum. Beide sahen das Entsetzliche. Die Wolke hatte Ed Sommer noch nicht berührt. Sie schwebte dicht über seinem Kopf. Die beiden aus ihr fahrenden Pranken erreichten den Mann und zogen ihn langsam hoch. Er verschwand in der schwarzen Fläche …

»Terra pestem teneto – Salus hic maneto!« So lautete die Formel, mit der ich das Kreuz aktivieren konnte. Aus einer für mich nicht sichtbaren Welt würde es seine Kräfte holen und sie explosionsartig verteilen.

Ich befand mich noch auf dem Weg in die Wolke hinein, als

ich die Formel bereits schrie. Mit dem Kopf zuerst tauchte ich ein und spürte plötzlich den Druck, der sich wie eine Klammer um meine Kehle legte und sie zusammenpressen wollte.

Noch drei Worte musste ich rufen, und es war mir noch niemals so schwer gefallen wie in diesen Augenblicken.

Ich schaffte es trotzdem, bevor die Wolke mir den Atem raubte.

Das Kreuz ließ mich nicht im Stich.

Der weise Prophet Hesekiel hatte genau gewusst, was er herstellte, und die Waffe der weißen Magie entfaltete ihre Kraft. Innerhalb der dunklen Wolke wurde sie zu einer Insel des Lichts, die von vier verschiedenen Seiten silberfarbene Strahlen abschoss, die in die Wolke eindrangen und dort einen leicht grünlichen Farbton bekamen.

Ich stand im Zentrum, konnte mich mit einer starken Säule vergleichen, die allen Unbillen trotzte. Selbst Luft bekam ich in der Schwärze und hörte auch einen gellenden Schrei, der so stark an meine Ohren drang, als befänden sich vier Lautsprecher in der Nähe, aus denen er mir entgegenschallte.

Jetzt wurde Tri-Arion vernichtet. Jedenfalls ging ich davon aus und erwartete, seine schwarze Asche zu sehen, als sich die Wolke durch die Kraft meines Kreuzes auflöste.

Ich stand wieder allein im Wald. Das Kreuz hielt ich in der rechten Hand. Es glühte noch leicht nach, aber auch das Schimmern verschwand mit der Zeit. Tief atmete ich durch. Über meine Lippen flog ein flüchtiges Lächeln. Ich hatte es tatsächlich geschafft, den dreifarbigen Dämon zu vernichten. Jedenfalls war von ihm nichts mehr zu sehen.

Bis auf eine Kleinigkeit.

Erst als ich zwei Schritte vorgegangen war, erkannte ich den schwarzen, ölig glänzenden Fleck auf dem Boden, den ich zuvor noch nicht gesehen hatte.

War er das?

Ich kniete mich hin. Aus der Nähe betrachtet, zeigte der schwarze Fleck ein dreifarbiges Muster, für mich ein Beweis, dass ich Tri-Arion vor mir hatte.

Die Kräfte des Kreuzes hatten ihn zusammengepresst. Sprechen konnte er allerdings noch. Ich hörte seine Stimme. »Du hast mich besiegt. Ich werde eingehen in das große Reich, aus dem es kein Zurück gibt. Ich habe ihm lange gedient, jetzt nimmt mich der Spuk zu sich.«

Auf meinem Rücken hatte sich eine zweite Haut gebildet, als ich so plötzlich die Stimme des anderen vernahm. Blitzschnell sprang ich hoch. Mein Blick suchte den anderen vergebens, der hatte sich irgendwo versteckt oder war bereits in das Reich des Unsichtbaren, aus dem es keine Rückkehr gibt, eingekehrt.

»Hörst du mich, Tri-Arion?«, rief ich.

»Noch, mein Mörder, noch ...«

»Wo ist der Schrein? Wo befindet er sich? Wo kann ich ihn finden? Rede endlich!«

»Nicht weit von hier. Der rote Hügel ist sein Grab oder sein Versteck. Versuche nur, dir den Schrein zu holen. Versuche es nur. Dann sehen wir uns wieder im Reich der Schatten.«

Mehr Informationen bekam ich nicht, sosehr ich mich auch anstrengte. Tri-Arion konnte nicht mehr antworten, das Reich der Schatten hatte ihn endgültig verschluckt. Er war heimgekehrt zu seinem Herrn und Meister, der über die Seelen der toten Dämonen regierte.

Ich räusperte mir den Hals frei. Die letzten zehn Minuten waren verdammt anstrengend, aber auch informativ gewesen. Ich hatte mehr über den Spuk erfahren. Er gehörte zwar zu den großen Alten, aber er war nie so recht einer von ihnen gewesen, weil er von einem fernen Sternenvolk abstammte.

Ich schüttelte den Kopf, als ich daran dachte. Hoffentlich war der Spuk der Einzige gewesen, den dieses Volk auf der Erde zurückgelassen hatte. Ich strich meine Haare glatt und dachte an meinen Freund Suko, der sich irgendwo im Wald herumtrieb und von mir nicht wusste, was mir widerfahren war.

Einen Schatten hatte ich vernichten können. Zwei andere existierten noch. Sie mussten sich irgendwo im Wald aufhalten, leider war mir der genaue Ort nicht bekannt.

Von einem roten Felsen hatte die Stimme gesprochen.

Den würde ich sicherlich finden. Vier Augen sahen mehr als zwei. Ich musste Suko mitnehmen!

Mein Rufen war vergebens.

Der unheimlich wirkende Wald schluckte die Laute, als hätte er etwas dagegen, dass ich Verstärkung holte.

Die Entscheidung fiel mir nicht leicht. Gehen, auf Suko warten oder sich anders bemerkbar machen?

Ich entschied mich für die erste Möglichkeit. Meinen Partner kannte ich. Der ließ sich so leicht nicht die Butter vom Brot nehmen. Da mussten unsere Gegner schon verdammt harte Kaliber auffahren.

Also machte ich mich auf den Weg, auch wenn ich dabei kein reines Gewissen hatte.

Es lief alles sehr schnell ab und gleichzeitig doch so langsam, dass Suko und Terry es nicht mehr schafften, Ed Sommer zu Hilfe zu eilen. Die Wolke hatte sich geöffnet. Aus ihr waren die Pranken gedrungen, die schwarz schillerten wie der Körper einer Schmeißfliege.

Zwei Pranken waren es nur, die aus dem schwarzen Etwas hervordrangen und sich auf die Schultern des Mannes gelegt hatten. Eisern hielten sie dort fest und zogen Ed Sommer in die Höhe, der nichts dagegen tun konnte.

Er strampelte verzweifelt mit den Beinen, während der Kopf schon verschwunden war, ihm die Luft geraubt wurde und auch seine Kräfte erlahmten, denn die Bewegung der Beine wirkte schwerfällig, als würde ihn dies eine ungeheure Mühe kosten.

Obwohl Ed Sommer ihr Freund gewesen war, konnte Terry Morgan nicht hinschauen. Sie hatte die Hände vor ihr Gesicht geschlagen, die fürchterliche Szene war unerträglich.

Und Suko?

Er wollte es auf keinen Fall hinnehmen, dass vor seinen Augen jemand brutal getötet wurde.

Welche Chance besaß er?

Seine Peitsche konnte er vergessen, die Wolke war einfach zu hoch geschwungen.

Der Stab musste helfen. Suko holte ihn hervor, rief das Wort »Topar!« und hielt durch diesen magischen Ruf die Zeit für fünf Sekunden an. Ein Sekundenloch entstand, in der alles sich in Rufweite des Stabträgers Befindliche erstarrte. Nur der Rufer dieses berühmten Wortes konnte sich bewegen.

Das war Suko.

Terry Morgan bewegte sich nicht, und die Wolke, in der dämonisches Leben steckte, das mit gewissen Sinnesorganen gefüllt war, rührte sich ebenfalls nicht mehr.

Nur Suko lief. Und dicht unter der Wolke stehend sprang er in die Höhe. Er streckte den rechten Arm aus, die Handfläche schlug gegen den rechten der beiden aus der Wolke hervorschauenden Schuhe, wobei Suko sich hart festklammerte und den Mann aus der Wolke reißen wollte.

Er schaffte es nicht.

Suko setzte seine zweite Hand ebenfalls ein. Er strengte sich so sehr an, dass er schreien musste und sein Gesicht rot anlief, ein Erfolg war ihm nicht vergönnt.

Dafür lief die Zeit.

Sommer bewegte sich wieder. Ein Bein hielt Suko fest, das andere vollführte die Bewegung weiter aus, in der es beim Rufen des Wortes erstarrt war. Deshalb konnte Suko auch nicht so schnell ausweichen. Die Spitze traf seinen Kopf, er lockerte unwillkürlich den Griff, und durch die nächste Bewegung wurde er vollends abgeschüttelt.

Auf dem weichen Untergrund landete er, blieb nur für einen Moment in der Hocke und sah, dass Ed Sommer vollends verschwand.

Die Wolke »fraß« ihn!

Suko war grau im Gesicht geworden. Er durchstand furchtbare Augenblicke und hatte das Gefühl, in dieser Zeit um Jahre zu altern. Alles konnte Suko vertragen, nur keine Hilflosigkeit.

Die Wolke stieg nicht einmal höher. Sie begann sich nur in ihrem Innern zu drehen, als würden dort mehrere Spiralen sitzen, die das Opfer in die Mangel nahmen.

Dann fiel der Tote nach unten.

Es war wie bei Tom Jones, und der leblose Körper landete vor den Füßen des Inspektors.

Auf der Seite blieb er liegen. Suko drehte ihn herum. Er schaute in das Gesicht und wusste, dass diesem Mann kein Arzt der Welt mehr helfen konnte.

Er drehte den Kopf.

Sein Blick traf den Terry Morgans.

Beide sagten nichts, dennoch redeten sie. Suko hatte das Gefühl, die unausgesprochenen Worte der Angst genau verstehen zu können. Diese Frau sprach mit ihrem Körper, den Blicken, eigentlich mit allem, was sie besaß, nur nicht mit ihrer Stimme.

Sie hatte die Kälte und Gnadenlosigkeit des Todes hautnah miterlebt und war tatsächlich vor Entsetzen starr.

Suko streckte einen Arm aus. »Kommen Sie bitte«, sagte er. »Ich glaube, Sie müssen jetzt versuchen, einiges zu vergessen, obwohl das verdammt schwer ist.«

Terry Morgan konnte nicht reden. Aber sie ging weg, wobei Suko, der sie anschaute, das Gefühl nicht loswurde, als würde die Frau auf fremden Beinen laufen.

Sie blieb vor einem Baum stehen, lehnte sich gegen ihn und verbarg ihr Gesicht.

Nicht mal weinen konnte sie. Das würde möglicherweise später eintreten. Suko wusste jetzt nicht mehr, was er tun sollte. Sein Plan war hinfällig geworden. Er konnte die Frau in ihrem Zustand unmöglich allein lassen. Die brachte es fertig und tat sich etwas an.

Da hörte er das Knacken.

Erst einmal, dann noch einmal. Die Geräusche verstummten auch nicht. Sie erfolgten mehrmals hintereinander, und sie drangen dabei von oben her an Sukos Ohren.

Er drehte sich um, blickte schräg in die Höhe und sah den Grund für diese brechenden Geräusche.

Die zweite Wolke schwebte heran.

Sie glitt lautlos, für das Brechen aber zeigten sich die beiden Klauen verantwortlich, die aus der Wolke schauten. Sie zerknackten starke Äste wie Zündhölzer, und Suko konnte erleben, welche gewaltigen Kräfte in diesen Pranken steckten.

Dagegen konnte kein Mensch ankommen.

Eine Demonstration der Macht wurde Suko gezeigt. Auch die Killerwolke stand nicht mehr still. Sie bewegte sich ebenfalls mit aus ihr pendelnden Armen.

»Terry!« Sukos scharfer Ruf erreichte die Frau. Er hoffte, sie aus ihrer Lethargie zu reißen. »Verdammt, Terry, so rühren Sie sich endlich!«

Sie hörte nicht.

Die zweite Wolke aber schwebte näher. Die aus ihr schauenden Klauen bewegten sich. Mal waren sie offen, dann wieder geschlossen, als wären sie dabei, einen Würgegriff zu üben.

Da Suko Terry Morgan als seinen Schützling bezeichnete, konnte er nicht so handeln, wie er wollte. Eins aber musste er versuchen, bevor sie in den Wald eindrangen, um vor den beiden Wolken zu flüchten.

Er zog die Beretta!

Mit geweihten Silberkugeln war das Magazin aufgefüllt. Und die Klauen boten ein genügend großes Ziel, auch wenn sie sich bewegten und noch bewegt wurden.

Suko legte an, zielte genau und nahm die linke der beiden Pranken aus der zweiten Wolke aufs Korn.

Er schoss!

Eine fingerlange Flamme stach aus der Mündung. Der Schuss peitschte über die winzige Lichtung im Wald, und Suko sah, dass die Klaue von einem Schlag erschüttert wurde.

Sie geriet ins Pendeln, schlug sehr hoch nach hinten und berührte dabei fast die Wolke, bevor sie wieder nach vorn geschleudert wurde.

Aber sie war nicht vergangen!

Der Spuk hatte zur Bewachung des Dämonenschreins sehr starke Helfer abgestellt, denen Suko mit einer geweihten Silberkugel nicht beikommen konnte.

Einen zweiten Schuss versuchte er erst gar nicht mehr. Er ließ den Arm sinken und steckte die Waffe weg. Jetzt musste er Terrys und sein Leben retten. Die Frau hatte den Schuss gehört, sich aber nicht darum gekümmert. Noch immer stand sie in der gleichen Haltung am Baumstamm und hatte ihre Stirn gegen die angewinkelten Arme gelegt. Dabei bewegte sich ihr Rücken, weil sie schluchzte, und Suko sah, als er sie wegriss, den Tränenstrom über die Wangen laufen.

»Kommen Sie!«

Sie schüttelte sich, stemmte sich gegen seinen Griff, weil für sie alles sinnlos geworden war.

Der Inspektor konnte keine Sekunde mehr verschenken und musste Nägel mit Köpfen machen.

Bevor sich Terry Morgan versah, hatte Suko sie schon über seine linke Schulter gewuchtet, rannte über die winzige Lichtung und warf sich mit seiner Beute in den Wald.

Es wurde verdammt schwer für ihn, denn er erreichte ein Gelände, wo mehr Nadelbäume wuchsen.

Fichten und Tannen können zu sehr hinderlichen und auch elastischen Hindernissen werden. Das spürte Suko schon in den folgenden Sekunden, als er die biegsamen Zweige zurückdrückte und diese wieder vorpeitschten, sodass sie ihm gegen den Körper schlugen und durch das Gesicht schrammten.

Verbissen arbeitete er sich jedoch voran. Schweiß rann über sein Gesicht. Dass die Schläge seine Haut malträtierten, kümmerte ihn nicht. Er wollte nur Distanz gewinnen und diesen dichten Wald hinter sich lassen. Das schaffte er auch, denn seine Sicht wurde besser, die Bäume wuchsen nicht mehr so hoch, und er sah vor sich eine kleine Anhöhe, die nur mit Buschwerk bewachsen war, das bereits lange Schatten warf, weil sich die Sonne zurückgezogen hatte und der Dämmerung Platz schaffen musste.

Der Inspektor stolperte mehr, als er ging. Und irgendwann ließ er sich einfach fallen.

Zwei Körper verschwanden im hohen Gras. Suko blieb einfach liegen. Er war total verschwitzt, fühlte sich ausgelaugt und durchweicht. Er brauchte eine Pause.

Die Erde war noch warm von der Sonne. Es hätte alles

wunderbar sein können, wenn nicht die lebensbedrohende Gefahr in Form schwarzer Wolken herbeigeschwebt wäre.

Und sie kamen!

Suko hörte sie nicht. Er sah nur, dass der Himmel über ihm für einen Moment düsterer wurde, sprang wieder hoch, war schon kampfbereit und hielt sich zurück, denn beide Wolken griffen nicht an. Dafür hatten sie sich verändert, als sie über ihm standen.

Gesichter waren in ihnen erschienen!

Ein bleiches, wie das eines Zombies, der aus dem Grab zurückgekehrt war. Das andere hatte nur ein Auge. Es leuchtete in mehreren Farben, die ineinander liefen und ein Wirrwarr aus mehreren Farben bildeten. Beide Gesichter starrten auf den Inspektor herab. Und beide begannen zur gleichen Zeit zu sprechen.

»Wir werden später mit dir abrechnen. Zuerst ist der andere an der Reihe. Er hat Tri-Arion getötet und befindet sich auf dem Weg zum Ziel. Wenn er den roten Felsen erreicht, wird er sterben, das schwören wir dir und ihm. Wir kommen zurück. Du kannst versuchen, dich zu verstecken, es wird dir nichts nützen. Wir finden dich überall. Hörst du? Überall ...«

Ja, Suko hatte sie genau verstanden. Nur dachte er nicht im Traum daran, den Vorschlägen nachzukommen. Er würde sich nicht verstecken, sondern das Gegenteil von dem tun.

Der rote Felsen!

Sie hatten ihm bewusst oder unbewusst genau die Information gegeben, die er brauchte. Wo der Felsen genau lag, wusste er nicht, möglicherweise konnte ihm Terry Morgan helfen.

Der Chinese überzeugte sich davon, dass die beiden Wolken auch tatsächlich verschwanden, und er wandte sich erst dann an Terry, die auf dem Boden lag, ihn mit gläsern wirkenden Augen anblickte, sodass Suko das Gefühl hatte, sie würde ihn überhaupt nicht wahrnehmen.

Er konnte sich gut in die Psyche der Frau hineinversetzen, aber er durfte jetzt keine Rücksicht kennen. Ihr Zustand war schlimm, daran gab es nichts zu rütteln. Noch schlimmer aber wäre es gewesen, wenn sie jetzt nichts taten.

»Terry!«

Auch Sukos scharfer Ruf ließ die Frau kalt. Sie reagierte nicht mal, der Blick blieb glasig, und sie rührte nicht den kleinsten Finger.

»Verdammt, Terry, kommen Sie zu sich!« Er kniete sich hin, fasste sie an den Schultern und schüttelte sie durch. Nicht eben die feine Methode, dafür aber wirksam.

Terry schaute ihn an. Noch immer geistesabwesend, aber sie hatte ihn wenigstens bemerkt. Er fasste sie unter und stellte sie auf die Füße. Von allein wollte sie nicht stehen bleiben, bis Suko sie noch einmal durchschüttelte und einen kleinen Erfolg erzielte.

»Lass mich!«, hauchte sie.

»Nein!«, herrschte der Inspektor sie an. »Ich lasse dich nicht, Mädchen. Ich will, dass du mir hilfst, verstanden?«

»Die Wolke, sie kommt!«

»Sie ist weg!«

Suko musste den Satz dreimal wiederholen, bevor die Frau endlich begriff. »Weg?«, flüsterte sie. »Und wir leben noch?«

»Ja, und das will ich auch noch eine ganze Weile!«

»Ohne Ed!«

Sie wollte wieder anfangen zu weinen. Suko konnte sie jetzt nicht ihren Gefühlen überlassen. Zu wichtig waren die Informationen, die sie wahrscheinlich besaß.

»Vergessen Sie Ed für eine Weile. Es kommt auf uns an. Sie wollen doch überleben, oder nicht?«

»Ja.«

»Gut, dann helfen Sie mir!«

»Wie denn?« Ihre Stimme klang bei dieser Frage klar.

Suko holte noch einmal Luft. Er schaute Terry scharf an. »Ich habe neue Informationen darüber bekommen, wo sich der Schatz oder der Schrein eventuell befinden.«

Ihr Lachen unterbrach ihn. »Mich interessiert kein Schatz. Ich will hier weg, verstehen Sie? Weg, verdammt!« Sie hob die Arme und trommelte mit beiden Fäusten auf Suko ein, der sie erst gewähren ließ und danach ihre schmalen Handgelenke umfasste.

»Sie kommen hier weg, das kann ich Ihnen versprechen, aber Sie werden es nicht schaffen, solange es noch die beiden Wolken gibt. Begreifen Sie das?«

»Ja, schon.«

Suko merkte ihr an, dass sie gelogen hatte. Es war egal, er wollte Informationen. »Kennen Sie den roten Felsen, Terry?«

»Wie?«

»Den roten Felsen!«

Terry Morgan überlegte einen Moment. »Davon habe ich gehört, glaube ich.«

»Glauben Sie es, oder wissen Sie es!«

»Ich weiß es.«

»Und wo liegt der Felsen?«

»Am Ende des Waldes. Ich kann mich nicht orientieren. Ich weiß nicht, wo wir sind.«

»Stellen Sie sich vor, Sie stehen außerhalb des Waldes und sehen ihn auf einer Landkarte. Welche Richtung würden Sie einschlagen?«

So schnell konnte sie nicht antworten. Terry musste erst überlegen und sagte nach einer Weile. »Nach Norden!«

Suko schaute sie zweifelnd an. »Da sind Sie sicher?«

»Ja.«

»Das kann uns helfen!« Suko hatte nicht gelogen. Er wusste, wo die Sonne auf- und unterging. Jetzt war sie verschwunden, untergetaucht, aber er hatte ihren Weg verfolgt und konnte sich leicht ausrechnen, wo Norden war.

Nach links drehte er sich. »Da müssen wir hin«, sagte er.

»Wir?«

»Ja, Sie kommen mit.«

»Nein, die Wolken, ich will mich vor ihnen verstecken. Begreifen Sie das doch.«

»Es geht nicht. Sie können sich vor ihnen nicht verstecken. Die Wolken müssen vernichtet werden, erst dann haben wir Ruhe. Alles klar?«

Sie nickte.

Suko nahm sie bei der Hand. Bis zu dem roten Felsen mussten sie. Hoffentlich war der Weg nicht zu lang …

Ich hatte ebenfalls die Informationen bekommen und wusste natürlich nicht, dass sich auch Suko und eine für mich fremde Frau auf den Weg zu dem roten Felsen gemacht hatten.

So ging ich allein.

Zwischendurch rekapitulierte ich immer wieder den Weg, den wir gekommen waren. Dorthin durfte ich auf keinen Fall mehr und auch nicht im Kreis laufen. Ich musste die genau entgegengesetzte Richtung einhalten, denn auf dem Hinweg hatte ich von dem roten Felsen nichts gesehen.

Die Felsen lagen erhöht. Ich rief mir ins Gedächtnis zurück, was uns der leider verstorbene Tom Jones an Informationen zwischendurch erteilt hatte.

Zum Norden hin stieg das Gelände an, da verschwand der Wald, weil der Untergrund sich veränderte, der Boden keine so dicke Schicht mehr bildete und nackter Fels hervortrat.

Dort musste sich mein Ziel befinden.

Längst war es Abend geworden. Im Juli sind die Tage sehr lang, die Nächte oft relativ hell, aber in der letzten halben Stunde war auch eine gewisse Bewölkung aufgezogen.

Die Sonne war untergegangen und nicht mehr zu sehen. Dafür schimmerte manchmal schwach der sichelförmige Ausschnitt eines blassen Halbmonds durch die dünne Wolkendecke.

Die große Dichte des Waldes lag hinter mir. Das Gelände wurde wieder freier, wenn es auch hin und wieder mit hohem Buschwerk bewachsen war. Hier blühte und wuchs allerlei, da war selbst Unkraut noch schön oder die langen biegsamen Zweige weidenähnlicher Büsche.

Ich suchte meine Gegner.

Von den Wolken hatte ich nichts gesehen. Wenigstens keine unnatürlichen, in die sich die Diener des Spuks verwandeln konnten. Alles wies darauf hin, dass sie aufgegeben hatten.

Rote Felsen!

Weshalb hatte man ihnen den Namen gegeben? Ob sie wirklich rot aussahen oder nur wenn das Sonnenlicht auf sie fiel. Manchmal gab der Volksmund einem Gelände einen solchen Namen, wenn es sich bei irgendeinem Ereignis veränderte.

Noch sah ich nichts.

Aber der Weg führte bergauf. Ich spürte die Steigung in den Oberschenkeln.

An der linken Seite erschien ein weit geschwungener Hang. Felsbrocken lagen darauf wie gesät.

Noch einmal erholte sich der Tag. Der Wind frischte auf, vertrieb die Wolken, und da ich mich höher befand als vorhin im Wald, sah ich auch wieder einen Teil der Sonne, die ihre Strahlen flach über das Land schickte.

Sie trafen die Felsen am Hang.

Zuerst nahm ich es nicht einmal richtig wahr, weil ich zwei kleine Bäche überspringen musste, bis mir auffiel, dass das Licht der Sonne keinen hellen Schein mehr besaß, sondern den des untergehenden Himmelskörpers angenommen hatte.

Glutrot …

Und die Sonnenstrahlen trafen die Felsen, sodass sie aussahen, als würden sie glühen.

Rote Felsen!

Da hatte ich sie!

Automatisch blieb ich stehen, wischte mir den Schweiß von der Stirn und putzte ihn auch von den Wangen ab. Die Handflächen rieb ich an einem Taschentuch trocken.

Meinen Blick konnte ich nicht von den Felsen nehmen. Das sonst so graue Gestein hatte eine völlig andere Farbe bekommen. Sie erinnerte mich an dünnes Blut, und dieses Naturphänomen machte mich irgendwie an. So dauerte es eine Weile, bis ich mich wieder auf meinen eigentlichen Job besann und den Weg fortsetzte.

Er wurde noch steiler. Für mich ein Zeichen, dass ich mich dem Kamm des Hügels näherte. Damit auch seinem Ziel?

Möglich war alles.

Ich hoffte es sogar, überwand auch die letzten Hindernisse und befand mich auf der Spitze.

Tief atmete ich durch und war von dem Blick, der sich mir bot, überwältigt. Hier zu stehen, zu staunen und zu schauen war etwas Wunderbares, denn gewissermaßen zu meinen Füßen breitete sich das große Waldstück aus, das wir durchquert hatten und in dem es so gefährlich gewesen war. Ich sah sogar darüber hinweg und konnte bis zu den Hütten am kleinen Fischerhafen schauen.

Die See sah ich sowieso. Und auch die hohen, steilen Felsen, die den Strand bildeten, gegen den die Meereswogen schlugen und zu einer aufragenden Gischtwand gebrochen wurden.

Der Atlantik schimmerte im letzten Sonnenlicht. Ein abendlicher Zauber lag über dem Wasser, der immer dann entstand, wenn der Tag verabschiedet wurde.

Die Oberfläche schimmerte in zahlreichen Farben. Jede Welle wirkte wie ein Prisma, dass das weiße Licht brach und zerlegte. Auch die oberen Kanten der Felsen leuchteten noch nach, sie strahlten ab und bekamen einen ungewöhnlichen Glanz.

Hier also war der Dämonschrein versteckt.

Aber wo?

Ich interessierte mich jetzt für meine unmittelbare Umgebung und schaute nicht mehr auf das wogende Meer hinaus. Vielleicht gab es eine Höhle, ein Versteck, zu dem ich den Eingang erst noch finden musste, weil er, aus welchen Gründen auch immer – verborgen oder zugewachsen war.

Ich machte mich auf die Suche.

Der Hügel fiel nur zum Strand hin ab. Jenseits davon lief das Gelände auf der gleichen Höhe weiter und bildete eine grüne Fläche, die wie ein stiller Teppich wirkte, durch den sich das graue Band einer Straße oder eines Weges wie eine Schlange zog.

Ich konnte den Weg verfolgen und sah auch dessen Ende in der Nähe eines großen Gebäudes.

Das musste dieses Burghotel sein, von dem Tom einmal berichtet hatte. Die Ruine, die zum Grab des Ansgar of Osborne geworden war, lag, vom Hotel aus gesehen, genau in der entgegengesetzten Richtung. Einzelne Teile schauten noch über die Strandfelsen hervor.

Keine Spur von einem Dämonenschrein.

Ich schritt einen Kreis. Zuerst klein, dann immer größer und warf auch mehrmals meine Blicke hinüber zum Geisterwald, ob sich dort vielleicht etwas tat.

Keine schwarze Wolke lag über den Bäumen, und auch meinen Freund Suko entdeckte ich nicht.

Ich musste davon ausgehen, bei dem geheimnisvollen Dämonenschrein einen schwarzmagischen Gegenstand vor mir zu haben. Und der musste einfach zu finden sein, auch wenn ich den richtigen Schlüssel nicht besaß. Dafür trug ich das Kreuz bei mir.

Sobald es mit Dingen näher in Berührung kam, die ihm gegen den Strich gingen oder widersprachen, stellte ich an ihm eine Reaktion fest. Vielleicht auch hier.

Der Wind zerrte an meinen Haaren, als ich an die Kette fasste und das Kreuz über den Kopf zog.

Auch das Kreuz wurde vom Wind erfasst und bewegte sich wie ein Pendel. Genau das hatte ich vorgehabt. Es in pendelnde Bewegungen zu versetzen, die in einen Kreis ausliefen, um eine möglichst große Fläche abdecken zu können.

Das Gelände auf der Hügelkante war zwar flach, dennoch mit Buschwerk bewachsen. Teilweise blühend, sah es aus wie eine frische Sommerwiese. Wer hier etwas verstecken wollte, schaffte das auch, wie zum Beispiel einen Dämonenschrein.

Mein Kreuz reagierte noch nicht. Nach wie vor lag der übliche matte Glanz auf dem Silber. Weit schwang es aus. Die Pendelbewegungen erinnerten mich an eine Waffe, die einmal der Eiserne Engel besessen hatte. Ein magisches Pendel, das in der Lage gewesen war, Erdmagien zu wecken oder sie zurückzuhalten.

Mein Kreuz weckte keine bösen Kräfte. Es sorgte nur dafür, dass welche angezeigt wurden.

Und so schwang es von einer Seite auf die andere. Verfolgt von meinen Blicken, die darauf hofften, dass sich irgendetwas tat. Ich lenkte meine Schritte dorthin, wo das Gebüsch besonders dicht wuchs. Bodendecker breiteten sich auf dem Untergrund aus. Flechtengewächse, Moos, auch dürres Gras, dazwischen struppige, haferartige Pflanzen, die sich elastisch bogen, wenn der Wind sie erreichte.

Natürlich vergaß ich trotz der Bemühungen meine Feinde nicht. Sehr häufig schaute ich in den Himmel, um irgendeine Spur zu entdecken. Keine dunklen, unnatürlichen Wolken, nur die normalen abendlichen Wettergebilde, die über meinem Kopf segelten.

Bis zu den Schienbeinen und höher reichten mir die Pflanzen. Manchmal nahm ich einen gewürzartigen Geruch wahr, dann wieder roch ich das Meer mit seiner Frische, die der Wind mitbrachte.

Auf einmal »meldete« sich das Kreuz!

Ein zeitlich kaum eingrenzbares Flirren, als würde etwas über seine Umrisse hinweghuschen. Ich hielt sofort die Hand still, ging auch keinen Schritt mehr vor und schaute zu, wie mein Kreuz, Kreise schlagend, allmählich auspendelte.

Ruhig hing es an der Kette.

Aber es zeigte eine innere Unruhe. Die winzigen Reflexe brachen das Licht, als wäre es gegen Diamanten gefallen, und diese Reflexe nahmen zu, je mehr ich das Kreuz dem Boden entgegensenkte.

Genau da musste der Ort sein.

Bevor ich mit den Händen das Buschwerk zur Seite drückte, schaute ich mich um, ließ meinen Blick auch über den Himmel schweifen, erkannte keinerlei Gefahr von einer anderen Seite und machte mich relativ beruhigt auf die eigentliche Suche.

Sehr hoch war das Unkraut gewuchert. Niemand dachte je daran, es zu mähen. Ich musste die wilden Pflanzen umknicken, um mir freie Bahn zu verschaffen. Ich schob auch die Bodendecker zur Seite, tastete über die feuchte Erde, die braungrau vor mir lag, und erkannte schon sehr bald den flachen, grauen Stein.

Er setzte meinen Händen einen wesentlich härteren Widerstand als der normale Untergrund entgegen. Zudem war er rauer und mit kleinen spitzen Erhebungen bedeckt. Auf die scharfen Kanten musste ich Acht geben, um mich nicht zu verletzten.

Stattdessen räumte ich die anderen Hindernisse aus dem Weg, schleuderte Unkraut zur Seite, trat es nieder oder ab, sodass ich den Stein in seinen gesamten Umrissen freilegte.

Bereits beim ersten Tasten war mir seine außergewöhnliche Form aufgefallen. Zumeist war diese Art von Einstiegen oder Luken viereckig. Hier sah ich einen runden Deckel vor mir, der mich an einen Kanaleinstieg erinnerte.

Nur doppelt so groß!

Wahrscheinlich war das, was unter dem Deckel lag, so sperrig, dass man diese Größe eben brauchte, um den Dämonenschrein zu verbergen.

Die nächste Schwierigkeit stand mir bevor. Wie sollte ich diesen Steindeckel je in die Höhe bekommen? Ein Unternehmen, für das man bestimmt fünf Männer benötigte.

Griffe oder Henkel zum Anfassen sah ich nicht. Aber wenn ein anderer an den Dämonenschrein heranwollte, musste er auch den Deckel hochheben.

Wie ich.

Ich suchte nach einer Chance. Manchmal gibt es Tricks, Hebel, die etwas in Bewegung setzten, wenn man sie umlegte. Das kannte ich aus alten Pyramiden oder Burgen, die mit Geheimgängen bestückt waren. Deshalb suchte ich auch die nähere Umgebung ab, fand nichts und war ratlos.

Bis ich zum letzten Mittel griff und wieder mein Kreuz einsetzte. Es war mehr aus der Notlage geboren, als ich die Kette über meinen Kopf streifte und das Kreuz auf den Deckel legte.

Zunächst tat sich nichts.

Es blieb dort liegen, sah beinahe harmlos aus, bis ich das Aufleuchten sah, das auch mein Gesicht erwischte. Ich wollte den Kopf schon abwenden, da faszinierte mich der nächste Anblick.

Das Kreuz hatte es tatsächlich geschafft!

Zwar war der schwere Steindeckel nicht abgehoben

worden, aber er wurde durchsichtig, und ich konnte erkennen, was mir bisher verborgen war.

Bei der Überraschung hielt ich die Luft an. Der Schrein war sehr groß, stand auf dem Boden des Schachtes und sah eigentlich aus wie ein Sarg, nur besaß dieser Schrein einen flachen Deckel und keinen gewölbten, wie es bei einer Totenkiste der Fall ist.

Zwar erlaubte mir die Magie des Kreuzes, in den Schacht hineinzusehen, aber nicht in den Schrein. Sein Inhalt blieb mir nach wie vor verborgen. Ich spürte ein trockenes Gefühl in der Kehle. Auch meine Umgebung war eine andere geworden, obwohl sie nach wie vor so aussah wie immer. Ich wurde das Gefühl nicht los, am Schnittpunkt zweier unterschiedlicher Magien zu stehen, die es durch ihre Überlappung geschafft hatten, mir den Weg zu einer Wiege dämonischen Lebens zu zeigen.

War dieser Schacht noch ein normaler Zugang?

Es sah mir nicht so aus, vielmehr bekam ich eine Ahnung davon, dass ich mit den Fußspitzen direkt vor dem Tor in eine andere Dimension oder am Beginn der Vergangenheit stand.

So konnte es sein.

Ich schaute noch einmal auf den runden Deckel. Er war durchsichtig geworden, und gleichzeitig hatte ich das Gefühl, in einen blassen Spiegel zu schauen.

Das gab mir die Verbindung!

Der Spiegel des Spuks!

Plötzlich fiel mir der Fall des Bri-Onya wieder ein. Dieser gefährliche Kämpfer hatte durch den Spiegel des Spuks aus seiner Dimension unsere Welt betreten.

Mir war ferner bekannt, dass es nicht nur ein oder zwei Spiegel auf unserer Welt gab, sondern vielleicht sogar hundert oder tausend. Überall waren sie verteilt, und hier hatte ich einen vor mir.

Die Spiegel konnte man auch als Tore bezeichnen. Und Tore ließen sich durchschreiten.

Deshalb würde ich auch durch dieses Tor gehen können, falls die Magie des Kreuzes mich nicht im Stich ließ.

Plötzlich wurde ich aufgeregt. Trotz der relativen Kühle hatte sich in meinem Nacken der Schweiß gebildet. Eine kleine Perle lief kalt und in einer langen Bahn den Rücken hinab.

Es lag auf der Hand, dass ich mir die einmalige Chance nicht entgehen lassen konnte, und so setzte ich den rechten Fuß vor, um mit der Sohle den Deckel zu betreten.

Widerstand fand ich nicht. Der so schwer erscheinende Deckel war durchlässig, und ich konnte in den Schacht hineinklettern, ohne dass mir etwas passierte.

Ich fiel nicht einmal.

Davor hatte ich ebenfalls Furcht gehabt. Durch die Verzerrung der Perspektive hatte ich nämlich die genaue Entfernung zum Dämonenschrein nicht abschätzen können, aber meine Sorge war unbegründet, ich fiel nicht tief in den Schacht hinein und landete auch nicht auf dem Schrein, sodass er hätte zerbrechen können.

Dafür schwebte ich.

Das Kreuz hatte ich auf dem Deckel liegen lassen. Langsam glitt ich in die Tiefe und konnte die frische, klare Luft einatmen.

Schon Sekunden später bekam ich Kontakt mit dem Boden. Ich blieb neben dem Schrein stehen und schaute auf den flachen Deckel, der den Inhalt des Schreins meinen Blicken verbarg.

Obwohl ich mich drängte, ließ ich mir Zeit und ging einmal um den Schrein herum, den Blick dabei halbwegs zu Boden gerichtet, weil ich nachschauen wollte, ob sich der Schrein durch irgendwelche äußeren Zeichen von anderen seiner Art abhob.

Das war in der Tat der Fall.

An den Außenrändern der Kiste fielen mir sofort die hell und golden glänzenden Symbole auf. Als magische Zeichen wollte ich sie nicht direkt ansehen. Es waren Symbole der einzelnen Planeten. So sah ich die für Merkur, Jupiter und Venus.

Das musste etwas zu bedeuten haben.

Ich überlegte. Dabei fiel mir das Gespräch mit dem Dämon Tri-Arion ein. Kurz vor seiner Vernichtung hatte er mir etwas über den Spuk mitgeteilt.

Zwar lag dessen Herkunft noch immer im Dunkeln, aber er war von den Sternen gekommen.

Und hier am Schrein sah ich die Zeichen der Planeten, die man auch als Sterne bezeichnen konnte. Somit war für mich die Verbindung eigentlich klar. Jetzt brauchte ich nur mehr den Deckel zu öffnen, um sehen zu können, was der Schrein beinhaltete.

Ich wusste, dass ich vor einem entscheidenden Schritt stand. Wenn ich den Deckel aufstemmte, konnte es mir unter Umständen gelingen, ein Rätsel, das sich um die Entstehung des Spuks rankte, zu lösen.

Flach lag er auf dem sargähnlichen Unterteil. Ich blickte in die Höhe und sah über mir den gläsern wirkenden Schachteingang. Diese Tatsache beruhigte mich irgendwie, vor allen Dingen deshalb, weil ich auch das Kreuz auf dem Mittelpunkt des runden Deckels liegen sah.

Wie schwer war der Schrein?

Ich fasste ihn an, hob ihn hoch und wunderte mich über das geringe Gewicht. Die Schwerkraft hier hatte der Magie nicht standhalten können und war aufgehoben worden. Ich glaubte daran, mich zwischen den Dimensionen zu bewegen. Irgendwie mussten sich hier zwei Grenzen überlappt haben, auf deren schmalen Grat ich mit beiden Beinen stand.

An einer Kante stemmte ich den Schrein in die Höhe und konnte an seinen breiten Rändern Halt bekommen, weil der Deckel nicht genug bündig mit dem Unterteil lief, sondern vorstand.

Ich hievte ihn hoch.

Es existierte keine Leiter und auch keine Treppe, die mich hätte nach oben bringen können. Ich musste mich voll und ganz auf die anderen Kräfte verlassen, die dafür sorgten, dass ich wieder in meine normale Umgebung zurückkehrte.

Allein mein Wille reichte aus, mich in die Höhe gleiten zu lassen. Ein Gefühl, das ich kaum beschreiben kann. Ich erlebte es so intensiv und klar, auch ohne Angst, nicht wie damals, als ich ebenfalls schwebte und durch einen Sumpf das geheimnisvolle Land Aibon erreichte.

Hier war es anders.

Ohne Furcht gelang es mir, den Schacht zu verlassen und mich an die Oberfläche zu begeben.

Abermals durchstieß ich den Deckel, ohne Widerstand zu spüren. Ich war meinem Kreuz ungemein dankbar, weil es mir diesen außergewöhnlichen Weg erlaubte.

Andere Luft umgab mich. Ich schmeckte das Wasser, das Salz, die Frische des Grases und dachte daran, dass dies genau meine eigene Welt war, in der ich mich trotz aller Widrigkeiten verdammt wohl fühlte.

Gleichzeitig umgaben mich auch wieder die normalen physikalischen Verhältnisse. Auf einmal war der Schrein nicht mehr so leicht wie in seinem Versteck. Er wurde schwer, kam mir vor wie ein echter Sarg, der aus meinen Händen rutschte, zu Boden prallte, sodass ich schnell zur Seite sprang, um nicht auf den Füßen getroffen zu werden.

Ich blieb stehen und wischte mir den Schweiß von der Stirn. Die Zeichen der Planeten leuchteten golden auf den Außenseiten. Die Sonne war versunken, noch aber hatte die Dunkelheit den Kampf nicht gewonnen. Sehr deutlich, fast überklar sah ich diese wilde Küstenlandschaft. In der Ferne stieg ein Vogelschwarm in den Himmel. Wahrscheinlich waren es Möwen, jedenfalls zeugte dieses Bild von einem wilden, herrlichen Leben.

Bevor ich den Deckel aufstemmte, ging ich zum Schachteingang und nahm mein Kreuz an mich.

Es hatte sich erwärmt.

Um meinen Hals hängte ich die Kette, ohne das Kreuz dabei unter der Kleidung verschwinden zu lassen. Es fühlte sich noch warm an, obwohl der unmittelbare magische Effekt nicht mehr vorhanden war. Auch die Umgebung nahm wieder ihre ursprüngliche Normalität an. Da war nichts mehr von einem durchsichtigen Eingang zu sehen, der normale Deckel lag vor mir und verbarg den Spiegel des Spuks.

Allein stand ich auf dieser Anhöhe. Nur umgeben von einem aufgefrischten Wind, den weiten Geräuschen der Brandung und einer herrlichen Aussicht.

Menschen entdeckte ich nicht. Wer jetzt noch auf war, hockte vielleicht am Kamin oder saß beim Essen. Mich würde niemand stören, wenn ich daranging, das Rätsel des geheimnisvollen Dämonenschreins zu lösen.

Hatte ich es durch magische Kräfte geschafft, den Schrein aus seinem Versteck zu holen, so blieb mir nun nichts anderes übrig, als den Deckel mit Gewalt zu öffnen.

Mit bloßen Händen schaffte ich es nicht, ich musste dafür schon mein Taschenmesser einsetzen, das ich zwischen den Deckel und das Unterteil einklemmte.

Vielleicht reichte es als Hebel.

Ich ging sehr vorsichtig zu Werke. Ein zu großer Druck konnte die Klinge leicht brechen lassen. Der Schrein bestand aus Holz, das sein Erbauer, Ansgar of Osborne, besonders behandelt haben musste, weil es im Laufe der langen Zeit noch kein Zeichen des Verfalls zeigte.

Es dauerte eine Weile, bis ich den ersten Erfolg spürte. Der Deckel bewegte sich dort, wo ich das Messer angesetzt hatte, leicht nach oben. Ich hörte sofort wieder auf, da die Gefahr des Brechens bestand. An einer anderen Stelle machte ich so lange weiter, bis ich den gleichen Effekt erzielte, und nahm mir dann wieder eine vor.

So lockerte ich den Deckel an verschiedenen Stellen so weit, dass ich sogar meine Finger in die Lücken schieben konnte. Mit dem nötigen Druck musste es mir eigentlich gelingen, das Oberteil zu entfernen.

Von zwei verschiedenen Seiten packte ich zu. Meine Finger saßen fest, der Druck nach oben musste von ihnen nur noch ein wenig verstärkt werden, dann hatte ich es geschafft.

Ich vernahm auch das Knirschen, als sich das Randholz der beiden Teile bewegte. Ich gab noch mehr Zug, und plötzlich sprang mir der Deckel förmlich entgegen.

Ich trat zwei Schritte zurück, ließ ihn fallen, ging wieder vor und schaute in das Innere des Schreins.

Meine Augen wurden groß ...

Suko hoffte sehr, dass Terry Morgan ihre Angst abschütteln konnte. Sie wäre sonst für ihn ein zu großes Hindernis auf seinem Weg zum Ziel gewesen.

Natürlich konnte er sie und ihre Furcht verstehen. Schließlich hatte sie mit eigenen Augen gesehen, wie grausam und gemein Dämonen sein konnten, wenn es für sie darum ging, ihre Ziele zu erreichen.

Suko hatte es natürlich eilig. Terry konnte kaum mithalten und bemerkte keuchend: »Wenn ich Ihnen zur Last falle, sagen Sie es. Dann bleibe ich zurück.«

»Nein, Sie kommen mit.«

»Ich will aber ...«

Suko drehte sich unwirsch um. »Sie wollen überleben, nicht wahr, Madam?«

»Ja.«

»Dann bleiben Sie bei mir. Sonst ergeht es Ihnen wie Ihrem Freund!«

Terry senkte den Kopf. Sie schluckte hart, stand wieder dicht vor dem Weinen, und Suko strich über ihr Haar. »Tut mir Leid, ich musste Sie so anfahren. Sie sollten begreifen, um was es geht.«

»Schon gut. Das tat mein Bruder auch. Er war fast wie Sie. Irgendwie besessen von seiner Aufgabe. Er wollte immer forschen und Dingen auf die Spur kommen, die ihren Ursprung in der Vergangenheit hatten. Jetzt ist es vorbei. Und ich fürchte, dass ich ebenso bin.«

»Hat Ihr Bruder konkret nach dem Schrein gesucht?«

»Ja, er nannte ihn nur Schatz. Seine Urlaube hat er in Cornwall verbracht und mit vielen Menschen geredet. Sie haben ihm praktisch die Spur gewiesen. Er war fest davon überzeugt, sein Ziel zu erreichen. Letztendlich ist er gescheitert.«

»Und weshalb sind Sie hier?«

Terry hob die Schultern. »Weil ich fast so bin wie er. Er hat mit mir zwar nicht viel über sein Hobby gesprochen, aber mich lockte ebenfalls die Abenteuerlust.«

»Oder der Schatz?«

»Kann auch sein. Wenn man diese alten Worte hört, ist man auch als modern denkender Mensch fasziniert. Das wird wohl immer und ewig so bleiben. Wenigstens so lange, wie es Menschen gibt. Für mich war nur sein Tod rätselhaft. Er soll ertrunken sein, das kann ich mir kaum vorstellen. Schließlich hat er den Schatz nicht auf dem Meeresgrund gesucht, obwohl dort zahlreiche gesunkene Schiffe aus allen Jahrhunderten liegen. Dort hätte er sicherlich mehr Erfolg gehabt.«

Davon war Suko ebenfalls überzeugt, weitete das Thema nicht mehr aus, sondern ging weiter.

Sie liefen in Richtung Norden und hatten den Wald noch nicht verlassen. Er war größer, als er auf die Entfernung hin aussah. Noch immer wölbten sich über ihnen die grünen Dächer der Bäume, durch die der allmählich aufkommende Abendwind strich, sodass sie vom Rauschen des Blattwerks begleitet wurden.

Zwei Tote hatte dieser verdammte Wald gefordert. Die aus der Vergangenheit nicht dazugerechnet. Das war zu viel. Suko wollte mit aller Macht dem Spuk ein Ende bereiten, und er wollte auch seinen Partner John Sinclair finden.

Terry riss sich zusammen. Sie hielt gut mit dem Chinesen Schritt. Und sie beide atmeten auf, als sie sahen, dass der Wald allmählich lichter wurde und sich das Gelände vor ihnen erhob, sodass es schon mehr einem langen, mit Steinen bedeckten Hang glich.

Der Inspektor blieb stehen. Er hatte seine Augen noch mehr verengt. Der Wind kam von vorn, streichelte sein Gesicht und brachte den Geruch von Blüten mit.

»Weit kann es nicht mehr sein«, bemerkte er.

Terry stimmte ihm zu. »Ich sehe bereits Steine. Wahrscheinlich endet der Weg auf einer Hügelkuppe. Mein Bruder hat auch davon geschrieben, dass der Schatz nicht direkt vergraben, sondern auf einer Höhe liegt. Vielleicht in einer Höhle.«

»Das werden wir herausfinden.« Suko gab sich optimistisch, obwohl er sehr genau den Himmel beobachtete, denn die schwarzen, wolkenartigen Dämonen schafften es, sich völlig lautlos zu bewegen, wenn sie sich dem Ziel näherten.

Nach den nächsten Schritten wurden sie von keinen Bäumen mehr gedeckt. Der Wind wehte ihnen frei entgegen. Sie sahen den Aufstieg zu einem ziemlich breiten Hügelkamm, der mit Buschwerk und dichtem Gras bewachsen war. Durch beides strich der Wind wie mit langen Armen.

An der Hügelflanke lagen die großen Steine. Sie wirkten da wie festgeklebt, hatten eckige Formen, waren auch manchmal abgeschliffen, und Suko wandte sich an seine Begleiterin.

»Könnten das die Steine gewesen sein, die Ihr Bruder gemeint hat?«

»Durchaus möglich.«

»Die Richtung stimmt.«

»Konnten Sie die genau einhalten?« Terry wischte über ihre Augen. Ohne Brille schmerzte es, wenn sie etwas erkennen wollte.

»Das lernt man.«

Ruhe umgab sie. Nichts wies darauf hin, dass etwas Dämonisches oder Unheimliches in der Nähe lauerte. Suko kannte das Gefühl genau, und ihm gefiel eine solche Ruhe nicht. Er dachte immer daran, dass sie urplötzlich vorbei sein konnte, wenn das Grauen zuschlug.

Nicht mehr so schnell ging er weiter. Er war misstrauischer geworden, beobachtete die Umgebung noch genauer, und Terry Morgan hielt sich dicht hinter ihm.

Gesprochen wurde nicht. Jeder von ihnen lauerte praktisch darauf, plötzlich angegriffen zu werden.

Und sie sollten sich nicht getäuscht haben.

Zwar erfolgte kein direkter Angriff auf sie, aber beide sahen die dunklen Wolken zur gleichen Zeit, die hinter ihnen aus dem Wald gestiegen sein mussten und gar nicht mal hoch über den Baumkronen hinweg in ihre Richtung schwebten.

»Da sind sie ja!« Terrys Stimme zitterte.

Suko handelte sofort. Er packte die Frau und zog sie in eine provisorische Deckung am Rand des Hügelhangs, wo sich eine kleine Mulde befand, in die sie hineintauchen konnten.

»Bleiben Sie da liegen!«, forderte Suko.

Terry hob den Kopf. »Und was machen Sie?«

Der Inspektor verzog die Lippen, als er schräg in die Höhe auf die treibenden Wolken deutete. »Ich werde mich ihnen widmen. Für mich sind sie der perfekte Wegweiser. Sie können mir ja die Daumen drücken, während Sie hier liegen bleiben.«

Er sprach's und ließ Terry Morgan zurück.

Ich spürte weder den Wind noch den Geruch nach Frische, der mir entgegengeweht wurde, ich hatte nur Augen für den jetzt völlig offenen Dämonenschrein.

Leer war er nicht.

Es lag jemand darin.

Ein Kopf!

Weiß, fast wie eine Maske aussehend, die jemand aus Gips hergestellt hatte. Ein relativ weiches Gesicht, mit einem gestreckten Kinn, das in einen Hals hineinmündete, der dann wie abgeschnitten wirkte, denn einen Körper hatte dieser Kopf nicht.

War es der Spuk? War das seine Reliquie, nach der so viele gesucht hatten? Vielleicht Millionen von Jahren alt, ein Stück Weltgeschichte, von den Sternen kommend, auf der Erde niedergelegt, dann gefunden und versteckt worden.

Eigentlich hätte ich vor Glück verbrennen müssen, dass ich diesen Kopf sah. Ausgerechnet ich, wo ich ein großer Gegner des Spuks war. Ich hatte es geschafft, die Reliquie zu finden.

Unwahrscheinlich …

In meinem Hals saß irgendetwas fest, das ich nicht runterschlucken konnte. Wie erschlagen kam ich mir vor. Noch immer fiel es mir schwer, diesen Fund zu fassen und ihn überhaupt zu begreifen. Der Kopf innerhalb des Schreins war ein Stück Welten- oder Erdengeschichte, wenn er tatsächlich von einem, wie die Sage behauptete, Sternenvolk zurückgelassen worden war. Und aus ihm hatte sich der Spuk gebildet, jener Dämon, den ich eigentlich nur als amorphen Schatten kannte, bei dem ich als Urgestalt eigentlich den Körper einer Echse oder eines Drachen vermutet hätte. Dies war mir einmal begegnet, als ich ihn zum ersten Mal traf. Damals, in New York, als ich gegen das Horror-Taxi kämpfte und der Spuk zum ersten Mal in das dämonische Geschehen aktiv eingriff.

Und jetzt sah ich den Kopf.

Ein menschliches Gesicht zeigte er. Eine Maske. Ein Schädel, der keinen Namen hatte.

Deshalb auch der Namenlose …

Ich wusste nicht, wie viel Zeit seit dem Öffnen des Schreins vergangen war. Ich stand vor diesem sargähnlichen Gegenstand, den ein Mensch namens Ansgar of Osborne für die Reliquie gebaut hatte, und den ich jetzt gern über weitere Einzelheiten gefragt hätte, was leider nicht mehr möglich war, denn seine Vernichtung ging auf meine Kappe.

Lange Zeit hatte er verborgen in der Erde gelegen, bewacht von Wesen, die in ihrem Äußeren dem Spuk sehr nahe standen. Nun hatte ich den Sarg geöffnet. Ich konnte, wenn ich wollte, diesen Schädel dort einfach zerstören.

Aber wollte ich das tatsächlich?

War es nicht besser, wenn ich ihn mitnahm, ihn anderen gab, damit sie ihn untersuchen konnten?

Ja, für diese Möglichkeit entschied ich mich und fasste mir gleichzeitig ein Herz, den Kopf zu berühren. Ich drückte meinen Oberkörper vor, spürte das leichte Ziehen im Magen, ein Gefühl der Spannung, denn diesen Gegenstand anfassen zu können kam einem Wunschtraum gleich.

Ich streckte meine Arme aus. Auf der Stirn lagen Schweißperlen. Vorsichtig ging ich zu Werke. Mir war nicht bekannt, aus welch einem Material der Kopf bestand, deshalb musste ich aufpassen, dass er nicht unter der Berührung zerbrach.

Weiß wie Gips war er. An zwei verschiedenen Seiten legte ich meine Hände an. Die erste Berührung, vorsichtig und behutsam angesetzt, gab mir keine Aufklärung über das

Material. Ich spürte es nur mehr an meinen Handflächen und wunderte mich über die Glätte, als bestünde der Kopf aus einer Haut.

Dann hob ich ihn an.

Das heißt, ich wollte es und zuckte zurück, denn so schwer hätte ich ihn mir nicht vorgestellt. Nein, den bekam ich beim ersten Anlauf nicht in die Höhe, obwohl es mir innerhalb des Verstecks gelungen war, den Schrein zu tragen.

Da musste schon jemand her.

Wenn es dann auch mit einer Hilfe nicht klappte, blieb mir nichts anderes zu tun, als ihn vielleicht durch Schläge zu zerstören und die Reste zur Untersuchung zu geben.

So weit war ich noch nicht.

Zudem hatte ich plötzlich andere Sorgen, die mich quälten, denn ich spürte sehr genau den kalten Hauch, der in meinem Rücken wehte und mich am Hals berührte.

Es war kein normaler Wind, das wusste ich sofort.

Rasch drehte ich mich um – und sah die beiden schwarzen Wolken dicht vor und über mir …

Sie hatten es also geschafft und mich damit überrascht. Es war ihre Aufgabe, die Reliquie zu schützen, und ich hätte mich gewundert, wenn es anders gekommen wäre.

Angst verspürte ich nicht. Ich vertraute auf meine Stärke. Schon einmal hatte ich einen der ihren vernichten können, und auch diese dunklen Wolken sollten mich nicht überraschen.

Ich sah ihre Gesichter. Sie hatten sich nicht völlig aufgelöst. In der Wolke rechts von mir schimmerte das glatzköpfige Gesicht mit dem einen Auge. Es stand auf der Stirn und starrte mich ohne Unterlass an, als suchte es nach einer besonders schwachen Stelle an meinem Körper. Das Gesicht selbst leuchtete rötlich, wurde aber zumeist von der schwarzen Wolkenfarbe überlagert.

Das andere Gesicht in der zweiten Wolke zeigte eine fahle weiße Farbe. Es sah aus, als hätte jemand die einzelnen Züge angestrichen. Blasse Augen schauten mich an, ein Mund war nicht zu sehen. Wenn dieses Wesen einen hatte, so verschwand er fast völlig.

Was wollten sie von mir?

Es war einfach, eine Antwort auf die Frage zu finden. Sie wollten mich daran hindern, die Reliquie des Spuks an mich zu nehmen und mit ihr zu verschwinden. Da ich freiwillig nie auf sie einging, kam eigentlich nur Gewalt in Betracht.

Es war der Einäugige, der mich ansprach. Seine Stimme drang flüsternd aus der Wolke. »Was hast du getan?«, hörte ich ihn sprechen. »Du hast einen Verrat begangen. Du, ein Unwürdiger, hast das entweiht, was für die Magie heilig ist. Die Reliquie des Spuks, etwas aus den Urzeiten der Welterschaffung, das nicht in fremde Hände fallen darf.«

Ich schüttelte den Kopf. »Nein, entweiht habe ich es nicht. Ich freue mich darüber, dass ich diesen Wettlauf gewonnen habe und dieses Versteck fand, bevor mir ein anderer zuvorkam.«

»Von wem sprichst du?«, fragte der Bleiche.

»Kennt ihr Asmodis?«

»Ja, wir haben den Namen schon gehört.«

»Er ist der Teufel, der Höllenherrscher, ein Feind des Spuks, eures Herrn und Meisters. Auch er wollte die Reliquie an sich reißen und hätte den Weg fast gefunden, wenn ich nicht schneller gewesen wäre. Das zur Information. Glaubt mir, es ist besser, wenn ich die Reliquie an mich nehme.«

»Nein!«, sagten sie zur gleichen Zeit. »Niemand darf sich an ihr vergreifen. Wir sind die Diener des Spuks. Wir haben den Auftrag, über sie zu wachen und fremde Hände von ihr fern zu halten. Dieser Arbeit werden wir auch nachkommen.«

»Und wenn ich euch nicht lasse?«

Ich hörte ihr leises Lachen. »Wie willst du uns daran hindern?«, fragte der Einäugige.

»Ich habe schon einmal bewiesen, dass ich stärker bin als ihr. Euer Freund Tri-Arion unterschätzte mich. Er lebt nicht mehr, ich habe ihn vernichtet, mein Kreuz schleuderte seine geballten Magien gegen ihn. Dem konnte er nicht widerstehen. Geht in den Wald, dort werdet ihr ihn sehen. Eingerahmt in den Boden, ein schwarzer Fleck, mehr nicht. Das wird mit euch ebenfalls passieren, denn ich bin nicht gewillt, so dicht vor dem Ziel aufzugeben. Die Reliquie gehört mir!«

Endgültige Worte, die ich ihnen entgegenschleuderte, die sie auch verstehen mussten und unterstrichen bekamen, als ich mich bückte und nach dem im Schrein liegenden Kopf fasste.

Sie attackierten mich nicht, als ich noch einmal versuchte, den Kopf anzuheben. Sie warteten.

Vielleicht auch auf die Stimme, die ich plötzlich hörte und auch kannte. Woher sie kam, konnte ich nicht sagen, aber ich hatte das Gefühl, als würde sie der Kopf aussprechen.

»Geisterjäger John Sinclair!«, vernahm ich das raue Flüstern. »Diesmal hast du dir zu viel vorgenommen. Du bist in Gebiete eingedrungen, die dir verschlossen bleiben sollen. Versuche niemals, darüber nachzudenken. Wahrscheinlich würdest du wahnsinnig werden, weil dein Gehirn einfach zu klein ist, dies zu begreifen. Rüttle nicht an den Urfesten des Seins. Verzichte auf das, was ein Sternenvolk zurückgelassen hat. Rüttle nicht an Dingen, die noch schlafen.«

Sehr intensiv hatte der Sprecher geredet. Mir war bei jedem Wort ein Schauer über den Rücken gelaufen, und ich wusste schon jetzt, dass ich diesem Unsichtbaren gehorchen würde.

Wer da mit mir Kontakt aufgenommen hatte, war kein Geringerer als der Seher!

Aus dem unendlichen Raum hatte dieses Wesen zu mir gesprochen. Oft hatte ich über ihn und seine Existenz nachgedacht. Ich wusste nicht, wer er war. Er konnte ein Wesen sein, ein Geist, er konnte sich aber auch aus mehreren zusammensetzen, die für sich allein das Gute gewollt hatten, aber zu schwach waren, es durchzusetzen, und sich so zu einer Einheit gefunden hatten.

Er war ein Ratgeber, er war ein Weiser, er hatte mich immer

das Rechte gelehrt, er kannte Zusammenhänge, die mir fern waren, und es wäre töricht gewesen, nicht auf ihn zu hören.

Hätte ich die Reliquie an mich genommen, wäre ich unter Umständen mit einer magischen Zeitbombe durch die Welt gelaufen, die mich irgendwann einmal zerstört hätte.

So stand ich da, spürte den Wind, die Kälte der dämonischen Wolken und hielt meine Hände gegen die Reliquie gepresst.

Noch zögerte ich, und dachte über die mahnenden Worte des aus dem Unsichtbaren Schauenden nach. Ich handelte in diesem Augenblick sehr menschlich, und Menschen begehen Fehler, weil sie alles haben und wissen wollen. Trotz des gut gemeinten Ratschlags fiel es mir so unendlich schwer zu verzichten, denn ich focht einen inneren Kampf aus. Sollte ich alles aufgeben und dem Ratschlag folgen?

Ich löste meine Hände.

Der Seher, den ich nicht sah, kontrollierte mich. Wieder hörte ich ihn sprechen. Seine Worte verließen die Dimension, um mich zu erreichen, und sie lobten mich.

»Es ist gut, dass du so etwas getan hast. Lass die Reliquie im Schrein. Dort ist sie gut aufgehoben. Irgendwann einmal wirst du sie bekommen und vielleicht das Rätsel um den Spuk ganz lüften. Er kommt von den Sternen, hat sich für das Böse entschieden, und dabei wird es bleiben. Lass ihn in Ruhe, er ist zu stark, du könntest ebenfalls in den Kreislauf hineingeraten, und das würde ich dir nicht wünschen.«

Die letzten Worte überzeugten mich. Ich war tatsächlich nicht so vermessen, dagegen anzukämpfen. Also wollte ich auf die Reliquie verzichten, nach der ich so intensiv gesucht hatte. Manchmal ist es besser, wenn man als Mensch einen Weg einschlägt, der Verzicht bedeutet, im Endeffekt aber mehr bringt als eine Handlung, die nicht zu überblicken ist.

Ich richtete mich langsam wieder auf.

Mein Gesicht war eine blasse Maske. Die Züge wirkten wie eingefroren, das wusste ich auch, ohne in den Spiegel geschaut zu haben. Mein Blick war nach innen gekehrt. Ich spürte die gespannte Haut auf meinem Rücken, denn dieser von mir angesehene Kopf hatte etwas mit der Entstehung der Welten zu tun, als Sternenvölker kamen, um Macht zu übernehmen.

Ich wischte über mein Gesicht, trat gleichzeitig einen Schritt zurück und deutete mit der Hand auf den Schrein. »Ihr könnt ihn nehmen«, erklärte ich.

Die beiden Dämonen starrten mich aus der Wolke her ungläubig an. Ich sah das eine Auge Casials, wie es sich bewegte und eine intensivere Farbe annahm. Er konnte es nicht fassen, musste innerlich erregt sein, und diese Gefühle zeichneten sich durch die Farbskala ab.

»Du willst ihn nicht?«, fragte der Bleiche.

»Nein.«

Sie waren äußerst misstrauisch geworden. »Sag uns den Grund!«, forderte Murghal.

Den würde ich ihm nicht unter die Nase reiben und schüttelte den Kopf. »Ich habe es mir eben anders überlegt.«

»Sollen wir das glauben?«

»Ihr müsst es.«

»Wir können es nicht«, erklärte der Einäugige. »Du bist ein Mensch, du hast alles eingesetzt, um diesen Schrein zu finden. Jetzt hast du ihn gefunden und willst ihn hergeben. Das können wir einfach nicht begreifen. Es ist ein Trick.«

Ich schaute sie an, schüttelte den Kopf, bückte mich und hob den Deckel des Schreins an. Sie schauten mir zu, wie ich ihn, nachdem ich einen letzten Blick auf den weißen Kopf geworfen hatte, auf das Unterteil des Schreins legte und ihn festdrückte. Ich tat es mit bedächtigen Bewegungen und hatte nicht einmal ein schlechtes Gefühl dabei, sondern ein gutes Gewissen, genau das Richtige zu tun, denn der Seher hatte es bisher immer gut mit mir gemeint.

Nachdem ich mit meiner Arbeit zufrieden war, richtete ich mich auf, deutete abermals auf den Schrein und sagte: »Nehmt ihn mit. Fasst ihn, zerstört ihn, tut, was ihr wollt. Ich will ihn nicht mehr haben. Er gehört wieder euch.«

Ich konnte mich nicht erinnern, jemals sprachlose Dämonen erlebt zu haben. Diese hier waren es. Sie brachten kein Wort hervor, zu sehr hielt sie die Überraschung in den Klauen. Obwohl ihre Gesichter von den schwarzen Wolken umrahmt wurden, sah ich dennoch die Überraschung auf ihnen. Ich ging so weit zurück, bis ich sogar den Schacht passierte, in dem der Schrein gestanden hatte.

»Nehmt ihn!«

Erst jetzt merkten die beiden Dämonen, dass ich es tatsächlich ernst meinte. Sie bewegten sich.

Die Wolken bildeten Kreisel, die sich zusammenzogen, zu Spiralen wurden und die beiden Gesichter völlig verdeckten. Gleichzeitig plusterten sie sich auf, verwandelten sich in schwarze Bälle und schwebten über dem geschlossenen Schrein.

Ich war gespannt, wie sie ihn fortschaffen würden, und sah in den folgenden Sekunden ihre Verwandlung.

Aus den beiden Wolken stachen lange Arme hervor.

Sie wirkten wie knorrige Äste, auf denen das dunkle Haar sehr dicht wuchs und schon fast ein Fell bildete. Die Arme endeten in schwarz glänzenden Pranken und langen, gekrümmten Fingern und breiten, aber dennoch scharfen und spitzen Nägeln.

Mir taten sie nichts. Ich interessierte sie nicht mehr. Sie schwebten über dem Schrein, packten zu und hoben ihn an. Gleichzeitig vereinten sich die beiden Wolken zu einer einzigen, sodass beide Wesen jetzt zusammenliefen und keiner gegen den anderen arbeitete.

Ich hatte den Deckel wieder so fest wie möglich auf den Schrein gedrückt. Er stand etwas vor, damit die beiden Dämonendiener ihre tierartigen Finger darum krallen konnten. So bekamen sie den Halt, den sie brauchten, um den Schrein in die Höhe zu hieven.

Das taten sie auch.

Es war ein außergewöhnliches Bild, als die mit Armen versehene Wolke allmählich in die Höhe stieg und schon Sekunden später übermannshoch über den Felsen schwebte.

Ich fühlte so etwas wie Wehmut in mir aufsteigen. Sehr nahe war ich daran gewesen, ein Rätsel zu lösen, dessen

Tragweite ich noch gar nicht erfasste. Ich hatte es nicht getan. Ich hatte auf den Seher gehört, und vielleicht war es richtig gewesen.

Bestimmt sogar.

»Und das lässt du zu, John?«, hörte ich plötzlich eine Stimme hinter mir, drehte mich um und schaute in das verständnislose Gesicht meines Freundes Suko …

Er stand da, hielt die Dämonenpeitsche fest, sah ratlos aus und schüttelte den Kopf. Ich an seiner Stelle hätte ebenso gehandelt. Wie sollte er auch begreifen können, was ich alles erfahren hatte?

Ich nickte sehr langsam. »Ja, Suko, das lasse ich zu. Ich musste es zulassen. Es war besser so.«

Er holte tief Atem. »Ich verstehe dich nicht, John. Du hattest die einmalige Chance, das an dich zu nehmen, wonach andere so gesucht und geforscht haben. Es lag zum Greifen nahe vor dir. Und da gehst du hin und lässt es einfach so …«

Meine Handbewegung hatte ihn unterbrochen. »Suko, es ist mir schwer gefallen, aber es gab einen Grund, weshalb ich es nicht getan habe.«

»Und welchen?«

»Der Seher riet mir, den Schrein anderen zu überlassen!«

Mein Freund trat einen Schritt zurück. Mit dieser Antwort hatte er nicht gerechnet. »Der Seher?«

»Ja, er!«

Suko nickte. »Ich verstehe«, sagte er leise, »obwohl ich im Prinzip nichts begreife, aber du wirst schon Recht haben, wenn du so redest. Es ist deine Entscheidung gewesen, John.«

»Wobei ich hoffe, das Richtige getan zu haben.«

»Würde dich der Seher hereinlegen?«

»Nie, glaube ich.«

»Das meine ich ebenfalls«, gab mein Freund zu. »Dann kann ich dich verstehen.«

Unsere Unterhaltung hatte Zeit gekostet. In der Zwischenzeit war es den beiden Dämonendienern gelungen, den

Schrein weiter zu entführen. Mit ihm hineinzustoßen in die allmählich dichter werdenden Abendwolken und fast in ihnen unterzutauchen.

Wir schauten ihnen nach. Ich überlegte dabei, ob ich so etwas wie Bedauern darüber spürte. Nicht direkt ein Bedauern, vielleicht eine gewisse Traurigkeit, dass mir die letzten großen Dinge oder das Wissen, das das Leben und die Existenz zusammenkittete, verborgen blieben. Nur manchmal lüftete sich der Schleier etwas, da bekam ich Andeutungen, wie in diesem Fall hier durch den Seher.

Doch der Mensch sollte immer wissen, wohin er gehörte. Wenn ich es so sah, konnte ich froh darüber sein, die Reliquie nicht bekommen zu haben. Man muss auch mal verzichten können. Oft genug sagten Eltern ihren Kindern so etwas.

Diesmal war ich, ein Erwachsener, es, der so handelte.

»Da schweben sie hin!«, durchbrach Sukos Stimme meine Gedanken. »Sie fliegen weg, vielleicht tauchen sie ein in die Unendlichkeit. Sieh, John, die Wolken.«

In der Tat veränderte sich bei ihnen etwas. Ihre Umrisse waren schärfer geworden, und sie hatten einen anderen Glanz bekommen.

Grünlich, mit einem gelben Farbton dazwischen.

Wie Schwefel …

»Kannst du dir einen Reim darauf machen?«, fragte Suko.

»Noch nicht.«

Wir verfolgten beide gespannt den weiteren Weg des Schreins, der nach wie vor von den vier Klauen gehalten wurde und in eine gewaltige dunkle Wolkenburg hineingetaucht war, die sich am Himmel ausgebreitet hatte. Sehr wuchtig, kaum messbar, aufgeqollen, quirlend in ihrem Innern und die äußeren Umrisse mit einer grüngelben Kontur nachzeichnend.

»Da stimmt etwas nicht!«, flüsterte Suko.

Der Meinung war ich ebenfalls. Normalerweise hätte der Schrein weiterwandern müssen, aber die beiden Dämonen stoppten, weil sie es nicht schafften.

Jemand hielt sie auf.

Und dieses Wesen erschien explosionsartig innerhalb der gewaltigen Wolkenburg.

Ein Bekannter von uns.

Asmodis!

»Verdammt, der Teufel!« Suko hatte nicht anders gekonnt. Er musste die Worte einfach aussprechen und verschaffte sich allein durch den rauen Tonfall Luft.

Ich wusste, was er wollte. Mir hatte der Seher geraten, den Schrein nicht zu nehmen. Asmodis würde sich einen Dreck darum kümmern und die Reliquie an sich reißen.

Gegen ihn standen zwei Dämonen. Für den Teufel eine Kleinigkeit, dessen fratzenhaftes Gesicht übergroß in einem flammend roten Kreis innerhalb der schwarzen Wolkenburg leuchtete und grausam sowie triumphierend verzerrt war.

Er wusste auch, dass wir in einer relativen Nähe zu ihm standen. Er sah und sprach uns an.

»Ich muss mich bei dir für die Hilfe bedanken, Geisterjäger. Du hättest die Reliquie an dich nehmen können. Du hast es nicht getan.« Er lachte. »Sie war wohl eine Nummer zu groß für dich, wie?« Noch einmal schallte mir sein Brüllen entgegen, und dann handelte er.

Der Höllenherrscher kannte kein Pardon. Er vernichtete gnadenlos, wenn es um seine Ziele ging.

Das demonstrierte er uns auch hier.

Aus der Wolkenmasse drangen gellende Schreie an unsere Ohren, als der Teufel seine höllische Kraft einsetzte. Er zerstörte durch ein magisches Feuer. Casial und der andere Dämon waren chancenlos. Ihre Pranken verbrannten inmitten einer Glutspur zu dämonischer Asche, die der Wind wie einen langen Schleier über den Himmel und in unsere Richtung trieb. Auch die Körper der beiden verglühten unter dem magischen Ansturm der Hölle. Für einen Augenblick riss die Wolkenburg auf, sodass wir ein freies Blickfeld hatten und ein Gesicht zu sehen bekamen, das wie ein gewaltiger Felsen im Hintergrund stand, wo es bläulich schimmerte.

Das Gesicht des absolut Bösen.

Die kalte, gnadenlose und menschenverachtende Fratze Luzifers, der seinem ersten Diener Rückendeckung gab. Er würde das an sich reißen, was ich einmal hätte nehmen können.

Er, der die Zeiten kannte, deren Beginn erlebt hatte und durch den Erzengel Michael in die ewige Verdammnis gestoßen worden war, dachte nicht daran, aufzugeben.

Luzifer befand sich auf dem Weg nach oben.

Und der Spuk gehörte zu seinen Feinden. Was lag näher, als eine Reliquie dieses Feindes in die Hand zu bekommen?

Jetzt hatte er sie!

Wir standen da, schauten zu. Unsere Gesichter waren blass und sahen, wie der bläulich schimmernde Schädel unser gesamtes Blickfeld einnahm. So groß war er geworden.

Er drängte Asmodis zurück, denn er wollte den Schrein in Besitz nehmen. Wir sahen ihn aufleuchten. Die Zeichen auf seinen äußeren Seiten glühten golden, bevor der Schrein vor unseren Augen verschwand, als hätte es ihn nie gegeben.

Vor uns lag wieder ein völlig normaler, wolkenverhangener Nachthimmel, an dem sogar die ersten Sterne blitzten und uns aus der Unendlichkeit einen Gruß zuwarfen …

Suko und ich saßen uns auf einem Felsblock gegenüber und hatten die Zeit vergessen. Wir achteten auch nicht auf Terry Morgan, die den Weg ebenfalls hinter sich gelassen hatte und im Gras lag. Sie hing ebenso ihren Gedanken nach wie wir unseren.

Ich selbst machte mir Vorwürfe. Suko dachte sicherlich ähnlich, nur sprach er sie nicht aus. Vielleicht wartete er darauf, dass ich anfing zu reden. Aber ich brachte es nicht fertig, denn ich wusste nicht, was ich zu meiner Entschuldigung vorbringen sollte.

Bis sich ein anderer einmischte, der meine Gefühle wohl aufgefangen haben musste.

Der Seher.

»Zürne nicht, John«, hörte ich ihn reden. »Denk positiv! Es ist besser so, dass Luzifer ihn an sich genommen hat. Besser für euch, weil ihr es leichter habt. Der Spuk wird es schwer haben, denn Luzifer und er sind Feinde. Denke daran, als die Großen Alten versucht haben, sich gegen die Hölle zu stemmen und umgekehrt. Da hast du selbst die Feindschaft erlebt. Wenn zwei sich streiten, freut sich der Dritte. Versucht also, bei den folgenden großen Auseinandersetzungen der Dritte zu sein. Das möchte ich euch raten.«

Mehr sagte er nicht. Doch es hatte gereicht, um mich wieder optimistischer werden zu lassen. Suko sah das Lächeln auf meinen Lippen und fragte nach dem Grund.

Ich sprach mit ihm über die Worte des Sehers.

Mein Freund hob die Schultern. »Jedes Ding hat zwei Seiten, John, wir sollten es wirklich so sehen und nehmen, wie es ist. Wenn Luzifer den Spuk und damit auch seine Helfer bannt, können wir uns auf andere Dinge konzentrieren. Aibon, die Templer-Ritter, vielleicht der dunkle Gral oder dieser Hector de Valois …«

Ich nickte. »Du hast Recht, Alter. Komm, hier haben wir nichts mehr zu suchen!«

Wir gingen und nahmen Terry Morgan in die Mitte.

Nicht einen Blick warf ich zurück. Jetzt hieß es für uns wieder einmal, nach vorn zu schauen …

ENDE

Der Ghoul und seine Geishas

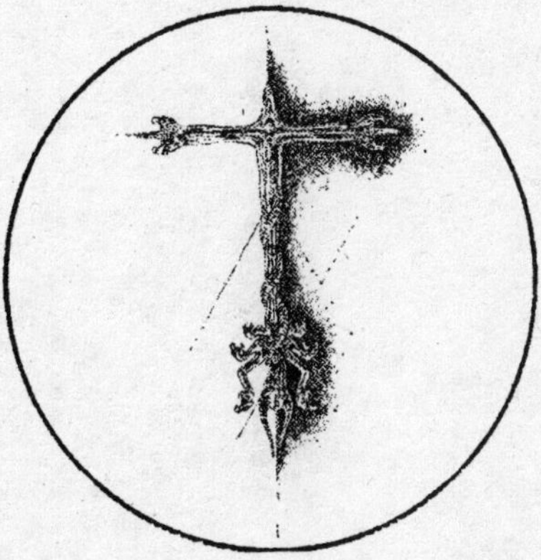

Trotz der strahlenden Sonne spürte die Chinesin das kalte Gefühl der Gefahr.

Es war einfach da, ihr sechster Sinn hatte Alarm geschlagen, und sie blieb so unerwartet stehen, dass eine sich hinter ihr befindliche Frau gegen ihren Rücken lief und anfing zu schimpfen.

»Pennst du, verdammt!« Aus dem grellrot geschminkten Mund drang breitester Southwark-Slang. Die Frau war billig und provozierend gekleidet. Das Gelb der Hose war zu knallig und der dünne Blusenstoff zu durchsichtig, sodass sich der farbige BH darunter abzeichnete. Shao wirkte für einen Moment hilflos. Sie war es nicht gewohnt, so angepflaumt zu werden. Hinzu kam dieses Gefühl der drohenden Gefahr, und sie wusste auch nicht, was sie sagen sollte. Automatisch warf sie einen Blick auf den Einkaufswagen. Die Brandy- und Ginflaschen standen so, dass sie nicht umkippen konnten.

»Geh doch aus dem Weg, Mensch! Andere wollen auch raus.« Das Gesicht der »Dame« wurde zur Grimasse.

»Es tut mir Leid«, sagte Shao.

»Davon habe ich nichts.« Sie musterte Shao blitzschnell, sodass sich die Chinesin für einen Augenblick wie ausgezogen vorkam. »Es reicht nicht, nur proper auszusehen, man muss sich auch behaupten können, Zuckerpuppe.« Das letzte Wort zischte sie aus dem Mundwinkel, bevor sie ihren Einkaufswagen weiterschob.

Shao schaute hinter ihr her, ohne sie recht wahrzunehmen. Sie stand vor dem breiten Glaseingang des Supermarkts und blickte auf den sonnenüberfluteten Parkplatz, auf dem die Kunden ihre Wagen abgestellt hatten. Der Fahrzeuglack schien zu kochen. Die Luft flimmerte über dem Asphalt. Zumeist Frauen kauften hier ein. Viele von ihnen hatten ihre Kinder mitgenommen, die sich trotz der Hitze vergnügten, um die Autos herumwirbelten oder mit den Einkaufswagen Rennen veranstalteten.

Wo lauerte die Gefahr? Shao wusste es nicht. Es sah alles so völlig normal und harmlos aus, was da vor ihren Augen ablief. Trotzdem nahm sie die innere Warnung sehr ernst.

Jemand war da, und zwar ganz in der Nähe. Er wartete auf sie, um blitzschnell zuschlagen zu können.

Shao war Chinesin. Dazu noch eine sehr hübsche. Das dunkle Haar hatte sie wegen der Hitze hochgesteckt, das modische Sonnentop in einem leuchtenden Rot hatte hauchdünne Träger und lag locker um ihren festen Busen. Die weit geschnittene Hose endete an den Knien. Sie strahlte so weiß, als wäre sie erst vor Minuten aus der Waschmaschine gekommen.

Sie sah nicht nur aus wie eine völlig normale Frau, sie war auch eine, und trotzdem war sie etwas Besonderes.

Shao umgab ein gewisses Geheimnis. Sie stammte von der japanischen Sonnengöttin Amaterasu ab, war die Letzte in der langen Ahnenreihe und hatte wegen ihrer Abstammung bisher nicht nur Freude erfahren.

Deshalb war sie stets auf der Hut. Zudem lebte sie mit Suko zusammen, der wie sein Freund John Sinclair Yard-Beamter war und als Geisterjäger arbeitete.

Dämonen und andere schwarzmagische Geschöpfe machten Jagd auf sie und hatten sie auf ihrer Abschussliste ganz oben gesetzt.

Suko war nicht in London. Zusammen mit seinem Freund John trieb er sich in Cornwall herum, wo ein gefährlicher Fall auf die beiden Freunde wartete.

Erkennen konnte Shao nichts.

Nur den Parkplatz, die grelle Sonne, den spiegelnden Lack der abgestellten Wagen, das bunte Treiben der Menschen. Sie vernahm das Klappern von Flaschen, die in ratternden Einkaufswagen gegeneinander stießen.

Eine normale Kulisse. Shao setzte ihre Sonnenbrille auf, um von dem grellen Sonnenlicht nicht geblendet zu werden.

Sie ging zum Parkplatz und schob dabei ihren zur Hälfte gefüllten Einkaufswagen vor sich her. Shao hatte nur wenig eingekauft. Bei der Hitze verdarben die Sachen sehr schnell.

Ihr Mini parkte ein Stück entfernt. Die vorderen Parktaschen waren allesamt belegt gewesen, aus diesem Grunde hatte sie eine ziemlich weite Strecke zurückzulegen.

Sie sah auch die blonde Frau wieder, mit der sie am Eingang bereits Bekanntschaft geschlossen hatte. Die Frau stand mit einem jüngeren Mann zusammen, der nur eine abgeschnittene Jeans trug und seinen bloßen Oberkörper den Sonnenstrahlen zum Bräunen hingab.

Das schrille Lachen der Blonden hallte über die Autodächer hinweg, und Shao sah, wie sie dem Jüngling eine Hand auf die nackte Brust legte, bevor sie auf die Flaschen in ihrem Einkaufswagen zeigte. Wahrscheinlich wollte sie ihn zu einer Party animieren.

Die Chinesin fuhr vorbei. Sie sah ihren kleinen Wagen bereits, auf dessen Dach die Sonnenstrahlen knallten.

Zwei spielenden Kindern wich sie aus und hörte auch jetzt noch das Lachen der Blonden.

Schrecklich, diese Frau ...

Zwei Parktaschen neben ihrem Auto stand ein großes amerikanisches Gefährt. Shao kannte sich bei diesen Marken nicht so aus, glaubte aber, dass es sich um einen Cadillac handelte. Das Auto hatte so stark getönte Scheiben, dass sie nicht hineinschauen konnte.

Hinter ihnen bewegte sich nichts, so glaubte sie, dass der Wagen leer war, und sie nahm ihn auch nicht mehr weiter zur Kenntnis, obwohl sie die Warnung nicht vergessen hatte.

Die Gefahr war nach wie vor da!

Signale des Unterbewusstseins meldeten sich bei ihr, und sie presste hart die Lippen zusammen.

Neben der Tür blieb sie stehen, warf einen raschen Blick in die Runde, entdeckte nichts Auffälliges und öffnete die Fahrertür an der rechten Seite. Wegen der Hitze kam ihr alles viel langsamer vor als sonst, auch sie selbst bewegte sich nicht so schnell. Jedes zu hastige Ausholen kostete Kraft, trieb den Schweiß aus den Poren, der anschließend wie eine klebrige Schicht auf dem Körper lag.

Shao packte die wenigen Sachen, es war zumeist Obst, auf den Rücksitz. Als der Wagen leer war, drehte sie sich um und schob ihn in die Schlange der anderen Einkaufswagen.

Dann ging sie wieder zurück.

Der Cadillac parkte rechts neben ihrem Mini. Seine Beifahrertür war der Fahrertür des Mini zugewandt. Das nahm Shao erst jetzt wahr, als sie zum Wagen zurückkehrte.

Sie zögerte.

Einen direkten Grund dafür wusste sie nicht. Es geschah rein intuitiv, und sie fühlte plötzlich die Spannung in Höhe der Taille. Dort spannte sich die Bauchmuskulatur, als wäre sie von zwei Händen in verschiedene Richtungen gezogen worden.

Da schwang die Beifahrertür des Cadillac auf.

Nicht gemächlich, wie es dem Standard des Wagens entsprochen hätte, sondern ziemlich schnell, und im offenen Türausschnitt erschien ein Mann, der in seiner Hand einen schweren Revolver hielt, auf dessen Lauf noch ein Schalldämpfer geschraubt war.

Die Mündung zielte auf Shao.

Und die Stimme des Kerls traf sie wie eine Eisdusche. »Rühr dich nicht von der Stelle, sonst bist du tot …«

Shao sah nur das Mündungsloch. Sie dachte daran, dass sich ihr sechster Sinn nicht umsonst gemeldet hatte, und sie wusste auch, dass sich der Kerl einen verdammt günstigen Zeitpunkt und eine hervorragende Stelle ausgesucht hatte, um sie zu kidnappen oder zu töten.

Es war ein Japaner.

Trotz der Hitze trug er einen korrekt sitzenden, grauen Anzug. Hinter der Waffe war sein Gesicht zu erkennen. Die Haut wirkte wie die einer Leiche. Die Augen in der blassen Masse erinnerten an schwarze Knöpfe, die einen gnadenlosen Ausdruck besaßen.

Shao fürchtete sich.

Dieser Mann meinte es ernst. Er hätte seine Absichten nicht mal durch die Demonstration mit der schweren Waffe zu unterstreichen brauchen. Er war ein Typ, der allein durch sein Äußeres Furcht einflößte.

Shao riss sich zusammen. Sie hatte schon einige gefährliche

Situationen in ihrem Leben überstanden und sah nicht ein, dass sie sich so einfach fertig machen lassen sollte. Sie schluckte einen Kloß runter und fragte mit ziemlich sicher klingender Stimme: »Was wollen Sie eigentlich von mir?«

»Du bist ruhig!«

»Bitte, ich kann doch …«

Er schüttelte nur den Kopf. Dabei bewegte sich der lange Lauf nicht, aber Shao schwieg, denn sie hatte den Schatten bemerkt, der von der linken Seite auf sie fiel.

Gehört hatte sie den zweiten Mann nicht. Er hatte es geschafft, sich lautlos anzuschleichen, und Shao spürte plötzlich seinen eisenharten Griff an ihrem linken Arm.

Ihr Gesicht verzog sich. Sie wollte sich nach rechts umdrehen, als der andere dort auch zufasste.

Die Klammer saß fest. Noch hatte sie den Kerl nicht gesehen, der seinen Kopf so weit vorbeugte, dass Shao das scharfe Rasierwasser roch.

»Du bist ruhig, ganz ruhig.« Er löste seinen rechten Arm von ihrem Ellenbogen und zog einen Gegenstand hervor, den er Shao zeigte, indem er seine Hand um ihren Körper herumfahren ließ.

Es war eine Nadel.

Noch dünner als eine Stricknadel, aber sehr lang und spitz. Die Erklärung war teuflisch. »Wissenschaftler und Historiker haben festgestellt, dass die Menschen des Mittelalters diese Nadel schon kannten. Besonders Frauen nahmen sie, bohrten die obere Öffnung an und füllten sie mit Gift, bevor sie die Nadel den Männern oder Rivalinnen in die Nase stachen. Es blieben keine Spuren zurück. Auch ohne Gift gibt es so gut wie keine Spuren. Du weißt Bescheid?«

Shao schielte von oben auf die Nadel, deren Spitze auf sie zeigte. Sie konnte das Zittern nur gewaltsam unterdrücken und sah zu, wie der andere die schmale Mordwaffe wieder wegnahm.

Es war das Zeichen für den Dritten.

Er saß im Fond des Cadillac und öffnete die Tür, die Shao entgegenschwang.

»Steig ein!«, sagte er nur.

Für einen Moment hatte Shao sein Gesicht gesehen. Einen braunen Teint, Schlitzaugen, und auf der Oberlippe wuchs ein dunkler, schmaler Schnäuzer. Drei gefährliche Kerle standen gegen sie, da konnte sie nichts unternehmen. Sie musste den Befehlen folgen.

Und gegen Abend würde Suko zurückkommen.

Plötzlich wurde der Kloß noch dicker. Er stieg in die Höhe, drückte gegen ihren Hals, und Shao musste sich ungeheuer zusammenreißen, um ihre Angst nicht zu zeigen.

Sie ging auf den Cadillac zu.

Es waren wenige Schritte, und der Typ, der ihr geöffnet hatte, rückte zur Seite, sodass sie bequem einsteigen konnte. Die Polster bestanden aus hellgrünem Leder, das unter den Sonnenstrahlen heiß geworden war, denn in dem Wagen gab es überraschenderweise keine Klimaanlage.

Der Kerl mit dem Schnäuzer erwartete sie. Er hatte Ähnlichkeit mit einem Malaien und wirkte manchmal wie Charles Bronson.

Etwas Gewalttätiges ging von ihm aus. Er leckte über seine Lippen, als er Shao zusah, wie sie sich hinsetzte. Er lachte. Seine Hand legte sich auf ihren Oberschenkel. Shao spürte den Schweiß und die Hitze durch den Stoff der Hose und erstarrte deutlich sichtbar in ihrer Haltung.

»Sei lässig und locker«, flüsterte der mit dem Schnäuzer. »Es ist besser für dich.«

Shao gab keine Antwort und schaute zu, wie der Typ einstieg, der sie draußen festgehalten hatte. Die gefährliche Mordnadel hatte er nicht aus der Hand gelegt.

Der Mann vom Beifahrersitz war inzwischen auf den des Fahrers gerutscht. Er wollte starten, denn seine Hand näherte sich bereits dem Zündschlüssel. In diesem Augenblick passierte jemand so dicht den Cadillac, dass ein geschobener Einkaufswagen gegen die Karosserie schrammte und sich das Geräusch bis in das Innere fortpflanzte.

Alle drehten die Köpfe nach links, auch Shao. Sie war wohl die einzige Person, die die Blonde vom Eingang des

Supermarkts erkannte. Denn sie hatte nicht aufgepasst und war gegen den breiten Cadillac gefahren.

Der Malaie wollte die Tür aufstoßen, wurde aber durch einen Befehl des Fahrers zurückgehalten, der die Sache nicht ausweiten wollte und den Zündschlüssel drehte.

Sofort sprang der Motor an.

Er war kaum zu hören. Seidenweich fuhr der Wagen an. Sie passierten die Frau, die sich bemühte, hinter den getönten Scheiben etwas zu erkennen.

Schreien konnte Shao nicht. Die Blonde würde auch nicht viel erkennen können. Trotzdem versuchte es Shao durch das Schneiden von Grimassen, ihr zu verdeutlichen, in welch einer Lage sie sich befand.

Der Moment war einfach zu kurz, die Scheiben zu stark getönt, als dass Shao hätte von der anderen eine Reaktion erwarten können. Wie sollte auch gerade diese Person ihr zur Seite stehen?

Zurück blieb der Mini, in dem die eingekauften Lebensmittel bei dieser Hitze schnell verderben würden.

Beinahe lautlos rollte der Wagen über den Parkplatz und zur Ausfahrt.

Shao saß zwischen den beiden Männern, die sich mit keinem Wort äußerten. Nur der Malaie ließ nach wie vor seine Hand auf ihrem Oberschenkel liegen und machte Fingerübungen.

Shao zuckte mehrfach zusammen. Sie wusste, welche Gedanken sich hinter der Stirn dieses Mannes entfalteten. Alles wünschte sie sich, nur nicht mit diesem Kerl allein zu sein.

Ihre drei Entführer sprachen nicht. Schließlich war es Shao, die das Schweigen unterbrach. Das war kurz vor dem Überqueren der Chelsea Bridge. »Wohin werde ich gebracht?«

Es dauerte, bis sie eine Antwort bekam. Der Fahrer gab sie ihr schließlich. »Ganz einfach, Süße, ins Paradies. Wir schaffen dich ins Paradies …«

Bei diesen Worten grinste der neben Shao sitzende Malaie so sadistisch, dass ihr Angst und Bange wurde …

Erst nachdem der Supermarkt seine Pforten geschlossen hatte und der Nachtwächter seine Runden drehte, fiel ihm der einsam auf dem Parkplatz stehende Mini auf.

Wäre das Gelände frei befahrbar gewesen, hätte er sich darum nicht gekümmert, so aber wurde er misstrauisch, ging auf den Wagen zu, schaute und leuchtete hinein, sah die Ware auf dem Rücksitz, die bereits verdorben war, und begann über die Nachlässigkeit der Leute zu schimpfen.

Nachdem er einen Schluck getrunken hatte, begann er nachzudenken. Wer ließ seinen Wagen freiwillig stehen, damit die gekauften Lebensmittel verfaulten?

Wohl niemand, also musste der Fahrer das Auto unfreiwillig stehen gelassen haben.

Der Nachtwächter, ein wegen seines Alters entlassener Türsteher, gehörte zu den Leuten, die täglich Zeitung lasen, Illustrierte ebenfalls durchblätterten und so über die meisten Dinge informiert waren, die in der Welt passierten.

Es hatte in der letzten Zeit in vielen Großstädten Europas Bombenanschläge gegeben. Die Bomben waren nicht nur in Papierkörben oder Hauseingängen versteckt worden, sondern auch in Autos, und daran dachte der Nachtwächter, als er den einsam stehenden Mini auf dem Parkplatz sah.

»No, Sir, no«, sagte er, ging rückwärts und schüttelte dabei den Kopf. »Nicht mit mir. Die Sache ist mir zu heiß.« Er lief schnell zurück in seine Kammer, wo auch ein Telefon stand, über das er das nächste Revier anrief.

Die Beamten dort zeigten sich von seinem Anruf nicht gerade begeistert. Auch als er den Verdacht mit der Bombe äußerte, blieben sie ziemlich gelassen.

»Wenn jeder abgestellte Wagen eine Bombe befördern würde, sähen wir alt aus.«

»Trotzdem, kommen Sie lieber her.«

»Später.«

Es wurde nach Mitternacht, bevor der Nachtwächter die Scheinwerfer eines Wagens am Tor sah. Er lief hin, öffnete und ließ den Streifenwagen auf das Gelände fahren. Durch Winken wies er ihnen den Weg.

In einiger Entfernung zum Mini stoppte der Wagen. Zwei Polizisten stiegen aus. »Das ist die Karre?«, fragte einer.

»Ja.«

Auch die Beamten gingen um den Mini herum, leuchteten durch die Scheiben, sahen die ungenießbaren Lebensmittel und notierten sich zum Schluss das Kennzeichen.

»Gib mal an die Zentrale durch«, wurde der jüngere der beiden Beamten angewiesen.

Der Mann verschwand im Wagen und nahm Kontakt auf.

»An die Bombe glauben Sie nicht, wie?«, fragte der Nachtwächter den zweiten Polizisten.

»Nein.«

»Aber es könnte doch sein …«

»Weshalb sollte uns das gerade passieren? Es kann sein, dass der Wagen gestohlen wurde. Leider eine alltägliche Sache. Den Besitzer werden wir gleich haben.«

Wie auf ein Stichwort öffnete sich die Tür des Streifenwagens. »Ich habe jetzt den Halter«, meldete der Polizist.

»Und wer ist es?«

»Eine Frau.«

Der Beamte lachte. »Das hätte ich mir fast denken können. Steht sie auf irgendeiner Liste?«

»Nein, das nicht …« Der junge Mann kratzte sich hinter dem Ohr. Das tat er immer, wenn ihm etwas suspekt war.

Sein Kollege kannte das auch. »Los, rede, da stimmt doch was nicht!«

»Wir sollen die Finger davon lassen.«

»Aha, und weshalb?«

»Weil sich Scotland Yard um den Fall kümmern will …«

Erstens kommt es anders – und zweitens als man denkt. Die Sache in Cornwall hatte uns länger aufgehalten, als wir eigentlich vorgehabt hatten, aber es war gut gewesen, dass wir nachgehakt hatten. Wir wussten jetzt, wie der Spuk in seiner Urgestalt aussah und dass er vor langer Zeit den Weg von den Sternen her auf unseren Planeten gefunden hatte.

Die Erde war von diesem amorphen Wesen praktisch heimgesucht worden. Der Spuk erschien und hielt mit seinen Zielen nicht länger hinter dem Berg.

Dass er die Vernichtung wollte, lag auf der Hand. Gleichzeitig wollte er herrschen. Und dem standen einige Dinge im Wege.

Es gab jemanden, der praktisch seit der Entstehung der Erde einen eigenen Anspruch auf sie erhob.

Luzifer!

Oberster Fürst, Macher des Bösen. Das Schlechte überhaupt. Das Wesen, das zu Beginn der Zeiten seine erste große Niederlage hatte hinnehmen müssen und sich davon nicht mehr erholte.

Er konnte auch nicht vergessen. So nutzte er die Zeit, um seine eigenen Heerscharen in das Gefecht zu schicken. Und da stand sein unmittelbarer Statthalter, Asmodis, an erster Stelle. Er war derjenige, den die Menschen kannten und auch fürchten gelernt hatten. Er regierte, er führte Luzifers Pläne aus, die es nicht zuließen, dass ihm jemand die Macht streitig machte.

So waren auch aus Schwarzblütern Feinde geworden. Luzifer konnte es einfach nicht hinnehmen, dass der Spuk mit allen Mitteln versuchte, noch stärker zu werden.

Um dem entgegenzuwirken, griff Luzifer persönlich ein, wenn es sein Statthalter nicht schaffte. Und das war geschehen, als wir die Reliquie des Spuks fanden. Ich hatte mich nur kurz freuen können, aber auch die Helfer des Spuks waren nicht in der Lage gewesen, die Reliquie zu retten.

Luzifer hatte eingegriffen!

Ihm oder Asmodis gehörte sie jetzt, und beide würden sie gegen den Spuk einsetzen, wenn er ihnen zu nahe kam, davon war ich fest überzeugt.

So dachte auch mein Freund und Kollege Suko, der mich nach Cornwall begleitet hatte.

Leider hatten wir vor unserem Abflug nach London noch eine traurige Pflicht zu erfüllen gehabt. Ein Mann, der uns sehr geholfen hatte, war auf der Strecke geblieben.

Tom Jones, der Fischer!

Ein Kenner des Landes, ein Mensch, der alles über die Gegend wusste und uns so viel gezeigt hatte. Ein sehr schlichtes Begräbnis hatte er bekommen. Auf einem kleinen Friedhof, über den Tag wie Nacht der Wind strich und das Lied von der Vergänglichkeit und dem Leben nach dem Tode sang.

Die Fischer hatten uns begleitet. Ihre Gesichter waren ebenso kantig und verwittert wie die grauen Grabsteine, eben von der Landschaft gezeichnet. Und auch der Wettergott hatte sich der herrschenden Stimmung angepasst. Der helle Sonnenschein war vorbei. Jetzt trieben dicke Wolken über den Himmel. Graue, unheimlich wirkende Gebilde, die in jeder Minute neue Muster erzeugten, wenn der vom Meer kommende Wind mit seinen gewaltigen Armen in sie hineinfuhr.

Obwohl wir uns beide auf London freuten, hatte ich diese Bilder während der Fahrt immer vor Augen. Suko erging es nicht anders. In einem Rasthof sprachen wir darüber, und Suko sagte einen sehr treffenden Satz: »Es trifft immer die besten Menschen.«

Ich nickte, nippte an meinem Kaffee, der mir überhaupt nicht schmeckte, weil die Bohnen zu stark geröstet waren, und sagte: »Wir haben Glück gehabt.«

»Bis jetzt.« Suko schüttelte den Kopf. Er war nicht wie sonst. Irgendwie kam er mir deprimiert vor, als hätte er zu nichts mehr Lust.

»Was ist mit dir?«

Suko lächelte. »Eigentlich könnte ich froh sein, dass wir es so gut geschafft haben, aber ich weiß nicht …« Er presste die Lippen zusammen und produzierte auf seine Stirn ein Muster aus Falten. »Irgendwie habe ich das Gefühl, dass etwas nicht in Ordnung ist.«

»Mit uns?«

»Ja und nein. Ich will ehrlich sein, John.« Er schaute mich direkt an. »Ich fürchte mich ein wenig davor, nach London zu fahren. Wahrscheinlich ist es Einbildung, das hoffe ich sogar.

Trotzdem kann ich mir nicht helfen. London hat für mich etwas Bedrohliches an sich. Das ist wie eine Wolke. Je mehr wir uns der Stadt nähern, umso dichter wird sie. Kannst du das verstehen?«

Ich nahm einen Schluck von der Brühe. »Irgendwie schon. So etwas habe auch ich des Öfteren gehabt und verspürt. In diesem Fall habe ich keine Vorahnungen.«

»Hoffentlich hast du Recht.«

Ich merkte genau, dass Suko es trotz seiner Befürchtungen eilig hatte, nach London zurückzukehren. Deshalb winkte ich dem Kellner zu und beglich die Rechnung.

Der Mann bedankte sich und wünschte eine gute Fahrt. Eigentlich hatte Suko den Bentley lenken sollen, so war es zumindest ausgemacht. Er wollte aber nicht.

»Okay, wenn ich dir damit einen Gefallen tun kann.«

»Das kannst du.«

Irgendwann fragte ich ihn nach einem konkreten Verdacht. Den hatte er auch nicht.

»Soll ich telefonieren?«

»Das mache ich.«

»Bitte.« Es wunderte mich, und ich sah die Hand meines Freundes zittern, als er zum Hörer griff.

Diese Tatsache beunruhigte mich sehr, denn ich war so etwas von ihm nicht gewohnt.

Die Verbindung stand schnell. Suko hatte in unserem Büro angerufen und Glenda an die Strippe bekommen.

Was er von ihr zu hören bekam, erfuhr ich während des Telefonats nicht, aber Suko gab sich einsilbig und versprach, so rasch wie möglich im Büro zu sein.

Für mich war die Sache klar. Irgendetwas musste geschehen sein, und Sukos Unruhe war nicht gespielt gewesen. Aber was hatte es konkret gegeben? Danach fragte ich den Inspektor.

»Das kann ich dir nicht sagen.«

»Hat Glenda dich im Unklaren gelassen?«

»Ja.«

»Weshalb?«

»Keine Ahnung.« Er ballte die Hände. »Sir James will unbedingt selbst mit uns reden.«

»Das soll er mal.«

Wir sprachen nicht weiter über das Thema. Jeder hing seinen eigenen Gedanken nach, bis Suko meinte: »Weißt du, John, etwas stört mich an der Sache ganz gewaltig.«

»Und was?«

»Dass man uns keine Informationen gegeben hat. Da muss einiges schief gelaufen sein.«

»Und was?«

Er lachte bitter. »Das ist die Frage. Ich habe das Gefühl, dass uns der neue Fall irgendwie persönlich betrifft. Deshalb will man nichts sagen. Man hält uns unter Druck.«

»Möglich.«

»Und wie bekommen wir etwas heraus?«

Wir hatten gerade einen kleinen Ort hinter uns gelassen und fuhren durch eine flache Sumpfgegend. Über dem Boden waberten die Schleier wie feuchte Tücher. »Vielleicht sollten wir Bill Conolly fragen.«

Suko winkte ab. »Wenn Glenda schon nichts weiß, wird Bill ebenfalls nichts wissen.«

Ich winkte ab. »Das kannst du so einfach nicht sagen, Suko. Nein, Bill hört oft die Flöhe husten und das Gras wachsen.«

»Okay, ich tue dir den Gefallen.« Suko tippte die Nummer unseres Freundes ein und wurde schnell enttäuscht, da niemand bei den Conollys abhob.

»Tote Hose!«

Ich hob die Schultern. »Dann müssen wir eben bis London warten.«

»Leider.«

»Wieso bist du so deprimiert?«, fragte ich den Inspektor.

»Weil die Sache sicherlich etwas mit mir zu tun hat.«

»Woher willst du das wissen?«

»Mein Gefühl sagt mir das. Irgendetwas hat mich gewarnt, John. Du weißt, dass ich ziemlich klar denke und auch versuche, dementsprechend zu handeln. Aber diese Warnung konnte ich einfach nicht überhören. Sie war nicht konkret, es gab keine genauen Hinweise, aber sie war vorhanden. Und zwar sehr stark und konzentriert. Es ist nicht allein das Gefühl gewesen, John, irgendwie werde ich den Verdacht nicht los, dass mir jemand eine Botschaft aus dem Unsichtbaren geschickt hat. Wer das nun gewesen ist, kann ich nicht genau sagen.«

»Wie genau hat es sich bemerkbar gemacht?«

»Das war plötzlich in meinem Innern. Es kribbelte, ich stand wie unter Strom. Es waren andere Stimmen da. Ich hörte sie und wusste nicht, was sie sprachen. Schlimm, nicht?«

»Und diese Botschaften bezogen sich auf dich?«

»Kann sein.«

Ich hörte auf mit meinen Fragen, um Suko nicht länger zu quälen. Obwohl es Glenda nicht zugegeben hatte, ging ich davon aus, dass der Fall, der in London auf uns wartete, irgendetwas mit den Vorahnungen zu tun hatte, die meinem Freund so stark zusetzten.

Es würde höchstens noch eine Stunde dauern, bis wir mehr erfuhren. Und diese Stunde wurde zu einer Qual, denn wir erreichten London in der Zeit, wo der Verkehr besonders stark war. Da steckten wir einige Male fest, mussten warten und unsere Ungeduld zügeln.

Alles hat einmal ein Ende, nur die Wurst nicht, die hat zwei. Und so war es auch bei uns. Als wir den Wagen abstellten, sah ich auf Sukos Stirn Schweißperlen glitzern.

Ich wunderte mich. »Was ist geschehen?«

»Ich weiß nicht, John. Irgendwie fürchte ich mich plötzlich vor einer Entscheidung.«

Mein Lachen sollte optimistisch klingen, der Schlag auf Sukos Schulter das Gefühl unterstreichen, aber wohl war mir bei dieser Geste nicht. Wir fuhren sofort hoch in unser Büro, wo uns Glenda Perkins mit einem erleichterten Lächeln auf dem Gesicht erwartete. Bei genauerem Hinsehen erkannte ich, dass es gespielt war.

Um irgendwelche Begrüßungsfloskeln auszutauschen, fehlte uns einfach die Zeit. Glenda bat uns, sofort zu Sir James zu gehen. Dort würden wir alles Weitere erfahren.

»Keinen Tipp?«, fragte ich.
»Nein, John.«
Ich strich über ihre Wangen. »Okay, Glenda, wenn man dich vergattert hat, das kann ich verstehen.«
Im Flur holte ich Suko ein. Bevor wir das Zimmer unseres Chefs betraten, flüsterte mir mein Freund noch etwas zu: »Jetzt wird es sich zeigen, ob ich mit meinem Gefühl Recht behalten habe.«
»Hoffentlich nicht.«
Sir James Powell, Superintendent und unser unmittelbarer Vorgesetzter, erwartete uns stehend hinter seinem Schreibtisch, als wir den Raum betraten. Sein prüfender Blick streifte uns beide, bis er sich auf Suko einpendelte. Er wusste auch, dass wir beide hart im Nehmen waren, aus diesem Grunde fiel er gewissermaßen mit der Tür ins Haus.
»Shao ist entführt worden!«

Ich sagte nichts, Suko schwieg ebenfalls, aber ich merkte, wie mir das Blut in den Kopf stieg. Ich hatte das Gefühl, einen bösen Traum zu erleben, der leider keiner war, da ich an meiner linken Seite das Aufstöhnen meines Freundes Suko vernahm. Er war leichenblass geworden. Der Vergleich mit einer frisch gekalkten Kellerwand kam mir automatisch in den Sinn.
Sir James schwieg, wir sagten nichts, bis auf Suko, der plötzlich stöhnte: »Also doch.«
Sir James schaltete augenblicklich. »Wieso?«
»Mein Gefühl, Sir. Es war einfach mein Gefühl, das mich so reagieren ließ. Da ich eine Warnung bekommen habe, wusste ich, dass etwas geschehen war. Nur nicht was, und das ist das Schlimme an der Sache. Die Fahrt hierher war schrecklich. Wir riefen an, bekamen auch keine Informationen, und so verdichtete sich dieses Gefühl immer mehr. Jetzt weiß ich Bescheid und bin nicht mal mehr so überrascht.«
»Bitte, setzen Sie sich.«
Während ich meinen Platz einnahm, schielte ich auf meinen

chinesischen Freund und Kollegen. Sein Gesicht war starr geworden, kein Muskel zuckte auf den Wangen. Auch in seine Augen schaute ich. Sie hatten einen leeren Blick bekommen, der sich änderte, als Suko saß. Plötzlich bekam er etwas Kämpferisches, ein Ruck ging durch seine Gestalt, und er setzte sich gerade hin.

Auch Sir James hatte bemerkt, dass bei ihm der erste Schock überwunden war, und fragte, ob er zur Sache kommen könnte.

Wir stimmten zu.

»Shao muss am hellichten Tag entführt worden sein. Auf dem Parkplatz eines Supermarkts. Wir haben ihren Wagen dort gefunden.«

»Spuren?«, fragte ich.

»So gut wie keine. Da waren Profis am Werk.«

»Haben Sie einen Verdacht?«, wollte Suko wissen.

»Auch.«

Die Haltung meines Partners veränderte sich. Sie wurde viel gespannter. »Und?«

Sir James winkte ab. »Nicht so voreilig«, sagte er. »Alles der Reihe nach. Wir kommen schon zum Thema, und Sie werden erkennen, dass es nicht mal so schlecht aussieht.« Nach diesen Worten erhob er sich. »Wenn Sie mir bitte folgen wollen.«

Wir schauten uns erstaunt an, hatten aber nichts dagegen und waren gespannt, mit welcher Überraschung Sir James gleich aufwarten würde. Hinter ihm verließen wir das Büro und gingen dorthin, wo ein kleines Konferenzzimmer lag.

Sir James öffnete. Alle drei schauten wir auf eine Wolke aus Zigarettenqualm, hinter der die auf einem Stuhl sitzende Frau nur schwerlich zu erkennen war.

Dafür hörten wir ihre Stimme umso besser. »Es wurde auch Zeit, dass sich endlich jemand blicken lässt.« Sie selbst wurde durch den Rauch gestört und wedelte ihn mit wilden Handbewegungen zur Seite.

Allmählich erkannten wir sie. Es war eine blonde Frau, die irgendwie verlebt aussah, trotz der dicken Schminke. In ihrem Gesicht fielen besonders stark die Lippen auf.

Sie zeigten ein helles Rot, das ich nicht mochte. Die Frau trug einen gelben Pullover und eine weiße Hose. Aus den vorn offenen Schuhen leuchteten rot lackierte Nägel. Vor sich auf dem Tisch hatte sie eine Kanne mit Kaffee stehen und auch eine Tasse, in der noch ein Rest schwamm. Der große Aschenbecher quoll fast über.

»Einen Schluck habt ihr wohl nicht mitgebracht, wie?«

»Sie haben doch Kaffee«, sagte Sir James.

Ihr Lachen klang rau. »Mann, Sie sind gut. Was ist schon Kaffee, wenn ich richtigen Durst habe. Brandy, meine ich, oder Gin. Ihr wisst schon …«

»Alkohol gibt es bei uns nicht«, erklärte Sir James streng. Er setzte sich, und auch wir hatten unsere Plätze auf den beiden Holzstühlen gefunden.

Bisher wussten wir nicht, was es mit dieser Frau auf sich hatte, bis Sir James die Katze aus dem Sack ließ. »Dies, meine Herren«, sagte er, »ist unsere einzige Zeugin in dem Fall. Sie heißt Rosa Redford, und sie hat beobachtet, wie Shao entführt wurde.«

Nach dieser Eröffnung waren wir zunächst sprachlos!

Suko und ich mussten die Frau wohl so erstaunt angeschaut haben, dass sie anfing zu lachen. Es waren komische Laute, die aus ihrer Kehle drangen, irgendwie unnatürlich klingend, von einer Stimme produziert, die ihre Färbung durch den reichlichen Genuss von Alkohol bekommen hatte. »So überraschte Bullen habe ich noch nie in meinem Leben gesehen«, erklärte sie und schickte noch ein Lachen hinterher, während sie ihre Zigarette ausdrückte. Ihr Blick blieb dabei auf Suko hängen. »Sie haben wohl mit dieser kleinen Schwarzen zu tun gehabt – oder?«

»Wieso Schwarzen?«, fragte Suko zurück.

»Wegen der Haare.«

»Ach so.« Der Inspektor nickte. »Es stimmt, wenn Sie es auf diese Art und Weise sehen.«

»Das muss man ja.«

An Selbstbewusstsein fehlte es dieser Person nicht, das musste ich ihr zugestehen. Rosa Redford lehnte sich zurück. »Soll ich jetzt alles noch einmal erzählen?«, fragte sie.

»Das wäre nett«, forderte Sir James sie auf.

»Also gut, das war so. Erst einmal fiel sie mir beim Einkaufen auf. Sie ist hübsch, ehrlich, so etwas übersehen selbst Frauen nicht. Na ja, am Ausgang prallten wir dann zusammen. Sie stieß mir den Wagen ins Kreuz. Ich war sauer, weil sie nicht aufpasste, aber sie machte mir einen komischen Eindruck.«

»Wie komisch?«

Auf meine Frage hob sie die runden Schultern. »Kann ich auch nicht so sagen. Als wäre sie überhaupt nicht in der Welt. Irgendwie geistesabwesend, wenn Sie verstehen.«

»Ich glaube schon.«

Bevor Rosa weitersprach, zündete sie sich einen neuen Glimmstängel an. Sie pustete uns den Rauch entgegen und kam auf das Treffen am Parkplatz zu sprechen.

Wir erfuhren nun, dass sie Shao trotz ihrer Unterhaltung mit einem Bekannten nie aus den Augen gelassen hatte. Vielleicht hatte sie das Gefühl gehabt, in dieser Frau etwas Besonderes vor sich zu haben, jedenfalls war ihr nicht entgangen, dass Shao nicht mit ihrem eigenen Wagen wegfuhr. Zudem in Begleitung einiger Typen, die dieser Rosa Redford nicht geheuer waren.

»Die hatten auch Schlitzaugen«, erklärte sie mit einer nahezu entwaffnenden Offenheit.

»Chinesen oder Japaner?«, fragte Suko.

»Weiß ich doch nicht. Ihr seht alle gleich aus.«

Es hatte keinen Sinn und half auch der Sache nicht, wenn wir ihre Aussage korrigierten. Wir ließen sie lieber reden und erfuhren, dass sie Shaos stummen Blick nach Hilfe durchaus bemerkt hatte. Zuerst hatte sie sich dabei nichts gedacht. Erst am nächsten Tage stellte sie fest, dass sie dieser stumme Hilferuf regelrecht verfolgte, deshalb wandte sie sich an die Polizei.

Mittlerweile war Shaos Wagen gefunden worden. Das

Räderwerk der Polizeimaschinerie geriet in Bewegung, und so kam es, dass sich zwei Spuren trafen, die dann zu einer wurden.

Wir hatten die Informationen bekommen, standen nicht mehr bei Null, und es lag an uns, daraus etwas zu machen.

»Sonst weiß ich nichts«, hörten wir Rosa Redford sagen. Sie drückte zum Zeichen, dass sie wirklich gewillt war, uns nicht mehr zu helfen, die Zigarette aus und erhob sich. Mit beiden Händen strich sie flach über ihre breiten Hüften. »Sonst noch was?«, fragte sie und schaute uns der Reihe nach an.

»Nein«, erwiderte ich. »Wenn Sie nichts mehr wissen.«

»Ich bin leer.«

»Besser als voll«, rutschte es mir heraus.

»Mann, Bulle, wir müssten mal zusammen einen heben. Bin gespannt, wer länger auf den Beinen steht.«

Ich lachte. »Bestimmt Sie.«

»Das meine ich auch.«

Sir James spielte den Kavalier und begleitete die Zeugin zur Tür, wo er sich noch einmal ausdrücklich bei ihr für die Informationen bedankte, sodass selbst Rosa sprachlos wurde.

Suko und ich blieben vorerst allein zurück. Ich ließ meinem Freund noch etwas Zeit, über die Sachlage nachzudenken, bevor ich eine Frage stellte. »Es waren deine Landsleute, Suko. Was kann dahinter stecken?«

»Frag mich nicht.«

»Doch, du müsstest es ebenso wissen wie ich.«

»Und was sagst du?«

»Kataya …«

Suko zuckte zusammen. Irgendwie hatte ich das Gefühl, dass er ebenfalls daran gedacht hatte, es aber nicht auszusprechen wagte. Kataya war gefährlich, Kataya war das Böse, es war nicht zu packen, es existierte, ohne dass wir es zu fassen bekamen. Wir hatten es in Hongkong erlebt, wo Shao zu einer Geliebten des Dämons geworden war, denn tief in ihr schlummerte ein gefährliches Erbe.

Das der Sonnengöttin Amaterasu!

Shao war der letzte Nachkömmling der alten Gottheit, das

wusste sie, und sie wusste auch, dass es gefährlich war, mit diesem Wissen zu leben. Shao wurde von der Vergangenheit stets eingeholt. Das geschah nicht periodisch, aber immer plötzlich und unerwartet.

Konnte es auch in diesem Fall so gewesen sein?

Wenn man näher darüber nachdachte, war dies nicht abzustreiten. Es gab durchaus einen Grund, Shao unter Druck zu setzen, da die Sonnengöttin Amaterasu nicht nur Freunde gehabt hatte, auch Feinde, die sehr mächtig und gefährlich waren.

Sie selbst war verbannt worden und konnte erst wieder erweckt werden, wenn sie ihren geheimnisvollen Fächer besaß.

Zudem hatte sie noch gegen ihren Bruder Susanoo zu kämpfen, der ebenfalls auf eine Erlösung wartete.

Dies alles basierte auf Mythen und Legenden, die in grauer Vorzeit entstanden waren, sich aber in unserer Gegenwart zu Tatsachen entwickelt hatten, denen wir nicht ausweichen konnten oder durften.

Ob die Entführung Shaos aber mit ihrer Vergangenheit direkt zusammenhing, wussten wir nicht, konnten aber davon ausgehen, wenn wir die Ereignisse der Vergangenheit in Betracht zogen.

Sir James kam zurück. An der Tür blieb er stehen und schaute uns an. »Nun?«, fragte er.

Ich hob die Schultern. »Eine Spur haben wir.«

»Ja, die japanische oder chinesische.« Er wandte sich an Suko. »Was meinen Sie?«

»Hat die Frau nicht das Nummernschild des Wagens erkannt?«

»Nein, nur den Typ. Ein Cadillac war es.«

»Der müsste doch zu finden sein«, sagte ich.

»Wir bemühen uns bereits darum.«

»Und ich werde mich auch bemühen«, erklärte Suko mit fester Stimme. »Ich denke da an meine zahlreichen Vettern und Verwandten, die ich habe. Es gibt nichts, was man in diesen Kreisen nicht erfährt.«

Ich wollte mitgehen, aber Suko schüttelte den Kopf. »Nein, John, das mache ich allein …«

Zuerst hatte Shao den Schmerz verspürt, dann war der Malaie zerplatzt. Der Schmerz war die Folge eines blitzschnell ausgeführten Nadelstichs gewesen. Das in der Nadel sitzende Gift hatte für diese unheimliche Veränderung gesorgt. Wie ein Ballon, in den jemand mit einer Nadel sticht, war der Schädel geborsten, der Körper ebenfalls, und Shao war in einen Zustand hineingeglitten, wo sie überhaupt nichts mehr wahrnahm. Dieses Gleiten und Schweben, das manchmal sanfte Schaukeln, und schließlich der brutale Fall, der sie in die Unendlichkeit stieß, waren für sie nur mehr Begleiterscheinungen gewesen, bis zu dem vollkommenen Grauen, das sie mit heißen Armen empfing. Es war Feuer.

Gierig leckte es ihr entgegen, begleitet von einem furchtbaren Brausen und Tosen und einer Hitze, die Shaos Knochenmark zum Kochen brachte. Sie hörte sich irgendwann schreien, ohne es wirklich zu tun. Der Schrei war tief in ihrem Körper geboren. Die im Unterbewusstsein lauernden Gefühle der Angst verschafften sich dadurch freie Bahn, bis Shao nicht mehr konnte und der Schrei abrupt verstummte.

Die Stille umgab sie jetzt.

Eine völlig unnatürliche, bedrückende und Angst einflößende Stille, die Shao umgab wie ein zu enger Sarg. Ihre Gedanken, noch durch das hinter ihr liegende Feuer beeinträchtigt, begannen damit, sich allmählich zu finden, sodass sie in der Lage war, Überlegungen anzustellen. Sie dachte über ihr Schicksal nach, das Erinnerungsvermögen taute auf, und sie glaubte zu wissen, was geschehen war.

Man hatte sie mit irgendeinem Gift betäubt, dessen Wirkung sie durch eine Hölle hatte gehen lassen.

Lag diese jetzt hinter ihr?

Das wollte Shao kaum glauben, denn diese verdammten Typen taten nie etwas ohne Grund.

Die Chinesin öffnete den Mund und zitterte entsetzlich. Kälteschauer schüttelten sie durch.

Sie bäumte sich auf. Die Kälte war arktisch. Eine zweite Haut hatte sich über die ihre gelegt, das Gesicht war blass geworden, als wäre jegliches Blut aus ihm gewichen, die Augen glichen bereits kleinen Eiskristallen, und jede Bewegung verursachte Schmerzen.

Folgen des Giftes, das in ihrem Körper steckte und dessen Nachwirkungen noch nicht vergangen waren.

Von einer Sekunde zur anderen war wieder alles anders. So normal, obwohl Shao einfach nicht daran glauben wollte, nach allem, was hinter ihr lag. Sie öffnete den Mund, holte tief Luft und hätte auch den Gestank einer Kloake als angenehm empfunden, so sehr freute sie sich darüber, überhaupt Luft holen zu können.

Es lief bei ihr wieder normal.

Und das war gut.

Ein zufriedenes Gefühl stellte sich in ihrem Innern ein. Shao fand sich mit ihrem Schicksal ab, sie war ihm sogar dankbar, dass es nicht noch schlimmer gekommen war.

Nur die Dunkelheit störte sie.

Und die bekam sie auch nicht weg. Irgendjemand musste das Licht ausgeschaltet haben und dachte nicht mehr im Traum daran, es wieder anzuknipsen. Shao musste sich also völlig auf den oder die anderen verlassen, die irgendwann einmal kommen und das Licht anknipsen würden.

Noch war es nicht so weit, und sie versuchte sich aufzurichten.

Vergeblich.

Völlig ausgelaugt, saft- und kraftlos fühlte sie sich. Shao war nicht mal in der Lage, ihre Arme zu bewegen und die nähere Umgebung zu ertasten, so schlimm wirkte noch das Gift.

Sie war wie gelähmt, aber ihr Geist arbeitete normal, die körperlichen Funktionen aber waren auf ein Minimum herabgeschraubt worden, nur die Augendeckel bewegte sie sowie die Fingerspitzen.

Dieser Malaie war ein wahrer Teufel gewesen. Er hatte sie in diesen Zustand gebracht, wo man alles mit ihr anstellen konnte, ohne dass sie in der Lage war, sich zu wehren.

Und so blieb sie liegen …

Stumm, still, hilflos und völlig allein mit ihrer fast wahnsinnigen Angst vor der Zukunft.

Die Stille blieb, diese furchtbare Einsamkeit, in der man sich verlassen vorkam. Die Dunkelheit potenzierte dieses Gefühl noch. Sie sah nichts, und sie hörte auch nichts. Da konnte sich irgendwer anschleichen, ohne dass sie es merkte. Shao hatte den Eindruck, so gut wie keine Sinne mehr zu besitzen.

Dennoch gab es da etwas …

Zuerst hatte sie nicht darauf geachtet, da sie zu sehr mit ihren eigenen Gedanken beschäftigt gewesen war. Dann aber wurde sie aufmerksam, blieb starr und mit offenem Mund liegen, sodass sie sich auch auf die Äußerlichkeiten konzentrieren konnte.

Das Geräusch war in gewisser Hinsicht undefinierbar. Eine Mischung zwischen Schaben, Schleifen und Rollen.

Ja, da rollte etwas.

Sehr leise, summend, dazu noch in ihrer unmittelbaren Nähe. Eine Gänsehaut kroch über ihren Rücken. Sie fühlte sich verspannt. Gleichzeitig verstärkte sich die Angst. In der Finsternis zu liegen und nicht zu wissen, was ein bestimmtes Geräusch zu bedeuten hat, ist schrecklich.

Endlich verstummte es.

Im nächsten Moment hatte Shao das Gefühl, von einer anderen Luft umgeben zu sein. Da strömte ihr etwas entgegen, eine gewisse Kühle oder Kälte, und sie nahm auch einen bestimmten Geruch wahr.

Einen Geruch, der nicht normal war.

Irgendetwas störte sie daran. Er roch anders, stank regelrecht nach verfaultem Fleisch.

Shao war kein Neuling in diesem Geschäft. Sehr lange brauchte sie nicht mehr zu raten. Sie wusste jetzt, womit dieser Geruch zu vergleichen war.

Mit dem einer alten Leiche.

Ja, so rochen Tote – und Zombies.

Aber es gab noch eine dritte Möglichkeit, die Shao jedoch verdrängte. Die widerlichsten Dämonen, die es überhaupt gab, stanken so.

Ghouls …

Es gibt Dinge, die dürfen Polizisten offiziell gar nicht wissen, weil sie sonst eingreifen müssten. Aber manchmal ist es besser, diese Dinge zu vergessen und sich nur dann daran zu erinnern, wenn man gewisse Spuren verfolgt.

So erging es Suko mit einem Mann namens Chikane. Eigentlich war dieser Typ Chinese, was er auch immer wieder beteuerte, aber wessen Rassen bei ihm vertreten waren, wusste er selbst nicht genau.

Nichtsdestotrotz schaffte es dieser Mensch, in London zu leben wie die berühmte Made im Speck. Offiziell galt er als Händler, obwohl Hehler der treffendere Ausdruck gewesen wäre. Mit was Chikane alles handelte, bekam keine Gewerbeaufsicht heraus. Wahrscheinlich wurde er selbst davon überrascht, aber sein offizielles Geschäft betrieb er mit Antiquitäten aus Asien. Wie er sie beschaffte und welche dunklen Kanäle er dafür benutzte, interessierte die Käufer nicht, die aus nah und fern kamen, um sich bei Chikane mit besonderen Sammlerstücken einzudecken, die er ihnen schriftlich oder telefonisch angeboten hatte.

Asien hatte seine Grenzen für den Export von Kunstgegenständen so gut wie geschlossen, und so mussten Chikanes Helfer die Sachen auf abenteuerlichen Wegen außer Landes schmuggeln. Und das kostete Geld. Sehr viel Geld sogar, was seine Kunden nicht störte, denn sie waren bereit, die entsprechenden Summen aufzubringen. Dabei war Chikane reich geworden. Nur lag sein Geld nicht auf Konten in London, er hatte es in die Schweiz geschafft. In Zürich waren die Millionen besser aufgehoben.

Dass er so viel Geld besaß, sah man seinem Laden und ihm nicht an. Das Geschäft lag in einer finsteren Ecke des

Londoner Eastend, nicht weit von den Docks entfernt, in einer schmalen Gasse, in der das Kopfsteinpflaster nur noch zur Hälfte vorhanden war. Schmale schmutzige Hausfronten prägten das Straßenbild.

Eines dieser Häuser gehörte Chikane.

Sein Geschäft lag im Keller.

Um die Tür zu erreichen, musste der Besucher eine ausgetretene Steintreppe überwinden. Er gelangte dann in einen Flur, der bewusst so düster gehalten wurde, dass der Fremde zunächst einmal stehen blieb, um sich zu orientieren.

Bis sich die Augen an die Lichtverhältnisse gewöhnt hatten, verging Zeit, während der Chikane seine Besucher auf seinem kleinen Monitor begutachten konnte.

Diese Sicherung hatte er einbauen müssen, denn ein Mensch wie er hatte nicht nur Freunde. Es gab genügend Neider und auch Leute, die gut über seine Geschäfte Bescheid wussten, sodass sie stets bereit waren, ihm eins auszuwischen.

Aus diesem Grunde sicherte sich Chikane auch durch eine Leibwache ab.

Das alles wusste Suko, als er die Gasse betrat, in der Chikane sein Geschäft hatte. Der Inspektor war fest entschlossen, sich durch nichts von seiner Aufgabe abhalten zu lassen. Er brauchte nur an Shao zu denken, dann räumte er jedes Hindernis aus dem Weg.

Suko mochte die Umgebung nicht. Alles war eng, jedes Haus schien trotzdem mit tausend Augen ausgestattet zu sein, die alles beobachteten. Suko tat, als ob er dazugehörte, ging ziemlich forsch und nahm trotzdem die Details auf.

Wer hier wohnte, hatte wenig Arbeit und entsprechend viel Zeit. Die Männer saßen bei diesem Wetter auf den schmalen Treppen oder vor ihren Häusern. Es war eine farbige Bevölkerung. Asien war ebenso vertreten wie Afrika oder Südamerika. Dunkle Augen starrten Suko an. Manche abwägend, andere herausfordernd, auch spöttisch oder gleichgültig. Dunkelhäutige Punker mit farbig lackierten Haaren und Glitzerkleidung fielen am meisten von allen auf. Sie standen dem Haus gegenüber, in dem Chikane wohnte.

Vor dessen Haus wurde ein Wagen abgeladen. Ein kleiner Transporter, dessen hintere Türen offen standen. Suko blieb für einen Moment stehen, schaute in den Wagen und sah, dass zwei Männer gerade eine Truhe von der sie schützenden Decke befreiten.

Als würde er dazugehören, ging der Chinese weiter und auch die Treppe nach unten, um ins Allerheiligste des Hehlers Chikane zu gelangen. Auch Suko erreichte den düsteren Flur. Er bemerkte, dass er beobachtet wurde.

So etwas mochte er nicht. Er reckte sich und hielt mit einer Hand das Objektiv zu, damit der andere nichts mehr auf dem Bildschirm sehen konnte.

Er war auf Chikanes Reaktion gespannt.

Und die erfolgte auch.

Die Schritte hörte Suko kaum, dafür sah er den dunkel gekleideten Kerl, der auf dem Flur wie ein Schatten wirkte und dessen Breite den Gang fast völlig ausfüllte.

In der Hand hielt er einen Knüppel. Der sauste auf Sukos Schädel zu. Es krachte, splitterte, und einen Moment später gab der Schatten ein gurgelndes Geräusch von sich, bevor er taumelte, über die Wand schleifte und zusammenbrach.

Suko hatte den Schlag nicht nur abgewehrt, gleichzeitig noch mit der Handkante gekontert und den Knüppel zertrümmert. Sukos zweiter Treffer hatte den Schläger erwischt, und der war zusammengebrochen.

Der vor Suko liegende Flur war noch immer düster. In die Finsternis schallte die Stimme des Chinesen. »Du musst deine Leute besser ausbilden, Chikane. So einer wie der, den du mir geschickt hast, hält keinen auf.«

Lachen schallte dem Inspektor entgegen. »Ja, es ist ein Kreuz mit den Angestellten. Aber komm her, Vetter Suko. Wir haben uns lange nicht mehr gesehen, und ich wusste auch nicht, dass du mir die Ehre deines Besuches erweisen wolltest.« Nach diesen Worten brauchte Suko nicht mehr länger in der Dunkelheit zu stehen, denn es glühten genügend Lichter auf, die ihm den Weg wiesen.

Lampions verbreiteten den gelben Schein. Sie baumelten von der Decke und befanden sich ebenfalls über der schmalen Tür, die aufgezogen wurde, sodass Chikane zu sehen war.

Auf der Schwelle blieb er stehen und verneigte sich vor Suko.

»Willkommen in meinem bescheidenen Heim«, grüßte er. »Ich hoffe, dass du dich wohl fühlen wirst. Was du möchtest, wirst du bekommen. Der Geist eines großen ...«

»Hör auf mit dem Gerede«, unterbrach Suko den Mann. Er kannte Chikane und wusste, dass dieser Mann ein gefährliches Schlitzohr war.

Der ausgekochte Hehler erhob sich. Auf seinen Lippen lag ein spöttisches Lächeln. Als er Suko anschaute, stellte dieser fest, dass Chikane noch dicker geworden war. Man konnte ihn schon als Fettkloß bezeichnen.

Der Hehler trug einen schwarzen Anzug. Sehr weit geschnitten, trotzdem quoll das Fett über. Aus den Ärmellöchern schauten die Hände mit den kurzen Wurstfingern hervor. Das Gesicht glich einer Melone, in die man zwei Augen, eine Nase und einen Mund hineingeschnitten hatte. Die Augen standen schräg, eine Mongolenfalte war nicht zu übersehen, und der Mund verschwand inmitten der Speckmassen. Die dunklen Haare lagen glatt auf dem runden Kopf, und auf seiner grauen Krawatte schimmerte eine blutrote Perle.

»Kommst du als Freund oder als Polizist?«, wurde Suko gefragt.

»Das weiß ich noch nicht.«

Chikane grinste. »Ja, du bist schlau, aber komm rein, für Freunde tue ich fast alles.«

»Das weiß ich.« Suko hatte die Antwort so betont, dass der andere ihm nicht glauben konnte.

Hinter der Eingangstür begann ein quadratischer Flur. Geradeaus ging es zu den Verkaufsräumen, links in das Büro des Mannes. Beide Eingänge waren durch schwere Vorhänge verdeckt.

»Wo willst du hin?«, fragte Chikane.

»In dein Büro.«

»Ah, ich wusste, dass du nichts kaufen willst.«

»Vielleicht hätte ich mich damit strafbar gemacht.« Suko trat über die Schwelle und hörte das Lachen des anderen.

»Du hast eine zu schlechte Meinung von mir.«

»Nein, ich denke realistisch.«

»Jetzt redest du wie ein Polizist.« Chikane deutete auf einen mit Schnitzereien verzierten Sessel, der einen thronähnlichen Zuschnitt besaß. »Bitte, nimm Platz.«

Suko ließ sich nieder. Das Büro war nüchtern eingerichtet. Dazu trugen auch der Computer und der kleine Monitor bei.

»Was kann ich dir anbieten?«, fragte Chikane. Er saß hinter seinem Schreibtisch und hatte die Hände flach auf die Platte gelegt.

»Informationen!«

»Oh, wie das?«

»Du kennst Shao?«, fragte der Inspektor.

Chikane lehnte sich zurück und tupfte sich mit der rechten Zeigefingerspitze gegen das Kinn. »Ich glaube mich zu erinnern, den Namen schon einmal gehört zu haben.«

»Sie ist meine Partnerin.«

»Ah ja, jetzt weiß ich es. Du lebst mit ihr zusammen. Wie schön, wie herrlich.«

»Das war einmal.«

Chikanes unechtes Lächeln erstarb. »Wieso? Wie kann ich das verstehen? Ich bin ...«

»Man hat sie entführt!« Während Suko diesen Satz sagte, schaute er sich sein Gegenüber sehr genau an, und dessen Reaktion war ihm auch nicht entgangen. Dieses kurze Zusammenzucken, das leichte Spitzen der Lippen.

»Tut mir Leid«, sagte er. »Wirklich ...«

Suko schüttelte den Kopf. »Keine Reden, Chikane. Die Entführung meiner Partnerin ist eine Tatsache, und ich will Shao zurückholen. Haben wir uns verstanden?«

Der dicke Hehler nickte zögernd. »Das schon ...«

»Dann bin ich beruhigt.«

»Nur weiß ich nicht, wie ich dir helfen könnte, Suko. Du

weißt, ich würde alles für dich tun, du sicherlich auch für mich, aber in diesem Fall bin ich ratlos.«

»Das glaube ich nicht.«

»Doch, ja.«

Suko stand auf. Er wirkte sehr groß und breit, als er auf den anderen zuschritt, und Chikanes Gesicht bekam einen ängstlichen Ausdruck. Nur die Schreibtischbreite trennte die beiden Männer noch. Suko blieb stehen, beugte sich vor und stemmte seine Hände auf die Platte. »Ich weiß, dass du die Glocken läuten hörst, wo keine sind. Meine Partnerin ist von drei Männern entführt worden. Entweder Chinesen oder Japanern. Wäre es einer gewesen, okay, ich hätte dich nicht gefragt, aber drei zusammen deutet auf eine Vereinigung, eine Bande oder einen Geheimbund hin. Ich kenne die Spielregeln und weiß auch, dass du deine Finger in fast jedem Geschäft stecken hast. Wenn nicht, hast du zumindest Informationen über die Geschäfte anderer bekommen. Deshalb besuche ich dich, und ich gehe nicht weg, ohne zufrieden gestellt zu sein. Klar?«

»Ja.«

»Dann rede.«

Chikane holte aus der Brusttasche ein weißes Tuch und tupfte damit über seine Stirn. Der Schweiß war plötzlich aufgetreten, auch eine Tatsache, die Suko sehr genau registriert hatte. Durch sie war er sicher geworden, dass sein »Freund« mehr wusste, als er vielleicht im ersten Moment zugeben wollte.

»Das ist eine dumme Sache«, sagte Chikane, »aber ich kann dir nicht helfen, Suko.«

»Du kannst!«

»Nein!« Die Antwort glich einem Stöhnen.

Suko hatte schon um den Schreibtisch herumgehen wollen. Jetzt blieb er stehen, weil er die Angst des Mannes erkannt hatte. Wenn Chikane schon zurücksteckte, musste er wirklich Druck bekommen haben. Demnach konnte hinter Shaos Entführung eine Macht stehen, die außergewöhnlich groß war und der ein Menschenleben nichts bedeutete.

»Du weißt Bescheid!«

»Ich weiß nichts!«

Suko glaubte ihm kein Wort und handelte entsprechend. Er machte einen großen Schritt auf ihn zu und griff blitzschnell zu.

Die Seidenkrawatte des Hehlers bekam er zwischen die Finger. Ein kurzer Ruck reichte, und der Binder saß unangenehm eng. Dem Dicken wurde die Luft abgedreht.

Suko zog noch einmal an der Krawatte. Das Gesicht des Mannes nahm eine andere Farbe an. Röte breitete sich auf den Wangen aus, in der dunklere Flecken wie kleine Inseln wirkten. Die Augen blickten so starr wie zwei Steine, nur tief in den Pupillenschächten flackerte ein Feuer der Furcht.

Sukos Gesicht glich einer Maske. »Es geht um die Frau, die ich liebe«, sagte er scharf und flüsternd. »Ich will sie herausholen, wo immer sie auch stecken mag. Und du wirst mir den Weg zu ihr weisen. Hast du verstanden? Du wirst es tun!«

Reden konnte Chikane nicht. Wenn er etwas sagen wollte, sprühten Speichelbläschen aus seinem Mund und benetzten Sukos Kinn. Die Augen waren größer geworden. Sie sahen aus, als wollten sie aus den Höhlen quellen. Mit letzter Kraft schüttelte Chikane den Kopf, und Suko verstand die Geste. Er lockerte den Griff, ohne die Krawatte jedoch loszulassen.

Chikane atmete tief durch, und Suko trat einen Schritt zurück.

Der Inspektor ließ Chikane Zeit, sich zu erholen. Er wollte nichts überstürzen und tat auch nichts, als sich Chikane abermals den Schweiß aus dem Gesicht tupfte.

»Jetzt komm endlich zur Sache!«

Chikane schaute Suko mit einem Blick des Flehens an. »Du gibst wohl nie auf, wie?«, fragte er.

»Nein.«

»Verdammt, das ist heiß.«

»Was?«

Er winkte ab. »Nichts, Suko, nichts.«

»Du weißt mehr, als du zugeben willst. Ich hole mir meine Informationen von dir. Ich lasse deinen Laden hier schließen, das wird dich treffen, Chikane.«

Der fette Hehler lachte Suko rau an. »Was kann mich noch treffen, nach dem, was mir passiert ist.«

»Und was ist dir passiert?«

»Sie haben Queeny.«

»Ach. Und wer ist das?«

Chikane verzog gequält das Gesicht. »Meine Nichte.«

Suko lachte. »Die Ausrede hat man früher gebraucht. Von wegen Nichte. Ich weiß, dass du seit jeher ein Faible für junge Mädchen gehabt hast. Also ist sie nicht deine Nichte gewesen, sondern deine Geliebte. Einigen wir uns darauf?«

»Okay.«

»Gut, Queeny also. Was ist mit ihr geschehen?«

»Die Schweine haben sie geholt.« Chikane schlug bei dieser Antwort mit der flachen Hand auf den Schreibtisch. »Einfach geholt, gekidnappt, und ich bin machtlos.«

»Wenn seine Worte tatsächlich stimmten, musste hinter dieser Entführung eine Gruppe stehen, die ungemein mäch-tig war und die selbst ein Großhehler wie Chikane fürchtete, trotz seiner guten Beziehungen und seines großen Vermögens.

Suko ließ die Krawatte los. Sie klatschte gegen die Brust des Mannes, der sich den Hals rieb, als könnte er die Druckstellen dadurch vertreiben. »Erzähl mir mehr.«

»Dann bin ich erledigt«, keuchte Chikane. »Wer etwas weiß und es ausplaudert, wird geholt.«

»Von wem?«

»Das Monster kommt. Es frisst dich.«

»Ein Drache?«

»Nein, ein anderer, der ebenso schlimm sein soll. Verdammt, Suko, glaub doch. Dagegen kommen wir nicht an. Die machen uns fertig, die sind brutal, eiskalt …«

»Wer sind diese Leute?«

Chikane stand auf. Suko ließ ihn und sagte auch nichts, als sich der Mann langsam von seinem Schreibtisch entfernte. Als der von Suko niedergeschlagene und wieder aufgewachte Leibwächter seinen Kopf durch den Vorhangspalt streckte, wurde er von Chikane gescheucht. Neben einem kostbaren alten Teeschrank mit zahlreichen Schubfächern und kleinen Läden blieb der Hehler stehen.

»Wenn ich dir jetzt etwas sage, unterschreibe ich mein Todesurteil.«

Suko winkte ab. »So leicht stirbt man nicht.«

»Doch.«

»Rede schon.«

Der Hehler nickte geschlagen. »Es sind Japaner!«, flüsterte er. »Eine ganze Bande, eine Gruppe, die sehr auf Tradition hält.«

»Samurais?«

»Nein, die nicht, aber ebenso gefährlich. Sie glauben an die Macht der Gestirne. Sie heben genau sie in den Vordergrund, denn es gibt eine, die zurückkehren soll.«

»Die Sonnengöttin?«, fragte Suko.

»Ja!«, schrie der Hehler plötzlich. »Genau die: Amaterasu, die Sonnengöttin.«

Suko schüttelte den Kopf. »Aber wieso? Amaterasu steht auf der Seite des Lichts. Sie würde niemals zulassen, dass Verbrechen geschehen, ganz im Gegensatz zu ihrem Bruder Susanoo.«

»Ich weiß.« Chikane nickte wieder. »Und ich weiß auch, dass beide gefangen sind. Susanoo soll Amaterasu freigeben, deshalb wollen ihm die anderen Opfer bringen.«

»Welcher Art?«

»Sie rauben junge Mädchen und schaffen sie in ihr Hauptquartier. Das ist alles.«

»Das du natürlich kennst.«

Chikane nickte. »Ja, ich hörte davon. Es soll ein Club sein, in dem Geishas ausgebildet werden. Offiziell wenigstens.«

»Wie heißt der Club?«

»Para…«

Die nächsten Silben sprach Chikane nicht mehr aus, denn in seinem Gesicht malte sich der Schrecken ab. Er starrte zum Vorhang.

Suko merkte, was los war. Mit einem panther haften Sprung jagte er über den Schreibtisch hinweg und prallte gegen den wie erstarrt dastehenden Hehler, der durch die Wucht des Aufpralls wie ein Mehlsack zu Boden fiel.

Das war sein Glück.

Der abgeschossene Bolzen mit den goldenen Gleichgewichtsfedern an seinem Ende hätte ihn mitten ins Gesicht getroffen. So aber huschte er vorbei. Suko hörte noch das leise, pfeifende Geräusch und dann den etwas dumpferen Laut, als das Geschoss in die Wand fuhr und dort stecken blieb. Die Federn zitterten noch nach.

Während der sonst so abgebrühte Hehler jammerte und klagte, war Suko schon wieder in die Höhe gekommen. Blitzschnell reagierte er. Diesen Killer musste er einfach kriegen.

Suko riss den Vorhang zur Seite, wandte sich nach rechts und jagte durch den kleinen Flur.

An der Tür sah er den Kerl. Er drehte ihm den Rücken zu und huschte bereits ins Freie.

Der Inspektor hinterher. Kaum hatte er das Haus verlassen, als er das Starten eines Motors vernahm. Es war der Wagen, der bei seiner Ankunft abgeladen worden war. Mit einem geschmeidigen Satz sprang der Killer auf die Ladefläche.

Noch standen die Türen offen.

Suko beeilte sich. Seine Füße schienen den Boden kaum zu berühren, als er dem Kerl nacheilte, zwei Leute zur Seite stieß, die seinen Weg kreuzten, und er zusehen musste, wie der Wagen allmählich Fahrt bekam.

Der Inspektor gab nicht auf.

Und er schaffte es tatsächlich, näher an den Transporter heranzukommen. Nicht nur das, Suko erreichte ihn auch.

Eine Türhälfte war zugezogen worden oder durch den Fahrtwind ins Schloss gefallen.

Die andere stand noch offen.

Suko erreichte sie mit einem Hechtsprung.

Er klammerte sich fest, seine Füße schlugen gegen den Boden, der Körper dröhnte vor der Tür. Er selbst schwankte, aber er schaffte es mit seinem eisernen Willen und einer immensen Kraftanstrengung, auf die Plattform des Wagens zu springen.

Suko stolperte hinein und lief mit dem Hals genau gegen eine in Gesichtshöhe gespannte Schlinge, die von jemandem gehalten wurde, der einen fürchterlichen Geruch abstrahlte.

Leichengeruch …

Für mich war der Cadillac wichtig!

Ich wusste zwar nicht, welche Wagen in London zugelassen waren und kannte auch nicht deren Anzahl, aber ein amerikanischer Cadillac musste einfach zu finden sein.

Die Ansicht vertrat auch Sir James Powell und machte Dampf. Er spitzte die Kollegen von der Computerfahndung an und wich dabei praktisch nicht mehr von meiner Seite.

Während die Computer arbeiteten, saßen wir in einem kleinen Nebenraum zusammen. Wir sprachen über den Fall und natürlich auch über meinen Freund Suko.

Sir James konnte dessen Handeln offiziell nicht billigen, hatte aber Verständnis für seine Reaktion und war auch der Meinung, dass ungewöhnliche Fälle außergewöhnliche Maßnahmen erforderten.

Ohne uns abgesprochen zu haben, kamen wir zu der Erkenntnis, dass hinter Shaos Kidnapping eben mehr steckte als nur eine Entführung.

»Es muss mit ihrer Abstammung zusammenhängen«, sagte Sir James immer wieder.

Ich gab ihm Recht.

»Mich wundert es nur, dass diese Gruppe hier in London aktiv wird«, erklärte er.

»Die sind weltweit.«

»Stimmt auch.« Sir James ballte eine Hand zur Faust. »Es macht mich verdammt nervös. Ich war zwar in Hongkong nicht mit dabei, aber was Sie berichtet haben, hörte sich schlimm an.«

»Das war es auch.«

»Und was kann Kataya hier wollen?«

Ich hob die Schultern. »Wenn es sich tatsächlich um dieses philosophisch Böse handelt, werden wir es auch herausbekommen. Im Moment zählt eigentlich nur der Cadillac.«

Jemand betrat den Raum und brachte erste Listen. Wir sahen die Namen der Wagenbesitzer auf dem Endlospapier ausgedruckt und gingen sie gemeinsam durch.

Dabei schüttelte ich den Kopf, da ich nicht damit gerechnet hatte, so viele Cadillac-Besitzer in London zu finden. Japanische oder chinesische Namen befanden sich nicht darunter.

Sir James telefonierte mit der Abteilung und erkundigte sich, ob das alles gewesen sei.

»Nein!«, wurde ihm geantwortet. »Ungefähr zwei Drittel.«

»Dann haben wir noch Hoffnung.«

»Es kann natürlich sein, dass sich diese Rosa Redford getäuscht hat«, gab ich zu bedenken.

Sir James winkte ab. »Malen Sie den Teufel nicht an die Wand.«

Wir gingen die Liste noch einmal gemeinsam durch. Ohne Erfolg. So mussten wir auf die nächste Liste warten.

Die wurde zehn Minuten später gebracht und war wesentlich kürzer. Abermals durchforsteten wir sie. Und dabei fiel mir ein Name auf.

»Hito Tawashi!«

»Wo?«

Ich deutete mit dem Finger auf den drittletzten Namen in der langen Reihe. »Das könnte er sein.«

Superintendent Powell schaute hin, rückte seine Brille mit den dicken Gläsern gerade und nickte einige Male. »Ja, Sie können Recht haben, John. Vielleicht ist er es.«

Ich stand auf. Auch Sir James erhob sich. Wir beide hatten hier unten nichts mehr zu suchen und fuhren hoch in mein Büro.

Dort erwartete uns Glenda Perkins. »Schon eine Spur gefunden?«, fragte sie mit leiser Stimme.

»Vielleicht«, erwiderte ich und blieb vor Glendas Schreibtisch stehen. »Hat Suko etwas von sich hören lassen?«

»Nein, nichts.«

»Okay.« Ich betrat mein Office und holte mir sofort eines der dicken Londoner Telefonbücher. Der Name Hito Tawashi musste zu finden sein. Sir James schaute mir zu, wie ich blätterte. Glenda war in der offenen Verbindungstür zwischen den beiden Räumen stehen geblieben. Ihr Gesicht hatte einen gespannten Ausdruck angenommen.

Ja, ich fand den Namen.

Hito Tawashi – Japanese Tradition.

»Japanische Tradition?«, murmelte ich fragend. »Was kann das zu bedeuten haben?«

Sir James deutete auf das Telefon. »Rufen Sie mal an.«

Das tat ich auch.

Eine weiche, ziemlich hohe Frauenstimme meldete sich und fragte nach meinen Wünschen.

»Ist Mr. Tawashi zu sprechen?«, erkundigte ich mich freundlich.

»Leider nein. Er unterrichtet.«

»Aha, und was?«

»Es ist am besten, wenn Sie am Abend noch einmal anrufen. Die Schule dauert sehr lange. Zudem ist sie die einzige für Geishas hier in London. Und wer Geisha sein will, muss Disziplin lernen.«

Ich ließ mir meine Überraschung nicht anmerken und sagte mit völlig normal klingender Stimme: »Das weiß ich alles. Ich hatte gedacht, dass eventuell auch europäische Mädchen die Schule besuchen können. Wäre das möglich?«

»Sorry, Sir, ich weiß von einigen Ausnahmen, die Mr. Tawashi gemacht hat. Aber die Regel ist es nicht. Am besten sprechen Sie mit ihm persönlich. Wie gesagt, gegen Abend erreichen Sie ihn.«

»Danke sehr.«

Sir James schaute mich fragend an, als ich den Hörer auflegte. »Eine Schule für Geishas? Stimmt das wirklich?«

»Ja.«

Er schüttelte den Kopf. »Das ist ein Ding. Mitten in London.«

Ich musste über die Ausdrucksweise meines Chefs lächeln. Er hatte ja Recht. Mitten in London eine Geishaschule einzurichten war bisher auch für mich absolut neu.

»Wie ich Sie kenne, werden Sie sich die Schule sicherlich anschauen?«, fragte Sir James.

»Und wie.«

»Glauben Sie denn, dass Sie Shao dort finden?«

»Es wäre zumindest eine Möglichkeit. Wer zur Geisha ausgebildet wird, begibt sich voll und ganz in die Hand seines Lehrers oder die seiner Lehrer. Der bricht mit der Familie. Die Mädchen kehren wohl nie mehr zurück. Sie lernen ja dort, und die Auswahlkriterien sind sehr streng. Als Geisha muss man vieles können.«

»Vor allen Dingen die Männer unterhalten«, meldete sich Glenda mit spitzer Stimme.

»Ja, das stimmt.«

Sir James beendete unsere Diskussion. »Fahren Sie los, John, und sehen Sie sich die Schule einmal an. Wo liegt sie eigentlich?«

»Jenseits der Themse.«

»Dann viel Glück.«

Glenda hielt mich an der Tür auf. »Vielleicht könnte ich mitgehen«, schlug sie vor.

Ich zog ein bedenkliches Gesicht. »Und dann?«

»Du könntest mich als Schülerin anmelden.« Sie lächelte kokett. »Oder traust du mir nicht zu, dass ich die Männer unterhalten kann?«

Sir James räusperte sich. Glenda wurde rot. Sie hatte die Anwesenheit unseres Chefs ganz vergessen. Deshalb sprach der Superintendent auch ein Machtwort.

»Sie bleiben hier. Glenda. John wird allein gehen und sich die Sache anschauen.«

»Natürlich, Sir, es war auch nur so eine Idee.«

Ich grinste Glenda an, schob mich an ihr vorbei und verschwand wenig später im Lift.

Auf diese Geishaschule war ich wirklich gespannt …

Shao wünschte sich mit aller Macht, einen Traum zu erleben. Leider war es keiner. Sie lag da, konnte sich so gut wie nicht bewegen und spürte genau, wie ihr der Leichengeruch den Atem raubte. Es war ein furchtbarer Schock für sie gewesen. Zuerst das Geräusch, dann der Gestank und jetzt das Wissen, nichts unternehmen zu können.

Wer lauerte da?

Ein Zombie, eine normale Leiche – oder, was noch schlimmer sein würde, ein Ghoul?

Sie wusste es nicht, denn die Dunkelheit war absolut. Nichts konnte sie erkennen, nur hören, und sie vernahm Geräusche, die sie zu Beginn nicht einordnen konnte.

Ein Platschen oder sanftes Klatschen von Wellen, die gegen irgendetwas anliefen, gestoppt und gebrochen wurden. Dabei vernahm sie nicht das Geräusch von fließendem Wasser, sondern nur dieses weiche Klatschen, das sie nicht mochte.

Shao dachte an einen Ghoul.

Auch dieser widerliche Dämon gab Laute von sich, die sich ähnlich anhörten. Nur schmatzte und gurgelte er in einer wilden Vorfreude auf das, was er brauchte.

Ghouls waren die widerlichsten unter den Dämonen. Sie ernährten sich von Leichen, und sie waren gefräßig wie Monster.

Das war Shao bekannt. Sie hatte schon Ghoulopfer gesehen und wollte selbst keines werden.

Allmählich wuchs ihre Angst. Sie glaubte fest daran, beobachtet zu werden. Und sie spürte geradezu, wie sich der Unsichtbare an ihren seelischen Qualen weidete. Vielleicht war er sensitiv veranlagt, sodass er ihre Angstströme fühlen und messen konnte.

Wenn sie sich nur hätte bewegen können.

Und das klappte plötzlich.

Zuerst wollte sie es selbst nicht glauben, dass es ihr gelang, das rechte Bein anzuwinkeln.

Shao startete noch in der gleichen Sekunde den zweiten Versuch und stellte fest, dass die Wirkung des Giftes tatsächlich nachgelassen hatte. Sie konnte sich wieder normal bewegen.

Für sie kein Grund zum Jubeln, denn sie dachte wieder an den Leichengeruch, der ihr entgegengeweht war. In der

Dunkelheit empfand sie ihn als besonders intensiv und musste schlucken, als sie auf beiden Beinen stand und auch merkte, dass auf ihrem Körper ein Schauder lag.

Es war die zweite Haut der Angst. Sie schüttelte sich leicht, strich mit einer fahrigen Bewegung das Haar aus der schweißverklebten Stirn und schlich auf Zehenspitzen weiter.

Der Boden unter ihr bestand aus einem festen Material. Stein, nahm Shao an, sehen konnte sie ihn nicht. Er war glatt, hin und wieder nur rutschte sie über eine Fuge.

Der Gestank blieb.

Ein Pesthauch aus der Hölle. Widerlich und atemraubend. Trotzdem musste Shao Luft holen. Sie tat es durch die Nase, denn sie wollte auf keinen Fall irgendetwas schmecken.

Was lauerte da?

Niemand sagte es ihr, keiner lockte sie auch, freiwillig ging sie in die Richtung, aus der sie das Geräusch vernommen hatte.

Jeder Schritt bedeutete für sie Qual und Herausforderung zugleich. Um etwas in Bewegung zu setzen, musste sie sich auf das Unbekannte zubewegen, auch wenn es ihr noch so schwer fiel.

Shao kam genau zwei Schritte weit, als sie die Musik vernahm.

Die Chinesin konzentrierte sich auf die neuen Klänge, die ihr so fremd und gleichzeitig doch bekannt vorkamen.

Es waren Melodien aus anderen Sphären, schwermütig, weit entfernt und dennoch nah.

Unbekannt und bekannt zugleich.

Shao blieb einfach stehen, weil die Klänge sie so antörnten, dass sie nicht in der Lage war, auch nur einen Schritt nach vorn zu gehen. Sie hatte die Stirn in Falten gelegt, dachte nach, konzentrierte sich auf die Melodien und überlegte, wo sie diese Klänge schon einmal vernommen hatte. Auf eine Lösung kam sie nicht.

Aus welchem Grunde waren ihr diese unbekannten Melodien so bekannt? Wo befand sich denn die Erinnerung, wo gab es eine Lücke, die ausgefüllt werden musste?

Den Leichengeruch hatte sie vergessen. Er wehte ihr zwar nach wie vor entgegen, aber die Melodie war wichtiger.

Shao überlegte so intensiv, dass sie Kopfschmerzen bekam. Manchmal waren die Töne lockend, sie schienen magnetisch zu sein, sich dadurch zu nähern. Dann wieder erklangen sie leise, beinahe schluchzend und voller Sehnsucht und Verlangen, geboren in einer Welt, die lange zurücklag, schon vergessen, aber nicht verloren, denn sie drängte durch diese Melodien aus der Vergangenheit in die Gegenwart hinein, wo sich diese Welt in Erinnerung bringen wollte.

Für Shao, die sich nicht rührte, war es ein Konglomerat aus Träumen, Sehnsüchten, längst Vergessenem, das wieder hochgespült wurde und sie umfing.

Es begann sie zu quälen, bohrte zunächst nur ihr Erinnerungsvermögen an, drang tief hinein und zapfte quasi ihre Psyche an, um sie zu locken.

Was war das nur?

Sie überlegte. Ihre Kehle wurde trocken. Innerlich zitterte sie. Schweiß stand ihr auf der Stirn. Einige Tropfen lösten sich und rannen über das Gesicht.

Wo hatte sie diese Melodien schon gehört, die so alt waren?

Shao empfand sie nicht als Fremdkörper. Sie waren da, füllten sie aus, das Erinnerungsvermögen trieb sie in die Höhe, und plötzlich wusste sie Bescheid.

Diese Erkenntnis traf sie schlagartig.

Nicht sie hatte sich erinnert. Es war eine andere, die mit den ihr entgegenschwingenden Lauten gelockt werden sollte.

Amaterasu, die Sonnengöttin!

Shao spürte die innerlichen Reize, die sie durchfluteten. Sie hätte niemals damit gerechnet, dass Amaterasu auf diese Art und Weise mit ihr aus der Gefangenschaft her in Kontakt treten würde, aber sie hatte es geschafft. Die Sonnengöttin füllte Shao mit ihrem Geist aus und gab ihr auch die Erinnerung.

Aus Shao war wieder einmal Amaterasu geworden!

Nur hatte sich Amaterasu nicht aus der Gefangenschaft befreien können. Einen Erfolg hatte sie dennoch errungen.

Sie schaffte es, ihren Geist zu lösen, und konnte deshalb mit der Chinesin Kontakt aufnehmen.

Shao begann, die Melodien zu verstehen. Jetzt hörte sie das Locken heraus, aber auch die falschen Töne, vor denen sie sich in Acht nehmen musste, und sie vernahm eine Stimme, die sie warnte.

»Falsche Freunde sind es. Versuch, dich zu wehren. Sie wollen über deine Person an mich herankommen. Es sind die falschen Freunde. Es sind Menschen, denen du nicht trauen darfst. Sei stark, auch wenn sie es mit allen Mitteln versuchen. Stemme dich dagegen an. Versuche es, du musst es, sonst bist du verloren ...«

Das letzte Wort schwang wie ein leises Echo in Shaos Kopf nach, dann war die Stimme verstummt.

Sie aber wusste Bescheid. Wieder einmal konnte sie klar und nüchtern denken. Es war ihr bekannt geworden, dass die Entführung kein Zufall gewesen war. Da steckte mehr dahinter. Man hatte es einzig und allein auf sie und ihren Kontakt zu Amaterasu abgesehen, weil ihre Gegner genau wussten, dass Shao am Ende der langen Ahnenkette stand.

Hüte dich vor falschen Freunden, hatte ihr die Sonnengöttin geraten. Nur – wer war falsch, und wer bezeichnete sich als Freund?

Shao wusste dies nicht. Sie würde es erst später herausfinden, und sie musste sich zunächst den Tatsachen stellen.

Noch immer hüllte diese tiefe Dunkelheit sie ein. Shao kam sich wie gefangen in einer pechschwarzen Säule vor, die von den sphärenhaften Musikklängen erfüllt war.

Aber die Finsternis hatte Löcher!

Urplötzlich hereingerissen, ausgefüllt mit einem Schein, der dieser Finsternis genau entgegenstand.

Aus Schwarz wurde nicht Weiß, sondern Gold!

Klares, kaltes Gold. Ein Metall, das fast alle Menschen reizte. Shao spürte diese goldene Kälte fast wie eine körperliche Attacke.

Sie fürchtete sich.

Ein Schauder rann über ihren Rücken. Im Nacken spürte sie

kleine Schweißperlen, auch der Rücken war feucht, und sie sah sich umringt von vier goldenen Sonnen.

Strahlenmasken mit einem Kranz umgeben, dessen einzelne Teile an ihren Enden spitz zusammenliefen und wie kleine, erstarrte Lanzen wirkten. Vier strahlende, kalte Sonnen, auf die Shao starrte, ohne geblendet zu werden. Sie erkannte in den Kreisen die Gesichter.

Kleine, schräg stehende Augen, eine angedeutete Nase, ein leicht gekrümmter Mund, dessen Winkel nach unten zeigten und somit einen pessimistischen, leicht bösen Ausdruck bekommen hatten.

Nein, diese Masken waren nicht positiv zu sehen. Dahinter steckte jemand, der etwas Böses wollte.

Sie schwebten vor ihr.

Shao erkannte, dass sie sich in ihrer Kopfhöhe befanden. Wer sie trug oder ob sie einfach nur an einem für sie nicht sichtbaren Faden von der Decke hingen, war für sie nicht zu sehen.

Jedenfalls sahen sie so aus, als würden sie in der Luft stehen und auf sie warten.

Ein Zurück gab es für Shao in dieser Dunkelheit nicht, allein den Weg nach vorn.

Genau den wollte sie gehen. Dieser Befremdung entgegenlaufen, bevor sie es tat.

Dazu sollte es nicht kommen.

Die Masken waren es, die plötzlich die Initiative ergriffen. Sie blieben nicht mehr in ihrer Reihe, sondern setzten sich zur gleichen Zeit in Bewegung.

Alle vier schwangen auf Shao zu!

Es glich schon einem Albtraum, wie sie geräuschlos näher kamen.

Die Chinesin hob beide Arme, um sie abzuwehren. Das brauchte sie aber nicht mehr, weil die vier Masken sich auf einmal teilten, um ihr »Opfer« in die Zange zu nehmen.

Und es wurde hell …

Dieses Vertreiben der Finsternis nahm Shao so in Anspruch, dass die Masken für sie uninteressant geworden waren.

Die Helligkeit begann über ihr, wo vielleicht in für sie nicht sichtbarer Ferne eine Decke schwebte. Von dort fiel das Licht wie ein goldener Regen, als wäre jeder Tropfen der Sonnengöttin Amaterasu geweiht.

Der Regen fiel in langen Strahlen nach unten, die wiederum aus winzigen Partikeln bestanden, sodass sie flimmerten und flirrten, für Helligkeit sorgten, die teilweise nach unten fiel, wo sie sich ausbreitete, aber noch nicht die Masken oder den Boden erreicht hatte.

Das geschah später.

Das goldene Licht umflutete sie. Aus zahlreichen Quellen über ihr drang es hervor, umschmeichelte jetzt nicht nur ihre Gestalt, auch die der Masken, und Shao erkannte, dass es sich dabei nicht um in der Luft schwebende Gegenstände handelte, sondern um Frauen, die Masken aufgesetzt hatten.

Blau, Gelb, Rot und Grün herrschten als Grundfarben bei ihren Gewändern vor. Farbtupfer waren wie kleine Inseln auf den Stoff gedruckt worden.

Jede dieser vier Frauen hielt einen Arm angewinkelt. Ihre Gesichter waren hinter den Masken nicht zu erkennen.

Auch jetzt sah Shao nur Körper und Masken, aber sie wusste, mit wem sie es zu tun hatte.

Mit Geishas!

Shao schluckte. Vor Erstaunen war ihr der Atem weggeblieben. Mit allem hätte sie gerechnet, damit nicht. Dass ausgerechnet Geishas zu denen gehörten, die der Sonnengöttin Amaterasu dienten, das hätte sie nicht erwartet. Sie erkannte auch, dass sie sich in einer relativ großen Halle mit seltsam schimmernden, fast durchsichtigen Wänden befand, als wären diese aus Pergament gebaut worden. Sie ähnelten denen in japanischen Teehäusern. Wahrscheinlich kam diese Vermutung der Wahrheit sogar ziemlich nahe, und Shao bekam es in den folgenden Sekunden genau bestätigt.

Die vier Mädchen ließen die Masken sinken.

Gesichter, menschliche Gesichter schauten Shao an, wenn auch auf gewisse Art und Weise durch eine sehr helle, fast kalkweiße Puderschicht verfremdet.

Hatten die strahlenden Sonnenmasken schon starr ausgesehen, so wirkten die Gesichter in ihrer kalkigen Blässe fast ebenso. Sehr auffällig hingegen waren die roten Lippen, die dunklen Augen und die ebenfalls dunklen, geschwungenen Brauen darüber.

Die Haare glänzten, als hätte sie jemand mit schwarzem Lack angestrichen. Jede einzelne Strähne war sorgfältig nach oben gekämmt und bildete mit den anderen ein dickes »Vogelnest« auf dem Haupt.

Durch diesen bunten Haarbeutel hatten die vier Geishas jeweils Nadeln gesteckt, die bleich glänzten und wie dünne Knochen wirkten.

Die Geishas wirkten auf Shao sehr befremdend. Sie bewegten sich eigenartig, irgendwie zombiehaft.

Waren es Zombies?

Bisher hatte keine der Geishas gesprochen, aber ihre Gesten sprachen für sich.

Vor Shao verbeugten sie sich.

Tief drückten sie dabei ihre Oberkörper nach unten, während auf ihren puppenhaft starren Gesichtern so etwas wie ein Lächeln zu sehen war, das Shao als eine Aufforderung empfand.

Zugleich spürte sie etwas von den Gefühlsströmen, die von den vier Geishas ausgingen und sie lockten.

Dann waren da noch die Stimmen.

Zugleich sprachen die Geishas, sodass sich ihre Stimmen wie eine einzige anhörte.

Shao wurde gerufen.

»Bitte, komm zu uns! Wir wollen dich verwöhnen. Du bist die Letzte aus der langen Reihe. Wir haben sie gerufen, wir haben von dir gehört, und wir wollten nur dich. Jetzt bist du bei uns, du, unsere letzte Göttin. Bitte, wir haben auf dich gewartet. Komm ...«

Und Shao ging.

Sie konnte dieser Aufforderung einfach nicht widerstehen, weil sie diese als etwas Wunderbares empfand.

Vergessen waren die Warnungen der Sonnengöttin. Shao

hatte sich voll und ganz den anderen hingegeben, die es tatsächlich verstanden, sie in ihre unmittelbare Nähe zu locken.

Sie wurde lächelnd und mit ausgestreckten Armen empfangen, in die Mitte genommen und weitergeführt.

Zum ersten Mal gelang es Shao, den Raum, in dem sie bisher gelegen hatte, voll zu überblicken.

Dabei sah sie das Bassin!

Es befand sich in der Mitte, war rechteckig gebaut, und in seinem Innern schwappte eine grünliche Flüssigkeit, die schleimig wirkte, keine Wellen warf, aber an zwei verschiedenen Stellen plötzlich kleine Kreise bildete, als etwas vom Grund des Bassins in die Höhe stieg.

Noch konnte Shao nichts erkennen, bis in der folgenden Sekunde die beiden Gegenstände aus dem Wasser drangen.

Es waren schleimige Hände und Arme!

Widerliche, lange Klauen, an denen dicke Schleimfäden in langen Bahnen nach unten rannen und auf die Oberfläche des dickflüssigen Wassers tropften.

Gleichzeitig wehte Shao ein widerlicher Geruch entgegen, der ihr den Atem nahm. Für einen Moment hatte sie das Gefühl, keine Luft mehr zu bekommen. Alles stockte, sie glaubte auch, sich übergeben zu müssen, denn nun wusste sie, wer der Bewohner dieses mit Schleim gefüllten Bassins war.

Ein Ghoul!

Suko, der ansonsten eine Situation immer sehr schnell erfasste und dementsprechend rasch handelte, war geschockt, als er den Leichengeruch wahrnahm und gleichzeitig den Druck der Schlinge an seinem Hals wie ein scharfes Messer spürte.

Lebensgefahr!

Genau dies bestand für Suko, der damit rechnete, einen Zombie vor sich zu haben.

Sehen konnte er noch nichts. Er spürte nur, wie sich sein

Gegner gegen ihn drängte und die Schlinge hinter dem Hals zuziehen wollte. Vielleicht hätte er es geschafft, wäre da nicht etwas anderes dazwischengekommen, vielleicht etwas völlig Profanes oder Normales, denn der Wagen wurde beschleunigt.

Und diese Bewegung bekamen Suko und sein Gegner voll mit.

Der andere wurde gegen den Chinesen geschleudert, der wiederum den Stoß ausgleichen und sein Knie in die Höhe reißen konnte, etwas Weiches dabei traf, den Schlingenträger zurückdrückte und selbst mit dem Rücken vor die zugeklappten Ladetüren fiel.

Nur mühsam gewann er das Gleichgewicht wieder und musste sich breitbeinig hinstellen.

Er dachte auch an den Kerl mit der Waffe. Demnach hatte er es mit zwei Gegnern zu tun, und Suko bot einfach ein zu gutes Ziel. Das war ihm klar geworden. Deshalb bewegte er sich auch geschmeidig zur Seite, duckte sich dabei und griff jetzt selbst an.

Der Inspektor hatte gute Augen. Zudem war es nicht völlig dunkel auf der Ladefläche. Es existierten genügend Ritzen, durch die Licht fiel, sodass Suko den Schatten entdeckte, den er sich als Ziel ausgesucht hatte.

Es war nicht der Schlingenmann!

Dafür der Kerl, der geschossen hatte. Suko erkannte ihn trotz der miesen Lichtverhältnisse an dem gedrungenen Körperbau und auch an dem leicht vorgestreckten Arm. Ein Zeichen, dass dieser Typ schon auf ihn angelegt hatte.

Sukos Tritt war kaum zu sehen. Er traf die Waffenhand seines Gegners.

Suko vernahm einen Schrei! Der fiel genau in die Drehung des Körpers hinein, da Sukos Treffer den anderen herumgerissen hatte und dieser gegen die seitliche Innenverkleidung des Wagens prallte.

Dafür kam der Schlingenmann.

Suko sah ihn in der typischen Haltung eines Würgers vorspringen, denn er hielt die Schlinge mit beiden Händen an ihren Enden fest.

Suko tauchte weg.

Und das bei einer Autofahrt, die von Bremsvorgängen unterbrochen oder durch Beschleunigungen schneller gemacht wurde. Der Würger kam aus dem Gleichgewicht, fiel über Suko, und bei dem direkten Kontakt spürte der Inspektor, dass er es mit keinem menschlichen Wesen zu tun hatte.

Diese schleimige Glätte, mit der sein Gegner über den gekrümmten Rücken rutschte, konnte nur von einem Ghoul stammen.

Auch Suko waren diese widerlichen Wesen bekannt. Er verachtete sie bis auf den Grund seiner Seele und musste sie aus der Welt schaffen, wo immer sie ihm auch begegneten.

Hinter ihm klatschte der Ghoul zu Boden.

Es war kein harter Aufprall, eher zu vergleichen mit einem Stein, den jemand in den Sumpf geworfen hatte. Typisch für einen Ghoul, der zumeist aus Schleim bestand.

Um ihn konnte sich Suko leider nicht mehr kümmern, denn der zweite Gegner wollte wieder schießen.

Der Inspektor ließ sich fallen.

Auch das musste man können, jahrelang üben, um wirklich so fallen zu können, als wären einem die Beine weggezogen worden.

Suko schaffte das.

Nur hatte er Pech, da er genau auf den Schleimkörper des Ghouls fiel, was ihn nicht weiter störte, denn er rutschte sofort herunter, auch wenn jetzt Schleim an seiner Kleidung klebte.

Für seinen Gegner war dies ziemlich günstig, denn der Wagen fuhr mit einer normalen Geschwindigkeit geradeaus weiter. Da würde es dem Kerl selbst bei diesem Dämmerlicht nicht schwer fallen, einen gezielten Treffer anzubringen.

Bei der nächsten Aktion drang ein Schrei aus Sukos Mund. Er schnellte in die Höhe, dabei bildete sein Körper eine Brücke, die Beine waren dabei ausgestreckt, und seine Füße fanden mit einer nahezu tödlichen Sicherheit das Ziel.

Der Waffenträger gurgelte auf. Er hätte schon eine Eisenhaut besitzen müssen, um diesem Angriff zu widerstehen. Da er die nicht besaß, flog er zurück, landete an der Rückwand des Führerhauses und brach dort zunächst einmal zusammen. Es gab ein dumpfes Geräusch, als seine Knie den Boden berührten.

Suko lag noch immer.

Das änderte sich auch nicht, denn im Liegen zog der Inspektor seine mit Silberkugeln geladene Beretta.

Und diese Geschosse sind für Ghouls tödlich.

Zudem war das kompakte Wesen überhaupt nicht zu verfehlen. Suko brauchte nicht einmal genau zu zielen, er konnte ungefähr in die Richtung halten und abdrücken.

Das tat er.

Überlaut hörte sich der Schuss in der düsteren Enge der bedeckten Ladefläche an. Der Ghoul – er war schon in die Höhe gekommen – konnte dieser Kugel nicht mehr entgehen.

Volltreffer! Das Geschoss schlug in die Schleimmassen und sorgte durch seine weißmagische Kraft dafür, dass dieses Wesen vernichtet wurde.

Ghouls zerfallen nicht, sie zerlaufen!

Hier war es nicht anders. Das geweihte Silbergeschoss sorgte dafür, dass von dem widerlichsten aller Dämonen nichts mehr zurückblieb, als ein sich in der Kleidung und durch alle Öffnungen quellender Schleimberg, der in den folgenden Sekunden flacher wurde und sich verteilte, sodass auf dem Boden der Ladefläche eine immer breiter werdende Lache zurückblieb, über die dünne Schwaden zogen und den Leichengeruch noch intensivierten, sodass es Suko übel wurde.

Der Ghoul war erledigt. Er würde in einer Pfütze enden, die austrocknete, sodass als Rest nur mehr Kristalle zurückblieben, die irgendwann weggeschabt werden konnten.

Ziemlich schnell wurde der Wagen in eine Kurve gelenkt, sodass Suko Mühe hatte, auf die Beine zu kommen. Mit einer Hand hielt er sich dabei fest, denn jetzt war er an der Reihe.

Er fand einen Gegner vor, der von Suko hart getroffen worden war, gekrümmt wie ein Haken auf dem Boden lag, unregelmäßig atmete und eine Hand gegen die getroffene

Stelle am Bauch gepresst hielt. Er schielte Suko entgegen. Das Gesicht wirkte aufgedunsen. Der Inspektor erkannte, dass er es bei diesem Kerl weder mit einem Japaner noch einem Chinesen zu tun hatte.

Das war ein Malaie, und Suko glaubte sich zu erinnern, dass auch Rosa Redford von einem Malaien gesprochen hatte.

Rücksicht auf den Zustand des Malaien durfte Suko nicht nehmen. Hier ging es um Leben und Tod. Er drehte den Malaien um, um ihm ins Gesicht sehen zu können.

»Okay, Freund, jetzt wirst du mir einiges erzählen!« Um seinen Worten den nötigen Nachdruck zu verleihen, drückte Suko die Mündung der Beretta gegen das Kinn des Mannes.

Der starrte ihn nur an. Er atmete würgend, schüttelte den Kopf zum Zeichen, dass er nicht gewillt war, auf die Fragen des Inspektors einzugehen.

»Wo befindet sich Shao?«

»Ich sage nichts.«

Es gibt Menschen, die kann man foltern, ohne aus ihnen etwas herauszubekommen. Dieser Malaie gehörte wohl dazu, außerdem war Suko kein Mensch, der anderen ein Leid zufügte, also nicht folterte und auch keinen starken Druck ausübte.

So etwas war ihm zuwider.

Nach der nächsten Frage bekam er ein Spucken als Antwort. Da rutschte ihm die Hand aus. Mit dem Waffenlauf schlug er zu. Nicht sehr fest, aber er traf die Schläfe des Malaien. Mit einem Seufzer legte der sich auf die Seite. Für ihn war die Sache gelaufen.

Für Suko noch nicht.

Der dritte Gegner bedeutete keine unmittelbare Gefahr, weil er hinter dem Lenkrad saß und den Wagen fuhr. Den Schuss musste er gehört und sich seinen Reim darauf gemacht haben. Es wunderte Suko, dass er noch nicht gestoppt hatte, vielleicht ließ das auch der Verkehr nicht zu, und so war der Inspektor froh, dass er noch eine Zeitaufschiebung bekam.

Die lief ab.

Er merkte genau, dass der Wagen an die linke Seite gelenkt wurde und an Geschwindigkeit verlor. Sobald der Wagen stand, wollte er die Initiative ergreifen.

Über die Pfütze des Ghouls sprang er hinweg, erreichte die hintere Wagentür und stieß die rechte Hälfte genau in dem Augenblick nach außen, als der Transporter stoppte.

Suko sprang nach draußen. Mit einem schnellen Blick hatte er festgestellt, dass er sich in einer relativ ruhigen Seitenstraße befand. Er sah die grauen Wohnhausfronten, die hin und wieder durch die Schaufensterscheiben irgendwelcher Geschäfte unterbrochen waren.

Die Fahrertür an der rechten Seite des Führerhauses flog auf. Suko erreichte sie genau in dem Augenblick, als dies geschah.

Ein Körper schwang nach draußen, und abermals war Suko schneller. Bevor sich der andere versah, spürte er bereits die Mündung, die hart gegen seine Brust gestoßen wurde, und er bekam auch den Treffer mit, der ihn wieder zurückschleuderte.

Er landete auf dem Sitz, hob die Arme hoch, um den nächsten Schlag abzuwehren, der erfolgte jedoch nicht. Stattdessen kletterte Suko in das Fahrerhaus und schleuderte die Beine des Mannes zur Seite, um sich selbst auf den Fahrersitz niederzulassen.

Der Fahrer, wahrscheinlich ein Japaner, hockte neben Suko. Der Inspektor hielt die Beretta in der linken Hand und hatte das Gelenk so gedreht, dass die Mündung auf den Fahrer wies.

»Alles klar?«, fragte er.

Der Japaner stemmte sich hoch. Er schwitzte. In seinen Augen leuchtete Furcht.

»Fahr los!«

»Wohin?«

»Dorthin, wo du sowieso hingefahren wärst, mein Lieber. Und keine Mätzchen, sonst werde ich verdammt sauer.«

»Gut.«

Die Waffe war Argument genug. Zudem konnte sich der

Kerl ausrechnen, dass Suko auch mit den beiden anderen fertig geworden war und es ihm ein Leichtes sein würde, auch den Fahrer auszuschalten.

Bevor der Wagen gestartet wurde, stellte Suko noch Fragen. Er wollte wissen, was die Kerle bei Chikane gesucht hatten und weshalb dieser Mann hatte sterben sollen.

»Er war ein Verräter.«

»Woher wusstet ihr das?«

»Man hat uns einiges erzählt.«

Der Inspektor nickte. Aus eigener Erfahrung war ihm bekannt, dass solche Banden, zu denen die drei Kerle gehörten, ihre Augen meist überall hatten. Zahlreiche Spitzel und Zuträger waren für sie tätig, da machte sich Suko keinerlei Illusionen.

»Gut, dann fahr!«

Der Fahrer schielte ihn an. »Was geschieht danach?«

»Das wirst du schon sehen.« Suko war optimistisch. Er glaubte fest daran, sich auf der richtigen Spur zu befinden …

Hito Tawashi!

Genau das war der Name, an den ich mich halten musste. Eine Geishaschule mitten in London. Es war tatsächlich schon sagenhaft, was es in dieser Stadt alles gab. Aber London ist eben außergewöhnlich. Hier können sich Menschen entfalten, die noch Ideen haben, ähnlich wie in New York, nur war London eben nicht so bekannt, obwohl ich persönlich diese Stadt auf die gleiche Stufe stellte wie die Metropole an der amerikanischen Ostküste.

Wo viele Ideen zusammenkommen, gibt es auch Reibereien. Schwarze Schafe gibt es leider überall, und so schätzte ich auch diesen Hito Tawashi ein, obwohl er seine Schule in einem vornehmeren Londoner Vorort, nämlich Chelsea, betrieb.

Ich bog vor einer U-Bahn-Haltestelle in die Thurloe Street ein, um an einer Reihe von Häusern entlangzufahren, die sehr gediegen aussahen. Ältere Bauten, aber sehr gepflegt wirkend. Hier machte das Wohnen noch Spaß. Wenn man aus dem Fenster schaute, sah man die alten Bäume, die ihre mächtigen Kronen in den Himmel reckten.

Für August war es ziemlich kühl. Einen richtigen Sommer hatten wir bisher nicht gehabt. Vielleicht kam er noch.

Um das Haus, in dem sich die Geishaschule befand, zu erreichen, musste ich einen kleinen gepflegten Vorgarten durchqueren.

Der Eingang befand sich an der Seite. Durch ihn also sollte ich in ein Paradies gelangen.

Ich schellte. Es wurde rasch geöffnet.

Ein Mann mit schmalem Gesicht und dicker Hornbrille starrte mich fragend an. Der sah aus wie ein Sekretär und war auch so korrekt gekleidet. Selbst an seinem Schlipsknoten konnte ich nichts aussetzen.

»Sie wünschen?«

Mit der üblichen Floskel wurde ich begrüßt, nur war meine stumme Erwiderung nicht so üblich, denn ich hielt ihm meinen Ausweis direkt vor die Brillengläser, sodass er vor Schreck einen Schritt zurücktrat, weil meine Bewegung eben zu hastig gewesen war.

»Können Sie lesen?«, fragte ich ihn.

»Ja, ja, natürlich.« Die Bewegung seiner Hand entbehrte nicht einer gewissen Fahrigkeit. »Polizei, nicht?«

»Scotland Yard sogar. Mein Name ist John Sinclair.« Ich war mittlerweile schon im Haus und stand in einer großen Diele, die mit dunklem Holz getäfelt war. Ein fremdartiger Geruch aus Räucherstäbchen schwang mir entgegen. Ich sah kleine Sitzkissen und sehr niedrige Tische. Der Boden zeigte als Belag ein hellblaues und gelb gehaltenes Mosaik mit Fächermotiven.

Den Ausweis ließ ich verschwinden und stach dafür meinen linken Finger vor. »Mr. Tawashi möchte ich sprechen.«

»Sind Sie angemeldet?«

Ich schüttelte den Kopf. »Das brauche ich auch nicht. Sagen Sie Ihrem Herrn und Meister nur, Oberinspektor Sinclair möchte ihn sprechen. Wenn er mich empfängt, entgeht er einer Einladung zum Yard. Klar?«

»Verstanden!«

Der Sekretär verschwand in der linken Hälfte des Raumes. Erst jetzt sah ich den Schreibtisch dort, der wohl sein Arbeitsplatz war. Eine Sprechanlage verband den Mann mit seinem Chef. Ich verstand kein Wort, als sie sich auf japanisch unterhielten.

Dieser Kerl wollte seinen Boss wohl schon richtig vorbereiten, und das gefiel mir nicht. Andererseits konnte ich ihnen die Sprache, in der sie sich unterhielten, nicht vorschreiben.

Nach einer Weile legte er auf. Während des Gesprächs hatte er mich keines Blickes gewürdigt. Erst jetzt schaute er mich wieder an und rückte seine Brille zurecht.

»Was ist?«, fragte ich ihn.

»Mr. Tawashi hat Zeit für Sie.«

»Danke.«

Der Knabe erhob sich. »Ich bringe Sie zu ihm. Wenn Sie mir bitte folgen würden.«

»Gern.«

Neben ihm ging ich her. Er schritt kerzengerade, wirkte irgendwie verwirrt. Vielleicht wunderte er sich darüber, dass Tawashi mich so mir nichts dir nichts zu sich ließ, obwohl er sicherlich noch andere Termine hatte.

Mein Begleiter öffnete eine Schiebetür, hinter der ein schmaler Gang begann, dessen Wände mit Bildern behangen waren, die allesamt Kirschblütenmotive zeigten. Es waren hervorragende Bilder darunter. Ich konnte mir ein anerkennendes Nicken nicht verkneifen. Im Haus selbst war es ruhig. Die Schulungen fanden sicherlich in einem anderen Trakt statt.

Am Ende des Ganges befand sich eine normale Holztür. Sie glänzte dunkel und sah sehr vornehm aus. Ebenso vornehm klopfte der Knabe an und bückte sich schon, bevor er die Tür geöffnet hatte.

»Ja, ja …«

Die Stimme Hito Tawashis klang krächzend. Seine Antwort fiel in das Öffnen der Tür hinein.

Der Sekretär wollte mich anmelden. Ich fuhr ihm in die Parade. »Lassen Sie mal. Mit Ihrem Chef rede ich allein.«

Der hatte meine Worte gehört, stand auf und krächzte mir entgegen: »Ein besonders höflicher Polizist scheinen Sie mir nicht zu sein, Mr. Sinclair.«

»Vielleicht«, erwiderte ich und dachte dabei an Shao. »Ich mag es aber auch nicht, wenn Menschen mit einem Wagen entführt werden, der Ihnen gehört, Mr. Tawashi.«

»Nehmen Sie zunächst einmal Platz«, sagte der Japaner.

Das Büro war nicht typisch japanisch eingerichtet. Es zeigte vielmehr die nüchterne Sachlichkeit eines amerikanischen Geschäftsraums. Die silberfarbenen Metallbeine der Sessel standen im schroffen Kontrast zu dem dunkelgrauen Teppichboden.

In einen der Sessel durfte ich mich hineinsetzen, während der Japaner mir gegenüber seinen Platz einnahm. Hito Tawashi trug eine blaue Jacke. Der Stoff schimmerte seidig. Die Hose zierten messerscharfe Bügelfalten, an denen man sich fast schon schneiden konnte.

Sein Gesicht erinnerte mich an eine Zitrone, die noch nicht ganz ausgequetscht war. Die Falten hatten sich verteilt. In der unteren Gesichtshälfte waren sie stärker vertreten als in der oberen. Aus diesem Grunde lag auch ein säuerlicher Ausdruck auf den Lippen des Japaners. Die Augen verschwanden fast völlig in den Schlitzen, und er wirkte so, als wollte er jeden Augenblick anfangen zu weinen.

Weinerlich war er nicht, wie er in den folgenden Sekunden bewies. »Es ist in meinem Lande nicht üblich, sofort zur Sache zu kommen, aber wenn Sie schon mit der Tür ins Haus gefallen sind, Mr. Sinclair, erklären Sie mir doch, was die Bemerkung bedeuten soll, die meinen Wagen betraf. Sie verstehen schon.«

»Sicherlich. Ich will meine Worte auch gern wiederholen, Mr. Tawashi. In Ihrem Wagen wurde eine Chinesin namens Shao entführt.«

Er nickte, schaute mich dabei an und fragte plötzlich. »In welchem meiner Wagen. Ich besitze mehrere.«

»Es war der Cadillac.«

»Ach der.«

Ich freute mich. »Sie bestätigen also, dass dieser Wagen Ihnen gehört, Mr. Tawashi?«

»Gehörte!«

»Wieso?«

»Nun, wie das Schicksal so spielt. Er wurde mir gestohlen. Vor zwei Tagen, wenn ich mich recht erinnere. Ich habe mir natürlich meine Gedanken darüber gemacht und bin zu dem Schluss gekommen, dass es Autofans gewesen sein müssen, die den Wagen stahlen. Meinen Sie nicht auch, Mr. Sinclair?«

»Es waren Verbrecher.«

»Das höre ich jetzt von Ihnen.«

»Haben Sie den Diebstahl gemeldet?«

Der Japaner lehnte sich in seinem Stuhl zurück. »Nein, das habe ich nicht.«

»Weshalb nicht. Fast jeder meldet sich bei der Polizei, wenn sein Wagen gestohlen wurde. Sie machen wohl da die berühmte Ausnahme. Gab es einen Grund?«

Der Japaner hob die Schultern. »Ich bin nicht so an meinen Autos interessiert. Wissen Sie, mein Großvater fuhr noch mit einer Rikscha über Tokios Straßen. Ich habe mich der Zeit angepasst und mir Wagen gekauft, die bequem sind, wissen Sie.«

»Der Zeit angepasst?« Ich wiederholte den Satz. »Daran kann ich nicht so recht glauben, wenn ich sehe, dass Sie eine Geishaschule betreiben. Ist das nicht Schnee von gestern?«

»Geishas?« Er begann zu lachen. »Ich sehe, Mr. Sinclair, Sie liegen nicht im Trend.«

»Dann klären Sie mich auf.«

»Gern. Wie Sie sicherlich wissen, ist es bei manchen Leuten Mode geworden, sich mit fremdländischen, orientalischen Dingen zu beschäftigen. Dazu zähle ich auch den Bauchtanz. Hat er nicht eine Erneuerung erlebt? Wie viele Frauen es sind, die diesem neuen Hobby frönen, ist kaum abzusehen.«

»Klar, sehe ich ein. Was aber hat der Bauchtanz mit den Geishas zu tun?«

»Alles und nichts. Beim Bauchtanz oder bei den Geishaschulen ist es ähnlich. Auch unsere Tradition erlebt eine Erneuerung. Viele Menschen interessieren sich plötzlich für die alten Werte der Geishas, und es sind nicht allein Japanerinnen, die ich ausbilde. Die ersten Weißen oder Europäerinnen versuchen bereits, diese Kunst zu erlernen.«

»Ja, Mr. Tawashi, ich weiß es. Die entführte Shao ist auch keine Japanerin, sondern Chinesin.«

Der Mann legte seine Stirn in Falten. »Ich habe diesen Namen aus Ihrem Munde schon einige Male gehört. Ich weiß nicht, weshalb Sie ihn mir wieder unterschieben, da ich selbst damit nichts anfangen kann. So Leid es mir für Sie tut.«

»Shao ist in Ihrem Cadillac entführt worden.«

Er hob einen mageren Zeigefinger. »Der mir gestohlen wurde.«

»Was zu beweisen wäre!«

»Glauben Sie mir nicht, Mr. Sinclair?« Seine Stimme klang um eine Nuance schärfer.

»Nein, Mr. Tawashi!«

Durch die Nasenlöcher holte er Luft. Ich sah, wie seine Lippen zuckten und er mühsam um Beherrschung rang. »In diesem Falle haben Sie mich einen Lügner genannt.«

»So musste ich leider reagieren. Wenn Sie mir das Gegenteil von dem beweisen …«

Er stand auf. Ruckartig und böse blickend. »Was wollen Sie?«, fuhr er mich an.

Meine Antwort kam leise. »Shao!«

»Gehen Sie mit Ihrer Shao zum Teufel. Sie ist nicht bei mir. Tut mir Leid.«

»Und das glaube ich Ihnen nicht. Wie wäre es denn, wenn ich mir Ihre Räume genauer anschaue.«

Er nickte, was mich überraschte. »Bitte, schauen Sie sich ruhig um. Schauen Sie überall hinein.«

Ich schüttelte den Kopf. »Nicht diese Büros. Mich interessieren die Schule und auch Ihre Schülerinnen. Außerdem hätte ich gern mit einem der Mädchen Kontakt aufgenommen, um diese Jung-Geishas selbst befragen zu können. Das ist nicht zu viel verlangt.«

Das Zitronengesicht des Japaners wurde noch zerknitterter. »Es ist sogar mehr als zu viel.«

»Demnach haben Sie doch Dreck am Stecken.«

»Sparen Sie sich Ihre Unterstellungen. Das hat nichts mit Dreck am Stecken zu tun.«

»Sondern?«

Er nahm wieder Platz. »Wissen Sie überhaupt, was Geishas sind, Mr. Sinclair?«

»Mädchen zur gepflegten Unterhaltung.«

»So kann man es ausdrücken. Eine Geisha ist keine Dirne, wie fälschlicherweise oft behauptet wird. Sie muss intelligent sein, mehrere Sprachen sprechen, sie muss die alten Sitten und Gebräuche Nippons genau kennen. Sie muss wissen, wie sie ihr Haar zu stecken hat. Sie muss erkennen, welche Interessen die Männer haben, die sie unterhalten soll. Es ist für viele japanische Mädchen eine große Ehre, dem Stande der Geishas anzugehören.«

»Früher vielleicht, aber heute …?«

»Auch heute noch. Ich gebe zu, dass diese Berufung in Misskredit geraten ist, weil sich auch billige Dirnen in Tokio Geishas nennen, um Touristen zu locken. Das ist bei meinen Mädchen nicht der Fall. Die Ausbildung dauert lange, sehr lange. Ich werde sie anschließend auch noch betreuen, sodass der Kontakt immer bestehen bleibt. Wir halten auf Tradition und Sitte. Darauf können Sie sich verlassen.« Er holte tief Luft. »Wie ich Ihnen schon sagte, ich bin es nicht gewohnt, auf diese Art mit einem Menschen zu reden, Sie zwangen mich dazu. Und jetzt verlassen Sie mein Haus.«

»Nachdem ich mit einem Mädchen geredet habe.«

Er überlegte. Ich ließ ihm die nötige Zeit und hörte auch seine Frage. »Haben Sie einen Durchsuchungsbefehl?«

»Nein.«

»Dann gehen Sie.«

»Klar, aber ich komme wieder. Spätestens in einer halben

Stunde bin ich zurück. Mit einem entsprechenden gerichtlichen Beschluss in der Tasche. Dann werde ich etwas finden.«

Von einem Augenblick zum anderen wechselte seine Stimmungslage. Plötzlich schüttelte er den Kopf. »Obwohl ich in meinem eigenen Hause wohne, fühle ich mich hier als Gast, weil es ein fremdes Land ist. Ich weiß, dass Sie letztendlich der Stärkere sind, weil Sie sich in einer ganz anderen Position befinden. Hätte ich tatsächlich etwas zu verbergen, wäre es mir innerhalb der mir von Ihnen gesetzten Zeitspanne nicht möglich gewesen, dies aus der Welt zu schaffen. Bitte, ich stelle Ihnen mein Haus zur Verfügung, Mr. Sinclair.«

Jetzt hatte ich mein Fett. Vor Überraschung war ich blass geworden und schaute in das lächelnde Gesicht des Japaners. Es war nicht zu sehen, welche Gedanken sich hinter seiner Stirn bewegten, mit welchen Dingen er sich beschäftigte, denn alles an ihm blieb eine Maske, die aus dem reinen unverbindlichen Lächeln bestand.

Er bemerkte mein Zögern und gab seinem Blick einen fragenden Ausdruck. »Wollen Sie nicht, Mr. Sinclair?«

»Schon, ich habe mich nur gewundert und hätte es nach dem, was Sie mir zuvor gesagt haben, nicht für möglich gehalten.«

Er lachte leise, griff in die rechte Tasche und holte ein flaches Zigarettenetui hervor, dessen Oberseite mit grünen Steinen bedeckt war. »Ich habe eingesehen, dass es keinen Sinn hat, sich gegen polizeiliche Maßnahmen zu stemmen. Außerdem hätte ich in Ihnen das Gefühl bestärkt, es bei mir tatsächlich mit einem Gesetzesbrecher zu tun zu haben. Zu meiner Verteidigung muss ich hinzufügen, dass mich Ihr Verdacht sehr getroffen hat.«

»Den können Sie nun entkräften.«

»Natürlich.« Er öffnete das Etui und nahm ein weißes Stäbchen hervor. Dabei kam er in meine Nähe. »Wenn Sie erlauben, Mr. Sinclair, möchte ich vorangehen.«

»Gern.«

Er blieb an meiner Seite, als wir die nächsten Schritte

gingen, drehte den Kopf in meine Richtung und behielt die Zigarette dabei im Mund. Darüber wunderte ich mich.

Bis zu dem Zeitpunkt, als mir aus dem Ende der Zigarette ein Nebel entgegensprühte.

Dieser Nebel war ein Betäubungsgas. Es sprühte mir voll ins Gesicht. Sofort setzte die Wirkung ein. Ich kam nicht mal mehr dazu, meine Waffe zu ziehen. Die Bewegungen fielen mir sehr schwer, alles lief unendlich langsam ab, und Luft bekam ich auch keine mehr. Schwer wie Blei waren die Glieder geworden. Ich wankte zurück, die Knie zitterten nach, und irgendetwas presste meinen Körper so stark zusammen, dass ich das Gefühl hatte, immer kleiner zu werden.

Auch die Sehkraft wurde stark beeinträchtigt. Der Japaner vor mir verschwamm zu einem schimmernden, blassen Farbklecks, der sich immer mehr auflöste und dabei von einer anderen Farbe überdeckt wurde. Sie war schwarz wie die Nacht.

Und sie war es auch, die mich in ihre Tiefe riss. Dass ich auf den Boden schlug, merkte ich nicht einmal mehr …

Vergessen war der intensive Leichengestank, vergessen war auch die Dunkelheit, Shao befand sich einfach in einer völlig anderen Welt. Meilenweit hätte diese von der hinter ihr liegenden entfernt sein können. Dabei waren es nur wenige Schritte, die Shao in ein völlig anderes Reich gebracht hatten.

Sie und die vier Geishas.

Die Mädchen waren nicht von ihrer Seite gewichen. Sie kamen Shao vor wie Aufpasserinnen oder Leibwächterinnen, die nicht allein um ihren Schutz bemüht waren, sondern auch dafür sorgten, dass sie nicht floh.

Shao dachte nicht daran, vor ihnen wegzulaufen. Etwas hielt sie fest in einem Bann, der nicht zu durchbrechen war. Eine Erklärung hatte sie nicht dafür, sie dachte mehr an Stimmungen, die sie so massiv überfallen hatten, dass sie nicht dagegen ankam.

Lethargisch fühlte sie sich und auch auf eine gewisse Art glücklich. Es machte ihr überhaupt nichts aus, auf einer weichen Bank ausgestreckt zu liegen und die Finger der Geishas über ihren Körper wandern zu spüren. Diese Finger waren so herrlich zart. Shao genoss es, wie sich diese an ihrer Kleidung zu schaffen machten.

Die Chinesin wurde von den Geishas entkleidet. Auch dagegen wehrte sie sich nicht. Es machte ihr überhaupt nichts aus, dass fremde Finger sie bis auf den Slip auszogen und ihr auch diesen noch über die langen Beine streiften.

Shao lag auf dem Rücken und schaute gegen die Decke des Raumes, deren Mittelpunkt von einer strahlenden Sonne eingenommen wurde. Sie bestand aus einem Metall. Die Strahlen leuchteten in vier Richtungen. Die längsten von ihnen erfassten mit ihren Spitzen auch die Ecken und Winkel des Raumes, die über der Tür oder ihr gegenüber lagen.

Manchmal flüsterten die Geishas. Shao hörte die Worte zwar, verstand aber nur Bruchstücke. Die Mädchen redeten von irgendwelchen Göttern und auch Träumen. Sie lachten hin und wieder leise auf, freuten sich oder benahmen sich wie Kinder.

Auch das Wort Amaterasu fiel des Öfteren. Dabei schwang stets Ehrfurcht in den Stimmen der Geishas mit, denn die Sonnengöttin war für sie das Höchste überhaupt.

Das alles interessierte Shao kaum. Ihr kam überhaupt nicht zu Bewusstsein, dass sie in diesem Haus als Gefangene gehalten wurde.

Andere Dinge waren wichtiger.

Zum Beispiel die Luft.

Jeden Atemzug empfand sie als eine Wohltat. Wenn sie atmete, war es anders als sonst. Sie sog die Luft ein und hatte dabei das Gefühl, sie trinken und sich dabei erfrischen zu können. So herrlich rein konnte man sonst nur in den Bergen atmen, wo dichte Wälder an den Hängen wuchsen und wie ein Filter wirkten.

Die Sonne nahm ihr Blickfeld ein.

Sie war das Symbol des Lichts und des Lebens. Ohne die

Sonne existierte nichts, konnte nichts wachsen. Ohne sie blieb alles kahl, leer und auch tot.

Shao empfand es als störend, dass andere ihre Tagträume so abrupt unterbrachen, denn zwei der vier Geishagesichter beugten sich über sie und verdunkelten ihr Blickfeld.

Verwirrt wollte sich Shao aufrichten. Diese Aktion wurde bereits im Ansatz erstickt, denn vier Hände drückten sie wieder zurück, und flüsternde Stimmen baten sie, liegen zu bleiben.

Die Chinesin gehorchte.

Bisher hatte sie sich nie vor den bleichen Gesichtern gefürchtet. In diesem Augenblick verwünschte sie die Geishas, deren Aktivitäten sie in ihren Träumen unterbrochen hatten.

»Was ist denn?«, flüsterte sie.

»Du musst mitkommen.«

»Und wohin?«

»Wir müssen dich vorbereiten.«

Shao schüttelte leicht den Kopf. »Vorbereiten?«, hauchte sie. »Warum und auf was soll ich vorbereitet werden?«

»Er wird dich nicht als normaler Mensch annehmen.«

Shao hatte die Antwort nicht begriffen. Deshalb fragte sie weiter. »Wer ist er? Und was habe ich mit ihm zu tun?«

Die beiden Lippen verzogen sich zu einem breiten Lächeln. »Weißt du es wirklich nicht? Kannst du es dir auch nicht denken?«

»Nein.«

»Wir sprechen von Susanoo, Amaterasus Bruder, der dafür sorgt, dass unsere Königin im Dunklen Reich gefangen bleibt.«

»Ja, den kenne ich.«

»Siehst du.« Die beiden Köpfe bewegten sich nickend. »Und wir wollen, dass Amaterasu wieder freikommt.«

Shao dachte über das letzte Wort nach. »Freikommt«, murmelte sie. »Das will ich auch, aber es geht nicht, solange sie nicht den Fächer besitzt, der ihr gehört.«

»Vielleicht doch«, wurde ihr geantwortet.

Über Shaos Lippen glitt ein ungläubiges Lächeln, und dieser Ausdruck blieb auch in ihren Augen. »Das kann ich nicht glauben«, sagte sie leise.

»Wir probieren es.«

»Und wie?«

»Mit dir!«

Liegend schluckte Shao einige Male ihre Überraschung herunter. Damit hatte sie nicht gerechnet. Sie sollte dafür sorgen, dass Amaterasu befreit wurde – oder dass ihr verfeindeter Bruder Susanoo die Schwester wieder hergab? Das konnte doch nicht möglich sein.

»Du glaubst uns nicht?«

Shao konnte ihre Überraschung nicht abschütteln. »Nein, das kann ich einfach nicht glauben.«

»Doch, wir versuchen es.«

»Und wie?«

Es folgte ein spannender Augenblick des Schweigens, der sich zudem dehnte, weil die beiden sich mit der Antwort Zeit ließen. Auch die zwei letzten Geishas traten herbei und schauten ebenfalls auf Shao nieder.

»Du bist nicht umsonst zu uns gekommen«, flüsterte die Sprecherin der Geishas. »Wir haben dich gesucht, gefunden und geholt. Wir sind die Dienerinnen der Sonnengöttin, wir haben uns ihr verschrieben. Wir wollen, dass sie befreit wird, dazu brauchen wir dich, die letzte einer langen Ahnenreihe. Susanoo soll Amaterasu freigeben, wenn er dich dafür bekommt. Wir wollen dich austauschen.«

Shaos Augen waren groß und rund geworden. Unglauben kennzeichnete ihren Blick. Selbst den Mund konnte sie kaum noch schließen, so sehr hatte sie die Überraschung getroffen. »Das kann doch nicht wahr sein«, hauchte sie. »Nein, daran glaube ich nicht.«

»Das musst du.«

»Sie wird niemals einwilligen. Er wird niemals einwilligen. Susanoo kann den Tausch nicht akzeptieren.«

»Das müssen wir abwarten.«

Der letzte Satz war hart gesprochen worden. Er klang

irgendwie endgültig, und Shao wusste genau, dass sie die vier Geishas nicht umstimmen konnte. Nicht mit Worten und auch nicht mit Taten.

Wieder einmal spürte sie, wie sehr sie eine Gefangene war. In den vergangenen Minuten war ihr dies nicht zu Bewusstsein gekommen. Erst nach dieser Erklärung war ihr die eigene Hilflosigkeit voll vor Augen geführt worden.

Plötzlich wollte ihr die Luft nicht mehr so klar und rein schmecken wie sonst. Was sie als einen herrlichen Traum empfunden hatte, war zu einer großen Gefahr herangewachsen.

Etwas bedrohte sie.

Es war keine direkte Gefahr, aber eine, die im Hintergrund lauerte, und vergessen war der Zauber, den Shao zusammen mit den vier Geishas erlebt hatte.

Sie schüttelte den Kopf und bäumte sich gleichzeitig auf. Diesmal hatten die vier Geishas nichts dagegen, dass sich Shao hinsetzte und auch in dieser Haltung blieb.

»Nie!« Flüsterte die Chinesin. »Niemals wird das geschehen können. Es ist ein Irrtum. Ihr schafft es nicht. Susanoo wird auf diesen Tausch nicht eingehen.«

»Das wäre schlecht für dich. Dann nämlich müssten wir dich töten«, wurde ihr ohne Bedauern erklärt.

Shao brauchte eine Weile, um die Überraschung zu überwinden. »Ihr wollt mich töten?«

Sie nickten synchron.

»Aber ihr seid Diener der Sonnengöttin. Sie steht für das Licht und nicht für den Tod.«

»In diesem Fall bleibt uns keine Wahl. Niemand darf erfahren, wie es in diesem Hause aussieht und was hier vorgeht. Das bleibt allein den Eingeweihten überlassen.«

»Wer so denkt, gehört nicht zu den echten Dienern der Göttin«, erklärte Shao. Sie merkte, dass ein Schauer über ihren Rücken lief, und verschränkte die Arme vor der Brust. Ihr war auch klar geworden, dass sie von den Geishas kein Pardon zu erwarten hatte, aber sie wollte einfach nicht aufgeben und dagegen ankämpfen. Wehrlos würde sie sich nicht vernichten lassen, das stand einfach fest.

Die Geishas lächelten.

Sie standen nebeneinander, vielleicht zwei Schritte von der gepolsterten Liege entfernt und wirkten ebenso kalt wie die Strahlen der künstlichen Sonne unter der Decke.

Shao schielte nach einer Tür, durch die sie fliehen konnte. Nicht mehr länger wollte sie in diesem verdammten Haus bleiben, und sie stand mit langsamen Bewegungen auf.

Keine der Geishas sollte merken, wie es in ihrem Innern aussah und was sie sich vorgenommen hatte.

Doch sie wussten Bescheid.

»Wir sind vier, du bist allein«, wurde ihr zugeflüstert, während die Geishas bereits handelten, die Arme hoben und mit ihren spitzen Fingern nach den Nadeln fassten, die in ihren Haaren steckten.

Normalerweise dienen Nadeln zur Verschönerung einer Frisur. In diesem Fall, das wusste Shao genau, würden die Geishas sie als Waffen missbrauchen. Die Chinesin erkannte auch die langen Spitzen, deren Enden in einem bläulichen Farbton schimmerten, als wären die Nadeln mit irgendeinem Gift eingerieben worden.

Das konnte durchaus sein.

Noch waren sie nicht frei, und Shao beschloss, ihre Chance zu nutzen. Urplötzlich sprang sie vor. Suko, ihr Partner, hatte ihr einiges beigebracht, was das Gebiet der Selbstverteidigung betraf. Und so konnte sich Shao den Weg freischlagen.

Sie war noch nicht topfit, das wusste sie selbst, aber auch mit halber Kraft geschlagen, reichten die Treffer aus, um sich den Weg durch die Reihe zu bahnen.

Sie hatte gut gezielt, hörte die Schreie der Mädchen, sah, dass sie zusammenbrachen oder mit torkelnden Bewegungen zur Seite glitten.

Sie kam durch.

Nur eine sprang sie noch an. Das weiß geschminkte Gesicht sah aus wie das einer Toten. In den Augen stand ein gefährliches Funkeln, und Shao musste noch einmal zuschlagen, um sich den Weg zu bahnen.

Diesmal traf sie die Geisha in der Körpermitte. Die Frau sackte zusammen. Gekrümmt schritt sie zurück und holte pfeifend Luft. Wütend und mit gequetscht klingender Stimme drohte sie Shao Fürchterliches an.

»Der Ghoul wird dich verschlingen, wenn du tot bist!«

Daran hatte auch Shao schon gedacht, doch sie kümmerte sich einen Dreck um die Worte. Sie wollte weg, sie musste weg, und dabei konnte sie auf nichts Rücksicht nehmen.

Dieses verdammte Haus, in dem angeblich der Sonnengöttin Amaterasu gedient wurde, war für sie zu einer tödlichen Falle geworden, der sie nur mit Gewalt entrinnen konnte.

Und so jagte sie davon.

Ihr Ziel war die Tür, die eine verzierte Holzklinke besaß. Für einige Sekunden hatte sie Luft bekommen und hoffte nur, dass die Tür nicht verschlossen war.

Shao fiel auf die Klinke, riss die Tür auf und erreichte einen kahlen und kalten Gang, dessen Mauerwerk so gar nicht zu dem verspielten japanischen Stil passen wollte.

Der Gang endete vor einer Mauer.

Shao erkannte dies zu spät im Licht der spärlichen Deckenbeleuchtung. Fast wäre sie gegen die Wand gelaufen, schlug mit ihren Fäusten dagegen, ohne einen Erfolg zu erzielen.

Das Mauerwerk blieb so hart.

In ihrem Rücken vernahm sie Schritte.

Die vier Geishas kamen.

Sie hatten die langen Nadeln aus ihren Haaren gelöst. Dennoch saßen die Knoten perfekt und glatt.

So glatt und kalt wie die Gesichter dieser vier schrecklichen Weiber. »Erst du, dann der andere«, flüsterten sie. »Wir werden dich vorbereiten, danach packen wir ihn.«

Weiter gingen sie.

Ihre Schritte wirkten gemessen, manchmal auch etwas schwerfällig, da sie die Folgen der Treffer noch nicht überwunden hatten. Sie waren vier gegen eine. Shao glaubte nicht mehr daran, dass sie sich noch einmal überraschen lassen würden.

Dennoch wollte sie Widerstand leisten.

Sie war nackt und fühlte sich verdammt schutzlos. Sie wusste nicht, was man mit ihr noch anstellen wollte, aber sie kam endlich dazu, sich auch die nähere Umgebung anzuschauen.

Dieser Gang bestand zwar aus zwei Wänden, doch waren sie nicht nur glatt. An einer Stelle zeigten sie sich unterbrochen. Dort befand sich ein Vorhang in derselben Farbe wie die Wand.

Der fiel Shao erst jetzt auf. Genau neben dem Vorhang blieben die vier Geishas stehen.

Das hatte etwas zu bedeuten.

Die Chinesin wusste nicht, ob sie angreifen oder warten sollte. Sie schaute auf die Nadeln, die aus den Fäusten der Frauen ragten und deren Spitzen auf sie zeigten.

Die würden sie aufspießen …

Die Geisha, die dem Vorhang am nächsten stand, drehte ihren freien Arm zur Seite und griff in die Falten hinein. Sie hielt sie fest, knüllte sie zusammen und riss den Vorhang zur Seite.

»Komm her!«

Shao zuckte unter der scharf klingenden Stimme zusammen, aber sie wollte nicht und schüttelte den Kopf.

»Los, schau hinein, dann wirst du einen Bekannten sehen! Es wird dir Spaß machen.«

Einen Bekannten!

Plötzlich steigerte sich Shaos Furcht. Man hatte sie entführt, und sie konnte sich gut vorstellen, dass Suko und John Sinclair alles darangesetzt hatten, ihre Spur aufzunehmen. Leicht war dies nicht gewesen. Nur gaben die beiden Männer niemals auf. Es war auch möglich, dass sie durch ihren Eifer in eine Falle gelaufen waren.

Diese Geishas hatten es nicht nötig, zu bluffen.

Wieder wurde Shao aufgefordert, durch die Öffnung zu schauen. »Wenn nicht, werden wir die Nadeln auf dich schleudern. Wenn das geschieht, wirken sie wie Lanzen.«

Zur Unterstreichung ihrer Worte hoben sie die Hände, und Shao verstand.

Die Antwort gab sie durch ein Nicken, bevor sie sich in Bewegung setzte und auf das ihr angewiesene Ziel zuschritt. Begleitet wurde Shao von den Blicken der Frauen, und die flößten ihr ebenfalls Furcht ein.

Bevor sie den Durchgang erreichte, wurde der Vorhang mit einem heftigen Ruck zur Seite gezogen, sodass Shao in den dahinter liegenden Raum schauen konnte.

Es war nur eine kleine Kammer. Verliesähnlich angelegt, mit einer Pritsche an der rechten Wandseite.

Auf ihr lag ein Mensch. Bis auf eine kurze blaue Hose war er nackt. Shaos Augen weiteten sich entsetzt, sie spürte das Hämmern des Herzschlags und hauchte den Namen des Mannes.

»John …«

Da traf sie der Nadelstich in den Nacken, und für Shao ging die Welt unter …

Als Einzigen hatte es Suko nicht erwischt, und der würde es den anderen auch schwer machen, denn er hockte im Geäst eines Baumes und wurde von den dichten Blättern der Eiche gedeckt.

Zum Glück lag die Geishaschule in einem parkähnlichen Garten, und Suko suchte nun nach einer Möglichkeit, ins Haus zu gelangen.

Bisher hatte alles geklappt. Der Fahrer des Lieferwagens hatte nicht versucht, durch irgendwelche Tricks das Blatt zu seinen Gunsten zu wenden. Zu viel Respekt hatte ihm die Waffe eingeflößt.

In einer kleinen Seitenstraße parkte das Fahrzeug jetzt, mit einem Fahrer im Führerhaus, der durch zielsichere Treffer ins Reich der Bewusstlosigkeit geschleudert worden war.

Jetzt hoffte der Inspektor noch, dass so bald keiner den Wagen entdeckte.

Er saß in wirklich guter Deckung und beobachtete das Haus durch die Zwischenräume der Zweige. Manchmal schob er auch Blätter zur Seite, wenn der Wind sie gegen seine Augen drückte. Er saß ziemlich günstig und schaute auf das schräge Dach des Hauses. Von dort aus wollte er einsteigen. Die Dachfenster schimmerten wie hell angestrichenes Blei und bildeten rechteckige Flächen innerhalb des Ziegelwirrwarrs.

Wenn Suko den Kopf senkte, konnte er einen schmalen Weg erkennen, der um das Haus herumführte. Bisher hatte er noch keinen Menschen dort hergehen sehen, und er hoffte, dass es auch bei seiner folgenden Aktion so blieb, wenn er sein Ziel erreichte.

Leicht würde es nicht sein. Außerdem musste Suko noch ein Stück vorrücken, um überhaupt das Dach in greifbare Nähe zu bekommen. Das war nicht so einfach, da er auf einem Ast vorrücken musste, und er wusste nicht, ob der auch halten würde.

Der Chinese ging die Sache sehr vorsichtig an. Durch das um den Ast herumwachsende Blattwerk schob er sich, drückte Zweige zur Seite und ließ Blätter an seinem Gesicht entlangschaben. Auf einigen lag noch Feuchtigkeit, die sich als nasser Film auf der Haut absetzte.

Der Ast bog sich durch.

Suko musste sich strecken, um eine optimale Gewichtsverlagerung zu erreichen. Das klappte auch so einigermaßen. Langsam schob sich der Inspektor vor. Die Beine hatte er um den Ast geschlungen. Er atmete tief durch und blieb die Ruhe selbst, denn Nervosität hätte nichts gebracht. Höchstens einen Fall in die Tiefe.

So rutschte er weiter.

Die Entfernung zum Dach hin schmolz zusammen. Auch der Ast wurde dünner. Eine Eiche ist fast für die Ewigkeit gewachsen, aber ihre Äste halten nicht jedem Druck stand.

Sekunden später war es so weit. Suko musste jetzt alles riskieren. Er stieß sich nicht ab, glitt noch ein Stück voran und schaffte es plötzlich, mit der ausgestreckten Rechten die Dachrinne zu erreichen, wo er sich festhielt.

Sein Körper rutschte vom Ast nach unten. Suko spürte die Schärfe der Dachkante an seinem Handteller, doch er biss die Zähne zusammen und hielt eisern fest.

Dieser harte Zug dauerte auch nicht sehr lange, da Suko sehr schnell mit der linken Hand nachfassen konnte, das Gewicht so besser verteilte und sich durch einen Klimmzug hochzog.

Es war nicht leicht. Auch die Dachrinne konnte man nicht mit einer stabilen Reckstange vergleichen. Sie bog sich durch. Suko setzte noch mehr Energie ein, und ihm gelang es schließlich, das rechte Bein anzuwinkeln und in die Höhe zu drücken.

Mit seinem Knie stützte er sich auf der Dachrinne ab, die in der Verankerung knirschte, und erst dann gelang es dem Inspektor, sich mit dem Körper seitwärts auf die Schräge zu rollen, wo er sofort die Beine spreizte, um nicht abzurutschen.

So blieb er liegen.

Da der weitere Weg ebenfalls beschwerlich war, musste Suko zunächst frische Kräfte sammeln.

Er schaute zurück.

Der Ast, auf dem er gelegen hatte, wippte noch immer leicht nach. Er hatte glücklicherweise das Gewicht des Chinesen gehalten, und seine riskante Turnerei war auch niemandem aufgefallen.

Tief atmete Suko durch. Allmählich verschwand auch der Klumpen aus seiner Kehle, und er drehte den Kopf nach rechts, um dorthin schauen zu können, wo sich die Scheibe des Dachfensters abzeichnete.

Sie war ziemlich schmutzig. Nicht allein Dreck klebte auf ihrer äußeren Seite, auch einige Blätter lagen auf dem Glas, als hätte man sie festgeleimt.

Suko hatte sich bei seiner heimlichen Ankunft trotz allem einen ersten Überblick verschaffen können und festgestellt, dass diese Geishaschule gar nicht mal so klein war.

Das Haus bestand aus mehreren Trakten und musste seiner Ansicht nach von innen auch ziemlich verwinkelt sein, sodass es ihm schwer fallen würde, Shao auf Anhieb zu finden.

Dieses Problem war sekundär. Zunächst einmal musste er sich Eintritt verschaffen.

Suko schob sich vor. Dieses Gleiten gestaltete sich äußerst

schwierig, da auf den Pfannen ein Film aus Schmutz und Schmiere lag, der sie rutschig gemacht hatte.

Suko blieb in der gespreizten Lage. Er sah aus wie ein X, das musste so sein, um die optimale Gewichtsverteilung zu erreichen.

Und so näherte er sich dem Ziel. Mit den Knien drückte er sich ab, die Handflächen lagen flach auf den Pfannen. Er selbst war stark ins Schwitzen gekommen und atmete erst auf, als er mit seiner rechten Hand den nach innen gekehrten Rand des Fensters erreichte und sich dort festhalten konnte. Die Ruhepause dauerte nicht lange. Suko musste weitermachen, zog die Beine an, drehte seinen Körper und blieb parallel zur unteren Fensterkante liegen.

Jetzt konnte er durch die Scheibe schauen.

Viel bekam er nicht zu sehen. Ein düsteres Dachgeschoss lag unter ihm. An der schlechten Sicht konnte auch die Scheibe einen gewissen Teil der Schuld tragen. Das alles spielte für Suko keine Rolle. Er würde sie einschlagen.

Suko holte seine Waffe hervor, umwickelte den Griff mit dem Taschentuch und schlug zu.

Suko vernahm das Platzen, er hörte ein Splittern, die Scheibe bekam Risse und ein Loch.

Dieses Loch bestand aus zahlreichen Teilen und Stücken. Zackig und dementsprechend gefährlich.

Suko hatte genau nach irgendwelchen dünnen Drähten einer Alarmanlage Ausschau gehalten, aber keine gefunden. Das gab ihm auch weiterhin eine gewisse Sicherheit, als er den Arm durch die Öffnung steckte, die Hand drehte und versuchte, den Fensterhebel zu erreichen.

Es gelang.

Hart fasste der Chinese zu. Schon beim ersten Versuch drehte er ihn herum, so konnte er das Fenster kippen. Vor ihm schwang es in die Höhe. Er ließ die Scheibe hochkant stehen, begutachtete die entstandene Lücke und fand sie breit genug, um hindurchsteigen zu können.

Ein wenig musste sich der Mann auf dem Dach noch drehen, dann hatte er es geschafft.

Er schlüpfte durch die Lücke.

Der Rest war im Vergleich zu dem, was hinter ihm lag, ein reines Kinderspiel.

Wie ein geübter Turner hangelte sich Suko in die Tiefe und berührte sehr schnell mit beiden Füßen den Boden, wo er zunächst einmal stehen blieb und lauschte.

Seine letzte Aktion war nicht ohne Geräusche über die Bühne gelaufen. Besonders das Zerschlagen der Scheibe hätte jemand hören können, doch es befand sich niemand in der Nähe.

Der Speicher war leer.

Das heißt, Gerümpel lag genug herum. Suko sah alte Schränke, zwei Zinkbadewannen und Koffer, die so voll gepackt waren, dass sich ihre Böden und Deckel wölbten.

Um auf Nummer sicher zu gehen, leuchtete er den relativ dunklen Speicher auch in seinen Ecken aus.

Shao fand er nicht. Nur eine Maus erschreckte sich vor dem dünnen Strahl der Bleistiftleuchte und huschte aufgeregt davon.

Die Tür erwies sich als nächstes Hindernis, denn sie war verschlossen. Suko leuchtete das Schloss und die Klinke an. Ersteres würde ihm keine großen Hindernisse in den Weg stellen, denn der Inspektor trug immer einige Werkzeuge bei sich, über die sich auch so mancher Einbrecher gefreut hätte. Sie befanden sich in einem kleinen Etui und waren aus widerstandsfähigem Kunststoff hergestellt.

Suko suchte sich den nach seiner Meinung passenden Öffner hervor und führte ihn behutsam in das Schloss.

Bevor er den Dietrich drehte, werkelte er einige Sekunden herum, bis er ihn voll durchgeschoben hatte. Dann saß er fest.

Suko drehte ihn nach links. So einfach, wie er es sich vorgestellt hatte, war es nicht. Mindestens zwei Minuten vergingen, bis er das Knacken vernahm, auf das er schon gewartet hatte.

Jetzt war die Tür offen.

Dem Inspektor fiel ein Stein vom Herzen. Ein flüchtiges

Lächeln huschte über seine Lippen, als er die Tür behutsam öffnete und durch den entstandenen Spalt schaute.

Sein Blick fiel in einen kurzen Gang, der an einer Treppe mündete. Die musste er hinabgehen.

Suko war seiner Ansicht nach im östlichen Teil des Hauses gelandet. Er stellte sich den Grundriss noch einmal vor und glaubte daran, sich gleichzeitig in einem der Trakte zu befinden.

Die Treppe mündete in einer hellen Insel.

Im Haus selbst war es ziemlich düster, da nur durch schmale Fenster feine Lichtstreifen fielen. Deshalb wunderte sich Suko auch, als er am Ende der Treppe die helle Insel sah.

Das musste seiner Ansicht nach etwas zu bedeuten haben, deshalb beeilte er sich. Nur wenige Schritte brauchte er, um die Treppe zu überwinden.

Vor einem Metallgitter blieb er stehen.

Es war im Boden verankert worden und schien sich mit einfachen Mitteln nicht beseitigen zu lassen.

Suko wollte auf jeden Fall sehen, was sich unter dem Gitter befand. Hell genug war es ja.

Er ging auf die Knie nieder, sodass er einen besseren Ausblick in die Tiefe hatte. Der Inspektor hatte das Gefühl, in einen Raum mit vermoderten Leichen zu schauen. Und der Gestank schien diesen Eindruck zu unterstreichen.

Aber es waren keine Leichen, die sich unter dem Gitter befanden. Dafür sah er ein mit einer grünlich schimmernden und dicken Flüssigkeit gefülltes Bassin.

Aus ihm ragten zwei übergroße schleimige Arme. Suko wusste, dass sich unter ihm ein Ghoul befand.

Das hätte ihn auch nicht weiter gestört. Schlimm war nur die Szene, die er außerdem sah und bei der ausgerechnet sein Freund John Sinclair den grausamen Mittelpunkt bildete …

Der Alte hat dich reingelegt!

Das war das Erste, was mir einfiel, als ich aus der Bewusstlosigkeit erwachte.

Mir ging es nicht gut. Ich wusste nicht, welches Gift verwendet worden war. Es zeigte auch jetzt noch seine Nachwirkungen. Lähmungserscheinungen am ganzen Körper.

Wo ich lag, war mir nicht bekannt. Zwar umgab mich Dunkelheit, aber etwas von einer grauen Helligkeit fiel dennoch in dieses Verlies, und zwar von der Seite her.

Dort schaute ich hin. Es gelang mir gut, weil ich auf der Seite lag. Zuerst glaubte ich an eine Täuschung, bis ich meinen Blick besser unter Kontrolle bekam und entdeckte, dass sich die Wand dort tatsächlich bewegte. Sie schlug leichte Wellen.

Mauern können keine Wellen schlagen, demnach musste es sich bei diesem Vorgang um etwas anderes handeln. Vielleicht war es ein Ausgang, möglicherweise lag dort eine Tür oder ein Vorhang, dessen Falten sich im Luftzug bewegten.

Jedenfalls empfand ich dies so lange als Hohn, wie ich auf dieser Pritsche lag und mich nicht bewegen konnte, weil das verdammte Gift meinen Körper gelähmt hatte.

Nicht mal den Arm konnte ich ausstrecken, alles war schwer geworden, als hätte mir jemand Blei in die Adern gepumpt. Automatisch stellte ich mir das Gesicht Hito Tawashis vor, sah dabei sein Grinsen, sein mokantes Lächeln, das jeden finsteren Gedanken, den er hinter der Stirn aufflackern ließ, verbarg.

Wie sollte ich aus dieser Lage wieder herauskommen?

Natürlich nur mit eigener Kraft, und deshalb versuchte ich es zum wiederholten Male, mich von der Pritsche zu rollen, um dorthin zu gehen, wo das Licht durch den Vorhang sickerte.

Es war nicht möglich.

Das Gift hatte mich zu sehr geschwächt. Ich kam mir vor wie ein Fisch, den man an Land geworfen hatte.

Zum Glück funktionierte mein Gedankenapparat. Ich rechnete mir aus, was die andere Seite mit mir anstellen würde. Zeugen konnte Hito nicht gebrauchen. Ich war einer, also würde er mich auf irgendeine Art und Weise ausschalten.

Es gab da einige Methoden, die mir überhaupt nicht gefielen. Er hatte bei meiner ersten Überrumpelung mit Gift gearbeitet, aus welchem Grunde sollte er bei einer endgültigen Entscheidung auf andere Dinge ausweichen?

Bis dahin wollte ich weg sein.

Der Schweiß strömte mir aus allen Poren. Mein Herz schlug schneller als gewöhnlich. Es hatte schwer zu pumpen, es kämpfte gegen das andere in meinem Körper an, wollte versuchen, meinen Kreislauf wieder zu normalisieren, was ungemein schwer war, denn noch herrschte das Gift vor.

Manchmal hörte ich ein Brausen in meinen Ohren, das sich wie durch einen Schalltrichter verstärkte. Dann wieder dachte ich völlig klar und hatte meine Sinne wieder voll unter Kontrolle.

Sie nahmen etwas wahr.

Da wehte ein Geruch durch den Raum, den ich überhaupt nicht mochte. Eklig war er.

Leichengeruch …

Oft genug hatte ich gegen Zombies und ähnliche Geschöpfe gekämpft, um zu wissen, dass ich keiner Täuschung erlegen war. Es war ein penetranter Leichengeruch, dessen Intensität gleich blieb und sich weder zum Positiven noch zum Negativen hin veränderte.

Wer lauerte hinter dem Vorhang?

Standen dort meine Killer schon bereit? Warteten Zombies darauf, mich zerfleischen zu können?

Bei dieser Vorstellung lief ein Schauer über meinen Körper. Zombies waren gefährlich, aber ich hatte ihnen bisher immer Paroli bieten können, weil ich mich wehrte.

Diesmal würde ich es nicht schaffen.

Man hatte mir meine Waffen abgenommen, mich sogar entkleidet, denn ich trug nur meine dunkelblaue Unterhose.

Als mir dieser Gedanke kam, fühlte ich es kalt den Rücken hinabrieseln. Nur mit dieser Hose bekleidet war ich irgendwie wehrlos, fand nicht mehr den richtigen Drive oder Mumm und wusste mich umzingelt von irgendwelchen Feinden, die nur darauf warteten, mich töten zu können.

Noch sah ich sie nicht, aber sie kamen, denn ich vernahm Schritte.

Der Vorhang am Ausgang meines Verlieses dämpfte sie nur schwach, ich hörte auch Stimmen, die mir unbekannt waren, aber in einem sehr befehlenden Ton redeten.

Außerdem sprachen nur Frauen.

Vielleicht Geishas?

Jemand redete von einer Überraschung, die eine andere Person erleben sollte, wenn sie in das Verlies schaute.

Und ich konnte mich noch immer so gut wie gar nicht bewegen. In Strömen lief der Schweiß über meine Wangen. Das Innere meines Körpers entflammte in einer unnatürlichen Hitze, die so stark war, dass ich das Gefühl bekam, meine Haut würde allmählich aufquellen, dann kochen, um anschließend zu verbrennen.

Dieses verfluchte Gift legte noch einmal zu. Selbst die Umrisse des Verlieses sah ich nicht mehr so klar wie noch vor Sekunden. Sie begannen sich zu bewegen und wallten von einer Seite auf die andere. Ebenso wie der Vorhang.

Aber der bewegte sich tatsächlich. Er war mit einem heftigen Ruck aufgezogen worden.

Im selben Augenblick fiel ein Streifen Licht in mein Verlies. Er war so breit, dass es ihm gelang, mein Gefängnis voll auszufüllen und ich auch die Personen erkennen konnte, die vor dem offenen Vorhang standen.

Es waren fünf.

Vier Geishas und eine Nackte!

Die nackte Person kannte ich sehr gut. Wegen ihr war ich überhaupt in diese verzweifelte Lage hineingeraten. Sie stand für einen Moment regungslos, starrte mich an, ihr Ausdruck veränderte sich, zeigte Staunen und Entsetzen gleichzeitig, und sie flüsterte voller Verzweiflung meinen Namen.

Gleichzeitig hob hinter ihr eine der vier Geishas den rechten Arm. Etwas Langes stach aus ihrer Faust.

Kein Messer, eher ein nadelähnlicher Gegenstand, mit dem sie blitzschnell zustach.

Ein Volltreffer erwischte Shao im Nacken.

Durch den entblößten Körper lief ein Zucken. Noch in derselben Sekunde veränderte sich der Gesichtsausdruck bei der Chinesin. Er wurde ebenso starr wie ihr Körper, und ich sah, dass Shao steif wie ein Brett nach vorn kippte. Sie wäre voll auf den Boden geschlagen, hätten zwei Geishas nicht zugegriffen und sie gestützt. So ließen sie Shao allmählich zu Boden sinken und schleiften sie zur Seite, damit der Eingang frei wurde.

Jetzt hatten sie freie Bahn.

Sie schauten mich an, ich sie.

Noch ein Stück weiter wurde der Vorhang geöffnet. Aus dem Gang fiel der breite Lichtbalken, erfasste auch mich und ließ mich blinzeln, weil ich die Helligkeit nicht mehr so gewohnt war.

Vier Frauen standen in meinem Verlies. Vier Feindinnen. Sie schauten mich so kalt und gnadenlos an, dass ich mir keinerlei Illusionen machte. Sie waren es, die Hito geschickt hatte, um mich zu töten.

Und sie kamen näher …

Ich fühlte mich so hilflos, so matt, so gedemütigt. Außerdem spürte ich den Hauch des Bösen, der von ihnen ausging.

Man konnte dies nicht beweisen, es war einfach das Gefühl, das so reagierte. Ich hatte das schon einmal erlebt, als ich gegen vier Vampir-Witwen kämpfte, die mich in einen Sarg gesteckt hatten.

Hier war es ähnlich …

Sie kamen und wollten meinen Tod.

Dabei wurden sie von dem widerlichen Leichengeruch begleitet, der seine Quelle aber nicht in ihnen hatte, sondern aus dem Gang durch den offenen Durchgang wehte.

Irgendwo in für mich nicht sichtbarer Ferne musste etwas Schreckliches sein, das ich sicherlich noch kennen lernen würde.

In den Gesichtern regte sich nichts. Beim ersten Hinsehen hätte man sie als helle Masken bezeichnen können, denn sie waren weiß geschminkt worden. Ein hässliches Weiß, auf mich machte es einen abweisenden, kalten Eindruck. Die Lippen fielen kaum auf, weil sie nicht nachgezogen waren. Anders die bunten Gewänder, kimonoähnliche Kleidungsstücke, die im glatten Kontrast zu den lackschwarzen Haaren standen, welche wiederum sorgfältig frisiert und durch Nadeln festgesteckt waren.

Nadeln, wie sie die Geishas auch in ihren Händen trugen. Gefährliche Gegenstände von einer knochenartigen Farbe. In der Form ähnelten sie Stricknadeln, hatten aber keine Spitze.

Diese Gegenstände gefielen mir überhaupt nicht. Es war leicht vorstellbar, dass sie auch als Mordinstrumente zweckentfremdet werden konnten.

Die vier mussten einen kleinen Bogen schlagen, um die Pritsche zu erreichen, auf der ich lag. Sie blieben vor mir stehen, senkten die Köpfe und starrten mich an.

Ich hätte viel dafür gegeben, ihre Gedanken zu erfahren. Aber sie verrieten nichts. Die Geishas blieben stumm, nur ihre abschätzenden Blicke sprachen Bände. Sie taxierten mich, und ich bekam das kalte Gefühl, das sich immer bei mir kurz vor einer Entscheidung einstellt.

Wahrscheinlich suchten sie schon die Stellen an meinem Körper aus, in die sie die Nadeln stoßen konnten.

Wir hatten nicht miteinander gesprochen. Nur Shao hatte meinen Namen gerufen, die anderen hielten sich zurück. Deshalb wollte ich etwas von ihnen wissen.

Zwar tobte nach wie vor das Gift in meinem Körper, aber reden konnte ich, wenn auch krächzend.

»Okay«, sagte ich. »Ihr habt mir eure Stärke bewiesen. Was wollt ihr von mir?«

»Dich töten.«

Sie antworteten im Chor. Eine Stimme hörte sich ebenso an wie die andere. Da gab es überhaupt keine Unterschiede.

»Hat euch Hito den Befehl gegeben?«

»Nein.«

»Wer dann?«

»Wir tun es für Amaterasu. Sie will es so. Ihre Feinde müssen aus der Welt geschafft werden.«

Diese Antwort hatte mich so überrascht, dass ich lachen musste. Dann musste ich mir sagen lassen, dass sich das Lachen für einen Todeskandidaten nicht geziemt.

»Ihr seid auf dem Holzweg«, sagte ich. »Nicht Amaterasu, die Sonnengöttin, will meinen Tod. Sie steht auf meiner Seite.«

»Wir wollen sie befreien.«

»Ich auch!«

»Aber wir kennen den Weg!«

Ich vergaß meine eigene Lage und war gespannt darauf, ob sie ihn mir auch erklären würden. Sie hielten sich nicht zurück, und ich erfuhr voller Staunen von ihrem wahnsinnigen Plan.

Sie wollten tatsächlich Shao gegen Amaterasu austauschen und Susanoo noch weitere Opfer darbringen, um ihn gütig zu stimmen.

Am liebsten wäre ich im Boden versunken. So aber schüttelte ich nur den Kopf und hauchte: »Das klappt nie, hört ihr? Niemals wird das gelingen. Ein Wesen wie Amaterasu lässt sich einfach nicht zu Dingen zwingen, die ihm zuwider sind.« Ich musste mich räuspern, um weitersprechen zu können. »Außerdem wird sie erst freikommen, wenn sie ihren Fächer besitzt. So steht es geschrieben, so sind die Gesetze formuliert worden.«

»Das wissen wir.«

»Gut, gut«, sagte ich. »Weshalb geht ihr dann den Weg des Wahnsinns? Die Sonnengöttin wird euch niemals als ihre Dienerinnen anerkennen. Dafür kenne ich sie zu gut.«

»Wir geben ihm Shao!«

»Sie ist nicht mit der Sonnengöttin zu vergleichen. Shao ist ein Mensch, sie besitzt längst nicht die Kräfte wie eine Amaterasu.«

»Aber sie ist die Letzte in der Ahnenkette. Wenn Susanoo sie als Opfer annimmt, braucht er von dieser Seite mit keiner Gefahr mehr zu rechnen. So denken wir.«

»Dann denkt ihr falsch!«

»Das sagen alle Feinde, die uns nicht glauben wollen. Auch du bist ein Feind, und Feinde werden von uns vernichtet, das weißt du sicherlich auch, Sinclair.«

»Ja.«

»Wir haben dich entkleidet, wir wissen, wer du bist. Wir haben dir deine Waffen abgenommen, wir wollten dich wehrlos, als ein Opfer für ihn, unseren Wächter.«

»Und wer ist das?«

»Ein Ghoul!«

Ich reagierte nicht, denn die Antwort war so überraschend nicht gewesen, wenn ich an den widerlichen Leichengeruch dachte. Zombies strömten ihn aus, wenn sie lange genug in den Gräbern gelegen hatten. Aber auch Ghouls kamen dafür in Frage, sogar eher als Zombies, denn diese widerlichsten aller Dämonen waren dafür bekannt, dass sie sich von Leichen ernährten.

Erst töteten sie ihre Opfer, dann …

Jetzt spürte ich doch die Furcht, die mich umklammert hielt. Eine erste Gänsehaut zog über meinen Körper. Ich merkte, wie der Hals trocken wurde. Er kam mir vor wie ein Wüstenwadi, und die nächste Frage kam automatisch über meine Lippen.

»Was hat ein Ghoul mit Amaterasu zu tun?«

»Nichts oder fast nichts. Aber wir kennen jemanden, der diesen Ghoul aus Japan mitgebracht hat, um sich von ihm schützen zu lassen.«

»Tawashi?«, fragte ich.

»Ja. Dieser Ghoul gehört ihm, er gehorcht ihm, er ist sein Wächter.«

»Und er brauchte Opfer«, vollendete ich.

»Auch das.«

»Hat er welche bekommen?«, fragte ich sofort.

Da lächelten sie wie auf Kommando. »Würde er sonst noch leben? Es gibt Mädchen, die in unsere Schule kamen und plötzlich nicht mehr mitmachen wollten. Sie hatten sich etwas anderes vorgestellt. Auf sie wartete der Ghoul. Für alle Ewigkeiten sind sie verschwunden. Erst vor kurzem noch wollte uns eine Schwierigkeiten bereiten, die eigentlich zu unserer Rasse gehörte. Sie hieß Queeny. Der Ghoul hat sich sehr gefreut, er …«

»Es reicht!«

Die vier Geishas verneigten sich spöttisch. Dennoch gaben sie mir eine Antwort. »Das nächste Opfer wird keine weibliche Person sein, sondern eine männliche. Nämlich du!«

Es wäre von mir vermessen gewesen, an ihren Worten und Erklärungen zu zweifeln. Deshalb glaubte ich ihnen auch jedes Wort. Sie würden mich dem Ghoul zum Fraß vorwerfen.

Ein Mensch, der sich gegen dieses Monstrum nicht wehren konnte, der praktisch nackt war und nicht mal seine Arme so bewegen konnte, um Angriffe der vier Geishas abzublocken.

Aus ihren kalten Augen starrten sie mich sezierend an. Sie suchten wohl eine Stelle an meinem Körper, wo ich am meisten verwundbar war, und wieder stieg die Bitterkeit in mir hoch.

»Mach dich bereit zum Sterben!«, forderten sie mich auf und steckten ihre Nadeln wieder in die Haarballen zurück.

Diese Waffen benötigten sie nicht mehr, ich war nach wie vor schlapp, wehrlos.

Weder die Beretta noch mein Kreuz hatte man mir gelassen, und so konnte ich meinem Schicksal nicht mehr entgehen.

Es wirkte auf mich beinahe höflich, wie sie sich verbeugten. Als wollten sie sich für irgendetwas entschuldigen, aber hinter diesen Bewegungen steckte der Wille, sich durch nichts aufhalten zu lassen.

Acht Hände spürte ich auf meiner nackten Haut. Sie kamen mir kalt vor, als hätten sie in Eis gesteckt.

Zwei Geishas umklammerten meine Beine, die anderen beiden hoben mich an den Schultern in die Höhe, sodass ich schon sehr schnell über der Pritsche schwebte.

In ihrer Heimatsprache zischten sich die Frauen Befehle zu und drehten mich herum, damit sie mit mir in Richtung Tür gehen konnten. Noch immer war ich viel zu schwach. Ich hing in ihren Griffen regelrecht durch. Zwar fühlte ich mich besser als vor einigen Minuten, war aber längst nicht in der Lage, den Kampf gegen sie aufzunehmen.

Und so verließen wir den Raum.

Durch die Öffnung waren wir geschritten, erreichten einen Gang und wandten uns dort nach rechts.

Es war mir gelungen, einen letzten Blick auf Shao zu werfen. Die Chinesin lag dort wie tot auf dem Boden. Nichts an ihr wies darauf hin, dass sie in den folgenden Sekunden erwachen würde, um mir zur Seite stehen zu können.

Im Gang nahm der Gestank zu. Atemberaubend wehte er mir entgegen. Ich hatte das Gefühl, von einem Nebel getroffen und eingehüllt zu sein, so furchtbar war alles.

Wir schritten der Helligkeit entgegen. An den Füßen und unter den Armen umklammerten mich die harten Finger der vier Frauen. Ich wunderte mich darüber, wie fest sie zupacken konnten.

Wir verließen den Gang.

Und dann drehten sie mich plötzlich so herum, dass ich in den Raum blicken konnte, der vor uns lag.

Er war ziemlich groß und leer. Die Wände sahen mir unnatürlich dünn und durchlässig aus. Typisch japanisch, wo Innenmauern oft aus dünnem Holz oder sogar aufgespanntem Pergament gefertigt waren.

Hinter den Wänden brannten Lichter, deren Schein durchdrang das Bassin in der Mitte des Raumes, in dem eine dunklere Flüssigkeit schwappte.

Sie musste eine grünliche Farbe haben, so genau war das für mich nicht zu erkennen. Dafür sah ich das andere umso besser.

Zwei hohe, schleimige Arme schoben sich aus der ebenfalls schleimig wirkenden Flüssigkeit. Wenn das der Ghoul war – und daran bestand kein Zweifel – hatte ich es mit einem gewaltigen Monstrum zu tun.

Meine Chancen sanken noch mehr.

»Das ist er!«, flüsterten die Geishas. »Das ist der Ghoul, der auf dich wartet und dich verschlingen wird, nachdem du in der Brühe erstickt bist …«

Suko starrte durch das Gitter nach unten und sah vier Frauen, die seinen Freund John Sinclair umklammert hielten, um ihn in die Arme des im Bassin lauernden Monstrums zu schleudern.

Er wollte und musste helfen.

Aber wie?

Das Gitter saß fest im Boden. Selbst Herkules hätte mit ihm seine Schwierigkeiten gehabt, das sah Suko völlig ein. Er unternahm noch den Versuch, es aus der Fassung zu reißen. Ohne Erfolg.

Inzwischen liefen die vier Geishas mit John Sinclair weiter. Sie hielten ihn an Schultern und Beinen. Ihr Ziel war das Bassin, aus dem die beiden Schleimarme ragten, und Suko brauchte nicht erst groß nachzudenken, was sie mit ihm vorhatten.

Er schätzte die Tiefe ab.

Allzu weit war er nicht entfernt. Nur konnte er nicht springen, da das Gitter dazwischen saß. Demnach sah sich Suko gezwungen, einen normalen Weg zu finden, den über eine Treppe.

Hoffentlich reichte die Zeit.

Mit einem gewaltigen Sprung setzte er über das Gitter hinweg, lief einige Yards weiter, erreichte eine Tür, zog sie auf und suchte weitere Stufen, denn die Treppe lief in einer normalen Führung nicht mehr weiter. Suko gelangte in einen kleinen Raum, in dem sich keine Einrichtung befand. Dafür sah er eine Schiebetür. Sie wollte er noch aufdrücken, bevor er sich in eine andere Richtung wandte.

Die rechte Hälfte schleuderte er weg. Glatter Parkettboden breitete sich vor ihm aus, der sogar an der Decke entlanglief. Schuld daran war der große Spiegel unter der Decke.

Er blieb nicht der Einzige. Nach zwei Schritten blieb Suko stehen, da er sich einem wahren Spiegellabyrinth gegenübersah. An allen Wänden standen die Spiegel vor wie kleine, spitzwinklig zulaufende Mauerkanten. Und jeder Spiegel bestand aus zwei Hälften, die innerhalb eines Winkels von fast 90 Grad aufeinander zuliefen und einen Gegenstand in zahlreichen Erscheinungsformen widergaben, denn die Flächen der Spiegel waren nicht glatt, sondern konvex oder konkav gewölbt.

Zerrspiegel also.

Suko sah sich mal dünn, mal dick, dann wieder lang und in einem anderen Spiegel wie eine breite Qualle.

Er sah auch den Japaner.

Wo Hito Tawashi genau stand, war nicht zu erkennen. Suko sah den Mann, der ihn ebenfalls sehen musste, und er erkannte, dass der dürre Japaner mit einer Maschinenpistole bewaffnet war, um deren Abzug sich ein langer Zeigefinger krümmte.

Tawashi hatte sich umgezogen. Er trug ein schwarzes Gewand, das seinem Körper eine dreieckige Form gab. Auf der Vorderseite des Stoffes glänzte wie angestrichen das gelbe Rund der Sonne.

Tawashi kicherte.

Für Suko eine Warnung.

Er warf sich zu Boden, denn nun hämmerte die Maschinenpistole los …

Wir näherten uns immer mehr dem verdammten Bassin!

Für mich wurde die Lage allmählich kritisch. Noch hatte ich den Körper des Ghouls nicht gesehen. Er befand sich unter der Schleimoberfläche, aber ich konnte mir vorstellen, dass er ein gewaltiges Maul besaß. Es musste einfach zu seinen Armen passen.

Die vier Geishas freuten sich. Sie waren gewissermaßen in ihrem Element. Endlich konnten sie beweisen, wie dankbar sie ihrem Herrn und Meister Tawashi waren.

Ihr Griff hatte sich nicht gelockert. Verändert zeigten sich nur die Gesichter. Nach wie vor schimmerten sie weiß, aber die letzte Spannung vor dem entscheidenden Schritt war aus ihren Zügen nicht mehr herauszubekommen.

Ich roch ihren Atem, der über mein Gesicht strich. Auch er kam mir schon faulig vor, wie die gesamte Luft, die nach

Leichen und Verwesung stank. Dafür zeigte sich einzig und allein der Ghoul verantwortlich.

Meine Grundhaltung war nicht verändert worden. Nach wie vor hing ich in den Klammergriffen der vier Geishas, aber mir war es gelungen, einen Arm über die Schulter der Person rechts von mir zu legen. Und ich stellte dabei fest, dass ich die Finger bewegen konnte.

Die Wirkung des verdammten Giftes ließ allmählich nach.

Das war auch gut so, denn wir hatten nur noch wenige Schritte zu laufen. Irgendetwas musste in den nächsten Sekunden passieren, sonst war ich tatsächlich verloren.

Ich würgte die mich umklammernde Angst runter. Nur nicht aufgeben, nur nicht die Nerven verlieren.

Die Geishas hatten ihren Spaß. Sie sprachen davon, was der Ghoul alles mit mir anstellen würde, wenn sie mich mit einem Schwung in den Schleim geschleudert hatten.

Das gefiel mir überhaupt nicht.

Die Frau dicht neben mir hatte ihren Kopf so weit gesenkt, dass die im Haar steckende Nadel bei jeder ihrer Bewegungen gegen meinen Handrücken stieß.

Die Hände konnte ich wieder bewegen. Meine Konstitution war stärker gewesen als das Gift.

Die Idee war plötzlich da. So schnell, dass ich auch keine Zeit mehr hatte, die Chancen abzuwägen, denn nach zwei langen Schritten hatten wir den Gang des Bassins erreicht.

Ich drehte meine Hand und griff zu.

Plötzlich fühlte ich die Nadel zwischen meinen Fingern. Von diesem Moment an bis zu dem heftigen Ruck, mit dem ich die Nadel hervorzog, war es nur ein kurzer Augenblick.

Jetzt hatte ich sie.

Die Frau merkte noch nichts, erst einen Lidschlag später bekam sie die veränderte Lage voll mit.

Da hatte ich schon zugestochen!

Zwischen Ohr und Kinn drang die Nadelspitze in das Fleisch, und sie musste einfach mit irgendeinem mir unbekannten Gift präpariert worden sein, sonst hätte die Geisha nicht so überscharf reagiert.

Sie ließ mich los, als bestünde mein Körper nur mehr aus giftigen Stacheln. Dabei schrie sie auf, und durch die plötzliche einseitige Belastung wurden auch die anderen Geishas überrascht. Vor allen Dingen die, die mich noch an der zweiten Schulter festhielt.

Auch sie ließ los.

Ich prallte zu Boden. Zum Glück hatte ich den Kopf eingezogen, sonst wäre ich voll mit dem Schädel auf die harte Unterlage geknallt. So hielt sich der Aufprall in Grenzen.

Das Glück kam mir zu Hilfe, denn auch die beiden anderen Geishas hielten meine Füße nicht mehr fest. Sie rutschten aus ihren Griffen. Ich lag frei auf dem Boden, konnte mich sogar herumrollen und bekam mit, was in der Folgezeit geschah.

Für die von mir mit der Nadel getroffene Geisha wurde es einfach schrecklich.

Der Schock und das Wissen um die Reaktion des Giftes hatten sie nach hinten taumeln lassen.

Da befand sich das Bassin!

Sie wusste es bestimmt, aber sie dachte nicht mehr daran. Ich sah Blut aus der Wunde quellen und über die allmählich verlaufende Schminke am Hals laufen.

Die anderen drei wollten ihr beistehen. Sie sahen das Unglück kommen, mich hatten sie dabei vergessen, aber helfen konnten sie der vierten Geisha auch nicht.

Es war einfach zu spät. Das Vorspringen reichte nicht mehr, denn die von mir getroffene Frau ging genau in dem Augenblick den letzten, alles entscheidenden Schritt zurück.

Sie trat ins Leere.

Plötzlich schwebte sie für den Bruchteil einer Sekunde in der Luft. In der Haltung über dem Becken schien sie regelrecht erstarrt zu sein, und sie befand sich schon auf der Kippe nach hinten.

Dann fiel sie.

Ein verzweifelter Schrei löste sich aus ihrem Mund, während ich mich mühsam zur Seite rollte, und die Geisha in dem Bassin verschwand.

Ich hörte das Platschen. Dieser satte Laut machte mir

bewusst, dass die Frau nicht in normales Wasser gefallen war.

Ihre drei Freundinnen waren vorgelaufen und hatten am Rand des Beckens abgestoppt.

Sie hatten eine bessere Sicht als ich, der ich auf dem Boden lag und noch immer gegen die Schwäche ankämpfte. Für mich waren die drei Personen gut zu sehen, und sie zuckten gemeinsam zurück, als hätten sie etwas Schreckliches gesehen.

Das war auch der Fall.

Der Ghoul hatte zugeschnappt.

Zuerst kam die Welle, schwappte gegen den Rand und fast über. Dann kam das Monstrum selbst. Nicht nur die Pranken waren zu sehen, auch sein widerlicher, aufgeblasen wirkender Oberkörper, ein wahrer Berg aus Schleim, zudem quallig, und seine breiten Hände schlugen wie dicke Hämmer nach unten.

Sie holten sich die Geisha.

Ich sah nicht, was passierte, aber ich kannte die Tricks und die Gemeinheiten der Ghouls. Mir brauchte niemand etwas zu sagen. Am liebsten hätte ich mir die Ohren zugehalten, weil die Geräusche fürchterlich waren, die ich zu hören bekam.

Nur mit meiner Hose bekleidet, lag ich auf dem Fliesenboden. Noch immer schlapp und kaum in der Lage, kämpfen zu können. Ich hatte meine Arme ausgestreckt, die Hände auf den Boden gedrückt und versuchte, mich in die Höhe zu stemmen.

Schüttelfrost durchlief meinen Körper, während sich neben mir im Bassin fürchterliche Dinge abspielen mussten, die ich bisher nur hörte und zum Glück nicht sah.

Die Geisha war nicht mehr zu retten. Da reagierte der Ghoul gnadenlos, wie es eben zur Art dieser Dämonen gehörte.

Aber drei andere gab es noch. Und sie wussten genau, wer sich für den Tod ihrer Freundin verantwortlich gezeigt hatte.

Nämlich ich!

Dafür wollten sie sich rächen.

Ich sah ihre Drehung. Es ging synchron, wirkte wie abgesprochen und auch ziemlich eindrucksvoll.

Plötzlich wurde es mir eng im Hals, denn sie standen vor mir, und ihre verdammten Waffenspitzen wiesen auf mich wie eine stumme, gefährliche Drohung. Sie würden mich aufspießen, und das Gift würde mir keine Chance lassen.

Aber auch ich hatte die Nadel, und ich saß jetzt. Es war ein Witz, lächerlich, da ich kaum die Kraft besaß, mich in dieser Stellung zu halten. Schweiß rann über mein Gesicht, der Druck auf meiner Brust nahm zu, ich fühlte mich beengt. Jeder Atemzug schmerzte, aber ich wollte nicht aufgeben.

»Kommt her, verdammt! Kommt nur näher!«

Und sie kamen.

Sie zitterten nicht, im Gegensatz zu mir, da über meinen Körper ein Schüttelfrost jagte, bei dem sich Hitze- und Kälteschauer gegenseitig ablösten.

Vielleicht konnte ich noch eine mitnehmen, bevor sie mich in das Bassin warfen. Dann aber war Schluss. Die andere Seite musste einfach gewinnen, und ich hörte hinter mir das Klatschen der trägen Flüssigkeit, wie sie in Wellen gegen den Rand des Bassins schlug.

Auch mich trafen sie. Der Gestank quälte sich in meine Atmungsorgane. Ich fühlte meinen Magen wieder ansteigen, mir wurde übel von dem Geruch, während die drei Geishas nur mehr einen Schritt entfernt waren.

Ich starrte auf die Spitzen der drei Nadeln, sie schauten gegen die meiner Waffe.

Sie stachen nicht zu, sie traten.

Und dies zur gleichen Zeit.

Damit hatte ich einfach nicht rechnen können. Ihre Füße »flogen« auf mich zu. Meine Reaktionen waren lahm. Es gelang mir nicht einmal richtig, den Körper zur Seite zu drehen, da ich das Gefühl hatte, mich überhaupt nicht zu bewegen.

Dreimal bekam ich den Tritt mit.

Ich hörte noch ihr Schreien, als ich mich auf dem Weg nach

hinten befand. Über den glatten Boden rutschte ich, sah als Letztes die drei verzerrten Gesichter und merkte dann, wie ich fiel und in die zähe Brühe eintauchte …

Das Hämmern der MPi kam Suko bekannt vor. Der Chinese wusste auch, wie gefährlich diese Bleigeschosse waren. Er lag nicht nur am Boden, er rollte sich auch herum, hielt die Augen weit offen, um den sehen zu können, der die Waffe hielt und damit schoss.

Suko sah ihn mehrmals.

Er zeigte sich in zahlreichen Spiegeln, nie normal, stets verzerrt, immer mit der schwarzen Maschinenpistole in der Hand, die er ebenso drehte wie seinen Körper, um die Kugelgarben zu streuen.

Auch Suko hatte die Beretta gezogen. Ziele hatte er genug, nur, wo befand sich das echte?

Er hatte keine Ahnung und hörte in das Hämmern der MPi auch ein klirrendes Splittern, als ein erster Spiegel getroffen und regelrecht zerblasen wurde, sodass die Scherbenstücke dem Inspektor wie ein glitzernder, gefährlicher Regen um die Ohren flogen.

Er feuerte zurück.

Einen Moment blieb er ruhig liegen, schoss auf drei Spiegel und opferte auch drei geweihte Silberkugeln.

Die Spiegel zerbrachen, und die verzerrten Bilder der Gestalten verschwanden, als hätte man sie weggeputzt, aber der echte Hito Tawashi befand sich nicht darunter.

Er hielt sein Feuer zurück. Dafür lachte er. »Ich bin noch da, du elender Wurm. Ich warte auf dich, und ich kriege dich auch.«

Dem wollte Suko nicht widersprechen. Er hatte sich mit dem linken Knie auf den Boden gestützt. Das rechte Bein hielt er dabei nach hinten gestreckt, weil er aus dieser Position heraus so rasch starten konnte, wie es eben möglich war.

Vor ihm lagen die Scherben.

Ein glitzerndes Mosaik, ein Durcheinander von Splittern,

das den Boden bedeckte, wobei sich in ihm selbst noch verzerrte Bilder abzeichneten.

Suko sah sich zum Teil, aber seinen Gegner konnte er nicht entdecken. Der hockte irgendwo. Er war selbst in der verbleibenden Spiegelfläche nicht mehr zu sehen.

Welche Möglichkeit blieb dem Inspektor?

Durch einen Glückstreffer den anderen zu erwischen? Das war ihm zu billig, außerdem hätte er da wirklich sehr viel Glück haben müssen. Ob das klappte, war fraglich.

Suko schielte auf die Tür.

Es war am besten, wenn er sich aus dieser Falle zurückzog. Das hatte nichts mit Angst zu tun, es gehörte einfach zur Taktik. Er konnte sich dann auf einen neuen Angriff einstellen.

Ein länglicher Gegenstand erschien in den Spiegeln, der dunkel schimmerte und aus Metall zu bestehen schien.

Der Lauf einer MPi!

Tawashi selbst war nicht zu sehen. Er hielt sich vornehm zurück. Doch er hatte seine Waffe so weit vorgeschoben, dass er, wenn er sie drehte, den gesamten Raum damit abstreuen konnte.

Das wusste auch Suko.

Viel Zeit blieb ihm nicht mehr. Zudem dachte er an seinen Freund John Sinclair. Er musste einfach alles auf eine Karte setzen und griff deshalb zu einer List.

Suko zog seinen Stab hervor. Wenn er das Wort Topar rief, blieb die Zeit für eine Spanne von fünf Sekunden stehen, in der sich all die nicht bewegen konnten, die das gerufene Wort hörten.

Nur der Träger des Stabes konnte agieren.

Suko wusste genau, welches Risiko er einging. Er musste innerhalb der kurzen Zeitspanne den Japaner finden und außer Gefecht setzen.

Nicht töten!

Er rief das Wort genau in dem Augenblick, als sich der MPi-Lauf weiter nach vorn und leider auch in seine Richtung bewegte.

Suko war schneller.

»Topar!«

Ich oder der Ghoul?

Die Antwort auf diese Frage würde ich finden müssen, und ich wusste nicht, ob ich sie noch geben konnte, denn der Leichenfresser war mir an Kräften überlegen.

Im Augenblick stellte sich das Problem nicht, da er sich noch nicht mit mir beschäftigte. Ich tauchte in dieser Brühe dem Grund entgegen, der gar nicht mal so tief war. Meine ausgestreckten Hände fanden plötzlich Ziele. Zwischen meinen Fingern spürte ich etwas Längliches und auch Rundes.

Ohne es selbst zu sehen, wusste ich genau, um was es sich dabei handelte. Es waren Knochen von Opfern, die der verdammte Ghoul schon bekommen hatte.

Nur durch Zufall waren die Knochen zwischen meine Finger geraten. Ich ließ sie so rasch wie möglich fallen und schwamm an die Oberfläche. Vielleicht schaffte ich es trotz meines kraftlosen Zustands, wieder aus dem Bassin zu klettern.

Da ich den Mund fest geschlossen hatte, war mir nichts von dieser verdammten und widerlichen Brühe in den Mund gelangt. Das musste ein regelrechter Ghoulschleim sein, in dem sich dieses Monstrum suhlte. Allein der Gedanke daran trieb mir schon den Magen in die Höhe.

Ich tauchte auf.

Kaum hatte ich den Kopf über »Wasser«, holte ich Luft und öffnete auch die Augen.

Zum Glück rann der ganze Schleim an meinen Pupillen vorbei, und ich schleuderte zunächst die verklebten Haare zurück, wobei sich allmählich mein Sichtfeld klärte.

Zum Glück hatte ich wieder etwas mehr Kraft bekommen und konnte mich dementsprechend bewegen. Durch Schwimmbewegungen hielt ich mich an der Schleimfläche obenauf und brauchte nur einen kurzen Blick schräg nach links zu werfen, um sie zu sehen.

Die Geishas umstanden das Bassin. Sie wollten meinen Tod, schleuderten mir Worte in ihrer Heimatsprache entgegen, die ich nicht verstand, dafür den Hass hervorhörte, der sie begleitete.

Die Geishas waren zunächst uninteressant. Für mich zählte der Ghoul. Und der bewegte sich wie ein träges Monster aus dem verdammten Schleim hervor. Von der Geisha, die zu einem Opfer geworden war, sah ich nichts mehr. Ich kannte zudem die Methoden der Ghouls. Zuerst töteten sie ihr Opfer. Was sie anschließend mit ihnen machten, nun ja, die von mir gefundenen Knochen sprachen für sich.

Ich schaute ihn an.

Ein Monsterghoul, ein wahrer Schleimberg. Wahrscheinlich gehörte das gesamte Zeug, in dem ich mich befand, ebenfalls noch zu seinem widerlichen Körper, sodass beides eine Einheit bildete.

Dieser Gedanke zuckte nur flüchtig durch mein Hirn. Für mich zählte der riesige Ghoul, der vor mir stand.

Er zeigte sich ganz!

Ich sah sein Maul, eine Öffnung im Schleim, die zahnerfüllt war, wobei zwischen den Reihen noch lange Fäden hingen, die gelblich weiß schimmerten.

Klein wie ein Zwerg kam ich mir vor, als ich zurückging. Es blieb nur die Möglichkeit, aus dem Bassin zu klettern, aber das würden die Geishas zu verhüten wissen.

Zudem waren meine Bewegungen zeitlupenhaft und auch mehr als träge, als ich mich nach hinten drückte und schon sah, wie sich die drei Frauen am Rand des Beckens verteilten.

Sie gingen in die Hocke, ihre Nadeln zeigten auf mich. Die weiß geschminkten Gesichter waren hässliche Larven, und aus ihren weit geöffneten Augen sprach die Lust zum Töten.

Falls es der Ghoul nicht schaffte.

Darauf wies allerdings nichts hin, denn der massige Schleimkloß bewegte sich auf mich zu.

Er produzierte eine erste Welle, die gegen mich schwappte und mich ins Schaukeln brachte.

Das Bassin war nicht tief. Ich stand mit beiden Füßen auf

dem Boden und konnte die Welle sogar ausgleichen. Nur war es mir noch nie passiert, dass ich einem Ghoul waffenlos gegenüberstand. Mit bloßen Händen musste ich mich gegen ihn verteidigen.

Da war die Chance gleich Null.

»Friss ihn!«

Drei Geishas hatten gerufen, und es hörte sich an wie ein gewaltiger Schrei aus nur einer Kehle.

Der Ghoul gehorchte.

Er ließ sich fallen, sein Maul öffnete sich noch weiter, und ich bekam eine höllische Angst …

Fünf Sekunden nur, dann musste Suko seinen Gegner gefunden und ausgeschaltet haben.

Es kam ihm zugute, dass einige Spiegel zerschossen worden waren, so brauchte er nur die Hälfte zu untersuchen und nahm sich den ersten vor. Eigentlich waren es zwei winklig aufeinander zuführende Hälften, in die der Inspektor kurzerhand hineintrat, sodass sich die Spiegelhälften in einen Regen aus Splittern verwandelten und nach allen Seiten wegflogen.

Leer!

Sofort wirbelte Suko herum.

Er wusste nicht, wie viele Sekunden ihm noch blieben, auf jeden Fall verwandelte er sich in einen Schatten, so schnell war er, als er durch den Raum huschte.

Auch den nächsten Spiegel zerstörte er, der übernächste musste einen Schlag mit der Beretta hinnehmen. Er zerbrach ebenfalls in einem wahren Glitzerregen, dann drehte sich Suko. Er trat zu und vernahm einen irren Schrei, denn exakt in diesem Moment war die Zeitspanne abgelaufen.

Mit dem Tritt hatte Suko nicht nur eine Spiegelfläche erwischt, auch den daneben sitzenden Hito Tawashi, der aus seiner Erstarrung erwacht war und hatte schießen wollen.

Das schaffte er nicht mehr. Sukos Treffer wuchtete ihn nach hinten. Der Fuß war genau auf die blanke Sonne gezielt worden und hatte auch voll getroffen.

Tawashi überkugelte sich. Auch die MPi geriet aus der Richtung. Sogar mit dem Lauf schlug er noch gegen seine Stirn, und Suko machte es jetzt hart. Dieser Mann hatte ihn töten wollen. Dafür bekam er die Quittung.

Der nächste Fußtritt erwischte die Unterarme des Japaners, sodass dieser nicht mehr in der Lage war, seine Waffe zu halten. Er konnte noch zusehen, wie sie wegflog, danach wurde sein Gesichtsfeld durch Sukos Faust eingenommen.

Sie erinnerte an einen Vorschlaghammer, der waagerecht geführt wurde und auch traf.

Hito Tawashi, der Mörder, erzitterte unter dem Volltreffer auf seiner Kinnspitze. Der Zustand dauerte nicht sehr lange an, denn schon eine halbe Sekunde später war alles vorbei.

Da streckte er sich und blieb liegen.

Bewusstlos, erledigt …

Suko hatte seinen Auftrag erfüllt, richtete sich auf, rieb seine Faust, und auf seinem Gesicht zuckte es, denn ihm fiel ein, dass er einen Fehler gemacht hatte.

Er hätte sich nicht zu dieser Aktion hinreißen lassen dürfen und dem Japaner stattdessen einige Fragen stellen sollen, die Shao und deren Entführung betrafen.

Jetzt war es zu spät.

Suko drehte sich um. Er wollte ans Gitter und noch einen Blick in die Tiefe werfen. Beim ersten Mal hatte er erkannt, in welch einer Lage sich sein Freund John befand.

Und die konnte sich nur verschlechtert haben.

Er schaute hinunter und zuckte zurück, denn etwas drang aus der Tiefe und blendete ihn so stark, dass er fast blind wurde …

Man hatte Shao mit der Giftnadel berührt und sie aus dem Verkehr gezogen. Jetzt lag sie auf dem Boden des Verlieses. Erledigt, ohnmächtig, so hätte es eigentlich sein müssen, bis auf eine Kleinigkeit, die allerdings sehr wichtig war.

Shao war ein normaler Mensch, eine völlig normale Frau, aber sie stammte von der Sonnengöttin Amaterasu ab.

Obwohl sie zur Rasse der Chinesen gehörte und Amaterasu zur japanischen Mythologie zählte, hatten sich diese Stammbäume innerhalb der vergangenen Jahrhunderte miteinander vermischt. Es war zu anderen Konstellationen gekommen, die Shao selbst nicht überblickte, aber die Tatsache ihrer Erbmutter war geblieben.

Und Amaterasu lebte.

Sie existierte, sie vegetierte im Dunklen Reich, in das sie ihr Bruder Susanoo verbannt hatte, aber sie war trotz ihrer Gefangenschaft nicht eigentlich völlig wehrlos.

Irgendwo in ihrem Innern besaß sie eine gewaltige Kraft, der auch Zeiten und Dimensionen nicht widerstehen konnten. Und diese Kraft hatte in der Gegenwart einen Anlaufpunkt.

Der hieß Shao!

Durch sie, die Letzte in der langen Ahnenkette, gelang es der Sonnengöttin, in die Gegenwart hineinzutauchen und sich in Dinge einzumischen, die dort abliefen.

Wieder einmal waren es Vorgänge, die Amaterasu auf keinen Fall billigen konnte. Sie musste eingreifen, denn sie hatte in ihrer Verbannung gemerkt, dass sie etwas richtig stellen musste.

Es gab einen Weg.

Den über Shao!

Aber die lag bewusstlos in der Kammer, ihre körperlichen Funktionen auf ein Minimum reduziert.

Amaterasu versuchte es trotzdem!

Plötzlich war der Kontakt da. Und auch Shao spürte ihn. Beinahe schmerzlich wurde er hergestellt, denn die Verbindung zwischen ihr und der Sonnengöttin stach wie ein dünner Laserstrahl in ihr Bewusstsein.

Das Gift wurde eliminiert.

Shao richtete sich auf.

Es bereitete ihr keine Schwierigkeiten, sich aufzusetzen. Im ersten Moment schaute sie sich wirr um, bis sie die ferne Stimme vernahm, die leise, aber dennoch intensiv auf sie einredete.

»Ich, die Sonnengöttin Amaterasu, will nicht und kann es nicht zulassen, dass in meinem Namen Unrecht geschieht. Man hat mich in das Dunkle Reich verbannt, ich warte darauf, den Fächer zurückzubekommen, aber ich werde nicht untätig sein, denn du bist es, die meine Belange in der Gegenwart vertreten soll. Geh hin und zerstöre sie! Es darf nicht dazu kommen, dass Menschen in meinem Namen sterben. Zuviel ist schon geschehen. Lasse es nicht zum Letzten kommen. Du, Shao, bist meine Tochter!«

»Ja, ich weiß!«

Dieser schlicht dahingesprochene Satz beinhaltete alles. Shao hatte auf die Worte der Sonnengöttin gehört. Sie war innerlich bereit, ihr den Gefallen zu tun, denn auch sie wollte nicht, dass Menschen starben, deshalb stand sie auf.

Die Nachwirkungen des Giftes waren völlig verflogen. Kaum hatte Shao Halt gefunden, als sie das Kribbeln spürte, das durch ihren Körper rann. Es glich einem leichten Stromstoß, der sich verstärkte und zu einer Wärme wurde, die noch mehr Blitze abstrahlte, sodass Shao vom Kopf bis zu den Zehenspitzen davon erfüllt wurde.

Sie hatte sich aufgeteilt. Die Magie der Sonnengöttin Amaterasu war auch in ihr wirksam geworden. Man konnte Shao in diesen Augenblicken als einen Zwitter bezeichnen.

Zur Hälfte war sie sie selbst, zur anderen Hälfte Amaterasu. Und sie spürte die Kraft in sich, alles für sich und die Sonnengöttin entscheiden zu können.

Niemand sollte sie aufhalten.

Die Chinesin hatte sich auch körperlich verändert. Ihr Körper war zwar der gleiche geblieben, aber ein gewaltiger Strahlenkranz hatte ihn umgeben, eine gelbweiße Aura, wie sie aus dem Meer stieg, um in den endlosen Himmel zu wandern.

Shao/Amaterasu verließ ihr Gefängnis. Sie wusste sehr genau, wohin sie zu gehen hatte, wandte sich im Gang nach rechts, hörte das Schreien der Geishas und wusste, dass es höchste Zeit wurde.

Sie ging schneller.

Die Kraft einer uralten und leider gefangenen Göttin trieb sie an, und so betrat sie den Raum des Schreckens …

Der gewaltige, stinkende Schleimberg konnte mich ebenso wenig verfehlen wie die mörderischen Zähne. Wo ich mich auch hingewandt hätte, ich wäre verloren gewesen.

Bis zu dem Augenblick, als der Ghoul plötzlich mitten in der Bewegung stoppte. Etwas hatte ihn irritiert, und auch ich spürte das andere, das plötzlich vorhanden war.

Auf einmal veränderte sich die Lage. Der Ghoul über mir veränderte sich. Sein schleimiger Körper zog sich in die Länge, verbreiterte sich gleichzeitig, und das gewaltige Maul klappte zusammen, ohne dass ich dazwischen geriet.

Dafür fielen große Schleimklumpen nach unten und schwammen auf der Oberfläche weiter.

Ich drehte mich.

Der goldene Schein traf mich intensiv. Ich wurde geblendet, riss meine Arme schützend vor die Augen, veränderte dann ihre Haltung und schaute durch die Lücken der gespreizten Finger.

Ja, ich sah die Gestalt.

Eine nackte Frau, hoch aufgerichtet, göttinnengleich und von einer strahlend goldenen Aura umringt, dabei das schwarze Haar wie eine lange Welle um den Kopf fließend und mit einem Gesicht versehen, in dessen Zügen das Wissen einer unendlich langen Zeit lag.

Das war nicht allein Shao, sondern die Sonnengöttin!

Dies wussten auch die drei Geishas. Sie sprangen ihr entgegen, wollten vor ihr auf die Knie fallen, doch die Kraft dieser Strahlung ließ sie in der Bewegung stoppen und bis in die Zehenspitzen erzittern.

Es gab keine Hoffnung für sie.

Sie taumelten plötzlich, getroffen von den magischen Strahlen einer Göttin, die sie herausgefordert hatten, und es gelang ihnen nicht, sich auf den Beinen zu halten.

Die Wucht warf sie um.

Shao/Amaterasu aber schritt weiter. Wie eine Königin schritt sie vor, das Gesicht starr und trotzdem mit dem Ausdruck einer Herrscherin versehen.

Sie war gekommen, um zu richten, nicht um zu verzeihen.

Der Ghoul bekam es zu spüren!

Und ich wurde Zeuge des Vorgangs. Der Schrecken fuhr mir durch die Knochen, weil ich hautnah alles mitbekam und mich ebenfalls ein goldener Schein überfallen hatte, der gleichzeitig dafür sorgte, dass auch die letzte Wirkung des Giftes allmählich verschwand.

Ich konnte mich normal bewegen!

Es war ein herrliches Gefühl, dies zu wissen, aber ich ging nicht weg, weil ich die Vernichtung des Monsters, das mich hatte töten wollen und anschließend verschlungen hätte, miterleben wollte.

Es begann mit einem Knirschen.

Nicht das Becken veränderte sich, oder die Fliesen am Rand brachen zusammen, der Schleimklumpen, aus dem der Ghoul bestand, wurde zu einer festen Masse.

Er verhärtete sich in Sekundenschnelle und geriet dabei in einen kristallinen Zustand. Obwohl der Ghoul durch dieses Austrocknen vernichtet wurde, wuchs die Gefahr für mich, da durch diesen Prozess auch meine Bewegungsfreiheit beeinträchtigt wurde.

Noch konnte ich zurücklaufen und mich drehen. Beides tat ich, erreichte mit zwei Schritten den Beckenrand und schaffte es auch beim ersten Versuch, aus dem Bassin zu klettern.

Aufatmend blieb ich an seinem Rand stehen, noch eingehüllt von einem goldenen Schleier, und schaute zu, wie der Ghoul allmählich starb. Er wurde lautlos getötet. Alles, was sich im Innern des Beckens befand, hatte unter der magischen Kraft der Strahlen zu leiden und veränderte seinen Zustand.

Die Kristalle schoben sich aufeinander zu, sie bildeten neue Formen, und nur das dabei entstehende Knirschen und Schaben war zu hören. Der Ghoul aber gab keinen Laut von sich.

Sein lautloses Sterben faszinierte mich und stieß mich

gleichzeitig ab. Ich spürte das Grauen, und ich wusste, dass mich andere Kräfte gerettet hatten. Allein auf mich gestellt, wäre ich in diesem Spiel der große Verlierer gewesen.

Sekunden später passierte es.

Ein hämmerndes Krachen durchpeitschte die Halle. Irgendetwas war gebrochen. Ich sprang einen Schritt zurück und sah dort, wo einst Schleim das Bassin gefüllt hatte, nur noch eine Wolke aus blitzendem Staub.

Der Ghoul war durch die magische Hitze der Strahlung explodiert. Die Wolke stieg der Decke entgegen und verteilte sich in dem Raum. Ich wollte nicht unbedingt in ihre Nähe geraten, trat einige Schritte zur Seite und schaute Shao an.

Die Chinesin war wieder normal geworden.

In ihrer Blöße kam sie mir so hilflos vor. Sie zitterte am gesamten Körper, ich sah auch, wie sie schwankte, sprang auf sie zu, und als sie fiel, fing ich sie auf.

Sie lag in meinen Armen.

Wir schauten uns an. In ihren Augen lag noch immer ein so ferner Ausdruck. Wahrscheinlich hatte sie die Vorgänge noch nicht verkraftet. Möglicherweise befand sich ihr Geist auch noch in Kontakt mit der Sonnengöttin.

»Shao!«

Von der Decke hallte ein Schrei durch den Raum des Schreckens. Ich schaute in die Höhe, sah erst jetzt das Gitter, wo sich hinter den Stäben Sukos Gesicht abmalte.

Ich winkte ihm zu.

»Okay, John, ich komme!«

Wir hatten noch einiges zu tun, bis wir, zusammen mit einigen Kollegen, den verschachtelten Bau durchsucht hatten. Zum Glück lebten die drei Geishas. Und auch ihr Herr und Meister, Hito Tawashi. Auf sie alle warteten die Zellen, und die Geishaschule wurde geschlossen und versiegelt.

Wieder einmal hatte jemand versucht, die Mythologie einer längst vergessenen Zeit in die Gegenwart zu holen. Es war ihm nicht gelungen. Wer mit Gangstermethoden arbeitete, musste auch darauf gefasst sein, wie ein Verbrecher behandelt zu werden.

Das konnten sich Hito Tawashi und seine Helfershelfer hinter die Ohren schreiben, wenn sie in den Zellen schmachteten.

Uns blieb nur noch eins.

Groß zu feiern. Und als wir alle richtig in Stimmung waren – die Conollys hatten wir ebenfalls eingeladen –, sang Bill plötzlich in bester Weinlaune ein Lied für Shao.

»Du bist meine Sonne!«

»Aber du nicht meine Stimme!« rief seine Frau Sheila hervor, bevor sie fluchtartig den Raum verließ …

ENDE

Ich folgte der Todesspur

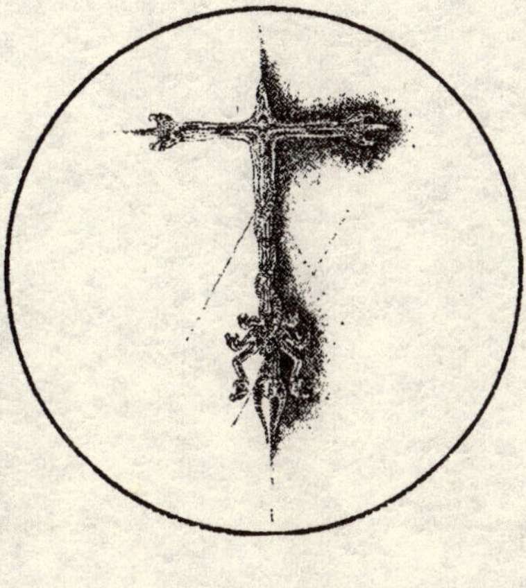

Man schrieb das Jahr 1855.

Diesen Winter würde keiner, der ihn erlebt hatte, je vergessen. Es war bitterkalt, sodass einige Menschen auf den Straßen erfroren aufgefunden wurden.

Die Temperaturen sanken so tief, dass sie von normalen Thermometern nicht mehr angezeigt wurden.

Auch die Bewohner der kleinen Stadt Devon hatten unter diesem schrecklichen Winter zu leiden. Die Kälte hatte bereits das zweite Opfer gefordert.

Ausgerechnet ein Kind!

Amos Clarke, der Küster, hatte es gefunden. Bevor er die Kirche abschloss, war er um den alten, verwittert aussehenden Steinbau herumgegangen, hatte sich das Eis auf den Scheiben angesehen und auf den schmalen Kirchweg noch einmal Sand gestreut. Als er die Schaufel wieder in den Schuppen stellen wollte, sah er die kleine Gestalt erfroren neben einem Gebüsch liegen.

Das Mädchen trug nur einen dünnen Mantel. Er war zudem noch vorn aufgeknöpft, sodass die Kleine keine Chance gehabt hatte, der beißenden Kälte zu entgehen.

Als der Küster auf das Kind schaute, spürte er die Kälte nicht mehr. Heiße Schauer des Entsetzens durchtosten ihn. Er bückte sich, nahm das Kind auf den Arm und untersuchte es, ob es vielleicht doch noch atmete.

Nein, das war nicht der Fall.

Er hielt eine Tote auf dem Arm.

Bis zum Pfarrhaus, in dem auch er in zwei kleinen Zimmern wohnte, waren es nur wenige Schritte. Dorthin trug er das Kind. Steif gefroren lag es in seinen Armen.

Das Kind stammte nicht aus dem Dorf. Außerdem sah es mit seinen schwarzen Haaren so aus, als hätte es Eltern aus den südlichen Ländern gehabt. Möglicherweise war es auch ein Zigeunerkind.

Hinter dem Fenster neben der Schreibstube des Pfarrers brannte noch Licht. Der Küster wusste, dass sein Vorgesetzter dort das Schlafzimmer hatte, in das er sich des Abends oft zurückzog, um in Ruhe zu lesen. Er war ein gebildeter

Mann, der sich für vieles interessierte, auch für Magie und Mystik.

Der Küster trat gegen die Tür. Jetzt spürte er wieder die Kälte. Da er die Kapuze des Kaninchenfellmantels nicht übergestreift hatte, glaubte er, dass ihm der Frost allmählich die Ohren abbeißen würde.

Es dauerte etwas, bis der Pfarrer sein Bett verlassen hatte und die Tür öffnete. In der rechten Hand trug er eine brennende Kerze, die auf einem kleinen Teller stand.

Zunächst zeigte sein Blick Unwillen über die späte Störung, dann sah er das erfrorene Mädchen, und Schrecken stahl sich in seine Augen.

»Sie ist tot!«, sagte der Küster mit schwerer Stimme.

»Komm rein.«

Der Küster trat ein. Im Haus war es warm, denn der alte Kanonenofen gab viel Hitze ab.

Der Pfarrer ging vor. Er bewohnte eine kleine Kammer, in der ein Bett, ein Schrank und eine Waschschüssel standen. Sie diente ihm als Schlafstätte für Gäste. Jetzt musste der Küster das tote Mädchen auf das Bett legen. Das Gesicht der Kleinen war fast so weiß wie das Laken. Eiskristalle klebten in den schwarzen Haaren.

Der Pfarrer hatte zwei Petroleumlampen angezündet und die Dochte höher gedreht. Er schaute jetzt selbst nach, ob sich der Küster nicht geirrt hatte. Im Raum herrschte eine nahezu gespenstische Stille. Es war der Hauch des Todes, der zwischen den vier Wänden steckte.

Laut einatmend richtete sich der Geistliche auf und nickte. »Ja«, flüsterte er, »du hast Recht gehabt. Das Mädchen ist tot. Erfroren.« Der Mann schüttelte den Kopf. »Dieser Winter ist grausam.«

»Nein, er ist eine Strafe Gottes.«

Der Pfarrer widersprach. »Gott straft nicht, Gott verzeiht. Also kann dieser Winter keine Strafe sein. Es ist die Natur, aber ich will mich nicht mit dir streiten. Kennst du das Kind? Ich habe es noch nie gesehen.«

»Nein, es stammt nicht aus dem Dorf.«

»Seltsam.«

»Darf ich etwas sagen?«

»Bitte.«

»Ich bin mir nicht sicher«, begann der Küster. »Aber Sie erinnern sich, dass vor einigen Tagen Zigeuner hier waren. Sie haben an die Türen der Häuser geklopft und um Brennmaterial gebeten …«

»Ja, ich weiß.« Der Pfarrer wurde von einem Augenblick zum anderen ärgerlich. »Ich habe alles genau erlebt, und ich habe mich für die Bewohner des Dorfes geschämt, weil sie die armen, frierenden Menschen barsch abgewiesen haben. Nicht nur das, sie trieben die Fremden sogar mit ihren Flinten und Musketen aus dem Ort. Das war schlimm.« Voller Erregung strich der Geistliche durch seinen Vollbart, bevor er sich umdrehte und den Küster anschaute. »Du meinst also, dass dieses Kind zu der Zigeunersippe gehört hat.«

»Da bin ich mir sicher. Ich habe das Mädchen sogar bei den Wagen gesehen und kenne seine Mutter.«

»Hast du auch gesehen, dass es mit den anderen zurückgefahren ist?«, fragte der Geistliche.

»Nein, das nicht.«

Der Pfarrer warf einen Blick auf die Tote. »Dann frage ich mich, wie es wieder in das Dorf gekommen und erfroren ist.« Sein Blick nahm die Schärfe eines Raubtierauges an. »Wir werden es herausfinden«, erklärte er. »Ich führe die Untersuchungen. Sollte ich herausfinden, dass jemand aus dem Dorf mit dem Tod des Kindes zu tun hat, dann werde ich keine Rücksicht kennen.«

»Das ist auch richtig«, meldete sich der Küster und fragte beim selben Atemzug: »Was soll jetzt mit der Leiche geschehen?«

»Hol den Totengräber.«

»Wie?« Der Mann lächelte dummdreist. »Sollen wir das Kind beerdigen?«

»Was hast du denn gedacht? Es ist ein Mensch wie jeder andere und bekommt eine anständige Beerdigung.«

»So meinte ich das nicht …«

»Wie denn?«

»Der Boden ist zu hart. Wer zu dieser Zeit stirbt, den kann man nicht mehr unter die Erde bringen, verstehen Sie?«

»Das ist mir klar. Irgendwann wird es aber wieder wärmer. Im Totenhaus wartet schon eine Leiche auf ihre Beerdigung. Bei dieser Kälte verwest niemand.«

Der Küster nickte. »Natürlich, Sie haben Recht.« Dann lief er fast fluchtartig davon.

Der Pfarrer blieb mit der Leiche zurück. Nachdenklich schaute er das Kind an. Es sah aus wie eine schlafende Puppe. Kaum zu glauben, dass es tot war.

Viele Menschen erfroren in diesem brutal kalten Winter. Leider war so etwas schon normal geworden. Dennoch hatte der Geistliche das Gefühl, dass es mit dem Tod dieses Mädchens etwas Besonderes auf sich hatte.

Er sollte sich nicht getäuscht haben …

Es geschah alles so, wie der Pfarrer es angeordnet hatte. Der Totengräber kam noch in derselben Nacht, holte das Kind ab und sargte es ein. Für Kinder gab es weiße Särge. Als der Totengräber Geld für seine Arbeit haben wollte, zahlte der Pfarrer.

Dann zog der Mann ab.

Der Sarg wurde in das düstere Totenhaus gestellt, direkt neben einem normal großen, in dem eine alte Frau lag, deren Gesicht noch im Tode verzerrt war. Auch sie hatte der Kältetod getroffen. In dem weißen Leichenhemd wirkte sie wie ein schreckliches Gespenst. Der Totengräber und sein stummer Gehilfe stellten den Sarg ab. Selbst das Licht der alten Sturmlaterne war bei dieser Kälte schwächer, weil die Scheiben von außen zufroren.

»Lass den Deckel offen«, sagte der Totengräber, als er sah, wie der Stumme den Sarg verschließen wollte.

Der Mann nickte.

Einen letzten Blick warf der Totengräber noch auf die Leiche, bevor er murmelnd das makabre Haus verließ. »Ein

Zigeunerkind, ein totes Zigeunerkind, das bringt Unglück, verdammt, das bringt Unglück.« So schnell wie möglich verließ er die düstere Stätte, um das Gasthaus zu besuchen, wo er sich zunächst zwei doppelte Gin in die Kehle kippte.

Dort sprach er mit anderen darüber, und auch diese Gäste waren der Meinung, dass Devon durch die Tote von einem unheilvollen Fluch getroffen worden war.

»Dagegen muss man etwas tun«, sagte ein schwergewichtiger Mann, der Schlachter von Beruf war.

»Und was?«, wurde er gefragt.

»Wir schaffen das Kind weg!«

Nach seinen Worten war es still. Bis sich der Wirt einmischte und ebenfalls der Meinung des Schlachters war. »Ja, wir schaffen sie weg, dann ist alles klar.«

»Und der Pfarrer?«, warf der Totengräber ein. »Er will das Mädchen christlich beerdigen.«

»Unsinn, dann ist es eben weg. Kommt, Freunde ich spendiere noch eine Runde.« Der Schlachter hatte am meisten Geld. Nach dieser Runde besprachen die Männer die Einzelheiten des Planes und kamen überein, dass der Wirt, der Totengräber und der Schlachter die Sache in die Hand nehmen wollten. Und zwar in der folgenden Nacht.

Niemand sollte etwas davon erfahren. Das versprachen sie sich gegenseitig.

Die Kälte ließ auch am folgenden Tag nicht nach. Im Gegenteil, sie verstärkte sich noch. Die Menschen dachten schon an eine Rache der Natur. Viele blieben in ihren Betten und heizten nur sehr sparsam, weil man nicht wusste, wie lange diese tiefen Temperaturen noch anhalten würden und ob man überhaupt mit dem Holz auskam.

Das Land wurde zu einer Insel des Schweigens. Menschen befanden sich nur auf der Straße, wenn sie etwas zu besorgen hatten, das sich nicht verschieben ließ.

Es wehte kein Wind. Die Rauchfahnen aus den gemauerten Kaminen stiegen träge aus den Öffnungen, als wollten sie nur schauen, ob die Kälte noch immer vorhanden war.

Die Luft drückte. Vielleicht stand ein Wetterumschwung

bevor. Dann würden erneut Massen von Schnee über das Land hinwegfegen und alles wie unter einem gewaltigen Leichentuch begraben.

An manchen Stellen hatten sich Nebelschleier gehalten. Sie sahen aus wie längst vergessene Tücher. Grau, aufgerissen und durchlöchert. Stille lag über dem Land. Durchbrochen nur, wenn sich das Eis zusammenschob oder ein Baumast unter der extremen Kälte brach. Manchmal fielen auch Vögel kurzerhand von ihren Sitzplätzen und blieben als gefrorene Klumpen liegen.

Am Mittag zeigte sich stets die Sonne. Sie stand tief, als würde sie sich schämen, überhaupt aufzustehen, denn gegen diese Kälte kam sie nicht an. Sie drückte alles nieder.

Auch die so fremd wirkenden Strahlen des Himmelskörpers schafften es nicht, den Dunst zu durchbrechen. Sie blieben irgendwo hängen, wurden abgehalten, aufgesaugt, und schon bald sah die Sonne ein, dass sie es nicht schaffte und verschwand im Grau der hereinbrechenden Dämmerung.

Das war die Zeit, in der die drei Männer sich treffen wollten. Der Wirt hatte erst vorgehabt, sein Gasthaus zu schließen, bis ihm einfiel, dass so etwas aufgefallen wäre, und er hatte seine Frau gebeten, den Dienst zu übernehmen.

»Und du?«

Der Mann zog seinen gefütterten Mantel über, der ihm mit dem Saum fast bis zu den Schuhen reichte. »Ich werde mich im Ort einmal umschauen.«

»Allein?«

»Nein, ich treffe noch den Totengräber und den Schlachter.«

Die Frau verstand. Sie erinnerte sich daran, dass ihr Mann ihr etwas in der vergangenen Nacht erzählt hatte. »Dann wollt ihr es tatsächlich tun?«, fragte sie. Auf ihrem faltigen Gesicht breitete sich der Schrecken aus.

»Das hatten wir uns vorgenommen.«

»Mein Gott, ihr versündigt euch.«

»An einem Zigeu…«

»Sprich es nicht aus. Es ist ein Kind.«

Der Wirt winkte ab, knöpfte seinen Mantel zu und ging grußlos davon. Er kannte die Skrupel seiner Frau, die er nicht teilte. Dieses Kind störte, es musste aus dem Leichenhaus verschwinden, zudem waren die anderen beiden ebenfalls der Ansicht, und damit beruhigte der Wirt sein Gewissen.

Der Wirt schlug den Kragen hoch, dann klappte er die Ohrenschützer herunter, um vor dem Wind geschützt zu sein.

Der Mann hielt sich auf seinem Weg im Schutz der Häuser, die sich unter der Kälte duckten. Es war rasch dunkel geworden, und die Temperaturen fielen noch weiter.

Vor den Lippen dampfte der Atem. Der Wirt hatte das Gefühl, als würde jede Wolke vor seinem Mund festfrieren und nicht mehr verschwinden. In einigen Büchern hatte er gelesen, dass es Länder gab, die fast das ganze Jahr diese Kälte spürten – und dass dort noch Menschen wohnten. Er konnte es sich kaum vorstellen.

Niemand begegnete ihm. Das Dorf war ausgestorben. In einer Ecke lag ein Schatten. Es war ein erfrorener Hund. Er hatte die Pfoten von sich gestreckt und lag da, als würde er schlafen. Auf seinem Fell schimmerte eine Eisschicht.

Dieser Winter kostete Opfer, bei Menschen und Tieren. Es war einfach zu kalt geworden.

Das Haus des Schlachters lag ein wenig versetzt. Eine Zufahrt führte zur Tür. Sie war so breit, dass auch die Fuhrwerke hindurchpassten, die Fleisch anlieferten.

Eis hatte sich gebildet. Es sah aus wie ein nach oben gebogener Spiegel, der sich über die Köpfe der Pflastersteine zog. Der Wirt hatte Mühe, auf diesem unebenen Weg das Gleichgewicht zu halten.

Das Licht schien nur fahl hinter der Scheibe des Fensters. Der Schlachter wartete schon. Er musste den Wirt auch kommen gehört haben, denn er öffnete seine Haustür, und das Knurren eines Hundes war zu vernehmen. Der Metzger beruhigte das Tier und winkte dem Ankömmling zu. Der Wirt wurde erst gar nicht ins Haus gebeten und brauchte auch nicht lange zu warten, denn der andere schlug die Tür heftig zu.

Er rieb seine breiten Hände, bevor er die Handschuhe überstreifte. »Alles klar?«, fragte er.

»Ja.«

»Warst du schon beim Totengräber?«

»Wollten wir da nicht zum Schluss hin?«

»Stimmt.« Der Schlachter wechselte das Thema. »Hat deine Frau etwas bemerkt?«

»Sicher.«

»Und?« Die Frage klang gespannt.

Der Wirt hob die Schultern. »Ich habe sie teilweise eingeweiht.« Bevor der andere sich aufregen konnte, sprach der Kneipier schnell weiter. »Aber keine Sorge, ich habe Mary unter Kontrolle.«

»Hoffentlich.«

»Klar. Und deine Tochter?«

»Sie traut sich nicht zu fragen.« Der Metzger grinste. »Ich habe sie neulich mit unserem Gesellen erwischt. Seit dieser Zeit sagt sie nichts mehr. Außerdem habe ich den Kerl rausgeschmissen. Wenn meine Frau noch gelebt hätte, wäre der Ärger für das Töchterlein viel größer geworden.«

»Kann ich mir vorstellen.« Der Wirt kannte die Gattin des Metzgers. Sie war eine verdammt resolute Person gewesen. Gestorben war sie an einer heimtückischen Krankheit. Das lag über zwei Jahre zurück.

Die beiden gingen. Ihre Schritte hörten sich immer dann lauter an, wenn unter ihrem Gewicht das Eis wegbrach. Weit hatten sie nicht zu gehen. Nur Minuten dauerte es, bis sie das Haus des Totengräbers erreicht hatten, wo sie bereits erwartet wurden.

Es war schief und bucklig gebaut worden und diente gleichzeitig als Werkstatt. Der Totengräber hatte keine Frau gefunden, die einen Mann mit einem solchen Beruf heiraten wollte. Er lebte mit seinem alten Vater zusammen, den er pflegen musste.

Wenn es viel Arbeit gab, griff er hin und wieder auf seinen stummen Gehilfen zurück.

Die beiden dick vermummten Gestalten schritten nebeneinander her. Sie sprachen nicht. Hin und wieder vereinigten sich die Atemfahnen vor ihren Lippen. Den Weg kürzten sie ab und gingen an in der Kälte erstarrt liegenden Gärten vorbei, bis sie das Haus des Totengräbers erreichten. Es brannte kein Licht, aber der Mann hatte sie erwartet und kam ihnen entgegen. Er war ganz in Schwarz gekleidet, hatte sich wegen der Kälte ein Tuch vor den Mund gebunden und sah aus wie die Gestalt aus einem Schauermärchen.

»Ist der Wagen bereit?«, fragte der schwergewichtige Schlachter zur Begrüßung.

»Ich habe ihn bereits zum Totenhaus geschafft.« Die Stimme klang dumpf unter dem Schal hervor.

»Das ist gut.«

Da der Metzger ein vorsichtiger Mensch war, vergewisserte er sich, ob der andere auch den Schlüssel bei sich trug.

»Sicher.«

Sie gingen. Auch diesmal sprach niemand. Jeder von ihnen schien ein schlechtes Gewissen zu haben, denn das, was sie vorhatten, war nicht rechtens.

Niemand begegnete ihnen. Im Dorf war es still wie in einer Kirche. Hin und wieder rochen sie den Rauch, der dicht über den Öffnungen der Schornsteine zurückgedrückt wurde. Selbst dem Totengräber wurde es unheimlich zu Mute, durch einen so schweigenden Ort zu schreiten.

Sie sahen das Totenhaus.

Es stand da wie eine düstere Insel. Ein wenig abseits der normalen Häuser und auch nicht weit von dem kleinen Friedhof entfernt, dessen Ostseite wiederum an das Grundstück des Pfarrhauses grenzte.

Es gab zwei Türen, durch die man das düstere Haus betreten konnte. Die an der Vorderseite war größer, aber da wollten die Männer nicht hineingehen. Sie nahmen die schmalere an der Seite.

Das Schloss war vereist. Mit der Flamme eines Sturmfeuerzeugs taute der Totengräber das Eis weg und konnte die Tür öffnen.

Die beiden anderen ließen ihm den Vortritt, weil er sich

auskannte. Sie warteten so lange, bis der Totengräber die Laterne gefunden und die Kerze darin angezündet hatte. Erst dann betraten sie auch das Haus.

Das Licht gab nicht viel her. Der größte Teil der Umgebung blieb im Dunkeln. Immer wenn die Laterne bewegt wurde, geisterten spitze Schattenschleier an den kahlen Innenwänden entlang, als wollten sie darauf hinweisen, dass sich untotes Leben in diesem Haus befand.

»Kommt, bringen wir es hinter uns.« Der Totengräber hatte es eilig. Er ging auch vor.

Das Haus war nicht groß. Es gab einige kleine Räume, in denen nur Kreuze aus Holz an den Wänden hingen. Ansonsten waren sie leer. Im größten standen die beiden Särge.

Selbst der Totengräber, der hier zu Hause war, zögerte einen Moment. Irgendwie hatte er Achtung vor den Toten. Jetzt störte er deren Ruhe auf eine besonders perfide Art und Weise.

Seine Begleiter mussten dies auch wissen, nur hatten sie diese Skrupel nicht. Der Metzger war es, der ihn in den Rücken stieß. »Geh schon, verdammt.«

Die Gestalt taumelte über die Schwelle. Wie ein Pendel schwankte die alte Sturmlaterne. Ihr Muster aus Licht und Schatten wischte gespenstisch über die Wände.

Und manchmal glitt es auch in die Richtung, wo die beiden Särge standen, die mitsamt ihres Inhalts aus dem Finstern gerissen wurden, aber ebenso schnell wieder verschwanden.

Der Wirt merkte, dass es allen dreien nicht gut ging. Er zählte sich ja selbst dazu. Wie es seinem Beruf entsprach, griff er in die Tasche und holte eine Flasche hervor. Sie war mit einer wasserhellen Flüssigkeit gefüllt, Gin.

Der Wirt schraubte sie auf und tippte dem Totengräber auf die Schulter. »Hier, nimm einen Schluck.«

»Danke.«

Als der Totengräber die Flasche zurückgab, hatte er sie um ein Drittel geleert. Der Gin wühlte in seinem Magen. Es wurde ihm warm, obwohl gerade Alkohol bei dieser Kälte den Tod bedeuten konnte.

Auch Schwindelgefühle plagten ihn. Erst nachdem die beiden anderen Männer die Flasche geleert hatten, war auch der Totengräber in der Lage, sich wieder in Bewegung zu setzen.

Er schlich auf leisen Sohlen vor. Wieder schwenkte er seine Laterne, und abermals floss das Muster aus Licht und Schatten über die kahlen Wände des Leichenhauses.

Der Totengräber gab es nicht laut zu, aber er gestand sich ein, dass er noch nie eine solche Stimmung innerhalb dieser Mauern erlebt hatte. Der Mann sah seine Arbeit an wie jede andere. Er ging manchmal sogar gern mit den Toten um, aber in diesem Fall hatte er das Gefühl, mit seinen Begleitern nicht mehr allein zu sein.

Etwas war anders.

Hier lauerte eine nicht fassbare Gefahr. Sie war da, aber sie zeigte sich nicht. Er schaute den Schatten nach, die überall hinkamen und viel größer als der schwankende Lichtschein waren. Sie tanzten, sie verzerrten, und sie schufen aus dem Innern des Totenhauses ein gespenstisches Heim für kalte Leichen.

Manchmal hatte er das Gefühl, als würden kalte Finger über die Haut seines Nackens fahren. Er sah Hindernisse, wo es keine gab, und jeder Schritt kostete ihn viel Kraft. Und das Atemholen wurde zur Qual.

Stank es da nicht nach verbranntem Schwefel? Der Mann schnupperte, bekam das Zeug in die Nase, schluckte und ging vorsichtig weiter, weil er sich endlich überwunden hatte.

Dann sah er die erste Leiche.

Es war die alte Frau, deren offener Sarg näher zur Tür hin stand als der des Zigeunerkindes. Wie der schwingende Schein eines Pendels zuckte der fahle Laternenglanz über das Gesicht der Toten, gab ihm einen rötlich gelben Stich und ließ die wächserne Farbe daraus verschwinden.

Die Leiche war gefroren. Es gab keine Heizung im Leichenhaus. Kleine Eiskristalle schimmerten auf dem bleichen Gesicht und hatten sich ebenfalls in den grauen Haaren festgesetzt.

So wie sie dalag, bot sie ein völlig normales Bild, das der

Totengräber in diesen Momenten als schrecklich empfand und seinen Schritt verhielt. Auch die anderen Männer blieben stehen.

»Was ist denn?«, fragte der Schlachter. Seine Stimme klang ungeduldig. »Hast du plötzlich Schiss bekommen?«

»Ich weiß auch nicht ...«

Der kompakte Mann lachte. »Tote sind tot.«

»Schon ...«

»Geh weiter, Mann.«

Der Totengräber gab sich einen Ruck. Er wollte sich nicht blamieren und schritt trotz der innerlichen Warnungen vor, um den Sarg der alten Frau zu umrunden.

Er hatte den rechten Arm mit der Laterne so erhoben, dass der kleine Leuchtkörper über den Sarg hinwegschwenkte, als wollte er den offen stehenden Mund der toten Frau damit füllen.

Der Sarg, auf den es ihnen ankam, stand einige Schritte entfernt. In einem matten Weiß zeigte er sich. Die Farbe war schlecht verteilt worden, denn an einigen Stellen drang der dunkle Holzton bereits durch. Auch die kleine Totenkiste hatte man nicht verschlossen. Der Sargdeckel stand hochkant an der Wand.

Noch zwei Schritte musste der Mann gehen, um in den Sarg hineinleuchten zu können. Und diese letzten beiden Schritte fielen ihm verdammt schwer. Er wusste, dass eigentlich nichts passieren konnte, trotzdem spürte er die Angst vor dem Unheimlichen.

Den Arm hatte er weit von sich gestreckt. In der Schulter spürte er bereits den Druck der Anstrengung. Der Totengräber kam sich vor wie ein Mensch, der von einem anderen gelenkt wurde.

Er hörte die scharrenden Schritte der anderen, die auf ihn zudrängten, und tat auch den letzten.

Dann stand er so dicht vor dem weißen Sarg, dass er von oben her direkt hineinleuchten konnte.

Sein Gesicht vereiste ebenfalls. Der Schreck war wie ein Stoß durch seine Glieder gefahren.

Das Kind lag nicht mehr im Sarg.
Dafür eine Hand voll Staub …

Der Totengräber sagte nichts. Er stand nur da, hielt seine Laterne, leuchtete in den kleinen Sarg, bewegte kauend die Kiefer und hatte das Gefühl, selbst zu einem Eisklumpen geworden zu sein.

Die Ahnung hatte ihn nicht getrogen. Etwas war mit dem Kind passiert. Man musste es verbrannt oder irgendetwas anderes mit ihm gemacht haben, jedenfalls schimmerte im Widerschein des Laternenlichts der Staub wie goldener Puder.

Sekunden dehnten sich zu kleinen Ewigkeiten. Der Totengräber war zu keiner Reaktion fähig. Er war von dem Anblick kalt erwischt worden und musste zweimal angesprochen werden, um überhaupt eine Reaktion zu zeigen.

»Was ist denn, Mensch?« Diesmal drängte der Wirt. »Willst du die Kleine nicht rausholen, oder kannst du nicht?«

»Da …«, ächzte der Mann. »Seht selbst.« Er trat zur Seite, um den beiden Platz zu schaffen.

Sie gingen auch vor. An ihren Lippen hing der Atem. Plötzlich spürte keiner von ihnen mehr die Kälte. Sie hatten das Gefühl, in einer höllischen Hitze zu stehen, die sie allmählich von innen verbrennen wollte.

Der Schlachter, ansonsten mit dem Mundwerk stets voran, war ebenfalls stumm geworden.

»Staub!«, hauchte der Wirt an seiner Seite. »Verdammt noch mal, das ist keine Tote mehr, das ist Staub.« Er schaute den Schlachter an. »Sag du mal was!«

Der kompakte Mann hob die Schultern. »Was soll ich sagen?«, erwiderte er mechanisch. »Ich verstehe es auch nicht.«

»Die Leiche ist weg.«

Die Männer schwiegen. Ja, die Leiche war weg, aber trotzdem noch vorhanden, nur in einer anderen Form. Und der Totengräber hatte sich als Erster gefasst. Er hielt seine

Lampe jetzt so, dass der schwache Schein auf die wachsbleichen Gesichter seiner Freunde fallen konnte. »Nein, die ist nicht verschwunden, die hat jemand verbrannt.«

Die beiden anderen dachten über das letzte Wort nach. Es gab eigentlich keine andere Möglichkeit. Die musste tatsächlich jemand verbrannt haben. Wer kam dafür in Frage?

Jemand aus dem Dorf? Einer, den sie kannten?

Der Schlachter gewann als Erster die Fassung zurück. Während der Antwort lachte er, konnte den Worten allerdings keine rechte Überzeugung geben. »Es muss jemanden im Ort geben, der das Geiche vorgehabt hat wie wir. Anders kann ich es mir nicht vorstellen.«

»Und wer?«

»Keine Ahnung.«

»Jedenfalls brauchen wir nicht mehr einzugreifen«, erklärte der Totengräber. Seine Stimme klang schon sicherer.

»Nein, das ist nicht besser«, widersprach der Wirt. »Jetzt fangen die Probleme an. Das geht doch nicht mit rechten Dingen zu. Ich habe damals schon gewusst, dass etwas nicht stimmt, als die Zigeuner nach Devon kamen. Die sind wie ein Fluch, wir haben ihnen nichts gegeben, ich denke noch an die Blicke, die sie uns zugeworfen haben. Nein, nein, ich kann nicht daran glauben, dass alles in Ordnung sein soll.«

»Und was sollen wir jetzt machen?«, fragte der Totengräber.

»Verschwinden.«

Auch der Schlachter nickte.

»Wirklich einfach so?«

»Ja, wir müssen weg. Eine andere Möglichkeit sehe ich für uns wirklich nicht. Wenn andere in den Morgenstunden die Leiche entdecken und es sich herumspricht, tun wir so, als wäre nichts geschehen. Wir haben nichts gesehen, da müssen wir uns einig sein. Oder?«

Die Männer brauchten nicht näher darüber nachzudenken. Der schnell gefasste Entschluss war am besten. Die Leute im Dorf durften von ihrem Wissen nichts erfahren, das hatten sie sich fest vorgenommen, und sie würden eisern schweigen.

»Ich rieche keinen Rauch«, flüsterte der Schlachter. »Wenn

man etwas verbrannt hat, hängt der noch lange in den Räumen ...«

»Das ist egal«, widersprach der Wirt.

»Ich meinte ja nur.«

Der Mann mit der Laterne hatte sich bereits gedreht und ging auf den Seitenausgang zu. Sein Licht strahlte in eine andere Richtung, sodass die anderen beiden Männer im Dunkeln zurückblieben. Sie beeilten sich, den Totengräber einzuholen.

Der stand schon an der Tür. Nach unten fiel der Lampenschein und ließ das Eis glänzen. Der Letzte zog die Tür zu. Mit einem schnackenden Laut fiel sie ins Schloss.

Dann gingen sie.

Noch immer wurde die Laterne vom Totengräber gehalten. »Mach sie aus!«, zischte der Schlachter. »Niemand soll uns sehen.«

»Okay.« Eine Glasseite wurde geöffnet, damit die Kerze durch ein kurzes Pusten gelöscht werden konnte.

Es wurde dunkel.

Bis auf einen roten Fleck!

Der irritierte die Männer, denn der leuchtete links von ihnen, und sie hatten ihn auf dem Hinweg nicht gesehen. Der musste entstanden sein, als sie sich im Leichenhaus befanden.

»Was ist das?«, fragte der Wirt. Als er von den beiden keine Antwort bekam, überwand er sich selbst und schritt auf den leuchtenden Punkt zu. Die anderen beiden ließen ihn gehen. Sie waren froh, dass ihnen jemand die Arbeit abnahm.

Neben dem Fleck blieb der Wirt stehen. Er bückte sich sogar, dann schnellte er in die Höhe, und die anderen hörten seinen überraschten Ruf, aus dem schon die Angst sprach.

Totengräber und Schlachter schauten sich an. Keiner wollte den Anfang machen und loslaufen. Dafür sahen sie das heftige Winken ihres Freundes. Nun mussten sie los.

Der Wirt zitterte. Dieser Anblick auf dem Boden hatte ihn härter getroffen als der Staub im Sarg.

»Was ist das denn?«, hauchte der Schlachter.

»Erkennst du es nicht?«, wurde er gefragt.

»Nein!«

Der Wirt lachte unecht, bevor er sich umdrehte und sein kaltes, wachsbleiches Gesicht in die Nähe der beiden anderen brachte. »Das ist ein Hufabdruck«, hauchte er. »Aber ein ganz bestimmter. Es ist der Abdruck des Leibhaftigen. Er hat uns besucht. Der Teufel war hier!«

Der letzte Teil der Erklärung war allen unter die Haut gefahren. Sie standen da mit offenen Mündern und wachsbleichen Gesichtern. Niemand war fähig, auch nur ein Wort zu sagen. Über ihre Rücken hatte sich eine zweite Haut gelegt, bis sich der Metzger ein Herz fasste, in die Knie ging und den Abdruck untersuchte.

Er tastete ihn nicht an, schaute nur sehr genau und gab eine Erklärung ab. »Ja, das ist er. Das ist der Abdruck des Teufels. Seht genau her. In der Mitte des Pferdehufs sehe ich die Fratze des Satans.« Er kam wieder hoch und schüttelte sich dabei. Sein Gesicht war zur grauen Maske geworden. Nur die Lippen bewegten sich bei der folgenden Frage. »Der Leibhaftige hinkt doch. Er hat einen Pferdefuß, und den sehen wir genau vor uns, Freunde. Er war hier. In unserem Dorf – und hat sein Zeichen hinterlassen.«

Die anderen stimmten ihm zu. Sie überlegten. Der Totengräber sprach das aus, was seine beiden Begleiter dachten. »Dann muss sich der Teufel das Mädchen geholt haben.«

»Ja, so sehen wir es.«

»Warum?«

Diese Frage konnte niemand beantworten. Keiner wusste den Grund, aber jeder hatte Angst.

Die Kälte drückte. Sie war wie eine Last, die irgendwann Schmerzen im Kopf und an den Gliedern verursachte. Aber keiner der Männer kümmerte sich darum. Sie hatten eine furchtbare Entdeckung gemacht, über die sie schweigen wollten.

Konnten sie das noch?

Die Hand des Schlachters wischte über das Gesicht und

schabte Eiskristalle von der Haut. »Es ist gut«, sagte er. »Verdammt, es ist gut, und ich will hier nicht mehr bleiben. Lasst uns verschwinden.«

»Und was sagen wir den anderen?«

Der Schlachter starrte den Gastwirt an. »Nichts, wir haben nichts gesehen, wir tun genauso überrascht wie die übrigen Leute, falls sie die Spur entdecken sollten. Es muss unser Geheimnis bleiben, versteht ihr. Nur unser Geheimnis.«

»Ja, wir verstehen.«

»Dann ist es gut. Und jetzt lasst uns gehen.«

»Kein Wort zu deiner Frau!«, drohte der Totengräber dem Gastwirt. »Verstanden?«

»Ja, ja …«

Die drei nahmen den kürzesten Weg, und der führte über die breiteste Straße des Ortes, eine Art Hauptweg, der Devon in zwei Hälften teilte. Sie sahen es, noch bevor sie die Straße erreicht hatten. Es war für sie der Schrecken, das kalte Entsetzen, denn die Straße zeigte sich auf eine unheimliche Art und Weise erleuchtet.

Laternen trugen daran nicht die Schuld. Im gesamten Ort gab es nicht eine einzige.

Es waren die rotgelben Spuren, die den Männern die heiße Angst einjagten. Dunkelrot der Abdruck des Hufes, aber gelb schimmernd die Teufelsfratze in seinem unten offenen Ring.

Und sie war überall.

Auf der Straße zog sie ihre Spur bis zum Dorfende, wo die Spuren nicht mehr so deutlich erkannt werden konnten und allmählich verwischten. Gleichzeitig entdeckten sie die Abdrücke auch auf den Hauswänden und sogar auf den niedrigen Dächern, die an ihren Seiten weit heruntergezogen waren. Dort malten sie sich ab, übergroß, deutlich zu erkennen, und sie leuchteten in der Dunkelheit in einem kalten, fahlen, irgendwie grausamen Schein. Satan hatte seine Spuren hinterlassen. Er war durch das Dorf geschlichen, ohne von den Bewohnern bemerkt zu werden. Regelrecht heimgesucht hatte er den kleinen Ort.

Die Männer hatten Angst.

Sie sprachen nicht, sie standen stumm da. Der Anblick dieser Spuren hatte die drei bis ins Mark hinein getroffen.

»Was sollen wir denn jetzt tun?« Der Totengräber fand als Erster die Sprache zurück.

»Verschwinden«, sagte der Wirt.

»Und dann?«

»Sind wir weg.«

»Nein!«, mischte sich der Schlachter ein. Seine Stimme zitterte. »Das können wir nicht so ohne weiteres hinnehmen. Wir müssen es melden.«

Er erntete ein krächzendes Lachen von seinem Nebenmann, dem Wirt. »Wem denn? Dem Grafen oder dem König?«

»Unsinn. Dem Pfarrer.«

Nach diesem Vorschlag schwiegen die drei Männer. Sie waren einfach sprachlos geworden, denn keiner der beiden anderen wäre auf diesen Gedanken gekommen.

»Du willst zum Pfarrer?«, fragte der Wirt mit klappernden Zähnen.

»Ja.«

»Freiwillig?«

»Auch das.«

»Verrückt ist das. Nur verrückt. Der Pfarrer wird dich scheuchen, darauf kannst du dich verlassen. Wenn der dich sieht, tritt er dir in den Hintern.«

»Hier war der Teufel zu Besuch!«

»Und?«

»Wir kommen gegen ihn nicht an!«, erklärte der Schlachter. »Da könnt ihr sagen, was ihr wollt.«

Die beiden anderen überlegten. Vielleicht war es die Kälte, die sie zwang, einen Kompromiss einzugehen. Zögernd stimmten sie zu, und so machten sich die drei Männer auf den Weg zum Pfarrhaus.

Das kannte jeder von ihnen, auch wenn er nicht in die Kirche ging. Und begleitet auf ihrem Weg wurden sie von den unheimlichen Spuren, die sich nicht allein tief in die dicke Eisschicht gefressen hatten, sondern auch in das Mauerwerk der Häuser und der grauen Dachschindeln.

Sie waren überall zu sehen, hatten sich im gesamten Dorf verteilt. Leuchteten in ihrer blutroten und gelben Farbe, selbst auf dem Platz vor der Kirche und dicht an der Tür des Pfarrhauses konnte man sie erkennen.

»Das ist unheimlich«, hauchte der Totengräber.

»Du musst das ausgerechnet sagen.«

»Ja, verdammt. Du bist in der Kneipe, aber ich hatte immer mit Toten zu tun. Sogar einen Scheintoten hatte ich mal vor Jahren. Das war genauso schlimm, als der plötzlich stöhnte. Nein, dies hier ist schlimmer.«

Der Schlachter war schon vorgegangen und stand an der Tür des Pfarrhauses. Er hatte es sorgfältig vermieden, die Spuren zu berühren. Irgendwie schreckte er davor zurück. Um den letzten Abdruck schlug er einen Bogen, bevor er sich beim Pfarrer meldete. Auch wenn der Mann schon schlief, er war es gewohnt, in der Nacht aus dem Bett getrommelt zu werden, deshalb zog der Mann auch am Seil der Glocke. Er hörte es im Innern des Hauses bimmeln. Nur erfolgte keine Reaktion.

Die anderen beiden waren mittlerweile herangekommen. »Ist er nicht da?«, fragte der Wirt.

»Keine Ahnung.«

Der Totengräber dachte praktischer. Er drückte mit der flachen Hand gegen die Tür, und die Männer schauten erstaunt zu, wie sie plötzlich nach innen schwang.

»Die ist ja nicht verschlossen!«, hauchte der Schlachter. Der Mann hatte am meisten Angst.

Die Männer waren entsetzt, als sie erkannten, dass der Leibhaftige selbst vor dem Pfarrhaus keinen Respekt gezeigt hatte, denn seine Fußabdrücke befanden sich auch im Gang.

»Er war da!«, hauchte der Wirt.

»Gehen wir rein?«

Auf die Frage des Totengräbers gab keiner von ihnen eine Antwort. Jeder wusste, wie mächtig der Teufel war. Dagegen konnte ein einfacher Dorfpfarrer nicht bestehen, und sie rechneten damit, dass der Satan auch den Geistlichen geholt hatte.

»Ich gehe!«, entschied der Totengräber. Die beiden anderen

wollten nicht feige sein und schritten hinter ihm her. Sorgfältig vermieden sie es, einen der Abdrücke zu berühren. Der Totengräber kannte sich am besten aus. Er wusste, wo der Pfarrer schlief, blieb vor der schlichten Holztür des Schlafzimmers stehen, klopfte an und trat danach ein, als er keine Reaktion bekam.

Auf der Schwelle blieb er stehen und schwenkte seine Lampe, deren Kerze er inzwischen wieder angezündet hatte.

Der Lichtschein fiel von einer Seite auf die andere, berührte die Wände, auch das Bett, und jeder konnte sehen, dass niemand darin lag. Es war nicht einmal benutzt worden.

Der Totengräber drehte sich um. »Ich glaube, der Pfarrer ist überhaupt nicht da.«

»Es gibt doch noch mehr Räume.«

»Sicher.«

Wieder übernahm der Totengräber die Führung. Er ging auf die Tür zu, die der des Schlafzimmers schräg gegenüberlag. Sein Hals war trocken geworden. Im Haus hing noch die Wärme des allmählich verlöschenden Kanonenofens. Es roch nach verbranntem Holz mit harziger Rinde.

Auch das Arbeitszimmer war nicht verschlossen. Sie drückten die Tür nach innen, schauten in die Dunkelheit, bis sie einen Abdruck sahen, der sich neben dem Tisch deutlich abzeichnete.

Auch dort war der Teufel gewesen, genauso wie an der Wand neben dem Fenster, denn dort befand sich das zweite Zeichen.

Zögernd setzte der Mann seinen Schritt über die Schwelle. Er fühlte sich überhaupt nicht wohl. Sein Magen schien zu brennen, der Kloß im Hals war noch dicker geworden. Auf Zehenspitzen ging er vor, blieb stehen und schwenkte die Lampe.

Wiederum wurden Teile des Raumes für Sekunden aus der Finsternis gerissen, bevor die Dunkelheit wieder zurückfiel.

Aber die Zeit hatte gereicht.

Sie alle sahen den Pfarrer.

Er hockte auf einem Stuhl und starrte ihnen in die von der

Wärme rot gewordenen Gesichter. Mit der linken Hand hielt der Totengräber die zurückschwingende Fackel an, trat tiefer in den Raum hinein, denn er wollte dem Pfarrer ins Gesicht leuchten.

Schon bald traf der Schein dessen Züge.

Sie waren menschlich, aber verzerrt, als hätte der Mann Schreckliches erlebt. Ohne es auszusprechen, dachte jeder der drei an den Besuch des Teufels, der den Pfarrer hart und voll getroffen haben musste, weil er auf seinem Stuhl wie eine Statue saß, die sich nicht regte.

Angst stahl sich auf die Gesichter der Dorfbewohner. Der Wirt und der Schlachter wollten verschwinden, ihr Kumpan nicht, er musste es einfach genau wissen.

Und so ging er auf den Pfarrer zu.

Nur seine Schritte waren zu hören. Die Holzdielen bogen sich unter seinem Gewicht. Durch das Fenster mit den Eisblumen an der Außenseite fiel ein fahler Schatten.

Noch trennte eine Tischbreite den Pfarrer vom Totengräber. Der Geistliche saß da, als wäre er tot. Daran dachte auch der Totengräber, als er ihn anschaute.

Er hatte sich geirrt.

Plötzlich geriet Bewegung in die Gestalt. Mit einem Ruck schoss er in die Höhe. Er breitete beide Arme aus, sodass er fast die Form eines Kreuzes annahm. Seine Augen wurden zu rotierenden roten Rädern, die Fratze des Satans schob sich über sein Gesicht, und aus dem weit aufgerissenen Maul, das doppelt so groß wirkte wie der Mund des Menschen, drang ein furchtbarer Schrei.

Mit ihm zusammen schoss eine Flammensäule tief aus dem Rachen hervor und peitschte gegen den Totengräber.

Ausweichen konnte er nicht mehr.

Er spürte noch den mörderisch heißen Hauch aus der tiefsten Hölle, wurde umwabert und verbrannte innerhalb einer einzigen Sekunde zu rötlich schimmerndem Staub, der seine Gestalt noch für den Moment zusammenhielt, bevor der Aschehaufen zu Boden sank.

Die anderen beiden bekamen noch die Zeit, auf das grauenerregende Monstrum zu schauen, dessen Maul das Feuer der Hölle ausspie, bevor auch sie erfasst wurden.

Den Wirt erwischte es in der Drehung. Er war viel zu langsam. Von der Seite her fauchte ihm die Feuersäule entgegen, die ihn innerhalb eines Lidschlags zusammenschmolz.

Als Ascherest sank er zu Boden.

Wie auch der Schlachter, der es noch bis zur Schwelle schaffte und dort ebenfalls erwischt wurde.

Die Hölle hatte gesiegt.

Und Devon wurde damit zu einem verfluchten Ort …

Einhundertdreißig Jahre später!

Für mich begann die Geschichte oder der Fall an einem Morgen im August, zudem an einem Montag, der nicht gerade zu meinen Glückstagen zählte, weil schon des Öfteren am Wochenanfang Fälle auf mich zugekommen waren, die ich überhaupt nicht mochte, und ich deshalb immer mit einem unguten Gefühl ins Büro fuhr.

Suko erging es da nicht viel besser, nur schimpfte er nicht wie ich herum, sondern saß neben mir, las die Zeitung und kümmerte sich nicht um den Verkehr.

Die Nachrichten trugen ebenfalls nicht dazu bei, meine Stimmung zu steigern. Trotz des berühmten Sommerlochs war zu viel Schreckliches in der Welt geschehen.

Auch der Londoner Teil der Zeitung hatte es in sich. Am Wochenende war wieder einiges geschehen. Schlimme Dinge wie Raub, Mord, Totschlag und Familientragödien.

»Hör auf«, wies ich meinen Partner an. »Auf diese Weekend News kann ich verzichten.«

Suko faltete die Zeitung zusammen. »Was hast du eigentlich an den beiden Tagen unternommen?«

»Im Gegensatz zu dir war ich im Haus.«

»Soll das ein Vorwurf sein, weil ich mit Shao aufs Land gefahren bin? Das war ich ihr schließlich schuldig. Sie hat in der letzten Zeit verdammt viel einstecken müssen. Die Sache mit den Geishas ist auch nicht spurlos an ihr vorübergegangen.«

»Ich sage ja nichts. Aber ich hatte mich am Samstag hingelegt.«

»Allein.«

»Natürlich, du Grinser. Ich wollte mich mal ausruhen, schlafen, in die Glotze schauen.«

»Wobei dir der Journalistenstreik in die Quere kam …«

»Auch das. Aber ich schaltete auf die privaten Sender um.«

»Auch Totenkopf-TV?«

»Werde jetzt nicht ironisch. Du ärgerst dich ja nur, dass Shao dich mit rausgeschleppt hat.«

»Es war ganz nett.«

In der Tat war Suko von dem Vorschlag nicht begeistert gewesen, das hatte er mir am Freitag noch erzählt, aber wenn man mit einem Menschen zusammenlebt, muss man Kompromisse schließen.

»Und was hast du gestern gemacht?«

»Da war ich in einem Pub. So ein Nobelding, das neu eröffnet hat. Habe etwas gegessen und auch getrunken.«

»Nichts abgeschleppt?«

»Bis auf das Sodbrennen nicht.«

»Du Pechvogel. Wo doch gerade in diesen neuen Schuppen immer die superscharfen Girls herumhängen, die so lässig tun und doch nur darauf warten, dass sie angemacht werden.«

»Du kennst dich aber aus.«

»Ist alles nur auf dienstliche Aufträge zurückzuführen!«, behauptete mein Freund und lachte.

»Ja, ja, das sage ich auch immer.«

Das Gespräch klang aus, zudem hatten wir unser Ziel erreicht, und ich fuhr auf den kleinen Parkplatz, wo ich für meinen silbergrauen Bentley einen Stammplatz besaß.

Dort stellte ich ihn ab.

Als wir ausstiegen, reckten wir unsere müden Glieder. Die Fahrt hatte ziemlich lange gedauert.

Ich schaute zum Himmel.

Grau wie fast immer in diesem Sommer, der irgendwie ein warmer Winter war. Was in der letzten Zeit an Regen aus den

Wolken geflossen war, ging auf keine Kuhhaut. Und die Geschäfte wurden ihre Sommerkleidung einfach nicht los.

Das war nicht mein Problem, mir war es nur gerade eingefallen. Für Suko und mich gab es sicherlich andere Dinge in dieser Woche, um die wir uns kümmern mussten.

Pünktlich waren wir auch nicht. Fünf Minuten zu spät. Ich sah sie als akademische Zeitspanne an, außerdem waren wir nicht die einzigen Kollegen, die sich in die Fahrstühle drängten. Die meisten gehörten der Verwaltung an. Ihre Gesichter waren ebenfalls von der ungeheuren »Arbeitswut« gezeichnet, die in ihnen steckte.

Wir fuhren als Einzige höher. Schon auf dem Gang nahmen wir Kaffeegeruch wahr. Meine Stimmung besserte sich.

»Wenn ihr immer mit der nötigen Verspätung kommt, ist der Kaffee schon fertig«, begrüßte uns Glenda mit einem strahlenden Montagslächeln.

»Und mein Tee?«, fragte Suko.

»Ist schon da.«

Ich ging auf Glenda zu. »Lass dich anschauen, Mädchen«, sagte ich und deutete auf ihre Kleidung. »Neu?«

»Ausverkauf. Ich war vorgestern unterwegs.«

»Stark, wirklich«, kommentierte ich und meinte damit ihren neuen Jeansanzug, der aus hellblauem Stoff gefertigt war. Das Besondere an ihm waren die langen Reißverschlüsse an den Ärmeln und den Hosenbeinen.

Die Verschlüsse hatte Glenda nach unten gezogen, sodass die Falten aufgeklappt waren und ein kanariengelber Stoff zum Vorschein gekommen war, den der geschlossene Reißverschluss sonst verdeckte. Die Haare hatte sich Glenda auch schneiden lassen. Sie trug sie jetzt ziemlich kurz und strähnig gelegt.

»Wie neu erschaffen«, sagte ich.

»Das meine ich auch.«

»Aber ich bin noch immer der Alte, meine Herren.«

Ich drehte mich gar nicht um, weil ich die Stimme kannte. Sir James wartete bereits auf uns, und zwar in unserem gemeinsamen Büro, das sich an Glendas Vorzimmer anschloss.

»Den Kaffee erlauben Sie mir doch, Sir?«

»Ja, auch wenn Sie sich verspätet haben.«

Das musste ja kommen. Ich wollte nichts gegeneinander aufrechnen, nahm meine Tasse, Suko seine ebenfalls, und wir folgten unserem Chef in unser Büro.

Superintendent Sir James Powell nahm auf dem Besucherstuhl Platz, während wir uns auf die angestammten Plätze setzten.

Mir fiel sofort etwas auf. Es waren die mit römischen Ziffern beschrifteten drei Plastikbeutel, die auf meinem Schreibtisch in einer Reihe standen und einen grauweißen Staub enthielten.

Montagmorgen – Kummer und Sorgen, dachte ich und deutete auf die drei Beutel. »Ist das unser Problem?«

»Ja.«

Ich nahm einen Schluck Kaffee und schaute meinen Chef ebenso fragend an wie Suko.

Sir James rückte die Brille mit den dicken Gläsern hoch. Er wirkte irgendwie knurrig. Vielleicht hatte er Ärger im Club gehabt, wo er seine freie Zeit stets verbrachte. Einem alten Junggesellen wie ihm blieb auch kaum etwas anderes übrig.

»Ist das Staub?«

Sir James schüttelte den Kopf. »Eigentlich nicht. Ich würde es vielmehr als Asche bezeichnen.«

»Asche von wem?«

»Von drei verschiedenen Menschen!«

Verdammt, diese Antwort auf fast nüchternem Magen und dazu noch an einem Montag zu hören, war nicht gerade arbeitsfördernd. Meine gute Laune verschwand, man sah es mir bestimmt an. Auch Suko schaute ziemlich erstaunt aus der Wäsche.

»Sie sagen ja nichts.«

»Uns fehlen die Worte, Sir.«

»Das kann ich mir vorstellen, aber ich habe Ihnen keinen Bären aufgebunden. Dieser Staub stammt tatsächlich von drei verschiedenen Menschen, die verbrannt sind.«

»Und was haben wir damit zu tun?«

Da wurde unser Chef nachdenklich. »Sie, Gentlemen, sollen herausfinden, ob es sich bei diesem Feuer tatsächlich um ein normales gehandelt hat. Gewisse Anzeichen deuteten darauf hin, dass noch ein anderer die Hände im Spiel haben könnte.«

»Asmodis?«

»Genau, John. So wie diese Menschen verbrannt sind, ohne knochenartige Rückstände zu hinterlassen, das deutet einfach auf den Teufel hin. Es gibt keine andere Lösung.«

Ich zündete mir meine erste Zigarette an diesem Tage an und blies den Rauch gegen die Schreibtischplatte. »Gehen Sie nur davon aus, oder stimmt es tatsächlich?«

»Sie sollten es herausfinden.«

»Und wo?«

»In der Provinz Devon. Der Ort, in den Sie fahren sollen, trägt übrigens denselben Namen.«

Ich rief in meinem Hirn die Informationen ab, die ich über Devon hatte. Es lag auf einer Halbinsel, zusammen mit Cornwall, aber nordöstlich davon. Bekannt geworden war Devon durch seinen Exmoor National Park. Und die größte Stadt der Provinz hieß Exeter. Dort befand sich auch ein gewaltiges Schloss, das immer wieder zahlreiche Besucher und Touristen anzog.

»Was ist denn dort genau geschehen?«, wollte Suko wissen.

»Ich kann Ihnen nur sagen, was man mir übermittelt hat. Drei Menschen sind innerhalb einer Woche gestorben. Das wäre nichts Unnormales gewesen, wenn man von den Verstorbenen mehr als nur die Asche gefunden hätte. Von den Knochen oder übrigen Körperteilen war nichts mehr zurückgeblieben. Die sind des Nachts und im Schlaf verbrannt, wobei das Feuer nur die Körper erwischt und die Betten oder Decken nicht einmal angesengt hat. Das ist auch noch eines der Rätsel.«

Ich lächelte schmal. »Wie ich Sie kenne, Sir, kommt noch ein zweites hinzu.«

»Ja, die Fußspuren.«

Ich furchte die Stirn. »Welcher Art?«

»Es hat Zeugen gegeben, die erklärten, dass sie die Spuren des Leibhaftigen gesehen hätten. In einer bestimmten Nacht hatten sie sich deutlich auf der Straße abgezeichnet. Hufabdrücke mit dem Schädel des Satans darin. So weit die Zeugen.«

»Die verlässlich sind?« Suko hatte die Frage gestellt.

»Das sollen Sie beide eben herausfinden, meine Herren.« Sir James räusperte sich. »Die zuständigen Behörden wussten nicht mehr weiter. Sie schalteten uns ein. Ich ließ die Asche von den Wissenschaftlern untersuchen. Es wurde eindeutig festgestellt, dass es sich dabei um menschliche Überreste handelte.«

Mich schauderte bei dieser Vorstellung. Andererseits wusste ich auch, wie gefährlich das Feuer der Hölle sein konnte. Es waren keine normalen Flammen, die man mit einfachem Wasser löschen konnte, man musste Magie aufbieten. Zum Beispiel mit meinem Kreuz.

»Und sonst gibt es nichts Außergewöhnliches? Keine Spuren, ich meine nicht die Abdrücke, sondern mehr reale, wie sie für einen Kriminalisten wichtig sind. Sie haben einen Bericht bekommen, Sir?«

»Ja, habe ich. Eines ist mir dabei aufgefallen. Es stand wenigstens darin. Ob es von Bedeutung ist, weiß ich nicht. Während dieser schrecklichen Vorgänge haben die Menschen im Dorf Besuch bekommen. Zigeuner waren es, die sich Devon als Quartier ausgesucht haben. Ihnen schiebt man einen Teil der Schuld in die Schuhe.«

»Hat man Gründe?«

»Keine Ahnung.«

Ich drückte die Zigarette aus. Immer wieder wurden Zigeuner diskriminiert. Ich mochte es nicht, wenn man sie als Menschen zweiter Klasse bezeichnete. Sie waren Menschen wie wir und sollten auch so behandelt werden.

Ich musste allerdings auch zugeben, dass gerade Zigeuner einiges über schwarze Magie wussten. Sie waren manchmal sehr gläubig. Nur vermischten sich bei ihnen Glaube und Aberglaube zu einem gefährlichen Konglomerat.

Jedenfalls würde ich mich unvoreingenommen mit den Leuten beschäftigen.

»Alles klar?«, fragte Sir James.

»Nichts ist klar, dann würden wir ja nicht zu fahren brauchen.«

Unser Chef lachte. »Schwingen Sie sich in Ihren Wagen. Sie werden schon herausbekommen, was es mit der Spur des Teufels auf sich hat. Ich höre dann von Ihnen.« Er nickte uns noch einmal zu und verließ den Raum, während wir dasaßen und ins Grübeln verfielen.

»Begeistert?«, fragte Suko.

»Kaum.«

»Ich auch nicht.«

»Dabei dachte ich an ein paar ruhige Tage in London mit einem Computer.«

Suko verstand nicht und schüttelte den Kopf. »Wie kommst du denn darauf?«

»Nur so. Mir fiel wieder die Spur des Victor de Valois ein, die wir noch immer nicht gefunden haben. Irgendwie scheint sich dieser Mann schon damals unsichtbar gemacht zu haben.«

Suko winkte ab. »Sei froh, dass wir dieses Problem noch vor uns herschieben können.«

»Hoffentlich.«

Im Büro hatten wir nichts mehr zu suchen, standen auf und blieben noch kurz bei Glenda.

Sie drehte sich auf dem Stuhl vor ihrer Schreibmaschine und lächelte uns an. »Geht es wieder auf Reisen?«

»Ja.«

»Devon, nicht?«

Ich grinste. »Du bist wie immer gut informiert.«

»Das muss man auch sein«, erwiderte sie. In ihre Augen trat ein ernster Ausdruck. »Kommt gesund wieder, ja?«, sagte sie leise.

Ich nickte. »Wir werden uns jedenfalls bemühen …«

Als sie durch das Dorf ging, beschlich sie ein komisches Gefühl, und über ihren Rücken lief ein kalter Schauer. Ihr Vater hatte sie gelehrt, alle Menschen zu achten, aber was tat man, wenn man selbst von den anderen verachtet wurde, nur weil man anders aussah?

Sie war neunzehn, war hübsch, hatte einen dunklen Teint, hatte das schwarze Haar unter einem blauen Kopftuch versteckt und trug eine ebenfalls blaue Bluse mit weißen Stickereien, die ihre Großmutter gefertigt hatte. Auch als Angehörige des Zigeunervolks konnte sie auf Jeans nicht verzichten, die so eng saßen wie eine zweite Haut und ihre Figur nachzeichneten. So deutlich, dass in zahlreiche Männeraugen das gewisse Funkeln trat und die Leute leicht unruhig wurden.

Der Ort Devon, ein Mittelding zwischen Dorf und Kleinstadt, hatte zwar keine Einkaufspassage, aber es gab an der Durchgangsstraße nach Exeter zahlreiche Geschäfte. Man hatte dem Mädchen den Auftrag gegeben, dort einzukaufen. Vor allen Dingen Babynahrung für ihren fünf Monate alten Bruder.

Sarita, das Zigeunermädchen, ging sehr langsam, obwohl sie am liebsten gerannt wäre. Jeder Schritt kostete sie Überwindung. In den Oberschenkeln spürte sie das große Zittern, und manchmal hatte sie auch regelrecht Angst, wenn ihr die Bewohner entgegenkamen und sie mit feindlichen Blicken musterten.

Sie war aufgeklärt worden, wie Zigeuner von den anderen Menschen betrachtet wurden, aber sosehr sie sich auch anstrengte, einen Grund dafür wusste sie nicht.

Sicher, es gab unter allen Menschen solche und solche. Auch unter dem fahrenden Volk. Da sah Sarita keinen Unterschied, nur fielen die Zigeuner eben mehr auf.

Die Gründe lagen nicht nur bei ihnen, auch bei denjenigen, zwischen denen sie wohnen sollten, denn diese Spießbürger gingen hoch, wenn sie hörten, dass Zigeuner angesiedelt werden sollten.

An diese Probleme dachte sie, als sie, von finsteren Blicken verfolgt, an der Häuserzeile entlangstrich.

Es war Morgen.

Geregnet hatte es in der Nacht. Auf der Straße glänzten noch die feuchten Flecken. Die Sonne wollte nicht richtig durchkommen. Blassgraue Dunstwolken hatten sich vor den hellen Ball geschoben und filterten ihre warmen Auguststrahlen ab.

Sarita passierte eine kleine Eisenwarenhandlung. Ein junger Verkäufer stellte einen Korb mit kleinen Gartengeräten nach draußen, sah das Mädchen und verschwand schnell im Laden, als er einen Blick in Saritas Gesicht geworfen hatte.

Die junge Zigeunerin biss die Zähne zusammen. So war es fast immer. Man begegnete ihr mit großem Misstrauen und auch mit Angst. Dabei wollte sie nichts als Frieden.

Ihr Camp befand sich auch außerhalb des Dorfes. Sie wären auch wieder gefahren, aber Tasso hatte darauf bestanden, zu bleiben, weil dieser Platz schon seit Jahrzehnten von den Zigeunersippen angefahren wurde und er auch seine Geschichte hatte.

Eine sehr schlimme Geschichte, wie Sarita wusste. Sie hätten nicht angehalten, Tasso hatte es so gewollt, weil er ein für alle Mal mit den Dingen aufräumen wollte.

Er hatte es nicht geschafft, denn in den letzten Tagen war Schreckliches geschehen, und die Stimmung im Ort war radikal umgeschlagen. Sie richtete sich voll gegen die Zigeuner.

Aus diesem Grund hatte das Mädchen große Angst. Aber ihr war gesagt worden, dass man sich nicht immer ducken oder davonlaufen konnte.

Sie bedachte den jungen Mann, der seine Waren vor ihr in Sicherheit gebracht hatte, mit einem spöttischen Blick und ging weiter. Das übernächste Geschäft musste sie betreten. Es war eine Drogerie. Man konnte dort von der Tablette über Rasierwasser bis hin zur Toilettenpapierrolle alles kaufen.

Aufgemacht war der Laden wie der eines Krämers. Vieles war in die alten Holzregale gepackt worden, einiges stand auch herum und war aufgestapelt worden.

Zwei Kundinnen befanden sich im Geschäft. Sie hatten

schon eingekauft und führten mit dem Besitzer, einem pausbäckigen Mann, ein Gespräch.

Die Glocke über der Tür bimmelte melodisch, als Sarita eintrat und sich ein wenig schüchtern umschaute, bevor sie einen morgendlichen Gruß entbot.

Ihr Englisch klang etwas hart. Man hörte, dass es nicht ihre Muttersprache war.

Das Gespräch der Kundinnen verstummte. Auch der grauhaarige Besitzer sagte nichts. Von einem Augenblick zum anderen war es in dem Geschäft totenstill geworden. Dann waren die Schritte des Mädchens zu hören, als sie sich auf den Bohlen der Verkaufstheke näherte.

Misstrauische Blicke trafen sie. Augen verengten sich zu Schlitzen. Lippen wurden hart aufeinander gepresst. Die Mimik der Frauen und des Besitzers signalisierte Abwehr.

Western-Regisseure erzeugen die gleiche Stimmung auf der Leinwand, wenn der Bösewicht die Szene betritt. Auch dann herrscht betretenes Schweigen und eine gewisse Angst sowie Abwehrbereitschaft.

Sarita merkte das alles sehr wohl. Es fiel ihr schwer, auf ihr Ziel loszusteuern. Am liebsten hätte sie sich umgedreht und wäre verschwunden, das ging nicht mehr, außerdem wollte sie es wissen. Einen innerlichen Ruck musste sie sich schon geben und dachte daran, dass auch sie Selbstbewusstsein besaß.

Sie war kein Mensch zweiter Klasse.

»Guten Morgen!«

Ihr Gruß wurde nicht erwidert. Die Kundinnen und der Mann schwiegen, nur ihre Gesichter verfinsterten sich noch mehr.

Sarita nahm es hin. Nur eine leichte Röte stieg in ihre schmalen Wangen, die sich oberhalb des sanft geschwungenen Mundes hinzogen, der ebenso auffallend war wie die feinen Augenbrauen und dunkelblauen Augen darunter.

Ihr Lächeln fiel unsicher aus, was sie ärgerte. Aus der Umhängetasche holte sie ihre Geldbörse und zählte einen bestimmten Betrag ab, den sie auf die Holztheke legte.

»Ich möchte ein Paket Windeln kaufen«, sagte sie leise.

Eine Kundin lachte, hörte aber schnell auf, weil niemand mit einstimmte. Dafür sagte die korpulente Frau von etwa sechzig Jahren: »Ich wusste gar nicht, Jack, dass du auch an Zigeuner etwas verkaufst. Ich jedenfalls würde ein solches Geschäft meiden.«

Die andere Tante nickte heftig.

Der Drogist sah sich in die Enge getrieben. Er reagierte so, wie es sich die beiden vorstellten. »Zigeuner kriegen bei mir nichts«, sagte er. »Sie verpesten die Luft.«

Sarita zuckte zusammen. So schlimm hatte sie es sich nicht vorgestellt. Jetzt schoss ihr die Röte voll ins Gesicht. Im ersten Augenblick konnte sie nichts erwidern. Sie stand auf dem Fleck und merkte, wie sie innerlich zitterte.

»Gehen Sie!«, verlangte der Besitzer. Er wischte seine feuchten Hände am weißen Kittel ab.

Sarita wollte es nicht glauben. Sie schüttelte den Kopf. Flüsternd sagte sie: »Aber ich bezahle doch die Windeln.«

»Das ist mir egal.«

Die beiden Kundinnen nickten dazu.

Der Besitzer sah dies als Aufforderung an, noch einen Zahn zuzulegen. »Verschwinde aus meinem Geschäft!«, verlangte er. »Sonst hole ich die Polizei. Die schmeißt dich dann raus.«

Es war kaum zu fassen. Sarita wäre fast im Boden versunken. »So etwas kann es doch nicht geben«, flüsterte sie. »Wir sind doch nicht im Mittelalter. Ich bin ein Mensch wie ihr …«

»Mit dir möchte ich nicht verglichen werden«, ereiferte sich die Kundin, die zuerst gesprochen hatte. Sarita drehte den Kopf. »In welch einer Welt leben Sie eigentlich?«

»Bisher in einer guten.«

»Das soll auch so bleiben, ich wünsche es Ihnen. Sind Sie eigentlich gläubig?«

»Natürlich.«

»Dann müssten Sie wissen, dass vor Gott alle Menschen gleich sind. Er macht keine Unterschiede. Ob Zigeuner, Indianer, Farbiger oder Chinese. Mensch bleibt Mensch, egal, woher er kommt und welche Hautfarbe er hat. Vielleicht sollten Sie darüber einmal nachdenken.«

Die Frau verzog die Lippen. »Muss ich mich in deinem Laden von diesem Zigeunerbalg eigentlich belehren lassen?«

»Nein, das brauchst du nicht.« Der Besitzer lief um die Verkaufstheke herum, erreichte die Tür, öffnete sie und hielt sie auch offen, sodass Sarita hinausgehen konnte.

Sie blieb stehen.

»Verschwinde!«, schrie der Mann so laut, dass einige Passanten aufmerksam wurden und stehen blieben.

»Nein!«, reagierte Sarita trotzig. »Erst wenn ihr einseht, dass alle Menschen gleich sind. Außerdem möchte ich Windeln kaufen.«

»Verschwinde, du Satansbrut!«

»Ja, ja!« Die Frau ereiferte sich weiter. Ihre Augen wurden dabei groß. »Das war der richtige Ausdruck. Satansbrut. Sie steht mit dem Teufel im Bunde. Seit die Zigeuner hier sind, leben wir in Angst und Schrecken. Sie sind es schuld. Nur sie allein. – Drei Tote, dreimal Asche … Ich glaube, den Mörder zu kennen.«

Sarita fuhr herum. »Meinen Sie mich?«

»Sehr richtig!«

Das Mädchen konnte sich nicht mehr beherrschen. Es hatte genügend Demütigungen einstecken müssen, dies musste einfach raus. Der Schlag kam ohne Vorwarnung. Ein blitzschnell geführter Hieb, den die Kundin nicht kommen sah. Sie hörte nur das Klatschen gegen ihre rechte Wange, der Kopf flog nach links, und dann hatte sie das Gefühl, von einer Flamme gestreift zu werden, so heiß wurde die Haut.

Vor Schreck war sie sprachlos geworden. Anders die zweite Kundin. Die regte sich plötzlich auf. »Habt ihr das gesehen?«, schrie sie dem Besitzer und den vor dem Laden stehenden Neugierigen zu. »Habt ihr das mitbekommen? Ein billiges Zigeunerflittchen hat einen von uns geschlagen! Stellt euch das vor. Sie hat es gewagt …« Da sie sich verschluckte, sprach sie nicht mehr weiter, aber ihre Augen strahlten einen fürchterlichen Hass aus.

Die Geschlagene hatte sich wieder gefangen. Auch sie reagierte voller Wut und Hass. »So ist es. Ich bin vielleicht das nächste Opfer, von dem nur Asche zurückbleibt. Dieses Zigeunerweib ist mit dem Teufel im Bunde. Ich spüre es, und ich will nicht zu Asche werden. Man sollte sie und das ganze Pack da draußen verbrennen.«

Sarita glaubte, sich verhört zu haben. Sie wusste natürlich von den drei Todesfällen in Devon, kannte aber keine Einzelheiten. Allmählich wurde ihr klar, dass man sie in eine fürchterliche Lage hineinmanövriert hatte. Man brachte sie mit dem Teufel in Verbindung, und die vor dem Laden stehenden Gaffer trafen keinerlei Anstalten, ihr beizustehen. Im Gegenteil. Sie zogen den Ring auf einmal enger. Der Ausdruck ihrer Gesichter versteinerte. Ihre Augen nahmen dabei einen Ausdruck an, den Sarita kannte.

Sie bekam Angst. Diese Menschen waren schlimm geworden. Sie glaubten daran, dass sie mit dem Teufel im Bunde stand. Aber die Zeiten hätten eigentlich vorbei sein sollen. Das war doch Mittelalter, finsterstes Mittelalter sogar.

»Ich gehe«, sagte sie.

Die folgende Antwort vernichtete ihre Hoffnungen. »Jetzt nicht mehr, Zigeunerweib!«

Der Drogist hatte gesprochen. Auch auf seinem Gesicht lag ein Ausdruck, der Sarita Furcht einflößte. So kalt und menschenverachtend. Einfach schlimm.

»Sie können mich nicht festhalten!«

»Wirklich nicht?« Der Mann hatte mit dem Fuß einen Holzkeil herbeigeschoben, dessen Spitze er unter die Türritze drückte, sodass der Eingang festgeklemmt war.

Einige auf dem Gehsteig klatschten Beifall. Diese Geräusche wurden durch ein anderes übertönt.

Durch Motorbrummen.

Typisch für Feuerstühle, die heranschossen. Und plötzlich spritzten die Gaffer auseinander, denn die beiden Fahrer, die auf ihren hellrot lackierten Maschinen hockten, waren kurzerhand auf den Gehsteig gefahren und hielten die Motorräder erst dicht vor der Tür an. Es hatte fast so ausgesehen, als wollten sie in das Geschäft fahren. Erst kurz vor der Schwelle – der Drogist war zurückgesprungen – bekamen sie die Maschinen zum Stehen, rutschten aus den Sätteln und bockten sie auf.

Mit synchron lässigen Bewegungen nahmen sie die grauweißen Silberhelme ab, die so gar nicht zu ihrer violettroten Lederkleidung passen wollten, die mit zahlreichen Orden und Ketten geschmückt war.

»Probleme?«, fragte einer der beiden.

»Die Liston Brothers!«, flüsterte die geschlagene Kundin, in deren Augen ein heimtückisches Leuchten aufglomm, denn sie sah eine Chance, sich zu rächen.

Sonst war sie den Typen aus dem Weg gegangen, jetzt aber sah sie eine Möglichkeit, sie für ihre Zwecke einzuspannen.

Sie sprach Wade Liston, den größeren der beiden, an. Dessen dunkles Haar war im Nacken zu einem Zopf zusammengeflochten. Er besaß ein bleiches, knochiges Gesicht, auf dessen Wangen sich die dunklen Bartschatten abzeichneten.

»Dieses Zigeunerweib hat mich geschlagen. Es steht mit dem Teufel im Bunde und ist wahrscheinlich für den Tod unserer drei lieben Nachbarn verantwortlich. Keiner traut sich heran. Auf euch haben wir gewartet. Los, packt sie euch und zeigt dieser Hexe, dass man mit uns so nicht umgehen kann. Nicht mit normalen Menschen …«

»Wirklich?«, fragte Wade. Er hatte eine kratzige Stimme. Wahrscheinlich trank er zu viel.

»Ja!«, bestätigte auch die andere Kundin, und der Drogist nickte so heftig, als hätte er etwas gutzumachen.

»Das ist ja ein Ding!« Wade wandte sich an seinen Bruder, der kleiner war, sich die Haare hatte abschneiden lassen und auf der Kopfhaut ein nacktes Mädchen als Tätowierung zeigte. Sein Gesicht zeigte eine gewisse Röte. Die Augen waren klein und verschwanden fast in den schmalen Spalten. »Was meinst du, Ken? Sollen wir den Typen den Gefallen tun und uns mal um die Kleine kümmern?«

»Die gefällt mir sogar.«

»Mir auch.«

»Aber sie ist eine Hexe. Ihr müsst sie verbrennen. Wegen ihr haben wir drei Tote!«, kreischte die Kundin.

»Ja, ich weiß, Betty. Wir glauben dir alles. Du bist wie eine Zeitung auf zwei Beinen. Aber jetzt hau ab, du Schlampe, sonst nehmen wir dich auch vor!«

Betty Jordan erschrak und huschte zur Seite, als die beiden Rockertypen auf sie zugingen. Die andere Kundin lief direkt mit. Sie waren beide so aufgeregt, dass sie einen Stapel Küchenrollen umstießen und sich nicht weiter darum kümmerten.

Auch dem Drogisten war es in diesem Augenblick egal. Er wollte nur das Zigeunermädchen aus dem Laden haben und an ihr ein Exempel statuieren. Er und die anderen Bewohner wagten es nicht, so offen gegen die kleine Zigeunerin vorzugehen.

»Umsonst ist der Tod«, sagte Ken Listen und griff in ein Regal. Seine Hand umklammerte eine Whiskyflasche. Er nahm sie an sich, sein Bruder Wade holte die zweite, und beide rutschten in die Außentaschen ihrer Lederjacken. »Das wird eine Party!«, versprach Ken. »Eine irre Schau, kann ich dir sagen. Unsere Feten vergisst man nicht, Süße!«

Sarita hatte das Gefühl, einen Traum zu erleben. Der Stoß gegen die Verkaufstheke brachte sie wieder zurück in die Realität.

Sie sah die beiden vor sich. Obwohl es Menschen waren, wirkten sie wie eine Mauer. Die Gesichter waren verzogen, ein breites Grinsen hatte sich über sie gelegt, und die Augen funkelten in einer wilden Vorfreude.

Da kam sie nicht weg.

Und der Weg zur Tür?

Sarita schluckte. Sie sah die Menschen zwar, die dort standen, aber sie erkannte auch, dass sie von ihnen keine Gnade zu erwarten hatte. Diese Leute waren brutal, ihr aufgespeicherter Hass kam nun zum Durchbruch. Sie würden es nicht erlauben, dass jemand, der nicht zu ihnen gehörte, dieses Spiel gewann. Das hatten sie eingeläutet, und sie würden es auch zu Ende bringen.

Männer und Frauen versperrten den Weg zur Tür. Auch die

beiden Kundinnen hatten sich zu ihnen gesellt. Ihre Gesichter zeigten einen triumphalen Ausdruck, als hätte der Satan von ihnen Besitz ergriffen und wäre noch dabei, sich in ihren Körpern zu manifestieren.

Nicht Sarita war besessen, sondern die anderen. Ein weiser Mann hatte ihr einmal gesagt, dass sich die Hölle überall befindet. In jedem Menschen verborgen, nun kam sie zum Ausbruch.

Über ihren Rücken rann ein Kälteschauer. Die Lippen zitterten, sie merkte, dass sich in ihren Augen Tränenwasser gebildet hatte, und wünschte sich weit weg.

Das war nicht möglich.

Und die beiden Kerle gingen gemeinsam vor. Es waren genau diese Schritte, die das Mädchen zum Handeln zwangen. Sarita hatte entdeckt, dass es am anderen Ende der Theke noch eine schmale Tür gab, die sicherlich in irgendeinen Lagerraum führte.

Das war ihr Ziel.

Die harten Burschen rechneten mit keinem Widerstand. Sie glaubten, ihre Beute sicher zu haben, strengten sich deshalb nicht besonders an und wurden von den Aktivitäten des Mädchens völlig überrascht und aus der Fassung gebracht.

Sarita drehte sich, stützte sich gleichzeitig an der Theke ab und flankte hinüber.

Es war ein gewaltiger Satz. Sarita, sehr gelenkig, zudem als Tänzerin ausgebildet, wurde auch nicht durch die Jeans beengt. Sie kam gut auf die andere Seite, stieß sich aber die Schulter an einem Regal, sodass ein Topf mit Lollies kippte, zu Boden schlug und zerbrach. Das war ihr egal.

Sie jagte auf die Tür zu. Ihre Schritte dröhnten auf den Bohlen, während hinter ihr eine kleine Hölle aus keifenden und kreischenden Stimmen losbrach.

»Packt sie!«, schrie jemand. »Verdammt, packt sie und haltet sie fest. Sie muss brennen. Sie steht mit dem Satan im Bunde. Sie ist eine Hexe!«

Die beiden Schläger wollten daran zwar nicht so recht glauben, aber sie sahen sich in ihrer Ehre gekränkt.

Als Sarita die Tür erreicht hatte, sprang Wade Liston an der anderen Seite des Tresens auf die Bohlen.

Sarita riss die Tür auf. Sie schaute nicht mehr zurück, denn sie wusste auch so, was sich hinter ihr abspielte.

Vor ihr lag das Lager.

Düsternis und eine typische Geruchsmischung empfingen sie. Es roch nach zahlreichen Gewürzen, nach Salz, Pfeffer, Aromastoffen und auch nach Seife oder Lauge.

Licht brannte.

Eine trübe Notbeleuchtung, deren Schein kaum die aufgestapelten Kartons und Regale erreichte. Wer sich hier zurechtfinden wollte, musste sich schon gut auskennen.

Voller Verzweiflung suchte Sarita den zweiten Ausgang. Zuerst rannte sie geradeaus weiter, stolperte über eine Teppichbodenrolle, fiel zum Glück nicht hin und wandte sich nach rechts.

Dort schimmerte ein graues Rechteck zwischen den Regalen.

Das war die Tür!

Sie lief darauf zu. Ihre Beine bewegten sich hektisch, die Absätze hämmerten auf den Boden. Es gab auch glatte Stellen, und sie erreichte die Tür, ohne dass sie von einem ihrer Verfolger angefasst worden wäre.

Die Enttäuschung traf sie wie eine Eisdusche.

Es war geschlossen!

Sosehr sie auch an der Metallklinke rüttelte, die Tür ließ sich nicht öffnen.

In dieses Geräusch hinein klang das Lachen doppelt laut. Zudem hässlich und gemein.

Sarita fuhr herum.

Die beiden kamen.

Sie wirkten siegessicher, denn ihre Arme schwangen weit im Rhythmus der Schritte.

Aus ihren kalten, düsteren Augen fixierten sie das Mädchen von oben bis unten. Einer löste sich, sprang vor, und Sarita schrie auf, aber der Kerl tat ihr nichts.

Er hatte nur nach ihrem Kopftuch gefasst und riss es ihr mit einem heftigen Ruck ab.

Die dunkle Haarflut fiel nach unten wie ein langer Bühnenvorhang. Einige Strähnen rutschten nicht nur bis in ihre Stirn, sie fielen auch vor ihre Augen oder blieben auf den Wangen kleben.

»Sieh mal an, Ken, wen wir hier haben«, sagte Wade, der mit den schwarzen Haaren. »Ein sagenhaftes Täubchen. Ich weiß überhaupt nicht, weshalb sich die Kleine das Kopftuch umgebunden hat. Ohne ist sie doch viel schöner. Oder bist du anderer Ansicht?«

Der Glatzkopf verneinte. Er stand ein wenig im Schatten seines Bruders, weil Wade einen deutlichen Schuss intelligenter war.

Sarita wusste zwar, dass sie gegen die beiden aufgeputschten Typen keine Chance hatte. Sie versuchte es trotzdem und verlegte sich auf das Bitten. »Lasst mich gehen!«, flüsterte sie. »Bitte, lasst mich in Ruhe! Ich sage es euch. Es hat keinen Sinn. Ich habe euch nichts getan – und den anderen auch nichts.«

»Die sind uns scheißegal!«, erklärte Ken. »Wir wollen dich. So etwas Gutes haben wir lange nicht mehr gehabt. Du kommst mit, wir suchen uns ein Plätzchen und werden eine wunderschöne Party feiern, du kleine Hexe.«

»Ich bin keine Hexe!«

Sarita hatte so laut geschrien, dass ihre Stimme auch im Laden zu hören gewesen war, auch von denjenigen, die noch immer eine Mauer aus Menschenleibern in der offenen Tür bildeten.

»Jetzt wird sie rangenommen!«, flüsterte Betty Jordan, die Frau mit der roten Wange. »Das gönne ich ihr. Ich sage es euch, Leute, das Mädchen hat den Satan im Leib.«

»Woher willst du das wissen, du altes Keifweib?«, fragte ein älterer Mann, der später gekommen war.

»Das spürt man!«

»Dann bist du auch vom Teufel besessen. Ein Weib, das so viel Gift und Galle spuckt wie du, habe ich noch nie in meinem Leben gesehen, darauf kannst du dich verlassen.«

»Ach, halt den Mund!«

»Irgendwann holt dich auch der Teufel, Betty Jordan!« Damit war für den Mann die Sache erledigt. Er drehte sich um und verschwand.

Für Sarita fing es erst an. Sie versuchte es mit dem Mut der Verzweiflung. Zwischen den beiden Rockern befand sich eine Lücke. Genau da wollte sie hineinstoßen.

Sarita preschte vor. Sie musste es einfach schaffen, sonst war alles verloren.

Fast wäre sie durchgekommen, denn sie überraschte Wade Liston mit dem Angriff. Wade taumelte zur Seite. Ken allerdings nicht. Er war kleiner, auch kompakter und stand wie eine Säule, die auch zupacken konnte.

Sarita war fast an ihm vorbei, als seine Hände vorschnellten und zupackten. Sie schrie auf, konnte sich aber aus dem Griff nicht befreien.

»Jetzt hab ich dich!« Mit einem heftigen Ruck holte Ken das Mädchen zu sich heran und presste es an sich, wobei sein dreckiges Lachen ertönte. Gleichzeitig wanderten seine Hände höher und wuchteten einen Augenblick später das Mädchen auf die Schulter. Aus dieser Lage konnte sich Sarita kaum befreien.

Sie hörte die Schritte des Zweiten. Er kam langsam und ließ sich wahrscheinlich bewusst lange Zeit. Jeden Tritt empfand die junge Zigeunerin wie einen Schlag.

Wenn sie der andere Mann erst erreicht hatte, war es um sie geschehen.

Sie mobilisierte alle Kräfte, strampelte, konnte sich aber nicht befreien. Der Glatzkopf lachte und jaulte plötzlich auf. Sarita hatte einen Treffer gelandet. Das Schienbein schien in Flammen zu stehen, aber Wade war schon da und schlug zu.

Er traf Sarita an der Wange.

Jetzt spürte sie den Schmerz. Ihr Kopf wirbelte zur Seite.

Mit der nächsten Ohrfeige brach er ihren Widerstand. Sarita sah ein, dass es keinen Sinn hatte, wenn sie sich gegen diese Typen aufbäumte. Sie musste sich in ihr Schicksal ergeben, dann machten es die beiden vielleicht gnädig. Zwischen ihnen sackte sie zu Boden.

Wade stand vor ihr. Ken, der Glatzkopf, hielt sich hinter ihr auf. Die beiden Männer hatten die junge Zigeunerin in die Zange genommen, und Ken Liston rieb sich das schmerzende Schienbein, wobei sich sein Gesicht wutentbrannt verzog. »Das zahle ich dir heim, du kleine Ratte. Verlass dich drauf! Ich hole dir das Weiße aus den Augen, du miese ...«

»Schon gut!« Wade unterbrach seinen Bruder und schob ihn von Sarita weg.

Die junge Zigeunerin hockte am Boden. Sie schaute in die Höhe, in ihren Augen lag ein Bitten und Flehen. Ken holte eine Flasche hervor, schraubte sie auf und nahm einen Schluck Whisky. Das Mädchen hörte, wie die Flüssigkeit in die Kehle des Mannes gluckerte. Sie wusste, wie schädlich Alkohol war, dass er aufputschte und die Menschen zu Taten veranlasste, die sie nüchtern nie getan hätten. Das wusste auch Wade.

»Hör auf zu saufen!«, fuhr er seinen Bruder an. »Verdammt noch mal, hör endlich auf!«

Ken ließ die Flasche sinken. »Aber bei unserer Party werde ich sie mir reinziehen.«

»Das ist mir egal.« Wade bückte sich. Sein Gesicht hatte einen lauernden Ausdruck angenommen. Er freute sich auf die »Party«.

Das sah auch Sarita. Plötzlich wurde sie cool. Mit völlig veränderter Stimme sprach sie die beiden Schläger an. »Ich gebe euch einen Rat. Lasst mich laufen, tut mir nichts an, es ist allein in eurem Interesse. Wirklich, ich möchte euch warnen.«

In ihre letzten Worte hinein schallte das Lachen der Brüder. Sie wollten sich köstlich über die Worte des Mädchens amüsieren. Während Ken, der Glatzkopf, weiterlachte, beugte sich sein Bruder vor. »Was meinst du, Mädchen, was wir mit dir anstellen werden? Du bist eine Hexe, hat man uns gesagt. Zum ersten Mal stehen die Leute hier in diesem Scheißkaff auf unserer Seite. Wir können dich anstecken und verbrennen, denn du bist eine Hexe, wie man uns sagte. Ja, wir verbrennen dich auf dem Scheiterhaufen. So etwas haben wir noch nie gemacht, und keiner wird uns bestrafen, nicht einmal die verfluchten Spießer hier. Sie haben uns erst angeheizt und aufmerksam gemacht. Das wird eine Party ...«

Sarita glaubte diesem Mann jedes Wort. Trotzdem war sie ruhig, und mit der gleichen ruhigen Stimme sprach sie auch ihre Warnungen aus. »Ich würde es mir an eurer Stelle überlegen. Noch habt ihr eine Chance.«

Wade Liston trat einen Schritt zurück. »Ach, und wieso?«

Sarita wischte eine Haarsträhne aus ihrem Gesicht. »Wenn ihr mir etwas antut, egal was, wird die Rache meiner Sippe fürchterlich sein. Und sie wird nicht nur euch treffen, sondern das gesamte Dorf.«

Die beiden ignorierten die Drohung. Sie waren irgendwie nicht Herr ihrer Sinne. Ihr Handeln schienen sie nicht selbst zu bestimmen, sondern irgendeine fremde Macht.

Wir hatten es schon so oft erlebt, dass ich es nicht mehr zählen konnte. Da fuhr man aus London weg, hatte ein bestimmtes Ziel, traf dort auch ein, und man bekam einen ersten Eindruck von dem, was in der neuen Ortschaft los war.

Dieser Eindruck war mehr ein Aufnehmen, ein Fühlen. Die durch das Beobachten festgestellten Details waren zusammengefasst zu einer Fülle von Bildern.

Devon gefiel uns nicht.

Suko hatte den gleichen Gedanken, sprach ihn auch aus, und ich fügte noch ein »Wieso?« hinzu.

»Das ist die Frage, John.« Er lächelte. »Ich weiß es auch nicht genau. Dabei ist alles normal, so schön, so sauber, ein richtiger Spätnachmittag im August, dessen Stimmung man der Nachwelt in einem Buch überliefern sollte, aber trotzdem gefällt mir die Sache nicht. Die Leute sind zu normal, zu nett, zu spießig. Ich glaube, wenn ich mir die Typen so anschaue, die würden einen Fremden an den höchsten Ast hängen.«

Ich lachte. »Das von dir zu hören, wundert mich, Suko. Wirklich, es wundert mich.«

»Ich kann mir nicht helfen. So fühle ich einfach.«

»Und dein Fazit?«

»John, hier können wir Ärger kriegen.«

»Hoffentlich nicht.«

Devon war tatsächlich kein Dorf. Es stand praktisch auf der Grenze zwischen einer Kleinstadt und einem Dorf. Man hatte schmucke Wohnhäuser gebaut, sogar kleine Parks angelegt. Wir fuhren über eine Hauptstraße. Ich sah Schulgebäude, auch das Amt des Bürgermeisters, das Rathaus, und entdeckte die Polizeistation.

Da wollten wir hin.

Den letzten Rest der Strecke war ich gefahren. Den Silbergrauen musste ich in einen Kreis lenken, der uns um eine mit schlanken Bäumen bewachsene und Parkbänken bestückte bunte Insel herumführte. Auf den weiß gestrichenen Bänken saßen ältere Leute und schauten auf den fremden Wagen, der vor dem Polizeigebäude auf einem reservierten Parkstreifen anhielt.

Wir stiegen aus.

Die Luft war herrlich. Nicht so ein Mief wie in London. Tief atmeten wir durch. Zwar schwebten Wolken über den Himmel, aber sie standen hoch und waren weiß. Schönwetterwolken. Vielleicht wollte der Sommer doch noch mal zurückkehren.

In dem vor uns stehenden Haus war nicht nur die Polizei untergebracht, auch noch zwei andere Ämter, für die im wohl zu kleinen Rathaus kein Platz mehr gewesen war. Da wir erwartet wurden, gingen wir ziemlich forsch die Treppe hoch, stießen die Tür auf, betraten einen nach Bohnerwachs riechenden Flur und mussten uns nach rechts wenden, weil dort das Büro der Polizisten lag.

Da auf unser Klopfen niemand antwortete, öffneten wir die Tür und betraten einen Raum, in dem zwar einiges an Möbelstücken herumstand, aber kein Mensch zu sehen.

Dafür hörten wir aus dem Nebenzimmer das Lachen einer Frau und auch die tiefe Stimme eines Mannes.

»Scheint 'ne lustige Station zu sein«, bemerkte Suko.

»Ja, Police Academy auf dem Land.«

»Der dritte Teil wird hier bestimmt nicht gedreht«, meinte

Suko und ging zur Tür, wobei er gegen den rechten Pfosten klopfte.

Das Lachen verstummte. Ich wartete im Hintergrund, sah, dass Suko einem Mann Platz schuf, und hörte schwere Schritte.

Das musste ein Koloss sein.

Es war ein Koloss!

Ein gewaltiger Kerl, ein Berg aus Fleisch, Knochen. Die Haare auf seiner Schädelplatte wirkten wie gewalzt. Dass dieser Mann überhaupt in eine Uniformjacke hineinpasste, kam mir schon wie ein kleines Wunder vor. Gegen diesen Kerl war Bud Spencer ein Hering. Unter den Achselhöhlen zeigte sein Hemd große Schweißflecken, und auf dem Speckgesicht glänzte die Nässe.

Er musterte uns aus seinen kleinen Augen und ziemlich ärgerlich, wie mir schien. Wahrscheinlich hatten wir ihn gestört. Ich sah für einen Moment das schmale Gesicht einer Frau, die durch die Zweittür schaute und sich hastig wieder zurückzog.

Der Polizist blieb stehen und öffnete seine rechte Hand. Erst sah ich die Bierdose, die er vorsichtig abstellte, zuerst Suko anschaute und seine dicken Lippen verzog. Wahrscheinlich mochte er keine Ausländer.

Die Frage bekam ich gestellt. »Was wollt ihr?«

»Mit Ihnen reden, Officer.«

»Ich habe bald Dienstschluss.«

So etwas hatte ich auch noch nicht gehört. Dieser Dicke schien mir das richtige Früchtchen zu sein. Seinen Namen wusste ich aus den Akten und fragte deshalb. »Sie sind doch Rolly Watson?«

»Ja, und Sie?«

Ich stellte uns vor.

»Verdammt, was wollen Sie? Haben Sie etwas zu melden oder ...?« Er hatte die Hand erhoben, um sie flach nach unten sausen zu lassen. Plötzlich kam ihm die Erleuchtung. »Moment mal, da sind mir zwei Yard-Leute aus London avisiert worden ...«

»Das sind wir«, sagte Suko.

»Hä, hä.« Rolly Watson lachte. Dann noch lauter. »Ein Chinese als Bulle? Das gibt es nicht.« Wieder begann er zu lachen, nur änderte er dabei seinen Tonfall, sodass diese Lache laut und irgendwie weibisch wirkte.

Ich schaute Suko an, er mich ebenfalls. Dieser Kerl war uns beiden unsympathisch. Ich konnte mir nicht vorstellen, dass eine Zusammenarbeit mit ihm klappte.

»Dafür, dass in Devon drei Menschen gestorben sind, haben Sie noch recht gute Laune, Officer.«

Als er meine Bemerkung hörte, brach sein Lachen ab. »Was soll das heißen?«

»So wie ich es Ihnen gesagt habe.«

Obwohl Plätze genug vorhanden waren, bot er uns keinen an. Dafür hob er die Schultern. »Ich habe damit nichts zu tun, außerdem geht das Leben weiter, und ich habe Sie beide auch nicht herbeordert, das mal vorweggenommen.«

»Wer war es dann?«

»Mein Kollege.«

»Und wo finden wir ihn?«

»Im Bett. Er ist krank. Hat sich die Sommergrippe geholt. Ich bin sauer auf ihn. Erst macht er die Leute verrückt, dann verzieht er sich. Das passiert mir auch kein zweites Mal.«

»Aber der dreifache Tod bleibt nun mal eine Tatsache, mit der wir uns näher befassen müssen.«

Rolly Watson nahm die Bierdose, leerte sie und drückte sie dann mit zwei Fingern zusammen, dann setzte er sich auf den stabilen Eichentisch und rülpste voll durch. »Also Jungs, wenn ihr meinen Rat haben wollt …« Er wartete zunächst auf unsere Antwort und sprach nicht weiter.

»Bitte«, sagte ich.

»Ich kenne die Stadt, kenne jeden, der hier wohnt, jede Ratte, jede Maus, jeden Baum und Strauch. Und deshalb sage ich euch, fahrt wieder zurück nach London, es ist besser so. Wirklich. Was wollt ihr hier? Hier ist nichts los, überhaupt nichts …«

»Und die drei Toten?«, unterbrach Suko ihn.

»Das passiert immer mal.«

»Jedenfalls haben Sie die Morde nicht aufklären können.«

»Das stimmt«, gab Rolly zu. »Aber ich habe euch auch nicht Bescheid gegeben. Wie ich schon erwähnte, es war mein Kollege, der dies getan hat. Ich habe damit nichts zu tun, und ich will damit auch nichts zu tun haben, zum Henker.«

Diesmal mischte ich mich ein. »Aber Sie sind Polizist, Mr. Watson. Sie müssten ein Interesse daran haben, dass der Fall aufgeklärt wird.«

Rolly nickte so heftig, dass seine Fleischmassen an den Wangen in Bewegung gerieten. »Natürlich habe ich daran Interesse, und ich sage Ihnen, dass wir den Fall aufklären.«

»Sie allein?«

»Ja, Mr. Sinclair, ich allein. Vielleicht auch mit meinem Kollegen, wenn er wieder fit ist.«

»Haben Sie denn schon eine Spur?«

»Auch das.« Er schaute in unsere erstaunten Gesichter und lachte leise. »Ich will euch nicht so lange im Unklaren lassen, aber die Spur gibt es tatsächlich. Erinnert euch an die Fahrt hierher. Ihr seid über den normalen Weg gekommen ...«

»Sicher.«

»Dann müsstet ihr auch die Zigeunerwagen in der Nähe des Dorfes gesehen haben.«

»Nein, das haben wir nicht«, erwiderte ich ehrlich. »Haben die Zigeuner denn etwas damit zu tun?«

»Und wie!«

»Das können Sie auch beweisen, Mr. Watson?«, fragte Suko.

»Wer soll das sonst getan haben?«, fragte Watson zurück.

»Ein Beweis ist es nicht.«

Watson winkte ab. »Was ihr Städter immer habt. Ich bin in Devon seit fast fünfzehn Jahren Polizist. Ich kenne meine Pappenheimer, und bisher habe ich jeden Fall aufgeklärt.«

»Auch einen Mord?«, fragte ich.

»Klar. Vor drei Jahren ungefähr hatten wir hier einen solchen Fall. Da hat jemand seine Frau erschlagen. Zwei Tage später hat er die Tat gestanden. So wird es auch bei den Zigeunern sein. Sie haben mit dem Fall zu tun, das versichere ich Ihnen.«

»Und was macht Sie so sicher?«

Rolly Watson schaute uns für einen Moment schief an, bevor er seinen Platz verließ und auf einen kleinen Kühlschrank zuging, der neben dem Fenster mit der langen Blumenbank stand. Er öffnete die Tür und holte eine volle Büchse Bier hervor, deren Verschluss er mit einer ruckartigen Bewegung aufriss. Der Schaum zischte noch aus der Öffnung, quoll über den Rand und wurde von der Zunge des Mannes abgeleckt. Nach dem ersten Schluck gab uns Rolly die Antwort. »Mich macht die Geschichte so sicher. Die Geschichte dieses Dorfes.«

»Wollen Sie uns die nicht erzählen?«

»Gern.« Er nahm wieder Platz. »Wobei ich allerdings nicht weiß, ob die Geschichte hundertprozentig den Tatsachen entspricht oder erfunden ist. Da gehen die Meinungen auseinander. Einhundertfünfzig Jahre liegt die Sache zurück, da ist Ähnliches hier passiert. Man hat es in alten Büchern nachgelesen oder mündlich überliefert bekommen, deshalb stehen hier auch zwei Kirchen. Eine normale und eine, von der nur mehr die Ruine vorhanden ist. Trümmer, sonst nichts, ein unheimlicher Ort.«

»Wollten Sie nicht zur Sache kommen?«, fragte ich.

»Klar, das will ich und bin auch schon mittendrin. Es war so ...«

Wir erfuhren die Sache, die sich vor einhundertfünfzig Jahren hier in Devon zugetragen hatte. Dass drei Männer und der Pfarrer gestorben waren. Drei Männer zerfielen damals zu Staub. Es war eine sehr kalte Nacht gewesen, und am anderen Morgen hatten die Bewohner unheimlich aussehende Fußspuren entdeckt, aus denen sie die Existenz des Teufels ableiteten.

»Alles klar?«, fragte Rolly Watson.

»Fast.«

»Welche Fragen gibt es denn noch?«

»Was haben die Zigeuner damit zu tun?«, wollte Suko wissen.

»Alles. Damals ging es um ein Zigeunermädchen. Man sagt, dass es, nachdem es erfroren war, den Teufel überhaupt hergelockt hat. So muss es auch heute gewesen sein. Drei Menschen sterben, wieder sind Zigeuner da. Ist das nicht Beweis genug?«

Ich widersprach. »Das sind keine Beweise, Mr. Watson, nur Vermutungen, wenn Sie verstehen.«

»Für mich reicht es. Und Ihnen sollte es auch reichen, um wieder zurückzufahren. Wissen Sie, auf dem Land gibt es Dinge, mit denen ein Großstädter einfach nicht fertig werden kann. Es würde ihm schwer fallen, sie zu begreifen.«

»Und Sie meinen, dass es uns auch so ergehen könnte?«

»Das lehrt die Erfahrung.«

Suko und ich schauten uns gegenseitig an. »Jedenfalls danken wir Ihnen für den Ratschlag.«

Er winkte lässig ab. »Gern geschehen. Wenn Sie noch eine Frage haben, ich stehe Ihnen gern zur Verfügung.«

»Ja«, sagte ich und legte meinen ausgestreckten Zeigefinger gegen das Kinn. »Ich hätte da noch eine Frage. Hat man diese Teufelsspuren denn auch in dieser Zeit gesehen? Also gestern oder vorgestern …?«

»Ich nicht.«

»Andere denn?«

»Man munkelt etwas davon.«

»Und dann sind die drei gestorben?«

»So ist es. Man fand nur ihre Asche. Aber eins sage ich Ihnen. Wenn ich das Zigeunerpack vertreibe, verschwindet auch der Teufel. So einfach ist das.«

»Für Sie bestimmt«, sagte Suko.

Watson war erstaunt. »Denken Sie etwa anders darüber?«

»Ein wenig schon«, gab ich zu und sprach dabei auch im Namen meines Partners.

Misstrauen stahl sich in Rolly Watsons Blick. »Wie denken Sie denn darüber? Kann man das erfahren?«

»Aber gern«, sagte ich. »Schließlich sind wir doch Kollegen. Wir finden, dass der Fall erst richtig begonnen hat, und bedanken uns schon mal für die Informationen. Wir werden natürlich in Devon bleiben, denn der Teufel hat uns schon immer interessiert.«

Rolly Watson stand da mit offenem Mund.

Ich brachte ihn noch mehr zum Staunen. »Da wir kooperativ sind, will ich Ihnen auch sagen, dass wir uns nach einem Rundgang durch das Dorf ein wenig im Lager der Zigeuner umschauen werden. Zudem möchte ich Ihnen noch mitteilen, dass sie kein Recht haben, die Menschen zu vertreiben. Sie campieren sicherlich nicht auf dem Gelände der Stadt – oder?«

»Nein.«

»Sehen Sie.« Ich lächelte ihn an. »Auf gute Zusammenarbeit, Mr. Watson. Wir sehen uns noch …«

Damit verschwanden wir und ließen einen Polizisten zurück, dessen nicht druckreifen Fluch wir noch draußen vor dem Haus hörten …

Betty Jordan hatte ihren Triumph. Diesem Zigeunerweib hatte sie es gegeben. Das musste einfach mal jemand tun, dann waren noch die beiden Liston-Brüder gekommen, die sich nun um das Mädchen »kümmerten«.

Wenn sie ehrlich gegen sich selbst war, dann hasste sie die Brüder. Sie waren diejenigen, die die Stadt terrorisierten, denen sich aber niemand in den Weg zu stellen wagte, weil die beiden Typen mit Rolly Watson, einem Polizisten, verwandt waren und dieser Mann sie immer wieder deckte, wenn sie etwas auf dem Kerbholz hatten.

Die Jordan hatte alles Weitere nicht abgewartet. Sie wusste ja, dass dieses Mädchen nicht fliehen konnte, und so war sie mit ihren Einkäufen nach Hause gelaufen.

Sie und ihr Mann wohnten in einer schmalen Straße und zudem in einem Haus, das Betty von ihren Eltern geerbt hatte. Ihr Mann Walter kümmerte sich um den Garten und um seine Frau nicht mehr. Er ließ sie laufen, schwieg lieber und ging – wenn es ihm zu viel wurde – zum Fluss angeln.

Er hatte früher in den Kohlebergwerken von Wales gearbeitet und bekam eine relativ gute Rente, von der beide leben konnten. Als seine Frau zurückkam, arbeitete Walter im Garten. Dort wollte er gerade einige Sonnenblumen zusammenbinden.

Betty schaute aus dem Fenster. »Ich bin wieder zurück!«, rief sie in den Garten hinein.

Nur langsam drehte sich Walter um. »Schon?«

»Ja, und es war interessant.«

Walter regte sich über die keifende Stimme seiner Frau nicht weiter auf. »Wie schön für dich«, sagte er nur, wischte seinen schweißnassen Nacken trocken und schob den Mützenschirm tiefer in die Stirn, weil die tief stehende Sonne blendete.

»Willst du nicht wissen, was ich erlebt habe?«

»Nein.«

Damit konnte er Betty nicht abspeisen. »Es ging da um eine Zigeunerhure, die …«

»Woher willst du wissen, dass es eine Hure war?«

»Das sieht man doch.«

»Hör auf, Betty! Du weißt genau, dass ich es hasse, wenn du diese Vorurteile aussprichst.«

»Aber es stimmt.«

»Wann gibt es was zu essen?«

Dieser Themenwechsel gefiel der Frau überhaupt nicht. Wütend knallte sie das Fenster zu und schimpfte hinter der Scheibe auf ihren Mann. »Nichts hat dieser Kerl im Schädel, außer seinem Garten und den komischen Fischen. Das ist schon widerlich.« Sie war ungemein sauer und hätte Walter am liebsten zum Teufel geschickt.

Klar, er wollte etwas essen. Sie überlegte, was sie kochen sollte, dachte an Tomaten. Ein Salat reichte für ihn. Wenn er noch Hunger hatte, sollte er Brot hinterherschieben.

Um die Tomaten zu holen, musste sie in den Keller gehen. Er war nicht sehr groß und bestand praktisch aus zwei Räumen. Einem Waschraum und dem, in dem Vorräte wie Gemüse, Obst und andere Lebensmittel lagerten.

Hatte sich Walter seinen Garten und die Angelei als Hobby ausgesucht, so gab es für seine Frau nur eines: die reine Putzwut. Jeden Tag säuberte sie das Haus vom Keller bis zur ersten Etage. Und sie wischte auch morgens schon die Steintreppe, die in die Tiefe führte.

Wie schon in den letzten Tagen ärgerte sie sich darüber, dass ihr Mann die eine der beiden Glühbirnen nicht ausgewechselt hatte, deshalb war das Licht auch so trübe, denn der Kellergang wurde kaum erhellt. Die sauber geputzten Stufen zeigten einen matten Glanz, auch auf dem Geländer lag kein Stäubchen.

Betty schritt die Treppe hinab. Auf den ersten beiden Stufen ärgerte sie sich noch über ihren Mann, bei der dritten Stufe änderte sich das radikal.

Plötzlich überkam sie ein anderes Gefühl.

Es war Furcht!

Schlagartig war es vorhanden. Sie wusste den Grund selbst nicht, weshalb ihr Herz plötzlich so rasend schnell hämmerte und die Brust auseinander zu reißen drohte. Auf ihren Rücken hatte sich eine kalte Haut gelegt. Schweiß sammelte sich in ihrem Nacken, sie atmete nur mehr durch die Nase, schaute nach vorn, sah die Stufen hinab, die normal wirkten, und konnte auch den kurzen Gang dahinter überblicken.

Nichts lauerte dort.

Trotzdem spürte sie die Angst und wurde dennoch von ihrem eigenen Keller und dem hinter der Treppe liegenden Gang regelrecht angezogen.

Diesen Widerspruch konnte sie nicht in die Reihe bringen, aber das zweite Gefühl war stärker als das erste. Deshalb überwand sie auch ihre Furcht und ging weiter.

Am Handlauf des Geländers hielt sie sich fest. Der Schweißfilm auf ihrer Handfläche vermischte sich mit der Glätte des Metalls, sodass eine feuchte Spur zurückblieb.

Normalerweise hätte sie sich als Putzteufel vom Dienst darüber geärgert, jetzt war es ihr egal, und sie sah zu, die Treppe so rasch wie möglich hinter sich zu lassen.

Kurz dahinter und rechts von ihr befand sich die erste Kellertür. Dort befand sich der Vorratsraum. Abgeschlossen war er nicht. Sie drückte die Klinke nach unten, schob die Tür auf und betrat den Raum, der im Dunkeln lag. Der Lichtschalter war in Hüfthöhe angebracht worden. Sie drückte den vorstehenden Hebel nach unten und erwartete, dass die Lampe an der Decke hell werden würde.

Das passierte nicht.

Es blieb dunkel!

Für einen Augenblick stand sie steif auf der Schwelle. Die Angst wurde noch schlimmer, und nur aus dem Gang fiel Licht in den Vorratsraum, das im folgenden Moment verlöschte.

Finsternis hüllte sie ein.

Die Angst verstärkte sich. Ihr Herz raste noch schneller. Der Keller hatte kein Fenster. Betty starrte in die Dunkelheit und hatte plötzlich das Gefühl, nicht mehr allein zu sein.

Jemand befand sich bei ihr.

Nicht nur das. Sogar in unmittelbarer Nähe. Ihr Gesicht verzog sich. Sie atmete flach durch den offenen Mund, als wollte sie gleichzeitig schreien, ohne es zu können.

Dann wurde es doch hell.

Nicht von der Decke her fiel der Schein. Er drang vom Boden in die Höhe, und es war auch keine Lampe, die aufglühte, sondern ein unheimliches Zeichen.

Ein Huf.

In der Mitte zeigte sich eine knallgelbe Fratze, während die unten offene Umrandung in einem düsteren Rot schimmerte.

Die Spur des Teufels!

Betty Jordan wusste nicht genau, in welch einer schrecklichen Lage sie sich befand, aber der Instinkt sagte ihr, dass etwas Schreckliches auf sie zukommen würde.

Die Teufelsspur in ihrem Keller konnte sie sich nicht erklären. Es war so schlimm, und sie musste plötzlich an die Geschichte denken, die man sich im Dorf erzählte. Eine Geschichte, die vor einhundertfünfzig Jahren passiert war.

Da hatte es auch Spuren gegeben …

Sie starrte auf den Abdruck. Er schien im Boden eingeätzt zu sein, leuchtete, und gleichzeitig ging von ihm eine gefährliche Kraft aus, die sie anlockte.

Betty dachte auch an die drei Toten, die es im Dorf gegeben hatte. Von ihnen war nur Staub gefunden worden. Eine Lösung hatte man noch nicht gefunden. Sollten diese Männer vielleicht auch die Spur gesehen haben?

Eigentlich hätte sie jetzt um Hilfe schreien müssen, sie ließ es aber bleiben und bewegte sich vorsichtig auf die eine Spur in ihrem Keller zu. Da lag ein Locken in der Luft. Sie glaubte, eine lauernd klingende Stimme zu hören, die ihr weismachen wollte, dass es für sie das höchste Glück sei, den Abdruck zu untersuchen.

Betty Jordan gehorchte.

Niemand war mehr anwesend, der sie zurückhielt, und das Locken verstärkte sich mit jeder Bewegung, die sie näher an die Spur heranbrachte. Zitternd stand sie davor, senkte den Blick, der sich an der gelben Fratze festsaugte, sodass sie auch Einzelheiten erkennen konnte.

Furchtbar sah das Gesicht aus. Wie eine Teufelsfratze. Und das genau war sie.

Die Fratze des Teufels!

Zerrbild des Leibhaftigen in ihrem Keller. Ein Unding, ein Wahnsinn, und doch so verlockend.

Ohne dass sie es wollte, bückte sie sich zu der Fratze runter, wobei sie den rechten Arm ausstreckte, um mit dem Finger das Sigill im Steinboden zu berühren. Und während sie es berührte, spürte sie bereits die Veränderung.

Schlagartig kam es über sie. Betty Jordan zuckte noch einmal hoch. Schreien konnte sie nicht mehr. Dafür hatte sie das Gefühl, in einem Käfig aus Licht zu stehen, der sich eng um ihren Körper gelegt hatte. Für einen Moment wurde sie durchsichtig und schien sich mit schrecklich verzerrtem Gesicht aufbäumen zu wollen.

Dann sackte sie zusammen.

Als Staub …

Die Zigeuner liefen uns nicht weg. So hatten wir die nötige Zeit, uns in Devon umschauen zu können. Es war eine gepflegte Ortschaft, schon fast eine kleine Stadt. Viel Grün lockerte die Reihen der Häuser auf. Wir sahen Geschäfte, kleine Anlagen, alles wirkte sauber, wie frisch geputzt, und unter den Strahlen der Sonne schien die Natur noch einmal richtig aufzublühen.

Wir erreichten auch den Kern von Devon, eine Art Altstadt mit schmalen Gassen und windschiefen Häusern. Dort sahen wir kaum Autos, dafür kleine Läden, und mir fiel auf, dass sich einige Angelgeschäfte auf einem bestimmten Fleck konzentrierten. Nicht weit entfernt floss der Fluss Taw vorbei, und es gab auch zahlreiche fischreiche Bäche, die in ihn mündeten.

Jeder kannte hier jeden.

Die Leute standen zusammen, sprachen miteinander, und so manches Mal fingen wir einige Gesprächsfetzen auf, bevor man uns als Fremde erkannte und misstrauische Blicke zuwarf.

Fremde mochte man hier wohl nicht. Zudem lagen die schrecklichen Ereignisse noch nicht lange zurück, und keiner der Bewohner wusste genau, ob es die letzten gewesen waren oder ob noch etwas folgen würde.

Über eine Brücke verließen wir die Altstadt und gelangten in ein neueres Viertel, das man als Geschäftszentrum bezeichnen konnte, denn hier befanden sich zahlreiche Läden dicht nebeneinander. Auch Wohnhäuser sahen wir. Schmucke, kleine Bauten, die jenseits eines Grüngürtels hochwuchsen.

Hier waren die Dächer noch rot. Keine Industrieabgase hatten sie verschmutzt.

Ein glücklicher Ort, wollte man dem ersten Eindruck glauben.

Aber waren dessen Bewohner tatsächlich glücklich?

Suko und ich wollten es nicht so recht glauben. Dazu wirkten die Gesichter einfach zu verkniffen, und die Gespräche der Leute drehten sich zumeist um dasselbe Thema.

Wir hörten des Öfteren von den schrecklichen Ereignissen der nahen Vergangenheit und auch davon, dass sich viele Leute über die Anwesenheit der Zigeuner aufregten.

Manchmal sprach Hass aus ihren Worten.

»Das ist nicht gut«, sagte Suko, als wir gegenüber einer kleinen Verkehrsinsel stehen blieben, um die Kinder mit Fahrrädern fuhren. »Hier wird meiner Ansicht nach Hass gesät.«

Ich widersprach ihm nicht, schob meine Sonnenbrille hoch und wischte mir die Stirn trocken. »Kannst du dich genauer ausdrücken?«

»Ja, ich habe das Gefühl, über ein Pulverfass zu gehen, an dem die lange Lunte bereits brennt.«

»Und weiter?«

»Sie wird irgendwann in der nächsten Zeit das Pulverfass erreicht haben und es zur Explosion bringen.«

Ich zündete mir eine Zigarette an. Den Rauch blies ich gegen die Sonnenstrahlen. »Dann kann hier die Hölle losbrechen.«

»Sicher.«

»Hast du dir schon mal Gedanken darüber gemacht, was uns dieser Rolly Watson erzählte?«

»Du meinst die alte Geschichte?«

»Richtig.«

»Ich halte es für wahrscheinlich«, sagte Suko.

Damit hatte er auch bei mir einen wunden Punkt getroffen, und ich erinnerte ihn an die alten Flüche, die wir erlebt hatten, und die auch eingetroffen waren.

»Mich würde nur interessieren, welche Rolle die Zigeuner dabei spielen. Wenn überhaupt«, fügte mein Freund noch hinzu.

Damit hatte er mir das Stichwort gegeben. Wir wollten dem Lager einen Besuch abstatten, allerdings nicht mehr zu Fuß, sondern mit dem Bentley, den wir noch von der Polizeistation holen mussten.

Suko deutete nach vorn. »Komm, wir müssen über die Verkehrsinsel hinweg.«

Dort konnten wir einen Bogen schlagen, um unser Ziel zu erreichen. Auch jetzt sah alles sehr friedlich aus. Die Sonne stand schon tiefer am Himmel, und ihre schräg fallenden Strahlen tupften auch gegen den spitzen Kirchturm, dessen

Dachpfannen leuchteten, als wären sie mit Gold bestrichen worden.

Das war die normale Kirche, die andere bestand nur mehr aus Trümmern, wie man uns berichtet hatte.

Wir erreichten ein Wohngebiet. Neben neu errichteten Häusern standen auch ältere. Bauten aus den fünfziger und sechziger Jahren. Beide Stile gliederten sich harmonisch ein, und die Gärten vor den Häusern wirkten gepflegt.

Auf den Gehsteigen spielten Kinder. Sie hatten ihren Spaß, schrien, tobten, doch ein besonders schriller Schrei wollte nicht zu ihrem Spiel passen. Er hörte sich grauenhaft an.

Ein Erwachsener musste ihn ausgestoßen haben.

Wir blieben sofort stehen, auch die Kinder hatten den Schrei vernommen, denn sie stoppten mitten im Spiel. Da rutschte einem Mädchen ein Springseil aus der Hand, ein Junge lief nicht mehr hinter seinem Ball her, und ein anderer kümmerte sich nicht um sein aufgezogenes Auto, das hinter einem Puppenwagen auf die Straße fuhr und erst dort ausrollte.

Der Schrei zitterte noch als Echo.

Die Kinder wurden blass, wir auch, aber wir waren so etwas leider gewohnt und handelten.

»Das war vor uns!«, sagte Suko und erntete von mir keinen Widerspruch. Nebeneinander liefen wir her, und wir beeilten uns, so rasch wie möglich den bestimmten Ort zu erreichen.

Eine Reihe von Häusern lag vor uns. Auch dort hatten die Bewohner den Schrei vernommen. Türen und Fenster wurden geöffnet, die Leute verließen ihre Wohnungen, verstört, mit ängstlichen Augen, denn auf diese Reaktion konnten sie sich keinen Reim machen.

»Das muss doch bei den Jordans gewesen sein!«, hörten wir die helle Stimme einer Frau mit Lockenwicklern in den Haaren. Wo die Jordans wohnten, wussten wir nicht, aber wir sahen plötzlich nicht weit entfernt einen Mann mit Schiebermütze auf dem Kopf, der durch das offene Tor seines Vorgartens taumelte und grau vor Angst im Gesicht war. Er hatte die Arme ausgestreckt. Auf den Handtellern stand ein Gefäß, das er festhielt, obwohl er sich davor zu ekeln schien.

»Das muss er sein!«

Ich hatte die Worte gesagt, als ich schon startete. Suko lief hinter mir her, holte mich aber nicht ein, sodass ich als Erster den Mann erreichte, stoppte und einen Blick in das Gefäß warf.

Es war eine Porzellanschale. Weiß mit Blümchenmuster. Das sah ich am Rande. Viel wichtiger war der Inhalt.

Über meinen Rücken kroch ein eisiger Schauer, als ich sah, was die Schale barg.

Asche!

Auch Suko war eingetroffen, hatte es ebenfalls gesehen und wusste wie ich Bescheid, das entnahm ich seinem Blick.

»Asche!«, schrie der Mann plötzlich, dass es laut über die Straße hallte. »Sie ist zu Asche geworden. Betty wurde zu Asche. Ich fand sie im Keller, verdammt. Sie ist tot, tot, tot!« Er schrie und konnte die Schale nicht länger halten. Beide Hände drückte er auseinander, sodass das Gefäß zu Boden rutschte und zerbrach. Die Asche verteilte sich vor unseren Füßen.

Alle Zeugen hatten seine Worte gehört. Nur trauten sich die Leute nicht, so schnell wie wir den Ort des Geschehens zu erreichen. Sie kamen langsamer und waren entsetzt. Das konnten wir an ihren Gesichtern erkennen. Auch Furcht war in den Gesichtern zu lesen.

Trotz seiner schrecklichen Entdeckung hatte uns Mr. Jordan einen entscheidenden Tip gegeben. Die Asche war von ihm im Keller seines Hauses gefunden worden.

Dort wollten wir hin.

Das kleine Tor stand offen. Wir liefen mit langen Schritten durch den Vorgarten, erreichten die ebenfalls nicht geschlossene Haustür, drückten sie auf und betraten den Flur.

Ich erkannte, wie sauber das Haus war, und sah auch die Kellertür. Suko stand schon an der Treppe.

Diesmal waren wir vorsichtiger. Außerdem brannte kein Licht. Als ich den Schalter herumdrehte, blieb es weiterhin dunkel. Suko leuchtete mit seiner kleinen Lampe über die ebenfalls blitzsauberen Stufen und sah eine offen stehende Tür.

Das musste etwas zu bedeuten haben.
Suko schaute als Erster nach.
»John!« Seine Stimme klang gepresst. Er ging einen Schritt zur Seite und schuf mir Platz.
Auch ich sah jetzt in den Kellerraum!
Auf dem Boden entdeckten wir den Beweis.
Es war die Spur des Teufels!

Ein Hufabdruck, außen blutrot. Gelb schimmerte das Gesicht des Satans in seinem Innern. Und es war eine Fratze, die wir beide verdammt gut kannten.
So sah nur einer aus.
Asmodis!
Knochig das Gesicht, breit der Mund. Er grinste und sah überheblich zugleich aus. In den lebenden Augen funkelte der Triumph, es wieder einmal geschafft zu haben. Aber dem wollte ich einen Riegel vorschieben.
Gleichzeitig spürte ich den Ansturm des Bösen. Er war im ersten Moment nicht als solcher zu erkennen, weil er mehr lockte, mich quasi heranholen wollte, damit ich mich bückte und die auf dem Boden eingezeichnete Spur berührte.
Aber nicht ich ging vor, es war mein Freund Suko. Diese Annäherung konnte auch ins Auge gehen. Wahrscheinlich hatte die Frau auch so reagiert und war zu Asche geworden.
»Zurück, Suko!«
Eigentlich hätte er nach dieser Aufforderung wieder zurücktreten müssen, das tat er nicht. Im Gegenteil, er schüttelte unwillig den Kopf und bückte sich, um den Abdruck zu berühren.
Urplötzlich schwebte Suko in großer Gefahr. Ich schlug meine Hand auf seine Schulter, spürte seinen Gegendruck, musste härter zugreifen, aber es gelang mir nur mühsam, ihn zur Seite zu schieben.
Suko wirbelte herum. Ich sah in sein Gesicht und erkannte in den Augen einen Ausdruck, der mir überhaupt nicht gefiel. Der glich schon dem eines Besessenen, und das war Suko

auf irgendeine Art und Weise auch, da er keine Vernunft annehmen wollte.

Er griff mich an, aber nicht besonders schnell, so konnte ich seine Faust abblocken und konterte zweimal. Treffer Nummer eins drückte ihn bis gegen den Türpfosten, der zweite Hieb trieb meinen Freund in den Keller hinein.

Dort stolperte er fast über seine eigenen Beine und krachte mit dem Rücken gegen die Wand.

Das alles sah ich nicht, denn ich wollte diese verdammte Spur vernichten. Wieder merkte ich, dass sie auch mich in ihren Bann ziehen wollte, doch sie schaffte es aus einem bestimmten Grund nicht: Ich trug etwas bei mir, das der Teufel und all seine höllischen Diener bis auf ihr schwarzes Blut hassten. Mein Kreuz!

Mit einem Ruck zog ich es hervor, streifte die Kette über den Kopf und ließ es noch in der gleichen Sekunde nach unten fallen.

Genau in den Huf hinein und mitten in die sich dort abzeichnende Fratze.

Sie zischte auf, als hätte jemand Wasser auf eine heiße Kochplatte gekippt. Dampf bildete sich. Er hatte eine grüngelbe Farbe und stank ätzend, sodass ich einen Schritt zurücktrat, um das Zeug nicht unbedingt einatmen zu müssen.

Aus der Deckung des Kellers beobachtete ich, wie die Spur des Teufels verging.

Der Boden nahm wieder seine graue Farbe an. Er war sauber, aber wenn ich im Strahl meiner kleinen Lampe genau hinschaute, erkannte ich die Aschenreste, die Mr. Jordan nicht hatte in seine Schale füllen können.

Ich nahm das Kreuz wieder an mich. Ihm war nichts passiert. Es hatte nur die Spur des Teufels vernichten sollen und es auch getan.

Ich ging in den Kellerflur.

Dort lehnte Suko an der Wand und rieb sein Kinn, das eine Beule bekommen würde. »Hast du das getan, John?«, fragte er.

»Ja.«

»Weshalb?«

Ich erklärte es ihm.

Suko schaute mich erstaunt an. »Verdammt, davon habe ich nichts mehr bemerkt. Ich hatte nur das Gefühl, die Spur anfassen zu müssen. Eine andere Macht bekam Gewalt über mich.«

»Ich konnte es sehen.«

»Anders ausgedrückt, John, du hast mir das Leben gerettet.«

»So ungefähr.«

Suko schüttelte den Kopf. »Ich weiß auch nicht, was mit mir los war. Es kam einfach über mich, da war eine Kraft, der ich nicht hatte widerstehen können. Sie muss aus der Hölle gekommen sein.«

»Deshalb sahen wir auch den Teufel.«

Suko ging auf die Treppe zu, blieb aber vor der letzten Stufe stehen und legte seine Hand auf das Geländer. »Wenn ich das so recht bedenke, sieht es böse aus.«

»Wie meinst du das?«

Er drehte sich um, ohne den Handlauf loszulassen. »Denk mal nach, John. Selbst ich habe es nicht geschafft, mich gegen die Kraft dieses Sigills zu wehren. Wie schwach müssen dann erst die Bewohner von Devon sein, wenn sie damit in Berührung kommen.«

Es waren treffende Worte, die Suko mir da gesagt hatte, und ich wurde plötzlich nachdenklich. Der Freund ließ mich auch für einige Zeit in Ruhe und fragte erst dann: »Habe ich Recht?«

»Leider deutet alles darauf hin«, erwiderte ich stöhnend.

»Und was machen wir?«

»Ich weiß es noch nicht.«

Suko lachte auf. »Ich glaube kaum, dass wir den ganzen Ort evakuieren können.«

»Es wird uns möglicherweise nichts anderes übrig bleiben. Und die Leute werden dafür Verständnis haben.«

»Dann muss es aber noch schlimmer kommen, was sich wohl keiner von uns beiden wünscht.«

»Stimmt.«

Wir hatten im Keller nichts mehr zu suchen, schauten noch kurz in den zweiten Raum und verließen ihn dann. Niemand hielt uns auf, als wir die Treppe hochschritten.

Im Haus war es leer. Der Besitzer hatte es noch nicht betreten, auch die Nachbarn nicht. Sie bevölkerten den Vorgarten und starrten uns aus großen Augen an, als wir durch die Tür kamen.

»Wo ist Mr. Jordan?«, fragte ich.

»Man hat ihn in ein Krankenhaus gebracht.«

Das war gut. Ich wollte noch etwas hinzufügen und unsere Identität aufklären, als vor dem Haus auf der Straße ein Wagen hielt und Officer Rolly Watson ausstieg.

Watson gehörte zu den Respektspersonen in Devon, denn man schuf ihm sofort Platz, als er sich dem Vorgarten näherte, stehen blieb, die Arme in die Hüften stützte und sich erkundigte, was los gewesen war.

Eine vernünftige Antwort bekam er nicht, denn alle wollten zuerst etwas sagen und schrien durcheinander. Rolly machte die große Schau. Er hielt sich demonstrativ die Ohren zu, verzog das Gesicht und wollte von alldem nichts mehr hören.

Bis er uns sah.

Es war Suko und mir endlich gelungen, eine Bresche in die Zuschauer zu schaufeln. Als der Beamte uns anschaute, ließ er die Arme sinken, und auch sein Gesichtsausdruck veränderte sich.

»Haben Sie Essig getrunken?«, fragte ich.

»So fühle ich mich auch, wenn ich euch betrachte. Was ist überhaupt passiert?«

»Es hat eine Tote gegeben.«

»Ach, und wo?«

»Die Asche liegt auf dem Gehsteig, falls der Wind sie noch nicht weggeweht hat.«

Meine Antwort haute ihn fast aus den Socken. Er stierte mich an, schüttelte den Kopf, wurde rot und erkundigte sich, ob ich ihm keinen Bären aufgebunden habe.

»Nein.«

»Und wer ist gestorben?«

»Die Frau, die in diesem Haus gewohnt hat.«

»Betty Jordan«, ächzte er und schwitzte noch stärker. Er schnappte nach Luft, bevor er den Kopf schüttelte, zum Haus schielte und ich ihm die Frage nach dem Mörder förmlich von den Lippen ablesen konnte.

»Es war die Spur«, sagte ich.

Er begriff zuerst nicht und kam noch näher, sodass sein Schweißgeruch meine Nase kitzelte. »Noch einmal«, sagte er.

Ich wiederholte meine Antwort. Danach fragte ich ihn: »Erinnern Sie sich noch an die Geschichte, die hier vor einhundertfünfzig Jahren passiert ist? Die gleichen Symptome haben sich an diesem Nachmittag wiederholt, und fast hätte es noch meinen Kollegen erwischt. Es sieht nicht gut aus, Mr. Watson. Verdammt nicht gut.«

»Ja, ja«, keuchte er und reinigte abermals sein Gesicht vom klebrigen Schweiß. »Ja, ja, ich verstehe.« Er überlegte, als er das Tuch wieder wegsteckte. Dann hatte er sich zu einer Erklärung durchgerungen. »Daran sind nur die Zigeuner schuld. Es war damals auch so. Alles begann mit diesem Zigeunerkind.«

»Wir haben keine Beweise dafür. Was macht Sie so sicher, Mr. Watson?«

Mit einer unwirschen Handbewegung wischte er meinen Einwand zur Seite. »Ich weiß es eben.«

»Was wollen Sie tun?«

»Das Pack vertreiben.«

Er hatte so laut gesprochen, dass seine Worte auch von den Neugierigen verstanden worden waren. Aus ihrer Mitte meldete sich jemand. »Zum Glück haben wir damit schon angefangen. Ich habe es selbst gesehen, wie sich die Liston Brothers um dieses Mädchen kümmerten.«

Ich wurde hellhörig, ging an dem Polizisten vorbei und fragte: »Wer hat das gesagt?«

Zuerst wollte sich der Sprecher nicht melden, bis er von anderen vorgeschoben wurde.

Es war ein kleiner, mickrig aussehender Typ, der eine

braune Jacke über dem Unterhemd trug und jetzt Angst vor der eigenen Courage hatte. Die eingefallenen Wangen wurden noch blasser. Ich hörte, dass sich hinter mir Suko und Watson unterhielten, legte dem Mann die Hand auf die Schulter und zog ihn von den anderen weg.

»So, mein Lieber, jetzt erklären Sie mir mal genau, was Sie gesehen haben.«

Er hatte wieder Mut gefasst und schüttelte den Kopf. »Wie käme ich denn dazu?«

»Moment.« Ich zeigte ihm meinen Ausweis, stellte mich und meinen Freund Suko vor.

Da wurde er ruhig, nahezu schüchtern und sagte: »Ich selbst war nicht direkt beteiligt.«

»Wer denn?«, fragte ich sofort.

»Betty Jordan.«

Ich war überrascht. »Die Tote?«

»Ja.«

Auch Watson und Suko hatten die Antwort vernommen und kamen langsam näher. »Das möchte ich noch mal hören«, sagte der dicke Polizist und fixierte den wesentlich kleineren Mann scharf.

»Aber ich habe nichts damit zu tun«, jammerte dieser.

»Trotzdem wirst du uns das erzählen, Mike.«

Und Mike sprach. Er hatte ein ziemlich gutes Gedächtnis. So erfuhren wir, was sich in der Drogerie ereignet hatte.

Natürlich warf der Bericht des Mannes neue Fragen auf, die mir Officer Watson beantworten sollte.

»Sagen Sie mal, ich habe etwas über die Liston Brothers gehört. Was sind das für Typen?«

Er winkte ab. »Eigentlich sind sie harmlos. Junge Leute um die zwanzig, die mit ihren Motorrädern herumfahren und …«

»Harmlos?!«, schrie eine Frau und begann zu schimpfen. »Diese Hundesöhne sind eine Landplage. Sie haben meinen Garten verwüstet und mir sogar eine Scheibe eingeworfen.«

»Das hätte ich bei dir auch getan«, erwiderte Watson.

»Bleiben Sie sachlich«, ermahnte ich ihn.

Die Frau schimpfte nicht mehr. Sie sprach nur mit den anderen Leuten, und ich kam wieder auf die Brüder zurück. »Die Meinungen scheinen mir geteilt zu sein.«

Rolly Watson verzog das Gesicht. »Na ja, sie sind etwas rau, aber keine Verbrecher.«

»Haben Sie einen Grund, die beiden in Schutz zu nehmen?«, meldete sich Suko.

Watson schwieg jetzt. Dafür ergriff der mickrige Mike das Wort. »Unser Dorfbulle ist doch mit den Schlägern verwandt.« Er sagte es voller Häme. Fehlte nur noch, dass er dem Officer die Zunge herausgestreckt hätte.

Watson ballte die rechte Hand.

»Stimmt das?«

»Ja, Sir.« knurrte er mich an.

»Dann sind Sie voreingenommen, Mr. Watson. Aber kommen wir zurück auf das Zigeunermädchen. Sie haben ja die Aussagen auch gehört. Die Kleine muss demnach entführt worden sein.«

»Glaube ich nicht. Ein Kidnapping ist was anderes«, versuchte er mich zu belehren. »Die haben uns nur alle einen Gefallen getan und werden das Mädchen wieder in das Camp zurückgeschafft haben.«

»Und wenn nicht?«

»Darüber denke ich nicht nach.«

Ich schaute ihn scharf an. »Okay, Mr. Watson, sehen wir die Sache mal so. Ich habe Ihnen schon einmal in Ihrem Office gesagt, dass wir dem Lager einen Besuch abstatten werden. Damit fangen wir gleich an. Und wehe, wenn wir das Mädchen nicht dort finden. Dann stellen wir den Ort auf den Kopf. Ist das klar?«

»Natürlich.« Er zeigte sich wieder muckig. »Sonst noch etwas?«

»Und ob. Hören Sie genau zu, Mr. Watson. Wir haben eine Spur des Teufels gefunden. Genau so, wie sie damals gewesen sein muss. Nur eine Spur, deshalb wissen wir nicht, wie viele es noch gibt. Fahren Sie mit dem Lautsprecherwagen durch den Ort, wenn Sie einen haben, und warnen Sie die Menschen.

Wer eine solche Spur entdeckt, soll sofort weglaufen und sich nicht erst in ihren Bann ziehen lassen. Ist das klar?«

»Verstanden.«

»Gut, denn diese Spuren sind tödlich, Mr. Watson. Betty Jordan ist das beste Beispiel dafür.«

»Sie können sich auf mich verlassen!«

»Das hoffen wir.«

Es waren vorerst die letzten Worte, die wir mit ihm gewechselt hatten. Für uns wurde es allmählich Zeit, dem Lager oder Camp einen Besuch abzustatten …

Auch bei Tageslicht sahen die verfallenen Mauern der abseits stehenden Kirche düster aus.

Der Zahn der Zeit hatte nicht das gesamte Bauwerk zerstören können. Es gab noch genügend Reste, hinter denen man sich verstecken konnte. In den letzten Jahren hatten sie so manchem Liebespaar als Nest gedient, denn das Unkraut wuchs zwischen den Trümmern meterhoch. Auch jetzt tanzten die Halme im Wind, und die laue Luft streifte über das erhitzte Gesicht des Zigeunermädchens Sarita.

Obwohl es genügend Zeugen gegeben hatte, war es keinem der Dorfbewohner eingefallen, ihr zu helfen, als die beiden brutalen Kerle sie abschleppten.

Sie hatte sich auf den Rücksitz der Maschine des Glatzköpfigen setzen müssen. Der andere Kerl war hinter ihnen hergefahren, und sie hatten sich auf Schleichwegen dem Ziel genähert.

Zwischen den Trümmern herrschte Stille, bis auf das Summen und Surren zahlreicher Insekten.

Das machte dem Mädchen nichts. Sie war ein Freund der Natur und auch so aufgewachsen. Von ihren Großeltern hatte sie erfahren, dass man alle Tiere achten musste. Vom kleinen Käfer bis zum Hund. Jedes Tier war ein Geschenk Gottes!

Das taten die beiden Männer nicht.

Sie achteten kein Menschenleben, und vor allen Dingen nicht das ihrer Gefangenen, denn sie hatten Sarita mit

Ketten an ein in guter Deckung stehendes Mauerstück festgebunden.

Das Mädchen selbst lag im hohen Gras, mit dem Rücken an der Mauer.

Zwei Ketten hatten den Kerlen gereicht. Sie spannten sich schräg über den Körper des Mädchens und klemmten die Arme zudem noch ein, sodass sich Sarita nicht bewegen konnte.

Wenn Sarita die Augen verdrehte, schaute sie in den Himmel, wo sich der Sonnenball allmählich verabschiedete und dem westlichen Horizont zuwanderte, wo er bald vollends verschwinden würde.

Schaute Sarita nach vorn, sah sie die beiden Brüder im Schneidersitz vor sich, Whiskyflaschen in den Händen. Sie tranken, rauchten, tranken wieder und waren ansonsten stumm.

Aber ihre Blicke sagten genug. Sie glitten mehr als einmal über den Körper des Mädchens, und Sarita kam sich unter ihnen so schrecklich bloß und ausgezogen vor.

Diese Blicke konnten erniedrigen. Sie machten einen Menschen zu einer Ware.

Nicht immer gelang es ihr, ihnen standzuhalten. Oft genug wusste sie nicht, wohin sie schauen sollte, und ihr wurde mit aller Deutlichkeit klar, in welch einer Gefahr sie schwebte.

Diese Kerle würden keine Gnade kennen. Dabei hatte sie ihnen persönlich nichts getan. Es war nur die Tatsache, dass sie zu einer Minderheit gehörte und die jungen Leute von den älteren Menschen regelrecht aufgehetzt worden waren.

Drei Tote hatte es im Dorf gegeben. Drei Leichen, für die Sarita nichts konnte, obwohl es da eine Verbindung zwischen ihrer Sippe, den Toten und einem Vorgang geben musste, der tief in der Vergangenheit begraben lag. Sarita selbst hatte nie konkret danach gefragt, weil es sich für ein Mädchen nicht schickte, aber ihr war die Nervosität der Leute nicht verborgen geblieben, als sie das Camp nahe der Stadt Devon bezogen hatten. Etwas Entscheidendes sollte da geschehen, das hatte sie zwischen den Zeilen vernommen, und es musste auch mit dem Teufel zu tun haben, wie sie mittlerweile wusste.

Mehr war ihr nicht bekannt.

Wieder schaute der Glatzkopf sie an. Vor seinen Blicken fürchtete sich Sarita am meisten, weil sie so gierig, abwertend und auch lauernd waren. Sein Bruder Wade starrte sie zwar auch an, aber er schaute mehr düster und wissend. Manchmal nickte er auch, als wollte er die Worte, die er gedanklich formuliert hatte, bestätigen.

Ken Liston hob die Whiskyflasche, schaute noch einmal zur Sonne und leerte sie. »Das war's«, sagte er und schleuderte die Flasche gegen eine Mauer. Sie zersplitterte noch in der Luft. Ken erhob sich schwankend und atmete tief durch. Dann verschwand er hinter den Büschen, um eine natürliche Regung abzubauen.

Wades Flasche war noch halb voll. Wenn er sie bewegte, schwappte der Whisky hin und her. Viel Hoffnung hatte Sarita nicht, aber sie versuchte es trotzdem, Wade Liston zu überzeugen.

»Hören Sie mich an, bitte!«, flehte sie.

Er schaute hoch und stellte die Flasche neben sich. Dann riss er einen Grashalm ab und spielte damit. Dabei grinste er und sagte: »Damit kann man einen umbringen, habe ich gehört. Ehrlich, man braucht nur die nötige Geduld zu haben, und alles ist erledigt. Verstehst du?«

»Das glaube ich, aber ich möchte …«

Er warf den Halm weg. Sein düsterer Blick pendelte sich auf das Mädchen ein. »Was denn?«

»Schon gut.«

Er lachte rau. »Weshalb sprichst du nicht weiter? Willst du etwas von mir?«

Sarita fasste sich ein Herz. »Ja, ich will etwas von Ihnen. Sogar etwas Bestimmtes. Ich möchte, dass Sie mich freilassen. Bitte, ich habe Ihnen nichts getan.«

»Das stimmt.«

»Und weshalb lassen Sie mich dann nicht frei?«

»Das kann ich dir sagen. Es hat drei Tote in Devon gegeben.

Süße, mein Partner und ich sind keine Heiligen, das weißt du selbst. Wir sind Typen, die sich durchs Leben schlagen. Mehr schlecht als recht. Wir müssen immer zusehen, dass wir rumkommen, aber es stört uns, dass es drei Tote in Devon gegeben hat. Nicht wegen der Typen, es geht da um andere Dinge.« Er hob die Hand und zählte sie auf. »Erstens wirbeln drei Tote Staub auf. Bullen werden kommen, und die hassen wir nun mal. Staub war auch der richtige Ausdruck. Wir mögen es nicht, wenn jemand stirbt und plötzlich zu Staub zerfällt. Das ist unnatürlich, verstehst du? Völlig unnatürlich. Und weißt du auch, wer da seine Hand im Spiel hat?«

»Sag schon, wer?«

»Willst du mich verarschen, Süße?«

Sarita quälte sich. »Ich weiß es wirklich nicht. Ich weiß nicht, was du meinst ...«

»Dann will ich es dir sagen. Hier hat der Teufel seine Hand mit im Spiel gehabt. Ich wohne lange genug in Devon und weiß genau, dass der Satan schon vor eineinhalb Jahrhunderten zugeschlagen hat. Das erzählen sich die Leute. Fast jedes Kaff hier hat eine Legende. Unsere ist besonders schlimm, denn wir sind vom Teufel besucht worden. Und diesen komischen Bruder mag ich nicht besonders, begreifst du das?«

»Das schon ...«

»Dann wäre ja alles klar.«

»Aber was hat das mit mir zu tun?«

»Alles, Süße, alles. Wieder sind drei Leute zu Staub zerfallen, wie damals in der alten Zeit. Und wiederum befinden sich Zigeuner in der Nähe. Diesmal sogar zahlreicher als früher. Es könnte also, nimmt man die Zahlen, noch schlimmer kommen.«

»Wie?«

»Wenn der Teufel erscheint, rottet er das ganze Dorf aus. Das will ich nicht.«

Sarita schwieg. Sie musste über die Erklärungen zunächst nachdenken. Dann fragte sie: »Was habe ich mit der Sache zu tun?«

»Alles und nichts.«

»Nicht alles.«

»Doch, du bist ein Zigeunermädchen, und mit dir machen wir den Anfang. Manche sagen, du seist eine Hexe. Das kann auch sein, ich will mich da nicht so festlegen. Weißt du eigentlich, was man mit Hexen früher gemacht hat?«

Sarita nickte, und Wade sprach weiter. »Man hat sie verbrannt. Und das werden wir auch mit dir. Dieser Ort hier, diese Kirchentrümmer sind verflucht, denn die Geschichte erzählt, dass der Pfarrer damals ebenfalls vom Teufel besessen war und dem Satan die Kirche hat überlassen müssen. Davon können wir jetzt profitieren.«

»Das begreife ich nicht.«

»Dann sage ich es dir. Dieser Ort ist gleichzeitig ein Hort des Satans. Ideal zum Verbrennen von Hexen. Hast du es jetzt begriffen? Hexen werden hier verbrannt, Süße.«

Sarita holte tief Luft. »Ich soll hier verbrannt werden?«, fragte sie stockend.

»Ja, denn jeder von euch hat den Teufel im Leib. Das ist meinem Bruder und mir klar.«

Sie starrte ihn an, ohne ein Wort zu sagen. Allmählich dämmerte es Sarita, welch grauenvolle Tat die beiden jungen Männer vorhatten. Sie wollten sie eiskalt töten. Nicht einmal nur durch eine Kugel ermorden, nein, viel schlimmer. Sie sollte, wie damals die Hexen, verbrannt werden.

Plötzlich begann sie zu schwitzen. Todesangst durchfuhr sie, und der kalte Schweiß trat aus allen Poren.

Wade Liston bemerkte es. Er grinste, schielte zu der Sonne hin und nickte. »Es ist gleich so weit. Hexen werden in der Dunkelheit verbrannt, damit das Feuer möglichst weit leuchtet, verstehst du? Die Flammen sollen die Nacht erhellen, sie werden zu einem Fanal. Wir beide, mein Bruder und ich, besiegen die Hölle, und mit dir machen wir den Anfang. Wenn du zu Staub geworden bist, kommen andere an die Reihe. Eure ganze Sippe wird vernichtet.«

»Nein!«, rief sie.

Wade sprang hoch, weil Sarita so geschrien hatte. »Was willst du damit sagen?«

»Wenn du das tust, rennst du in dein Unglück. Wir werden uns rächen. Meine Familie wird sich rächen. Unser Fluch wird dich treffen.«

Er lachte laut. »Dann stimmt es also doch, dass ihr mit dem Teufel im Bunde steht.«

»Ob es stimmt oder nicht, weiß ich nicht. Auf jeden Fall wird mein Tod nicht ungerächt bleiben.«

»Dazu kommen die anderen nicht.« Wade setzte sich wieder und wechselte das Thema. »Weißt du eigentlich, aus welch einem Grund mein Bruder verschwunden ist?«

»Ja, er hat wohl viel getrunken und ...«

»Das kommt auch hinzu. Aber wenn er zurückkehrt, wird er etwas in den Armen halten. Weißt du, was das sein wird?«

»Nein ...«

»Zweige! Trockene Zweige. Man sagt auch Reisig. Es soll besonders gut brennen.« Er lachte gemein. »Seit dem Mittelalter hat sich da nichts geändert. Schon damals wurden Reisighaufen angezündet, in die man die Hexen hineinstellte. Du aber wirst im Sitzen sterben.«

Dieser noch junge Mensch, der kaum älter war als Sarita, hatte so deutlich gesprochen, dass sie ihm jedes Wort glaubte und die Angst sich immer weiter steigerte. Sie war nicht mehr fähig, etwas zu sagen, lauschte nur den Geräuschen und hörte plötzlich Schritte, auf die sie sich konzentrierte.

Das war Ken, der Glatzkopf.

Und er kam näher.

Noch konnte Sarita ihn nicht sehen, an den Geräuschen aber hörte sie, dass er nicht mehr weit zu laufen hatte. Das Geräusch war links von ihr aufgeklungen. Durch den Sitz der Kette war sie leider nicht in der Lage, den Kopf so zu drehen, wie sie es gern gehabt hätte, aber jeder Schritt, der durch das Gras und das hochwachsende Unkraut schleifte, erzeugte bei ihr einen erneuten Angststoß.

Dann hörte sie seine Stimme. Ken fluchte. »Die nächsten Äste holst du, Bruderherz.«

»Falls wir noch welche brauchen.« Wade erhob sich und ging seinem Bruder entgegen.

Der Glatzkopf hatte Reisig gesammelt, dabei war er ins Schwitzen geraten. Auf seinem Gesicht glänzte der Schweiß wie eine dicke Speckschicht. Eine Flasche Whisky hatte er geleert. Andere wären längst umgefallen, nicht er. Ken hielt sich wacker, wenn auch breitbeinig.

Wade Liston nahm ihm das Zeug ab. Er warf noch einen kurzen Blick auf Sarita, die den Vorgang stumm, hilflos und aus weit aufgerissenen Augen beobachtete.

»Weiß sie schon was?«, fragte Ken.

»Klar.«

»Und was sagt sie?«

»So gut wie nichts. Sie ist stumm vor Entsetzen.«

Ken lachte. »Wenn sie schmort, wird sie schon schreien. Das haben Hexen immer getan.«

»Ich bin keine Hexe!«

Ken winkte ab. Er schaute zu, wie sein Bruder das Reisig vor der Sitzenden aufbaute und auch einige Zweige auf ihre Beine legte. Dieser Wade ging systematisch vor, und das war das Schlimme an der Sache. Wie ein Wissenschaftler, der etwas untersuchte und über ein Problem genau Bescheid wissen wollte.

»Es wird gleich dunkel«, sagte Ken. Er hatte sich eine Zigarette zwischen die Lippen gesteckt und rauchte hastig.

»Dann brennt sie auch!«

Ken nickte nur. »Ich habe mir immer mal gewünscht, eine Hexe zum Teufel zu schicken. Das haben die Leute damals doch auch getan. Oder sehe ich das falsch, Wade?«

»Nein, das siehst du schon richtig.«

»Es gibt keine Hexen!«, schrie Sarita, obwohl sie keine Hoffnung mehr hatte, in die Freiheit zu gelangen. Die beiden Männer kamen ihr so vor, als ob sie in ihren Entscheidungen nicht frei waren. Sie wirkten auf sie, wie unter einem fremden Einfluss stehend.

Ken lachte. »Du kannst ja mal in den Spiegel sehen. Also ehrlich, ich hätte dich auch lieber nicht verbrannt und etwas anderes mit dir angestellt, aber ich habe hier nicht das Sagen.«

»Benzin!«

Es war nur eine knappe Anweisung, die Wade gab, aber dieses eine Wort war wie ein Todesurteil.

Ken trat die Zigarette aus und verließ den Platz. Er verschwand hinter den Büschen und wurde auch durch eine Mauer gedeckt. Sarita wusste, dass er zu den Maschinen wollte. Wahrscheinlich befand sich das Benzin in einer der Packtaschen.

Das Mädchen spürte den Druck der Zweige auf den Beinen. Das Holz kratzte, es stach auch durch den festen Stoff der Hose, und letzte Äste ragten wie stehende braune Finger ihrem Kinn entgegen.

Wade wartete. Sein Gesichtsausdruck zeigte auch weiterhin die beklemmende Düsternis, und seine Lippen waren fest zusammengepresst. Was er dachte, war diesem Ausdruck nicht zu entnehmen. Aber eine Chance konnte sich Sarita nicht mehr ausrechnen. Deshalb versuchte sie auch nicht, ihn durch Reden von seiner Tat abzuhalten. Dieser Mann hatte sich einmal entschlossen, und dabei blieb er.

Die Ketten drückten ihr gegen die Brust. An der Rückseite spürte sie den rauen Mauerrest. Jeder Atemzug stach in ihre Lunge. Es kam vielleicht von der Angst, die sie beherrschte. Und Furcht hockte in ihr wie ein böses Tier.

Sarita hätte weinen können. Vielleicht hätte sie sich dann etwas gelöster gefühlt, doch es wollte ihr einfach nicht gelingen. Dafür dachte sie an etwas anderes.

Der längst verstorbene Großvater und dessen Ratschläge fielen ihr ein. Das war wie ein Blitzstrahl. Sie sah ihn vor sich, wie er sich mit seiner Enkelin an all den langen Abenden unterhielt, und er hatte ihr Sätze gesagt, die sich in ihr Gedächtnis regelrecht eingebrannt hatten:

»Du bist etwas Besonderes, Sarita. Ich weiß es, du wirst irgendwann einmal erfahren …«

»Was denn?« Immer wieder hatte sie nachgehakt, aber keine konkrete Antwort erhalten.

»Etwas Besonderes!«

Und dann hatte er von einem anderen Leben berichtet. Von einer Wiedergeburt und all den Dingen, die damit zu tun hatten. Von geistigen Strömen, von Materie, Wellen, Licht und Magie. Ihr Großvater war ein sehr gebildeter Mann gewesen. Er kannte die Natur und wusste, dass es auch dort Leben gab, wo andere Menschen nur den Tod sahen. Allerdings ging er nicht wissenschaftlich vor, dieser Mann hatte sich voll und ganz auf sein Gefühl verlassen.

Jetzt, kurz vor ihrem schrecklichen Ende, dachte Sarita darüber nach, was er mit seinen Kernsätzen gemeint haben könnte. War sie tatsächlich etwas Besonderes? Wenn ja, dann würde sie bald sterben, ohne erfahren zu haben, wie es wirklich um sie stand.

Kens Pfeifen unterbrach ihre Gedanken. Er tauchte zwischen dem hohen Unkraut auf und schwenkte eine Ginflasche. Nur befand sich darin kein Schnaps, sondern eine andere Flüssigkeit, die einen typischen Gestank verbreitete, als Ken den Verschluss abdrehte.

So roch es an Tankstellen.

Es wurde ernst, falls eine Steigerung überhaupt noch möglich war.

Sarita schaute auf. Ken hatte die Flasche nicht aus der Hand gegeben. Er stellte sie vor sie hin, kippte sie, und das Benzin gluckerte aus der Öffnung. In einer langen, hell schimmernden Bahn floss es auf die Reisigzweige, nässte sie ebenso wie den Kleidungsstoff des Mädchens.

Benzindünste schwängerten die Luft.

»Ich bin etwas Besonderes«, sagte Sarita plötzlich laut. »Ich bin etwas Besonderes. Ihr werdet euch noch wundern!«

Die beiden grinsten nur. Wade hatte inzwischen einen Lappen hervorgeholt und sein Feuerzeug betätigt.

Der mit Benzin getränkte Lappen fing sofort Feuer.

Mit einer lässig anmutenden Bewegung schleuderte Wade den brennenden Gegenstand auf den Reisighaufen zu und sprang selbst zurück.

Das war auch nötig, denn augenblicklich puffte eine gewaltige Flamme in die Höhe, die zu einer lodernden Wolke wurde und dem jungen Zigeunermädchen keine Chance ließ …

Ein Tag neigte sich allmählich dem Ende entgegen. Die Sonne war untergegangen, aber noch lag die Helligkeit wie ein feiner Schleier über dem Land. Wir hatten unseren Bentley geholt und waren mit dem Silbergrauen zu dem neuen Ziel gefahren.

Das Camp der Zigeuner lag außerhalb der Ortschaft an einem Bach, denn frisches Wasser brauchten die Leute. Als die lange Schnauze des Silbergrauen auftauchte, leuchtete Misstrauen in den Augen der uns erwartenden Zigeuner auf, denn die Erfahrung hatte sie gelehrt, Besuch zunächst skeptisch entgegenzutreten.

Wir hielten an, stiegen aus und schritten nebeneinander her. Zigeuner sind früher in Planwagen durch die Lande gezogen. Das hat sich geändert. Wir sahen moderne Wohnwagen, auch ein Wohnmobil. Die Chromleisten blitzten vor Sauberkeit.

Kinder spielten.

Einige versuchten sich auf einem Skateboard, manche fuhren Rad, einer spielte mit Seilen. Es herrschte ein Leben wie auf einem Campingplatz für Urlauber.

Sogar Wäsche hing auf der Leine. In ihrer Buntheit flatterte sie wie ein Flaggenmeer.

Die Türen der Wagen standen offen. Jemand rief mit lauter Stimme nach einem gewissen Tasso, während zwei Hunde uns beschnüffelten.

Wir blieben ungefähr in der Mitte des Platzes stehen, misstrauisch beobachtet von Männern und Frauen. Einer fragte, ob wir Polizisten seien.

Ich bejahte die Frage.

Der junge Mann regte sich auf. »Wollen Sie uns vertreiben? Das können Sie nicht. Wir dürfen hier …«

»Davon hat niemand etwas gesagt«, erwiderte Suko. »Aber wir würden gern den Chef der Sippe sprechen.«

»Ich bin hier!«

Gehört hatten wir ihn nicht. Hinter uns musste er seinen Wagen verlassen haben, denn er stand vor dem Eingang und schaute uns abwartend entgegen.

Der Mann war in meinem Alter. Sein lockiges Haar hatte

bereits eine graue Färbung angenommen. In dem von der Sonne verbrannten Gesicht fielen besonders die wachsamen Augen auf.

Das Hemd und die schwarze Hose standen ihm gut.

»Wir sind Polizisten«, wiederholte ich.

»Das habe ich gehört.«

»Allerdings keine Einheimischen«, klärte ich ihn auf, »sondern Yard-Beamte aus London.« Ich stellte uns anschließend vor.

Unsere Erklärungen schienen ihn nicht überrascht zu haben. Freundlich stellte er sich als Tasso vor.

»Wo können wir uns mit Ihnen unterhalten?«, fragte ich.

»Hier.«

Das wollte ich nicht. Mittlerweile hatten sich einige Menschen um uns versammelt, und auch die Kinder schauten uns groß an.

»Ich hatte eher an ein Gespräch unter sechs Augen gedacht.«

»Geheimnisse gibt es bei uns nicht.«

»Das ist auch nicht Sinn der Sache«, widersprach ich. »Aber wir sollten wirklich zu dritt reden.«

Tasso überlegte einen Moment, bevor er nickte und sich somit einsichtig zeigte. »Kommen Sie in unser Gästezelt!«

Wir waren einverstanden.

Das Gästezelt lag ein wenig abseits, war am nahen Waldrand aufgebaut und besaß ein Vorzelt, wobei der Eingang des normalen Zeltes hochgeklappt war.

Wir kamen zwar nicht in die Behausung eines arabischen Scheichs, ähnlich empfanden wir jedoch, denn unsere Schritte wurden durch einen dicken Teppich so gedämpft, dass sie nicht zu hören waren.

»Es ist eine Art Beratungszelt«, erklärte Tasso und deutete auf die Sitzkissen. »Bitte.«

Wir setzten uns im Kreis hin. Zwischen uns stand ein sechseckiger Tisch.

Tasso gab sich sehr selbstsicher. »Sie gestatten, dass ich mir Ihre Ausweise anschaue?«

»Natürlich.«

Er bekam sie zu sehen, gab sie uns zurück und sagte: »Tatsächlich von Scotland Yard.«

»Haben Sie das nicht geglaubt?«, fragte Suko.

»Nein. Meine Erfahrungen mit Polizisten sind nicht immer die besten gewesen. Ich habe mir oft Lügen anhören müssen, aber das scheint ja hier nicht der Fall zu sein.«

»Wir wollen mit offenen Karten spielen«, übernahm ich wieder das Wort. »Ihnen sind die Vorfälle der letzten Zeit bekannt?«

»Ja, das war nicht zu vermeiden. Es hat drei Tote gegeben.«

»Richtig. Und nicht nur das. Die Leichen sind zu Staub zerfallen. Heute starb übrigens die vierte Person, eine Frau namens Betty Jordan. Sagt Ihnen der Name etwas?«

Tasso schüttelte den Kopf. »Nein, überhaupt nicht.«

»Aber Sie sind über die Teufelsspur informiert?«, erkundigte ich mich.

Für einen Moment wurde sein Blick lauernd. »Sollte ich?«

»Es wäre besser.«

Er lächelte. »Irgendwie habe ich Vertrauen zu Ihnen beiden gefasst. Okay, ich will es Ihnen sagen. Natürlich bin ich über die Vorgänge informiert.«

»Woher?«, fragte Suko.

Wir erhielten eine überraschende Antwort. »Nicht erst durch die Bewohner von Devon. Ich wusste viel früher, was hier an dieser Stelle gelaufen war.«

»Was denn?«

»Sie wissen es ebenfalls«, erklärte uns der Mann. »Vor einhundertfünfzig Jahren gab es die ersten Toten. Drei Männer und ein kleines, erfrorenes Zigeunermädchen. Und dieses Mädchen gehörte zu unserer Sippe. Es war praktisch eine Vorfahrin von uns.«

Das wunderte uns. Suko schaltete schnell. »Dann ist Ihr Besuch hier nicht ganz zufällig?«

»Ja und nein. Wissen Sie, unsere Sippe ist zwar nicht sesshaft, aber in einem gewissen Sinne schon, denn wir haben uns England als Heimat ausgesucht. Wir ziehen über die

Britischen Inseln, die wir so gut wie nicht verlassen hatten, im Gegensatz zu anderen Sippen, die sich das Festland als Heimat ausgesucht haben. Es ist einige Wochen her, da verspürten wir einen gewissen Zwang, an diesem Ort zu erscheinen.«

»Wie äußerte sich dieser?«, wollte ich wissen.

»Ich kann es nicht genau erklären, weil ich ihn nicht so stark verspürte. Es war ein junges Mädchen namens Sarita, das unbedingt an diese Stelle wollte.«

»Können wir sie sprechen?«

»Im Moment nicht. Wir haben sie zum Einkaufen in den Ort geschickt. Mich wundert es, dass sie noch nicht zurückgekehrt ist. Außerdem sollte sich Sarita einmal in Devon umschauen. Sie ist sehr sensitiv veranlagt. Wie ich Ihnen schon erklärte, war die erste Tote eine Verwandte von ihr.«

»Nach ihr haben wir auch gesucht.«

»Wie das?«

Ich runzelte die Stirn. »Wie es scheint, hat sie in Devon einige Schwierigkeiten bekommen.«

»Mit den Leuten da?«

»Auch.«

Tasso sprang auf. Plötzlich war er sehr erregt. »Sie müssen reden, ich bitte Sie! Es ist wichtig.«

»Setzen Sie sich erst mal wieder. Genaueres wissen wir auch nicht, aber Zeugenaussagen ergaben, dass Sarita in die Hände zweier Rocker gefallen ist.«

Tasso schwieg. »Und dann?«

Ich hob die Schultern. »Es gibt Leute in Devon, die sie mit einer Hexe verglichen haben.«

»Woher wissen Sie das?«

Tasso hatte geschrien, und ich hakte nach. »Ist sie denn eine Hexe?«

»Es gibt keine Hexen!«

»Mit uns können Sie offen reden, Tasso. Wir wissen es besser. Wir haben erlebt, dass das Erbe eines magischen Blutes oft übergreift und …«

»So ist es auch hier.« Er setzte sich tatsächlich wieder, und seinen Blick richtete er in die Ferne. »Es ist alles nicht einfach zu beantworten, aber ich würde sagen, dass man Sarita in Ruhe lassen muss. Sie weiß nichts, hat bisher nur Andeutungen von ihrem Großvater gehört, aber sie ist eine lebende Zeitbombe.«

»Wie das?«

»Mr. Sinclair, Sarita ist gefährlich. Sie stammt von der Person ab, die den Fluch ausgelöst hat. Sie wollte hierher, um endlich alles klarzustellen. Wir taten ihr den Gefallen und ahnten nicht, dass wir das Grauen heraufbeschworen.«

»Inwiefern?«

»Die Spur des Teufels zeigte sich abermals. Sie ist noch nicht gelöscht worden. Was damals begann, hat auch noch heute seinen Fortbestand. Insofern muss ich Sarita die Schuld in die Schuhe schieben. Wir hätten nicht kommen sollen.«

»Steht sie denn mit dem Teufel im Bunde?«, fragte Suko.

»Das ist nicht klar. Soviel mir bekannt ist, stand das erfrorene Mädchen damals mit den Kräften der Finsternis in Verbindung. Irgendwie muss sich das auf Sarita übertragen haben. Ich weiß nicht, was geschieht, aber ich glaube, dass man sie nicht töten kann.«

»Erklären Sie das genauer.«

»Ich kann es nicht. Sarita ist eine eigene Persönlichkeit. Sie hat eine völlig andere Entwicklung hinter sich als die normalen Kinder in unserem Camp. Sie war schon immer sehr ernst gewesen, aber sie hat es mit Fassung getragen. Ich bin davon überzeugt, dass sie mehr wusste, als sie hat zugeben wollen. Wenn man sie oder ihren damals noch lebenden Großvater danach fragte, haben beide abgewunken und wollten nichts sagen. Es sei besser so, meinten sie.«

»Jedenfalls ist sie verschwunden«, resümierte Suko. »Und wir müssen sie finden.«

»Das will ich auch. Sie sprachen von zwei wüsten Kerlen, die sich an ihr vergriffen haben?«

Ich schränkte ein. »Zumindest haben diese Typen sie mit verschleppt. Niemand weiß allerdings, wohin. Die Leute sprechen schnell von einer Hexe, von einem Zigeuner …«

»Ich kenne die Vorurteile«, sagte der Mann mit bitterer Stimme und bat uns, mit ihm zu kommen.

Wir verließen das Zelt. Die Mitglieder der Sippe hatten sich nicht in ihre Wagen zurückgezogen. Sie standen nach wie vor draußen, unterhielten sich auch nicht, und das Schweigen lastete wie eine dumpfe Glocke über dem Campingplatz.

Keiner stellte eine Frage. Wenn es etwas zu erklären gab, würde der Sippenführer das schon übernehmen. Tasso tat nichts dergleichen. Er führte uns quer über den Platz und auf einen kleineren Wagen zu, der rot angestrichen war und nur zwei Fenster hatte.

»In ihm hat sie gewohnt.«

»Sollen wir rein?«, fragte ich.

»Ja.«

»Und dann?«

»Wir werden uns genau umsehen. Ich möchte Ihnen etwas zeigen, das vielleicht zu einer Lösung beitragen kann. Die wenigsten wissen davon. Nur jeweils die Führer der Sippen wurden eingeweiht.« Er wischte über seine Wangen. »Ich habe Vertrauen zu Ihnen, deshalb kann ich Sie damit auch konfrontieren.«

Wir hatten nichts dagegen und schauten zu, wie der Mann mit einem Generalschlüssel die Tür öffnete. Sie befand sich an der Seite des Wagens, und wir mussten eine Stufe hochgehen, um einsteigen zu können.

Es roch muffig in dem Wagen, ich hatte das Gefühl, die Luft schmecken zu können.

Es gab auch Licht. Tasso drehte den Schalter um. Unter der Decke wurde eine milchige Glaslampe hell.

»Hat Sarita hier allein gewohnt?«, fragte ich.

»Ja, sie hatte keine Eltern mehr. Sie kamen um, aufgewachsen ist sie bei ihrem alten Großvater, der auch vor zwei Jahren verstarb. Der Großvater hatte sie alles gelehrt, was sie wissen musste, sie in die Geheimnisse eingeweiht.«

»Welche waren das?«

»Das werden wir wohl gleich erfahren.«

Zunächst schauten wir uns im Wagen um. Man sah, dass

eine Frau oder ein Mädchen hier gelebt hatte. Alles war sehr sauber, auch irgendwie locker. Da sah ich Poster von Michael Jackson über einem Teddybär hängen, daneben eine Gitarre. Auf dem Tisch lag eine gestickte Decke, das Bett war gemacht. Puppen aus Stoff verzierten die weiße Bettwäsche. Nichts stand herum, kein Geschirr, nur einige Bücher lagen neben dem Bett.

Tasso hatte unsere Blicke bemerkt. »Nun?«, fragte er.

»Nichts Außergewöhnliches«, stellte ich fest.

»Das stimmt.«

Ich lächelte. »Jetzt bin ich nur gespannt, ob Sie uns etwas Besonderes zeigen können.«

»Das werde ich schon.«

Es war eng im Wagen. Als Tasso sich umdrehte und an uns vorbeiwollte, mussten wir die Bäuche einziehen. Er ging in die zweite Hälfte des Wagens, wo sich die eingebaute Küche befand. Küche war übertrieben, eine Spüle war vorhanden und auch ein schmaler Schrank mit Klapptüren. Eine davon zog Tasso auf.

Dahinter sah ich einen kleinen Safe.

»Hat den jeder?«, fragte ich.

»Ja.«

»Und Sie besitzen den Schlüssel?«, wunderte sich mein Freund und Kollege Suko.

»Auch das.« Er holte ihn hervor.

»Wieso?«

»Der Großvater hat ihn mir, kurz bevor er starb, zu treuen Händen übergeben. Noch nie zuvor habe ich davon Gebrauch gemacht. Das ist das erste Mal.« Er fügte noch etwas hinzu. »Ich bin zudem fest davon überzeugt, auch in Großvaters Sinne zu handeln. Irgendwie fühle ich, dass der Zeitpunkt reif ist.«

»Befürchten Sie irgendetwas?«, fragte ich ihn.

Sein Blick wurde regelrecht traurig. »Ja«, erwiderte er. »Ich befürchte etwas.«

»Sie können aber konkret nichts sagen?«

»Nein, aber es sind schlimme Dinge, die sich entwickelt

haben und auf uns zukommen werden. Die Zeit ist reif, mehr möchte ich dazu nicht sagen, bitte ...«

Wir nickten und ließen ihn in Ruhe. Tasso schloss auf. Als er die Tür aufzog, gelang es uns, einen Blick in den offenen Safe zu werfen. Der Inhalt war kaum der Rede wert. Dort stand ein kleines Kästchen, etwa halb so groß wie eine Zigarrenkiste, dafür aber höher. Deckel und Unterteil waren durch einen Klappverschluss verbunden. Mit den Fingerspitzen zog er ihn auf, um anschließend den Deckel zu öffnen. Wir schauten ihm über die Schulter, konnten aber noch nichts erkennen. Erst als er den kleinen Kasten ganz aus dem Safe nahm, gelang es uns, einen Blick hineinzuwerfen.

Der Boden wurde von einem grauen Inhalt bedeckt. Ich wunderte mich darüber und wusste im ersten Augenblick nicht, um was es sich dabei handelte.

Vorsichtig stellte Tasso den Kasten auf einem Tisch ab. Er schwitzte; auf der Stirn lagen die fast durchsichtigen Tropfen wie kleine Perlen. Wir traten an den Tisch heran und sahen den Blick des Zigeuners auf uns gerichtet.

»Das ist sie«, sagte Tasso mit leiser Stimme. »Das ist die Asche des Mädchens, dessen Körper damals, in einer schrecklich kalten Nacht, erfror ...«

Mit dieser Eröffnung hatten weder Suko noch ich gerechnet. Deshalb sagten wir auch nichts, denn wir mussten zunächst die Überraschung verdauen.

Mein Freund fasste sich als Erster. »Und Sie sind sicher, dass es sich dabei um die Asche handelt?«, fragte er.

»Das bin ich.«

»Wer hat es Ihnen gesagt?«

»Der alte Rocco, Saritas Großvater.«

»Irrtum ausgeschlossen?«

»Er war ein sehr weiser Mensch, Mr. Sinclair. Wenn Sie ihn gekannt hätten, Sie würden sicherlich nicht am Wahrheitsgehalt meiner Worte zweifeln. Wissen Sie, ich bin eigentlich ein Ausrutscher in dieser Sippe. Ich hatte mich mal für einige

Jahre von ihr getrennt, um zu studieren. Das Studium schloss ich ab. Völkerkunde und Soziologie interessierten mich. Ich hatte vor, Lehrer zu werden oder in einem Museum zu arbeiten. Aber der Ruf des eigenen Blutes war eben zu stark. Ich musste zurück zur Sippe, denn hier sah ich meine eigentliche Aufgabe. Wie es scheint, habe ich mich nicht getäuscht.«

»Kommen wir auf das tote Mädchen zurück«, sagte ich und deutete auf die Asche. »Wenn Sie darüber Bescheid wissen, könnten Sie auch über das Leben des Mädchens informiert sein.«

»Das bin ich auch.«

»Und?«

»Das Mädchen, es hieß übrigens auch Sarita, muss tatsächlich mit dem Teufel im Bunde gestanden haben, sonst wäre es nicht passiert. Den Überlieferungen zufolge ist es zu einem Pfarrer gebracht worden, der sich durch den Keim der Hölle infiziert haben muss. Alles andere liegt im Dunkeln der Zeiten, und das Gotteshaus, dessen Chef der Pfarrer gewesen war, muss ungefähr um die gleiche Zeit abgebrannt sein. Die Kirche, die Sie jetzt sehen können, ist neu. Aber die Trümmer der alten existieren noch. Sie sind für die Menschen in der Umgebung zu einem Ort der Geister und Dämonen geworden, das haben wir inzwischen herausfinden können.«

Wir waren schlauer geworden, aber an den Kern der Sache kamen wir noch immer nicht heran.

Ich fasste das Gehörte in einem Satz zusammen. »Sarita ist für uns der springende Punkt. Wir müssen das Mädchen unter allen Umständen finden.«

Tasso nickte, während er den Deckel wieder zuklappte. »Fragt sich nur, wo wir anfangen sollen zu suchen? Haben Sie sich in der näheren Umgebung des Dorfes schon einmal umgesehen?«

»Nein.«

»Sie werden hier viele Gegenden finden, die zahlreiche Versteckmöglichkeiten bieten. Sarita wusste von ihrem Erbe. Sie musste damit rechnen, irgendwann einmal in die

Versuchung zu kommen, es erfüllen zu müssen. Nur habe ich das vermeiden wollen.«

»Sie hätten sie nicht in den Ort schicken sollen.«

»Sollte ich sie von allem fernhalten? Sicher, Sie haben Recht, Mr. Sinclair. Nach den Vorgängen hätte ich sie nicht allein gehen lassen sollen. Das kann ich mir ankreiden, aber ich habe mit etwas toleranteren Menschen gerechnet, nicht mit Leuten, die Sarita sofort als eine Hexe betrachten.« Er schaute sich um. »Kommen Sie, gehen wir wieder. Mehr konnte ich Ihnen nicht zeigen.«

Wir verließen den Wagen, blieben vor der Tür stehen und schauten auf die Gruppe der Menschen. Sie unterhielten sich flüsternd. Nur das Bellen eines Hundes klang laut.

»Haben Sie eine Ahnung, wo wir mit der Suche anfangen können?«, fragte Suko.

Der Sippenführer überlegte eine Weile, bevor er den Kopf schüttelte.

Ich hatte einen Einwand. »Officer Watson wird uns helfen müssen«, erklärte ich hart. »Er kennt auch die Leute, die das Mädchen entführt haben.«

»Und er hat nicht eingegriffen?«, fragte Tasso.

»Er war nicht dabei.«

Der Zigeuner ballte die Hand. »Das ist kein Argument. Als Polizist hätte es zu seinen Aufgaben gehört, etwas zu unternehmen. Das hat er nicht gemacht, so ist er mitschuldig. Ich frage Sie beide. In welch einer Welt leben wir eigentlich? Hat sich denn überhaupt nichts verändert seit den finsteren Zeiten des Mittelalters?«

»Doch, es hat sich etwas verändert«, antwortete ich.

»Und was?«

»Die Methoden gewisser Menschen sind feiner und raffinierter geworden. Trotzdem nicht weniger gefährlich. Heute foltert man in zivilisierten Ländern anders.«

»Ja, leider …«

»Das bringt uns aber nicht weiter. Wir müssen Sarita finden und werden eine Suchaktion starten.« Mein Blick fiel nach oben. Ich schaute in den Himmel, sah, dass er grau wurde und die Sonne längst untergegangen war. Die Dämmerung hatte Einzug gehalten, bald würde es dunkel sein, dann sanken die Chancen.

»Wie wollen Sie es machen?«, fragte Tasso.

»Officer Watson wird uns die Adresse der beiden Männer geben. Wir fahren hin.«

»Und finden sie bestimmt nicht im Haus.«

»Das ist möglich.«

»Lassen Sie uns doch die Umgebung absuchen. Wir alle werden helfen. Dieser Watson braucht …«

Die folgenden Worte sparte sich der Mann. Er blieb lauernd stehen, weil er etwas gerochen hatte.

Auch Suko machte ein anderes Gesicht, während ich noch immer nichts herausfand.

»Was ist denn los?«, fragte ich.

»Da brennt etwas«, flüsterte mein Freund.

»Oder verbrennt«, sagte Tasso dumpf. Er feuchtete einen Finger an, hob die Hand und versuchte so, die Windrichtung festzustellen. Andere Zigeuner kamen dazu, und ein älterer Mann gab die Erklärung, nach der Tasso suchte.

»Es kommt von dort, wo einmal die Kirche gestanden hat und abgebrannt ist …«

Die Liston-Brüder waren wie von allen Geistern verlassen, als sie auf die wabernde Flammenwand starrten und die Hitze spürten, die ihnen entgegengetrieben wurde. Mitleid mit dem Mädchen hatten sie nicht, ihre menschlichen Gefühle waren von einer fremden Kraft aufgehoben worden.

»Brenn, Hexe, brenn!« Dumpf drangen die Worte aus Wade Listons Mund. Auch sein Gesicht hatte einen völlig anderen Ausdruck bekommen. Die Augen waren weit geöffnet. Der Mund stand offen, und ein böser Schimmer schien sich wie ein Schleier über seine Züge gelegt zu haben.

Ken erging es ähnlich. Nur sprach er nicht, sondern lachte. Es sah so aus, als wäre sein umnebeltes Gehirn einfach nicht in der Lage, den Vorgang richtig zu erfassen. Er sah nur das Feuer, hielt die leere Flasche noch in der Hand und schleuderte sie dann in die Flammen. Sie prallte neben dem Mädchen gegen die Mauer und zerbrach.

Kein Laut drang aus dem Mund der Sterbenden.

Dieses Sterben ohne Geräusch wunderte die beiden. Sie dachten aber nicht weiter darüber nach und stierten auf den wabernden Hitzeschleier.

Die Flammen fauchten. Reisig brannte laut knallend und explodierte regelrecht, sodass glühende Stücke in die Höhe geschleudert wurden.

Wade Liston wollte die Gestalt des Mädchens sehen. Er ging zur Seite, die Hitze traf ihn nicht mehr so stark, sein heißes Gesicht kühlte ab, und er konnte sie entdecken.

Sie saß noch immer.

Steif wie eine Puppe hing sie in den Ketten. Längst hatte ihre Kleidung Feuer gefangen, und die Flammenarme huschten wie gierige Finger über ihre Haut, die verbrannt wurde.

Wade hatte schon verbrannte Menschen gesehen. In den Nachrichtensendungen des Fernsehens wurden oft genug die Opfer von Anschlägen oder Unglücken gezeigt. So hätte das Mädchen auch aussehen müssen, aber noch hielt es sich.

»Wade!« Kens Stimme übertönte das Fauchen des Feuers. »Verdammt, Wade, komm her!«

Der Bruder kam. Ken war durcheinander. Er schaute sich um, als würde er belauert, und sprach davon, Stimmen zu hören.

»Welche denn?«

»Weiß ich nicht. Ist auch wohl nur eine, aber ich höre sie verdammt deutlich.«

Bevor Wade Liston näher an seinen Bruder herantrat, schaute er sich um. »Ich sehe keinen.«

»Ich auch nicht!«, schrie Ken und fasste sich an den Kopf. Dabei torkelte er zur Seite, die Knie wurden weich. Er sackte ein und gab stöhnende Laute von sich.

Hart fiel er auf die Spitzen seiner angewinkelten Beine. Die Hände hielt er noch immer gegen den Kopf gepresst, als wollte er die Stimmen, die nur er hörte, zurückdrängen.

Dabei drangen Tränen aus seinen Augen und nässten die Wangen.

Wade verstand die Welt nicht mehr. Das Schicksal des Mädchens hatte ihm nichts ausgemacht, jetzt aber beobachtete er, wie sein Bruder sich quälte, und er war mit wenigen Schritten bei ihm, um ihn in die Höhe zu reißen.

Das schaffte er, bevor Ken vollends auf den Untergrund schlug. Wade zerrte ihn zurück. Ken begann zu schreien. Stiche mussten durch seinen Kopf ziehen. Er hatte Schwierigkeiten, sich überhaupt zu artikulieren, und erst als der Hitzeschild nicht mehr so groß war, ließ Wade seinen Bruder in das hohe Gras sinken.

»Was hast du denn?«

Ken ließ den eigenen Kopf los. »O verdammt!«, keuchte er. »O verdammt, mir geht es dreckig.«

»Hast du ein schlechtes Gewissen?«

»Nein, ich, aber die Stimme, verflucht. Da hat jemand mit mir gesprochen.«

»Wer denn?«

Ken richtete sich auf, wobei er röchelnd atmete. »Das kann ich dir sagen. Er hat sich sogar vorgestellt. Es war der Teufel ...«

Wade wollte zuerst lachen. Im Ansatz schon blieb ihm diese Reaktion im Hals stecken. Nein, das war nicht zum Lachen. Sie hatten eine Hexe verbrannt, und der Teufel hatte sich bei ihnen gemeldet. Das klang verdammt unrealistisch, musste aber in diesen Augenblicken von beiden akzeptiert werden. Deshalb nickte Wade auch und fragte mit zitternder Stimme weiter: »Was hat er gesagt, der Teufel? Wollte er etwas von dir? Wollte er dich vernichten? Wollte er mit dir ...?«

»Er hat gesagt, dass er die Kontrolle über uns hält.«

»Wie?«

»Wir sind seine Diener, Bruder. Ja, wir haben ihm einen Gefallen getan. Er flüsterte mir zu, dass jetzt alles wieder von vorn beginnen würde. Die einhundertfünfzig Jahre sind vergessen. Es ist so, als hätte es sie überhaupt nicht gegeben.«

»Ehrlich?«

»Ich sage es dir.« Ken war durch diesen für ihn nicht erklärbaren Vorgang nüchtern geworden. Er saß da und richtete seinen Blick auf die noch immer lodernden Flammen.

Über dieser hellroten Wand mit den gelben, zuckenden Außenringen hatte sich ein dichter Rauchfleck ausgebreitet. Er stieg in die Höhe, zerfaserte und wurde vom Wind in eine bestimmte Richtung getrieben. Noch brannte das Gras nicht. Es würde auch kaum geschehen, weil es einfach noch zu feucht war, denn es hatte in den vergangenen Nächten einige Male sehr stark geregnet.

»Kannst du den Teufel rufen?«, fragte Wade plötzlich.

»Warum?«

»Weil ich auch mit ihm reden will.«

»Nein, lass es. Wir sind seine Diener, das muss dir genügen. Ich habe das Gefühl, dass wir es überhaupt nicht gewesen sind, die das Mädchen anzündeten. Ein anderer war in uns.« Ken sprach nicht weiter und erhob sich. Schwankend blieb er stehen.

Die beiden Brüder sahen dem Schauplatz ihres Verbrechens entgegen. Allmählich nur sanken die Flammen zusammen. Zudem hatte die Dämmerung den Tag bereits vertrieben. Auf dem Himmel lag ein graues Tuch. Dort zuckte auch der Widerschein des Feuers und schuf tanzende Figuren, die ein bizarres Aussehen bekamen.

Beide kamen sich vor wie in einer anderen Welt. Ihrer Ansicht nach hatte ein Fremder die Kontrolle übernommen, und auch Wade hörte plötzlich die Stimme.

Sie war in seinem Kopf und konzentrierte sich dicht hinter der Stirn.

In ihr schwangen Häme und Triumph mit. Da hatte jemand etwas in Bewegung gesetzt und gewonnen.

»Auch du bist mein Diener geworden. Du warst dabei, als die Hexe verbrannt wurde. Jetzt stehst du auf meiner Seite. Und damit hast du etwas in Bewegung gesetzt, was bisher geschlafen hat. Die Spur des Teufels wird sich zeigen und für das Rache nehmen, was man ihr damals angetan hat. Keiner kommt davon – keiner …«

Er hatte so gesprochen, dass Wade jedes Wort verstehen konnte. Obwohl er im Prinzip wusste, wer derjenige war, der sich gemeldet hatte, fragte er noch nach.

»Wer bist du denn?«

»Satan!«, erklang die Stimme. Sie hatte jetzt einen anderen Tonfall bekommen. »Ich bin der Satan, der Teufel, der Leibhaftige, Asmodis. Alles kannst du zu mir sagen!«

»Gibt es dich?«

Über diese Frage wollte sich der andere ausschütten vor Lachen. »Und ob es mich gibt. Ich bin allgegenwärtig, ich bin überall zu Hause, ich werde dich führen, leiten, ich wohne in fast jedem Menschen, und ihr werdet mir den Gefallen tun, die Spur des Teufels voranzutreiben. Es ist dunkel. Es wird die Nacht einbrechen, dann ist meine Zeit gekommen. Menschen werden gegen Menschen kämpfen. Chaos entsteht, Staub wird wallen, ihr habt den Anfang gemacht.«

»Und das Mädchen?«, fragte Wade kratzig. »War es überhaupt eine Hexe, oder haben wir …?«

»Sind nicht die meisten Frauen als Hexen verschrien? Versuchen sie nicht, die Männer zu verhexen?« Der Satan lachte. »Ihr werdet es erleben. Ihr habt sie verbrannt, aber es ist euch nicht gelungen, sie zu töten. Daran müsst ihr immer denken. Und wundert euch nicht, wenn der flüsternde Tod erwacht. Der flüsternde Tod …«

»Was ist das?«, rief Wade. »Wer ist der flüsternde Tod?«

»Ihr werdet ihn erleben, kennen lernen, noch in der folgenden Nacht kommt das Grauen über Devon. Der flüsternde Tod ist erwacht, meine Diener. Er wartet …«

Mit dieser schlimmen Prophezeiung verstummte auch die Stimme des Höllenherrschers.

Wade bekam klare Gedanken. Er sah seinen Bruder neben sich stehen und ihn groß anstarren. »Hast du sie auch gehört?«, fragte Ken. »Hast du die Stimme vernommen?«

»Ja.«

»Und glaubst du daran?«

In Wades Augen leuchtete es, als er Ken eine Hand auf die Schulter legte. »Ja, ich glaube daran. Wir sind Diener des Teufels. Wenn wir Feinde haben, können wir sie in die Hölle schicken.« Er begann kreischend zu lachen, bevor er die nächsten Worte raunend aussprach. »In die Hölle, mein Lieber, in die Hölle.«

Ken schüttelte sich. Er sagte nichts, aber er schaute dorthin, wo nur noch vereinzelte Flämmchen über die Aschereste zuckten.

»Wir haben die Hexe erwischt!«, flüsterte er. »Da, schau hin. Ich sehe sie nicht mehr.«

Es war auch zu dunkel, um Genaueres erkennen zu können. Wenn sie sich von ihrer Tat überzeugen wollten, mussten sie einfach näher an das Zielobjekt heran.

Das taten sie auch.

Dabei gingen sie längst nicht mehr so forsch. Angst vor dem eigenen Mut schienen sie zu haben, und es war Wade, der seinen kahlköpfigen Bruder vorschieben musste.

Der Wind trieb ihnen den Rauch entgegen. Ein beißender, ätzender Gestank lag in der Luft. Aschepartikel wurden ebenfalls aus dem Haufen in die Höhe geschleudert und trieben wie dunkle Schneeflocken über den Grasboden, bevor sie sich irgendwo absetzten.

Ken, der sonst immer brutal vorging, hatte es nicht eilig. Er wollte auch nicht auf das Ziel schauen, blickte lieber in den grauen Himmel, der nur mehr fern im Westen einen helleren Streifen zeigte, in den die glutroten Strahlen der versinkenden Sonne mit letzter Kraft hineinzielten.

Nur noch wenige Schritte, dann hatten sie ihr Ziel erreicht. Beide blieben zur gleichen Zeit stehen, schauten auf die alte Mauer und die verbrannte Erde davor.

Die Flammen hatten ganze Arbeit geleistet.

Nichts war von ihnen verschont worden. Sie hatten den Grund angesengt, und sie hatten auch den Körper der Hexe zerstört, von dem nichts mehr zurückgeblieben war.

Nur fettig wirkende Asche.

Wade schüttelte den Kopf, während Ken direkt eine Frage stellte. »Verstehst du das, Bruder? Wir hätten längst etwas sehen müssen, verflucht! Die kann doch nicht so verbrannt sein, dass man nichts mehr von ihr sieht. Das gibt es nicht.«

»Anscheinend doch.« Wade hob die Schulter. Er entfernte sich und blieb erst dann stehen, als er einen für ihn passenden Stock entdeckte, der im hohen Gras lag.

Ihn hob er auf. Ken beobachtete ihn misstrauisch. Mit dem Stock in der rechten Hand kehrte Wade an seinen Stammplatz zurück, ging noch ein wenig vor und begann, mit der Stockspitze die Asche aufzuwühlen. Er rührte herum, grauweiße Partikel flogen hoch. Was er aber suchte, fand Wade nicht.

»Was ist denn?«

Wade schüttelte den Kopf. »Ich verstehe das nicht, es müssten doch Knochen vorhanden sein.«

»Ja, in den Ketten, aber da ist nichts. Schau sie dir an, Bruder. Sie hängen an der Mauer, als wäre die Frau herausgerutscht.«

»Ob sie das ist?«

Ken zog ein überraschtes Gesicht. »Meinst du, dass sie verschwunden ist?«

»So ungefähr.«

»Das glaube ich nicht. Wir hätten sie sehen müssen. Nein, das ist nicht drin.«

Wade winkte ab. »Du vergisst, dass sich uns der Teufel vorgestellt hat. Da kann schon einiges anders gelaufen sein.« Er stocherte weiter mit der Stockspitze in der Asche. »Nichts, gar nichts. Nicht der kleinste Knochenrest ist zu …«

»Wade, da!«

Ken hatte es zuerst gesehen, und er warnte seinen Bruder, während er gleichzeitig einen Schritt zurückging. Hinter der Mauer, an der das Mädchen verbrannt war, zeigte sich ein fahler Lichtstreifen, der über dem Rand allmählich in die Höhe stieg.

Fahl und silbrig …

Da kam etwas.

Die Brüder gingen unwillkürlich zurück. Plötzlich bekamen

sie Angst, denn dieser Vorgang hinter der alten Brandmauer konnte von ihnen nicht kontrolliert werden.

Das Licht steigerte seine Intensität. Gleichzeitig nahm es auch Konturen an und wurde gewissermaßen zu einem Gegenstand, der immer höher stieg und von den Männern identifiziert werden konnte.

Sie hatten das Gefühl, von einem Ring des Entsetzens umgeben zu sein, denn vor ihnen hatte sich ein gewaltiger, heller, bleicher Totenschädel in die Höhe geschoben.

Ein Schädel, in dem besonders die Lippen auffielen, denn sie waren in einem blutigen Rot geschminkt.

Ken Liston wurde bleich wie Rinderfett. Seine Lippen bewegten sich, ohne dass er etwas sagte, denn der Anblick des furchtbaren Schädels hatte ihm den Atem verschlagen.

Wade sprach aus, was er dachte. Er hauchte den alles entscheidenden Satz.

»Der flüsternde Tod …«

Die zerstörte Kirche, der verfluchte Ort, der Platz, an dem damals der Schrecken begonnen hatte – gab es eigentlich eine bessere Stelle für die Rückkehr einer schwarzen Magie?

Wohl kaum.

Mit Tasso sprach ich nicht über meinen Verdacht, weil er noch einmal nachprüfen wollte, ob der Wind tatsächlich aus dieser Richtung den Rauch herbeitrug.

Aber mit Suko redete ich über den Fall.

Er war der gleichen Ansicht.

Auch ich hatte den Rauch wahrgenommen. Dabei wollte ich herausfinden, was verbrannt war. Vielleicht Gräser oder Holz, denn das alles hatte ja einen bestimmten Geruch.

Ich schaffte es nicht.

Tasso hatte zu tun. Er wollte die Sucherei nicht nur mit uns beiden beginnen, sondern suchte vier junge, kräftige Männer aus, die sich mit Taschenlampen bewaffnen sollten. »Aber beeilt euch, uns bleibt nicht mehr viel Zeit!«

Die hatten wir bestimmt nicht. Die weiblichen Personen

hielten sich zurück. Was sie jetzt in Bewegung setzten, war reine Männersache. Keine sprach dagegen, aber in ihren Gesichtern spiegelte sich die Angst.

Tasso kam wieder zu uns. »Ich werde den kleinen Kasten einstecken!«

»Und was versprechen Sie sich davon?«

»Mr. Sinclair, wir haben es mit einer furchtbaren Magie zu tun. Das werden Sie erleben. Sie können mir glauben oder nicht ...«

»Sorry, Tasso, aber wir sind auf diesem Gebiet Spezialisten.«

»Wirklich?«

»Sonst wären mein Freund und ich nicht hier.«

»Ja, ich verstehe.«

Die vier waren bald bereit. Sichtbar trugen sie keine Waffen. Allerdings glaubte ich daran, dass sie welche mitgenommen hatten. Wir mussten uns auf die Leute verlassen, weil sie den Weg zur zerstörten Kirche kannten und wir nicht. Deshalb warteten wir ab, aber Suko fragte, ob es nicht besser sei, mit dem Wagen zu fahren.

Tasso widersprach. »Nein, zu Fuß kommen wir eher hin. Es geht durch ein Gelände, in dem ein normales Auto seine Schwierigkeiten hätte.«

Er musste es wissen.

Tasso übernahm auch die Führung. Er kürzte ab, wie er uns versicherte. Schon bald waren wir in dem kleinen Waldstück verschwunden, das sich an den Platz anschloss.

Über einen Pfad gingen wir nicht sehr lange, sondern schlugen uns schon sehr bald nach links in die Büsche. Es war nicht einfach, so zu laufen. In der Düsternis sah ich die Zweige der Bäume oft genug zu spät oder überhaupt nicht, sodass ich manche Schläge ins Gesicht bekam.

Die Suko und mich begleitenden Männer waren nur als Schatten zu sehen. Sie bewegten sich geschmeidig, kamen gut voran. Wir erreichten eine kleine Lichtung und blieben in einer Senke stehen.

Jemand hatte seine Taschenlampe angeknipst und ließ den Strahl über unsere Gesichter wandern, deren Blässe ins Auge stach. Wir alle fühlten uns nicht wohl. Der Brandgeruch hatte sich verstärkt. Es wurde allmählich Zeit, dass wir uns dem Zentrum näherten.

Ich gesellte mich zu Tasso, der mit seinen vier Leuten flüsterte. Als sie mich sahen, verstummten ihre Gespräche. Mir kam es vor, als fühlten sie sich wie ertappte Sünder.

»Warum geht es nicht weiter?«, fragte ich. Meine Stimme hatte einen barschen Klang bekommen.

»Einige fürchten sich.«

»Wovor?«

Tasso hob die Schultern. »Sie spüren, dass etwas Böses auf uns zukommt und wollen nicht mehr weiter.«

»Und Sarita? Sollen wir sie im Stich lassen?«

»Sie lebt nicht mehr!«

Oktavios Antwort haute mich fast aus den Schuhen. Ich starrte ihn an. »Was sagst du da?«

»Ja, sie lebt nicht mehr. Ich habe es eben erfahren.«

»Von wem?«

Er drehte sich um und ging.

Ich folgte ihm, bekam ihn zu fassen und zog ihn zurück in den Lichtkreis der Lampe. Er hatte Angst, das sahen wir ihm an. Verständlich.

»Woher willst du wissen, dass Sarita nicht mehr lebt?«, fuhr ich ihn an.

»Ich spüre es.«

»Das ist Unsinn. Das ist …«

»Kein Unsinn!«, widersprach Tasso energisch. »Oktavio weiß, wovon er redet. Er kennt Sarita gut.«

»Wie gut?«

»Wir haben zusammen geschlafen!«, rief Oktavio und zitterte. »Ich war ihr Vertrauter, sie war meine Vertraute. Wir hätten geheiratet. Aber es ist anders gekommen. Zwischen uns gab es ein Band, jetzt ist es zerrissen. Es konnte nur zerreißen, wenn es den anderen nicht mehr gab. Habt ihr gehört?«

Ich ließ ihn los. Er senkte den Kopf und begann zu weinen.

Tasso sprach mich an. »Jetzt hat er natürlich Angst davor, die Leiche zu sehen.«

»Noch ist es nicht sicher!«, widersprach ich.

»Ich glaube daran!«

Von Tasso ließ ich mich nicht länger hinhalten. Auch Suko wollte nicht mehr. Er sagte das einzig Richtige. »Lasst uns weitergehen, sonst gibt es noch mehr Ärger. Vielleicht können wir etwas retten.«

Ich zog Tasso mit. Er wollte erst Widerstand leisten, sah mein Gesicht und erkannte, dass es mir verflucht ernst war. »Sie werden uns jetzt an den Ort führen. Was die anderen machen, ist mir egal.«

Der Sippenführer widersprach nicht mehr.

Wir stiegen aus der kleinen Senke. Die Übrigen blieben tatsächlich zurück. Oktavios Worte hatten sie tatsächlich geschockt.

Tasso ging wieder vor. Wenn er Furcht hatte, so zeigte er sie wenigstens nicht. Unter den Zweigen duckte er sich hinweg. Wir fanden einen kleinen Weg, der direkt zum Waldrand führte, wo wir dann stehen blieben.

Der Tag war verschwunden. Allerdings hatte sich die Finsternis noch nicht so ausgebreitet, dass sie alles verdeckte. Ein grauer Himmel lag über uns. Sein Licht gefiel mir nicht, denn es verwischte die Konturen einfach zu sehr.

Hart schauten wir nach vorn.

Bis zu dem Punkt, wo die Trümmer der alten Kirche sein sollten. Täuschte ich mich, oder stieg dort tatsächlich Rauch auf? Zudem glaubte ich, auch zwei Gestalten zu sehen und einen helleren Fleck.

Das alles wurde uninteressant, als ich auf dem Boden das rotgelbe Leuchten sah.

Der Abdruck war einfach nicht zu übersehen, und ich erkannte das Hufeisen mit dem Teufelskopf darin.

Satan war unterwegs …

Eigentlich hätte sich Officer Rolly Watson selbst stellen und anzeigen müssen, denn er raste mit einer nahezu lebensgefährlichen Geschwindigkeit durch Devon.

Wo kein Kläger ist, gibt es auch keinen Richter. Ein anderer hätte es nie gewagt, dem momentan einzigen Polizisten im Ort Vorschriften zu machen, und so führte dieser seine rasende Fahrt fort, bis er das Office erreichte.

Er stieg aus und knallte die Wagentür so laut zu, dass es wie ein peitschender Donnerschlag über die Straße hallte. Ein zufällig vorbeikommender Fußgänger zuckte zusammen und blieb erschreckt stehen.

Rolly lief in sein Büro. Er war durchgeschwitzt, und der erste Weg führte ihn zum Kühlschrank. Hastig riss er die Tür auf. Eine Dose Bier stand noch dort.

Er holte sie mit zitternden Fingern hervor, riss den Verschluss auf, setzte an und leerte die Büchse mit einem einzigen Zug. Danach ging es ihm etwas besser.

Mit einem gezielten Wurf schleuderte er die leere Dose in den Papierkorb und nahm hinter seinem Schreibtisch Platz. Von seinem Gesicht tropfte der Schweiß auf die Platte. Mit dem Ärmel wischte er die Tropfen weg. So etwas wie heute war ihm in seiner langen Dienstzeit noch niemals passiert. Er hatte den Ort stets unter Kontrolle gehalten, nichts war an ihm vorbeigelaufen, das war jetzt anders geworden. Er hatte das Gefühl, nur noch Statist zu sein.

Und wer trug die Schuld an diesem Dilemma?

Diese beiden Typen aus London!

Yard-Beamte, die ihre Nasen hochtrugen und auf Dorfpolizisten wie ihn herabschauten. So war es damals schon gewesen, und da hatte sich bis zum heutigen Tag nichts geändert.

Dann die Todesfälle.

Vor einigen Tagen die drei und jetzt der vierte. Betty Jordan hatte es erwischt, die größte Klatschtante aus Devon. Wie sie genau ums Leben gekommen war, wusste niemand zu sagen. Angeblich hatte sie die Spur des Teufels gesehen.

Eine Spur wie vor einhundertfünfzig Jahren!

Und die beiden Kerle hatten alles geglaubt. Sie waren voll informiert, sie hatten nicht mal gelacht und ihn, Rolly Watson, auf eine typische Art und Weise zur Seite gedrängt, hineingeschoben in das zweite Glied, wo er nun stand und mit ansehen musste, wie diese Fremden den Fall einfach fortführten.

Er stand auf. Plötzlich konnte er nicht mehr vor dem Schreibtisch hocken bleiben. Noch immer rann ihm das Wasser aus allen Poren. Er wischte den Schweiß ab, bekam feuchte Hände und trocknete diese an seiner Hose.

Das Fenster des Büros lag so, dass er auf die Straße schauen konnte. Der Tag hatte sich verabschiedet, die graue Dämmerung lag über dem Ort und hüllte auch das Land ein. In den Wohnungen brannten die Lichter. Der matte Schein fiel aus den Fenstern und zeichnete Muster auf die Gehsteige. Hin und wieder rollte ein Fahrzeug am Haus vorbei, dessen Lichter bereits eingeschaltet waren und lange Streifenteppiche über den grauen Asphalt schickten.

Ein völlig normaler Abend. Jedenfalls für einen Fremden, der nach Devon kam und von den wahren Verhältnissen nichts ahnte. Es hatte sich auch äußerlich nichts verändert, das wusste Rolly Watson auch, aber es war trotzdem anders als sonst.

Irgendwo lauerte etwas. Es lag im Hintergrund, war nicht sichtbar, rückte möglicherweise näher, aber es blieb noch immer verborgen. Man konnte es nicht fassen, nicht erklären. Aber Rolly Watson, der sich nicht gerade als einen sensiblen Menschen bezeichnete, fühlte es ebenfalls. Da musste etwas sein.

Einem plötzlichen Impuls folgend, öffnete er das Fenster und lehnte sich hinaus. Am Tag war es warm und auch schwül gewesen. Das hatte sich jetzt gegeben. Zudem war der Wind aufgefrischt. Er brachte einen noch frischen Heugeruch mit, der den Benzingestank der vorbeifahrenden Autos überlagerte.

Die Straße lag im matten Schein der Laternen. Rolly konnte sie nach links hinüber so weit überblicken, bis die Kurve erschien, wo die Häuser ein wenig vorstanden.

Schaute er nach rechts, verlief sich die Fahrbahn in der Finsternis am Ortsende.

Der Wind fuhr gegen sein Gesicht und trocknete den

Schweiß auf den Wangen und der Stirn. Rolly schaute auf die Uhr und erschrak. Verdammt, er wollte noch Peggy Brown anrufen. Peggy war seine Freundin. Sie brachte ihm am Abend immer das Essen.

Wütend über sich selbst und über den verfluchten Tag, griff er zum Hörer und wählte ihre Nummer.

Achtmal ließ er durchläuten, sie hob nicht ab. Peggy wohnte am anderen Ende von Devon. Wahrscheinlich befand sie sich schon auf dem Weg zu ihm. Sie würde wieder sauer sein und ihn ausschimpfen. Manchmal fragte er sich, aus welchem Grunde er sich dieses Weib an den Hals gehängt hatte. Sie war seit vier Jahren Witwe. Ihren ersten Mann hatte sie auch unter der Fuchtel gehabt, bei Rolly versuchte sie es ebenfalls und hatte es auch schon geschafft. Er war einfach zu bequem, sich dagegen zu wehren, und so ließ er sie gewähren.

Wieder ging er zum Fenster. Da war die Luft wesentlich besser als im Office.

Er lehnte sich hinaus, wollte schon durchatmen, als sein Blick nach rechts fiel und er das Unmögliche, fast Unheimliche und nicht Erklärbare entdeckte.

Es waren die Abdrücke, die vom Ortseingang aus eine lange Spur bis in die Dorfmitte hineinzogen.

Eben die Spur des Teufels!

ENDE

Der flüsternde Tod

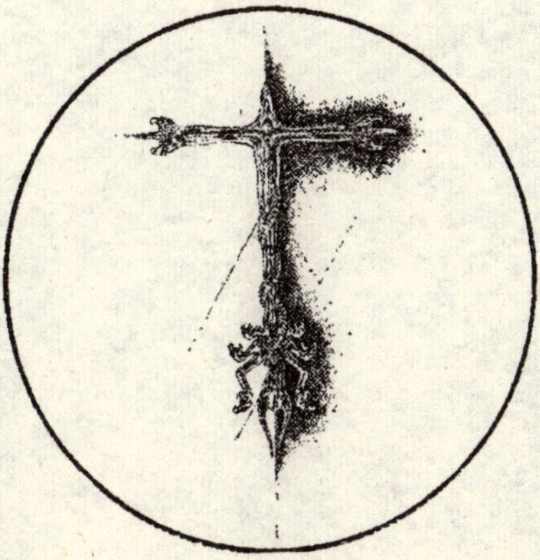

Der Teufel hatte sie zu seinen Dienern auserwählt, sie waren dem Bösen verfallen, hatten sogar einen Mord auf ihr Gewissen geladen und spürten dennoch die kalte Furcht, die sich ihrer annahm, als sie auf das starrten, was sich ihren Augen bot.

Etwas Unheimliches geschah!

Begonnen hatte es mit einem blassen Licht, das jenseits der halb zerfallenen Kirchenmauern aufgeflackert war, höher stieg, den Rand erreichte und darüber hinausquoll.

Das Licht, ein Strahlenkreuz, bedeckte einen widerlichen Totenschädel.

Übergroß war der Schädel – und, was die beiden am schlimmsten fanden, er hatte einen Mund. Ein breites, blutrot geschminktes Maul, das überhaupt nicht auf die Vorderseite des Schädels passte. Es erinnerte an die übertriebene Kunst der sechziger Jahre, aber diese Bilder damals hatten nicht das Grauen abgestrahlt wie der Schädel.

Er wuchs …

Größer und größer wurde er, aber in dem weißen Licht war die eigentliche Farbe des Knochenkopfs noch nicht zu erkennen.

Wade, einer der beiden Liston-Brüder, hatte den Namen bereits beim ersten Anblick ausgesprochen.

Jetzt wiederholte er ihn. »Der flüsternde Tod«, kam es raunend über seine Lippen. »Er hat uns erreicht.«

Sein Bruder Ken reagierte nicht. Er musste diesen Begriff verstanden haben, doch der Anblick dieses furchtbaren Knochenschädels zog ihn so in seinen Bann, dass er nichts anderes mehr wahrnahm und sich nur auf den schaurigen Anblick konzentrierte.

»Er kommt höher!«, ächzte Ken Liston. »Verdammt, der bringt uns um!«

Wade schwieg. Noch hatte ihnen der flüsternde Tod nichts getan, und er fragte sich nur, wie es geschehen konnte, dass so ein monströses Machwerk überhaupt entstand.

Verzweifelt grübelte er über eine Erklärung nach und kam letztendlich nur zu einem einzigen Entschluss.

Es musste etwas mit der Hexe Sarita zu tun gehabt haben!

Diesem dunkelhaarigen Zigeunermädchen, das sein Bruder Ken und er im Ort aufgegabelt hatten, und von der ihnen gesagt worden war, dass sie eine Hexe sei.

Eine Hexe, die brennen musste! Sie allein sollte die drei Menschen auf dem Gewissen haben, die in den letzten Tagen in Devon zu Staub zerfallen waren.

Sarita, die Zigeunerin, stehe mit dem Leibhaftigen im Bunde. Das hatte man ihnen gesagt, sie hatten es geglaubt, das Mädchen zu einem verfluchten Ort zwischen den Trümmern einer eingestürzten Kirche geschleppt, es dort an eine Mauer gekettet und eine Art Scheiterhaufen errichtet, dessen Flammen auch auf den Körper der angeblichen Hexe übergegriffen hatten. Nur war von Sarita nach dem Zusammensacken der Flammen nichts gefunden worden. Keine Knochenteile, keine Hautreste – nichts. Sie schien die Flammen überhaupt nicht gespürt zu haben und war demnach spurlos verschwunden.

Bis der Schädel kam …

Eingetaucht in weißes Licht stand er über der Mauer. Es sah noch so aus, als würde er mit seinem knochigen Kinn die obere Kante berühren. Wenig später aber bekam das Bild einen völlig anderen Ausdruck, denn das helle Licht fiel zusammen.

Nicht schlagartig, intervallweise zog es sich zurück, als würde es von den Schatten der Dämmerung aufgesaugt, um sich dort, für keinen mehr sicht- oder erkennbar, zu verteilen.

Die wahre Farbe des Schädels kristallisierte sich hervor.

Das war ein tiefes Graublau. So kompakt, so dicht, dass sich die Umrisse trotz der Düsternis genau abhoben und der blutrot geschminkte, breite Mund wie ein tödlicher Gruß aus einer fernen, fremden Dimension wirkte. Dieser Mund war das Besondere an dem Schädel.

Er faszinierte und stieß gleichzeitig ab. Wade Liston hatte das Gefühl, einer Lockung zu erliegen, und er glaubte auch daran, dass die Lippen nicht mehr ruhig standen, sondern in zitternde Bewegungen geraten waren, als hätte jemand mit der Faust in eine Masse dunkelrotes Rindfleisch geschlagen.

Aber niemand hatte ihn berührt. Keine Hand war da, die aus dem Dunkeln gekommen wäre. Der blauschwarze Schädel stand völlig bewegungslos auf dem Rand der Mauer.

So hässlich und überzeichnet sich der Mund auch den beiden Brüdern präsentierte, die Lockung, die von ihm ausging, war vorhanden und traf auch die beiden Brüder.

Ken, der nervlich Schwächere, spürte es noch deutlicher. Er streckte beide Arme gleichzeitig aus und krümmte die Finger.

»Ich komme«, sagte er. »Ich komme zu dir. Du brauchst mich nicht länger zu rufen.« Er ging.

Einen Schritt, den zweiten, bis Wade handelte, ihn zu packen bekam und zurückriss. So hart, dass Ken zu Boden geschleudert wurde und sich dort noch fast überschlagen hätte.

»Du bist wohl wahnsinnig!«, fuhr Wade seinen Bruder an. »Das kannst du nicht machen.«

»Aber der Mund ...«

»Nichts ist mit diesem verdammten Mund.«

»Doch, du hast es gesagt. Da ist etwas mit. Er lockt, ich habe ihn gehört.«

»Was denn?«

»Er flüstert«, erklärte Ken, als er aufstand. »Er hat mir etwas zugeflüstert, Bruder. Verstehst du?« Ken legte beide Handflächen gegen Wades Wangen. »Er hat zu mir gesprochen.«

»Ich habe aber nichts gehört.«

»Dafür ich.«

Wade Liston beobachtete seinen Bruder sehr genau. Ihm entging auch nicht, dass Ken die Augen bei seinem Bericht verdreht hatte und irgendwie ganz anders geworden war. Ein sentimental und gleichzeitig unwirkliches Lächeln hatte sich auf seinem Gesicht ausgebreitet, auch für Wade ein Beweis, dass sich sein Bruder inzwischen im Bann dieses blauschwarzen Schädels befand, der auch den Beinamen der flüsternde Tod bekommen hatte.

Wade dachte auch weiter. »Okay, Bruderherz, alles okay, der Schädel hat mit dir gesprochen. Ich glaube es dir. Er hat dich gelockt, aber du wirst nicht hingehen. Der flüsternde Tod kann dich vernichten, verstehst du das? Er ist nicht unser Freund. Er kann aus dem geboren sein, was wir zerstört haben.«

»Wie meinst du das?«

Der Angesprochene schlug die Hände seines Bruders zur Seite. »Ganz einfach, supereinfach. Die Hexe, die in den Flammen umkommen sollte, ist zwar verbrannt, sie hat aber eine andere Gestalt angenommen. Begreifst du es jetzt?«

»Sie soll der Schädel sein?«

»Jawohl!«

Ken öffnete den Mund und fing an zu lachen. »Nein, nein, das kann ich nicht glauben. Sie ist niemals der Schädel. Er ist ein anderer, er will etwas von mir.«

»Deinen Tod!«

»Ich gehe hin!«

»Du bleibst!«, entschied Wade. Er ging einen halben Schritt zurück und ballte seine rechte Hand. Auch wenn er Ken mit Gewalt zurückhalten musste, es machte ihm nichts aus, letztendlich geschah alles nur zu Kens Sicherheit.

Ken schüttelte langsam den Kopf. »Du verstehst nichts, Wade, überhaupt nichts. Wenn du seine Stimme gehört hättest, würdest du anders reden. Sie ist so freundlich, so lockend.«

»Das ist mir scheißegal. Wir verschwinden von hier. Den Job haben wir ausgeführt. Wir schwingen uns auf die Feuerstühle und fahren nach Exeter. Dort bleiben wir drei Tage. Erst dann kehren wir wieder zurück und tun so, als wären wir die gesamte Zeit dort gewesen und hätten von nichts eine Ahnung gehabt. Kapiert?«

»Schon.«

»Dann komm!«

Ken Liston schüttelte den Kopf. Der verklärte Ausdruck auf seinem Gesicht blieb. »Ich kann ihn nicht allein lassen. Er hat mich so freundlich eingeladen, zu ihm zu kommen. Nein, das kannst du von mir nicht verlangen. Schau dir seine herrlichen Lippen an. Sind sie nicht eine wunderbare Lockung und Verlockung?«

»Für mich nicht.«

»Aber für mich.«

Wade hatte eingesehen, dass sein Bruder mit Worten nicht zu überzeugen war. Da half nur Gewalt.

Wade holte aus.

Ken ging vor.

Und dann sah Wade plötzlich Sterne. Nie hätte er mit einem so schnellen und direkten Angriff seines Bruders gerechnet, aber der Rundschlag, zu dem Ken angesetzt hatte, traf voll ins Ziel.

Bei Wade wurden Kinn, Mund und Nase erwischt. Er spürte das Blut aus den Nasenlöchern rinnen, die Beine wollten ihm nicht mehr gehorchen, und er fing den nächsten Hieb.

Diesmal tiefer und mit der Faust geschlagen.

Es war ein Supertreffer. Wade röchelte noch. Die Kraft strömte endgültig aus ihm heraus. Sterne zerplatzten vor seinen Augen und wurden zu farbigen Wolken, die ihn so einlullten, dass er kaum mitbekam, wie er auf die weiche Erde kippte.

Ken sprach zu ihm. Diesmal drangen scharfe Worte aus seinem Mund, denn auch von seinem Bruder ließ er sich nicht beeinflussen. Der jedoch hörte ihn nicht. Er hatte genug mit seinen eigenen Problemen zu tun. Der Schmerz durchwühlte ihn wie Feuer. Es zuckte vom Kopf bis hinunter zum Gürtel. Kens Treffer waren nicht von schlechten Eltern gewesen, andererseits warfen sie Wade auch nicht in das Reich der Bewusstlosigkeit. Er hielt sich in seiner knienden Haltung, schwankte, sah die Welt nur mehr wie durch farbige Schleier und glaubte auch, sich auf einem Schiffsboden zu befinden, der sich schwankend bewegte.

Und er bekam nicht mit, wie sein Bruder ging.

Ken hatte sich einmal entschlossen, dem Ruf zu folgen, und dabei blieb es. Keiner konnte ihn jetzt noch aufhalten. Nur der blauschwarze Schädel zählte, von dem diese gewaltige Lockung ausging.

Wichtig war auch der Mund. Da lockten blutrote Lippen, die flüsterten. Sie streichelten regelrecht mit Worten.

Das hatte Ken genau verspürt. Da konnte Wade sagen, was er wollte, der Schädel war nur für ihn allein da. Und vor allen Dingen die roten Lippen, die an ihren Enden zuckten, als hätten sie sich zu einem Willkommenslächeln herabgelassen.

»Ja!«, sagte Ken Liston. »Ich werde zu dir kommen. Ich weiß, du bist der flüsternde Tod, aber du wirst mich aufnehmen. Ich will es so. Du rufst mich nicht umsonst, nein …«

Durch seinen Körper lief ein Ruck. Die Worte hatten ihm Mut gemacht. Er konnte sich endlich voranbewegen, denn ein neuer Kraftstrom füllte sein Inneres aus.

So tappte er mit schwer wirkenden Schritten durch das Gras, den Blick stur nach vorn gerichtet, damit ihm auch keine Einzelheit entging. Der Schädel hatte nur auf ihn gewartet, nur auf ihn. Und er hörte ihn sprechen. Urplötzlich wehte ihm das Flüstern entgegen, und jetzt wusste Ken, weshalb man diesen dunklen Skelettkopf den flüsternden Tod nannte.

»Komm zu mir, Mensch. Ich habe auf dich gewartet. Du sollst den flüsternden Tod kennen lernen. Er hat lange genug im Verborgenen gelauert, nun nicht mehr. Jetzt ist er wieder frei, und du hast dafür gesorgt, deshalb will ich dich belohnen.«

Ken Liston hatte zwar jedes Wort verstanden, aber nur das letzte blieb ihm im Gedächtnis haften.

Belohnen!

Er sollte belohnt werden. Für ihn kam es schon einer Tragik gleich, denn in seinem bisherigen Leben war er für nichts belohnt worden und hatte zumeist einstecken müssen.

Dass auf dem Boden und versteckt im Gras hohe Steine lagen und er des Öfteren stolperte, nahm er nicht einmal richtig wahr. Es wirkte unnatürlich, wie er seine Arme bewegte, als suchte er irgendwo in seiner Nähe noch den richtigen Halt.

Und der Schädel wartete …

Sein Äußeres rührte sich nicht. Es glich dem Rand der Mauer, mit dem das Knochenkinn abschloss, nur der Mund geriet in gewisse Zuckungen. Die breiten roten Lippen zogen sich zusammen und erinnerten bei diesen Bewegungen immer stärker an Schläuche, gegen die gedrückt oder gezogen wurde.

Allmählich verbesserte sich auch Wades Zustand. Er war ein harter Brocken und hatte schon einige Schlägereien hinter sich. Bereits mehrmals war er zusammengeschlagen worden, dann hatte er den Spieß umgedreht und ebenfalls hart ausgeteilt.

Einstecken musste er trotzdem.

Zwar schmerzte noch jedes Luftholen, auch musste er sich mit beiden Händen aufstützen, aber es gelang ihm, sich in die Höhe zu drücken. Zumindest den Oberkörper drückte er so weit durch, bis der Rücken eine Gerade bildete.

In dieser Haltung blieb er.

Pfeifend hörte sich der Atem an. Sein Gesicht glänzte schweißnass. Er atmete durch den offenen Mund, der sich vor Staunen ebenso weit öffnete wie seine Augen.

Vor ihm lief Ken.

Wade Liston wusste in diesem Augenblick, dass er es nicht mehr schaffen würde, seinen Bruder zu retten, weil er sich dem Schädel einfach zu weit genähert hatte. Es fehlten nur mehr einige Schritte, dann konnte er die Hand ausstrecken und ihn berühren.

Ein letztes Mal versuchte er es. Er hatte schreien wollen und wunderte sich über die krächzenden Worte.

»Ken, zurück …«

Sein Bruder kam nicht. Der Schädel übte eine ungemein starke Anziehungskraft auf ihn aus. Besonders der Mund, der für den schwankenden Ken zuerst in direkter Reichweite lag.

Er streckte seine Arme aus und presste die Finger gegen die wulstigen, dicken Lippen.

Für einen Moment blieb er so stehen. Er berührte die weichen Lippen, wollte sie ganz abtasten, als sich der Mund plötzlich öffnete.

Ken Liston hatte damit nicht gerechnet. Das plötzliche Verschwinden des Widerstands ließ ihn nach vorn fallen. Seine Hände stachen ins Leere, und sie verschwanden zusammen mit den Armen im Maul des düsteren Schädels.

Das sah auch Wade.

Zuerst wollte er es nicht glauben. Er wischte fahrig über sein Gesicht und schleuderte die Schweißtropfen von der Hand, bevor er wieder hinschaute und feststellen musste, dass sich die Haltung seines Bruders verändert hatte. Er hatte den Boden unter den Füßen verloren. Er schwebte in der Luft, und nur noch sein Unterkörper mit den Beinen schaute aus dem knallroten Maul des Schädels, während die obere Hälfte bereits zwischen den Lippen verschwunden war.

Der Schädel schluckte ihn!

Und Ken tat nichts dagegen. Er wehrte sich überhaupt nicht. Nur einige Male noch strampelte er mit den Beinen, als wollte er etwas wegstoßen, das sich hinter ihm befand.

»Kennnn!«

Es hatte ein Schrei werden sollen, kaum mehr als ein Flüstern drang über Wades Lippen. Zu schlimm war dieser Vorgang, den er so überdeutlich mitbekam.

Der Skelettkopf schluckte sein Opfer in kurzen Intervallen herunter. Langsam verschwand Ken in dem Maul.

Zuletzt schauten nur noch seine Füße zwischen den Lippen hervor. Auch sie nur für einen kurzen Augenblick, bevor sich der blutrote Mund noch einmal öffnete und der Körper ganz verschwand.

Die Lippen schlossen sich.

Wade, der seinen Blick noch immer nicht hatte abwenden können, war davon überzeugt, auf diesem Mund ein zufriedenes Grinsen gesehen zu haben. Der Schädel hatte sein Ziel erreicht.

Endlich …

Nicht mal ein Schuh war noch von Ken zu sehen. Wade Liston wurde nun klar, dass er keinen Bruder mehr hatte. Niemand, auf den er sich verlassen konnte und der mit ihm auf Tour ging, wie sie immer gesagt hatten.

Gefühle brachte der junge Mann anderen so gut wie nicht entgegen. Bei Ken hatte er die große Ausnahme gemacht, und ihm war plötzlich nach Heulen zu Mute. Am liebsten hätte er sich ins Gras gelegt und in den Boden gebissen.

Nicht mal das schaffte er.

Keine Träne drang aus seinem Auge. Er trauerte stumm um den Bruder und musste sich eingestehen, dass der Schädel eine verdammte Macht ausüben konnte.

Auch gegen ihn?

Der flüsternde Tod wurde er genannt. Wade hatte ihn ebenfalls flüstern hören, aber er war nicht so stark in seinen Bann geraten wie Bruder Ken, der nicht mehr lebte.

Dass der Schädel einen Menschen wieder ausspucken konnte, daran wollte er nicht glauben.

Wie ging es für ihn weiter?

Noch nie zuvor hatte Wade Liston ein solches Grauen gespürt wie in diesen Augenblicken. Er durfte aber nicht mehr an Ken denken, sondern musste sich auch um sein eigenes Schicksal kümmern.

Wenn er hier weiterhin stehen blieb, konnte ihm das Gleiche passieren. Das wollte er auf keinen Fall. Er sah, wie sich der Mund bewegte, als würde hinter den Lippen etwas zucken und zerdrückt werden. Wenn er zögerte, würde er irgendwann das Locken oder Flüstern hören und ihm nicht widerstehen können.

Er blieb nicht stehen und drückte sich zurück. Seine Schritte setzte er langsam, den blauschwarzen Kopf mit den tiefen, aber leeren Augenhöhlen ließ er nie aus dem Blick, während sich die Gedanken mit den Vorstellungen seiner weiteren Flucht beschäftigen.

Es sollte sich nichts ändern. Er wollte dorthin zurück, wo sie ihre Maschinen abgestellt hatten. Auf dem Bock der Honda fühlte er sich besser, da kam er auch schneller fort. Als sein Bruder noch lebte, hatten die beiden vorgehabt, in den Ort zu fahren, um anschließend nach Exeter zu verschwinden.

War das jetzt auch noch gut?

Wade entschied sich dafür. Er wollte nach Devon hinein, um zu schauen, wie es dort stand. Vielleicht hatte der Schädel mit den roten Blutlippen auch dort seine Spuren hinterlassen. Man konnte ja nie wissen.

Zunächst ging er rückwärts. Das brachte nicht viel, weil er einfach zu langsam war. Dann pfiff er auf den Anblick des Schädels, wandte diesem den Rücken zu und lief schneller.

Zunächst noch ziemlich normal. Als er über einen Mauerrest hinweggesprungen war, fing er an zu rennen. Als säße ihm der Teufel im Nacken, jagte er davon. Seine Arme und Beine peitschten und knickten das hohe Gras. Er wollte nur noch seine Maschine erreichen …

Und die sah er auch.

In der Dunkelheit erst ziemlich spät, sodass er fast gegen sie gerannt wäre. Er kickte den Ständer um, drehte die Maschine und schaute dabei den Weg zurück.

Den Schädel sah er auch jetzt!

Das heißt, die Umrisse waren kaum zu erkennen. Nur die Lippen leuchteten. Sie schienen in der Luft zu schweben und erinnerten an zwei blutrote Wülste.

Der Rocker schüttelte sich. Der flüsternde Tod hatte seinen Namen zu Recht bekommen.

Dann startete er.

Die Honda sprang schon beim ersten Versuch an. Der Sound des Motors gab Wade ein gutes Gefühl. Das Geräusch war für ihn Realität. Es gehörte einfach dazu, und die Schallwellen pflanzten sich durch die Dunkelheit fort.

Er fuhr an.

Es war ein Start, bei dem das Hinterrad durchdrehte. Das Vorderrad hob ab, aber Wade bekam die Maschine in den Griff, denn fahren konnte er ausgezeichnet.

Nach Devon gab es Abkürzungen, und mit seiner Honda kam er dort überall durch. Also fuhr er querfeldein.

Gepeitscht von seiner Angst und getrieben von der bulligen Kraft der Honda, jagte er davon. Er nahm keine Rücksicht mehr. Die Honda tanzte und hüpfte über Bodenwellen hinweg. Ihr Bezwinger musste so manchen Stoß in Kauf nehmen.

Auf einen Helm hatte Wade verzichtet. Diese Zeit war ihm einfach nicht geblieben. Er hoffte, unfallfrei die Ortschaft Devon zu erreichen.

Der Fahrtwind peitschte in sein Gesicht. Und die Lichter

der Ortschaft schimmerten ihm entgegen. Sie lockten, sie gaukelten ihm Sicherheit vor, und er wusste, dass er nur noch einen Bach durchqueren musste, um es danach fast geschafft zu haben.

Bald schon sah er das Wasser schimmern. Die schmale Senke rutschte er schräg hinunter, und das Hinterrad der Honda drehte einige Male durch. Am Bachlauf war es feucht und glitschig. Wade merkte es zu spät.

Plötzlich rutschte ihm die Maschine unter dem Hintern weg, und Liston ging im wahrsten Sinne des Wortes baden.

Das Wasser war kalt, und Wade Liston fluchte. In einem kleinen Strudel blieb er schließlich auf der Seite liegen, kam keuchend wieder hoch und zog auch die Honda mit. Hoffentlich war ihr nichts passiert. Er wollte weiterfahren. Wenn er zu Fuß ging, würden sie ihn irgendwann erwischen, denn damit musste er rechnen.

Wade schob sie aus dem Bach und auch die sich anschließende, ziemlich flache Böschung hoch. Oben schüttelte er sich. Die Wassertropfen flogen weg wie aus dem nassen Fell einer Katze, die ähnliche Bewegungen machte.

Wieder startete er – und hätte jubeln können, als die Maschine sofort ansprang.

Er kam weg.

Einen Blick zurück warf er nicht. Diesen Ort des Grauens wollte er vergessen, wenigstens so lange, bis er mit einigen Leuten gesprochen hatte. Er musste alle in Devon warnen, dass etwas Grauenvolles lauerte. Wenn die Menschen von dieser Gefahr hörten, fragten sie auch nicht mehr danach, was mit dem Zigeunermädchen geschehen war. Sarita hatten sie sicherlich schon vergessen.

Nur wusste er nicht, wer sich dieser Gefahr entgegenstellen sollte. Aber das würde sich zeigen.

Liston erreichte irgendwann eine schmale Straße, deren graues Asphaltband das sommerliche dunkle Grün der Landschaft durchschnitt. In der Dunkelheit wirkte alles gleich, nur der Scheinwerfer warf einen langen und relativ breiten Lichtteppich auf die Straße.

Noch eine Kurve fuhr er, dann bekam der Flüchtling freie Sicht auf den letzten Teil der Straße, bevor sie das Dorf erreichte.

Er wollte noch einmal aufdrehen, um sein Ziel, das Büro des Officers, so rasch wie möglich zu erreichen, als sich seine Augen weiteten und die Furcht schlagartig zurückkam.

Nicht allein, dass ihm der flüsternde Tod begegnet war, nein, er bekam noch etwas zu Gesicht, das sich bis in das Dorf hineinzog und in einem rotgelben Schein leuchtete.

Abdrücke hatten sich in den Boden gegraben. Dunkelrote Hufeisen mit einem hässlichen knallgelben Teufelsgesicht in der Mitte.

Es war die Spur des Satans!

Suko, der Sippenführer und ich standen am Waldrand, während die anderen vier Männer hinter uns zwischen den Bäumen zurückgeblieben waren, weil sie sich nicht trauten, denn sie spürten, dass Böses in der Nähe lauerte. Wir aber waren gekommen, um das Böse zu bekämpfen, das ich an diesem Tag zum zweiten Mal sah.

Es war die Spur des Teufels!

Einen Abdruck erkannten wir vor uns im Gras. Sehr deutlich und auf keinen Fall zu übersehen, weil sich in ihm zwei verschiedene Farben vereinigten.

Die rote und die gelbe!

Wir starrten hin, mussten erst unsere Überraschung verdauen, und weder Suko noch ich sprachen ein Wort.

Dafür unser Begleiter. Er bewegte schüttelnd den Kopf, verknotete die Finger ineinander und hauchte mit einer kaum zu verstehenden Stimme: »Das ist die Spur, das ist Satans Rache. Wie vor einhundertfünfzig Jahren hat sich der Leibhaftige gezeigt, um sich an den Menschen zu rächen. Wir sind fluchbeladen, aber diesmal muss sich unsere Sippe stellen.«

Es waren völlig neue Töne, die ich hörte. Deshalb nahm ich mir vor, den Mann später noch einmal darauf anzusprechen.

In den anderen Punkten stimmte ich ihm voll zu. Suko und

ich waren nach Devon gefahren, weil sich in dieser idyllischen Ortschaft Schreckliches ereignet hatte.

Drei Menschen waren zu Staub geworden.

Urplötzlich und ohne einen Grund hatten sie sich in Asche oder Staub verwandelt.

Das gab der Polizei die größten Rätsel auf. Ein Beamter, den ich in Devon leider noch nicht kennen gelernt hatte, weil er krank war, hatte sich nicht anders zu helfen gewusst, als die Staubproben nach London zu schicken. Sie waren von unseren Spezialisten untersucht worden, und man hatte festgestellt, dass die Rückstände von Menschen stammten.

Ein Fall für Suko und mich.

Beide waren wir nach Devon gefahren, um dieses Rätsel zu lösen. Kaum angekommen, hatte es den nächsten Toten gegeben, eine Frau. Sie war ebenfalls zu Staub zerfallen, und wir setzten jetzt mit unseren Ermittlungen ein. Es gab eine Spur, die uns zu einem am Ortsrand liegenden Zigeunercamp führte. Dort hörten wir von einer Geschichte, die sich vor einhundertfünfzig Jahren zugetragen hatte. Auch damals waren Menschen zu Staub zerfallen, unter anderem ein erfrorenes Zigeunermädchen namens Sarita. Aber auch einen Pfaffen hatte es erwischt, dessen Kirche zerstört wurde, als der Geistliche unter dem Bann des Teufels stand.

Und der Satan mischte kräftig mit.

Die Teufelsspuren wiesen darauf hin. Sie waren höllisch gefährlich. Wer sie berührte, zerfiel zu Staub.

Eine furchtbare Sache, denn plötzlich schwebte der Tod unsichtbar über dem Ort Devon.

Und noch ein Grund hatte uns in das Lager geführt. Wir suchten ein junges Zigeunermädchen, das denselben Namen trug wie das, das vor einhundertfünfzig Jahren erfroren und später – so erzählte es die Geschichte – zu Staub zerfallen war.

Aber Sarita war nicht zu finden gewesen. Zwei Rocker hatten sie entführt, aufgehetzt von den Bewohnern des Ortes, die wegen der Vorfälle arg verwirrt waren. Sarita sollte an allem die Schuld tragen. Sie bezeichnete man als eine Hexe, und Hexen mussten brennen, so war gesprochen worden.

Wir hatten den Brandgeruch wahrgenommen, waren ihm nachgegangen und standen nun am Waldrand und starrten dorthin, wo die Trümmer der zerstörten Kirche unter hohem Unkraut verborgen lagen.

Dieser Ort wurde von den älteren und abergläubischen Bewohnern nach Möglichkeit gemieden. Zu sehr wurde das Gebiet noch durch die Vorgänge in der Vergangenheit belastet, aber für uns war er der richtige Fleck. Ich rechnete damit, in der Nähe die Lösung des Falles zu finden.

Den Brandgeruch nahmen wir längst nicht mehr wahr. Der Abendwind hatte ihn vertrieben, dafür entdeckten wir die Spur und hörten auch den Kommentar des Sippenchefs.

»Der Teufel hat uns einen Besuch abgestattet.« Er hatte kehlig gesprochen, als läge in seinem Hals ein dicker Kloß.

Weder Suko noch ich widersprachen.

»Und Sarita?«, fragte mein Freund.

Tasso hob die Schultern. »Wenn der Teufel hier gewesen ist, hat sie keine Chance mehr gehabt. Vielleicht werden wir ihren Staub finden, vielleicht aber …«

Da er nicht weitersprach, hakte ich nach. »Was ist mit der zweiten Lösung?«

»Es gibt den flüsternden Tod!«

»Und wer ist das?«

Trotz der schlechten Lichtverhältnisse erkannte ich, wie blass der Mann plötzlich war. »Nein«, sagte er leise. »Später, ich sage es euch später. Vielleicht stimmt es auch nicht …«

Zwingen konnten wir ihn nicht. »Gut, dann werde ich gehen und mir die Spur mal genauer anschauen.«

Tasso erschrak. »Wollen Sie auch zu Staub zerfallen, Mr. Sinclair?«

»Das habe ich nicht vor.«

Er fasste mich an. Sein Griff war hart und fordernd. »Aber es wird geschehen, wenn Sie sich um diese verfluchte Spur kümmern. Dagegen kann man nichts tun.«

Ich gab ihm eine Antwort, die er nicht erwartet hatte. Unter dem Hemd hing mein Kreuz. Das holte ich nun hervor, behielt die Kette in der rechten Hand und ließ das Kreuz selbst auf meiner linken Handfläche liegen.

»Das ist meine Methode!«

Der Mann schüttelte den Kopf. Er wollte noch grinsen, was er nicht mehr schaffte. »Was wollen Sie denn damit?«

»Ich werde es gegen den Teufel einsetzen. Oder kennen Sie die beiden Urfeinde nicht?«

»Schon, schon, wir sind auch gläubig. Aber das Kreuz ...« Er konnte es noch immer nicht fassen. »Es ist so seltsam. Ich habe noch nie gesehen, dass jemand damit ...«

»John, du solltest gehen.« Suko drängte, denn er hatte als Erster von uns die zweite Spur entdeckt, die sich rechts von der ersten befand.

Tasso hatte noch immer Angst um mich. Ich schüttelte ihn ab und näherte mich der Spur.

Das Gras wuchs hoch. Es schleifte an meinen Hosenbeinen entlang. Nicht weit entfernt sah ich Steine oder Mauerreste wie dunkle Augen vorwitzig über die Grashalme hinwegschauen.

Die Spur hatte ich dann schnell erreicht.

Der Abdruck befand sich vor meinen Fußspitzen. Das Kreuz hing nach unten. Es schwebte über der sich im Hufeisen befindlichen Fratze, und ich stellte auch fest, dass es reagierte.

Über seine äußere Haut zuckten Lichtreflexe. Mal silbrig hell, dann wieder etwas fahler und einen grünlichen Schein annehmend. Es kam immer darauf an, was mit dem Satansgesicht geschah, denn dieses befand sich in Bewegung.

Die Teufelsfratze zeigte eine gewisse Unruhe.

War es Angst vor dem Kreuz?

Ich ließ es fallen.

Wie schon im Keller der Familie Jordan, so erlebte ich hier die gleiche Reaktion. Das etwas hart klingende Zischen, als hätte jemand Wasser in Flammen gespitzt. Der grünlich weiße Rauch stank entsetzlich. Und ätzend wirkte er. Mit wedelnden Handbewegungen versuchte ich, mein Gesicht vor dem Rauch zu schützen.

Die Spur hatte sich verändert.

Kein Hufeisen mehr, keine Fratze, dafür ein tief eingebrannter Abdruck im weichen Boden.

Schwarze Erde. Es wuchs dort kein Grashalm mehr, und selbst die schmalen Wurzeln der Gräser mussten zerstört sein.

Mein Kreuz hatte ganze Arbeit geleistet.

Blieb der zweite Abdruck. Bevor ich mich um ihn kümmerte, winkte ich den beiden zurückgebliebenen Männern beruhigend zu und ging die wenigen Schritte nach rechts, die mich zum zweiten Ziel brachten.

Der Abdruck war identisch mit dem von mir vernichteten. Auch hier wollte ich das Kreuz fallen lassen, stoppte aber mitten in der Bewegung, weil ich eine dumpfe, krächzende Stimme vernahm, die überhaupt nicht anders klingen konnte.

Asmodis sprach zu mir! »Willkommen, Sinclair, willkommen.« Während dieser Worte bewegte sich das Maul der Fratze. »Ich freue mich, dass wir abermals aufeinander treffen.«

»Wenn man verliert, freut man sich?«, fragte ich zurück.

Er hatte mich gehört und lachte. »Wer sagt dir, dass ich verliere, Geisterjäger?«

»Ich!«

»Bist du dir dessen so sicher?«

»Ja.«

»Du irrst dich, Sinclair. Du irrst dich ganz gewaltig. Das hier ist mein Spiel. Ich muss eine alte Rache erfüllen.«

»Seit wann kümmerst du dich darum? Ich hatte bisher immer das Gefühl, es gäbe für dich andere Dinge. Den Spuk, zum Beispiel. Er ist doch zu deinem großen Feind geworden. Der Dämonenschrein oder Aibon, das geheimnisvolle Land, sowie die Spur des Victor de Valois. Das sind doch die Dinge, die uns beide interessieren.«

»Unter anderem«, unterbrach er mich. »Aber was weißt du schon von der Hölle und meinen Aufgaben? Nichts, gar nichts. Ich habe vieles zu erledigen. Es gibt Dinge, die in der Vergangenheit ihren Anfang genommen haben, dann zur Seite gelegt wurden, um jetzt wieder aufzuerstehen. Um die

Sachen, die du angesprochen hast, kümmere ich mich auch noch. Keine Sorge, da werden wir schon miteinander zu tun bekommen, falls du dies hier überlebst.«

»Ich sehe keine unüberwindlichen Schwierigkeiten. Das Kreuz brauche ich nur fallen zu lassen, und die Fratze ist gelöscht, vernichtet, ausradiert, ganz wie du willst, Asmodis!«

»Das stimmt alles, Geisterjäger. Aber was zählt schon ein Sigill, das mein Gesicht zeigt? Überhaupt nichts. Du kannst zwei oder drei vernichten, es stört mich nicht, denn an anderer Stelle lauern vielleicht zehn- oder hundertmal so viele.«

»Was heißt das?«

»Sei nicht so dumm. Hast du vergessen, dass die Ortschaft Devon ebenfalls betroffen ist? Dort habe ich meine Spur bereits gelegt. Du wirst sie vielleicht sehen und wirst dann auch den Staub erkennen, der die Straßen, Wohnungen und Plätze in Devon bedeckt. So und nicht anders sieht es aus. Während du hier ein Zigeunermädchen namens Sarita suchst, das überhaupt nicht mehr lebt, weil man Hexen eben verbrennt, wird in Devon bald eine Panik ausbrechen. Ich habe bereits einen Namen für diesen Ort. Das Dorf des Staunens.«

Asmodis schwieg. Er wollte mir Zeit geben, damit ich mich auf die neuen Verhältnisse einstellen konnte, und diese Zeit brauchte ich auch. Es war furchtbar, einfach grauenhaft. Er hatte uns weggelockt, um an anderer Stelle zuschlagen zu können. Dabei wusste ich genau, dass Menschenleben für ihn nicht zählten.

Ich hatte mich wieder gefangen. »Und weshalb tust du das?«, fragte ich. »Haben dir diese Menschen etwas getan?«

»Nein, sie nicht.«

»Dann zieh dich zurück!«

»Sie haben sich ebenfalls nicht zurückgezogen, als sie damals das Mädchen erfrieren ließen. Sie zerfiel zu Staub. Ich wollte es so, aber die drei, die vorgehabt haben, sie zu vernichten, wurden ebenfalls von meiner Rache getroffen, und auch der verfluchte Pfarrer konnte nicht widerstehen, weil er selbst infiziert war. Ich hatte den Keim der Hölle gesät. Heute will ich ernten.«

Und damit hatte Asmodis leider schon begonnen, wie ich mir selbst eingestehen musste.

»So«, erklärte er mir höhnisch. »Jetzt kannst du das Sigill vernichten. Oder willst du nicht einmal probieren, wie es ist, wenn man zu Staub zerfällt? Ich kann dir das Gefühl leider nicht beschreiben, weil ich es noch nicht erlebt habe.«

Meine nächste Frage zielte in eine andere Richtung. »Und was oder wer ist der flüsternde Tod?«

Asmodis schwieg. Er, der im Unsichtbaren lauerte, musste ebenfalls überrascht worden sein.

»Kennst du ihn nicht?«

»Doch, ich kenne ihn.«

»Dann sag es mir.«

»Nein!«, hörte ich seine Stimme. »Nein, das soll der zweite Schock für dich sein. Du hast es nicht allein mit mir zu tun, auch mit dem flüsternden Tod, der sich Opfer holt. Eine schreckliche Magie war es, die sich damals der Zigeunersippe bemächtigt hat. Die Leute heute wollen darüber nicht sprechen, sie wissen genau, wie schrecklich es ist. Aber der flüsternde Tod ist erwacht. Wer seine Stimme vernimmt, kann sich nicht mehr retten. Er muss ihm folgen.« Asmodis begann zu lachen. »Ach so«, sagte er, »ich wünsche dir noch viel Spaß.«

Für mich klang es wie ein Abschied. Das nahm ich auch auf, denn ich wollte mich von dieser verfluchten Spur verabschieden, bevor sie noch Unheil anrichtete.

Mein Kreuz fiel genau ins Zentrum!

Wieder sah es aus, als hätte ich Säure über das Sigill gegossen. Sein Gesicht verzog sich, der Rauch verdeckte die Auflösung, und ich nahm Sekunden später das Kreuz wieder an mich.

Als ich aus meiner gebückten Haltung in die Höhe kam, war mein Gesicht ernst geworden, und zugleich fiel der Schatten meines Freundes über mich.

»John?«

Ich schluckte einmal hart. »Es sieht verdammt mies aus, Partner.«

»Wieso?«

Die Erklärung gab ich ihm etwas später, als sich auch Tasso zu uns gesellt hatte. Sein Gesicht war noch vom Staunen gezeichnet. Ich las die Fragen förmlich aus seinen Zügen. Zuvor hatte er dorthin geschaut, wo die Spuren zu sehen gewesen waren.

»Nichts mehr!«, sagte er leise. »Nur verbrannte Erde.«

»Das Kreuz!«

Er ballte die Hände. »Ich will nicht nach dem genauen Grund fragen, aber ich hörte, dass Sie sich unterhalten haben, obwohl ich keine Person entdecken konnte.«

»Ich redete mit dem Satan!«

Tasso sah aus, als wollte er die Hände heben. Er überlegte es sich und ging nur einen Schritt zurück, während Suko meine Antwort gelassen aufgefasst hatte. Er kannte diese Dinge.

»Sie lügen!«

»Nein, Tasso, ich lüge nicht. Der Leibhaftige hat zu mir gesprochen. Er brauchte sich dabei nicht zu zeigen, denn der Teufel ist verdammt flexibel. Er hat mir einige Wahrheiten mitgeteilt, die mir verdammt unter die Haut gegangen sind.«

»Welche?«

Ich berichtete von der Unterhaltung und sprach eigentlich nur über das Wesentliche. Die Sache mit dem flüsternden Tod ließ ich bewusst weg. Darum wollte ich mich später kümmern.

Das Gesicht des Zigeuners nahm eine käsige Farbe an. Er wollte mir nicht glauben, traute es sich aber nicht, es zu sagen, schaute auf Suko, der zwar von meiner Unterhaltung mit Asmodis nichts mitbekommen hatte, aber trotzdem nickte.

»Sie können sich darauf verlassen. Wenn John sagt, dass er sich mit dem Teufel unterhalten hat, dann stimmt es.«

Trotzdem kam Tasso nicht näher. Er wurde noch misstrauischer. »Wer sind Sie wirklich? Sie können keine

Polizisten sein. Nein, das können sie nicht. Zumindest keine normalen.«

»Da haben Sie Recht«, sagte Suko. »Man kann uns in gewisser Hinsicht als Geisterjäger bezeichnen. Wir kümmern uns um Fälle, die normalerweise verschwiegen werden. Wir wissen in der Tat, dass es mehr Dinge auf der Welt gibt, als der Menschheit heute bekannt sind.« Er sprach noch weiter und wollte Tasso beruhigen.

Ich konnte ihn verstehen. Auch mir wäre es ebenso ergangen, wenn man mich so unerwartet mit diesen Dingen konfrontiert hätte. Wir mussten es schaffen, das Misstrauen bei Tasso abzubauen, da wir ihn und seine Kenntnisse noch brauchten.

»Wie soll ich das alles glauben?«, fragte er Suko.

Der gab ihm eine knappe Antwort. »Glauben Sie nicht auch an die Flüche der Vergangenheit und an das, was mit dem kleinen Mädchen Sarita geschehen ist?«

»Schon.«

»Dann nehmen Sie es ...«

Suko sprach nicht mehr weiter, ich sagte ebenfalls nichts, und auch der Sippenführer schwieg.

Wir drei hatten ein fernes, dennoch typisches Geräusch gehört.

Suko kannte sich am besten aus. »Da fährt jemand mit seiner Maschine weg.«

Gleich darauf bekamen wir seine Vermutung bestätigt, weil in der Ferne ein hüpfender Scheinwerferstrahl durch die Finsternis schnitt und einen zuckenden Tanz aufführte.

»Der fährt sogar querfeldein«, flüsterte Tasso.

»Und wer kann es sein?«, fragte Suko. »Vielleicht einer aus ihrer Sippe?«

»Nein, das glaube ich nicht. Auf jeden Fall hat es diese Person ziemlich eilig.«

Bestimmt nicht ohne Grund, wollte ich sagen, als mir etwas anderes einfiel. »Augenblick. Ist Sarita nicht von zwei Rockertypen entführt worden?«

Suko stimmte mir zu.

»Und die könnten auch motorisiert gewesen sein.«

»Das ist die Lösung.«

Tasso hielt sich raus. Suko und ich waren uns einig. Wir wussten auch, dass wir hier nichts mehr verloren hatten. Wenn der Typ so schnell verschwunden war, gab es sicherlich einen Grund, den wir herausfinden wollten. Die Richtung stand fest. Zu dritt liefen wir dorthin und hatten es sehr eilig.

Schon bald befanden wir uns auf dem Gelände der ehemaligen Kirche. Wir sahen die Trümmer, die Reste der Mauern, die herumliegenden Felsblöcke, das hohe Unkraut und rechts einen höheren Schatten. Der größte Trümmerhaufen der Kirche.

Fast wären wir über das zweite Motorrad gestolpert, so dicht liefen wir daran vorbei.

Suko blieb stehen. »Einer ist verschwunden«, sagte er. »Bleibt nur mehr der zweite. Wo kann er stecken? Befindet er sich noch in der Nähe, oder sind die beiden auf einem Feuerstuhl abgehauen?«

»Darüber denke ich auch nach.«

Wir wurden jetzt vorsichtiger und suchten mit System. Wir gingen immer größere Kreise ab, und auch Tasso beteiligte sich daran. Er hatte seine Taschenlampe eingeschaltet. Der blasse Lichtstreifen huschte über den Boden, traf Gräser, Moos, Flechten und auch Mauerreste, aber das, was wir suchten, fanden wir leider nicht.

Keine Spuren, die auf irgendein schauriges Ereignis hingedeutet hätten.

Bis zu dem Augenblick, als ich die Mauer entdeckte. Es war eigentlich mehr ein Zufall, dass ich das Blinken auf dem Stein sah, ging näher heran und merkte den kalten Gestank.

Dieser so typische Geruch wurde von einem gelöschten Feuer abgegeben. Ich rief Tasso und Suko zu mir. Der Zigeuner leuchtete den Boden vor meinen Füßen ab.

»Da hat was gebrannt!«, flüsterte er. »Alles Asche.« Ich stocherte mit dem rechten Fuß durch das feine Zeug, das sich wie ein grauer Flockenwirbel in die Höhe wölkte und zum Teil davongetragen wurde.

Suko hatte die Kette ebenfalls entdeckt. Sie bestand aus zwei Teilen und hing über der Mauer. Die meisten ihrer Glieder zeigten eine Schmierschicht aus Ruß. Es gab aber noch einige wenige, die nicht davon erfasst worden waren, und die hatte ich blinken sehen.

Suko und ich untersuchten die Kette. Wir schauten auch hinter die Mauer und leuchteten den Boden ab.

Dort fanden wir keine Spuren.

Suko war sehr genau, als er die einzelnen Glieder untersuchte. Nicht alles hatte das Feuer verbrennen können, so fand mein Freund bei genauem Hinsehen zwischen den einzelnen Gliedern plötzlich einige Fetzen, die er behutsam hervorzupfte.

»Stoffreste«, sagte er und brachte seine Finger in den fahlen Lampenkegel.

Mit unseren Blicken untersuchten wir die Spuren. Ich fragte Tasso: »Was hat Sarita eigentlich getragen, als sie in die Stadt ging? Welche Kleidung?«

»Diese Jeans …«

»Und dazu? Vielleicht eine Bluse oder ein T-Shirt, einen Sommerpullover?«

»Alles ist möglich.«

Obwohl ich es nicht genau wusste, resümierte ich bereits. »Wir müssen davon ausgehen, dass jemand in den Ketten gehangen hat, als er verbrannt wurde. Da die Rocker aufgehetzt worden waren, können wir annehmen, dass sie in diesem Jemand eine Hexe gesehen haben. Und wer blieb da nur übrig?«

»Sarita«, ächzte Tasso.

»Genau.«

Wir schwiegen. Mit meinen Worten hatte ich praktisch das Todesurteil über das Mädchen gesprochen. Niemand suchte noch nach einer anderen Erklärung. Selbst Tasso stimmte zu.

»Also geben Sie mir Recht?«, fragte ich.

»Ja.«

»Und wie geht es jetzt weiter?«, wollte ich wissen. »Wenn Sarita tatsächlich umgekommen ist …«

»Wobei sie möglicherweise nicht die Einzige gewesen ist«, unterbrach Suko mich. »Ich denke da nur an den zweiten Entführer, den wir nicht gesehen haben …«

Auch Suko wurde unterbrochen, denn Tasso meldete sich zu Wort. »Das spielt alles keine Rolle. Wichtig für uns ist allein Sarita. Wenn sie tatsächlich gestorben ist, können wir davon ausgehen, dass jemand anderer erwachte.«

»Und wer?«, fragte ich.

Tasso öffnete den Mund. Er zitterte bei seiner Antwort, die kaum zu verstehen war. »Der flüsternde Tod …«

Schon wieder dieser Dämon!

Allmählich hatte ich die Nase voll von ihm. Ich fragte Tasso: »Sagen Sie uns doch endlich, was es mit dem flüsternden Tod auf sich hat!«

Tasso wollte nicht. »Nein, nicht jetzt.« Er senkte den Blick. »Bitte, Sie müssen mich verstehen. Ich kann einfach nicht darüber sprechen. Es ist zu schlimm. Ich muss mich erst selbst zurechtfinden. Es ist auch nicht ganz bestimmt, was ich Ihnen gesagt habe. Erst wenn wir ihn sehen, möchte ich darüber reden.«

»Kennen Sie den flüsternden Tod?«, fragte Suko.

»Nein, dann würde ich nicht mehr leben. Er ist grausam und lockt die zu sich, die sich ihm zeigen.«

»Aber Sie wissen, wie er aussieht?«

»Ja.«

Diesmal ließ ich nicht locker und drängte auf eine Antwort. »Dann sagen Sie es uns. Geben Sie uns eine Beschreibung dieses Dämons. Das können Sie doch.«

»Ja, das geht.« Er hob die Schultern. »Es ist so, der flüsternde Tod wird in alten Sagen und Legenden beschrieben. Ich glaube, dass ihn niemand so recht gesehen hat, obwohl man ihn als ein Monstrum beschreibt, das nur mehr aus einem blauschwarzen, riesigen Knochenschädel besteht, in dem wiederum eines besonders auffällt. Es ist der breite, dicke und blutrot geschminkte Mund.«

Ich war skeptisch. »Ein Totenschädel mit Lippen?«
»So sagt es die Geschichte.«
Mit einer kurzen Drehung wandte ich mich an Suko. »Wie siehst du die Sache?«
»Ich würde sie erst mal glauben.«
»Gut, einverstanden.« Ich blickte auf meine Uhr. »Hier haben wir wohl vorläufig nichts mehr zu suchen. Andere Dinge sind wichtiger. Wir müssen nach Devon.«
»Zu Fuß werden wir länger brauchen«, sagte Tasso.
»Dann nehmen wir eben den Bentley ...«

Officer Rolly Watson übte seinen Dienst bereits fünfzehn Jahre aus. Er kannte jeden Stein in Devon, und auch jeder Bewohner war ihm bekannt sowie dessen Familienangelegenheiten. Aber was in den letzten drei Stunden in Devon geschehen war, hatte dem berühmten Fass den Boden ausgeschlagen. Da hatten sich die Ereignisse überschlagen, es war zu grauenhaften Vorfällen gekommen, und er, Rolly Watson, der Polizeigewaltige, war praktisch ins Abseits gedrängt worden.

Die beiden Typen aus London hatten das Kommando übernommen. Sie suchten nach dieser Zigeunerin, die von zwei jungen Männern entführt worden war. Das alles wusste Watson, er hatte es aber hingenommen und war nicht eingeschritten, weil er nur an den Fall dachte und daran, dass er den Zigeunern die Schuld an den Ereignissen in die Schuhe schob.

Sollten die Angeber aus der Großstadt selbst sehen, wie sie zurechtkamen. So hatte er gedacht.

Vor wenigen Minuten war alles anders geworden. Er war in sein Office zurückgekehrt, hatte das Fenster geöffnet, sich hinausgelehnt und die Straße entlanggeschaut.

Auf der Mitte waren sie zu sehen.

Sie kamen von rechts, und jeder Abdruck glich dem vorhergehenden aufs Haar.

Die Spur des Teufels.

Rolly war nicht fähig gewesen, sich zu bewegen. Er hatte sofort an Betty Jordan gedacht. Sie war die letzte Tote in diesem Fall gewesen. Sie war in diesen Fall mit hineingezogen worden, weil sie auch zu den treibenden Kräften gehört hatte, die Sarita ins Verderben schickten.

Jetzt war sie tot, zu Staub zerfallen, weil sie Kontakt mit einem Satans-Sigill gehabt hatte.

Darüber dachte der Mann am Fenster nach, und er brauchte kein großer Knobler zu sein, um zu wissen, was dies bedeutete.

Jeder, der mit der Spur in Berührung kam, starb. Kaum hatte er Kontakt, zerfiel er zu Staub.

Wenn es nur ein Abdruck gewesen wäre, man hätte ihn ausklammern können, aber es waren mehrere, mindestens zehn, und es wurden immer mehr, wie Watson sehen konnte.

Sie kamen auf sein Haus zu.

Jemand musste im Unsichtbaren daherschreiten, wobei er nur dann sichtbar wurde, wenn einer seiner Füße Kontakt mit dem normalen Boden bekam. Wie es hier geschah, denn weitere Abdrücke zeigten sich auf der Straßenmitte.

Rolly wäre am liebsten verschwunden, er blieb jedoch. Etwas zwang ihn dazu, einfach zuzuschauen, und er sah, wie bei der Geburt eines Abdrucks zunächst nur ein kleines Flammenoval entstand, das bereits die Form eines Hufeisens besaß, bevor es zusammensackte und sich in den Boden eingrub, wo auch dann die Fratze des Leibhaftigen entstand.

Sie leuchtete in einem kalten Gelb, das Hufeisen hatte die Farbe von dunklem Blut.

Rolly Watson stand unbeweglich. Mit seinem massigen Körper füllte er fast das gesamte Fenster aus. Hätte die Spur jetzt die Richtung verändert und wäre auf ihn zugekommen, bei Gott, er hätte nicht einmal die Kraft besessen, um nach hinten in sein Office zu tauchen. So fasziniert war er von diesen unheimlichen Vorgängen, die mit einer erschreckenden Lautlosigkeit abliefen.

Noch etwas fiel ihm auf.

Es war die über dem Ort liegende Stille. Eine sehr markante

Veränderung, denn kein Wagen näherte sich mehr dem Dorf. Nicht aus der einen und auch nicht aus der anderen Richtung.

Als läge eine Sperre aus Magie über dem Ort.

Und die Spuren vermehrten sich. Die Abstände zwischen den einzelnen Teilen blieben nie gleich. Einmal waren es vielleicht zwanzig oder fünfundzwanzig Yards Zwischenraum, dann weniger als die Hälfte, und auch das Muster änderte sich. Rolly Watson erschrak, und sein Herzschlag beschleunigte sich, als er plötzlich mitbekam, wie sich der nächste Abdruck schon bei seinem Entstehen drehte und mit der Spitze des Hufeisens genau in seine Richtung wies.

Wollte er zu ihm?

Rolly begann zu zittern. Sein Herzschlag beschleunigte sich. Er fühlte sich innerhalb des Fenstervierecks eingekeilt und brachte auch jetzt nicht die Kraft auf, einfach zu verschwinden, denn wenn der Unsichtbare so weiterging, konnte es passieren, dass ihn der nächste Tritt voll erwischte.

Das durfte nicht sein!

Er öffnete den Mund und wollte losschreien. Vielleicht sogar zum letzten Mal, wenn er durch die Berührung zu Asche zerfallen sollte.

Der Kelch ging an ihm vorbei. Aber dicht vor der Hauswand und auf dem Gehsteig zeigte sich der nächste Abdruck.

Und schon erschien der übernächste.

Genau auf dem Dach seines Wagens. Dort flimmerte es auf. Der Mann vernahm ein helles Zischen und sah plötzlich das Loch, das der Abdruck in das Autodach hineingebrannt hatte.

Blech schmolz einfach weg wie Butter. Dabei blieb es nicht. Der gesamte Wagen bekam einen Stoß, die Scheiben zersplitterten, Luft pfiff aus zerstörten Reifen, und zurück blieb ein schiefes Wrack, in dem keine Teufelsspur zu sehen war.

Sie befand sich wieder mitten auf der Straße und wandte sich nun der gegenüberliegenden Seite zu, um den nächsten Abdruck in eine Hauswand dicht neben einem Fenster zu drücken, wo sie auch als rotgelb leuchtendes Sigill blieb.

Eines war dem Officer trotz seiner Panik und Angst klar

geworden. In dieser Stadt hatte jemand anderer die Kontrolle übernommen. Er wusste auch schon, wer dies war.

Der Teufel!

Ein alter Fluch, vor Jahrhunderten zu einer grausigen Wahrheit geworden, nahm jetzt schaurige Rache. Menschen starben, andere würden noch in den Kreislauf hineingeraten und zu einem Opfer der Hölle werden. Und er konnte nichts tun.

Zum Glück hielten sich die Menschen zurück. Sie blieben in den Häusern, wo sie einigermaßen sicher waren. Aber was hieß schon sicher? Nein, wenn der Satan es wollte, holte er sich alles, daran gab es nichts zu rütteln. Der Teufel war stärker.

Watson zog sich zurück. Plötzlich klappte es. Jetzt, da er wusste, dass so ziemlich alles gelaufen war, reagierte er wieder normal. Da führte sein Körper die Befehle des Gehirns aus, und er ging mit schweren Schritten bis zu seinem Schreibtisch, wo er sich niedersinken ließ.

Er saß für einen Moment starr. Der Schweiß rann in Bächen über seine Haut. Die Kleidung klebte an Rücken, Brust und Armen. Im Gegensatz dazu war der Gaumen trocken.

Dem wollte er durch eine Dose Bier abhelfen. Er hatte sich schon hochgestemmt, als ihm einfiel, dass er die letzte Dose ja geleert hatte.

Schwer fiel er wieder zurück. Vielleicht brachte Peggy, seine Freundin, etwas zu trinken mit. Meistens tat sie es, und drei Dosen am Abend waren stets erquickend und labend.

Plötzlich wurde er zu »Stein«.

Peggy! dachte er. *Verdammt, sie ist unterwegs, um mir das Essen zu bringen. Furchtbar …*

Seine fleischigen Hände konnte er nicht mehr ruhig halten. Er stierte auf das Telefon, und ihm fiel ein, dass er Peggy schon beim ersten Anruf nicht hatte erreichen können. Sie war sicherlich unterwegs gewesen und müsste eigentlich gleich eintreffen.

Da sie nicht fliegen konnte, nahm sie den normalen Weg über die Straße. Dort aber hatte der Teufel seine Spuren hinterlassen, die alles zerstörten, was mit ihnen in Berührung kam.

Der schwergewichtige Officer war nicht mehr zu halten. Er wunderte sich selbst über die Schnelligkeit, mit der er aus dem Stuhl kam. Zuerst wollte er zum Fenster laufen, er änderte aber die Richtung und nahm den Weg zur Tür.

Von der Angst um Peggy gepeitscht, fand er den Weg. Seine rechte Schulter rammte noch den Pfosten, aber was machte schon ein blauer Fleck, wenn es um Leben und Tod ging?

Im Gang brauchte er nicht viele Schritte zurückzulegen. Schnell stand er an der Haustür, riss sie auf und wollte schon ins Freie stürzen, als er sich noch einmal zurückzog.

Nein, vorsichtig musste er sein.

Wie ein Dieb, der sich umschaut, ob ihm auch niemand zusieht, streckte er zuerst seinen Kopf ins Freie und sah auf der Straße, den beiden Gehsteigen und auch an den Wänden der Häuser die Spuren leuchten. Sie strahlten intensiver als die Lichter hinter den Fenstern, wo ebenfalls Menschen standen und beobachteten. Wahrscheinlich empfanden sie die gleiche Angst wie Rolly Watson, aber von ihnen traute sich niemand auf die Straße. Rolly sah nur ihre Gestalten, wenn sie sich bewegten oder stumm vor Entsetzen standen.

Wenn Peggy Brown eine Abkürzung nahm, brauchte sie nicht über die Hauptstraße.

Das war vielleicht gut.

Rolly Watson verließ das Haus. Egal, er hatte oft genug mit der Witwe Streit gehabt und hätte sie auch gern in die Wüste geschickt, aber irgendwie hing er trotz allem an ihr und wollte ihr vor allen Dingen das furchtbare Schicksal einer Betty Jordan ersparen.

Nicht mal weit von der Tür entfernt und genau in seiner Gehrichtung, sah er einen Abdruck.

Die Teufelsfratze darin war furchtbar anzusehen, denn zum ersten Mal entdeckte er sie aus der Nähe und stellte fest, dass sie gar nicht so ruhig dalag.

Irgendwie bewegte sie sich. Ein leichtes Zittern hatte die Umrisse erfasst, es verschonte auch die Augen nicht. In den

Pupillen strahlte es auf. Manchmal hatte er das Gefühl, als würden sie ihm zuzwinkern, aber das schrieb er seinen überreizten Nerven zu.

Sehr vorsichtig drückte sich Rolly Watson links an der Spur entlang. Als er mit seinem rechten Fuß auf gleicher Höhe war, vibrierte er noch einmal, aber nichts geschah, man musste den Abdruck schon direkt berühren, um zu Staub zu zerfallen.

Officer Watson atmete auf, als er sie endlich passiert hatte. Diesmal tropfte ihm der Schweiß von der Stirn und fiel auch von seiner Kinnspitze, wo er sich gesammelt hatte.

Der Mann fühlte sich innerlich ausgelaugt, auch die folgenden Schritte kosteten ihn Mühe. Er ging weiter, passierte den zweiten Teil des Hauses, wo die Dorfverwaltung untergebracht war und auch der Bürgermeister seinen Platz hatte. Er erreichte schließlich die schmale Einmündung der Gasse, die ihn nach links führte.

Wenn Peggy eine Abkürzung nahm, musste sie durch diesen schmalen Einschnitt zwischen den beiden Häusern kommen.

Wo steckte sie?

Er tauchte hinein. Da brannte keine Laterne. Die nächste Lampe warf ihren Schein erst auf ein etwas höher stehendes Rondell jenseits der Gasse, wo eine schmale Parallelstraße herführte.

Spuren sah er zum Glück nicht.

Aber er hörte Schritte.

Unwillkürlich tastete er nach seiner Schusswaffe, die er seit den ersten drei Todesfällen immer bei sich trug, und er drückte sich auch sofort gegen die hinter ihm herlaufende Wand, weil er nicht gesehen werden wollte und wo er sich besser konzentrieren konnte.

Peggy kam.

In der Stille klangen die Schritte überlaut, und Rolly Watson wusste auch, wie sie ging. Immer etwas hektisch, als wäre sie stets in großer Eile.

Er trat wieder vor und atmete geräuschvoll aus, als wollte er die angestaute Nervosität loswerden. Jetzt konnte er seine Freundin mit gutem Gewissen erwarten.

Als sie sich in Höhe des Rondells befand, geriet sie auch in den Schein der Lampe. Peggy trug die Tasche mit dem Essen in der rechten Hand. Es war die Kühlbox, und Rolly freute sich bereits auf ein kaltes Bier, auch wenn ihm dieses Zeug den Schweiß noch stärker aus den Poren trieb.

Officer Watson wollte Peggy nicht weiterhin allein gehen lassen, deshalb lief er ihr entgegen. Im Dunkeln der schmalen Gasse trafen sie sich, aber Peggy hatte ihren Freund trotzdem erkannt. Und er war auch nicht in der Düsternis zu übersehen.

»Endlich!«, begrüßte sie ihn. »Es wurde auch Zeit, dass du mir entgegenkommst. Ich schleppe mich hier mit deinem Essen ab, habe noch Dosen mit Bier mitgebracht …«

»Schon gut, gib her!«

Sie zog die Tasche zurück, sodass Rolly ins Leere griff. »He, weshalb bist du so sauer? Wegen der Typen aus London, wie? Es hat sich herumgesprochen, dass sie gekommen sind.«

»Hör auf zu meckern und zu stänkern. Es gibt andere Dinge zu tun, die wichtiger sind.« Er nahm ihr die Tasche ab und behielt sie in der rechten Hand.

Peggys rotblondes Haar wirkte dunkel. Sie hatte Lockenwickler hineingedreht, und das runde Gesicht sah aus wie eine blasse Kugel. Als Rolly gehen wollte, hielt sie ihn fest. »Nicht so schnell, mein Freund. Erst will ich wissen, was hier gespielt wird. Das Dorf ist ruhig, fast leer. Die Menschen bleiben in den Häusern, und ich sah auch die Spuren.« Ihre Stimme wurde weicher, weil sie Angst hatte. »Rolly, sag ehrlich, sind wir in Gefahr?«

Er nickte. »Leider, Mädchen, leider. Wir befinden uns sogar in Lebensgefahr.«

Sie erschrak. »Alle Bewohner?«

»Wenn sie die Häuser verlassen und mit den Spuren in Berührung kommen, bestimmt. Hast du mal einen Blick auf die Hauptstraße geworfen und die Abdrücke gesehen?«

»Natürlich.«

»Das sind die Spuren des Leibhaftigen. Der Teufel ist aus der Hölle gekommen und hat Devon einen Besuch abgestattet. Du kannst es glauben oder nicht, ich glaube es.«

»Ich ebenfalls«, sagte Peggy Brown und zog die Schultern hoch, als würde sie frösteln.

»Da ich nicht wollte, dass dir etwas passiert, bin ich dir entgegengegangen. Du wirst jetzt meinen Arm nehmen, dann laufen wir vorsichtig zurück und werden uns hüten, eine der Spuren zu berühren. Wenn das geschieht, sind wir tot.«

»Wieso?«

»Wir zerfallen zu Staub.«

»Betty Jordan ...«

»Sie auch, ja.«

Rolly hatte die Kontrolle wieder über sich gewonnen. Zudem dachte er daran, dass er noch Verantwortung trug. Wenn Peggy etwas passierte, würde er Zeit seines Lebens nicht mehr froh. Er wechselte die Tasche mit dem Essen in die linke Hand und nahm mit der rechten Peggys Arm so hart, dass sie sich beschwerte.

»Ich bekomme blaue Flecken!«

»Lieber blaue Flecken, als tot zu sein«, erwiderte der Polizist. »Peggy, es ist kein Spaß, wir befinden uns in einer nahezu wahnsinnigen Gefahr, das musst du mir glauben.«

»Ja, ja.«

Sie gingen los. Obwohl es der Beamte eilig hatte, ließ er sich Zeit. Jeden Moment konnte der Satan wieder eine neue Spur setzen, vielleicht sogar dicht vor ihnen, sodass es ihnen nicht mehr gelang, ihr auszuweichen.

Sie schritten durch die schmale Gasse. Peggy sagte nichts, so schwer es ihr auch fiel. Erst als sie die Einmündung erreichten und einen Blick auf die Hauptstraße werfen konnten, schrie sie leise auf, und Rolly spürte die Gänsehaut auf ihrem nackten Arm.

»Das ist ja furchtbar!«

Peggy sah zum ersten Mal die Auswirkungen des höllischen Besuchs. Und sie erkannte auch, dass sich die Spuren nicht allein auf die Straße beschränkten, sondern ebenfalls an den Hauswänden in die Höhe führten, bis direkt unter die Dächer.

»Meine Güte, das glaubt uns keiner ...«

»Es braucht auch nicht zu sein.«

»Und wo sind die beiden Typen aus London?«

Rolly lachte. »Die haben sich aus dem Staub gemacht, falls sie nicht selbst schon zu Staub geworden sind. Sie wollten dieses Zigeunerweib suchen, so ein Schwachsinn. Wahrscheinlich hat uns diese Sippschaft das alles eingebrockt.«

»Urteilst du da nicht zu krass?«

»Wieso?«

»Auch Zigeuner sind gläubige Menschen. Ich glaube nicht, dass sie viel mit dem Teufel im Sinn haben.«

»Da bin ich mir nicht so sicher.« Rolly schüttelte den Kopf. »Außerdem habe ich keine Lust mehr, mich mit dir zu streiten. Wir wollen sehen, dass wir ins Haus kommen.«

»Sind wir denn bei dir sicher?«

»Bis jetzt war ich es.«

Sie hob die Schultern. »Da bin ich aber gespannt. Viel Wissen oder Ahnung über die Hölle habe ich ja nicht. Aber wenn der Teufel will, kommt er überallhin.«

Watson schwieg. Er zog seine Freundin weiter, und Peggy folgte ihm willig. Sie wusste ja selbst, dass man sich auf kaum jemanden im Ort noch verlassen konnte. Alle hatten Angst. Man redete nicht, man versteckte sich. Devon wirkte wie eine Geisterstadt.

Auch Rolly musste einiges durchgemacht haben. Peggy hatte ihren Freund noch nie so durcheinander erlebt. Außerdem schwitzte er stark. Es war nicht zu überriechen.

Sie waren auf dem Gehsteig geblieben und näherten sich der ersten Spur, die auch Peggy jetzt aus der Nähe sah.

Sie schauderte davor zurück. Die äußere rote Umrandung leuchtete wie ein blutiger Kranz, und die Fratze im Innern war ein zitterndes Gebilde des Grauens.

»Sieht so der Satan aus?«, hauchte sie.

»Vielleicht, ich weiß es nicht!« Rollys Antwort klang nervös. Er hatte einen leichten Bogen um den Abdruck geschlagen. Auf keinen Fall wollte er, dass sie ihn berührten.

Noch immer war die Straße leer. Watson empfand dies als einen Glücksfall. Er wollte sich kaum ausmalen, was geschah, wenn plötzlich Fahrzeuge in den Ort rollten.

Das war furchtbar. Die Katastrophe wäre unvermeidbar gewesen und hätte alles überschwemmt.

Sie erreichten den Polizeiwagen. »O Gott, was ist denn damit passiert!?«, rief Peggy.

»Der Teufel hat ihn zertreten.«

»Auch Autos?«

Watson zog seine Freundin weiter. Es waren nur noch wenige Schritte, und sie hatten noch einen Abdruck dicht vor der Treppe zu überwinden. Wenn sie den überstiegen, waren sie in relativer Sicherheit.

Über der Straße lag ein fahles, unnatürliches Leuchten. Das rotgelbe Licht wirkte irgendwie künstlich und gleichzeitig kalt und abweisend.

Vor der Außentreppe blieben die beiden stehen. Rolly deutete die wenigen Stufen hoch und wies auch auf den letzten Abdruck. »Wenn du über ihn hinwegsteigst, passiert nichts. Geh du vor, okay? Die Tür steht ja offen. Dir kann nichts passieren.«

»Ja, ja, schon gut.« Peggy war fahrig geworden. Sie fürchtete sich wieder und hatte das dumpfe Gefühl, es nicht zu schaffen. Davon wollte ihr Freund nichts wissen. Er drückte Peggy seine flache Hand in den Rücken, sodass sie sich gezwungen sah, ihren rechten Fuß anzuheben und die erste Stufe zu betreten.

Es klappte.

Ihre anfängliche Befürchtung bewahrheitete sich nicht. Außerdem war die Stufe nicht so glatt, dass sie hätte ausrutschen können. Als sie stehen blieb, drängte Watson auf ein Weitergehen. »Mach den Weg frei, Mädchen, ich will auch noch ins Haus!«

»Sorry.«

Peggy Brown drehte ihrem Freund den Rücken zu, um die restlichen Stufen hochzusteigen.

Auch Rolly Watson war vorsichtig, um ja nicht das Sigill zu berühren.

Peggy ging weiter. Sie hatte die Treppe bereits hinter sich gelassen und war im Flur verschwunden.

Der Polizist glaubte, es überstanden zu haben. Bis zu dem Moment, als er Peggys Schrei hörte.

Er wuchtete seinen massigen Körper voran. Die Tasche mit dem Essen machte den Schwung mit und schlug noch neben der Tür gegen die Hauswand. Das war ihm egal.

Er sah nur Peggy, die es erwischt hatte.

Sie stand genau auf einem Sigill, das er beim Verlassen des Hauses noch nicht gesehen hatte.

Der Teufel musste da gewesen sein, und er schlug gnadenlos zu!

Wir wollten so schnell wie möglich nach Devon hineinfahren und hatten den Wald auch hinter uns gelassen, als wir das Camp erreichten und uns die Stille auffiel.

Nichts war zu hören.

Schon im Wald hatte sich Tasso gewundert, von seinen vier Begleitern nichts mehr entdeckt zu haben, jetzt wurde sein Staunen nicht nur größer. Es verwandelte sich in Schrecken, denn die Ansammlung der Wohnwagen und Wohnmobile wirkte wie eine fahrbare Geisterstadt.

Leer, verlassen …

Wir waren sehr vorsichtig. Keiner von uns sprach, als wir den Waldrand verließen und langsam weitergingen, die Blicke auf den leeren Platz zwischen den Wohnmobilen gerichtet.

Eine auf mich kalt wirkende Dunkelheit lag über dem Land. Wenn ich hochschaute, erkannte ich auch den Mond, der wie ein fahler Fleck inmitten des nächtlichen Himmels seinen Platz gefunden hatte.

»Da ist niemand mehr!«, hauchte Tasso.

Ich widersprach nicht, auch Suko hielt sich zurück, bis ich den Vorschlag machte, die Wagen zu untersuchen.

»Und wenn wir Tote finden?«, fragte Tasso.

»Kann ich es auch nicht ändern.«

»Der flüsternde Tod«, sagte er rau. »Er muss es gewesen sein. Bestimmt war er hier und hat sie umgebracht.«

Diesmal fragte ich ihn nicht, was er mit dem flüsternden Tod überhaupt meinte. Mit zwei Schritten hatte ich den ersten Wagen erreicht und öffnete die unverschlossene Tür.

Ich schaute auf die beiden Liegen, sah die brennende Tischlampe und die Gläser daneben.

Nur Menschen entdeckte ich nicht.

Wir untersuchten die Wagen der Reihe nach. Einen Erfolg erreichten wir nicht.

Sämtliche Bewohner waren wie vom Erdboden verschluckt. So als hätte sie jemand in eine andere Welt gerissen. Und gerade dieser Gedanke machte mich misstrauisch.

Ich musste an einen Fall denken, der schon lange zurücklag. Da hatte der Dämon Kalifato die Bewohner von Darkwater entführt und sie nie mehr wieder in die normale Welt entlassen.

Gab es hier eine Parallele? Alle Anzeichen deuteten darauf hin. Aber wir hatten es nicht mit einem Dämon zu tun, der zu den Großen Alten gehörte, der flüsternde Tod war etwas anderes, aber wahrscheinlich ebenso gefährlich.

Da musste Tasso einfach Erklärungen abgeben. Ich würde mich mit Ausreden nicht mehr abspeisen lassen.

Nach der Suche war ich ebenso schlau wie zuvor. Weder Suko, Tasso noch ich hatten einen Menschen entdeckt. Der Zigeunerführer machte einen bekümmerten Eindruck. Als er sich zu uns gesellen wollte, vernahm er das Stöhnen.

Auch wir hatten es in der Stille gehört, taten aber nichts und überließen Tasso die Initiative.

Der bückte sich, um unter einen Wagen zu kriechen. Er sah zuerst die beiden Hände, die sich ihm entgegenstreckten, ergriff die Gelenke und zog einen Jungen unter dem Wagen hervor, der sich geschockt zeigte und laut anfing zu weinen.

Wir konnten mit diesem Zeugen noch nichts anfangen. Das halbe Kind war von Tasso auf den Boden gestellt worden. Der Zigeuner redete auf den Findling ein, erhielt aber keine Antworten.

»Er muss Schreckliches erlebt haben«, sagte Tasso zu uns. »Wahrscheinlich hat er alles mitbekommen.«

»Was mitbekommen?«

»Das möchte ich ihn fragen. Aber wie es aussieht, bekommen wir vorerst nichts aus ihm heraus.«

»Gehen Sie mit ihm in einen Wagen«, schlug ich vor.

Tasso war der gleichen Ansicht. »Wenn sich etwas ergibt, sage ich Ihnen Bescheid.«

»Sicher.«

Wir schauten den beiden nach, wie sie auf ein Wohnmobil zugingen. Tasso hatte einen Arm auf die Schultern des Jungen gelegt, der einen langen Mantel trug, als könnte er durch ihn Schutz bekommen.

Ich zündete mir eine Zigarette an. »Denkst du nicht mal an Darkwater?«, fragte Suko.

»Das tue ich die ganze Zeit über.«

»Und?«

»Ich hoffe, dass wir dieses Problem hier nicht haben.«

»Ich auch.«

Der Rauch floss über meine Lippen. In der Dunkelheit schaute ich zu, wie er sich verteilte. Der Wind war etwas stärker geworden. Er brachte keinen Brandgeruch mehr mit.

Mein Blick richtete sich gegen den Wohnwagen des Sippenchefs. Im Innern brannte Licht. Durch das große Fenster konnte ich die Schattenrisse der beiden Insassen erkennen.

»Was ist der flüsternde Tod?«, erkundigte sich Suko. »Kannst du mir das sagen?«

»Nein.«

»Weshalb rückte dieser Tasso nicht mit der Sprache heraus? Hat er Angst?«

»Ich kann ihn nicht zwingen.«

»Jetzt ja, wo die Menschen verschwunden sind.« Suko wurde ärgerlich. »Ich komme mir vor wie ein Kind, das sein Spielzeug sucht. Wir sind bisher nur herumgelaufen.«

»Stimmt.«

Die Schatten hinter dem Wagenfenster bewegten sich. Wenig später wurde die Tür aufgedrückt. Tasso verließ den Wagen, entdeckte den glühenden Kreis meiner Zigarette und kam hastig auf uns zu. »Ja, die Vermutung stimmte. Der flüsternde Tod war hier.«

»Hat der Junge ihn genau gesehen?«, fragte Suko.

»Er beschrieb ihn.«

»Und weiter? Was ist mit den Menschen geschehen, hat dieser Dämon oder diese Erscheinung sie umgebracht?«

Tasso hob die Schultern. »Das ist eben schwer feststellbar. Es gab eine Panik, als er auftauchte. Die meisten sind geflohen, ja, eigentlich alle. Sie nahmen auch die Alten mit.«

»Dann hätten wir ihnen begegnen müssen«, warf ich ein.

Tasso schüttelte den Kopf. Dabei deutete er in die entgegengesetzte Richtung. »Glauben Sie nur nicht, dass sie dorthin gelaufen sind, wo die Kirche stand. Jedenfalls war er hier.«

Ich trat meine Zigarette sorgfältig aus. »Wie schön, dass wir es wissen. Nur möchte ich jetzt noch erfahren, wie der flüsternde Tod überhaupt aussieht. Bisher habe ich mir von ihm noch kein Bild machen können. Brechen Sie endlich Ihr Schweigen, Tasso!«

Er schaute mich starr an. »Sie wollen es wissen?«, wiederholte er. Über seine Lippen huschte ein Lächeln. »Bitte, ich habe nichts dagegen. Drehen Sie sich um, da ist er!«

Nicht nur ich wandte mich um, auch Suko. Und beide schauten wir auf den gewaltigen Schädel, der dicht über den Bäumen am Waldrand schwebte.

»Das ist der flüsternde Tod«, hörten wir Tasso mit zittriger Stimme sagen …

Rolly Watson war in diesem Moment sowohl körperlich als auch geistig zu unbeweglich, um eingreifen zu können. Er schaute auf den Rücken seiner Freundin, die direkt in eine Teufelsspur hineingetreten war, und er wusste, dass es für sie keine Rettung mehr gab.

Sie stand da, wirkte für einen Augenblick wie gemalt und gleichzeitig durchsichtig. Ihr Inneres glühte auf. Jedes Atom, jedes Molekül schien von zahlreichten Lichtfunken umstrahlt zu sein und erhellte die gesamte Gestalt. Sogar das geblümte Kleid bekam einen anderen Glanz, bevor die Frau samt ihrer Kleidung vor den Augen des entsetzten Mannes zusammensackte und als Staubfahne zu Boden fiel. Sie rieselte ineinander.

Noch nie hatte der Mann etwas Schrecklicheres gesehen. Rolly merkte nicht, dass ihm die Tasche aus der Hand rutschte. Er hatte nur Augen für das schreckliche Bild.

Peggy Brown war lautlos gestorben. Nicht mal einen verwehenden Schrei hatte sie abgegeben. Der Sand fiel und rieselte. Auf dem Boden und im Zentrum der Spur sammelte er sich und bildete einen Hügel, dessen Kuppe eine Abflachung zeigte.

Mehr war von Peggy nicht zurückgeblieben. Kein Stoff, keine Knochen, keine Haut.

Nur Asche oder Sand.

Rolly Watson stöhnte. Die Tür hatte er nicht geschlossen. Sein Fehler war es gewesen, der Peggy das Leben gekostet hatte. Und er hatte nichts für sie tun können.

Durchzug war entstanden, er erfasste einen Teil des Staubes und wirbelte ihn davon.

Rolly merkte kaum, dass die Asche gegen seine Hosenbeine geweht wurde. Er stand da wie ein Denkmal. Aus seinen Augen rannen Tränen, und im Innern spürte er eine noch nie erlebte Leere.

Die Schuldgefühle würden kommen, dessen war er sicher, zunächst aber erfasste ihn die Angst, und er wusste nicht, was er noch tun sollte. Ins Haus gehen, weglaufen?

Er hätte sein Office betreten müssen, um Hilfe zu holen. Nur konnte er sich nicht überwinden. Er schaffte es einfach nicht, über die sterblichen Überreste einer Frau zu schreiten.

So zog er sich zurück. Da er sich nicht umgedreht hatte, wäre er noch fast über die Tasche gestolpert. Mit den Hacken prallte er gegen sie und warf sie um. Die Bierdosen prallten zusammen. Rolly wunderte sich, dass er diese Geräusche überhaupt noch mitbekam.

Er dachte an die Gefahr, in der auch er schwebte. Rückwärts

gehend konnte er das Haus nicht verlassen, deshalb drehte er sich um und stieg langsam die Treppe hinab.

Der nächste Abdruck dicht hinter der Treppe leuchtete ihm entgegen. Rolly Watson hatte das Gefühl, als würde ihn die Fratze höhnisch anlachen, um ihm mitzuteilen, dass er gegen den Teufel sowieso nicht gewinnen konnte.

Das wollte der Polizist auch nicht mehr. Er brauchte nur seine Ruhe. Am besten würde es sein, wenn er aus Devon floh. Keiner konnte ihm einen Vorwurf machen. Übermenschliche Kräfte hatten in diesem Ort die Regie übernommen, und wer war schon stärker als der Teufel?

Kein Mensch!

Rolly ließ die Treppe hinter sich. Er passierte auch die Spur, blieb stehen und stellte erst jetzt fest, dass er noch immer weinte. Aus der Tasche holte er ein Tuch, schnäuzte sich, steckte es wieder weg. Wenig später störte ein Geräusch seine Gedankenwelt.

Es war das Dröhnen eines Motors.

Ein Motorrad näherte sich Devon.

Rolly Watson drehte sich um. Er schaute über die Spuren hinweg und sah auch den Scheinwerfer in der Ferne. Tatsächlich nur einer.

Rollys Gedankenapparat arbeitete wieder einigermaßen klar. Er wusste plötzlich, dass es sich bei dem Fahrer nur um einen der beiden Liston-Brüder handeln konnte, die das Zigeunermädchen entführt hatten.

Ihm gab Rolly die Schuld. Seit die Zigeuner in der Nähe des Ortes lagerten, war es zu den Todesfällen gekommen, und sein Hass auf diese Menschen wuchs, weil er ihnen auch die Schuld an Peggys Tod in die Schuhe schob. Darüber dachte er nach, während er sich auf dem Gehsteig weiterbewegte, um dem Ankömmling entgegenzulaufen und ihn gleichzeitig zu warnen. Wenn der mit seiner Maschine über die Teufelsspuren hinwegdüste, hatte er keine Chance mehr.

Da würde er während der Fahrt zu Staub zerfallen.

Rolly Watson ging sehr schnell. Es kümmerte ihn auch nicht, dass man ihn aus einem offenen Fenster her anrief. Er hatte andere Sorgen und sah die Maschine bereits am Dorfanfang erscheinen. Sie geriet in den Lichtschein der Teufelsspuren, sodass der Mann erkennen konnte, wer auf dem Bock des Feuerstuhls hockte.

Es war Wade Liston.

Und der fuhr weiter. Trotz der Spuren. An der ersten war er bereits vorbeigewischt. Das Dröhnen des Motors echote zwischen den Häusern. Rolly Watson war nicht klar, was dieser Kerl überhaupt wollte. Der hatte sein Ziel erreicht. Er sollte abbremsen, die Maschine abstellen und zu Fuß weitergehen.

Wade drehte auf.

Rolly musste etwas tun.

Er sprang über seinen eigenen Schatten, als er sich vom Gehsteig löste und die Straße betrat. Sehr vorsichtig ging er zu Werke, schob sich auf die Straßenmitte zu, hob beide Arme und baute sich dort winkend auf. Er hatte zusätzlich noch schreien wollen, aber seine Kehle war wie zugeschnürt.

Das Winken musste auch reichen.

Und Wade fuhr weiter. Er lag flach auf der Maschine. Der Lichtkegel glitt über die teuflischen Spuren, blendete Rolly sogar, der zugesehen hatte, sich möglichst weit von diesen lebensbedrohenden Sigillen zu entfernen.

Noch hatte Wade Glück gehabt. Er war zunächst zwischen den Abdrücken hindurchgefahren; vielleicht war es Zufall, vielleicht Bestimmung, wer konnte das schon sagen?

Aber der Mensch hat nicht immer Glück.

Auch Wade Liston machte da keine Ausnahme. Es erwischte ihn beim fünften oder sechsten Abdruck. Voll jagte er darüber hinweg.

Da geschah etwas, das Rolly Watson nie in seinem Leben vergessen würde.

Die Kraft der Spur schlug voll durch. Sie erwischte nicht die Maschine, sondern den jungen Mann, der sie fuhr. Sein Körper bäumte sich aus der flachen Haltung auf, als wollte er dem starr dastehenden Zeugen ein besonders gutes Bild bieten. Er hatte auch die Arme erhoben, drückte sie nach hinten, und im nächsten Augenblick sackte er zusammen.

Über dem Feuerstuhl lag eine Staubfahne, die von Fahrtwind noch mitgerissen wurde.

Rolly Watson erstarrte. Er glaubte, der Mittelpunkt eines Albtraums zu sein, als er das Schreckliche und Unwahrscheinliche sah. Vorhin hatte der junge Mann noch auf dem Motorrad gesessen, jetzt war der Sattel leer, und der Fahrtwind hatte die letzten Reste mitgerissen. Dabei geriet Rolly Watson noch in Gefahr, denn die Maschine raste weiter und blieb praktisch in der Spur.

Sie hätte den Polizisten erwischen können. Kurz zuvor kippte sie um. Das vordere Rad hatte sich quer gestellt, die Honda wurde von einer anderen Kraft erwischt und weggeschleudert. An Rolly rutschte sie vorbei und glitt über die Straße, als wäre diese mit Schmierseife überdeckt worden. Dass sie gegen einen Laternenmast prallte, dort der Motor verstummte und die Maschine noch weiter bis vor eine Hauswand geschleudert wurde, das alles interessierte den Officer nicht. Er hörte zwar die krachenden Geräusche, Augen hatte er nur für Wade oder das, was von ihm übrig geblieben war.

Staub …

Wie bei Peggy.

Er ging vor, und er hatte das Gefühl, über dem Boden zu schweben. Innerhalb weniger Minuten hatte er zwei Menschen sterben sehen. Einfach so, ohne Blut, ohne die Anwendung körperlicher Gewalt, und dennoch war ihm bisher in seinem Leben nichts Schlimmeres begegnet. Er fand keine Worte für die Vernichtung dieser beiden Menschen, weil ihm die Begriffe einfach fehlten, um den Schrecken zu umschreiben.

Das Grauen hatte sich wie ein Stachel in seinen Körper gebohrt und übertrug sich auch auf die Bewegungen des Mannes, die so lahm, steif und trotzdem fahrig wirkten.

Der Wind hatte die Asche verteilt und sie wie einen Schleier über die Straße sowie zwischen die abgebildeten Fratzen geweht. Ein hellgrauer Rest aus menschlichen Rückständen ohne Knochen und Haut.

Rolly Watson fasste es nicht mehr. Sein Verstand weigerte sich, die Tatsachen so zu sehen, wie sie sich darstellten. Irgendwo gab es eine Sperre, die auch bei ihm eingerastet war.

Er wankte dorthin, wo sich noch die meiste Asche gesammelt hatte, und fiel schwer auf die Knie.

Wie eine Filmszene wirkte das, was sich auf der Straße des kleinen Ortes Devon abspielte, und Rolly besaß auch Zuschauer. Es waren die Menschen, die Bekannten, die hinter ihren Fenstern standen, mit vor Angst und Grauen gezeichneten Gesichtern, ohne dem anderen aber helfen zu können.

Es war Nacht, aber es herrschte genügend Licht, um alles sehr deutlich sehen zu können.

Auch Rolly sah die Asche.

Er kniete noch immer, streckte seine Arme aus, und die Hände mit den dicken Fingern fuhren in das grauweiße Material, schaufelten es in die Höhe, um es anschließend durch die Lücken zwischen den Fingern rieseln zu lassen.

Als feiner Regen fiel die Asche wieder auf die Fahrbahn, dabei drehte Watson durch.

»Tot!«, schrie er, so laut er konnte. »Er ist tot, vernichtet, zu Asche geworden, und ich habe es gesehen. Ich sah, wie er verging. Der Satan hat zugeschlagen, er hat uns besucht, der Leibhaftige ist aus der Hölle in unsere Stadt gekommen. Er vernichtet uns. Satan will uns zerstören …«

Zerstören … zerstören …

Es war furchtbar. Die Stimme des Mannes hallte über die menschenleere Straße und wurde von den Hauswänden als Echo zurückgeworfen. Jeder, der es wollte, konnte ihn hören, und die meisten vernahmen seine Schreie, ohne aber einzugreifen.

So blieb er allein und hatte das Gefühl, auf sein Ende warten zu können …

Zum ersten Mal sahen wir den flüsternden Tod, und ich muss ehrlich zugeben, dass mich sein Anblick überraschte, denn diesen riesigen und unheimlich wirkenden Schädel hätte ich nicht erwartet.

Keinen Totenkopf und vor allen Dingen nicht die lack- oder blutrot geschminkten Lippen des schwebenden Monstrums, auf die sich mein Blick einpendelte und sich einfach nicht lösen konnte.

Diese Lippen hatten es mir angetan. Sie bildeten keinen Mund, sondern ein widerliches Maul, das in die Breite gezogen war, als wollte es uns mit einem Grinsen zeigen, wer hier die Kontrolle übernommen hatte.

Ansonsten war der Schädel dunkel, aber er hob sich trotzdem von der ihn umgebenden Finsternis ab, als wären seine äußeren Konturen genau nachgezeichnet worden.

Dieser Schädel strahlte das Grauen ab.

Ein kaltes Gefühl, das auch mich traf und mich seltsam berührte. Wahrscheinlich spürte es jeder Mensch, der den Schädel zu Gesicht bekam, aber ich fragte mich und schaute dabei in die großen, runden, innen gezackten leeren Augenhöhlen, weshalb man dieses Zerrbild des Schreckens den flüsternden Tod genannt hatte.

Tasso und Suko rahmten mich ein. Es fiel dem Zigeuner schwer, seinen Arm zu heben. Er schaffte es soeben noch und deutete auf den Schädel. »Das ist er.«

»Und weshalb nennt man ihn den flüsternden Tod?«

»Schauen Sie auf seinen Mund.«

»Das tue ich bereits.«

»Wenn er sich bewegt, ist es zu spät.«

»Für den Betrachter?«

»Ja.« Tasso schluckte und fuhr fort. »Er holt ihn zu sich. Er flüstert, denn sein Mund ist etwas Besonderes. Seine Lippen sind Lockungen, denen niemand widerstehen kann. Wehe dem, der einmal in ihre Macht gerät. Er ist verloren.«

»Wir sollten ihn uns näher anschauen!«, schlug Suko vor.

Tasso erschrak. »Nein, wollen Sie freiwillig in den Tod gehen?«

»Das nicht.«

»Dann bleiben Sie.«

Ich lächelte. »Nein, wir müssen etwas tun. Der flüsternde Tod ist gefährlich. Man muss ihn vernichten.«

»Das schafft niemand.«

»Wir werden sehen.« Ich wollte ihn mit dem Kreuz attackieren, denn den Bumerang trug ich momentan nicht bei mir. Er lag in meinem Bentley, aber vielleicht schaffte es mein geweihter Talisman.

Dazu kam es nicht mehr.

Der Schädel veränderte sich. Zwar blieben seine Lippen rot und auch aufeinander gepresst, aber hinter dieser dunklen, knochigen Maske spielte sich eine Szene ab, die uns Rätsel aufgab.

Dort entstand ein Gesicht!

Zuerst glaubte ich noch an eine Täuschung, als ich die Umrisse erkannte, die als einzelne Teile aufeinander zuglitten, sich dabei völlig lautlos bewegten und sich wie die Teile eines Puzzles zusammensetzten, um das Gesicht zu bilden.

Ich hatte es noch nie gesehen und konnte nur erkennen, dass es sich dabei um das Gesicht einer Frau oder eines Mädchens handelte. Es stand wie ein Hologramm innerhalb des Schädels, war nur schwach zu sehen, aber dennoch in seinen Einzelteilen zu erkennen, wenn man genauer hinschaute.

Tasso gab ächzende Laute ab. Er ging einen Schritt zurück und hielt sich dabei an uns fest. »Das«, flüsterte er, »das ist es. Das ist das Gesicht von dem Mädchen, das wir suchten.«

»Sarita?«, fragte Suko.

Er nickte, denn sprechen konnte er kaum mehr. »Sarita, sie ist dem flüsternden Tod in die Falle gelaufen. Sie hat es nicht geschafft. Sie ist tot, sie muss tot sein. O Himmel.« Er schlug die Hände gegen seine Wangen und schüttelte den Kopf.

Ich verstand es nicht. Wir hatten die Mauer gesehen, die Ketten an den alten Steinen, und es war Suko gewesen, der Stoffreste von Saritas Kleidung entdeckt hatte.

Sie musste verbrannt sein.

Jetzt sahen wir sie innerhalb des Schädels, und ich fragte mich, wie das zusammenlief.

Auch Tasso konnte keine Antwort geben, weil er nervlich zu stark belastet war.

Ich ging vorerst davon aus, dass Sarita und der flüsternde Tod eine Verbindung eingegangen waren, eine andere Erklärung kam für mich nicht in Frage.

»Nimm das Kreuz!«, verlangte Suko.

»Ja, ich wollte es.«

»Und?«

Wieder musste ich meinen Vorsatz zurückdrängen, denn am Schädel tat sich etwas. »Schau dir mal den Mund an, Suko.«

Auch meinem Freund fiel auf, dass sich die Lippen bewegten. Ein Zucken lief durch die breiten, blutrot schimmernden Ringe. Von den Winkeln her schoben sie sich zusammen, sodass der Mund kleiner wurde und beinahe ein herzförmiges Aussehen annahm.

Alles lief lautlos ab. Wir hörten weder den Wind noch ein Flüstern, und ich fragte mich, weshalb man dem Schädel einen solch außergewöhnlichen Namen gegeben hatte.

»Vielleicht wird er gleich sprechen!«, vermutete Suko. »Ich möchte ihn gern flüstern hören.«

Er tat uns den Gefallen nicht. Aber er blieb auch nicht ohne Reaktion, denn sein Mund hatte sich so zusammengezogen, dass er in der Mitte von Ober- und Unterlippe eine Öffnung bilden konnte.

Ein kleines Loch.

Ein Oval …

»John, da kommt etwas auf uns zu.« Nicht der Schädel hatte geflüstert, mein Freund Suko war es gewesen.

Und er behielt Recht.

Aber anders, als wir und Tasso es uns vorgestellt hatten, denn innerhalb der Mundöffnung zeigte sich etwas Weißes, das von einer für uns nicht sichtbaren Kraft nach vorn und durch das Oval geschoben wurde. Zuerst dachte ich an einen

Ring oder an einen dicken Stein, wenig später erkannte ich den Gegenstand richtig.

»Das ist doch unmöglich«, ächzte Tasso und drehte sich ab.

Es war nicht unmöglich.

Der flüsternde Tod spie das aus, was er nicht mehr bei sich behalten wollte.

Es waren Knochen …

Die ersten bleichen Gebeine blieben für einen Moment auf der Unterlippe liegen. Im Verhältnis zum Mund waren sie klein wie Streichhölzer, auf denen ein Mensch kaut.

Immer weiter ragten die Beine aus dem Mund. Sie bekamen schließlich das Übergewicht und fielen heraus.

Die ersten beiden überschlugen sich in der Luft, bevor sie auf dem Boden aufschlugen.

Weitere folgten.

Und wir schauten zu, wie der Schädel das ausspie, was er nicht mehr haben wollte.

Ob es Arm- oder Beinknochen waren, konnten wir schlecht erkennen. Auch war nicht auszumachen, ob sie zu einem Menschen gehörten, bis zu dem Augenblick, als zwischen dem blutigen Rot der Lippen etwas Rundes, Bleiches erschien.

Ein blanker Schädel!

Er musste einem Menschen gehören, und Suko und ich wussten auch sofort, wem.

Auch der blanke Kopf blieb für einen Moment auf der Unterlippe liegen, bevor er noch einmal angestoßen wurde, das Übergewicht bekam und herabrollte.

Er fiel zu Boden.

Ob er zersplitterte oder nicht, konnten wir aus dieser Entfernung nicht erkennen, aber nach dem Vorgang hatte der flüsternde Tod seine Pflicht getan, denn der widerliche lackrote Mund nahm wieder die Form an, in der wir ihn zuerst gesehen hatten.

Er zog sich in die Breite, sodass ein hässliches Grinsen blieb.

Ich holte tief Luft. Die Vorgänge hatten mich erschüttert, aber meine Widerstandskraft nicht verdrängen können. Ich wollte und musste gegen ihn antreten.

Deshalb lief ich vor.

Eine vergebene Liebesmüh, denn der flüsternde Tod zog sich zurück. Er war viel schneller als ich. Kein Geräusch entstand bei diesem Vorgang. Der grauschwarze und auch bläulich schimmernde Schädel war einfach nicht aufzuhalten.

Er entschwand schneller, als wir es uns vorgestellt hatten.

Und auch das Bild des toten Zigeunermädchens Sarita war nicht mehr zu sehen. Auf seinem Rückzug präsentierte er uns seine normale düstere Fläche.

Nun fand auch Tasso die Sprache wieder. »Der Junge hat es mir erzählt. Als der Schädel kam und die Menschen flüchteten, sahen alle Saritas Bild. Da wussten sie, dass die Magie sie eingeholt hatte. Sie ist tot und lebt trotzdem ...« Tasso schaute mich an, als erwartete er von mir noch eine Erklärung, die aber gab ich ihm nicht, weil ich sie selbst noch nicht hatte.

Suko dachte realistischer. »Schauen wir uns die Knochen einmal näher an?«

»Gleich.« Ich verfolgte den Weg des schwebenden Schädels. Er segelte in eine bestimmte Richtung. Wenn mich nicht alles täuschte, nahm er Kurs auf Devon, sodass dem Ort eine doppelte Gefahr drohte. Nicht allein durch die Spuren des Teufels, auch durch den flüsternden Tod, der sich bestimmt mit dem Satan verbinden wollte.

Wenn das geschah, hatten die Menschen in Devon kaum eine Chance, dem Grauen zu entwischen.

Wir brauchten nicht lange zu suchen, um die bleichen Gebeine zu finden. Sie hatten sich verteilt, und sogar der Schädel war noch heil, wenn er auf der Platte auch einen feinen Riss zeigte.

Ich wog ihn in der Hand. Tasso strahlte ihn mit der Lampe an. »Gehört er zu einem Menschen?«, fragte er.

»Natürlich.«

»Und was sollen wir mit den Gebeinen machen?«

»Fragen Sie lieber, wer das Opfer des flüsternden Todes gewesen ist.«

»Sarita.«

»Ich bin mir da nicht so sicher. Was meinst du, Suko?«

Der Chinese hatte ebenfalls einen Knochen aufgehoben. »Wenn ich näher darüber nachdenke und mir diesen Knochen so anschaue, würde ich eher sagen, dass er von einem männlichen Körper stammt.«

»Dann muss er sich zwei geholt haben«, sagte der Sippenchef.

Wir widersprachen nicht und legten die Stücke wieder zu den anderen. Lange genug hatten wir uns in der Nähe des Zigeunerlagers aufgehalten. Es wurde Zeit, dass wir endlich nach Devon kamen.

Den Gedanken verfolgte auch Tasso. Er fragte mich trotzdem. »Soll ich mit in die Stadt fahren?«

»Das wäre gut.«

»Und dann?«

» … hoffen wir, beide zu treffen. Den flüsternden Tod und den Teufel. Und ich bin gespannt, ob die sich gut verstehen …«

Seine Hände hatten die Asche hochgeschaufelt und anschließend wieder zurückgeworfen. Erst als Rollys Hände über den Straßenbelag schrammten, wurde ihm klar, was er getan hatte. Er hockte auf den Knien und schaute sich die blutenden Hände an. Er stierte vor sich zu Boden, sah wieder auf die Wunden, spürte auch die leichten Schmerzen und stellte fest, dass er keinem Traum erlegen war.

»Es ist alles wahr!«, flüsterte er. »Alles wahr …«

Irgendwann fiel ihm ein, dass er nicht die gesamte Nacht auf der Straße hocken konnte. Er musste weg, zurück in sein Office, nur dort konnte er sich erholen.

Und so stemmte er sich hoch.

Es fiel ihm schwer, sich zu bewegen. Seine Gelenke kamen ihm eingerostet vor. Von der ungewohnten Haltung schmerzten sie, sodass er auch Mühe hatte, sich in Bewegung zu setzen. Zusätzlich machte ihm sein Übergewicht zu schaffen.

Die Teufelsspuren warnten ihn.

Nur nicht unachtsam werden, obwohl sein Leben eigentlich auch verpfuscht war. Er würde sich bis zum Tod Vorwürfe machen, dass es ihm nicht gelungen war, Peggy zu retten. Hatte ein Weiterleben noch einen Sinn?

Er war versucht, auf eine Teufelsfratze zu treten, schreckte aber davor zurück, denn letztendlich fehlte ihm der Mut, obwohl er in seinem Innern eine gewisse Lockung verspürte, es zu wagen.

Da war eine fremde Stimme, die ihn ansprach, zu ihm zu kommen. Sie versprach ihm ein anderes Leben auf einer fernen Ebene, nicht mehr als Körper, sondern als Energie und Geist.

Rolly Watson wirkte zwar schwerfällig, er war auch nicht der schnellste Denker, aber er schaffte es, dieser Lockung zu widerstehen. Er ging zum Bürgersteig, wo er dem Sigill dicht vor der Treppe auswich und die Stufen zur Eingangstür überwand.

Er wollte es nicht, aber er schaute trotzdem nach unten, wo der feine Staub lag, der einmal seine Freundin Peggy Brown gewesen war. Dass er diese Reste hier liegen sah, konnte er nicht fassen. Und dann entdeckte er den Abdruck, der Peggy erwischt hatte.

Er befand sich innerhalb des kurzen Flures. Da hier kein Licht brannte, kam die Spur besonders gut zum Vorschein, und ihr Restlicht geisterte auch über die beiden Wände.

An einer Wand stützte sich der Polizist ab, bevor er behutsam der Spur auswich.

War es die einzige?

Am liebsten wäre er in sein Büro gestürzt. An der Schwelle blieb er aber stehen und warf einen Blick in den Raum. Das Büro war leer. Das heißt, auf dem Boden sah er keinen neuen Abdruck und auch nicht in den Ecken und unter dem Schreibtisch.

Schwer ließ er sich auf den Stuhl fallen, der unter dem Gewicht des Mannes ächzte. Minutenlang blieb Watson in dieser Haltung sitzen. Über sein Gesicht lief ein Zucken. Er versuchte, seine Gedanken in die Reihe zu bringen, da er praktisch gezwungen war, eine Entscheidung zu treffen. Es musste einfach etwas passieren. So konnte es nicht weitergehen.

Allein kam er nicht zurecht.

Watson dachte an die beiden Männer aus London. Sie hatten sich verzogen. Es kam ihm vor, als wären sie geflüchtet. Und dabei hatten sie getan, als wäre es für sie ein Kinderspiel gewesen, diesen unheimlichen und rätselhaften Fall zu lösen.

Wahrscheinlich befanden sie sich schon meilenweit weg, zusammen mit den Zigeunern, die Watson nach wie vor als Schuldige für alle Vorgänge, die passiert waren, ansah.

Das Telefon lachte ihn zwar nicht gerade an, aber in diesen Augenblicken war es für ihn die einzige Rettung und die Verbindung zur Außenwelt.

Obwohl Devon von den übrigen Teilen des Landes nicht abgeschnitten war, kam sich Rolly vor wie auf einer Insel, denn keiner der Bewohner traute sich, seine Wohnung oder sein Haus zu verlassen. Jeder wartete auf die Abrechnung der Hölle.

Vielleicht hatten die Menschen auch ein schlechtes Gewissen wegen der über hundert Jahre zurückliegenden Vorgänge, obwohl keiner der Lebenden daran beteiligt gewesen war.

Aber im Unterbewusstsein mussten diese Schuldkomplexe festsitzen, denn auch Watson spürte sie.

Er fühlte sich innerlich ausgelaugt, völlig trocken. Am liebsten hätte er zur Flasche gegriffen und getrunken, aber es befand sich nichts in seiner Nähe, und die Kühltasche wollte er auch nicht holen.

Wen sollte er anrufen?

Es fiel ihm schwer, eine Entscheidung zu treffen, denn er kannte die entsprechenden Stellen nicht, aber nördlich von Devon, nahe der Küste, lag Militär.

Eine Kompanie Nahkämpfer, die auch im Falkland-Krieg eingesetzt worden waren. Unter Umständen konnte er sich von diesen Männern Hilfe erhoffen. Wie er sie erreichen sollte, wusste er nicht, aber es gab die Auskunft, die würde ihm weiterhelfen.

Wie eine schwere Last hob er den Hörer ab. Alles hatte sich verändert, sogar ein völlig normaler Telefonhörer. Er schien das Dreifache seines früheren Gewichts zu besitzen.

Officer Watson presste ihn gegen sein schweißnasses rechtes Ohr. Die andere Hand näherte sich der Tastatur, aber die Fingerspitzen berührten die einzelnen Kontakte erst gar nicht, weil Watson plötzlich etwas auffiel.

Die Leitung war tot.

Das konnte es doch nicht geben. Mit dem Hörer am Ohr schüttelte er den Kopf, versuchte es trotzdem, tippte die kurze Nummer der Auskunft ein, aber es tat sich nichts.

Die Telefonleitung war und blieb unterbrochen!

Watson wurde fahrig. Er fuhr über seine nassen Wangen, legte den Hörer wieder auf und beugte sich auf seinem Stuhl zur Seite, um den Weg der Anschlussschnur verfolgen zu können.

Sie lief im Verteilerkasten aus. Niemand hatte sie durchtrennt oder unterbrochen.

Also musste die andere, die höllische Kraft dahinter stecken. Sie allein trug für diesen Defekt die Verantwortung, und der Polizist spürte plötzlich, wie es heiß in ihm hochstieg.

Es waren regelrechte Hitzewellen, die durch seinen Körper rollten und auch sein Herz umklammerten. Er war gefangen!

Man hatte ihn und die anderen festgesetzt, regelrecht von der normalen Außenwelt abgeschnitten. Es war nicht mehr möglich, irgendwo Hilfe zu holen. Und diese Gewissheit peitschte die Angst in ihm hoch. Er wusste nicht mehr, was er noch tun sollte. Vielleicht sollte er zu Fuß den Ort verlassen, sich irgendwo verstecken und so lange warten, bis alles vorbei war.

Aber musste er nicht auch den anderen Menschen diese Chance einräumen? Im Prinzip ja. Er war der einzige

Ordnungshüter in Devon, doch in diesem Fall war sich jeder selbst der Nächste.

Wer im Haus oder in der Wohnung bleiben wollte, sollte es auch. Er würde nicht mehr länger in Devon leben.

Der Polizist stand auf. Das drückende Gefühl blieb. Sein Herzschlag hatte sich noch immer nicht beruhigt, im Gegenteil, das Gefühl der Angst verstärkte sich noch, als würde etwas auf ihn zukommen, dass er nicht mehr aufhalten konnte.

Eine neue Gefahr.

Officer Watson drehte sich auf der Stelle. Sein Blick traf das Fenster. Wenn jemand auf ihn lauerte, dann sicherlich draußen auf der Straße oder dem Gehsteig. Um das erkennen zu können, näherte er sich dem Fenster, das er nicht geschlossen hatte.

Wieder beugte sich Rolly nach draußen – und fuhr im nächsten Augenblick mit einem Schrei auf den Lippen zurück, denn er hatte das Schreckliche genau erkannt.

Über der Straße und fast in Höhe der Hausdächer schwebte der flüsternde Tod!

Nie zuvor und auch nicht auf irgendwelchen Bildern hatte Rolly Watson eine so schaurige Szene gesehen. Wie konnte ein Totenschädel so gewaltige Ausmaße annehmen, dass er fast die Höhe eines normalen Wohnhauses erreichte? Und wie kam es, dass dieser blanke Kopf blutrote Lippen hatte? Was sollte das permanente Grinsen bedeuten? Überlegenheit?

Der Schädel war gekommen und blieb nicht stehen, denn sein Ziel musste das Ende der Straße sein.

Zahlreiche Häuser hatte er bereits passiert. Er war auch gesehen worden, aber niemand stellte sich ihm entgegen. Die heiße Furcht hielt die Menschen in den Wohnungen.

Rolly Watson konnte ihn deutlich sehen. Und er erkannte auch, dass seine äußere Knochenmasse nicht so kompakt war, wie es den Anschein gehabt hatte. In ihrem Innern malte sich das Gesicht eines jungen Mädchens ab.

Zuerst glaubte der Mann an eine Täuschung. Er sah genauer hin, und plötzlich wusste er, wer in dem Schädel steckte. Bei einem Besuch im Zigeunerlager hatte er die Kleine gesehen. Sie war ihm aufgefallen, weil sie so gut aussah. Das musste das Zigeunermädchen Sarita sein, das von den beiden Brüdern gejagt worden war.

Nach einer Erklärung zu suchen war für den Beobachter müßig. Er hätte sie doch nicht gefunden und war nur froh, als der gewaltige dunkle Knochenschädel auch sein Haus passierte und weiter die Straße hinabschwebte. Er glitt über die Teufelsspuren hinweg, denen er nichts tat. Wahrscheinlich verfolgte er ein anderes Ziel.

Rolly lehnte sich weit aus dem Fenster. Schräg gegenüber hatte jemand die Haustür geöffnet. Es war der alte Walker, und er hielt eine Schrotflinte zwischen seinen Händen, deren Mündung auf die Rückseite des Schädels zeigte.

Wollte er tatsächlich schießen?

Ja, er hob die Flinte an, den Kolben stützte er an seiner rechten Schulter ab, und das relativ große Mündungsloch zielte auf die Rückseite des schwebenden Schädels.

Rolly wollte dem Mann zurufen, dass es keinen Sinn habe, wenn er schoss. Er schaffte es nicht, auch nur ein lautes Wort hervorzubringen, und auf sein Winken achtete der alte Walker nicht.

Dafür drückte er ab.

Das dumpfe Wummern der Schrotflinte hallte über die Straße und erzeugte noch Echos, die zwischen den Häusern wetterten. Sie ließen sogar die Scheiben erzittern. Der Rückstoß warf den alten Walker fast von den Beinen, der genau nachschaute, was seine Garbe angerichtet hatte.

Nichts.

Sie war voll gegen die Rückseite des graublauen Schädels geschlagen, aber sie hatte die Knochenmasse nicht zertrümmert, weil sie eben zu hart und widerstandsfähig war.

Der flüsternde Tod schwebte weiter.

Beobachtet von Watson und dem alten Walker, der es nicht fassen konnte und gegen seine Stirn schlug.

»He, Walker!« Endlich schaffte der Polizist es, über die Straße zu rufen.

Der Alte drehte sich und sah den Officer winken. »Es hat keinen Sinn, so kannst du den Schädel nicht stoppen.«

Walker überlegte einen Moment. »Wieso? Eigentlich ist es dein Job, Rolly. Du bist doch der, der hier angeblich alles im Griff hat. Zeig mal deine Kunst, aber du bist nicht nur fett geworden, sondern auch ein Feigling. Ich habe dich gesehen, wie du auf der Straße knietest. Geheult und geschrien hast du. Wie eine alte Memme. Nein, Rolly, mit dir geht es langsam zu Ende.«

»Und mit dir auch.«

»Das weiß ich, aber ich bin alt. Ich habe mein Leben längst hinter mir. Mich wird der Teufel holen, mich kann er haben, an mir wird er keine Freude haben.« Während seiner Worte hatte sich der Mann in Bewegung gesetzt und ging auf die Straße zu. Er musste einfach mit jemandem sprechen und sich seine Wut aus dem Leib schreien.

Der Lichtkreis einer Lampe traf ihn und ließ das Gesicht des Mannes gelb aussehen. »Los, Rolly, komm aus deiner verdammten Bude und stell dich! Wir werden gemeinsam gegen den Schädel vorgehen. Zeige den anderen, dass du Mut hast. Vielleicht schaffen wir es gemeinsam. Los, ich helfe dir!«

Rolly Watson überlegte tatsächlich, ob er den Worten des Alten folgen sollte. Aber was hatte es für einen Sinn? Der Schädel war stärker, die verdammten Teufelsspuren ebenfalls. Da konnte man nichts machen, nur darauf hoffen, dass man überlebte.

»Na, bist du zu feige?« Walker war wieder zwei Schritte vorgegangen. Er stand jetzt auf der Straße. Die zweite Mündung der Flinte zielte auf Rollys Haus. Es sah so aus, als wollte der Alte die Ladung gegen das Fenster jagen.

Rolly schaute nach links. Bis zur Straßenkrümmung konnte er sehen. Dort war der Schädel stehen geblieben, als hätte er seinen endgültigen Bestimmungspunkt erreicht.

»Zu feige bist du!«, schrie Walker. »Ich habe es wenigstens versucht, aber du …«

»Geh nicht weiter!«, rief Watson, als er sah, dass der Mann

den nächsten Schritt tat und damit in die unmittelbare Nähe einer der gefährlichen Teufelsspuren geriet.

Er machte es trotzdem.

Und trat in die Spur!

Rolly schaute aus dem Fenster. Der zweite Warnruf war auf seinen Lippen gestorben. Er wollte nicht hinschauen, doch irgendeine Kraft zwang ihn dazu.

Walker hatte es voll erwischt.

Noch stand er kerzengerade, aber nur für den berühmten Augenblick, dann sackte er zusammen, und sein Körper veränderte sich. Er wurde zu Staub, der fahnenartig dem Boden zuwehte und sich dort verteilte.

Wie auch bei den anderen Opfern blieb er als eine feine weißgraue Masse liegen.

Watson konnte sich nicht mehr beherrschen. Er wollte es eigentlich nicht, aber es platzte aus ihm heraus. Sein Lachen schallte über die Straße und wurde von abgehackt klingenden Worten unterbrochen, als er schrie: »Verdammt, du hast es versucht. Du wolltest es. Ich habe dich gewarnt, aber wer nicht hören will, muss fühlen. Alter. Jetzt bist du Staub, verdammter Staub!«

Wie im Zirkus kam sich Watson vor, aber es war keine Manege, in der Kunststücke aufgeführt wurden, sondern eine verdammte Wirklichkeit, mit der er sich abfinden musste.

Und so ging er zurück.

Mit langsamen, unsicheren Schritten, bis er den Schreibtisch erreichte und sich wieder auf den Stuhl fallen lassen wollte, doch das schaffte er nicht mehr, weil ihn ein anderes Ereignis überrollte.

Es war die Stimme.

Flüsternd und dennoch laut schallte sie ihm entgegen, brachte eine Botschaft mit, und Rolly drückte beide Hände gegen seine Ohren, ohne allerdings dem Ruf entgehen zu können.

Der flüsternde Tod rief seine Opfer.

Und Officer Rolly Watson gehorchte …

Wir waren trotz der guten Vorsätze unterwegs aufgehalten worden, denn die Mitglieder der Zigeunersippe hatten unseren Wagen gesehen und erkannt.

Diesen kurzen Stopp leistete ich mir. So hörten Suko und ich zu, was sie zu berichten hatten. Sie sprachen sehr deutlich über das Schreckliche und bestätigten eigentlich nur die Aussagen des ersten Zeugen. Tasso wandte sich an uns.

»Soll ich noch immer mit?«

»Ja.«

»Aber hier sind die Leute, denen ich vielleicht helfen kann.«

»Sie helfen Ihnen in Devon besser«, sagte auch Suko.

»Wie denn?«

»Das werden wir sehen.« Für mich war der Fall damit erledigt. Ich startete und sah, dass die Zigeuner, die auf der Straße standen, aus dem schneller näher kommenden Schein der beiden Lichter heraushuschten.

Suko saß neben mir und drehte sich um. »Kennen Sie noch eine Abkürzung?«

»Nein, Sie müssen auf der Straße bleiben.«

Das tat ich auch. Die Gegend veränderte sich sehr rasch. Das Urwüchsige der Landschaft hörte auf. Wir erreichten kultiviertere Gebiete, sahen Felder, eingezäunte Wiesen und auch Scheunen. Nach einer Kurve bekamen wir freie Sicht und konnten in der Ferne bereits die Lichter von Devon erkennen.

Sie wirkten wie funkelnde Sterne, die den Weg aus dem Himmel zurück auf die Erde gefunden hatten und irgendwo zwischen den beiden Grenzen stecken geblieben waren.

Aus dieser Entfernung betrachtet, ein völlig normaler Ort, aber ich wusste genau, dass dem nicht so war.

In Devon lauerte das Verhängnis.

Weitere Spuren hatten wir bisher nicht entdecken können. Auf dieser Strecke hatte der Teufel wohl nichts zu suchen gehabt. Zweimal fragte ich unseren Begleiter nach dem flüsternden Tod und den näheren Umständen seiner Erscheinung.

Tasso gab sich stumm.

Zwingen konnten wir ihn nicht. So hoffte ich nur, dass die

Ereignisse an sich eine Auflösung des Falles ergeben würden. Die Straße nahm an Breite zu. Der durchgezogene Streifen verschwand, und es konnte auch wieder überholt werden.

Nur gab es außer dem unserigen keinen Wagen, der nach Devon fuhr oder uns aus dem Ort entgegenkam. Jegliches normale Leben schien eingeschlafen zu sein.

Zwar hatten wir es eilig, dennoch verringerte ich das Tempo, da ich nicht wusste, was mich in Devon erwartete, und ich nicht wie ein Wilder in den Ort hineinbrausen wollte.

Auch ohne ihn direkt erreicht zu haben, sahen wir, dass etwas nicht stimmte. Suko fiel es zuerst auf. »John, das Licht dort ist nicht natürlich. Es schwebt zu dicht über dem Boden.«

Nach wenigen Sekunden befanden wir uns dicht vor dem Eingang der Ortschaft, hatten bereits eine Tankstelle und mehrere Lagerhäuser passiert.

Ich bremste!

Wie ein Diener vor seinem Herrn, so beugte sich der Wagen nach vorn, um sich später wieder aufzurichten. Keiner von uns sprach. Aus dem Wagen heraus beobachteten wir die Szene, die sich uns bot.

Nicht allein die Teufelsspuren sahen wir, auch der flüsternde Tod hatte sein Ziel inzwischen erreicht.

Wie eine gespenstische Drohung schwebte der blaugraue Schädel in der Dorfmitte über der Straße …

Den Weg zur Haustür hatte Rolly Watson wie im Traum hinter sich gebracht. In der Tat befand er sich in einer Art Trance, da sein eigener Wille ausgeschaltet war und er nur noch den fremden, den dämonischen Gedanken gehorchte.

So ging er weiter. Stieg die Treppenstufen herab, sah abermals ein Teufels-Sigill vor sich und ging kurzerhand darüber hinweg, denn der andere wollte nicht, dass er auf die Spur trat und zu Asche wurde.

Vor der Tür verhielt er seinen Schritt. Rolly wusste nicht, ob der andere es ihm befohlen hatte, jedenfalls hatte er plötzlich den Wunsch bekommen, sich im Dorf umzuschauen.

Sein Blick fiel auf die Straße.

Er konnte es kaum fassen, weil sich innerhalb so kurzer Zeit einiges verändert hatte.

Devon, das sonst wie tot wirkende Dorf, hatte sich auf eine gespenstische Art und Weise belebt.

Die Türen der Häuser waren geöffnet worden, überall traten Menschen hervor, und einige von ihnen kletterten sogar aus den Fenstern. Es waren Frauen ebenso dabei wie Kinder. Letztere schon in Schlafanzügen oder Nachthemden. Die Kleinen hielten sich an den Händen ihrer Eltern fest.

Und nichts war zu hören. Keiner sprach, niemand lachte oder weinte. Nur die Schritte der Menschen klangen so gleichförmig und roboterhaft durch die Stille.

Ein jeder stand unter dem Bann des gewaltigen Schädels, der zwar noch immer über der Straße schwebte und wie eine dämonische Mauer alles blockierte, sich aber jetzt um seine eigene Achse drehte, damit jeder einmal in die leeren Augenhöhlen und vor allen Dingen auf die breiten, blutroten Lippen schauen konnte.

Sie waren in die Breite gezogen, spannten sich wie zwei dunkelrot angestrichene Gummischläuche von einem Mundwinkel zum anderen und bewegten sich zitternd, ohne aber laute Worte auszusprechen.

Der Schädel war das Ziel.

Ein jeder, der ihn sah oder seine flüsternde Stimme innerhalb seines Kopfes als gefährliches und lockendes Raunen vernahm, hatte sich auf den Weg gemacht.

Nur die Menschen, die an der Hauptstraße wohnten, hatte es bisher erwischt, und auch Rolly Watson wurde von den Leuten überholt, die ihre Häuser rechts von dem seinen besaßen.

Sie gingen vorbei.

Er kannte sie alle.

Da war der Fleischer, die kleine Verkäuferin aus dem Wollladen, die Familie mit den drei Kindern, die aus der Großstadt geflüchtet war, dann der Großbauer mit seiner Frau und der Gehilfe des Bürgermeisters.

Sie gingen vorbei mit Gesichtern, die eine steinerne Starrheit zeigten.

Für Rolly hatten sie keinen Blick. Allein der mächtige Schädel zählte, denn der flüsternde Tod hielt sie alle in seinem Bann.

Er befahl, sie gehorchten …

Und keiner von ihnen trat in eine der Teufelsspuren, obwohl diese so zahlreich vorhanden waren. Mit schlangengleichen Bewegungen umgingen sie die gefährlichen Stellen, um anschließend freie Bahn zu haben.

Der Ruf lockte auch Rolly Watson.

Eine Frau ließ er noch vorbei, dann ging auch er. Und er wunderte sich nicht über seine Bewegungen, denn sie glichen denen der anderen aufs Haar. Selbst in der Schrittfolge passte er sich seinen Vorgängern an, um das Ziel zu erreichen.

Schon bald verließ er den Gehsteig. Auf der Straße musste er sofort einer Teufelsspur ausweichen. Das Gesicht darin verzog sich zur Grimasse, sah noch schauriger aus, aber es tat ihm nichts mehr. Die Kraft des flüsternden Todes war stärker.

Und so schritten die Menschen ihm entgegen. Marionettenhaft wirkten ihre Bewegungen, und je näher sie kamen, desto schneller gingen sie.

Keiner schien mehr auf den Tod warten zu wollen.

Auch Rolly Watson beeilte sich. Seine Beine bewegten sich von allein. Irgendjemand, den er nicht kannte, musste ihm Schwung gegeben haben, und seine Arme bewegten sich wie Pendel zu beiden Seiten des Körpers.

Der Schädel lockte, der Schädel rief.

Schräg hatte er sich aufgebaut. In den gewaltigen Augenhöhlen gähnte die Leere. Nur die Lippen, das Außergewöhnliche an diesem hässlichen Kopf, bewegten sich.

So lange, bis alle ihn erreicht hatten.

Und sie bildeten einen Kreis. Niemand schob, keiner drängelte sich vor, jeder stellte sich an einen bestimmten Fleck auf, wobei die Familien zusammenblieben. Allmählich breitete sich die Stille über dem Ort aus.

Auch Rolly Watson stand wie festgewachsen und hatte den

Kopf in den Nacken gelegt, denn er wollte ebenfalls so viel wie möglich von dem flüsternden Tod erkennen.

Schräg blickte er gegen die dicken blutroten Lippen, die fast die gesamte Breite des unteren Schädelteils durchzogen.

Die Menschen warteten darauf, dass ihnen der Schädel etwas mitzuteilen hatte. Er konnte nicht allein gedanklich sprechen, das fühlte jeder und wurde unangenehm von diesem Anblick berührt.

Der Schädel sorgte dafür, dass sich bei den Bewohnern von Devon das schlechte Gewissen regte.

Da war ein für sie nicht fassbarer Druck, der auf ihnen lastete. Man forschte nach, ob man sich etwas hatte zuschulden kommen lassen, und es startete so etwas wie eine Gewissensprüfung.

Der Schädel wartete.

Er hatte Zeit, vielleicht die der Ewigkeit. Jede Sekunde arbeitete für ihn und verstärkte den Druck der Menschen.

Noch blieb der gewaltige Knochenkopf ruhig, aber in seinem Innern, hinter der manchmal schichtartigen und porös wirkenden Haut tat sich trotzdem etwas.

Da lief einiges zusammen.

Aus mehreren Teilen entstand ein Gebilde, das die meisten Zuschauer als Gesicht erkannten.

Ein Mädchengesicht.

Das der Zigeunerin Sarita!

Und plötzlich zuckten einige unter ihnen zusammen. Sie waren als Zeugen vor der Drogerie dabei gewesen, als das Mädchen von den Einwohnern des Ortes auf menschenunwürdige Art und Weise behandelt worden war und man sogar die Liston-Brüder auf Sarita gehetzt hatte.

Obwohl niemand wusste, was tatsächlich geschehen war, glaubten viele, dass Sarita letztendlich gesiegt hatte.

Auch noch im Tod …

Ihr Gesicht leuchtete wie eine fahle Projektion innerhalb der dunklen Knochenfratze. Augen, Nase und Mund waren deutlich zu erkennen. Nichts hatte sich verändert. Sie sah so aus, wie sie auch als lebendiges Wesen gewirkt hatte.

Dennoch war sie ein Geist.

Bleich, lauernd, wie aus einer anderen Welt kommend stand das Gesicht da und beobachtete stumm. Kein Ausdruck war in den Pupillen zu erkennen, aber die roten Lippen des Schädels bewegten sich.

Sein böses, unheimliches Flüstern begann.

Raunende, dennoch gut zu verstehende Worte drangen aus dem Mund, sodass die Menschen eine Gänsehaut bekamen, aber trotzdem gezwungen waren, zuzuhören.

Und der Schädel – es war kaum zu fassen – sprach mit der Stimme des Mädchens Sarita.

Jeder fühlte sich angesprochen, obwohl sie sich eigentlich nur an einen Menschen wandte.

Es war Rolly Watson.

Ihn nahm sich der flüsternde Tod besonders vor!

Ich hatte einen Bogen geschlagen, entdeckte das fahle Glänzen im letzten Augenblick und wäre fast gegen den Stacheldraht gelaufen, der ein gewisses Gelände einfriedete.

So blieb ich zunächst einmal stehen.

Die letzten Sekunden hatten mich Luft und Schweiß gekostet, weil ich mich ziemlich schnell bewegen musste. Der Wagen stand in sicherer Deckung. Suko, Tasso und ich hatten ihn verlassen und uns getrennt. An einem bestimmten Punkt wollten wir uns treffen.

Das war die Kirche.

Ich suchte den Turm, drehte mich um und sah den langen, oben spitz zulaufenden Schattenfinger in den Himmel ragen. Weit hatte ich nicht mehr zu laufen. Zudem gab es in Devon kaum große Entfernungen zu überbrücken.

Irgendjemand hatte nur seinen Garten mit Stacheldraht umfriedet. An der Rückseite ging ich entlang, erreichte bald darauf die Einmündung einer Gasse und sah die erste Spur.

Nicht auf dem Boden zeichnete sie sich ab, sondern an der Hauswand. Ich hätte sie noch mit der Hand erreichen können.

Das tat ich auch.

Gleichzeitig drückte ich mein Kreuz hinein und löschte sie auf diese Art und Weise.

Wieder ein Abdruck weniger.

Zur Kirche führten mehrere Wege. Sie lag ziemlich zentral, sodass ich von ihr aus auch den schwebenden Schädel über der breitesten Straße erkennen konnte.

Noch etwas war mir aufgefallen.

Devon wirkte zwar wie eine kleine Geisterstadt, trotzdem waren Geräusche zu vernehmen gewesen. Ein durch Hauswände gedämpft klingendes, fernes Tappen und Schleifen von Schritten, als hätten sich zahlreiche Menschen auf den Weg zu einem bestimmten Ziel gemacht.

Dieser Vermutung wollte ich später nachgehen. Zunächst einmal interessierte mich die Kirche.

Wir hatten uns den Vorplatz aus einem bestimmten Grund ausgesucht. Es war Suko aufgefallen, dass die zahlreichen Teufelsspuren trotz des anfänglich so anmutenden Durcheinanders doch eine bestimmte Symbolik aufwiesen, das heißt, eine Reihe bildeten, die auch ein bestimmtes Ziel besaß.

Das war die Kirche!

Ein Grund war ebenfalls vorstellbar, denn vor einhundertfünfzig Jahren hatte der Schrecken ebenfalls an einer Kirche begonnen.

Sollte sich das wiederholen?

Noch wusste ich nicht, ob es Übereinstimmungen zwischen dem flüsternden Tod und dem Auftreten des Teufels gab. Doch ich war fest entschlossen, es herauszufinden, und ich glaubte auch daran, es schaffen zu können.

Je mehr ich mich meinem Ziel näherte, umso konzentrierter wurden die Spuren. Die einzelnen Hufeisen mit den Teufelsfratzen in ihrer Mitte rückten immer näher zusammen, sodass es mir vorkam, als hätte Asmodis hier sehr kleine Schritte gemacht.

Ich erreichte eine mit Kopfsteinen gepflasterte Gasse, folgte der unheimlich leuchtenden Spur, die auch gelbe Ränder gegen die Wände der die Gasse eingrenzenden Häuser warf, und erreichte am Ende des schmalen Zugangs endlich den ebenfalls gepflasterten Vorplatz der Kirche mit einer kleinen Insel aus Muttererde in der Mitte, wo eine hohe Eiche hervorwuchs, die ihre Äste wie schützend über eine den Stamm umrundende Sitzbank gelegt hatte. Die Spuren teilten sich vor dem Baum und liefen aus zwei verschiedenen Richtungen der Kirche entgegen.

Auf der Bank saß jemand.

Zunächst hatte ich ihn nicht erkennen können. Erst als ich näher kam, sah ich, wer dort auf mich wartete und sich erhob.

Es war Suko.

Überrascht blieb ich stehen. Mein Partner hielt seine Beretta in der Hand. Er schwitzte stark, ich sah sofort, dass mit ihm etwas nicht stimmte, deshalb fragte ich nach dem Grund.

»John, ich habe es geschafft!« Er quälte sich den Satz mühsam über die Lippen.

»Was ist los, verdammt?«

Suko drehte den Kopf zur Seite. »Fast hätte Asmodis es geschafft!«, keuchte er.

»Wie, was?«

Er hob den rechten Arm. Die Beretta zielte jetzt auf den Stamm. »Ich sollte mich erschießen.«

»Du?«

»Ja, die Spuren ...«

Ich erinnerte mich an die Szene im Keller, als Suko auf das Locken des Sigills reingefallen war. Diesmal hatte er es selbst geschafft, dagegen anzukämpfen, aber war ihm das auch weiterhin möglich? Besorgt betrachtete ich ihn. Schweiß glänzte auf seiner Stirn. Noch immer focht er einen innerlichen Kampf aus.

»Geh lieber!«

»Wohin?«

»Du musst dich irgendwo in Sicherheit bringen. Wenn ich Tasso ...«

Sukos Lachen unterbrach mich. »Den wirst du hier nicht finden, John.«

»Wie das?«

»Er hat sich von mir getrennt. Das wollte ich dir noch sagen. Er ist dorthin gelaufen, wo sich auch der flüsternde Tod befindet. Er musste es tun, er wollte ihn stoppen. Sarita ist …« Suko schwieg erschöpft.

»Er ist allein gegangen?«

»Natürlich.«

»Dann lauf zu ihm.«

»Und du?«

»Ich komme natürlich auch, will mich nur hier umsehen, denn Asmodis muss einen Grund gehabt haben, wenn er sich die Kirche hier aussucht. Wahrscheinlich will er alles wiederholen.«

»Ich werde gehen«, sagte mein Freund und wandte sich ab.

Ich schaute ihm nach. Konnte ich ihn allein lassen? Er war nicht mehr der Alte, irgendjemand versuchte, ihn zu kontrollieren, wobei ich mich fragte, welcher Kraft ich dies zuschreiben sollte.

Dem Teufel oder dem flüsternden Tod.

Nach wenigen Schritten schon blieb er stehen, beugte den Rücken durch und drehte den Kopf. Über die Schulter hinweg sprach er mich an. »John, er ruft mich.«

Ich war schnell bei ihm. »Wer?«

»Der flüsternde Tod!«

Jetzt hatten wir das Dilemma. Plötzlich überschnitten sich zwei Magien, wobei wir nicht wussten, was die eine mit der anderen zu tun hatte. Wie sollte ich mich entscheiden?

Für Asmodis oder den flüsternden Tod?

Auch Suko bemerkte trotz des Drucks, unter dem er stand, meine innerliche Zerrissenheit. »Wir sind keine kleinen Kinder mehr, John. Jeder von uns kann sich wehren und sollte seinen eigenen Weg gehen. Hier gibt es zwei Magien, nimm du dir die eine vor, während ich mich um die andere kümmere. Wenn mich der flüsternde Tod ruft, komme ich zu ihm.«

Sehr wohl war mir bei dieser Entscheidung nicht. Zudem kam ich nicht dazu, mich irgendwie anders zu orientieren, denn ich hörte einen gellenden Schrei.

Das Echo schallte über den Kirchenvorplatz. Ich blieb auf

der Stelle stehen und duckte mich, als hätte ich selbst einen Hieb in den Nacken bekommen.

Suko stieß mich an. »Geh jetzt, John! Ich erledige das andere schon. Beeil dich!«

Diesmal legte ich keinen Widerspruch ein. Der Schrei klang abermals auf. Er war aber nicht in der nahe stehenden Kirche entstanden, sondern in einem Ort neben dem Bauwerk, einem kleinen Haus, in dem sicherlich der Pfarrer wohnte.

Da lief ich hin. Ich folgte dabei der Spur des Teufels und musste auch an die Geschichten denken, die man mir erzählt hatte und die vor einhundertfünfzig Jahren wahr geworden waren.

Das Haus war schmal. Ein schmaler Weg bildete die Grenze zwischen ihm und der Kirche. Als ich über ihn rannte, wurde ich von den Schreien begleitet. Derjenige, der seiner Angst freien Lauf ließ, musste ungemein unter Druck stehen.

Das Pfarrhaus hatte eine schmale Eingangstür, die im Schatten eines Vordachs lag, das von wilden Weinpflanzen umrankt war. Die Blätter streiften mein Gesicht.

Auch die Spur sah ich wieder. Ein letzter Abdruck befand sich kurz vor der Tür. Mit einem großen Schritt stieg ich über ihn hinweg und sah, dass die Tür nicht geschlossen war.

Deshalb hatte ich die Hilferufe der bedrängten Person so deutlich hören können.

Licht füllte den kleinen Flur aus. Ich hatte inzwischen meine Waffe gezogen, mich an die Wand gepresst und schaute nach vorn.

Die Spur des Teufels wies mir den Weg.

Sie führte weiter und knickte nach links ab, wo sich eine Zimmertür befand.

Dahinter erklang das Schreien.

Mein wuchtiger Fußtritt rammte die Tür auf. Sie knallte mit ihrer Klinke gegen die Wand, kam mir wieder entgegen, und ich stoppte sie ab.

Der Teufel war da!

Diesmal nicht als Spur. Er zeigte sich in seiner gesamten, schrecklichen Gestalt.

Aber ich sah noch mehr.

Ein mir unbekannter Mann im dunklen Cordanzug lag schräg auf einer Couch, hielt ein großes Holzkreuz umfasst, aus dem hellrotes Feuer wie eine fauchende Lohe sprühte und dabei war, ihn zu verbrennen …

Suko hörte die Lockung!

Er ging weiter und stellte fest, dass sich die Stimmen verstärkt hatten.

Seine Bewegungen hatten sich stark verändert. Sie wirkten längst nicht mehr glatt und sicher, sondern unkontrollierter, als hätte ein anderer die Kontrolle über ihn bekommen.

So war es auch fast.

Die fremde Kraft versuchte, den Inspektor nicht nur an ein bestimmtes Ziel zu locken. Sie war auch dabei, sein eigenes Ich auszuschalten. Aber Suko gehörte zu den Menschen, die einen ungemein starken Willen hatten, und er kämpfte mit aller ihm zur Verfügung stehender Kraft gegen diese Lockung an.

Als jungem Menschen schon war ihm diese Kraft eingegeben worden. Eine harte Lehre und Schulung lag hinter ihm, deshalb konnte er auch seine eigenen Kräfte konzentrieren und verfiel dem anderen nicht völlig.

Nur wollte er nicht zurück, und so schritt er weiter durch schmale Gassen, streifte wegen seines schwankenden Ganges abgestellte Autos und sah, wenn er beleuchtete Scheiben passierte, hinter den Fenstern oft die starren Gesichter der Bewohner, die keinen Ruf empfangen hatten und allein mit ihrer Angst leben mussten.

Einen Vorteil besaß der Inspektor. Die Spur des Teufels war verschwunden. Kein Sigill zeichnete den Boden. Er sah dunkel und völlig normal aus, sodass der Chinese ohne Risiko weitergehen konnte.

Die Hauptstraße war schnell erreicht. An einer Einmündung blieb Suko stehen. Er hielt sich mit der linken Hand an einem Laternenpfahl fest. Das blasse Licht fiel auf seine

Gestalt wie ein leichter, durchlässiger Mantel und ließ sein Gesicht so aussehen, als wäre er eine lebende Leiche. Der Ruf erreichte ihn von links. Dort konzentrierte sich die Lockung, sodass Suko nichts anderes übrig blieb, als dorthin zu schreiten, denn auf der Straße sah er auch die Menschen.

Und den Schädel.

Er schwebte über den Versammelten, die einen Kreis um ihn gebildet hatten. Eine blaugraue, unheimliche Drohung, mit leeren Augenhöhlen, aber blutigen Lippen, aus denen das leise, böse, gefährliche Flüstern floss, das auch Suko vernahm.

Worte konnte er nicht richtig trennen. Er hörte mehr gemurmelte oder genuschelte Sätze, und er kannte die um den Schädel versammelten Menschen bis auf eine Person nicht.

Die fiel wegen ihres Körperumfangs auf. Suko hatte schon mit Officer Rolly Watson gesprochen, der sich am Rand der Menschenversammlung aufhielt und ebenso wie die anderen in die Höhe starrte.

Auch Suko ging.

Diesmal sogar schneller. Wiederum hatte er das Glück, keinen Teufelsspuren ausweichen zu müssen, da sich diese nicht bis zum Ende des Dorfes hinzogen und dort aufhörten, wo der in der Luft schwebende Schädel die Grenze bildete.

Seine Ankunft wurde zwar bemerkt, aber nicht richtig wahrgenommen. Den anderen Menschen war Suko gleichgültig.

Neben Watson stellte er sich auf.

Der Polizist bemerkte es, weil Suko ihn anstieß. Aus diesem Grunde drehte auch er seinen Kopf und streifte den Chinesen mit einem länger andauernden Blick. Auch Suko wich ihm nicht aus, und er sah in den Augen des Polizisten für einen Moment einen anderen Ausdruck. Rolly Watson erinnerte sich langsam. Er drehte sich um und schaute, wie die anderen Anwesenden, zum Schädel!

Der Kopf hatte sich ein wenig bewegt, so war es Suko gelungen, auch das zu erkennen, was wie ein geisterhaftes Bild hinter der grauen Haut des Schädels stand.

Das Gesicht eines Mädchens.

Ein hübsches Gesicht. Trotz seines esotherischen Aussehens war zu erkennen, dass die Person einer anderen Rasse angehören musste, und Suko brauchte nicht lange nachzudenken, um die Lösung zu erraten.

Das musste Sarita sein.

Oder ihr Geist …

Wie sie in den Schädel gekommen war, darüber konnte Suko nur spekulieren. Auch wenn er es versucht hätte, es wäre ihm wohl nicht gelungen, weil die anderen Vorgänge stärker waren und ihn in seinen Bann zogen.

Der flüsternde Tod begann zu reden.

War es tatsächlich der Schädel oder das Mädchen. So genau konnte das niemand herausfinden, aber die schlauchdicken und übergroßen Lippen bewegten sich zitternd.

Deutliche Worte schwebten den Zuhörern entgegen. Der Schädel begann, von einer furchtbaren Rache zu sprechen, die alle treffen sollte, die sich versammelt hatten.

Vor allen Dingen aber eine Person.

Officer Rolly Watson!

Ich schoss auf den Teufel. Zwei geweihte Silberkugeln hieben in seinen schwarzen Körper, den ich überhaupt nicht hatte verfehlen können.

Und der Teufel?

Er lachte. Laut, brüllend, widerlich, während meine sich fast überschlagende Stimme in dieses Lachen hineinschallte und ich ihm befahl, das Feuer sofort zu stoppen.

»Nein!«, schrie er, »ich stoppe es nicht. Noch ist er nicht verbrannt, dieser komische Clown. Noch lasse ich ihn leiden, aber ich kann durch die Kraft des Feuers dafür sorgen, dass er zu Asche zerfällt. Und wie das ist, hast du ja gesehen.«

Was sollte ich tun?

Ihn direkt mit dem Kreuz angreifen? Ich wusste, dass sich Asmodis davor fürchtete, denn mein geweihter Talisman hatte ihm schon des Öfteren Niederlagen beigebracht.

Aber er würde trotzdem seinen Plänen nachkommen und

den Mann töten. So blieb es erst einmal unentschieden, und Asmodis ließ mir auch die Zeit für diese Entscheidung.

Ich schaute ihn dabei an.

Er trug einen weiten schwarzen Umhang, von dem er sich nur selten trennte. Der hässliche behaarte Körper steckte in einem dunkelroten Trikot, das auch den Kopf umschloss und nur sein Gesicht frei ließ. Dieses widerliche Dreieck mit dem spitzen Kinn, dem breiten Maul, in dessen Innern Zähne wie Stahlstäbe schimmerten, und darüber die flache Oberlippe mit der schmalen, dennoch pferdeartigen Nase und auch den bösen, grausamen Augen unter der hohen Stirn.

Der Teufel konnte alle Gestalten annehmen, die er wollte, aber so zeigte er sich am liebsten. Und wer seinem Blick begegnete, entdeckte in ihm das Grauen der Hölle.

Ich hielt ihm stand, denn ich hatte das Kreuz, und ich fragte ihn, was er hier wolle.

»Eine alte Rache vollenden!«

»Wieso?«

Asmodis überlegte, ob er antworten sollte. Ich aber dachte an den Pfarrer, der Qualen litt, die ich nicht unnötig verlängern wollte. »Spuck es schon aus!«, fuhr ich den Höllenherrscher an.

»Was meinst du?«

»Wie war das vor einhundertfünfzig Jahren? Was ist da genau geschehen?«

Asmodis lachte. »Ja, damit fing alles an. Es waren Zigeuner, die man immer vertrieb. Sie wurden gejagt, verfolgt, manchmal auch getötet. Die Menschen waren damals ebenso wie heute. Es hat sich nichts geändert, zum Glück nicht.«

»Weiter.«

»Eines Tages waren die Zigeuner es leid. Sie dachten daran, dass auch sie etwas konnten, und sie überlegten, ob sie nicht einfach zurückschlagen sollten. In alten Schriften stand zu lesen, dass man sich mit dem Teufel zusammentun musste, wenn man etwas erreichen wollte. Und das machten sie. Man beschwor mich, aber ich tue nichts umsonst, und so opferten sie mir einen aus ihrer Mitte.«

»Das Mädchen?«, fragte ich.

»Ja, das Mädchen Sarita. Und jedes Kind, das den Namen Sarita erhielt, sollte auch mir gehören, denn es bekam nach der Geburt die Teufelsweihe. Sarita gehörte also mir. Dann kam der Winter. Ich habe viele Diener und kann nicht auf jeden achten. Wieder erreichten die Zigeuner eine Stadt, um ihr Lager aufzuschlagen. Man jagte sie weg, sie flohen, aber Sarita vergaßen sie in der Hast. Das Mädchen blieb zurück und erfror. Man fand sie, die Tote wurde dem Pfarrer gebracht, und er wollte sie christlich beerdigen, denn er ahnte ja nichts. Da griff ich ein. Meine Kräfte übertrug ich auf die Leiche. Sie rächte sich furchtbar. Die unmittelbar Beteiligten wurden zu Staub, und ich zeigte mich ebenfalls durch meine Spuren, die sich auf dem Boden abzeichneten. Ihr kennt sie selbst.«

»Das ist Vergangenheit«, sagte ich. »Weshalb lässt du heute die Menschen nicht in Ruhe?«

»Ganz einfach, Sinclair. Wieder ist ein Mädchen geboren, das Sarita heißt. Und wieder ist es mir geweiht worden, so wie es das alte Versprechen beinhaltete. Und wieder waren es Menschen, die es aus dem Ort jagten. Vielleicht haben sie sogar instinktiv gespürt, genau das Richtige zu tun, denn diese Sarita gehörte ja auch mir, aber ich konnte das einfach nicht zulassen. Ich wollte nicht, dass man so gegen mich arbeitete. Ihr müsst das verstehen. Ich kann nicht zulassen, dass Menschen annehmen, sie könnten mich …«

»Schon gut«, sagte ich. »Du hast die Spur also gelegt, und was ist mit Sarita geschehen? Wie kam sie in den Schädel, den man auch den flüsternden Tod nennt?«

»Damit habe ich nichts zu tun!«

Ich glaubte ihm. »Wer dann?«

»Die Sippe selbst. Sie hat bei ihrer ersten Beschwörung einen magischen Katalysator benutzt, eben diesen alten Schädel. Sie fanden ihn in einem versteckten Tal, er hat einem Magier gehört, und nur über ihn konnten sie Kontakt mit mir aufnehmen. Das ist des Rätsels Lösung.«

»Der Schädel erwachte also?«

»Genau, Sinclair. Und er wird so lange existent sein, wie es auch die Asche der Sarita gibt.«

»Des alten Mädchens?«

»Sehr richtig.«

Allmählich wurde ich schlauer. Beide Fälle gehörten dennoch zusammen, obwohl Asmodis es abwehrte. Und meine Angst wuchs, denn ich sah ein, dass die Menschen aus Devon von einer zweifachen magischen Rache getroffen werden sollten.

»Jetzt begreifst du, nicht?« Die Stimme meines Widersachers klang höhnisch und triumphierend zugleich.

»In der Tat«, gab ich zu. »Aber ich frage mich, weshalb die Menschen sterben sollen.«

»Nicht alle!«

»Wieso?«

»Nur diejenigen Personen, die als Zeugen dabei waren, als die neue Sarita aus dem Dorf geworfen wurde. Es waren zwei junge Männer, die sie verbrannten und die in meinen Diensten standen. Ich missbrauchte sie als Helfer, um die Vorgänge zu forcieren. Es war wunderbar, sie wurden Wachs in meinen Händen und taten genau das, was ich wollte. Als Sarita starb, erwachte der flüsternde Tod. Nun ist er gekommen und wird Rache nehmen, der ich zusehen kann, Geisterjäger.«

»Noch eine Frage habe ich.«

»Bitte!«

»Was hat der Pfarrer dir getan?«

»Er muss vernichtet werden. Wie sein Kollege vor hundertfünfzig Jahren, und ich werde auch dafür sorgen, dass die Kirche zerstört wird.«

Eine wahrlich höllische Logik. Der flüsternde Tod und der Teufel ergänzten sich fantastisch, und die Sippe um Tasso hatte nicht geahnt, welch ein Kuckucksei in ihrem Nest lag. Sie hatten eine Schlange an ihrem Busen genährt – oder wussten sie es doch?

Ich dachte an Tassos Reaktionen, wenn ich ihn nach dem flüsternden Tod gefragt hatte. Da war er stets verhalten gewesen, er hatte nichts sagen wollen, und wahrscheinlich wusste er mehr.

Viel mehr …

Gern hätte ich ihn bei mir gehabt. Nun ja, wir hatten uns freiwillig getrennt, es brachte nichts, wenn ich dem nachtrauerte, was nicht existent war.

Erst musste ich dieses Problem hier lösen.

Und das tat ich.

Mit einem gewaltigen Satz und ohne zuvor eine Reaktion gezeigt zu haben, sprang ich auf den Pfarrer zu, direkt gegen das flammende Kreuz …

Tasso wusste genau, dass er nicht alles richtig gemacht hatte, aber es gab kein Zurück.

Wenn er und die anderen in diesem teuflischen Fall Erfolge erringen wollten, musste jeder von ihnen über den eigenen Schatten springen und dem Risiko voll ins Auge schauen.

Die Trennung trug dazu bei.

Und der Schädel rief.

Besonders Tasso vernahm sein Flüstern. Es waren Laute, die nur er hörte, im Innern seines Kopfes pulsten sie auf, und er konnte sogar die Stimme verstehen.

Sie gehörte Sarita!

Tasso hatte es zuerst nicht glauben wollen, obwohl er den Fluch genau kannte. Aber es war schwer, sich vorzustellen, dass er auch in Erfüllung gehen konnte.

Zu lange lag es zurück. Einhundertfünfzig Jahre. Damals hatte das Mädchen auch Sarita geheißen, und es war erfroren, um anschließend zu Asche zu zerfallen, die die Sippe wie eine Reliquie gehütet hatte. Sie war jeweils dem Anführer von seinem Vorgänger übergeben worden, der die Asche hütete wie seine eigenen Augäpfel.

So auch Tasso …

Das gedankliche Flüstern erfüllte seinen Kopf. Jedes Wort glich einem Trommelschlag, aus dem Triumph sprach, und Tasso verzog sein Gesicht zu einer Grimasse.

Er kam sich gebraucht und missbraucht vor. Er war nicht mehr er selbst, der Schädel hatte das Kommando übernommen, eine uralte Rache musste somit erfüllt werden.

In Devon war er bisher nur zweimal auf Stippvisite gewesen, trotzdem kannte er sich aus.

So schlich er weiter und geriet auch dorthin, wo die ersten Teufelsspuren leuchteten.

Abdrücke im dunklen Boden. Blutrot schimmerte das Hufeisen, knallgelb die Teufelsfratze in dessen Innern. Ein Bild, das Angst einflößte, das lockte, aber längst nicht so stark war wie der Ruf des flüsternden Todes.

Er beherrschte die Stadt!

Durch die Vernichtung des Mädchens Sarita hatte er fröhliche Urstände feiern können und Sarita mit in seine Magie hineingezogen. Tasso war fest davon überzeugt, dass er alles irgendwie als Schicksal bezeichnen konnte. Auch die Geburt und die Veränderung des Mädchens Sarita. Er erinnerte sich genau an den Tag.

Es war Abend gewesen, ein Gewitter hatte getobt, als wollte der Donner eine Geburt verhindern. Schon damals hatten einige der Alten vor Sarita gewarnt und auch davor, ihr den fluchbeladenen Namen zu geben. Doch die Mutter hatte es so gewollt, sie war respektiert worden, bevor sie starb. Es war so gelaufen, wie die andere Kraft es sich vorgestellt hatte. Das menschliche Leben wurde auf die Schiene schwarzmagischer Mächte gelenkt und wartete nun auf seine Erfüllung, die dicht bevorstand.

Tasso nahm nicht die Hauptstraße. Er ging parallel dazu. Es war eine Dorfgasse, die, bevor sie eine Linkskurve beschrieb, einen Weg als Ableger auf die Hauptstraße schickte.

Der Zigeuner tauchte in die Düsternis. Er wich einem mit der Deichsel hochkant gestellten Leiterwagen aus, schlich an düsteren Fenstern vorbei, hörte aus einer Nische das Miauen einer Katze, aber einen Menschen sah er nicht.

Dafür leuchtete an einer Querwand ein flammender Teufelsabdruck. Ein Zeichen, dass der Satan auch dort in die Höhe geklettert war.

Tasso ging langsam. Äußerlich zeigte er eine gewisse Ruhe, aber innerlich war er nervös.

Manchmal musste er sich über die Augen wischen, weil Schattenbilder erschienen waren, die er durch seine beeinflussten Gedanken produzierte.

Er konnte auch die Angst vor dem Kommenden als Erklärung einsetzen. Als er die Einmündung der Gasse in die Hauptstraße erreichte, blieb er dicht an der Hauswand stehen und schaute sich zunächst einmal vorsichtig um. Ein Blick auf die Straße bewies ihm, dass es dort nicht anders aussah als überall im Dorf.

Auch auf der Straße und den Gehsteigen leuchteten die Teufelsspuren, die vom Besuch des Leibhaftigen erzählten.

Tasso schob sich vor.

Rechts von ihm standen die Menschen. Und über ihnen schwebte der gefährliche Schädel mit seinen lackroten Lippen, die leicht geöffnet und in die Breite gezogen waren.

Etwas ungemein Drohendes strömte er ab. Eine furchtbare Magie, gleichzeitig ein schreckliches Wissen um Dinge, die nur ihm selbst bekannt waren.

Der Schädel sprach und richtete.

Seine Worte waren nicht allein im Kopf des Zigeuners zu hören, auch die Menschen vernahmen sie als laut gesprochene Worte, denn jeder sollte erfahren, was sie erwartete.

Tasso wäre am liebsten auf seinem Beobachtungsposten stehen geblieben, aber er fasste sich ein Herz und ging dorthin, wo der Schädel über den versammelten Menschen stand und zu ihnen sprach.

Auf den Zigeuner achtete niemand. Jeder schaute den blaugrauen Totenkopf an, hinter dessen dunklem Gebein das Gesicht der Zigeunerin Sarita deutlich zu erkennen war.

Der Leibhaftige selbst hatte seine Zickzackspur auf dem Boden hinterlassen. Er war gekommen und dabei gegangen wie ein Betrunkener, sodass die Abdrücke immer versetzt auftraten.

Um sie kümmerte sich keiner mehr. Ihre Magie war zwar

nach wie vor vorhanden, aber sie wurde durch eine andere überlagert.

Er ging auf den Schädel zu.

Manchmal hatte der Mann mit den grauen, lockigen Haaren das Gefühl, eine Brille zu benötigen, weil vor seinen Augen die Szene verschwamm, dann sah er sie wieder klar und überdeutlich.

Die Dorfbewohner waren ihm nicht mal vom Ansehen bekannt. Männer, Frauen, auch einige Kinder hatten sich versammelt. Besonders die jüngeren Personen unter ihnen trugen schon die Nachtkleidung.

Auf den Gesichtern lag eine gespannte Erwartung, in den Augen schimmerte die Furcht. Zwei Gefühle einer breiten Skala, die diese Menschen beherrschten.

Um Tasso kümmerte sich niemand. Er konnte unbeobachtet weitergehen, und plötzlich runzelte er die Stirn, weil er jemanden erkannt hatte, der unter den Zuschauern stand.

Es war der Chinese.

Tasso wunderte sich nicht. So hatten sie es eigentlich abgesprochen. John Sinclair konnte er nirgendwo entdecken. Er war ziemlich groß und hätte auch die meisten überragt.

Dafür sah er noch einen Bekannten.

Nicht allein wegen seiner Uniform fiel Rolly Watson auf, auch wegen seines Körperumfangs. Dieser Polizist wirkte wie ein Fass auf zwei Beinen, und er wurde von dem Schädel – oder war es Sarita? – angesprochen.

Das wiederum wunderte Tasso. Er tat auch nichts, um zu widersprechen, zog sich einfach in die Deckung einer Hauswand zurück.

Rolly Watson hörte das dumpfe Flüstern, und dieser eine Satz hallte noch in seinem Kopf nach.

»Endlich habe ich dich, Polizist!«

Alle hatten sie den Beginn gehört, und wie von der Schnur gezogen, drehten die Bewohner von Devon die Köpfe. Rolly hatte zu Boden schauen wollen. Es war ihm nicht möglich gewesen; er musste einfach in die Gesichter hineinsehen, die ihm wie aus Knetgummi vorkamen, so aufgequollen und gleichzeitig bleich waren sie. Aber er las auch den Vorwurf darin. Sie warfen ihm allein durch ihre Blicke sein Nichteingreifen vor. Er hatte das Gefühl, dass jeder von ihnen über den Officer Bescheid wusste.

Und er spürte die Blicke wie eine Anklage. Sie waren bohrend, fordernd und verständnislos.

»Was ist denn?« Plötzlich konnte sich Watson nicht mehr halten. Er hatte einfach etwas sagen müssen, und er krächzte die Worte hervor. »Verdammt, was habt ihr denn überhaupt, ihr widerlichen Typen? Los, redet, was soll ich denn?«

»Büßen!«

Diese Antwort hatte keiner der Zuschauer gegeben, sondern der Schädel. Und Rolly Watson hatte sie genau verstanden.

»Sagt ihr doch etwas!«, forderte er. »Los, sagt etwas dazu! Ich will es hören. Eure Meinung. Ihr seid nicht besser als ich!«, brüllte er und tippte sich gegen die Brust. »Um keinen Deut seid ihr besser. Aber mich habt ihr als Opfer auserwählt und wollt es mich auch spüren lassen, ihr verdammten …«

Sie schwiegen, und auch Suko hielt sich zurück. Diese Sache musste Rolly Watson allein durchstehen.

Seine Hand sank nach unten. Gleichzeitig schob er den Kopf in den Nacken, weil er den Schädel anschauen wollte, in dessen Innern sich das Gesicht des Zigeunermädchens abzeichnete. Es waren feine, hübsche Züge, ein Mund, der lächelte, der aber dennoch alles Grausame aussprechen und Menschen unter Druck setzen konnte.

»Erkennst du mich?« Die Lippen flüsterten die Frage, und natürlich wusste der Polizist, was gemeint war.

»Du bist das Mädchen!«

»Ja, ich bin die, die du einmal aus dem Dorf gejagt hast!«

Plötzlich hob Watson die Arme. »Nein!«, brüllte er, »das bin ich nicht! Verdammt, ich habe dich nicht aus Devon gejagt. Andere taten es. Die beiden Männer …«

»Ich weiß genau, wer es tat. Aber du hast dahinter

gestanden und nicht eingegriffen. Du hättest kommen und mich beschützen müssen, als ich den Laden betrat. Diese Menschen sind der blanke Pöbel, der reine Mob, die haben sich in den letzten hundert Jahren nicht geändert. Sie verbrennen auch heute noch Menschen als Hexen, denn ich bin verbrannt worden. Zwei junge Männer nahmen mich an einen verfluchten Ort mit, ketteten mich dort an die Mauer und verbrannten mich. Und das in einer Zeit, die als so modern gelten will. Kannst du dir das vorstellen?«

»Nein, ja …!«, keuchte Watson, der von keiner Seite her Hilfe bekam. »Nein, ich war es doch nicht!« Er holte keuchend Luft. »Verdammt, ich habe dich nicht verbrannt!«

»Du hast es auch nicht verhindert!«

»Wie denn?«

»Wusstest du Bescheid?«

Ihm lag eine Lüge auf der Zunge, was jeder sehen konnte, aber er brachte es nicht fertig, diesen als Richter und Ankläger fungierenden unheimlichen Schädel anzulügen. Er fühlte sich durchschaut. Ihm war bekannt, dass der andere mehr wusste, als er vielleicht zugeben wollte, und so wich er einfach aus.

»Ich weiß es nicht.«

»Du wusstest genau, was passierte.«

»Neiiin! Glaub mir doch! Ich konnte es nicht wissen. Sie haben dich einfach mitgenommen. Okay, das wusste ich, genauso wie die anderen hier, die ebenfalls nicht eingriffen …«

»Stimmt!«

»Warum greifst du sie nicht an?«

»Vielleicht kommt das noch!«

Rolly Watson zitterte am gesamten Leib. Er wischte mit dem Hemdsärmel über seine Stirn und hörte die nächsten Worte. »Du bist der Polizist von Devon. Du trägst dafür die Verantwortung, dass hier Recht und Ordnung herrschen und jeder Mensch gleich behandelt wird, auch wenn er ein Zigeuner ist. Aber die Menschen hier machten einen Fehler. Sie suchten sich genau das falsche Opfer aus.« Der Mund öffnete sich weiter. Es sah so aus, als würde er etwas ausspucken wollen.

»Wieso das falsche Opfer?«, fragte Rolly flüsternd.

Da lachte der Schädel. Es waren rau klingende Laute, und auch das Gesicht des Mädchens verzog sich. »Ja, das falsche Opfer, denn ich bin Sarita, die Verfluchte oder magisch Beeinflusste. Ich stehe mit dem in unmittelbarer Verbindung, was vor einhundertfünfzig Jahren hier geschehen ist. Vielleicht bin ich sogar mit dem toten Mädchen verwandt, das eure Ahnen haben erfrieren lassen. Als ich verbrannt wurde, erstarkte eine alte Magie neu. Der flüsternde Tod entstand, und er schwebt bereits seit einer geraumen Weile über euren Köpfen. Habt ihr gehört? Ich, Sarita, bin der flüsternde Tod!«

Die Menschen hatten es vernommen, aber sie erwiderten nichts. Sie waren stumm geblieben und kämpften hart gegen ihre Angst an. Begreifen konnten sie nichts. Die eigentlichen Vorgänge lagen über hundert Jahre zurück. Weshalb sollten sie jetzt büßen?

Auch Rolly hatte jedes einzelne Wort gehört. So etwas wie Energie strömte in ihn zurück, und er stellte deshalb auch die nächste Frage. »Warum? Was willst du jetzt?«

»Ich werde töten!«, erklärte der Schädel mit den Blutlippen. »Ja, ich werde euch so bestrafen, wie ich bestraft worden bin. Der flüsternde Tod und der Teufel haben unabhängig voneinander diesem Dorf einen Besuch abgestattet. Der eine konnte durch den anderen nicht sein. Die damalige alte Sippe hat mit dem Höllenherrscher Verbindung aufgenommen, durch mich, den flüsternden Tod. Ich genau bin das Wesen, das alles ermöglicht hat. Aus diesem Grunde lässt mir der Satan auch freie Bahn.«

Die Menschen hatten die Worte gehört, allein, sie begriffen die Zusammenhänge nicht.

Auch Suko, der schräg hinter Rolly Watson stand und von diesem nicht gesehen wurde, konnte kaum folgen. Er verfügte nicht über die Informationen, die sein Freund John Sinclair inzwischen hatte, aber er wusste genau, dass der flüsternde Tod fest entschlossen war, seine Rache zu vollenden. Und dabei nahm er auf niemanden Rücksicht.

Weder auf Schuldige noch auf Unschuldige.

Allerdings sah Suko eine gewisse Hoffnung. Es sah so aus, als hielte sich der Teufel zurück. Es hätte sein Spiel sein können, war es aber nicht, der andere sollte vorpreschen.

Rolly Watson stand auf seiner Todesliste an erster Stelle. Das wusste er. Zwar hatten ihn die Vorgänge geschockt, aber er war nicht geistig verwirrt geworden. Die erklärenden Worte hatten auch ihm den gewissen Durchblick gegeben, und er dachte darüber nach, was er noch unternehmen konnte.

Wo gab es Hilfe für ihn?

Dass die anderen aus dem Dorf nicht viel mit ihm zu tun haben wollten, dokumentierten sie durch ihre Taten. Sie waren bei der Unterhaltung zwischen ihm und dem flüsternden Tod zurückgewichen. Immer nur sehr kleine Schritte, aber diese hatten sich summiert, sodass sich Rolly isoliert vorkam. Er hob den Kopf und schaute in die Gesichter seiner Mitbewohner.

Sie blieben ausdruckslos.

Kalte Blicke starrten ihn an. Vorwürfe und Hass las er darin, aber keinen Willen, ihm beizustehen, damit sie gemeinsam versuchten, das Unheil abzuwenden.

Der Polizist verzog die Lippen zu einem schiefen und auch wissenden Grinsen. »Ihr Heuchler!«, flüsterte er. »Ihr verdammten Heuchler. Ihr habt genau gewusst, was in diesem Kaff geschehen ist. Ihr wusstet Bescheid, aber ihr habt nichts getan. Rein gar nichts. Ihr steht da und gafft.« Er holte tief Luft. »Ja glaubt ihr denn, es wird euch besser ergehen? Bildet ihr euch das wirklich ein?« Speichel sprühte vor seinen Lippen, so schnell und hastig sprach er. Er regte sich furchtbar auf. »Nein, ihr Ignoranten. Mit mir will dieses Wesen den Anfang machen. Mit mir allein, aber ich weiß genau, dass auch ihr an die Reihe kommt. Wenn ich nicht mehr bin, holt es euch. Jeden von euch Glotzern. Hat es nicht Betty Jordan erwischt oder die beiden Liston-Brüder? Sie sind tot, haben sich in Asche aufgelöst, und ich konnte dabei sogar zuschauen.«

Der Schädel unterbrach ihn. »Du kannst erzählen, was du willst, ich bin stärker als ihr. Zudem habe ich den Schutz des Teufels bekommen, das darfst du nie vergessen. Der Teufel hält seine Hand über mich, und das kann ich auskosten.«

Rolly hatte den Kopf gehoben. »Was soll ich denn noch machen!?«, schrie er. »Soll ich dir sagen, dass es mir verdammt Leid tut?«

»Das ist jetzt zu spät!«

Watson ging zurück. Fast wäre er Suko auf die Füße getreten. Als Einziger hatte sich der Inspektor nicht von Rolly Watson wegbewegt. Bevor der andere noch weitergehen konnte und Suko tatsächlich berührte, streckte dieser den Arm aus und drückte seine Hand in den Rücken des Mannes.

Watson spürte die Berührung. Er drehte sich um, starrte Suko an und erkannte ihn. »Na, du Held?«, fragte er. »Bist du auch da, verdammt? Du bist doch extra hergekommen, um ihm den Garaus zu machen …«

»Seien Sie ruhig.«

Watson nickte. »Ja, verdammt, stell dich zu den anderen Memmen. Stell dich nur hin, das ist gut. Du gehörst zu den Gaffern!«

Suko sagte nichts. Er konnte die innere Erregung des Mannes verstehen, dem man den Tod angekündigt hatte. Watson hörte auch auf. Er sah ein, dass ihm niemand helfen wollte, aber er wollte auch nicht sterben. Für einen Moment trat er mit dem rechten Bein fest auf. Es sah aus, als wollte er jeden Augenblick die Flucht ergreifen.

Das merkte auch der flüsternde Tod.

Er meldete sich und zerstörte die Hoffnungen des Mannes mit einem radikalen Satz. »Es hat keinen Sinn, wenn du fliehen willst. Ich finde dich immer. Niemand kann sich vor mir verstecken.«

Rolly wollte es nicht glauben. Er wandte sich um, sodass er auf den gegenüberliegenden Gehsteig schauen konnte, und setzte seinen massigen Körper in Bewegung.

Niemand griff ein, auch Suko nicht. Er starrte den flüsternden Tod an und wartete darauf, wie dieser wohl reagieren würde.

Zunächst tat Rolly etwas. Nach fünf Schritten hatte er gestoppt. Seine rechte Hand klatschte auf den Waffengriff. Er hatte die Pistole über Jahre hinweg nicht mal mehr zu Schießübungen benutzt. Jetzt holte er sie hervor und ließ sich dabei auf die Knie fallen, denn so hatte er immer am besten schießen können.

Nur er schien in den folgenden Sekunden zu agieren. Die anderen waren allein Staffage, Zuschauer, Statisten, die zusehen wollten, wie verzweifelt sich ein Mensch gegen einen übermächtigen Dämon wehrte. Auch für jemanden, der selten oder noch nie geschossen hatte, war der blaugraue Schädel mit den auseinander gezogenen blutigen Lippen nicht zu verfehlen.

Watson hob den rechten Arm etwas an. Mit der Linken unterstützte er sein Schussgelenk und drückte ab …

Ich hatte mein Kreuz, und wieder einmal setzte ich all meine Hoffnungen darauf, als ich in das magische Feuer hineinsprang. Es wäre nicht das erste Mal gewesen, dass es dem Kreuz gelang, einen Brand dieser Art zu löschen.

Noch während des Sprunges sah ich das verzerrte Gesicht des Pfarrers hinter dem wabernden magischen Flammenvorhang. Es war verzerrt, die Angst spiegelte sich darin, und es kam mir vor, als würde es jemand mit einem Tele heranholen.

Ich hörte den Teufel aufschreien und bekam im gleichen Moment Kontakt mit dem Feuer.

Aber auch das Kreuz!

Den Körper des Pfarrers spürte ich und hörte ein gewaltiges Zischen. Stinkender Rauch umgab mich. Der Pfarrer saß auf einer Couch, die auch nicht mehr zu den jüngsten Möbelstücken zählte, mit uns nach hinten kippte und erst in einer Schrägstellung von der Wand aufgehalten wurde.

Das alles geschah in wenigen Augenblicken, und ich bekam

mit meiner freien Hand das Holzkreuz zu fassen, das ich von dem Pfarrer wegschleuderte, bevor ich mich herumwarf, um mich dem Teufel zu stellen.

Noch hatte ich meine silberne Waffe nicht aktiviert. Ich wusste, dass der Satan sich davor fürchtete, denn die Kraft war ungeheuer. Sie konnte auch ihn zurückschleudern, aber Asmodis war wieder einmal schlauer gewesen. Er wusste, wann er sich zurückzuziehen hatte, und das tat er in diesen Augenblicken.

Er verschwand!

Gern tritt der Höllenherrscher spektakulär auf, und ebenso spektakulär gestaltete er auch seinen Rückzug. Ich schaute auf eine rote Wolke, in deren Mitte noch sein Gesicht schimmerte, bevor alles explodierte.

Es gab keinen Krach, dennoch bekam ich den Schlag voll mit, der mich zurückwarf.

Ich jagte quer durch den Raum, fand nirgendwo Halt. Erst die Wand stoppte mich.

Den Aufprall steckte ich weg, stand wieder auf den Füßen und schaute in ein nicht mehr vom Teufel beherrschtes Zimmer.

Bis auf den Pfarrer und mich war es leer.

Der Geistliche lebte.

Er hockte auf der schräg stehenden Couch, schaute in meine Richtung, schien mich aber nicht zu sehen und hatte nur Blicke für sein Kreuz, das auf dem Boden lag und sich verändert hatte.

Es war verkohlt!

Ich ging auf den Mann zu. Als ich ihn ansprach, rührte er sich noch immer nicht, und ich musste ihn schon anstoßen, um ihm eine Reaktion zu entlocken.

Durch einen heftigen Ruck brachte er die Couch wieder in die alte Lage und hob den Kopf. Ich sah ihm an, dass er sich noch immer in anderen Welten befand, ging zu einem Schrank und öffnete ihn. Ich wusste, dass es falsch war, was ich hier tat, denn die Zeit saß mir im Nacken, aber ich konnte nicht anders und suchte nach einem kräftigen Schluck.

Irgendwie habe ich für solche Dinge einen Spürsinn, denn ich fand die Flasche Whisky auf Anhieb.

Sie war noch fast voll. »Einen Schluck?«, fragte ich und hielt dem Pfarrer die Flasche entgegen.

Da er mir nicht antwortete, fasste ich die Gelegenheit beim Schopf und trank selbst. Das scharfe Zeug rann durch meine Kehle, die ich mir auch freihusten musste.

»Geben Sie mir auch einen.«

Ich warf dem Pfarrer die wieder geschlossene Flasche zu. Er fing sie auf. Im Liegen trank er noch, aber Farbe kehrte trotzdem nicht in sein Gesicht zurück.

»Sie haben mich gerettet, nicht?«

»So sieht es aus.«

»Was wollte er hier?«

»Sie wissen, dass es der Teufel war?«

Der Pfarrer lachte auf. »Ich weiß es, aber ich kann es nicht fassen. Dabei habe ich meiner Gemeinde immer gepredigt, dass es ihn in dieser Form, wie ich ihn sah, nicht gibt, aber man kann sich irren.«

»Das dürfen Sie nicht so tragisch nehmen. Die Hölle ist auch anders, aber ihr Chef hat sich nun mal an dieses Aussehen gewöhnt, sodass er es nur ungern wechselt.«

»Er wollte mich töten, Mister ...«

Ich stellte mich vor und erfuhr, dass der Pfarrer Baltimore hieß, wie die Stadt in den Staaten.

»Das ist vorbei«, sprach ich weiter und deutete auf die Spuren. »Davor allerdings sollten sie sich hüten, Mr. Baltimore. Sie sind gefährlich.«

»Ich kenne die alte Geschichte. Er wollte sie ja wiederholen und mich so töten, wie er es damals mit dem Pfarrer getan hat. Eine alte Rache.«

»Die Asmodis nie vergisst.«

Der Pfarrer schaute mich erstaunt an. »Was macht Sie so sicher? Sie kommen herein, diskutieren mit dem Satan und machen den Eindruck, als wäre das völlig normal für Sie.«

»Das ist es auch.« Natürlich wollte der Geistliche mehr Erklärungen haben, das sah ich ihm an, aber die Zeit drängte.

Den Teufel hatte ich ausschalten können, ein zweiter Dämon jedoch war nach wie vor existent und gegenwärtig.

Der flüsternde Tod!

Und darüber wollte ich etwas in Erfahrung bringen, erntete vom Pfarrer leider nur ein Achselzucken, da er auch nicht Bescheid wusste. »Ich habe auch nur durch einen Zufall erfahren, was mit dem Zigeunermädchen geschehen ist. Dass man es verschleppt hat. Hätte ich dies vorher gewusst, bei Gott, ich hätte eingegriffen, darauf können Sie sich verlassen, Mr. Sinclair.«

»Das glaube ich Ihnen sogar.« Ich schaute mich um. Die Teufelsspur war vorhanden, aber ich glaubte erkennen zu können, dass sie schwächer geworden war. Mit dem Abzug des Satans verlöschte auch ihre Kraft.

Das war gut.

»Sie warten hier!«, entschied ich.

Der Pfarrer setzte sich aufrecht hin. »Und was haben Sie vor, Mr. Sinclair?«

»Ich schaue mich im Ort um.«

»Wollen Sie den Leibhaftigen suchen?«

Ich lachte leise auf. »Den werde ich wohl kaum finden, Mr. Baltimore. Er hat sich zurückgezogen.«

Mein Gegenüber schüttelte den Kopf. »Der Satan und Angst?«

»Vor gewissen Dingen hat er das schon.« Ich hielt mein Kreuz hoch. »Sie haben ja erlebt, welche Kraft in ihm steckt.«

»Ja, das stimmt.«

Ich wollte gehen und bekam kurz vorher mit, wie die Spuren des Teufels verschwanden. Sie lösten sich auf, als hätte jemand aus dem Unsichtbaren mit einem Tuch darüber gewischt.

Der Satan hatte in Devon nichts mehr zu suchen. Was ihm vor einhundertfünfzig Jahren gelungen war, konnte er hier nicht wiederholen. Diesen Erfolg hatte ich wenigstens erzielen können.

Aber noch war die Sache nicht gelaufen.

Der flüsternde Tod beherrschte jetzt Devon, deshalb

verschwand auch mein Optimismus zum großen Teil, als ich das Pfarrhaus verließ und mich dem Zentrum von Devon zuwandte ...

Er schoss.

Jeder bekam es mit, wie Rolly Watson auf der Straße kniete, sein schweißnasses Gesicht verzogen hatte und auf den verdammten Schädel zielte. Hatte er die Waffe auch jahrelang nicht benutzt, gepflegt worden war sie von ihm ständig, und deshalb funktionierte sie auch so gut.

Und der Schädel war wirklich nicht zu verfehlen. Vier Kugeln jagte der Polizist hinein, aber er hatte sich umsonst bemüht. Kein Geschoss schaffte es, den flüsternden Tod zu zerstören, selbst als ein Geschoss gegen die Lippen hackte, geschah nichts.

Rolly Watson war fertig. Er schoss das Magazin nicht leer. Enttäuscht schüttelte er den Kopf und ließ die Revolverhand sinken.

Alles war vergebens gewesen.

Der Schädel hatte nicht gelogen, er bestimmte, was hier auf dieser Straße geschah.

Die Zuschauer hatten sich auf Rolly Watson konzentriert. Auch Suko, aber er entdeckte auch etwas anderes.

Auf der Straße und den Gehsteigen sowie den Hauswänden veränderte sich etwas.

Die Spuren des Teufels verschwanden.

Plötzlich zogen sie sich zurück.

Die Erde schien sie aufzusaugen, und nicht mal ein Nachleuchten blieb zurück.

Suko machte sich über die Ursache keinerlei Gedanken. Er nahm die Tatsache hin und versuchte nun, sie zu seinen Gunsten zu ordnen. Der Teufel hatte sich aus Devon zurückgezogen, eine andere Möglichkeit gab es für ihn nicht. Aber aus welchem Grunde hatte er dies getan? Weshalb überließ er dem flüsternden Tod das Feld?

Natürlich konnte sich kein Mensch in die Psyche des Satans

hineinversetzen, falls dieser überhaupt eine besaß, aber der Inspektor wusste, dass man den Teufel nur mit starker Gewalt von irgendwo vertreiben konnte. Und das war möglicherweise hier geschehen.

So etwas schaffte eigentlich nur John Sinclair!

Andere Vorgänge lenkten ihn ab, da er wieder die Stimme des flüsternden Todes vernahm. Dieser Dämon sprach Rolly Watson an, und er verspottete ihn. »Ihr habt gesehen, wie er versuchte, sich zu retten. Das klappte nicht, das wird niemals klappen, denn ich bin immer stärker als die Menschen. Denkt daran, ich bin der Meister, ich bin der Herrscher, ich beherrsche mein Metier, ich ...«

»Was willst du?«

Keiner der Einwohner hatte gesprochen. Die Menschen standen unter einem viel zu großen Druck. Es war Suko, der die Frage stellte und auch eine Antwort bekam, wobei er von den Bewohnern so angeschaut wurde, als zweifelten diese an seinem Verstand.

»Die Rache!«

»Willst du sie oder Sarita?«

»Beide, denn wir sind eine Verbindung eingegangen. Ich habe schon einmal erwähnt, dass sich die beiden jungen Männer die Falsche aussuchten. Man kann die Nachfolgerin der damals vom Teufel manipulierten Sarita nicht töten. Das widerspricht der magischen Logik, und das sollte sich jeder hier merken.«

Der flüsternde Tod gab sich sehr überlegen, und er kümmerte sich auch nicht um Suko, sondern wandte sich Rolly Watson zu. »Du hast es versucht und nicht geschafft, Mensch. Deshalb wirst du für deine Taten büßen. Ich hole dich als Ersten zu mir.«

Er hatte die Worte kaum gesprochen, als es schon geschah. Plötzlich wurde Rolly Watson wie von unsichtbaren Händen gepackt.

Zuerst sagte er nichts. Er schaute staunend zu, was mit ihm geschah, denn es gab eine Kraft, die ihn nach vorn zog. Und er kam sich vor, als würde er an einem unsichtbaren Lasso hängen und über die Main Street einer Western-Stadt geschleift.

In Devon war nicht der Wilde Westen und auch keine direkte Main Street. Dafür wartete das Grauen.

Und daran dachte Rolly Watson urplötzlich. Während er versuchte, sich gegen den Zug anzustemmen, begann er fürchterlich zu schreien.

Er verspürte keine körperlichen Schmerzen. Es war die reine Angst vor dem Tod, die ihn so handeln ließ, denn der Schädel, das wusste er, würde sein Versprechen einlösen.

Jeder schaute zu.

Und ein jeder war froh, dass es nicht gerade ihn erwischt hatte, obwohl sämtliche Versammelten von der Angst geschüttelt wurden. Der flüsternde Tod ließ ihnen eine gewisse Freiheit. Innerhalb eines gewissen Raumes konnten sie sich bewegen, und das taten sie auch, denn sie traten zur Seite, um dem Polizisten Platz zu schaffen.

Niemand wollte sich nachsagen lassen, dass er der Rache des flüsternden Todes im Wege gestanden hätte.

Bis auf eine Person.

Das war Suko!

Durch das Verschwinden der unheimlichen Teufelsspuren war auch ein Teil des Drucks von ihm gewichen. Sein Gehirn arbeitete wieder klar. Er konnte logisch denken, und er wusste deshalb, dass er als Einziger der Versammelten die Möglichkeit besaß, hier noch eingreifen und etwas verändern zu können.

Mit Silberkugeln hatte er zwar schießen wollen, nun jedoch änderte er seinen Plan. Suko holte eine seiner stärksten Waffen hervor. Es war der von Buddha hergestellte magische Stab, dessen Geheimnisse auch sein Besitzer nicht voll ergründet hatte.

Er kannte nur die Wirkung.

Niemand hinderte ihn daran, diese »Waffe« hervorzuholen. Die Umstehenden hatten nur Augen für den schreienden und über den Boden schleifenden Officer Watson, der vor Angst bleich war und fast verging.

Er weinte, er brüllte, und Suko musste sich schon anstrengen, um das entscheidende Wort zu rufen, damit er das Schreien des Mannes übertönen konnte.

»Topar!«

Noch in derselben Sekunde veränderte sich die Situation schlagartig, weil die Magie des Stabes voll zum Tragen kam.

Wenn Suko oder ein anderer Träger dieses eine Wort rief, wurde die Zeit für fünf Sekunden angehalten, und alle in Rufweite stehenden Menschen, die das Wort gehört hatten, waren für diese fünf Sekunden lang nicht mehr in der Lage, sich zu bewegen.

Nur der Träger.

Und der musste seine Chance nutzen, allerdings durfte er dabei nicht zum letzten Mittel greifen und töten. Hätte er das getan, wäre die Wirkung des Stabes verloren gegangen.

Manchmal können fünf Sekunden sehr lang werden, es kommt immer auf die Verfassung und das Vorhaben eines Menschen an. Doch in Sukos Grenzsituationen waren sie meist zu kurz, deshalb beeilte er sich stets so sehr und wirkte manchmal wie ein Irrwisch.

So auch hier.

Den Stab hatte er blitzschnell verschwinden lassen, um die Hände frei zu haben. Mit einem Satz erreichte er den in der Bewegung erstarrten Rolly Watson, fasste ihn unter und stellte mit einem Seitenblick fest, dass sich der flüsternde Tod ebenfalls nicht bewegte und in der Luft stand, als hätte man ihn gemalt.

Suko setzte seine ganze Kraft ein, aber Rolly brachte ein gewaltiges Gewicht auf die Waage, sodass es dem Inspektor nur gelang, ihn herumzudrehen. Und die Zeit lief ihm davon.

Vier Sekunden waren vergangen.

Rolly hatte zwar eine andere Haltung eingenommen, aber es war Suko nicht gelungen, ihn aus der Gefahrenzone zu ziehen.

Auch nicht nach fünf Sekunden!

Da passierte es nämlich. Plötzlich konnten sich die Menschen wieder bewegen. Leider auch der flüsternde Tod, der seine Chance augenblicklich wahrnahm und die Kraft wieder einsetzte.

Suko hielt Rolly noch immer umfangen. Er wollte ihn nicht loslassen, auch wenn es der andere so stark versuchte und den Gegendruck aufbaute.

Unter den Achseln hielt der Inspektor den Polizisten fest. »Sie müssen es schaffen!«, keuchte er. »Stemmen Sie sich gegen den Druck, kämpfen Sie! Machen Sie sich nicht unglücklich ...«

Er schrie nur.

Und Suko merkte wenig später, dass es auch für ihn zu spät war. Er hatte alles auf eine Karte gesetzt und befand sich auf der Verliererstraße, denn der flüsternde Tod verfügte über eine mörderische Kraft.

Er zog nicht allein Rolly Watson zu sich heran, auch dessen Helfer Suko. Und der schaffte es nicht mehr, sich von Watson zu lösen. Die Kraft des Schädels hatte die beiden Menschen magisch aneinander gekettet.

Einer hing an dem anderen, und beide waren sie dem Schädel auf Gedeih und Verderb ausgeliefert.

Das fiel nicht nur dem Chinesen auf, er sah es auch an der Mimik der totenblassen Gesichter ihrer Zuschauer. Sie begriffen in diesen Momenten, dass alles zu spät war und dass sie, die Menschen, keine Chance haben würden, dies zu ändern.

Der Chinese und Officer Watson würden die ersten beiden Opfer des flüsternden Todes werden.

Noch berührten die Beine der beiden Männer den Boden, aber ihre Körper wiesen bereits eine schräge Linie auf, dessen Verlängerung genau gegen das Maul des Schädels zeigte, das sich langsam öffnete, als wollte es die Menschen verschlingen.

Es war schlimm.

Besonders Rolly Watson drehte fast durch. Er, der sich noch

nie in Lebensgefahr befunden hatte, wurde doppelt stark getroffen. Er hatte den Mund weit aufgerissen. Über seine Lippen drangen schreiende, keuchende Worte, die niemand verstehen konnte, weil er sich beim Sprechen einfach überschlug. Sein weiteres Handeln wurde von der reinen Angst diktiert. Er schielte hoch und sah den blaugrauen, in der Luft schwebenden Schädel immer näher kommen. Seine Beine berührten den Boden nicht mehr, auch Sukos Kontakt war mittlerweile verloren gegangen, und die beiden Männer sahen in ihren Haltungen aus, als würden sie auf einer Rutsche in den Himmel gezogen.

Aber unter ihnen war nichts. Sie schwebten einfach in der Luft, und sie hingen auch an keinem Faden. Allein die magische Kraft des flüsternden Todes führte sie dem Schädel entgegen.

Der wartete mit offenem Maul.

Seine Lippen bildeten ein Oval, das Suko an einen fressenden blutroten Ring erinnerte. Er suchte verzweifelt nach einer Lösung. Er wollte aus dieser Falle heraus. Vielleicht gelang es durch Schüsse aus der Beretta, nur musste Suko feststellen, dass er weder seinen rechten noch den linken Arm bewegen konnte. Beide Hände waren auf magische Weise mit dem Körper des anderen verwachsen.

Aus diesem Grunde war es ihm auch nicht möglich, die Dämonenpeitsche zu ziehen. Vielleicht wäre es den drei magisch aufgeladenen Riemen gelungen, den Schädel zu zerstören, aber was sollte sich Suko über Dinge Gedanken machen, die sich ohnehin nicht ausführen ließen? Er musste sich eben damit abfinden, wehrlos zu sein, und wahrscheinlich stand ihm das gleiche Schicksal bevor wie einem der beiden Peiniger des Mädchens. Suko hatte die Szene noch genau in Erinnerung, wie der Schädel die blanken Knochenteile aus dem Mund hatte rollen lassen.

Von den Zuschauern half keiner. Niemand traute sich, keiner wollte das gleiche Schicksal erleiden wie die beiden Männer, denn jeder glaubte daran, dass auch ein Dritter oder Vierter sich nicht mehr würde lösen können.

Die Distanz schmolz zusammen. Sie hatten bereits die Höhe der ersten Hausdächer erreicht und sahen die Lippen wie einen gewaltigen Blutmund vor sich.

Ein Tor ins Verderben, geöffnet, bereit, Opfer zu verschlingen und somit zu töten.

Rolly Watson jammerte. Er sah das Maul als Erster, konnte direkt hineinschauen und entdeckte tief in der ovalen Öffnung auch das unheimliche Glosen.

Dort erwartete man ihn.

»Neiinnn!«, brummte er ängstlich. »Ich will nicht sterben. Ich habe nichts getan. Es waren andere.«

»Du hast zugeschaut!« Der flüsternde Tod formulierte die Antwort aus zischenden Worten. »Du hättest eingreifen können und auch müssen, aber das hast du nicht getan. Dafür bekommst du jetzt deine Quittung. Dein Leben, Mensch, ist beendet. Ich werde dich verspeisen und mit einer Magie zusammenbringen, die dich auflöst, sodass ich zum Schluss deine Knochen ausspeien kann.«

Der Schrei war grauenhaft.

Obwohl dem Mann noch nichts geschehen war, hatte er ihn in Todesangst ausgestoßen. Er versuchte, die Entfernung zu schätzen. Vielleicht hätte er mit ausgestreckten Armen den Mund schon berühren können, aber das wollte er nicht. Er musste sich furchtbar zusammenreißen, um seine Angst nicht noch stärker zu zeigen.

Suko hielt sie unter Kontrolle. Noch immer suchte er nach einer Chance, einem schrecklichen Tod zu entgehen. Er konnte über die Menschen hinwegblicken, schaute auch in eine Gasse hinein und glaubte, dort eine Bewegung zu sehen.

Wenn sich dort ein anderer Mensch gelöst hatte, würde er es schwer haben, sich behaupten zu können.

Der Kampf ging weiter.

Und dabei wurde er so verflucht einseitig geführt. Keiner der beiden war in der Lage, sich gegen das Grauen zu wehren, und Rolly Watson erwischte es als Ersten.

Er berührte mit der Schädelplatte den oberen Rand der

blutigen Unterlippe für einen winzigen Moment, bevor sein Kopf, mit dem Gesicht zuerst, über die Lippe glitt und in der Öffnung verschwand.

Das Schreien des Mannes wurde zu einem dumpfen Todesgurgeln …

Tasso hatte zugeschaut, hatte die Schüsse vernommen und auch die Menschen erlebt, die vor Angst vergingen.

Das alles war nicht spurlos an ihm vorbeigegangen, obwohl er so unbeweglich stand wie ein Denkmal.

In seinem Innern aber tobte es.

Da war plötzlich eine Stimme, die tief aus seiner Seele drang und ihn nicht von außen her erreichte.

Es war das Gewissen!

Jeder Mensch hat es, ein jeder bekommt es in extremen Situationen zu spüren. Es meldet sich, es warnt die Menschen. Es will erreichen, dass sie umkehren und sich ändern.

So war es auch bei Tasso.

Du hast die Möglichkeit, sagte ihm die innere Stimme. Nur du allein kannst es schaffen, denk daran.

Er hatte die Möglichkeit. Tasso drückte sich mit dem Rücken gegen die Wand. Er wollte über die Worte nachdenken. Wieso hatte er die Möglichkeit, alles zu stoppen? Was konnte es sein? Weshalb hatte sich sein Gewissen gemeldet? Hatte er vielleicht etwas übersehen? War ihm einiges nicht mehr klar?

Er grübelte verzweifelt darüber nach und kümmerte sich auch nicht um das Geschehen auf der Straße.

Überleben war wichtiger.

Er ließ die letzte Stunde noch einmal vor seinem geistigen Auge Revue passieren. Dabei versuchte er, sich an Einzelheiten zu erinnern. Was war da alles vorgefallen? Er hatte Besuch von den beiden Polizisten bekommen. Sie hatten gemeinsam den alten Kirchplatz aufsuchen wollen, dort den flüsternden Tod erlebt und Sarita gesehen.

Sarita!

Sie musste die Lösung sein. Und gleichzeitig auch das, auf das ihn sein Gewissen hatte hinweisen wollen.

Sarita also.

Aber wieso?

Es war wieder der berühmte Geistesblitz, der Erfindern und Tüftlern half. Diesmal traf er Tasso.

Endlich löste sich der Mann aus seiner Deckung. Zuvor hatte er mit einer bestimmten Handbewegung etwas geholt, das er nun festhielt. Tasso wusste nicht, ob sie ihn sahen, aber er sah sie, und das allein zählte. Die beiden Männer befanden sich in einer schrecklichen Lage, denn die Magie des Schädels hatte sie voll erwischt.

Sie wurden schräg in die Höhe gezogen. Das Ziel war der blutrote Mund. Er war zu einem Oval verzogen, gerade so groß, dass er den Menschen verschlucken konnte.

Der Kopf befand sich bereits dicht vor dem Schädelmund.

Plötzlich begann Tasso zu rennen. Er musste auf dem Pflaster gut zu hören gewesen sein, doch niemand kümmerte sich um ihn.

Die Zuschauer verfolgten das entsetzliche Schauspiel.

Rolly Watsons Kopf verschwand im blutroten Maul des graublauen Schädels.

Das war genau der Moment, in dem der Zigeuner den Schauplatz des Geschehens erreichte.

Und er griff ein. »Halt!«, brüllte er. »Halt ein, Sarita! Ich bin es, Tasso. Schau her, ich habe etwas!«

Und er zeigte das, was er in der rechten Hand hielt …

Es war ein Kästchen. In ihm lag die Asche derjenigen Person, die vor einhundertfünfzig Jahren verbrannt worden war und zur Beschwörung gedient hatte. Die unheilige Reliquie der Zigeuner.

War es auch die Lösung?

Tasso hatte den flüsternden Tod direkt angesprochen, und er hoffte nun, dass ihn dieser auch verstehen würde und so reagierte, wie er es sich vorgestellt hatte.

Von den übrigen Dorfbewohnern jedenfalls war er gehört und auch gesehen worden. Man nahm seine Ankunft nicht nur zur Kenntnis, man sprach auch darüber. Und diesmal wehte dem Sippenchef nicht das Flüstern des Schädels entgegen, sondern das der Menschen.

»Ein Zigeuner«, hörte er.

»Was will der?«

»Er wird sich auch rächen …«

Nein, er wollte sich nicht rächen. Er wollte den Ort, in dem seine Sippe schon immer so schlecht behandelt worden war, nur säubern. Von einem alten Fluch befreien, deshalb war er gekommen und hatte nicht den Schädel, sondern Sarita direkt angesprochen.

Und sie antwortete auch.

Ihr Gesicht zeigte Erstaunen. »Tasso?!«, klang ihre geisterhafte Stimme auf. »Du bist es?«

»Ja.«

»Und was willst du?«

»Ich will, dass es aufhört. Der Fluch hat lange genug bestanden. Du sollst nicht mehr töten. Lass diesen Mann frei! Noch lebt er, ich sehe es, seine Beine bewegen sich …«

»Weshalb sollte ich ihn freilassen? Kennst du nicht die alten Gesetze? Er hat sie übertreten. Er hat dafür gesorgt, dass ich als Mensch nicht mehr existieren kann. Ich wurde verbrannt …«

»Nicht durch ihn.«

»Durch ihn oder andere. Er gehört dazu. Ebenso wie die anderen, die zugeschaut haben, aber nicht eingriffen. Ich werde sie mir der Reihe nach holen. Wenn ich die Knochen dieser beiden wieder ausgespien habe, kommt derjenige an die Reihe, in dessen Geschäft ich als Mensch gewesen bin. Ich werde ihn mir holen, danach die keifenden Weiber, die anderen Männer, die zuschauten und so dreckig grinsten. Alle kommen an die Reihe. Sie sollen büßen. Für die Vergangenheit ebenso wie für die Gegenwart. Hast du gehört, Tasso? Du kannst mich nicht umstimmen.«

»Dann muss ich gegen dich kämpfen!«

Diesmal lachte Sarita. »Oh, du armer Narr. Du kannst nicht

gegen mich kämpfen. Wie willst du das anstellen? Wie willst du gegen einen Stärkeren gewinnen? Das geht nicht. Ich bin allen Menschen überlegen. Ich kann sie töten, auch diejenigen, die zu meiner Sippe gehören, Tasso. Den anderen habe ich mich gezeigt. Sie sind in panischer Angst geflohen, obwohl sie keine Furcht hätten zu haben brauchen, weil sie unschuldig sind. Aber hier, Tasso, hier warten die Menschen, die mich verflucht, mir den Tod und die Hölle gewünscht haben. Man entführte mich, man verbrannte mich, aber man konnte mich nicht töten, weil derjenige, den unsere Vorfahren beschworen haben, eine Brücke zwischen der Erde und der Hölle bildete. Das habe ich dir sagen wollen. Geh und komm erst wieder, wenn es hell geworden ist und du die Gebeine einsammeln kannst.«

Der Mann mit dem grauen Lockenhaar und der dunklen Kleidung schüttelte den Kopf. Tasso hatte sich einmal entschieden, er würde bei seinem Vorsatz bleiben und sagte dies laut und deutlich.

»Durch deine Haltung, Sarita, zwingst du mich zu Dingen, die ich eigentlich nicht vorhatte. Schau her, sieh genau auf den Kasten, denn in ihm befindet sich die Asche derjenigen Person, die vor so langer Zeit verbrannte. Wir haben sie aufbewahrt, sie ging durch Generationen, wurde weitervererbt und sollte uns, der Sage nach, schützen. Das stimmt nicht. Sie hat uns nicht beschützt, sie führte uns den bösen Kräften zu, und das haben die Zigeuner ebenso wenig verdient wie die anderen Schichten der Bevölkerung. Verstehst du meine Reaktion nun?«

»Ja, ich begreife dich. Und ich weiß nun auch, dass wir Feinde sind!«

»Sicher!«

Es war Tasso nicht leicht gefallen, das letzte Wort auszusprechen, aber es gab einfach keine andere Chance für ihn. Er musste dem flüsternden Tod zeigen, dass er nicht gewillt war, das Grauen über die Menschen kommen zu lassen, die nicht zu seinen Freunden zählten.

Deshalb öffnete er das Kästchen.

Dabei trat er noch einen Schritt näher und drehte es so, dass Sarita hineinschauen konnte.

»Sieh her, schau auf die alte Asche, dann wirst du erkennen, dass nichts mehr zurückbleibt. Ich kippe den Kasten und verstreue die Asche in alle vier Winde …«

»Wirklich?«

Etwas an der Fragestellung der geisterhaften Zigeunerin ließ den Mann stutzig werden. Er drehte das Kästchen um, schaute hinein, und seine Augen wurden riesengroß.

In dem Kasten befand sich keine Asche mehr.

Stattdessen ein blaugrauer Totenschädel mit blutroten Lippen!

Es war die exakte Nachbildung des übergroßen Skelettkopfes, und Tasso hatte für einen Moment das Gefühl, der Boden würde sich unter seinen Füßen öffnen.

Mit dieser Wendung hatte er nicht gerechnet. Gleichzeitig wurde ihm bewusst, dass er und sein Stamm einem Phantom nachgelaufen waren. Dass sie nicht die Asche als Reliquie verwahrt hatten, sondern den flüsternden Tod und sie selbst vielleicht noch dafür gesorgt hatten, dass dieser Dämon entstehen konnte.

Ihn schwindelte. Tasso merkte, wie sehr er zitterte und dabei Mühe hatte, das Kästchen zu halten. Bleich war er geworden. Auf den Lippen schmeckte er salzigen Schweiß, er jammerte, und er ging einen Schritt zurück, bevor er sich wieder fangen konnte.

Auch die veränderte Sarita hatte die Reaktion bemerkt. Sie lachte plötzlich auf, freute sich diebisch und dämonisch, bevor sie Tasso erklärte: »Du hast dich entschieden, mein Junge. Es war dein Fehler. Ich wusste Bescheid, du nicht. Ich gab dir eine Chance, du hast sie nicht genutzt. Jetzt wirst du die Konsequenzen tragen müssen.«

»Dann töte mich!«, rief Tasso laut. »Ich bin nicht mehr würdig, hier zu leben!«

»Das werde ich auch. Und wenn du versuchen willst, den

Schädel zu zerstören, schlag dir das aus dem Kopf. Du kannst ihn nicht vernichten. Niemand kann es.«

»Doch!«, rief eine scharfe Stimme. »Ich kann es!«

Alles hatte ich aus guter Deckung mitbekommen, und wusste jetzt auch die Lösung. Ich hatte bewusst so lange gewartet, um genau zum richtigen Zeitpunkt eingreifen zu können.

Ich war während meiner Worte über die Straße gerannt, und sie schwangen noch als Echo in der Luft, als ich Tasso bereits erreichte und ihm den offenen Kasten aus der Hand riss.

Er ließ es widerstandslos über sich ergehen. Hart hielt ich den kleinen Kasten fest. Der Deckel war zurückgeklappt und wurde durch irgendeinen Mechanismus in der Waagerechten gehalten, sodass mein Blick auf den kleinen Schädel fiel.

Ja, er sah aus wie der große.

Sogar die blutigen Lippen waren vorhanden. Nur durfte ich nicht zu lange zögern, denn ich wusste, dass sich der flüsternde Tod verdammt gut wehren konnte.

Einen Blick warf ich hinüber.

Das sich dort abzeichnende Gesicht der Zigeunerin zeigte einen unbeschreiblichen Hass. Es stand auf des Messers Schneide, als ich mein Kreuz nahm und es auf den kleinen Kopf presste.

Die Formel ging mir glatt über die Lippen. »Terra pestem teneto – Salus hic maneto!«

Was vor langer Zeit als Bannspruch erfunden worden war und als Bollwerk gegen das Böse, ließ mich auch diesmal nicht im Stich.

Das Kreuz funkte, flammte und gleißte auf, während ich den Kasten hielt, wie auch die anderen geblendet wurde und zuhörte, wie der kleine Schädel mit zischenden Geräuschen verschmorte und dabei noch einen beißenden Rauch abgab.

Diesmal blieb nur Asche zurück.

Ich ließ den Kasten kurzerhand fallen, weil die Blendung aufgehört hatte, und schaute zu, was mit dem großen Schädel passierte.

Suko und Rolly Watson lagen am Boden. Sie hatten einige Menschen mit umgerissen. Das interessierte mich nicht weiter, denn ich wollte zuschauen, wie der Schädel verging.

Das Gesicht wurde zerstört, regelrecht in Fetzen gerissen. Ein furchtbares Bild, das sich im Innern des blaugrauen Totenkopfs abmalte, der immer kleiner wurde, in der Luft noch zitternd und bebend stand, bis er, nur noch so groß wie eine Murmel, zu Boden tickte.

Dort blieb er liegen.

Tasso aber schrie auf. Bevor ihn jemand daran hindern konnte, sprang er vor und trat mit dem Absatz auf die Kugel. Und das mit voller Wucht.

Wir alle hörten, wie das Gebilde zerbrach. Er drehte sich noch auf der Stelle, und als er den Fuß wieder anhob, trat ich näher, um nachzuschauen.

Die Kugel war zerstört.

Dennoch blieb etwas zurück.

Er sah aus wie ein Klecks aus roter Tinte. Tatsächlich aber war es Blut.

Letzte Erinnerung an die roten Lippen eines Totenschädels …

Suko und ich blieben noch in Devon. Mein Freund hatte den Fall mit einigen blauen Flecken überstanden, während Rolly Watson bald einen rechten Gipsarm haben würde.

»Lieber einen Gipsarm als überhaupt keinen«, hatte jemand gesagt und dabei die Wahrheit gesprochen.

Wir blieben noch bis zur Mitte des nächsten Tages und gaben Ratschläge, so gut wir konnten, dabei kräftig unterstützt durch den Pfarrer von Devon. Mit den Folgen des Falles und mit ihrem schlechten Gewissen den Zigeunern gegenüber mussten die Leute selbst fertig werden. Dafür waren Männer wie Suko und ich nicht zuständig …

ENDE

Phantom-Kommando

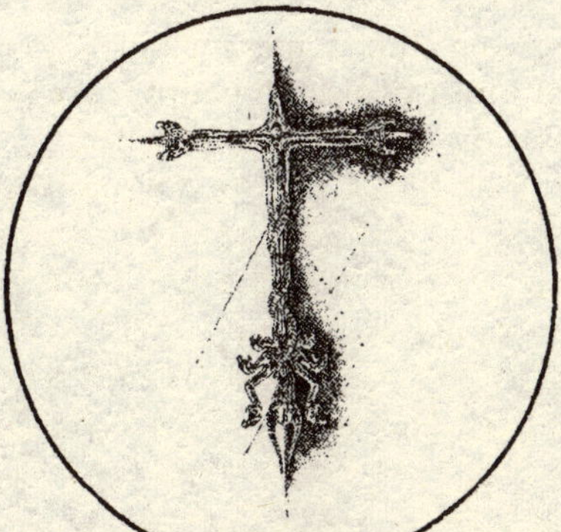

Der Angriff erfolgte wie ein Blitz aus heiterem Himmel, und ich hatte dabei das Glück, schon von der Straße weg und auf die Zufahrt zur Tiefgarage gerollt zu sein.

Und da sah ich den Feuerstrahl!

Er jagte aus der Dämmerung, kam schräg von oben nach unten und zielte haargenau auf die breite Frontscheibe meines Wagens, um sie zu durchbohren. Was es war, erkannte ich erst im letzten Augenblick.

Ein brennender Pfeil!

Aus dem Wagen kam ich nicht mehr raus, weil die Zeit zu knapp war. Mir blieb nur noch eine Chance.

Ich musste mich nach links auf die freie Seite werfen. Nur untergetaucht konnte ich dem Pfeil entgehen.

Aber tauchen Sie mal weg, wenn der Gurt Sie hält! Ich jedenfalls hatte Mühe, hörte das Platzen der Scheibe und dann das böse Fauchen an meinem rechten Ohr.

Sogar den Aufprall bekam ich noch mit. Die Spitze bohrte sich in die Rückseite des Sitzes, wo sich sofort ein kleines Feuer bildete.

Irgendwie schaffte ich es, den Gurt zu lösen. Ich war jetzt beweglicher.

Mit dem Rücken lag ich auf dem Beifahrersitz, zog die Beine an und stieß sie wieder vor. Mit beiden Füßen hatte ich dorthin gezielt, wo sich der Pfeil im Polster befand. Mit diesem kräftigen Doppeltritt gelang es mir auch, das Feuer zu »löschen«.

Zurück blieb ein schwarzer Fleck.

Viel besser erging es mir trotzdem nicht. Mit dieser Attacke hatte ich nicht gerechnet, aber ich nahm mir die Zeit und atmete zunächst einmal tief durch.

Nur keine Panik. Ich hatte schon schlimmere Situationen überstanden, tastete nach dem Türriegel, hebelte ihn herum und drückte vorsichtig den Wagenschlag auf.

Dabei machte ich nicht den Fehler, mich aus dem silbergrauen Bentley zu rollen. Ich blieb zunächst einmal liegen und holte sicherheitshalber die Beretta hervor.

Der andere hatte es besser. Wo immer er auch in der Dämmerung steckte, er sah mich, aber ich nicht ihn.

Dabei fiel mir etwas ein. Wenn er mit glühenden Pfeilen schoss, würde er seine Position verraten.

Ich zählte im Geiste bis fünf, peilte noch einmal den offenen Wagenschlag an und gab mir Schwung.

Der reichte aus, um mich aus dem Fahrzeug zu katapultieren. Ich landete auf dem glatten Asphalt, rollte mich ab, sprang wieder hoch und jagte im Zickzack auf die nicht weit entfernte Mauer zu, die den Weg zur Garage an der linken Seite begleitete und mit steigender Tiefe selbst immer höher wuchs.

Mit dem Rücken an der Mauer blieb ich stehen. Ein wenig war ich außer Atem gekommen. Nicht wegen der kleinen Turnübung, nein, mir passte es nicht, dass man mich so mir nichts dir nichts einfach auf der Fahrt vom Büro nach Hause beschoss.

Dazu noch mit glühenden Pfeilen!

Dies ließ darauf schließen, dass ich es nicht mit normalen Gegnern zu tun hatte, sondern mit Wesen aus einem anderen Reich. Dämonen oder Geistern.

Ich überlegte, aus welcher Richtung der Pfeil gekommen war. Aber in der allmählich zunehmenden Dunkelheit war nichts Verdächtiges zu sehen. Allerdings hoben sich die zahlreichen erleuchteten Fenster des großen Wohnhauses, in dem auch ich hauste, aus der Schwärze ab. In diesem Gebäude, ob Dach oder Tiefgarage, hatte ich schon so manchen Angriff von dämonischer Seite erlebt. Aber mit glühenden Pfeilen war ich noch nie empfangen worden.

Die andere Seite ließ sich eben auch immer etwas Neues einfallen. Wäre auch witzlos gewesen, mir immer einen Zombie zu schicken.

Zum Lachen war mir nicht zu Mute, eher das Gegenteil. Ein komisches Gefühl hielt mich umklammert, denn der unbekannte Schütze zeigte sich nicht. Ich suchte mit meinen Blicken die Fassade des Hauses ab, entdeckte aber keinen Gegner.

Kein unruhiges Flackern durchbrach die Finsternis. Wenn irgendwo Licht brannte, dann in den Wohnungen oder bei den beiden runden Laternenköpfen über der Einfahrt zur Tiefgarage mit dem schon geschlossenen Rolltor.

Eine Minute gab ich noch zu, dann hielt mich nichts mehr an der Mauer. Mit behutsamen Schritten und mich stets umschauend, näherte ich mich meinem Wagen.

Auf der Straße lief der Verkehr normal. Der Außenparkplatz lag im Schein der wenigen Laternen, die über die angepflanzten Buschreihen einen fahlen Schimmer warfen.

Auch dort entdeckte ich nichts Verdächtiges, wurde dafür von zwei Scheinwerfern angestrahlt und hörte das wütend klingende Hupen des Fahrers, der seinen Wagen dicht hinter meinem Silbergrauen zum Stehen brachte.

Der Grund für seine Reaktion war klar. Er wollte vorbei, konnte es aber nicht, weil der Bentley seinem Fahrzeug den Weg versperrte.

Ich winkte ihm beruhigend zu, stieg wieder ein und ließ den Wagen anrollen, ohne den Motor anzustellen. In einer geschwungenen Rechtskurve führte der Weg dem Rolltor entgegen.

An der Säule hielt ich an, streckte meinen Arm durch die herabgekurbelte Scheibe und ließ den flachen Schlüssel im Schlitz des Metallkopfes verschwinden.

Eine kurze Drehung reichte. Das Rolltor schüttelte sich einmal, bevor es quietschend in die Höhe schwang. Schließen konnte es der Knabe, der hinter mir fuhr.

Ich glitt in den Schlund der Garage. Das offene Tor kam mir manchmal vor wie das eckige Maul eines Ungeheuers. Es brannte nur die Notbeleuchtung. Man spart eben Energie. Wer Licht haben wollte, konnte es sich selbst einschalten. An jeder Säule befand sich ein Schalter.

Auf dem breiten Fahrstreifen rollte ich mit meinem Bentley bis in die Nähe des Lifts, wo ich ihn immer abstellte.

Wieder wurde ich an die Überfälle erinnert, die sich in dieser Ebene ereignet hatten. Schon einige Male hatte man versucht, mir das Lebenslicht auszublasen. Sogar Jane Collins in der Verkleidung des schwarzen Henkers hatte mich mit einer Axt erschlagen wollen.

Sukos Harley stand ebenfalls dort. Er und Shao waren an diesem Abend irgendwo eingeladen und mit dem Wagen der Chinesen gefahren. Wenn mich nicht alles täuschte, statteten sie dem Mann einen Besuch ab, der ein Chinarestaurant betrieb – und den Suko aus den Klauen des Killers Akim Samaran gerettet hatte.

Der zweite Wagen rollte in eine Parklücke, die links von der meinen lag. Das Licht huschte bleich und geisterhaft über die anderen Fahrzeuge und die grauen Wände, bevor es verschwand.

Ich wollte den Knaben hochfahren lassen und erst dann meinen Wagen verlassen.

Ich hörte, wie er den Wagenschlag zuhämmerte, sah ihn kommen und neben meinem Bentley auftauchen. Den Hut hatte er in die Stirn gedrückt, den leichten Sommermantel über die Schulter gehängt und eine Aktentasche unter den Arm geklemmt.

Er warf einen Blick in den Bentley, sah mich und formte mit Zeigefinger und Daumen seiner freien Hand einen Kreis.

Ein international bekanntes Zeichen. Ich reagierte nicht darauf.

Schnell hatte ihn der Lift geschluckt. Jetzt befand ich mich allein in diesem unterirdischen Komplex. Ich dachte darüber nach, ob ich nicht noch einmal nach oben gehen und mich umschauen sollte. Wenn das normale Tor verschlossen war, würde ich die große Eingangstür des Hauses nehmen und mit dem Lift bis zum Flur fahren.

Schon beim Aussteigen erkannte ich, dass die Einfahrt zur Garage sperrangelweit offen stand. Der Mann hatte es nicht nötig gehabt, sie wieder zu verschließen. Eine ärgerliche Sache, so lockte man Diebe an, für mich in diesem Augenblick praktisch.

Ich ging auf die Einfahrt zu. Dabei dachte ich noch an nichts Böses, auch wenn ich mich innerlich auf eine Abwehr eingestellt hatte.

Etwa die Hälfte der Distanz lag schon hinter mir, als ich im oberen Drittel des Eingangs eine Bewegung registrierte. Nur ein Huschen, mehr war es nicht. Aber dieser Schatten war ungemein schnell, jagte auf mich zu, und ich sah wieder einen der verdammten Pfeile, der schräg von oben herab auf mich zujagte.

Mit einem gewaltigen Satz brachte ich mich aus dem unmittelbaren Gefahrenbereich, sah den Pfeil neben mir aufprallen, abknicken und weiterrutschen.

Wie ein Tänzer drehte ich mich und fand Deckung hinter der nächsten Säule. Fast vor meiner Nase sah ich einen der Lichtschalter, drückte ihn nach unten, und einen Augenblick später wurde es in der Garage hell.

Und der Schatten war da. Aber so schnell, dass ich ihn mit dem bloßen Auge kaum verfolgen konnte. Da flog jemand durch die Luft, der auf einer Unterlage hockte, bewaffnet war, im Gesicht silbrig glänzte und ansonsten eine weißgraue Haut hatte.

Ich war von diesem Bild so beeindruckt, dass ich erst schoss, als der Schatten den Ausgang fast erreicht hatte. Meine geweihte Silberkugel holte ihn nicht von seinem komischen Flugapparat herunter. Sie hackte dicht über dem Kasten des Rollgitters in den Beton.

Wie ein Schemen verschwand der Angreifer über der Auffahrt und wurde von der Nacht verschluckt.

Ich verließ meinen Platz hinter der Säule und spürte ein leichtes Drücken im Magen.

Wenige Schritte brachten mich dorthin, wo der Pfeil liegen musste. Er war unter ein Fahrzeug gerutscht und zum Glück erloschen. Nicht auszudenken, wenn das Feuer den Wagen in Brand gesetzt hätte. Das hätte in eine Katastrophe gemündet.

Ich hatte den Pfeil auf meinem linken Handteller liegen lassen und wunderte mich über das Gewicht. Er war ziemlich leicht, sodass er eigentlich nicht aus Holz bestehen konnte. Wieder rief ich mir das Bild des hereinhuschenden Schattens zurück ins Gedächtnis und dachte daran, dass diese seltsame Person auf einer Unterlage gesessen hatte.

Auf einem Brett oder einem Teppich.

Teppich?

Ich grinste unwillkürlich und dachte an die fliegenden Teppiche aus den orientalischen Märchen. Sollte es diese Dinger tatsächlich geben? Ich hob die Schultern und wollte den Pfeil schon in meiner Jackentasche verschwinden lassen, als er plötzlich zwischen meinen Fingern zerfiel. Auf einmal rieselte Staub durch die Lücken in der Hand zu Boden. Er war ebenso hell wie der Pfeil, und ich konnte nichts anderes tun, als ihm nachzuschauen.

Schon wieder Staub, dachte ich dabei und musste an meinen letzten Fall denken, wo Menschen zu Staub zerfallen waren, nachdem sie die Spur des Teufels berührt hatten.

Das hier hatte aber mit dem anderen nichts zu tun, dessen war ich mir sicher. Die Magie musste den Pfeil verlassen haben, und deshalb konnte er zu Staub geworden sein.

Wer steckte dahinter? Wer setzte einen Killer auf mich an, der, davon ging ich jetzt aus, auf einem fliegenden Teppich saß und ungemein schnell war. So schnell, dass ich ihn mit den Augen kaum hatte verfolgen können.

Ich schüttelte mich unter einer Gänsehaut, warf noch einen Blick auf den offenen Eingang und ging zum nächsten Kontaktknopf, um das Rollgitter wieder nach unten gleiten zu lassen. Der dabei entstehende Krach begleitete meinen Weg zur Liftkabine, die mich hoch in die Wohnung schießen sollte.

Zwar brannten über beiden Lifts Lampen, aber deren Schirme waren mit einer dichten Schmutzschicht belegt, sodass die Helligkeit kaum mehr als solche bezeichnet werden konnte.

Ich wollte den Lift holen und streckte schon meine Hand aus, um den Knopf zu berühren, als ich hinter mir aus dem Dunkeln die Stimme einer Frau vernahm.

»Lassen Sie das, Mr. Sinclair!«

Ich war tatsächlich versucht, den Finger vorzuschieben und somit auf den Knopf zu drücken, aber irgendetwas hielt mich von dieser so einfachen Bewegung ab.

Ich selbst konnte kaum sagen, was es gewesen war. Möglicherweise hatte es am Klang der Stimme gelegen, dass ich so zögernd reagierte und mich anschließend umdrehte, wobei ich über die Stimme nachdachte.

Okay, sie hatte einer Frau gehört, aber das Timbre war weder rauchig noch lockend gewesen, auch nicht interessant, sodass man als Mann gespannt sein durfte, die Frau zu sehen. Nein, eine andere Tatsache hatte mich stutzig werden lassen.

In der Stimme hatten Hoffnung und Resignation gelegen.

Zwei in sich widersprüchliche Gefühle, die hier zusammenkamen und mich aufmerksam werden ließen.

Deshalb hatte ich mich gedreht.

Da nur die Notbeleuchtung brannte und ich zudem allein im Schein der Liftleuchten stand, konnte sie mich besser erkennen, als ich sie. Von der Frau sah ich nur die Umrisse.

Sie stand vielleicht vier Schritte von mir entfernt und trug einen langen Mantel, in dessen Taschen sie ihre Hände vergraben hatte. Sie wirkte wie eine Figur, in die plötzlich Leben hineinkam, denn sie atmete vor dem nächsten Satz scharf aus.

»Ich danke Ihnen, Mr. Sinclair!«

Mein Lachen verriet Verlegenheit. »Wofür? Ich habe mich doch nur umgedreht.«

»Sie hätten auch hochfahren können.«

»Da haben Sie allerdings Recht.«

»Aber Sie haben es nicht getan, und das finde ich gut, Mr. Sinclair. Ich danke Ihnen.«

»Warten Sie ab. Vielleicht ist es nur Neugierde von mir gewesen. Was wollen Sie eigentlich von mir?«

»Mit Ihnen sprechen.«

»Das hatte ich mir gedacht. Einfach so?«

»Ja.«

»Dienstlich oder privat.«

»Ich würde sagen, dass es dienstlich ist.«

Sofort dachte ich an die beiden Attacken. Ob die Frau, von der ich bisher kaum etwas gesehen hatte, irgendwie mit den beiden Attacken auf mich in Zusammenhang stand? Möglich war es, denn ihr Auftauchen umschrieb ich ebenfalls mit dem Begriff rätselhaft, wenn sie auch nicht so gefährlich war wie der seltsame Mensch auf dem fliegenden Teppich.

Ich deutete auf den Lift. »Dann würde ich doch vorschlagen, dass wir nach oben gehen und bei einem kleinen Drink Ihr Problem besprechen.«

Sie schüttelte den Kopf. Ihre Gestalt warf einen Schatten auf den Boden, der sich bei dieser Reaktion zuckend mitbewegte. »Nein, ich bin dagegen, Mr. Sinclair.«

Ich war irritiert. »Weil Sie Angst haben, mit einem Fremden …«

»Auch nicht. Ich möchte bleiben.«

»Hier unten?«

»Ja, Sir. In Ihrem Wagen. Es kann sein, dass wir sehr schnell wegmüssen, wenn Sie verstehen.«

Ich verstand zwar nicht, aber diese Person hatte mich neugierig gemacht. Zudem war es noch nicht allzu spät. Mitte August wurden die Tage bereits kürzer. So hob ich abermals die Schultern und deutete auf meinen abgestellten Silbergrauen. »Hoffentlich stört es Sie nicht, dass die Frontscheibe einen Sprung hat. Mich hat es sowieso gewundert, dass sie nicht völlig zerplatzte.«

Ich hatte bewusst von dieser Sache gesprochen, um ihr einen Kommentar zu entlocken. Doch sie sagte nichts und blieb schweigend neben der Beifahrertür stehen, die ich ihr öffnete.

Auch als ich saß, sprach sie noch nicht. Aber ich schaltete die Innenbeleuchtung ein. Schließlich will man wissen, mit wem man es zu tun hat, denn das Gesicht der Frau hatte ich bisher noch nicht gesehen.

Allmählich schälte es sich hervor. Es schien aus dem hochgestellten Kragen des braunroten Sommermantels zu steigen, und selbst in der schlechten Beleuchtung erkannte ich die Blässe auf dem Gesicht mit den eingefallenen Wangen und den etwas vorstehenden Knochen. Die Frau hatte fahlblonde halblange Haare, zu einer glatt fallenden Pagenfrisur geschnitten, mit einem Pony auf der Stirn. Die Lippen waren schmal, die Nase gerade, und als sie sich zu mir hindrehte, fielen mir die Augen auf, in denen tatsächlich ein Ausdruck aus Furcht und Hoffnung lag. Sie fasste nach meiner Hand.

Ihre fühlte sich kühl an. »Ich danke Ihnen, dass Sie mich anhören wollen.«

»Gern geschehen, nur möchte ich gern wissen, mit wem ich das Vergnügen habe.«

Sie nahm ihre Hand wieder weg und schüttelte den Kopf. »Entschuldigen Sie, ich bin ein wenig durcheinander. Mein Name ist Hester Shapiro.«

»Noch nie gehört.«

»Ja, das haben die meisten nicht. Ich gehöre zu den Menschen, die eigentlich nie auffielen.«

»Das kann manchmal ganz gut sein.«

»Aber jetzt, Mr. Sinclair, trete ich aus dem Dunkeln ins Rampenlicht. Ich muss es einfach tun.«

»Das müssen Sie entscheiden. Über den Grund wollen Sie bestimmt mit mir reden.«

»Nicht hier.«

Ich lachte. »Doch in meiner Wohnung?«

»Nein. Bei mir.«

Sie saß da wie festgewachsen. Ohne eine Regung oder eine Reaktion zu zeigen. Ihre Stimme klang ebenfalls kalt, aber sie duldete keinen Widerspruch. Hätte ich mich jetzt zurückgezogen und auf meinen Vorschlag bestanden, wäre sie sicherlich verschwunden.

Ich aber war neugierig geworden und fragte: »Wo wohnen Sie denn, Mrs. Shapiro?«

»In einem großen Gartenhaus.«

»Also außerhalb?«

»Es gehört noch zu Groß-London und liegt zwischen Southfields und Wimbledon.«

»Das ist nicht gerade in der Nähe.«

»Aber jetzt herrscht wenig Verkehr. Wir wären schnell da. Ich bin sicher, dass Sie meine Geschichte interessieren wird.«

»Sie wissen, womit ich mich abgebe?«, fragte ich und schaltete die Innenbeleuchtung aus.

»Natürlich.«

»Haben Sie mir etwas über Dämonen zu berichten, Miss Shapiro?«

»Mrs. Shapiro, bitte.«
»Sorry, ich wusste nicht, dass Sie verheiratet sind.«
»Nicht schlimm. – Wenn Sie jetzt fahren würden …«
»Mit dieser Scheibe.«
»Kommen Sie, das schaffen Sie schon. Wenn es nicht so wichtig wäre, hätte ich nicht tagelang auf Sie gewartet.«
»Ich war nicht da. Aber warum haben Sie nicht in meinem Büro angerufen, Hester?«
»Das wollte ich aus bestimmten Gründen nicht. Ich musste Sie einfach allein erwischen. Da kam mir die Tiefgarage sehr gelegen, denn man kommt leicht hinein.«
»Das stimmt leider.«
Mittlerweile standen wir vor dem Gitter. Ich öffnete es diesmal von innen und schaute zu, wie es in die Höhe stieg. Einen Mann auf einem Brett oder fliegenden Teppich, der zudem mit flammenden Pfeilen schoss, entdeckte ich nicht.
»Kennen Sie den Weg?«, erkundigte sich Hester Shapiro.
Unter dem Gitter krochen wir hindurch. »Ich werde die Battersea Bridge nehmen und anschließend auf der Battersea Park Road weiterfahren.«
»Das ist gut.«
Mehr sagte die Frau nicht. Sie saß neben mir wie eine Puppe. Der Gurt lief als schwarzes Band schräg über ihren Körper und hielt sie. Ihre Hände lagen auf den Knien, nur manchmal bewegte sie die Finger. Ansonsten schwieg sie.
Irgendwie konnte ich nicht normal sein. Statt in der Wohnung zu sitzen und an einer Flasche Bier zu nuckeln, fuhr ich durch die Gegend, zudem noch in den tiefsten Londoner Süden, fast bis Wimbledon, obwohl ich überhaupt nicht Tennis spielte und noch nie den männlichen BB in Aktion gesehen hatte. Was hatte mich an der Frau überhaupt so gereizt?
Ich warf ihr einen Blick zu. Sie zeigte mir ihr Profil. Die Haut wirkte dünn, fast gläsern. Manchmal zitterten ihre Nasenflügel. Möglicherweise eine Reaktion auf ihre Gedanken, die sie beschäftigten.
»Ich möchte Ihnen gern eine Zigarette anbieten«, sagte ich.

»Rauchen Sie, Hester?«

»Nicht jetzt.«

»Darf ich rauchen?«

»Klar.«

Aus der Packung schnippte ich mir ein Stäbchen und klemmte es zwischen die Lippen. Es herrschte nicht sehr viel Verkehr, denn wir hatten uns aus der eigentlichen City of London bereits entfernt und gondelten schon auf die Brücke zu, die uns auf die andere Seite des Flusses brachte.

Während ich mich auf das Fahren konzentrierte und das Gebläse den Rauch vertrieb, dachte ich darüber nach, aus welch einem Grunde ich überhaupt mitgefahren war.

Konnte man ihn als Neugierde bezeichnen? Ja, das auch, aber Neugierde war es nicht allein gewesen. Irgendetwas hatte mich an der Frau stutzig gemacht. Zunächst einmal wirkte sie auf mich nicht wie eine durchtriebene Lügnerin. Es war durchaus möglich, dass sie tagelang auf mich gewartet hatte, nur um mich zu sprechen oder mir etwas zu zeigen. Und es musste mit meinem Job zu tun haben.

Wir sahen die Themse. Einen graudunklen Wasserarm, der sich träge durch sein Bett wälzte.

»Am Fluss haben wir auch mal gewohnt«, sagte sie plötzlich.

»Hier in London?«

»Nein, es war kurz nach meiner Heirat. Oben im Norden. Es war eine wunderschöne Landschaft.«

»Lieben Sie die Einsamkeit, Hester?«

»Ja. Deshalb wohnen wir auch in diesem umgebauten Gartenhaus.«

»Weshalb zogen Sie nach London?«

»Mein Mann wollte es.«

»Hatte es berufliche Gründe?«

»Sie fragen viel, Mr. Sinclair.«

»Das gehört nun mal zu meinem Job.«

»Könnte ich jetzt eine Zigarette haben?«

So lenkt man von einem Gespräch ab, dachte ich, hatte aber nichts gegen ihren Wunsch und gab ihr ein Stäbchen. Feuer hatte sie selbst. Sie rauchte hastig und blies den Rauch in das Gebläse. »Mein Mann wollte nach London ziehen, weil er dort günstigere Arbeitsbedingungen fand.«

»Wenn wir schon so weit sind, müssen Sie mir noch verraten, was er beruflich tut.«

»Er ist Künstler.«

»Ach.«

»Mögen Sie keine Künstler?«

Ich lachte. »Doch, sehr sogar. Ich mag Menschen, die ihr Leben selbst in die Hand nehmen und sich nicht von anderen bezahlen lassen. Auf welch einem Gebiet hat er sich denn betätigt? War er Spezialist für irgendeine Kunstrichtung?«

»Er arbeitete ziemlich allgemein. Das heißt, er hat lange gesucht, bis er sich dann für Dinge interessierte, die mehr mit Archäologie oder Historie zu tun hatten. Magische Kunst, zum Beispiel.«

»Oh.« Ich war überrascht. »Sollte das der Grund gewesen sein, aus dem Sie mich besucht haben?«

»Auch. Zunächst versuchte ich es allein, dann klappte das nicht, da mir die Probleme über den Kopf wuchsen, wenn Sie verstehen.«

»Noch nicht.«

»Ich werde Ihnen bei mir alles berichten.«

»Was geschieht danach, Hester? Fahre ich wieder zurück?«

»Sie können auch bei mir schlafen. Das Haus ist groß genug. Wir lieben es, sagen zwar immer Gartenhaus, aber das stimmt nur insofern, weil es aus Holz gebaut worden ist. Wir haben es vor zwei Jahren renoviert und angestrichen. Weiß, wissen Sie?«

»Lieben Sie diese Farbe?«

»Ja, ich mag sie. Die Menschen sind viel zu konservativ. Wenn ich zu sagen hätte, würden die Möbelhersteller viel mehr die Farbe Weiß benutzen. Durch die hohen Preise sind die Wohnungen klein geworden, und weiße Möbel lassen sie größer wirken.«

»Da mögen Sie Recht haben«, gab ich zu und dachte an meine eigene Bude, über deren Einrichtung ein Fachmann sicherlich die Hände zusammengeschlagen hätte. Aber wenn man so selten zu Hause ist wie ich, ist es zumeist egal, was da herumsteht. Wäre ich verheiratet gewesen, hätte dies bestimmt anders ausgesehen.

Wir befanden uns bereits auf dem Lande. Längst war es völlig finster geworden, und wie so oft in den Sommernächten, die eine gewisse Feuchtigkeit mitbrachten, hatten sich auch zu dieser Zeit Nebelschleier gebildet, die wie träge Fahnen über die Wege und Straßen zogen. Nicht sehr dicht oder kompakt, oft zerrissen und nur noch aus Fetzen bestehend, sodass für eine Weiterfahrt kaum Gefahr bestand.

»Ich gebe Ihnen Rätsel auf, nicht wahr?«, fragte Hester nach einer Weile des Schweigens.

»Ja.«

»Und trotzdem sind Sie mit mir gefahren.«

»Es war die Neugierde.«

»So müssen Polizisten wohl sein.«

»Klar. Etwas an Ihnen hat mich fasziniert.«

Ich hatte sie noch nie richtig lachen hören, jetzt tat sie es. Danach wollte sie sich noch immer nicht beruhigen. »Mr. Sinclair, das hat mir noch niemand gesagt. Ich soll Sie fasziniert haben?«

»In der Tat.«

»Wodurch?«

»Es war Ihre Hartnäckigkeit, auch die Art, wie Sie erzählten und den Fall angingen. Das tut nicht jeder.«

»Stimmt. Aber auch nicht jeder muss sich mit Problemen herumschlagen wie ich.«

»So schlimm?«

Sie presste die schmalen Lippen noch fester zusammen. »Sie werden es erleben, Sir.«

Danach hatte sie wieder Sendepause. Mein unruhiges Gefühl wuchs parallel zu meinem Unmut. Ich wurde hier in etwas hineingezogen, das ich überhaupt nicht wollte. Manchmal, wenn wir so redeten, kam ich mir vor wie eine Figur, die man von einer Seite zur anderen schob, ohne dass sie etwas dagegen unternahm.

»Wir müssen bald links ab«, erklärte sie mir. »Fahren Sie bitte langsamer. Bei diesem Wetter kann man kaum den Weg erkennen.«

Ich ging vom Gas. Die beschädigte Scheibe störte mich gewaltig, doch ich konnte nichts machen. In einer Werkstatt würde sie bald ausgewechselt werden.

»Weit kann es nicht sein«, sprach ich Hester an.

»Stimmt.« Sie machte mir einen nervösen Eindruck. Die Ruhe war nur gespielt. Zwar saß sie noch aufrecht und steif neben mir, aber die Hände zitterten und bewegten sich. Mal bildeten sie Fäuste, dann lagen sie offen, und ich sah auf den Flächen den dünnen Schweißfilm.

Hinweisschilder erschienen. Manche mit einer reflektierenden Schrift versehen. Das Wort Wimbledon war immer zu lesen.

»Die Nächste links.« Ihre Stimme war leise und klirrte irgendwie. Sie verriet die seelische Belastung, unter der die Frau stand. Den Mund hatte sie verzogen, hielt die Lippen aber geschlossen und hatte die dünnen, kaum auffallenden Augenbrauen zusammengezogen.

Ich betätigte den Blinker. Endlich hatte der Kerl hinter uns freie Bahn. Während ich in die schmale Straße einbog, gab er Vollgas.

Wir fuhren an Gärten vorbei. Manchmal streiften die langen Arme irgendwelcher Hecken die Karosserie. »Wird es noch enger?«, fragte ich.

»Nein, nein. Das ändert sich gleich. Fahren Sie nur.«

In der Tat änderte es sich. Die Hecken traten zurück, die Gärten blieben. Es waren flache, weite Komplexe. Felder, auf denen Erdbeeren angebaut wurden.

Auch über ihnen hingen schwache Nebelschleier. Der Weg verschlechterte sich. Wiederum hatten die Stoßdämpfer des Bentley schwer zu leiden. »Bleibt das noch lange so?«

»Nein, nein.« Ihre Antwort hatte nervös geklungen. Sie hockte auf dem Sitz und hatte sich nach vorn gebeugt. Sie schaute aber auch nach rechts und links, als suchte sie etwas Bestimmtes.

»Wir sind bald da – oder?«, fragte ich ein wenig ungeduldig.

»Ja.«

So einsam die Gegend auch war, es gab sicher Menschen, die sich wohl fühlten in ihren originellen Bauten. Da hatte kein Großstadtarchitekt mitgewirkt. Diese Häuser waren in Eigeninitiative gebaut worden.

Hier konnte man leben …

Ich fragte mich, was die Frau hier verloren hatte und ob sie mit dem Angreifer auf dem fliegenden Teppich unter einer Decke gesteckt hatte. Nicht jeder schoss mit feurigen Pfeilen. Wenn es jemand tat, musste er einen triftigen Grund haben, und er durfte auch keine Rücksicht kennen, denn ein Flammenpfeil in einer Tiefgarage hätte ein Chaos auslösen können. Dieses Risiko war der Angreifer bewusst eingegangen.

»Den nächsten Weg bitte rechts«, sagte Hester.

»Wird es noch einsamer?« Meine Frage hatte scherzhaft klingen sollen. Die Frau fasste es nicht so auf und gab ihre Antwort mit ernst klingender Stimme.

»Zumindest waldreicher. Wir lieben die Natur und haben uns zurückgezogen.«

»Aber es führt ein Weg zu Ihrem Haus?«

»Natürlich.«

»Und Sie haben auch ein Fahrzeug?«

»Ja, einen Japaner. Und weil der in die Werkstatt musste, bin ich mit der U-Bahn gefahren.«

»Das wollte ich wissen.«

Sie lächelte nur und schaute, genauso wie ich, in die dünnen Dunstschleier. »Ist es hier immer so dunstig?«, wollte ich wissen.

»Ja, wir befinden uns in einem Feuchtgebiet. Leider. In der Nacht werden sich die Schleier noch verdichten. Die Nächte, in denen wir keinen Nebel haben, können sie während des Jahres an beiden Händen abzählen, Mr. Sinclair.«

Bisher waren wir mit dem Auto noch ganz gut durchgekommen. Im Scheinwerferlicht erkannte ich eine Kurve, dahinter dichten, düsteren Wald. Hinzu kam noch der Nebel, sodass die Gruselatmosphäre perfekt war.

»Wohnen Sie im Wald?«, fragte ich.

»Dahinter.«

»Dann ist er nicht groß?«

»Nein.«

Der Weg wurde zum Glück nicht enger. Ich fuhr sehr langsam, kaum zehn Meilen. Deshalb hatte ich Zeit, nach rechts und links zu schauen, sah die Bäume und die dazwischenliegenden Schatten wie dunkle, unheimlich wirkende Tücher, in das plötzlich ein kurzes Licht gerissen wurde, als hätte man ein Tuch zerstört.

Gelb und feurig.

Wie dieser verdammte Pfeil.

Ich bremste, riss damit die Frau aus ihren Gedanken, denn sie schreckte mit einem Kiekslaut hoch. Erstaunt blickte sie sich um. »Aber wir sind noch nicht da, Mr. Sinclair.«

»Das weiß ich.«

»Und weshalb haben Sie angehalten?«

Ich holte durch die Nase Luft. »Haben Sie das Licht nicht gesehen?«

»Wo?«

»Zwischen den Bäumen auf der linken Seite. Dort flackerte es. Rötlich gelb, wenn mich nicht alles täuscht.«

»Ich sah nichts.«

»Gibt es dort ein Haus?«

Sie schüttelte den Kopf. »Unseres ist das einzige am Waldrand.«

»Dann habe ich mich wohl getäuscht«, erklärte ich und fuhr wieder an. Eine Täuschung war es bestimmt nicht gewesen, aber das brauchte die Frau neben mir nicht zu wissen. Licht in der Finsternis sieht man oft meilenweit, deshalb konnte ich auch nicht sagen, wie weit entfernt diese Lichtquelle von uns war.

»Sie werden noch durch eine Kurve fahren müssen, dann sind wir am Ziel«, erklärte die Frau. »Ich habe die Lampen vor dem Haus brennen lassen. Es sind zwei Laternen.«

»Okay.«

Bis zur Ankunft schwiegen wir. Ich hatte plötzlich das unbestimmte Gefühl, in eine Falle zu fahren, was mich nicht weiter störte, da ich es freiwillig tat.

Dann verließen wir den Wald. Ich sah das Haus und war beeindruckt von der langen, hellen Front. Von wegen Gartenhäuschen, das war schon ein kleines Landhaus mit einem Schuppen an der rechten Seite und mehreren Giebeln. Wer hier als Künstler lebte, hatte sicherlich einen idealen Platz zum Arbeiten gefunden.

Ich hielt an und nickte anerkennend, bevor ich ausstieg. »Da haben Sie sich etwas Schönes ausgesucht, Hester.«

»Ja, uns gefällt es auch.«

»Ihr Mann ist auch hier?«

»Ich wollte Ihnen erst im Haus alles erklären. Ich brauche das Haus einfach dazu.«

»Wie Sie wünschen, Hester.«

Mrs. Shapiro hatte die Tür bereits geöffnet und stieg aus. Ich drückte mich ebenfalls aus dem Wagen und atmete tief durch. Von der Luft war ich ein wenig enttäuscht. Irgendwie ließ sie sich nur schwer atmen.

Über der Tür brannten tatsächlich zwei Lichter. Laternen aus schmutzigem Glas, die nicht viel Helligkeit abgaben.

Hester Shapiro suchte den Schlüssel. Sie hatte ihn in einer der Manteltaschen stecken.

Ich folgte ihr langsam. Mit dem Rücken baute ich mich zum Haus hin auf und schaute nach vorn.

Die Sache gefiel mir nicht. Jenseits des Weges befand sich eine schmale Wiese, und dahinter begann der Wald. Bäume, die dicht wie eine Mauer wirkten und zudem eine undurchdringliche Wand aus Unterholz besaßen. Büsche und Gestrüpp bildeten Verstecke.

»Es ist offen.«

Ich schaute noch einmal auf den Waldrand, sah auch die Nebelschleier, die die Umgebung noch undurchdringlicher machten, und wandte mich um. Die Frau hatte den Schlüssel noch im Schloss stecken, als sie die Tür aufdrückte.

Noch zwei Schritte musste ich bis zur Schwelle gehen. Mir fielen erst jetzt die großen, hohen und auch breiten Fenster des Hauses auf. In ihnen setzten sich die Scheiben aus mehreren Teilen zusammen.

Das musste auch so sein, denn der nahe Wald nahm ziemlich viel Licht weg.

Als ich gerade über die Türschwelle ging, hörte ich ein Klirren.

Dumpf klang es, und Scherben regneten zu Boden. Ich sprang zur Seite, drehte den Kopf und sah, weshalb die eine Lampe zersprungen war.

Ein brennender Pfeil hatte sie getroffen!

Eine Schrecksekunde durfte ich mir nicht erlauben, die Lage war einfach zu ernst. Auch wenn sich Mrs. Shapiro schon im Flur befand, die Tür stand noch immer offen. Beide wandten wir dem hinterhältigen Schützen den Rücken zu. Im Licht der einen Lampe waren wir relativ gut zu erkennen.

Ich warf mich nach vorn, streckte die Arme aus und riss Hester Shapiro zu Boden. Keine Sekunde zu spät. Denn in diesem Augenblick sauste der zweite Pfeil in die Tür, dicht an meinem Kopf vorbei. Hätte ich mich nicht geduckt, hätte er sich in meinen Nacken gebohrt.

Einen Moment später lag ich am Boden, sah das kleine Feuer über mir und schob die Tür mit dem Fuß zu. Zum Glück war das Holz durch den Nebel feucht geworden. Es würde nicht so leicht in Brand geraten, sonst hätten wir einpacken können.

Hester lag am Boden. Sie war gegen einen kleinen Garderobentisch gefallen, der vor einem Wandspiegel stand. Den Kopf richtete sie auf. Ihr Blick flackerte. Angst stand wie eingemeißelt in ihrem Gesicht, wobei ich nicht wusste, ob sie nun gespielt oder echt war.

»Das war knapp!«, flüsterte ich und kam wieder hoch, während sie noch liegen blieb. Sie hatte das Licht angeknipst. Neben dem Spiegel befand sich die pilzförmige Wandleuchte, deren Schein ihr Gesicht getroffen hatte.

Ich streckte die Hand aus. Hester umfasste sie und ließ sich aufhelfen.

Sie zitterte, war bleich geworden, und die Wangen wirkten noch eingefallener. Mit einer müden Bewegung strich sie durch ihr Haar. Sie wollte lächeln, das schaffte sie aber nicht; stattdessen schaute sie mich fragend an und flüsterte: »Was war das?«

»Man hat auf uns geschossen.«

»Mit Feuer?«

»So ähnlich. Es war ein flammender Pfeil.«

»Stimmt das?«, hauchte Hester, als sie den ersten Schreck verdaut hatte. »Wer macht denn so etwas?«

»Das weiß ich nicht.«

Sie nickte, wartete wohl auf meine nächste Bemerkung, die aber nicht erfolgte. »Was tun wir jetzt?«

»Erst einmal ins Haus gehen.«

»Da sind wir doch schon.«

»In die Räume, meine ich.«

»Natürlich. Warten Sie, Mr. Sinclair, ich gehe vor.« Sie wandte sich nach links. Dort gab es eine kleine Treppe mit drei Stufen. Ich wollte wissen, wo dieser Flur hinführte, denn an seinem Ende hatte ich eine Tür entdeckt.

»In den Schuppen«, erhielt ich als Antwort.

»Ist die Tür verschlossen?«

»Ja.«

Davon überzeugte ich mich selbst, ging hin und fand Hester Shapiros Worte bestätigt. Von dort hatten wir also Ruhe, wenigstens so lange, wie die Tür verschlossen war. Ich wollte sie auch nicht öffnen.

Hester war bereits die Treppe hochgegangen. Sie stand noch auf der letzten Stufe, hielt ihre Hand aber in das Zimmer gestreckt und wollte wahrscheinlich das Licht anknipsen. Das aber durfte unter keinen Umständen geschehen, denn ich dachte an die großen Fenster, hinter denen wir uns als lebende Zielscheiben abhoben, wenn es in den Räumen hell wurde. Rasch umfasste ich ihren Arm.

»Kein Licht!«

Sie schaute mich für einen Moment verdutzt an, verstand und nickte. »Gut, bleiben wir im Dunkeln.«

Ich ließ sie vorgehen. Im Haus würden sie sicherlich noch nicht lauern. Wir betraten die Küche, einen relativ großen Raum. An einer Seite entdeckte ich eine zweite Tür. Sie stand offen und führte in den Wohnraum, der schon einem kleinen Saal glich. Von ihm aus führte eine weiß gestrichene Treppe mit breiten Stufen in die obere Etage.

Ich blieb vor der Treppe stehen. »Wo geht es da hin?«

»In die erste Etage und dann unter das Dach.«

»Kann man dort stehen?«

»Wenn man den Kopf einzieht.«

Zur Vorderseite hin zeigte der große Wohnraum zwei gewaltige Fenster mit Bögen an der Oberseite. Gegenüber, praktisch im Schlagschatten der Treppe, war ein Kamin errichtet worden. Auch nicht gerade klein und aus hellen Steinen gemauert. Unter dem Treppenaufgang hatte jemand Holz gestapelt.

Durch die Fenster konnte man nicht hereinschauen, weil die Gardinen zugezogen waren. Sie reichten bis zum Boden. Ich bedeutete Hester, zurückzubleiben, und näherte mich dem ersten Fenster. Vorsichtig schob ich die Gardine ein Stück zur Seite und schaute hinaus. Ich sah meinen Wagen, dahinter die Wiese, und dann begann schon der dichte Wald.

Wo die Feinde lauerten, war nicht zu erkennen.

Dunkelheit lag über dem Land. Kein Mond, keine Sterne. Aus dem Wald schien der Nebel in die Finsternis zu steigen.

Hinter mir hörte ich ein bestimmtes Klingeln. Es war entstanden, als Eiswürfel gegeneinander stießen. Hester hatte sich einen Drink geholt. Die Bar befand sich in einem Regalschrank aus Rattan.

»Möchten Sie auch einen Schluck?«

Ich schüttelte den Kopf. »Im Moment nicht.«

»Ich habe auch Dosenbier.«

»Okay, da nehme ich eines.« Meine Kehle war trocken. Dieser dritte heimtückische Angriff war mir stärker an die Nieren gegangen, als ich es der Frau zeigte.

Sie warf mir eine Dose zu, die sie aus der Kühlbox geholt hatte. Wegen ihrer beschlagenen Außenhaut wäre sie mir fast aus der Hand gerutscht. Ich musste noch einmal nachfassen, und Hester entschuldigte sich.

»Macht nichts.« Ich nahm auf der Couch so Platz, dass ich auch zu den Fenstern schauen konnte. Wenn sich irgendwo in der Dunkelheit ein Licht auftat, musste es auch durch die geschlossene Gardine zu sehen sein.

Als ich die Dose öffnete, sprühte mir schon Schaum entgegen. Ich trank Bier und Hester Whisky.

»Das musste sein«, sagte sie.

Ich hob die Schultern. »Sie sind erwachsen.«

»Leider.«

»Wieso?«

»Manchmal wünsche ich mir, ein Kind zu sein.«

»Den Wunsch hat wohl jeder von uns einmal. Aber kommen wir zur Sache. Dieses Beschießen mit glühenden Pfeilen ist kein Zufall, Hester.«

»Nein ...« Ihre Antwort kam zögernd.

»Sie wissen Bescheid?«

»Kaum.« Hester legte die Hände zusammen und starrte gegen die gläserne Tischplatte, auf der sich ihr Gesicht schwach abzeichnete. »Nichts ist Zufall in diesem Haus.«

Mit einer solchen Erklärung wollte ich mich nicht zufrieden geben, aber ich blieb geduldig. »Okay, Hester, bis jetzt habe ich all das getan, was Sie wollten. Nun bin ich an der Reihe, den Spieß umzudrehen. Ich möchte, dass Sie mir einige Erklärungen geben.«

»Worüber?«

»Über diese Angriffe mit den Feuerpfeilen. Es muss mit Ihnen zusammenhängen.«

Sie hob den Kopf und schaute mich aus großen, unschuldigen Augen an. »Mit mir?«

»Ja, mit Ihnen.«

»Nein, Sir, da irren Sie sich. Ich habe damit nichts zu tun. Gar nichts.«

»Wer dann?«

»Vielleicht Gordon.«
»Das ist Ihr Mann?«
»Ja.«
»Wo befindet er sich?«
Ich hatte eine Antwort erwartet, bekam auch eine, aber keine, die ich erwartet hatte. »Vielleicht ist er hier, vielleicht woanders. Wer kann das sagen?«
Für mich war der Spaß vorbei. Mit diesen Erwiderungen ließ ich mich nicht ablenken. »Moment mal, meine Teure, so können Sie mit mir nicht reden. Ich will endlich wissen, was hier gespielt wird. Sonst hätte ich auch in meiner Wohnung bleiben können.«
»Ich bin Ihnen auch dankbar, Mr. Sinclair, dass Sie …«
Meine schroffe Handbewegung unterbrach sie. »Keine Ausreden, bitte sehr. In diesem Haus gibt es ein Geheimnis. Um Sie und Ihre Ehe gibt es ein Geheimnis. Deshalb verlange ich eine Aufklärung. Was hat Ihr Mann mit dem Fall zu tun?«
»Alles und nichts.«
»Ich rate nicht gern.«
Sie nickte heftig dreimal hintereinander. »Gut, ich werde versuchen, es Ihnen zu erklären. Mein Mann ist ein Tüftler, ein Forscher, ein in sich gekehrter Mensch. Er interessiert sich für Dinge, die den meisten Menschen einfach zu hoch oder zu blöd sind. Er gräbt auch aus, er will hinter die Geheimnisse alter Kulturen, Mythen oder Völker kommen. Vor einigen Wochen hat er eine Reise nach Südfrankreich angetreten. Ich hatte nicht mitgewollt, weil hier renoviert wurde und ich die Arbeiten überwachen musste. Zweimal rief er mich aus Südfrankreich an, und er sagte mir jedes Mal, dass er einer tollen Sache auf der Spur wäre.«
»Wie toll war sie?«
»Das kann ich Ihnen nicht sagen. Obwohl wir verheiratet waren, ist Gordon ein Einzelgänger geblieben. Aber er ist extra in eine größere Stadt gefahren, um mir das zu sagen.«
»Deswegen rief er Sie an?«
»Ja.«
Ich wollte es nicht glauben. »Was hat er noch gesagt,

Hester? Ich kann mir nicht vorstellen, dass er Sie über nichts informierte.«

»Er sprach von einer wichtigen Entdeckung, die er gemacht hat.«

»Kam er zurück?«

»Ja.«

»Und brachte er etwas mit?«

»Auch das. Eine große Kiste.« Sie fuchtelte mit den Armen herum, damit ich mir von deren Größe eine Vorstellung machen konnte.

»Und wo steht sie jetzt?«

»Im Keller.«

»Den gibt es auch noch?«

»Ja, er ist nicht groß, aber feucht.«

»Was geschah anschließend?«

»Gordon ist wieder verschwunden. Er warnte mich noch, die Kiste nicht zu öffnen, weil sich dort etwas sehr Schlimmes befinden musste. Eine schlimme Sache, über die man heute noch nicht sprechen dürfe, weil die Menschheit dafür angeblich noch nicht reif sei.«

»Wann genau war das?«

»Vor ungefähr zwei Wochen.«

»Schön.« Ich stand auf und bemerkte den erstaunten Blick der Frau.

»Was haben Sie vor, Mr. Sinclair?«

»Mir die Kiste ansehen, was sonst?«

Auch Hester erhob sich. Aber wesentlich hektischer als ich. »Das dürfen Sie auf keinen Fall, Mr. Sinclair. Gordon hat es verboten. Das Öffnen dieser Kiste ist mit einer Lebensgefahr verbunden …«

»Sicher. Nichts im Leben ist ohne Risiko. Das brauchen Sie mir nicht zu sagen. Ich will trotzdem nachschauen. Manchmal muss man den direkten Weg gehen, um sein Ziel zu erreichen. Sagen Sie mir nur, wo es zum Keller geht.«

»Muss ich denn mit?«

»Sie brauchen nicht. Es ist sowieso besser, wenn jemand hier oben bleibt und einen Blick aus dem Fenster wirft. Sie wissen, dass irgendwo da draußen jemand auf uns lauert. Ich habe die Nase von brennenden Pfeilen voll und auch von irgendwelchen Personen, die auf einem fliegenden Surfbrett oder Teppich hocken …«

»Wie?«

Ich winkte ab. »Lassen wir das. Vielleicht werden Sie später noch schlauer, Hester.«

»Das will ich gar nicht. Ich wollte nur, dass Sie sich um den Fall kümmern, Mr. Sinclair.«

»Sagen Sie mal, wie sind Sie überhaupt auf mich gekommen? Normalerweise bin ich ziemlich unbekannt.«

»Das stimmt wohl, aber jemand muss einmal Ihren Namen erwähnt haben.«

Ich sah ihr an, dass sie log. »Bitte, Mrs. Shapiro, so nicht! Wer hat Ihnen von mir erzählt?«

»Also gut.« Sie nickte. »Es war mein Mann, der Ihren Namen erwähnte. Er kannte Sie wohl.«

»Und woher?«

Jetzt hob sie die Schultern, und diesmal glaubte ich ihr diese stumme Antwort auch.

Bevor wir in den Keller gingen, wollte ich noch nach draußen schauen. Ich blieb an der gleichen Stelle stehen und schob mit einer Hand die lange Gardine zur Seite.

Mein Blick fiel nach draußen.

Dunkelheit, dazwischen der Nebel, der träge um die Bäume wallte und mit seinem unteren Ende am Boden festzuhängen schien. Aber es gab auch helle Flecken.

Genau zwei.

Und die sah ich über den Bäumen. Die Schatten konnte ich nicht erkennen, nur eben die kleinen zuckenden Flammenzungen, die sich plötzlich lösten, heranrasten und ein Ziel anvisierten.

Ich zuckte unwillkürlich zurück, weil ich damit rechnete, dass man mich am Fenster entdeckt hatte.

Das stimmte nicht, denn die beiden heranfliegenden Pfeile schlugen einen Bogen und jagten der Erde zu.

Was sollten sie dort treffen?

Im nächsten Moment sah ich es und war nicht gerade davon begeistert, denn die Pfeile steckten plötzlich in zwei Reifen des Bentley ...

Es war Einbildung, aber ich glaubte, das Zischen der Luft zu hören, die aus den Reifen entwich. Hart umklammerte ich mit der rechten Hand den Gardinenstoff und konnte zusehen, wie der Wagen zur linken Seite hin absackte.

Man hatte unsere einzige Möglichkeit, hier schnell wegzukommen, ausgeschaltet.

Okay, ich fand mich damit ab und schaute dorthin, wo ich die Pfeile hatte aufflammen sehen.

Da war nichts mehr. Die Finsternis schluckte alles, und die Nebelfetzen sorgten dafür, dass sie noch schwerer zu durchdringen war. Hester war so nahe an mich herangetreten, dass ich ihren warmen Atem in meinem Nacken spürte.

»Was ist passiert?«, fragte sie mit zitternder Stimme. »Ich sah etwas Glühendes durch die Luft ...«

»Schauen Sie zum Wagen.«

Sie sah hin und erkannte auch die schräge Haltung des Silbergrauen, aber sie begriff noch nicht. Ich erklärte ihr schließlich, was passiert war.

»Nein.« Sie ging einen Schritt zurück. »Das ist ja schrecklich. Dann kommen wir nicht mehr hier weg.«

»Vorausgesetzt, dass wir nicht mit Ihrem Wagen fahren.«

»Wenn Sie Mechaniker sind, können Sie versuchen, ihn zu reparieren.«

Ich schüttelte den Kopf. »Das hat keinen Sinn. Ich verstehe von Autos nicht viel. Ich weiß nur, dass sie vier Räder haben, in die man besser nicht reinbeißen sollte.«

»Das ist noch weniger als ich.« Sie wechselte das Thema. »Was sollen wir denn jetzt tun?«

»Hatten wir nicht vorgehabt, uns die Kiste anzusehen?«

»Stimmt.«

»Aber zuvor werde ich noch etwas tun. Wo steht hier das Telefon?« Ich schaute mich um.

»Warten Sie.« Hester verschwand in dem großen, dunklen Raum. Sie passierte den Kamin. Ich folgte ihr, und wir blieben neben einer Tür stehen. Auf einem Wandregal stand der Apparat.

Wen sollte ich anrufen? Suko würde ich nicht erreichen. Sir James wollte ich auch nicht unbedingt anrufen. So blieb mir eigentlich nur jemand, der gar nicht mal so weit von diesem Ort entfernt wohnte, denn die Conollys hatten ihr Haus im Londoner Süden gebaut, und um diese Zeit, es war erst kurz nach 22 Uhr, würde der gute Bill sicherlich noch auf den Beinen sein. Er sollte einige Nachforschungen anstellen, was diesen Gordon Shapiro anging. Der gute Bill – er war freier Reporter – gehörte zu den Leuten, die Gott und die Welt kannten.

Um seine Nummer zu wählen, brauchte ich kein Licht. Ich ließ einige Male durchläuten, bis einer abhob und sich mit einer ziemlich knurrigen Stimme meldete.

»Conolly.«

»Ich bin's, John.«

Bill schnaufte. »So gut wie nie rufst du an, und wenn, dann liege ich gerade im Bett.«

»Okay, Alter, dafür entschuldige ich mich später. Ich hänge hier in einer etwas komischen Lage, die sich allmählich zuspitzt.«

»Soll ich dich raushauen?«

»Nein, noch nicht. Ich will von dir etwas anderes. Es geht um einen gewissen Gordon Shapiro. Sieh mal zu, ob du innerhalb kürzester Zeit Material über ihn findest. Wenn ja, ruf mich zurück. Die Nummer ist …« Ich wollte Mrs. Shapiro gerade danach fragen, dazu aber kam es nicht mehr, denn plötzlich war die Leitung tot.

Man soll zwar in Anwesenheit einer Dame nicht fluchen. Diesen Vorsatz aber vergaß ich in Anbetracht der Lage, denn ein defektes Telefon kann einen schon auf die Palme bringen, besonders dann, wenn man ein wichtiges Gespräch führen will.

Ich machte es wie die Leute im Film, schlug einige Male auf die Gabel, ohne einen Erfolg zu erreichen.

Die Leitung war und blieb tot.

Ich legte wieder auf und drehte mich um. Mrs. Shapiro schaute mich fragend und wissend an. Sie deutete auf den Apparat. »Die Leitung ist tot, nicht wahr?«

»Ja. Kommt das hier öfter vor?«

»Nein. Wir haben das wirklich noch nicht erlebt. Bisher ging alles glatt.«

»Dann muss jemand daran gedreht haben, und zwar von außen!«

»Wer denn?«

»Wenn ich das wüsste. Aber ich traue unseren Pfeilschießern mittlerweile alles zu.«

Hester überlegte. »Dann müssten diese Typen ja von draußen eingegriffen haben.«

»Was hindert sie daran?«

»Da haben Sie Recht.«

Mir gefiel dieser Aufenthalt immer weniger. Allmählich bekam ich das Gefühl, in einer Falle zu sitzen, wobei unsere Gegner mit allen Mitteln versuchten, uns im Haus festzuhalten. Mit kleinen, relativ harmlosen Attacken hatte es begonnen. Aber ich wusste, dass sich so etwas steigern würde, und dann waren wir gezwungen, uns hart zu verteidigen.

Womit?

Okay, ich besaß meine Beretta, auch ein Ersatzmagazin, das Kreuz ebenfalls. Aber einige Dinge, wie der Bumerang und die magische Kreide, lagen im Wagen.

Und dort wollte ich ran!

»Worüber denken Sie nach, Mr. Sinclair?«, fragte Hester ängstlich.

»Über einen Ausbruch.«

»Ohne Wagen?«

»Nur einen kleinen.« Ich zog sie vom Fenster zurück und drückte sie in einen Korbsessel, der als Schaukelstuhl gefertigt war und nicht weit vom Kamin entfernt stand. Meine Erklärung war kurz. Sie umfasste nur wenige Sätze, aber ich sah genau, dass Hester Furcht bekam.

»Sie begeben sich in Lebensgefahr!«

»Das ist mir klar. Nur brauche ich die Waffen dringend. Ich will Ihnen nichts vormachen, Hester. Wahrscheinlich, nein, sogar bestimmt, befinden wir uns in einer höchst bescheidenen Lage. Man wird uns belagern. Wann wir dieses Haus verlassen können, ist fraglich. Vielleicht noch in der Nacht, möglicherweise erst am Tag. Es kommt da auf einige Faktoren an. Deshalb müssen wir wachsam sein und uns auch zu wehren wissen. Das kann ich mit den Waffen, die sich noch im Kofferraum befinden.«

»Und wenn man Sie erwischt, bin ich allein.«

»Daran denke ich eben nicht.«

Hester Shapiro sah ein, dass Widerspruch keinen Sinn hatte. Sie nickte und legte die Hände in den Schoß. Den Mantel hatte sie inzwischen ausgezogen. Jetzt trug sie einen blauen Pullover und einen dunklen Rock. Irgendwie wirkte sie in dieser Kleidung noch trauriger.

Ich strich über ihr Haar. »Kopf hoch, wir beide werden es schon schaffen.«

»Wenn Sie meinen.«

»Bleiben Sie im Sessel sitzen und rühren Sie sich nicht von der Stelle. Alles anderes erledige ich.«

»Okay, verstanden.«

Ich ließ sie allein und ging zur Tür. Durch die Küche musste ich und warf auch einen Blick durch das Fenster. Es führte zur Rückseite hinaus. Schweigend lag der verwilderte Garten, eingehüllt in die Finsternis und durchwoben von grauen Dunstschleiern. Eine Bewegung erkannte ich nicht. Und wenn, dann waren es die langen Zweige, durch die der Wind strich. Blätter raschelten.

Ich trat in den schmalen Flur. Bis zur Haustür waren es nur wenige Schritte. Rasch überbrückte ich die Entfernung, sah erst den innen angebrachten, aber zurückgeschobenen Riegel und legte meine Hand auf die kühle Metallklinke.

Vorsichtig drückte ich sie nach unten. Ich wollte die Tür nur so weit öffnen, dass ich gerade hindurchschlüpfen konnte. Danach musste alles verdammt schnell gehen. Die Wagenschlüssel hielt ich in der linken Hand, damit ich so rasch wie möglich an das Schloss des Kofferraums herankam.

Der Nebel war dichter geworden. Als ich die Tür öffnete, drangen zusammen mit der kühleren Luft die ersten Schwaden durch den Spalt. Das konnte für mich auch von Vorteil sein, dann war ich ebenfalls nicht mehr so gut zu sehen, falls die Anderen Augen wie Menschen hatten.

Ich duckte mich, bevor ich das Haus verließ. Mein Herz klopfte schon jetzt schneller. Zum Glück befand sich kein hölzerner Stepwalk vor dem Haus, sodass ich auf weichen Boden treten konnte. Nur ein paar Schritte entfernt stand der Bentley. Eine wirklich lächerliche Distanz, die ich schnell überwand, sodass ich auch, ohne beschossen zu werden, an den Kofferraum gelangte.

In der Hocke blieb ich. Der Wagen hatte sich tatsächlich auf die linke Seite gelegt. Auch er wurde von Dunsttüchern umflort. Auf seinem Lack glänzte die Feuchtigkeit. An einigen Stellen hatte sie sich zu Tropfen zusammengeballt.

Nicht ein Laut drang an meine Ohren. Der nahe Wald lag in einem gespenstisch anmutenden Schweigen. Nur das leise Schaben hörte ich, als der flache Schlüssel in das Schloss fuhr. Ich drehte ihn herum, und mit dem sich lautlosen Heben des Kofferraums kam auch ich hoch.

Die Lampe leuchtete den ganzen Kofferraum aus. Ich sah meinen dunklen Einsatzkoffer, packte den Griff, zog ihn hoch und wollte die Haube wieder schließen, als ich sicherheitshalber noch einen Blick auf den Waldrand warf.

Nicht im Wald sah ich das Feuer, sondern dicht über den Bäumen. Aber nicht allein die Pfeile flogen heran, jetzt kamen die unheimlichen Wesen selbst.

Und sie waren zu dritt!

Im Sessel hatte sie sitzen bleiben sollen, aber das wollte Hester Shapiro nicht. Sie hatte nicht die innerliche Ruhe und musste sich einfach bewegen, bevor sie noch durchdrehte.

Selbst das Knarren des Korbgeflechts regte sie auf, als sie

sich in die Höhe stemmte. John Sinclair musste bereits an der Haustür sein und somit die Küche durchquert haben. Dennoch ging sie sehr vorsichtig, um nicht von ihm gehört zu werden.

Auf Zehenspitzen bewegte sie sich und schreckte jedes Mal zusammen, wenn eine Bohle knarrte. Dieser Fußboden mochte zwar gemütlich wirken, aber als Schleichpfad war er ungeeignet.

An der Tür blieb sie stehen, peilte in die Küche und sah sie menschenleer. Auch von der Haustür vernahm sie kein Geräusch, deshalb kehrte sie wieder um, trat an die Bar und griff nach einer Whiskyflasche. Sie goss etwas in das Glas und trank den Doppelten. Besser ging es ihr auch nicht. Im Gegenteil, der Alkohol zeigte bereits Wirkung, denn die Bewegungen kamen ihr träger vor. Der erste Whisky war wohl zu viel gewesen.

Mein Gott, dachte sie. Auf was habe ich mich da nur eingelassen? Hester schlug die Hände gegen ihr Gesicht und schüttelte den Kopf. Das war furchtbar. Dabei hatte sie ihren Mann immer vor gewissen Dingen gewarnt. Aber er hatte nicht hören wollen und musste eben mit dem Kopf durch die Wand. Zum Glück war ihr dieser Sinclair eingefallen. Wenn er die ganze Wahrheit gewusst hätte, nicht auszudenken! Unter Umständen hätte er sie sogar festgenommen.

Er gehörte zu den Männern, die irgendwie Vertrauen schufen, das hatte auch Hester festgestellt. Sie wollte nicht, dass ihm etwas passierte. Er war mutig, vielleicht sogar zu mutig, denn die Gegner, mit denen sie es zu tun hatten, kannten kein Pardon. Sie hätte ihn vielleicht nicht herlocken sollen, aber sie hatte keine andere Möglichkeit gesehen, ihren Mann zu retten.

Hester Shapiro befand sich allein im Haus. Aber es war nie ruhig in dem alten Gebäude. Irgendetwas bewegte sich immer. Ob es nun ein altes Bodenbrett war, ein zur Rückseite hin liegender Fensterladen oder ein außen vorstehender Gegenstand, der vom Wind erfasst und bewegt wurde. Das Haus lebte, es atmete, es hatte ihr aber bis zu dieser Minute nie Furcht eingeflößt.

Doch jetzt hatte sie Hilfe geholt.

Dieser Gedanke trieb sie wieder voran. Sie brachte das Herzjagen unter Kontrolle und wollte nachschauen, wie es dem Geisterjäger erging.

Auf leisen Sohlen bewegte sich die Frau zum Fenster. Dicht vor der Scheibe blieb sie stehen. Die Gardine nahm ihr einen großen Teil der Sicht, deshalb schob sie den dünnen Stoff vorsichtig zur Seite, um nach draußen peilen zu können.

Der Nebel hatte sich verdichtet. Die Wolken waren wallender geworden. Sie trieben gegen das Haus, nur schwach erkannte sie den Wagen und sah plötzlich den hellen Ausschnitt am Heck des Silbergrauen. Das Licht fiel aus dem geöffneten Kofferraum, und Hester sah auch die Umrisse des hockenden Geisterjägers.

Aber sie kam nicht dazu, sich auf Sinclair zu konzentrieren, denn im Haus und dicht in ihrer Nähe vernahm sie ein polterndes Geräusch. Es war über ihr aufgeklungen, wanderte aber weiter und befand sich plötzlich in einer Höhe.

Hester fuhr herum.

Sie wollte es nicht wahrhaben, aber es war eine Tatsache. Zuerst sah sie den Staub. Er quoll durch den Kamin bis auf die Feuerstelle, vermischte sich mit einem schwarzen, fettigen Ruß, der sich wolkenartig ausbreitete und trotzdem die unheimliche Gestalt nicht verdecken konnte, die den Weg durch den Kamin genommen hatte.

Es war ein Mann.

Eine flache Silbermaske bedeckte sein Gesicht, sodass von den eigentlichen Zügen nichts zu sehen war.

Das war auch nicht nötig.

Hesters Blick saugte sich an etwas anderem fest. Es war ein gespannter Bogen, und auf der Sehne lag ein Feuerpfeil, dessen Flammenspitze direkt auf sie zeigte ...

Auch Bill Conolly hatte den Hörer sehr nachdenklich aufgelegt und ging zurück ins Schlafzimmer. Dort befand sich auch ein Apparat, den aber hatte Bill auf Betreiben seiner Frau

Sheila abgestellt, weil sie nicht mitten in der Nacht aus dem Schlaf gerissen werden wollte.

Er ging durch den Flur und hielt den Kopf gesenkt. Viel hatte John nicht sagen können. Sie waren plötzlich unterbrochen worden, aber wo lag da der Grund?

Das fragte sich Bill und schüttelte den Kopf. Irgendetwas musste dazwischengekommen sein, und das war nicht normal gewesen, davon ging der Reporter aus.

Im Schlafzimmer angekommen, ging er nicht bis zum Bett, sondern blieb, an den Türrahmen gelehnt, stehen.

Das machte seine Frau misstrauisch. Sie richtete sich auf, strich die Haare aus dem verschlafen wirkenden Gesicht und fragte mit müder Stimme: »Was war denn los? Wer hat angerufen?«

»John Sinclair!«

Plötzlich war Sheila Conollys Müdigkeit wie weggewischt. Sie schüttelte den Kopf, sodass die blonden Haare flogen. Das Gesicht nahm Farbe an, und die Augen blitzten. »John hat angerufen? Dann steckt er doch sicherlich in Schwierigkeiten.«

»Das kann sein.«

»Haust du ihn raus?«

»Wenn ich es schaffe.«

Dieser eine Satz hatte Sheila regelrecht alarmiert. Sie schleuderte die Decke zur Seite und schwang sich aus dem Bett. Sheila trug nur mehr einen Hauch von Nighty. Zudem war der Stoff durchsichtig, und bis auf einen sehr schmalen Slip hatte sie nichts darunter.

Vor Bill blieb sie stehen. »Sag mal, was soll das denn heißen? Du hast in Rätseln geredet.«

»Lass uns ins Wohnzimmer gehen.«

Beide streiften sich die Morgenmäntel über. Sheila einen roten, der von Bill war silbergrau. Bevor sie Platz nahmen, mixte der Reporter zwei Drinks. Seiner war noch stärker als Sheilas.

»Es war so«, erklärte Bill mit einem Blick zur Tür, wo Nadine, die Wölfin mit der Seele eines Menschen, erschienen war. »Er rief mich an, sagte ein paar Sätze, dann war die Verbindung unterbrochen.«

»Einfach so?«

»Ja.«

Sheila trank einen Schluck. »Verstehe ich nicht. Konntest du denn nicht zurückrufen?«

Bill fuhr mit fünf Fingern durch sein braunes Haar. »Nein, ich wusste ja nicht, von wo aus mich John angerufen hat. Das ist vielleicht ein Mist.«

»Und sonst hast du keine Spur?«

»Doch, einen Namen: Shapiro. Gordon Shapiro. Ich sollte innerhalb kürzester Zeit Material über ihn besorgen.«

»Was heißt das?«

»Bis vorgestern«, sagte Bill. »Du kennst doch John.«

»Das weiß ich. Schaffst du es denn?«

Bill, der bisher gestanden hatte, ließ sich in einen Sessel fallen, neben den sich auch Nadine kauerte, denn sie wollte von dem Reporter gestreichelt werden. Während Bill seine Rechte in dem Fell vergrub, sagte er mehrmals den Namen vor sich hin, aber er konnte sich nicht erinnern, ihn jemals gehört zu haben.

Sheila erging es ebenso. Sosehr sie auch nachdachte, zu einem Resultat kam sie nicht.

»Was tun wir jetzt?«

Bill hatte bereits das Telefon auf den Knien. »Ich rufe bei der Zeitung an. Da gibt es Leute, die alles sammeln und archivieren. Mal sehen, vielleicht finden wir so eine Spur.«

»Gute Idee.«

Der Reporter wählte die Nummer des größten englischen Blattes. Man kannte ihn dort und verband ihn mit einem gewissen Tim Bender, dem Ressortchef für alles Außergewöhnliche. Bender sorgte für die Berichte aus aller Welt.

»Hast aber Glück, dass ich noch hier bin, alter Junge.«

»Ich weiß doch, dass du Idealist bist und nicht wegen des schnöden Mammons arbeitest.«

Bender lachte. »Hast du wieder eine heiße Story auf Lager. Die letzte, als du …«

»Nein, Tim!«, unterbrach Bill den redegewandten Mann schnell. »Diesmal möchte ich etwas von dir haben.«

»Ach.«

»Ja. Hör zu, ein Name. Gordon Shapiro. Schau mal nach, ob ihr etwas über ihn habt.«

»Was soll der denn gewesen sein? Politiker, Verbrecher, Abenteurer ...?«

»Keine Ahnung.«

Bender stöhnte. »Man, gerade jetzt, wo ich mir in meinem Pub schon telefonisch etwas zu essen bestellt habe ...«

»Wenn du mir einen Gefallen tust, lade ich dich zum Essen ein. Das Lokal kannst du dir aussuchen.«

»Einverstanden. Ich rufe zurück.«

Bill hatte genau den richtigen Knopf gedrückt, denn er wusste, wie gern Tim Bender aß. Für ein opulentes Mahl ließ dieser Zeitungsmensch alles stehen.

Das Telefon blieb auf Bills Beinen. Er griff zum Glas und nahm einen Schluck. »Jetzt können wir nur hoffen, dass Gordon Shapiro, wie auch immer, einen gewissen Namen hat.«

»Und dann?«

»Werden wir ihm auf die Füße treten.«

»Von Suko hat John nichts erwähnt, oder?«

»Nein, überhaupt nichts. Aber deine Idee ist gut. Ich werde ihn eben anrufen. Das andere dauert noch.«

Leider hob keiner ab. Suko und Shao waren nicht zu Hause.

»Mist!«

»Vielleicht steckt John mit ihnen zusammen in dieser Lage«, vermutete Sheila.

»Wer kann das wissen? Jedenfalls hat er nichts darüber gesagt.« Bill wiegelte ab. »Der hat sicherlich einen Alleingang gemacht. Wäre nicht das erste Mal.«

Die Minuten dehnten sich. Sheila und Bill schauten immer häufiger auf die Uhr. Im Haus war es ruhig. Johnny schlief, und auch die Wölfin hatte sich zusammengekauert. Sie wurde aber sofort wach, als das Telefon anschlug.

Fast wäre Bill der Hörer noch aus der Hand gerutscht, so hastig hatte er ihn hochgehoben. »Ja?«

»Ich bin's wieder.«

»Und? Habt ihr was?«

»Wenn wir nichts haben, wer dann?«, lobte Tim sich zunächst einmal selbst. »Ein gewisser Gordon Shapiro ist uns sehr wohl bekannt. Aber er fiel nicht unangenehm auf.«

»Wie denn?«

»Durch seine Penetranz. Er hat sich mal an unsere Zeitung gewendet, um einen Bericht zu verkaufen. Er wollte von einem wiederentdeckten Volk berichten, das er in Südfrankreich gefunden hat. Wir haben den Bericht nicht gebracht, obwohl wir ihn erst ankaufen wollten. Es war zu sehr Wischiwaschi. Nichts Konkretes, weißt du. Sogar eine Überschrift hatte er schon gefunden: Das Phantom-Kommando. Hört sich richtig reißerisch an. Kann ja was für dich sein. Wenn an der Story etwas dran ist, Bill, und du dich dranhängst, ist die Sache schon im Kasten. Aber Shapiro? Wer kennt den schon?«

»Manchmal sollte auch eine als konservativ eingestufte Zeitung mal über ihren eigenen Schatten springen«, erwiderte Bill nicht ohne Vorwurf in der Stimme. »Sag mir noch eines, Tim. Weißt du zufällig, wo ich den Knaben finden kann?«

»Nein, nicht genau. Aber er muss in der Nähe von London wohnen. An der Stadtgrenze oder etwas außerhalb.«

»Einen besseren Hinweis hast du nicht?«

»Nein.«

»Ich danke dir.«

»Okay, Bill, und vergiss nicht das Essen.«

»Nein, nein, keine Sorge.« Bill hängte ein und erklärte Sheila, was er gehört hatte.

»Die Adresse kriegen wir über Scotland Yard raus«, sagte die blonde Frau. Auch in ihr war so etwas wie Jagdeifer erwacht. Und das kam bei Sheila selten vor.

Bill wählte bereits. Die meisten Beamten, mit denen auch sein Freund John Sinclair zusammenarbeitete, kannten ihn. Dennoch war man dort misstrauisch und wollte zurückrufen.

»Aber schnell«, sagte der Reporter.

»Versteh sie«, meinte Sheila. »Da kann ja eigentlich jeder kommen und irgendetwas behaupten ...«

»Klar, ich sage ja auch nichts.«

Nicht mal eine Minute später stand die Verbindung, und Bill legte seinen Wunsch offen.

»Das ist schwer. Es gibt ziemlich viele Shapiros in London.«

»Weiß ich selbst. Der Shapiro, den ich meine, hat einen außergewöhnlichen Beruf. Vielleicht steht er dabei …«

»Was denn?«

»Forscher oder Abenteurer.«

»Mann, Conolly, wenn Sie ja nicht Sinclairs Blutsbruder wären, würde ich durch die Leitung kommen. So aber lassen wir unsere Maschinchen laufen. Warten Sie.«

»Ja.«

Sheila sah, dass ihr Mann schwitzte. »Was hat es gegeben?«

»Sie werden nachforschen.«

»Das hätten wir ja auch machen können.«

»Bei uns hätte es zu lange gedauert. Die haben doch Lesegeräte, die die dicken Telefonbücher durchgehen. Bei uns hätte das viel zu lange gedauert.«

Sheila stand auf und holte einen Block nebst Kugelschreiber. Bill legte sich die Sachen auf den Tisch. Den Apparat stellte er daneben. Und wieder begann das Warten. Zum Glück nicht sehr lange, denn die Polizei arbeitete schnell.

»So, dann schreiben Sie mal auf. Wir haben alle weiblichen Shapiros gestrichen.«

»Er heißt ja Gordon.«

»Sicher, davon gibt es auch einige.«

Bill schrieb mit. Er achtete besonders auf die Adressen und ließ die Namen derjenigen weg, die in der City of London wohnten.

Zum Schluss blieben vier übrig.

»Alles okay?«, fragte der Mann beim Yard.

»Das hoffe ich. Wann habt ihr denn mal wieder ein kleines Abteilungsfest.«

»In der nächsten Woche.«

»Ich steuere eine Kiste Whisky dazu bei.«

»Das ist ein Wort.«

Bill stieß den Atem aus, als er sich zurücklehnte. »Wir

haben es geschafft«, sagte er. »Vier Namen sind übrig geblieben.«

»Und die Anschriften?«, fragte Sheila.

»Sind so ziemlich verteilt.«

»Wie willst du denn herausfinden, wer unser Shapiro ist?«

»Bei dem der Ruf nicht durchkommt.« Bill grinste seine Frau an, die sich gegen die Stirn schlug.

»Klar, das hätte ich mir denken können. Manchmal sieht man den Wald vor lauter Bäumen nicht.«

»Wie Recht du hast.«

Bill tippte die erste Nummer ein. Eine Frau meldete sich, fragte sofort, ob ihr Mann dran wäre, und Bill entschuldigte sich wegen der Störung. Der zweite Versuch.

Sheila war aufgestanden. Ihr Glas war leer. Sie hielt es trotzdem fest und schaute zu, wie ihr Mann mit der Fingerspitze die Zahlen eindrückte. Den Hörer hatte er zwischen Kinn und Schulter festgeklemmt. Sein Gesicht zeigte einen gespannten Ausdruck.

»Nichts!«, flüsterte er. »Gar nichts, tote Leitung, keine Verbindung, Sheila.«

»Versuch es noch einmal, damit du auch ganz sicher bist.«

Das tat Bill.

Abermals erzielte er das gleiche Ergebnis und sagte, als er den Hörer auflegte. »Das ist der richtige, Sheila!«

»Meine ich auch.« Sie drehte sich um und rannte hinaus.

»Wo willst du hin!?«, rief Bill.

»Mich umziehen. Glaubst du denn, ich lasse dich allein fahren.«

Bill verdrehte die Augen und folgte seiner Frau ins Schlafzimmer, wo sie bereits in die Jeans schlüpfte. »Und Johnny?«, fragte der Reporter. »Wir lassen ihn allein …«

»Nein, Nadine wird auf ihn aufpassen.«

»Wie du willst.«

Die Conollys hatten ihr Haus durch Dämonenbanner absichern lassen. Zudem blieb die Wölfin stets bei ihrem Sohn, wenn sie beide unterwegs waren. Zusammen war es eine relativ gute Sicherheit.

Sheila war schneller fertig als ihr Mann. So etwas kam auch nicht oft vor.

Zuletzt steckte Bill noch seine Pistole ein. Das Magazin war mit geweihten Silberkugeln gefüllt. Sollte sich ihnen ein dämonisches Wesen der niederen Stufe in den Weg stellen, reichte ein geweihtes Silbergeschoss.

Sheila fuhr schon den Porsche aus der Garage, während Bill die Haustür abschloss.

Der rote Flitzer war ein Auto der Superklasse. Ein 928er S, der von 0 auf 100 nur 6,5 Sekunden benötigte.

Sheila war auf den Beifahrersitz gerutscht. Sie überließ ihrem Mann das Lenkrad.

»Auf geht's«, sagte der Reporter und jagte den Weg hinunter, dass der Kies unter den breiten Reifen wegspritzte …

Sie waren zu dritt, und sie kamen aus dieser verdammten Nebelwand über dem Wald.

Dabei boten sie ein unheimliches Bild. Nur das zuckende Feuer auf den Pfeilspitzen war zu sehen. Die Gestalten selbst verschwammen hinter den grauen Nebelschleiern, als hätte jemand einen Vorhang zugezogen.

Erschreckend war auch die Lautlosigkeit, mit der sie sich näherten. Ich fragte mich, wie ich sie stoppen konnte.

Es gab zwei Chancen für mich.

Entweder blieb ich draußen und stellte mich, oder aber ich warf mich zurück in das Haus und feuerte von dort. Das wäre nicht gut gewesen, denn sie hätten auch durch die Fenster geschossen und irgendetwas in Brand setzen können.

Also blieb ich.

Aber ich wechselte die Stellung. Geduckt hastete ich hinter die rechte Wagenseite und fand eine neue Deckung am Kotflügel, hinter dem ich hervorschielte.

Sie waren sehr schnell, aber noch schneller war die erste von mir abgeschossene Kugel.

In den Nebel hinein hatte ich gezielt und mir den flackernden Feuerpunkt als Ziel ausgesucht.

Die Kugel putzte die Gestalt weg. Auch der Teppich oder das fliegende Surfbrett geriet ins Taumeln. Jedenfalls kippte es dem Boden entgegen, wie auch die beiden abgeschossenen Pfeile, die sehr schnell heranrasten.

Der erste Teppich wischte an meiner Nasenspitze vorbei und hieb in den weichen Boden. Ich hatte mich zurückgeworfen und sah den zweiten Angreifer bis dicht vor die Hauswand fliegen, wo er abstoppte, sich drehte und erneut anlegte.

Von vorn zielte er auf mich.

Ich war schneller.

Kniend und mit verzerrtem Gesicht schaute ich zu. Meine Kugel war parallel zur Hauswand gejagt und traf den zweiten Angreifer voll in den Körper.

Auch er wurde von seinem Teppich gestoßen, prallte noch gegen die Wand und rutschte an ihr zu Boden.

Ich sprang jetzt hoch, wechselte wieder die Stellung, warf mich neben der Tür gegen die Hauswand, drehte und blieb mit gezückter Waffe in Combat-Haltung stehen.

Keine Spur mehr von einem dritten Gegner. Sie waren lautlos wie Schatten erschienen. Zweimal hatte ich die Stille durch Schüsse unterbrochen, und ebenso lautlos hatten sie sich wieder zurückgezogen.

Sekunden verstrichen. Nur meinen eigenen Atem hörte ich. Langsam sanken die Arme nach unten. Mit dieser Bewegung ließ auch die Spannung nach, die mich bis jetzt umklammert gehalten hatte. Das war gerade noch mal gut gegangen, aber schlauer war ich trotzdem nicht geworden. Noch immer kannte ich kein Motiv für diese gefährlichen heimtückischen Attacken irgendwelcher dämonischer Wesen.

In der Eile hatte ich meinen Koffer vergessen. Er lag noch im Wagen. Aufmerksam ging ich den gleichen Weg zurück, und diesmal hinderte mich keiner daran, den Koffer zu öffnen und das zu entnehmen, was ich benötigte.

Das war der silberne Bumerang, und auch etwas von der magischen Kreide steckte ich mir ein.

Jetzt hätte ich eigentlich zurück ins Haus gehen können,

verzichtete aber darauf, weil ich mir die Gestalten, die ich vernichtet hatte, anschauen wollte.

Einer musste dicht an der Hauswand liegen. Ich ging hin und wurde selbst zu einer unheimlichen, von Nebelschwaden umwaberten Gestalt, die einsam durch die Nacht schlich.

Den Körper sah ich schon vorher. Er lag auf dem Rücken. Dort, wo sich sein Kopf befand, glänzte etwas metallisch. Es musste diese Silbermaske sein, die ich der Gestalt vom Gesicht reißen wollte, was aber nicht ging, denn das Metall war heiß und schmolz.

Deshalb konnte das Schreckliche auch geschehen. Das flüssige Silber rann in die Haut. Es durchdrang die Poren, suchte und fand seine Bahn, drang in Nasenlöcher, den Mund, die Augenhöhlen und verteilte sich so im Inneren des Kopfes, denn auch die Haut wurde verbrannt.

Oder war es keine Haut?

Ich fasste den Toten an.

Nein, der Körper fühlte sich hart an. Gleichzeitig auch glatt, als hätte jemand das Material geschliffen. Kopfschüttelnd begab ich mich an die weiteren Untersuchungen. Die Person sah aus wie ein Mensch, obwohl ich es mit keinem Menschen zu tun hatte, sondern mit einem dämonisch beeinflussten Wesen. Der Tote trug eine Art Badehose, und ich tastete seine Waden ab, die ebenfalls hart wie Holz waren.

Dann schaute ich mir den »Teppich« an.

Nun ja, es war nicht direkt ein fliegender Teppich, sondern ein breites Brett, das aus einem dünnen Material bestand und mich an Schiefer erinnerte.

Das Wort »erinnerte« war gut gewählt, denn von dem Originalmaterial blieb nicht mehr viel zurück, denn der komische fliegende Teppich verging ebenfalls, nachdem die Verbindung mit seinem Herrn nicht mehr stand.

Das zweite Wesen musste irgendwo am Waldrand liegen.

Sein Gesicht war ein silberner Klumpen ohne Augen, Nase oder Mund.

Im Licht meiner kleinen Lampe schimmerte er an manchen Stellen wie frisch poliert.

Rätsel über Rätsel hatte man mir aufgegeben. Und wer trug die Schuld daran? Nur diese Frau, die mir in der Tiefgarage aufgelauert hatte. Sie und ihr Mann waren in dieser Rechnung die beiden unbekannten Größen. Ich wollte einfach nicht mehr glauben, dass Hester Shapiro so unwissend war. Sonst hätte man sie nicht so hart attackiert.

Bisher hatte ich Rücksicht genommen. Es war ihr auch gelungen, einen sehr schüchternen und ängstlichen Eindruck zu machen. Nun musste ich zu anderen Mitteln greifen.

Ich warf einen Blick zum Haus.

Vor der hellen Fassade zogen die grauen Nebelbänke ihre trägen Bahnen und gaben dem weiß angestrichenen Gebäude ein unheimliches Aussehen. Auch die Fenster verschwammen hinter der hellen Suppe, sodass ich nicht mal sehen würde, dass sich hinter der Scheibe jemand bewegte.

Nur gut, dass sich Hester an meine Anweisungen gehalten hatte, und so ging ich einigermaßen beruhigt auf den Hauseingang zu. Diesmal legte ich auch den Riegel vor die Tür. Ich rechnete mit weiteren Angriffen. Da waren wir im Innern geschützter als draußen.

Über die Steintreppe erreichte ich die Küche und wollte die Tür zum Wohnraum völlig öffnen, als mir etwas entgegengeweht wurde. Der Geruch von kalter Asche, von Rauch und Ruß.

Das war vorhin nicht so gewesen.

Blitzschnell zog ich die Waffe und blieb vor der halb offenen Tür stehen. Ich hatte bereits den rechten Fuß gehoben, um zuzutreten, als ich Hesters Stimme vernahm. Sie klang verdammt gepresst und auch irgendwie anders.

»Kommen Sie ruhig, Mr. Sinclair!«

»Was ist passiert?«

Ich bekam keine direkte Antwort. Dafür hörte ich den nächsten schrill klingenden Satz, der mir einen kalten Schauer über den Rücken trieb. »Kommen Sie, sonst killt er mich!«

Genau diese Worte hatten den Ausschlag gegeben. Ich blieb vorsichtig und trat die Tür ganz auf.

Sie flog nach innen. Ich huschte geduckt über die Schwelle und erkannte die Bescherung. Ob sich Hester an meine Anweisungen gehalten hatte oder nicht, war jetzt egal. Jedenfalls hatte es eine der Silbermasken geschafft, die Frau in seine Gewalt zu bekommen.

Das Wesen berührte die Frau nicht mal. Es stand nur da und zielte auf Hester. Dabei stand die Spitze des Pfeiles in Flammen, nur breitete sich das Feuer seltsamerweise nicht aus. Es blieb auf diesen einen Fleck konzentriert, ähnlich wie bei einer Pechfackel.

Dicht hinter der Tür war ich stehen geblieben. Mein Blick glitt auch dem Kamin entgegen. Aus ihm quollen weiterhin Ruß- und Ascheteilchen, die sich nebelartig im Raum verteilten und mir eigentlich signalisierten, auf welche Art und Weise der Maskenträger den Raum betreten hatte. Er war durch den Kamin gekommen.

Hesters Angst war nicht gespielt. Sie hielt die Lippen geschlossen und bewegte die Augendeckel mehrmals auf und nieder, als wollte sie mir irgendwelche Zeichen geben.

Ich ging trotzdem weiter und ließ es darauf ankommen. Wenn ich stehen bleiben sollte, würde mir der andere das schon irgendwie deutlich machen. Nach drei Schritten hatte er sich noch immer nicht gerührt, zudem hielt ich noch meine Beretta in der Rechten.

Dann aber sagte Hester etwas. »Er wird mich töten, wenn Sie noch einen Schritt machen!«

»Woher wissen Sie das?«

»Er hat es mir mitgeteilt.«

»Ich habe nichts gehört.«

»Er kann auch nicht sprechen, sondern hat sich in meinen Gedankenkreis eingeschaltet. Hüten Sie sich!«

Ich blieb stehen, denn allmählich wurde die Sache interessant und nahm auch Gestalt an. Wie kam es, dass nur die Frau Kontakt mit ihm hatte und ich nicht? War sie vielleicht bei diesem Wesen bekannt? Davon ging ich zunächst aus.

Meine nächste Frage galt Hester. »Sie kennen diese seltsame Person, nicht wahr?«

Hester zögerte mit einer Antwort. Das bewies mir wiederum, dass ich mit meiner Vermutung nicht so weit danebenlag.

»Reden Sie!«, forderte ich sie auf.

»Ja.«

»Okay, so weit sind wir schon mal. Sie haben es geschafft, mir die Ahnungslose vorzuspielen, das ist vorbei. Wenn Sie diese Personen kennen, müssen Sie auch mehr über sie wissen, über ihre Entstehung, ihren Mythos, die Hintergründe.«

»Nein!« Gepresst hatte die Antwort geklungen. Einfach zu unglaubwürdig.

Ich sah sie mir sehr genau an. Auf ihrer Stirn zeigte sich eine breite Schweißspur, die sich aus Perlen zusammensetzte. Der Mund stand offen. Sie atmete zischend, schluckte dabei und schaute mir flehend in die Augen. Wahrscheinlich sollte ich aufhören, meine Fragen zu stellen, aber daran dachte ich nicht.

Ich tat sogar noch etwas, hob das Bein an, damit es wirkte, als wollte ich einen weiteren Schritt vorgehen.

»Er bringt mich um!« Hastig hatte Hester das Wort hervorgestoßen.

Meine Antwort war nicht gerade gentlemanlike, aber diese Person hatte mich schon zu oft an der Nase herumgeführt, als dass ich sie so einfach davonkommen lassen wollte. »Wenn Sie mir nicht sagen, was Sie wissen, gehe ich weiter. Und meine Kugel ist schneller als der Pfeil. Da kommt der Maskenträger nicht gegen an.«

Hester litt. »Verstehen Sie doch, ich kann es nicht! Es ist mir einfach nicht möglich, Ihnen etwas zu sagen. Er hat es mir verboten. Ich habe Befehle.«

»Gut, das verstehe ich. Wenn ich Sie so höre, sind Sie auch in der Lage, mit ihm zu reden – oder?«

»Ja.«

»Dann können Sie ihm von mir etwas ausrichten. Sagen Sie

ihm, dass ich zwei seiner Artgenossen bereits erledigt habe und auch ihn nicht fürchte. Ich habe hier das Kommando, nicht er!«

Sie nickte. »Ich werde es versuchen …«

Jetzt war ich gespannt. Da Hester Shapiro mit den Wesen reden konnte, musste sie diese schon länger kennen. Was sie gedanklich sprach, zeichnete sich auf ihrem Gesicht nicht ab. Vielleicht war auch das Licht zu schlecht, sodass ich nichts sah. Aber ich bekam eine Antwort.

»Sie sollen gehen.«

»Weshalb?«

»Weil er hier das Kommando hat. Er hat ein Recht darauf …«

»Hat er das wirklich?«, hakte ich sofort nach.

Die Antwort blieb für eine Weile aus. Und als sie aus ihrem Mund drang, wurde ich überrascht. »Ja, Mr. Sinclair, dieser Mann oder dieses Wesen hat das Recht!«

»Wieso?«

Sie verzog gequält das Gesicht. »Es ist jetzt nicht der richtige Zeitpunkt, es Ihnen zu sagen, aber glauben Sie mir …«

»Ich Ihnen glauben?«, fragte ich spöttisch.

»Mag sein, dass Sie misstrauisch geworden sind, aber diesmal, Mr. Sinclair, sage ich die Wahrheit.«

Ich schwankte. Natürlich wollte ich sie nicht in Gefahr bringen. Dieses Haus musste irgendein Geheimnis bergen, von dem ich bisher noch nichts wusste. Wenn ich mich jetzt passiv verhielt und nur beobachtete, während die anderen agierten und reagierten, konnte ich möglicherweise einen Zipfel des Geheimnisses lüften.

»Bitte!«, flüsterte sie.

»Und wenn ich tatsächlich einwillige?«

Sie ging überhaupt nicht auf meine Bemerkung ein. »Sie müssen es tun, wir haben sie unterschätzt. Bleiben Sie im Hintergrund. Jetzt ist sowieso alles zu spät.« Hester hatte so gesprochen, dass ich ihr die Wahrheit abnahm. Diesmal schauspielerte sie nicht. Die Erregung war echt, auch die Angst in ihren Augen.

Zur Demonstration meines guten Willens trat ich zur Seite und nahm den Weg zur Tür.

»Danke«, sagte Hester. Es klang irgendwie erlöst, als wäre sie endlich von einem Druck befreit worden.

Das Wesen mit der Silbermaske rührte sich nicht. Es stand sehr ruhig da und schien eingeschlafen zu sein. Davon ließ ich mich nicht täuschen. Die bis zum Reißen gespannte Bogensehne deutete darauf hin, dass der andere schon Acht gab und nichts unter den Tisch fallen konnte.

Hester Shapiro ging mit zitternden Knien. Sie versuchte ein flüchtiges Lächeln, das so gar nicht zu ihrem Zustand passen wollte. Steif passierte sie mich, und ebenso steif schritt auch der Aufpasser hinter ihr her.

Seine Silbermaske ließ nichts vom Gesicht erkennen. Und die Augen waren ebenfalls nur Schlitze, durch die er blicken konnte.

Bisher waren wir zu unserem eigentlichen Ziel nicht gekommen. Es ging um die Kiste, die Gordon Shapiro von seiner Reise mitgebracht hatte. Was sich in ihrem Innern befand, war mir unbekannt. Hester wusste es sicherlich, aber sie hatte mir nichts gesagt. Dafür musste sie die Konsequenzen tragen, denn die anderen, ihre Gegner, wussten wohl besser Bescheid.

Wir verließen den Wohnraum. Der Typ mit der Silbermaske ging so leise, dass er kaum zu hören war. Trotz seiner hölzernen Bewegungen wirkte er nicht steif. In ihm steckte mehr, als sein Äußeres verriet.

Ich schloss mich der Gruppe an und machte den Schluss. Bis zur Küche kam mir der Weg bekannt vor. Das änderte sich rasch, als wir uns nach links wandten.

Ins Freie wollte die Frau nicht. Ich sah eine graue Holztür.

Sie quietschte erbärmlich in den Angeln, als Hester sie aufzog.

Ein dunkles Loch tat sich auf.

Der Mann mit der Silbermaske hatte sich an die der Tür gegenüberliegende Wand gelehnt. Die brennende Pfeilspitze zeigte auf den Rücken der Frau. Hester zögerte vor dem ersten Schritt in die Dunkelheit. Sie kam mir vor wie eine Person, die zum ersten Mal in ihrem Leben einen so finsteren Keller betritt. Dementsprechend bleich war sie auch, und ihre Lippen formten Worte, die niemand verstand.

»Gehen Sie«, sagte ich.

Sie nickte. Es hatte den Anschein, als wollte sie etwas hinzufügen, verschluckte es und betrat den dunklen Keller, wobei sie den Arm ausstreckte und nach dem Lichtschalter fasste.

Ihre Finger fanden das Ziel.

Ich wartete noch mit schussbereiter Waffe und sah plötzlich in dem Lichtfinger unseren Gegner stehen.

Es wäre nicht mal schwierig gewesen, ihn durch einen raschen Schuss zu erledigen. Aber mich interessierte plötzlich, welch ein Geheimnis dieser Keller barg. Bisher war darüber nur geredet worden, jetzt wollte ich es endlich zu Gesicht bekommen. Es musste etwas sehr Gravierendes sein, wenn die andere Seite alles einsetzte, um es zu bekommen.

Die Treppe begann nach einem kleinen Flur. Sie führte steil nach unten. Das Licht reichte aus, um die mit Feuchtigkeit überzogenen Stufen erkennen zu können.

Überhaupt war der ganze Keller feucht. An den Wänden klebte das Wasser, und an manchen Stellen rann es sogar in langen Bahnen nach unten, um dort kleine Pfützen zu bilden.

Auf dem Handlauf des Geländers hatte sich ebenfalls ein Film gebildet, der von Hesters Fingern verwischt wurde.

Die Luft roch unangenehm wie altes Brackwasser. Hier hätte mal gelüftet werden müssen. Ich konnte mir gut vorstellen, dass auch Ratten in diesem Keller hausten.

Die Lampe unter der Decke wurde durch ein dünnes Gitter geschützt. Insekten führten Tänze um diese Lichtquelle aus, und erst als wir drei die Treppe hinter uns gelassen hatten, sah ich die Kiste, von der Hester Shapiro gesprochen hatte.

Sie war mittelgroß und reichte der Frau, die direkt neben ihr stand, bis zur Hüfte. Metallbänder pressten die vier Seiten zusammen. Sie mussten erst gelöst werden.

Mein Blick aber war dorthin gefallen, wo der Keller vor

einer grauen Wand endete. Genau in diesem rechten Winkel lag eine Gestalt. Sie musste einmal ein Mensch gewesen sein. Jetzt war sie es auch noch, aber auf eine furchtbare Art und Weise verändert.

Ich sah einen verkohlten Körper.

Auch Hester schaute hin. Die Hände hatte sie zu Fäusten geballt, und in ihren Augen schimmerten Tränen. Ein schlimmer Verdacht keimte in mir hoch, und ich fragte die Frau mit einer beinahe sanft klingenden Stimme: »Wer ist das?«

»Das ist Gordon, mein Mann«, flüsterte sie.

Komisch, ich war nicht mal überrascht, denn mein vorhin aufkeimender Verdacht hatte sich bestätigt. Alles, was mir von Hester bisher erzählt worden war, hatte ich vergessen können. Sie hatte ein Spiel angefangen, das ich noch nicht durchschaute. Aber ich merkte genau, wie sich mein Herzschlag beschleunigte.

In meinem Blick lag eine Frage, die sie verstand und mir auch eine Antwort darauf gab. »Er ist von ihnen getötet worden. Sie haben ihn mit einem Pfeil erwischt. Er verbrannte vor meinen Augen. Seit dieser Zeit lebte ich nur für meine Rache.«

»Und weshalb tötete man ihn?«

»Weil er etwas besaß, das ihnen gehört. Es befindet sich in der Kiste. Sie haben ihn gejagt.«

»Gut, Mrs. Shapiro. Jetzt sagen Sie mir endlich die Wahrheit. Was befindet sich in der Kiste?«

»Eine Statue«, gab sie flüsternd zurück. »Für diese Wesen ist sie sehr wichtig. Sie nennen sie den silbernen Gott. Mein Mann raubte ihn und wurde deshalb verfolgt.«

Für den Anfang reichte mir die Erklärung. Ich wunderte mich nur, dass Gordon Shapiro tot im Keller neben dieser Kiste lag und die anderen es nicht geschafft hatten, das Ding zu öffnen.

Als ich mit Hester darüber sprach, bekam ich rasch eine

Erklärung. »Er ist nicht im Keller gestorben, sondern woanders. Ich erst habe ihn nach unten geschafft.«

»So verbrannt?«

»Ja.« Sie schüttelte sich, bevor sie weitersprach. »Er wurde draußen von ihnen erwischt, aber mein Mann konnte ihnen nicht mehr das sagen, was sie gern gewusst hätten. Aus diesem Grunde mussten sie die Kiste erst noch suchen. Ich habe den Mund gehalten und bin geflohen. In London versteckte ich mich, um Sie abzufangen, denn ich wusste, nur Sie können mir helfen, Mr. Sinclair.«

»Das versuche ich.« Gleichzeitig bemerkte ich, wie der Mann mit der Maske unruhig wurde. Diese Bewegungen sagten mir genug, und auch Hester wusste Bescheid.

»Er nahm mit mir Kontakt auf, Mr. Sinclair. Ich soll die Kiste öffnen, verstehen Sie.«

»Dann machen Sie es.«

»Wie Sie meinen.«

Beide ließen wir sie in Ruhe, als sie auf eine mit einem Regal bestückte Wand zuging. In den einzelnen Fächern lag Werkzeug. An den Rändern klemmten mehrere Punktstrahler, die allesamt abgeschaltet worden waren. Die Lampe an der Decke reichte aus.

Hester suchte nach dem entsprechenden Werkzeug. Die einzelnen Zangen und Hämmer klirrten gegeneinander, als sie bewegt wurden. Eine schaurige Musik geisterte durch den Keller und trieb auf meinen Rücken einen nicht gelinden Schauer.

Schließlich hatte sie das richtige Werkzeug gefunden. Zwischen den Fingern hielt sie eine Zange mit scharfen Backen, die mühelos Metallbänder durchschnitten.

Als sie mich anschaute, nickte ich ihr aufmunternd zu. »Schneiden Sie die Bänder durch. Auch ich möchte den silbernen Gott sehen.«

Sie stand schon vor der Kiste und hatte den Arm erhoben, ließ ihn aber wieder sinken, denn der Maskenträger hatte ihr einen anderen Befehl gegeben. »Sie sollen das Band aufschneiden«, sagte Hester.

»Wieso?«

»Er will es!«

Meine Spannung hatte sich gelegt. Ich fühlte mich wieder besser. Furcht kannte ich in diesen Augenblicken auch nicht. Zwar sah es so aus, als wollte der Fremde das Geschehen diktieren, aber die Handlungen übernahm ich ganz allein.

Sogar die Beretta ließ ich verschwinden.

Hester stand dicht vor mir. Wir berührten uns nicht. Ich spürte, dass sich zwischen uns ein Feld der Spannung aufgebaut hatte. Die Frau sah aus, als wollte sie etwas sagen, doch sie traute sich nicht.

»Keine Sorge!«, hauchte ich. »Das schaffen wir.«

»Gordon sagte es auch immer. Dann haben sie ihn furchtbar gequält und schließlich erwischt.«

»Nicht jeder ist wie Ihr Mann, Hester.« Ich bückte mich und schob die Zange unter das Metallband an der Oberseite. Die beiden Backen klappten zu.

Mit einem singenden Geräusch wurde das Band in der Mitte getrennt. Ich sprang schnell zur Seite, weil ich von den Bändern nicht erwischt werden wollte.

Der Rest war eine Kleinigkeit. Innerhalb weniger Sekunden war die Kiste von den Metallbändern befreit worden. Hester hatte mitgedacht und ein schmales Stemmeisen oder einen Meißel geholt.

Ich knackte die Kiste auf. Nägel schauten aus dem Holz und wurden gebogen, wenn ich hebelte.

Von oben her konnte ich schließlich hineinschauen. Zu sehen war außer Sägemehl und dickem Ölpapier nichts.

»Er kommt, Mr. Sinclair!«

Damit konnte nur dieser Maskenmann gemeint sein. Die Warnung war gut gesprochen worden und gerade noch rechtzeitig, denn als ich mich umdrehte, schaute ich in das Silbergesicht unseres Gegners, der stehen geblieben war. Und dies in einer sehr bestimmten Haltung, die mich misstrauisch und gleichzeitig wach werden ließ.

Etwas war mit ihm.

Verglich ich das mit einem Menschen, kam ich zu dem

Schluss, dass diese Person etwas vorhatte. Wir hatten ihn zu dem »Schatz« hingeführt, die Kiste geöffnet, das war es, was er hatte haben wollen. Brauchte er uns jetzt noch?

Nein. Deshalb würde er auch schießen!

Diese Gedanken funkten in meinem Kopf, und ich handelte blitzschnell und überraschend, auch für Hester, denn als ich mich bewegte, hörte ich ihren leisen Schrei.

Ich hatte genau richtig getippt und mich keine Sekunde zu früh zur Seite geworfen. Der Pfeil befand sich bereits unterwegs, doch ich stand nicht mehr dort, wo er mich hatte erwischen sollen.

Über die Kiste jagte der brennende Gegenstand in einer schrägen Linie hinweg, und dann schoss ich.

Es war hart, aber ich musste so handeln. Der andere sollte nicht mehr dazu kommen, seine Artgenossen zu warnen. Meine geweihte Silberkugel traf haargenau.

Silber gegen Silber.

Meines war stärker.

Noch während sich der andere auf den Beinen befand, erfolgte bereits die Reaktion. Die Maske in seinem Gesicht zerlief, und das flüssig gewordene Metall floss wie ein langer Strom in die Tiefe, wobei es am Hals entlangrann und auch die Brust nicht verschonte.

Der Schütze selbst brach zusammen. Sein Köcher schrammte über den feuchten, rauen Steinboden, als er mit ihm Kontakt bekam. Das Blatt hatte sich gewendet. Nicht ich war der Verlierer, sondern der andere. Aber in meinem Besitz befand sich jetzt das, was der andere hatte haben wollen.

Ich steckte die Waffe weg und kümmerte mich um Hester Shapiro. Sie lehnte an der Wand. »Meine Güte«, hauchte sie. »Fast hätte ich gedacht, dass alles vorbei wäre. Ich merkte, was der andere vorhatte. Seine verdammten Gedanken konnte ich genau spüren.«

»Danke für die Warnung!«, unterbrach ich sie.

Hester winkte ab. »Ich bin ja so froh, dass Sie ihn erledigt haben. Großer Himmel, wie schnell Sie waren!«

»Das lernt man im Laufe der Zeit.« Ich lächelte ihr zu. »So, jetzt werden wir uns mal um die Kiste kümmern.«

Hester kam zögernd näher. Sie hatte sich schon gebückt. Aus dieser Haltung heraus fragte sie: »Sollen wir die Kiste nach oben tragen, Mr. Sinclair?«

»Nein, nur das nicht. Wir werden diesen silbernen Gott auspacken.«

Auch ich hatte mich vorgebeugt. Meine Hände wühlten bereits das Ölpapier durcheinander. Es fühlte sich fettig und irgendwie schmierig an.

Gordon Shapiro hatte seine Beute gut verpackt. Sogar doppelt und dreifach. Hester und ich mühten uns ab, das Fettpapier von der Statue zu lösen.

Ich war überrascht, welch ein Gewicht das Beutestück hatte. Zusammen mit dem Papier zogen wir es schließlich aus der Verpackung und legten es neben der Kiste zu Boden.

Erst jetzt lösten wir das Zeug.

An zwei Seiten rissen wir es ein, und Hester gab dabei ihren Kommentar ab. »Gordon hatte zu viel gewollt. Er nahm sich einiges vor, wollte das Rätsel eines Volkes lösen und scheiterte. Die anderen waren stärker.«

»Von welch einem Volk sprechen Sie?«

»Ich weiß es nicht genau, Mr. Sinclair. Er hat mich im Unklaren gelassen …«

»Gibt es Aufzeichnungen?«

»Vielleicht.«

Ich riss noch ein Stück des Fettpapiers ein und konnte einen ersten Blick auf die Statue werfen. In ihrer gesamten Größe sah ich sie noch nicht. Als ich nachfühlte, stellte ich fest, dass sie ungefähr die Länge eines Männerarms besaß.

Gemeinsam lösten Hester und ich das letzte Hindernis, sodass die Statue frei vor unseren Augen lag.

Ja, es war der silberne Gott!

Eine Figur aus Silber, die auf einem kleinen Sockel stand. Ein wirkliches Kunstwerk, denn ich schaute in ein Gesicht, das alle Merkmale eines Menschen auszeichneten aus Metall bestand, aber trotzdem so wirkte, als würde es leben.

»Unwahrscheinlich«, hauchte die Frau.

Ich holte durch die Nase Luft und nickte dabei. »Irgendetwas muss die Statue haben, das sie so wertvoll macht. Das Metall allein kann es nicht sein.«

»Nein, sie ist alt. Uralt.«

»Ihr Mann hat Ihnen nie gesagt, woher sie stammt?«

»Dazu ist es nicht gekommen. Als er sie hatte, war er auch verändert. Fürchterlich nervös, er stand immer unter Spannung.« Sie warf einen Blick auf den verkohlten Leichnam. »Ich glaube, dass er genau gewusst hat, dass sie ihn jagen.«

»Ja, das ist möglich.«

Meine Hände schob ich unter den silbernen Götzen und hob ihn an. Er war schwer. Mit einer Hand konnte ich ihn nicht hochheben.

Hester war mit ihren Gedanken woanders. »Nicht mal begraben habe ich ihn können«, flüsterte sie. »Ich hatte einfach keine Zeit mehr. Tut mir Leid.«

Ob ihre Reue echt war oder nicht, wollte ich einmal dahingestellt sein lassen, ging aber davon aus, dass sie sich die entsprechenden Vorwürfe machte.

»Wissen Sie schon, wie es weitergehen soll, Mr. Sinclair?«, fragte sie mich.

»Ja, wir müssen nach oben.«

»Aber wie kommen wir weg?«

Ich lächelte scharf. »Eine gute Frage, Mrs. Shapiro. Leider weiß ich keine Antwort.«

Ich stand auf. Die Statue lag schwer auf meinen Armen. Hester bemerkte meine Mühe und fragte: »Soll ich Ihnen helfen?«

»Danke, es klappt. Wenn Sie vorgehen wollen.«

»Natürlich.«

Wir stiegen wieder an die Oberwelt. Ich ging dabei sehr vorsichtig vor, denn die Treppe war feucht. Durch das Gewicht auf meinen Armen war ich zudem behindert.

Jedenfalls würde ich Hester noch einige gezielte Fragen stellen. Ich ging einfach davon aus, dass sie mir nicht die volle Wahrheit gesagt hatte. Sie rückte immer nur tropfenweise damit heraus. Außerdem würde es mich wirklich interessieren, welches Volk Gordon Shapiro angeblich in Südfrankreich entdeckt hatte.

Noch fehlten mir Beweise.

Ich war froh, als wir die Küche erreichten und nicht mehr weit zu laufen brauchten. Bevor Hester den großen Wohnraum betrat, schaute sie erst vorsichtig hinein und fand ihn leer. Nur der Kamingeruch hing wie Blei in der Luft.

»Es ist alles okay, Mr. Sinclair, Sie können kommen.«

Nach Hester betrat ich den Wohnraum und suchte eine Stelle, wo ich meine Beute ablegen konnte. Der Tisch war nicht geeignet, da seine Platte aus Glas bestand.

Der Sessel war gut. Tief drückte die Statue das Sitzpolster ein. Hester stand in der Nähe und schaute die Beute an. Über ihr Gesicht rann dabei ein Schauer.

»Das hätten wir«, sagte ich.

»Ja, stimmt.«

»Und jetzt möchte ich von Ihnen wissen, wie alles abgelaufen ist. Hester, ich werde einfach das Gefühl nicht los, dass Sie mir etwas verschweigen.«

»Nein, ich weiß nichts.«

»Vielleicht, aber denken Sie nach. Sie haben mit Ihrem Mann zusammengelebt. Ein Ehepaar unterhält sich über Probleme, das ist ganz normal. Deshalb können Sie mir nicht sagen, dass Sie nichts wissen. Überlegen Sie bitte genau.«

Sie wollte mich nicht mehr ansehen und drehte sich ab. Mit wenigen Schritten erreichte sie das Fenster und blieb an der Gardine stehen. Ich schaute auf ihren Rücken und sah, wie sie zusammenzuckte, als hätte man ihr einen Schlag versetzt.

Irgendetwas musste die Frau gestört haben.

»Was ist denn?«, fragte ich.

»Da, Mr. Sinclair, wir kommen nicht mehr weg. Schauen Sie mal nach draußen!«

Ich war schnell bei ihr, riss die Gardine auf einer Länge von einem Yard zur Seite und bekam einen freien Blick.

Auch ich musste in diesem Augenblick einsehen, dass Hester nicht übertrieben hatte. Wie viele unserer Gegner draußen lauerten, konnte ich kaum zählen. Jedenfalls knieten sie am Boden, hielten die Sehnen ihrer Bögen gespannt und hatten feurige Pfeile aufgelegt, die genau auf die breite Front des Hauses zielten.

Ich fühlte Hesters Finger an meinem Arm, als sie sich regelrecht festkrallten. »Was sagen Sie denn, Mr. Sinclair?«, fragte sie.

»Ich glaube, dass es diesmal verdammt böse aussieht, Hester. Sogar zu böse …«

»Und du bist der Meinung, dass wir richtig gehandelt haben?«, fragte Sheila ihren Mann.

»Das bin ich.«

»Dann hoffe ich, dass wir John raushauen können.«

»Falls er sich in einer Falle befindet!«, schränkte der Reporter ein.

Sheila nickte heftig. »Doch, ich fühle es. Alles deutete darauf hin. Tut mir Leid, Bill.«

»Mal sehen.«

Sie hatten bereits den Rand der Londoner City erreicht und rollten über eine von Laternen schwach beleuchtete Straße. Rechts von ihnen tauchten vereinzelt Häuser auf. An der linken Seite lag die Dunkelheit über weiten Wiesenflächen, aus denen dünne Dunstschleier stiegen.

»Nebel ist schlecht!«, sagte Sheila.

»Hier muss man immer damit rechnen.«

Bill war sehr schweigsam. Auch er hatte ein ungutes Gefühl, wollte es Sheila aber nicht so zeigen und fuhr weiter. Sie mussten bald abbiegen, wenn sie die letzten Häuser passiert hatten.

Bill kannte London sehr gut, auch die Umgebung der großen Tennisarena. Schließlich besuchten er und seine Frau die großen Turniere, und die beiden hatten auch den Sieg des jungen Deutschen Boris Becker live erlebt. Aber was sich im weiteren Umkreis der Plätze tat und wie es dort aussah, war dem Reporter unbekannt.

Immer wieder sahen sie die Schilder nach Wimbledon, aber

nach ihnen konnten sie sich bald nicht mehr richten, denn der weitere Weg führte sie in die Einöde, nachdem sie an einer bestimmten Stelle rechts abgefahren waren.

»Hier möchte ich nicht wohnen!«, flüsterte Sheila. Sie schielte dabei zu den Ästen hin, die sehr weit überhingen und fast gegen das Blech des Flitzers kratzten.

»Am Tage sieht alles anders aus.«

Jetzt war es wirklich gespenstisch. Zur Dunkelheit gesellte sich der Dunst, der tuchartig über den schmalen Weg trieb und sich im Licht der beiden Scheinwerferlanzen ballte.

»Die Umgebung passt sich allmählich meiner Stimmung an!«, bemerkte Sheila.

Bill hob die Schultern. Er konzentrierte sich auf die Fahrerei. Wohl war ihm ebenfalls nicht zu Mute. Ein gewisses Gefühl sagte ihm, dass sie beide noch eine böse Überraschung erleben würden.

Hoffentlich stimmte die Adresse. Es war keine direkte Straße angegeben, nur mehr ein kleines Gebiet und eine Hausnummer. Mehr konnte man auch bei dieser Gegend nicht erwarten.

Der Weg führte durch Mulden und über winzige Hügel.

Der Reporter hielt das Lenkrad fest umklammert, während sich Sheila mehr mit der Umgebung beschäftigen konnte.

Und da sah sie etwas.

Es schwebte über und schräg vor ihnen. Ein feuriges Licht mitten in der Luft, auf das sich die blonde Frau keinen Reim machen konnte, weil es nie ruhig blieb und von einer Seite auf die andere tanzte. Dann schlug es einen Bogen, näherte sich dem Erdboden und war plötzlich verschwunden.

Bill hatte trotz seiner Konzentration bemerkt, dass mit seiner Frau etwas nicht stimmte. »Hast du was?«

»Ja.« Sie erklärte es.

Conolly wurde nachdenklich. »Und du hast dich nicht getäuscht?«, fragte er.

»Nein, wirklich nicht. Es war auch kein Flugzeug oder eine Sternschnuppe, nur eben dieses komische Licht. Furchtbar, sage ich dir, obwohl es gar nicht so schlimm aussah.«

Bill erwiderte nichts mehr. Er fuhr aber noch vorsichtiger. Der Weg verlor sich fast in eine Wiese und war kaum noch zu erkennen. Beide wussten aber, dass sie nicht mehr allzu weit von ihrem Ziel entfernt sein konnten.

Vor ihnen lag ein Buschgürtel. Die Blätter an den gebogenen Zweigen schimmerten, wenn sie vom Scheinwerferlicht berührt wurden, wie vergoldete Taler. Der Weg führte in einer weiten Linkskurve in das Unterholz hinein.

Und dann sahen sie es.

Sheila schrie auf.

Bill trat auf das Bremspedal und brachte den Porsche innerhalb kurzer Zeit zum Stehen.

Das war auch nötig, denn vor ihnen hielt sich eine Gestalt auf, deren Gesicht von einer silbrig glänzenden Maske verdeckt worden war, und die mit einem flammenden Pfeil auf den flachen Flitzer zielte …

Ich schob Hester zur Seite. Sie hatte sich noch immer nicht beruhigt und beide Hände in Herzhöhe auf die Brust gepresst. Noch einmal schaute ich nach draußen.

Es sah tatsächlich böse aus.

Woher die zahlreichen Gestalten gekommen waren, wusste ich nicht. Sie mussten irgendwo im Wald gelauert haben. Jedenfalls waren sie jetzt fest entschlossen, eine Entscheidung herbeizuführen.

Im Haus war es nicht sehr warm. Dennoch schwitzte ich, als ich wieder zurücktrat. Der Nebel waberte zwischen der Front unserer Gegner und dem Haus. Er beeinträchtigte auch unsere Sicht, sodass die Gestalten und auch die flammenden Pfeile zu einem verwaschenen Muster zusammenliefen.

Hester sah die Ratlosigkeit meinem Gesicht an. »Sie wissen auch nicht, wie es weitergehen soll – oder?«

»Im Augenblick nicht.«

Ihr Blick wurde starr. »Und was machen wir, wenn sie plötzlich angreifen? Haben Sie so viele Kugeln in Ihrer Waffe?«

»Nein.«

»Dann sind wir verloren.«

So leicht wollte ich nicht aufgeben, auch wenn Hester Shapiro bestimmend gesprochen hatte. »Noch haben wir einen Trumpf. Es ist der silberne Gott. Sie wollen ihn haben, wir könnten …«

»Dann geben Sie ihnen die Statue doch!«, rief Hester mit verzweifelt klingender Stimme. »Ich bitte Sie, ich flehe Sie an. Geben Sie das verdammte Ding aus der Hand. Was sollen wir damit noch machen?«

»Einiges.«

»Sie wollen es nicht tun?«

»Vorerst nicht.«

»Dann mache ich es.« Zum Zeichen ihrer Entschlossenheit ging Hester Shapiro vor. Erst am Sessel holte ich sie ein und zog sie wieder ein Stück zurück.

»Lassen Sie die Statue liegen. Vorerst jedenfalls.«

»Ja, und wir sitzen in der Falle.«

Ich war bereits unterwegs und schaltete das Licht aus. Die Dunkelheit breitete sich im Zimmer aus und gab ihm ein völlig anderes Flair. Ein wenig schaurig und unheimlich kam es mir vor, denn jetzt sah ich auch die vor dem Fenster wallenden Nebelwolken. Und dazwischen das Leuchten der Pfeilfeuer.

»Lange werden sie nicht mehr warten, fürchte ich.«

»Da haben Sie wohl Recht.«

»Vielleicht sollten wir einen Ausbruch an der Rückseite wagen!«, schlug sie vor.

Daran hatte ich auch schon gedacht, rechnete aber gleichzeitig damit, dass unsere Feinde auch dort standen. Dennoch wollte ich mich davon überzeugen.

So betraten wir ein anderes Zimmer, das mehr einer kleinen Abstellkammer glich, aber ein Fenster hatte, das auf die Rückseite hinführte. Wir brauchten erst gar nicht vor die Scheibe zu treten und hindurchzuschauen. Schon beim Eintritt sah ich das Flackern des Feuers. Zwar lauerten dort nicht so viele Feinde wie vorn, aber es reichte aus, um uns wieder zurückzutreiben.

»Es gibt keine Chance mehr!«, hauchte Hester.

Gab es die wirklich nicht? Noch lebten wir, und ich hatte das Gefühl, dass auch die andere Seite sich nicht so recht traute, einen direkten Angriff zu starten. Schließlich wussten sie oder hatten es auch miterlebt, dass wir in der Lage waren, uns zu wehren.

»Ich komme mir vor wie in einem alten Westernfort, das von Roten umzingelt ist«, sagte Hester.

»Nur kommt im Film immer im letzten Augenblick die Kavallerie und rettet alle.«

»Hier können wir keine Hilfe erwarten.« Hester sagte es mit bitterer Stimme.

Da hatte sie Recht. Das Telefon war ausgefallen. Bestimmt hatten unsere Gegner daran gedreht, aber es gab einen zweiten Apparat in der Nähe.

Nur befand der sich in meinem Wagen.

»Woran denken Sie?«, fragte mich die Frau.

Ich weihte sie ein.

Hester musste lachen. »An den Wagen kommen Sie nicht heran. Der steht zwar nur einige Schritte entfernt, aber trotzdem sind es Meilen, wenn Sie mich fragen.«

»Leider.«

»Bitte, Mr. Sinclair, lassen Sie uns mit der Statue nach draußen gehen und sie ihnen geben.«

Ich spielte ebenfalls mit dem Gedanken, allein schon wegen Hester, die genug hinter sich hatte. Dazu aber kam es nicht mehr, denn hinter den großen Fenstern entstand eine zuckende feurige Bewegung, als die ersten Pfeile abgeschossen wurden.

Sie griffen an!

»Ich spinne doch nicht?«, fragte Bill mit einer Stimme, die kaum zu verstehen war. »Oder?«

»Nein, der ist echt.«

»Und was will er?«

»Uns töten!« Sheilas Stimme hatte ruhig geklungen, obwohl sie innerlich auf hundert war und fast durchdrehte. Sie warteten ab. Der Motor lief im Leerlauf. Rechts und links des Wagens umrahmte verfilztes Buschwerk den Weg, und es gab keinen Pfad in der Nähe, über den sie hätten fliehen können. Nur zurückfahren.

»Willst du aussteigen, Bill?«

»Daran habe ich gedacht.«

»Dann wird er dich erschießen.«

»Oder ich ihn.« Der Reporter holte tief Luft. »Wir machen es so, Sheila. Wenn ich ausgestiegen bin, forderst du beim Yard Hilfe an. Ich weiß nicht, wen wir vor uns haben, ob Mensch oder Dämon, gefährlich ist der Knabe immer.«

»Ob er allein ist?«

Bill schüttelte den Kopf. »Daran glaube ich einfach nicht. Der kommt mir vor wie jemand, der Wache schiebt. Ein Aufpasser, ein Wächter.« Bill legte eine Hand auf Sheilas Knie. »Los, Mädchen, tu uns den Gefallen und rufe an! Man kennt uns, und sie wissen, dass wir keine Spaßvögel sind.« Bill nahm die Hand wieder weg und zog seine Beretta hervor. Ohne Sheilas Antwort abzuwarten, öffnete er die Tür.

Sehr behutsam ging er zu Werke, während seine Frau die Zahlenkombination in die Tastatur tippte. Sheila wusste die Nummern auswendig. Da stand sie ihrem Mann in nichts nach.

Vorsichtig ließ sich Bill aus dem Wagen gleiten. Der niedrige Schalensitz war jetzt von Vorteil. Bis zum Untergrund hatte er keine so große Entfernung zu überwinden.

Seine Hände verschwanden im feuchten Gras. Dünner Dunst umfing ihn, als der Reporter in seiner fast liegenden Haltung blieb und sich drehte, damit er nach vorn schauen konnte. Er blieb dabei dicht neben dem Porsche, damit dieser ihm zusätzliche Deckung gab.

Hatte der andere ihn gesehen?

Bill konnte es nicht mit Bestimmtheit sagen, aber der Fremde wollte auch nicht an diesem Fleck bleiben. Er ging den ersten Schritt vor und senkte ein wenig den Bogen.

Für Bill ein Zeichen, dass er es versuchen würde, da er die Frontscheibe jetzt direkt anvisierte.

Und Sheila befand sich in Lebensgefahr! Bill wusste nicht, ob sie es schon selbst bemerkt hatte. Jedenfalls konnte er darauf nicht warten, und sie würde auch kaum in der Lage sein, sich selbst zu wehren, deshalb musste der Reporter etwas tun.

Im Liegen schoss er.

Der Nebel und die Büsche dämpften den Abschussknall der Waffe. Trotzdem wurde die Stille zerrissen, und Bill erkannte, dass die Kugel auch getroffen hatte.

Der andere war nach hinten gestoßen worden und ließ im selben Augenblick noch die Sehne los, sodass sich der Pfeil selbstständig machte.

Er traf nicht mal den Wagen. Dicht vor der windschlüpfrigen Schnauze des Porsche bohrte er sich in den weichen, feuchten Grasboden, wo er auch stecken blieb.

Bill Conolly war bereit, auch eine zweite Kugel auf die vom Dunst umflorte Gestalt zu feuern. Die konnte er sich sparen, denn sein Gegner würde kaum noch dazu kommen, etwas zu unternehmen. Das geweihte Silber hatte ihn nicht nur voll erwischt, es sorgte auch dafür, dass sich sein Gesicht veränderte.

Zum ersten Mal schaute der Reporter zu, wie dieses Wesen verging. Da die beiden Scheinwerfer noch brannten, war alles deutlich zu erkennen, und Bill Conolly rann bei diesem Vorgang eine Gänsehaut über den Rücken.

Der andere taumelte.

Er riss die Arme hoch, spreizte die Beine und versuchte so, das Gleichgewicht zu halten, was er nicht schaffte. Nach links driftete es ihn weg. Seinen Bogen hatte er verloren und stattdessen die Hände gegen die zerlaufene Silbermasse in seinem Gesicht geschlagen. Noch eine Sekunde lang hielt er sich auf den Beinen, bis das Gewicht seines Körpers einfach zu schwer wurde, er einknickte und in die Büsche fiel, wo er auf dem Rücken liegen blieb.

Die von ihm zusammengedrückten Zweige wippten nach, um später ein Dach über seinem Kopf zu bilden.

Das war erledigt.

Bill schüttelte sich, als hätte man ihn mit Wasser übergossen. Mit steif wirkenden Bewegungen ging er dorthin, wo der andere verschwunden war. Er trug keine Schuhe, und Bill betastete die Haut, die ihm ungewöhnlich hart vorkam, als würde sie aus Holz, Kunststoff oder Elfenbein bestehen.

Ein wirklich ungewöhnliches »Material«. Der Reporter bog die Zweige zur Seite, weil er das Gesicht sehen wollte.

Es hatte Ähnlichkeit mit einem Klumpen.

Ineinander gelaufen war das Silber, und es hatte dabei neue Formen, Figuren und Schlieren gebildet. Da waren keine Augen mehr zu sehen, keine Nase, und es gab auch keinen Mund.

Der Körper verging nicht wie bei anderen Dämonen, die vom geweihten Silber erwischt worden waren. Bill dachte darüber nach, und er kam zu dem Ergebnis, dass dieses Wesen vor ihm erstickt sein musste, weil das flüssige Metall auch in seinen aufgerissenen Mund gelangt war.

Hinter sich hörte er Schritte. In der Hocke drehte Bill den Kopf. Sheila hatte den Wagen verlassen. Neben ihm blieb sie stehen, sah den Mann und schüttelte sich.

»Himmel!«, hauchte sie. »Was war das nur?«

»Ich kann es dir nicht sagen. Jedenfalls kann er uns nicht mehr gefährlich werden, denke ich.«

»Und was hatte er vor?«

Bill stand auf. »Er wollte uns aufhalten und töten. Das war sein Plan.« Er deutete auf den Porsche. »Hast du mit dem Yard gesprochen?«

»Ja.«

»Und?«

»Wir werden Unterstützung erhalten. Ich habe mit dem Einsatzleiter gesprochen. Er kannte unseren Namen tatsächlich.«

»Habe ich doch gesagt.«

Sheila schaute sich um. Sehr wohl war ihr nicht. Sie hatte die Mundwinkel verzogen. »Was machen wir, bis sie ankommen?«

»Keine Ahnung, aber ich denke soeben an John. Seinetwegen sind wir hergekommen. Das Haus muss nicht mehr weit entfernt sein. Da können wir ihn sicher finden.«

»Dann lass uns fahren!«

Bill hatte nichts dagegen. Die beiden klemmten sich wieder in den Wagen, und Bill wollte schon starten, als sein Gesicht einen erstaunten und gleichzeitig erschreckten Ausdruck bekam.

Bei Sheila spielte sich der gleiche Vorgang ab. Sie saß da, hielt noch den Gürtel fest, rührte sich aber nicht, weil sie von der Überraschung schockartig getroffen worden war.

Vor und über ihnen sahen sie weißliche Gestalten.

Sie kamen vom Erdboden her und stiegen, auf seltsamen Gegenständen kniend, in die Luft. Wie Dschinns, die auf fliegenden Teppichen hockten.

Weißliche Gestalten mit silbrig glänzenden Masken vor den Gesichtern und Bögen, die mit flammenden Pfeilen gespickt waren. Sie flogen in schlangenartigen Linien, kamen aus dem bodennahen Dunst und jagten hinein in die Nachtschwärze des Himmels, die von ihren flammenden Pfeilen punktuell erleuchtet wurde.

Die Conollys staunten, und Bill musste an die Worte denken, die ihm der Zeitungsmann gesagt hatte. Der Reporter wiederholte einen dieser Sätze.

»Das ist es!«, flüsterte er. »Das genau ist das Phantom-Kommando!«

Die Hauswand war für die Schützen ebenso wenig zu verfehlen, wie auch die großen Fenster, und das bekamen wir in den nächsten Augenblicken zu spüren, als die Scheiben von mehreren Pfeilen gleichzeitig getroffen wurden und mit klirrenden Geräuschen zerbrachen.

»Deckung!«, schrie ich.

Bevor die neben mir stehende Hester reagieren konnte, hatte ich sie schon gepackt und zu Boden gedrückt, sodass wir beide zunächst einmal kein Ziel boten.

Die Pfeile jagten durch die zerstörten Fenster. Sie berührten auch den leichten und trockenen Stoff der Vorhänge, der augenblicklich Feuer fing. Plötzlich stand die eine Hälfte der Gardinen in hellen Flammen, die sich von unten nach oben hin orientierten, den Stoff teilweise zerrissen, sodass der durch die Fenster wehende Wind brennende Stücke in den Raum hineintrieb.

Ein Gardinenteil senkte sich über den Tisch und blieb auf der gläsernen Platte als verkohlter Fetzen liegen.

Ich hatte die Pfeile nicht gezählt, aber sechs waren es mindestens, die über uns hinweggeflogen waren, an der anderen Seite gegen die Wand prallten und zu Boden fielen. Sicherlich würden sie irgendwelche Brände auslösen. Der Holzboden bot den Flammen ausreichend Nahrung.

Hester hob den Kopf. Sie lag flach auf dem Bauch, die Arme zu beiden Seiten des Körpers ausgestreckt und die Hände flach auf den Boden gedrückt, sodass sie sich abstützen konnte.

»Das brennt hier alles!«, keuchte sie.

»Ich weiß.« Mehr sagte ich nicht, weil ich lieber handeln wollte. Bevor die nächsten Pfeile heranschossen, war ich auf den Beinen, schaute mich hastig um und sah, dass ein Pfeil im Stoff eines Sofas steckte und das Zeug bereits anfing zu qualmen.

So etwas war nicht im Sinne des Erfinders. Ich raste hin und löschte die Stelle, indem ich mehrmals mit der rechten flachen Hand darauf schlug.

An anderen Orten flackerten keine Flämmchen auf, da hatten wir noch einmal Glück gehabt.

Sie wirbelten vor den beiden zerschossenen Fenstern. Diesmal hatten sie sich erhoben, zogen ihre Kreise und tanzten in der Luft, als sie näher kamen und die nächsten Pfeile abschossen.

Hester lag noch, ich ließ mich fallen. Das war gut, so huschten die Feuergrüße über meinen Kopf hinweg, und wiederum verschwanden die Pfeile im Hintergrund des Zimmers.

Alles durfte ich kassieren, nur eben keinen Treffer. Der tote

Gordon Shapiro war mir Warnung genug gewesen. Ich wollte nicht, dass es mir ebenso erging. Deshalb robbte ich quer durch den Raum, um eine andere Deckung zu finden.

Mit der Schulter stieß ich gegen einen kleinen Tisch mit quadratischer Platte. Ich kippte ihn um. So hatte ich wenigstens eine provisorische Deckung.

Rauch trieb gegen meine Nase. Die letzten Gardinenfetzen verbrannten. Der Stoff hatte sich durch die Flammen und die Hitze zusammengekräuselt. Er wirkte fettig und wurde vom Wind in das Zimmer hineingetrieben.

Innerhalb der Rahmen steckten noch Glasreste. Sie bildeten für einen Kletterer ein gefährliches Muster aus scharfen Kanten und messerartigen Spitzen, die eine Kehle leicht durchtrennen konnten.

Mit der Hand wedelte ich den Rauch zur Seite. Gegenüber von mir hatte eine kleine Decke Feuer gefangen. Noch schwelte der Stoff. Irgendwann in den folgenden Sekunden würde er in Flammen aufgehen.

Längst hatte ich die Beretta gezogen und peilte über den Rand des Tisches hinweg. Unsere Gegner wirkten sehr unruhig. Vor den zerstörten Fenstern zogen sie auf den fliegenden Unterlagen ihre Bahnen, als würden sie über Wellen reiten. Aber niemand flog in das Zimmer hinein. Vielleicht trauten sie sich nicht oder hielten noch etwas anderes in der Hinterhand.

Ich nutzte die kleine Ruhepause aus und wechselte abermals die Stellung. Den umgekippten Tisch schob ich als Deckung vor mir her. So näherte ich mich der flach auf dem Boden liegenden Hester Shapiro. Sie sah mich, hob den Kopf und atmete schwer.

»Noch leben wir«, sagte ich.

»Ja, aber wie?«

Ich ließ die Frage so stehen, denn zwei dieser Wesen huschten plötzlich herbei.

Sie kamen durch die Fenster. Mit ihren Schultern jagten sie noch Splitter aus den Rahmen und hatten die Grenze kaum überflogen, als sie sich auf ihren fliegenden Surfbrettern hochstellten, die Körper vorbeugten und die Waffen in Anschlag hielten.

Sie zielten jetzt schräg nach unten, um uns zu erwischen. Wieder musste ich schneller sein.

Ich pfiff auf meine Deckung, sprang hoch, drehte mich und feuerte gegen die Gestalten.

Ich traf sie.

Viermal hatte ich abgedrückt, kam mir wie in einem Zentrum des Schreckens stehend vor und sah, dass die Gestalten fast vor meinen Augen explodierten. Sie verschwanden von ihren fliegenden Teppichen. Ich hörte sie zu Boden schlagen und musste den Kopf einziehen, weil mich einer dieser »Teppiche« fast erwischt und mir mit seiner scharfen Vorderkante den Kopf vom Rumpf abgetrennt hätte.

Die beiden Gegner lagen am Boden. Sie kämpften noch und schlugen um sich, ohne jedoch ihrem Schicksal entgehen zu können, denn das Silber in ihren Gesichtern löschte ihr Leben aus.

Auch Hester richtete sich auf. Dagegen hatte ich einiges. »Bleiben Sie unten!«, rief ich ihr zu.

Sie gehorchte automatisch. Ich bewegte mich auf die Statue zu und zog noch die brennende kleine Decke von einem Tisch. Mit den Füßen trat ich die Flammen aus.

Jetzt sollten sie kommen, denn diesmal war ich an der Statue, und ich drückte die Mündung der Beretta gegen den aus Metall gefertigten Kopf des Mannes.

Ich wusste nicht, ob sie mich verstanden, aber ich versuchte es und schrie folgende Worte gegen die zerstörten Scheiben. »Kommt ruhig näher, ihr verfluchten Bestien! Ich habe eine Waffe, die auch euren Götzen zerstören kann, denn sie hat euch ebenfalls vernichtet. Wenn ihr wollt, dass der Götze sterben soll, dann versucht es!«

So, das musste mal gesagt werden. Mit der freien Hand wischte ich meine Stirn trocken. Jetzt war ich gespannt, wie sich die andere Seite verhielt.

Noch immer kokelte und qualmte es im Raum. Jeden Augenblick konnte ein größerer Flammenherd aufflackern.

Und das wusste auch Hester Shapiro. Sie bewies plötzlich Übersicht, und es war ihr auch gelungen, die eigene Angst zu überwinden.

Fast wie ein Rekrut robbte sie über den Boden. Sie hatte sich ein Kissen genommen, mit dem sie den ersten kleinen Feuerherd löschte.

Und so machte sie auch weiter, sodass ich mich nicht um Hester zu kümmern brauchte.

Die Gegenseite hatte sich noch nicht gerührt. Nach wie vor wischten sie durch die Luft, tanzten in die Dunstschwaden hinein und bewegten sich vor den zerstörten Fenstern, wobei ihre kleinen, brennenden Pfeile wie Grüße aus der Hölle wirkten.

Einen Angriff unterließen sie. Wahrscheinlich hatte ich sie an der richtigen Stelle gepackt.

Plötzlich hatten sie sich entschieden.

Zuerst wollte ich es kaum glauben, aber sie drehten sich tatsächlich herum und jagten wie glühende Raketen in den nachtdunklen Himmel hinein, um von der Finsternis geschluckt zu werden.

Weg waren sie!

Ich lachte leise. Es war ein Zeichen der Entspannung, und auch Hester hatte das Lachen gehört.

»Was ist denn?«

»Wir haben es geschafft«, sagte ich.

Hester stand auf. Das an einer Seite verbrannte Kissen hielt sie in der rechten Hand. »Wie?«

»Unsere Freunde sind verschwunden. Weggetaucht in die Unendlichkeit des Himmels«, erwiderte ich philosophisch. Wieder lachte ich. »Das ist kaum zu glauben, aber unser Plan hat geklappt.«

Das Kissen fiel Hester aus der Hand. Es blieb am Boden liegen. Sie brauchte es auch nicht mehr, denn die kleinen Brände hatte sie löschen können. Dann schritt sie zum Fenster. Steif, unnatürlich, kopfschüttelnd. »Ist das tatsächlich wahr?«

»Ja.«

Sie blickte hinaus, hob die Schultern und drehte sich wieder um. »Tatsächlich, ich sehe keinen mehr.«

»Somit können wir auch das Haus verlassen. Sie kommen natürlich mit und werden in Schutzhaft genommen.«

»Also ist die Gefahr doch nicht vorbei.«

Ich war ehrlich. »Nein, wir müssen damit rechnen, dass sie wiederkommen. Sie stehen ebenso auf ihrer Liste wie ich, deshalb werden wir versuchen, Sie zu beschützen. Am besten wird es sein, wenn Sie einige Sachen zusammenpacken. Und beeilen Sie sich!«

»Ja, natürlich.« Hester warf mir noch einen skeptischen Blick zu und verschwand.

Auch mich hielt nichts mehr im Raum. Ich lud meine Waffe noch nach und verließ das große Haus auf dem völlig normalen Weg durch die Eingangstür. Diesmal stellte sich mir keiner in den Weg.

Draußen atmete ich durch. Den Rauch schmeckte ich noch immer auf meiner Zunge. Zudem lag er kratzig in der Kehle. Das alles interessierte mich nicht mehr. Wir hatten es geschafft, nur das zählte.

Mit meinem Wagen würde ich kaum wegkommen, aber ich konnte Hilfe anfordern. Als ich die Tür schon geöffnet hatte, fiel mir ein Geräusch auf.

Es war ein noch ziemlich weit entferntes, dennoch bekanntes Heulen. So hörten sich Polizeisirenen an.

Aber wo kamen die her?

Bevor mir darauf jemand eine Antwort geben konnte, schaute ich noch in den Himmel.

So dunkel und weit lag er über mir. Ich sah einige Sterne funkeln, aber keinen roten Feuerschein, der die Dunkelheit durchbrach. Die Angreifer hatten sich aufgelöst wie ein Spuk.

Jemand hupte, und gleichzeitig schwenkten zwei Lichtstrahlen über den Platz vor dem Haus.

Ein Wagen kam.

Ich wurde geblendet, trat aus dem Lichtschein weg und konnte den Wagen jetzt besser erkennen.

Es war ein Sportwagen, ein Porsche. Wahnsinn, so einen Wagen fuhr Bill Conolly.

Und genau er war es, der den Wagenschlag aufstieß und aus dem flachen Flitzer sprang. Da ich im Licht der Scheinwerfer stand, hatte er mich natürlich längst gesehen.

»John!« Sein Ruf hallte mir entgegen. Dass er keinen Luftsprung machte, glich schon einem kleinen Wunder. Sekunden später lagen wir uns in den Armen wie zwei Freunde, die sich jahrelang nicht mehr gesehen hatten.

»Mensch, du lebst«, sagte der Reporter.

»Wieso nicht?«

»Als das Gespräch zwischen uns unterbrochen wurde, befürchtete ich schon das Schlimmste.«

Ich nickte. »Das hätte es auch fast gegeben. Aber davon später. Ich sehe, du hast jemanden mitgebracht.« Lächelnd schritt ich auf Sheila zu und umarmte sie ebenfalls.

Das Heulen der Sirenen war inzwischen lauter geworden. Zwischen den Bäumen blitzten die Scheinwerfer der heranfahrenden Wagen auf, und ich sah auch das geisterhafte Rotlicht durch die Nacht streifen.

»Du kommst mit großer Besatzung?«, fragte ich den Freund.

»Natürlich. Stell dir mal vor, was ich gesehen habe. Da schwebten am Himmel …«

Ich winkte ab. »Die Typen auf den fliegenden Teppichen.«

»Du kennst sie?«

»Und wie.«

Bill gab noch eine Erklärung ab. »Das ist das Phantom-Kommando. So jedenfalls heißen diese Krieger.«

Ich schaute ihn mit gerunzelter Stirn an. »Und woher weißt du das alles?«

»Das erzähle ich dir später, wenn wir hier verschwunden sind.« Erst jetzt fiel ihm auf, wie schräg mein Bentley stand. Bill schaute ihn sich an, grinste und sagte: »Da haben sie dir ja einen eingeschüttet, nicht wahr?«

»Das kannst du laut sagen. Unsere Freunde zerschossen mit Pfeilen die Reifen.«

»Willst du mit uns fahren?«

Ich winkte ab. »In einem Porsche ist mir zu wenig Platz. Außerdem müssen wir noch jemanden mitnehmen.«

»Wen denn?«, fragte Sheila, die herbeigeeilt war.

»Hester Shapiro. Gordon Shapiros Frau. Sie ist in diesem Spiel der springende Punkt.«

»Und wo steckt ihr Mann?«, fragte Bill.

Bevor er eine Antwort bekam, traten wir zur Seite, weil wir für die anfahrenden Wagen Platz schaffen mussten. »Er ist tot.« Mehr sagte ich nicht. Bills erstauntes Gesicht blieb in den Nebelschleiern zurück, denn ich ging den Beamten entgegen.

Sie alle waren bewaffnet und gehörten demnach zu einer Sondereinheit. Ich erklärte ihnen, dass es hier nichts mehr zu tun gebe und sich der Fall praktisch erledigt habe.

Natürlich gab es Schwierigkeiten. Man wollte den Grund wissen, den aber verschwieg ich. Das konnte ich mir dank meiner Sondervollmacht auch leisten. Ich bat nur noch darum, dass ein Wagen zurückblieb, der Mrs. Shapiro und mich in die Stadt mitnehmen konnte.

Das wurde auch erledigt. Ich konnte mich endlich wieder den anliegenden Problemen zuwenden.

Gemeinsam mit den beiden Conollys ging ich auf die breite Haustür zu. Hinter uns fuhren die Wagen wieder ab. Hester Shapiro aber erschien auf der Schwelle, blieb stehen, als sie uns sah, und sie kam mir in diesen Augenblicken so ungemein schutzbedürftig vor. Zwischen uns trieben die dünnen Dunstschwaden vorbei und wurden auch gegen das eine Licht der noch heilen Lampe über der Tür gedrückt, sodass Hester ein gespenstisches Aussehen bekam.

Ich legte ihr meinen Arm gegen den Rücken und merkte, dass sie zitterte. »Lassen Sie uns ins Haus gehen.«

»Ja, gepackt habe ich schon.«

»Das ist gut.«

Im Wohnraum schauten sich die Conollys mit verwunderten Blicken um. »Was ist das denn?«, fragte Sheila. »Hat hier jemand eine Bombe hineingeworfen?«

»So ungefähr«, erklärte ich. »Das Phantom-Kommando hat seinem Namen alle Ehre gemacht.«

Dann stellte ich Hester vor. Ihr Händedruck war schlaff. Ihre Gedanken beschäftigten sich mit etwas anderem und schienen auch sehr weit fort zu sein.

Die Frau sprach sie auch aus. »Es ist so, Mr. Sinclair, aber mein Mann …«

Ich nickte. »Natürlich, das verstehe ich. Wir werden ihn schon nicht liegen lassen.«

»Wie ist er denn gestorben?«, fragte Bill.

»Verbrannt. Ein Pfeil hat ihn getroffen.«

Sheila wurde bleich. Sie dachte wohl daran, in welch einer Gefahr sie geschwebt hatte. Ich aber deutete auf die silberne Statue, den Götzen, der auf dem Sessel stand. »Darum drehte sich alles. Dieser Götze hat das Phantom-Kommando auf den Plan gerufen, weil es ihn unbedingt in seinen Besitz bringen wollte.«

»Wie kommt der denn hierher?«, fragte Bill.

»Mein Mann hat ihn gestohlen!«, erklärte Hester.

Die Conollys schauten sie überrascht an. »Einfach weggenommen? Wo denn? Wie ist es möglich?«

»Er war auf Reisen …«

»Südfrankreich«, bemerkte ich.

»Ach so.«

Ich war etwas kribbelig geworden, da ich spürte, dass dies hier nicht der richtige Ort und auch nicht der beste Zeitpunkt für eine weitere Unterhaltung war. »Mrs. Shapiro hat bereits einige Sachen zusammengepackt«, erklärte ich.

»Wo wollt ihr denn hin?«

Ich lächelte Sheila zu. »Zum Yard. Dort werden wir sie in Schutzhaft nehmen.«

»Das ist gut«, sagte Bill.

Noch konnten wir nicht fahren. Ich holte zwei Polizisten herbei und ging mit ihnen in den Keller. Bill folgte mir und erschrak, als er den verkohlten Leichnam erblickte.

»Hat das sein müssen?«, fragte er.

Ich konnte nur die Schultern heben und wandte mich an die Uniformierten. »Bitte, sorgen Sie dafür, dass die Leiche abgeholt wird. Sie soll zur Obduktion gebracht werden.«

»Wird gemacht, Sir.«

Ich ging wieder nach oben, nahm meinen Koffer aus dem Wagen und räumte auch die Ersatzberetta aus dem Fach. Wenn es hell war, sollte jemand kommen und die Reifen wechseln. Ich konnte mich um diese Sachen leider nicht kümmern.

Die Conollys waren bereits in ihren Porsche gestiegen. Durch die heruntergelassene Scheibe erklärte mir Bill in Stichworten, dass sie nicht nur mich, sondern auch diesen einen Wächter gefunden hatten. »Und die anderen sind verschwunden, John?«, fragte er mit Skepsis in der Stimme, wobei Sheila sich zur Seite und halb über ihren Mann gebeugt hatte, um meine Antwort mitzubekommen.

»Sie sind weg.«

Bill zwinkerte mir zu. »Aber nicht für immer?«

»Das befürchte ich.« Ich schlug auf das Verdeck. »Bis dann, ihr beiden, ihr hört von mir. Und vielen Dank!«

»Keine Ursache, Geisterjäger.«

Ich schaute den beiden nach, wie sie fuhren. Danach ging ich noch einmal zurück ins Haus, weil ich dort etwas vergessen hatte. Es war die Statue. Keuchend schleppte ich sie zum Polizeiwagen. Die beiden Beamten stellten keine Fragen. Sie waren wohl einiges gewohnt und nahmen es deshalb schweigend hin.

Ich stellte die Statue auf den Sitz zwischen Hester Shapiro und mir. Wie schützend ließ ich meine Hand auf ihr liegen, denn sie war der große Trumpf in diesem Fall …

Die Zelle war nicht sehr gemütlich, das kann man auch keinem Schutzhäftling garantieren, aber es gab ein Radio. Und wer wollte, konnte auch auf die Mattscheibe schauen. Die Tür wurde nicht abgeschlossen, das Bett war sauber, und über das Essen konnte sich auch kaum jemand beklagen, wie ich gehört hatte.

Von der Decke hing an zwei dünnen Stäben eine Leuchtstoffröhre, die ihr kaltes Licht verbreitete. Eine zweite Leuchte diente als Leselampe. Sie stand dicht neben dem Bett.

»Und hier soll ich bleiben?«, fragte Hester.

»Es ist ja nicht für immer.«

Sie betrat zögernd die Zelle. »Wie lange denn?«

Ich hob die Hand. »Wissen Sie, ich will ehrlich zu Ihnen sein, Hester. Ich weiß es nicht genau. Das können zwei Tage werden, aber auch sieben. Es hängt nicht von mir ab.«

Wieder stand sie mit hängenden Armen und irgendwie leicht gebeugt vor mir. »Sie rechnen mit dem Phantom-Kommando?«

»Ja.«

»Glauben Sie denn, dass sie versuchen werden, die Statue …« Sie winkte ab. »Natürlich werden sie es versuchen. Sie müssen es ja.« Sie fixierte mich lauernd, als wäre ihr genau in diesem Augenblick noch etwas eingefallen. »Dann spielen Sie ja den Lockvogel.«

»So ungefähr.«

»Und Sie haben keine Angst?«

»Es ist mein Job«, erklärte ich lächelnd. »Aber jetzt ist Schluss für heute. Versuchen Sie zu schlafen, wenn Sie können, ja?«

Sie drehte sich um, und ich hörte noch ihr schwaches »Gute Nacht, Mr. Sinclair«.

Den beiden wachhabenden Beamten schärfte ich ein, hin und wieder einen Blick nach Mrs. Shapiro zu werfen. »Wenn etwas sein sollte, können Sie mich im Bereitschaftsraum erreichen.«

»Übernachten Sie hier, Sir?«

»Ja.«

»Freiwillig?«

Ich hatte keine Lust, mich weiterhin um die Fragen des Mannes zu kümmern, und fuhr nach oben. Das Büro wirkte gähnend leer. Im Vorzimmer lag noch ein Hauch des frischen Parfüms, das Glenda benutzte. Als ich auf die Uhr schaute, war es kurz nach halb zwei.

Ich fühlte mich wie ausgelaugt und durch die Mangel gedreht. Jetzt hätte ich eine Tasse von Glendas Kaffee gebrauchen können, stattdessen holte ich mir einen Automatenbecher.

Damit Suko sich am nächsten Morgen nicht wunderte, dass

ich nicht ins Büro fuhr, rief ich ihn an. Er klang trotz der späten oder frühen Stunde nicht verschlafen. Aber Shao begann zu schimpfen, als sie hörte, wer da anrief.

»Ich sitze hier im Büro«, erklärte ich und lieferte schon die Antworten, ehe Suko die diesbezüglichen Fragen stellen konnte. Er hörte zu und war verdammt überrascht.

»Dann geht es also morgen weiter?«, fragte er.

Ich schielte auf die Statue. »Eigentlich noch heute.«

»Okay, verstanden. Soll ich dir etwas mitbringen?«

»Nein, einen Ersatzrasierer habe ich da. Ich wollte nur, dass du Bescheid weißt. Jetzt schlaf gut, Alter.«

»Du hast Nerven!«, stöhnte Suko.

Grinsend legte ich auf und leerte die restliche Brühe aus dem Becher. Die Statue hatte ich in einem der Panzerschränke verstaut. Fast genau dort, wo auch der zweite Würfel des Unheils stand.

Und der hatte mich auf eine Idee gebracht. Ich wusste noch immer nicht, mit wie vielen Gegnern ich es zu tun hatte. Wenn sie konzentriert angriffen, konnte das verdammt gefährlich werden. Wenn ich mich ihnen aber mit dem Würfel in der Hand entgegenstellte, besaß ich eine gute Waffe, um sie stoppen zu können.

Das wollte ich auf jeden Fall in einigen Stunden in die Wege leiten und den Würfel hervorholen.

Mit diesem Vorsatz verließ ich das Büro und ging in den Bereitschaftsraum, um noch ein paar Stunden an der Matratze zu horchen. Trotz der hinter mir liegenden Abenteuer schlief ich sofort ein.

Wir wollten Hester Shapiro nicht gerade durch die Verhörmühle drehen, aber sie hatte es befürchtet. Als sie unser Büro betrat, wirkte sie schüchtern und hilflos. Auch Glendas aufmunterndes Lächeln konnte sie kaum in eine andere Stimmung versetzen.

Aber Glenda gab nicht auf. »Ich bringe Ihnen eine Tasse Kaffee, der wird Ihnen gut tun.«

»Danke.«

»Den sollten Sie trinken, Mrs. Shapiro«, riet ich ihr nach dem Morgengruß. »Wirklich, ich kenne keinen besseren.«

»Ich versuche es.«

Dann stellte ich Suko vor. Als sie den Inspektor sah, zuckte sie zusammen. Suko lächelte. »Keine Sorge, Mrs. Shapiro, Chinesen sind auch Menschen.«

»So habe ich das nicht gemeint.«

Bill rief an und wollte wissen, ob sich schon etwas Neues ergeben hätte. »Nein, wir fangen erst an«, sagte ich.

»Sorry, hätte ja sein können.«

»Ich gebe dir schon Bescheid.«

Glenda Perkins brachte den Kaffee. Schon allein der Duft ließ mir das Wasser im Mund zusammenlaufen, und auch Mrs. Shapiro begann zu lächeln. Mit meinem Vorschlag hatte ich wohl genau ins Schwarze getroffen. Nach den ersten Schlucken nickte sie begeistert, und auf ihrem Gesicht erschien ein Lächeln.

»Sie haben nicht zu viel versprochen, Mr. Sinclair.«

»Das wusste ich.«

Glenda verließ den Raum. Sie hatte die Kanne stehen lassen, sodass Hester Shapiro und ich die Tassen nachfüllen konnten, wenn wir wollten. Suko trank wie immer seinen Tee.

Ich hatte mich geduscht und rasiert. Die Statue lag nach wie vor im Panzerschrank. Erst später wollte ich auf sie zurückkommen. Und es lag auch schon ein Verhörplan fest, den ich zuvor mit Sir James, unserem Chef, abgesprochen hatte.

Der Superintendent wollte sich zurückhalten und uns das Feld überlassen. Er stand aber in ständiger Bereitschaft, denn wie ich war auch er der Ansicht, dass das Phantom-Kommando nichts unversucht lassen würde, an die eigentlich so harmlos aussehende Statue heranzukommen. Da würden sie auch auf Menschen keine Rücksicht nehmen.

Wir hatten uns im Dreieck hingesetzt und für die Frau einen gepolsterten Stuhl mit Lehnen kommen lassen. Noch einmal wurden wir durch einen Anruf gestört. Man teilte mir mit, dass ich den Bentley schon am Mittag abholen konnte.

Anschließend gab ich Glenda den Auftrag durch, nur ungemein wichtige Gespräche zu vermitteln.

Sie versprach es.

Hester Shapiro ergriff das Wort. Sie lächelte schmal. »Es tut mir Leid, Mr. Sinclair. Wahrscheinlich erwarten Sie mehr von mir, als ich Ihnen geben kann.«

Ich wiegte den Kopf. »Das werden wir herausfinden.«

»Bitte, versprechen Sie sich nicht zu viel davon. Ich habe mich mit meinem Mann zwar gut verstanden, aber wenn ich im Nachhinein unsere Ehe Revue passieren lasse, war ich doch ziemlich allein. Er war innerlich zu sehr für sich. Ich habe ihn einmal als einen philosophischen Abenteurer bezeichnet, wenn Sie verstehen.«

»Nicht direkt.«

»Nun, er vergrub sich zumeist in seinen Büchern. Es gab nur wenige Abende, an denen wir uns unterhielten, und wenn es mal vorkam, sprach er von den Reisen, die er noch plante.«

»Wohin?«

»In die ganze Welt. Er fühlte sich als Forscher und wollte fremde Völker und deren Mythen studieren.«

»Da war Südfrankreich eigentlich der falsche Ort«, bemerkte ich. »Was gibt es dort noch für Geheimnisse?«

Hester hob die Schultern. »Das, Mr. Sinclair, habe ich ihn auch gefragt.«

»Und wie lautete seine Antwort?«

»Du wirst dich wundern.«

Ich nahm einen Schluck Kaffee und sortierte meine Gedanken. Suko hielt sich noch zurück. »Aber er muss«, so fuhr ich fort, »dieses Phantom-Kommando irgendwie aufgeschreckt haben. Können Sie dafür eine Erklärung geben?«

»Das kann ich nicht.«

»Gab er Ihnen keinen Hinweis. Ich meine, Sie wussten ja auch über die Statue Bescheid.«

»Ja, schon. Aber was war das? Eigentlich nichts. Ich habe ihm auch nicht helfen können. Er hatte sie nicht einmal ausgepackt. Als ich ihn nach dem Grund fragte, meinte er, es sei zu gefährlich. Er habe schon genug schlafende Hunde geweckt, ich solle um Himmels willen die Finger davon lassen.«

Suko stellte seine erste Frage. »Sie wissen nicht, was er mit den schlafenden Hunden gemeint hat?«

Sie schaute den Inspektor an. »Nein, nicht so richtig.«

»Was heißt das?«

»Ich kann es Ihnen nicht sagen.«

Die Antworten gefielen mir überhaupt nicht. Mein Gefühl sagte mir nach wie vor, dass sie mir etwas verschwieg. Ich kam wieder auf das Reiseland des Toten zu sprechen. »Südfrankreich«, sagte ich, »ist ein großes Gebiet. Wo hat sich Ihr Mann denn herumgetrieben?«

Diesmal bekam ich die Antwort schnell. »Ich glaube, da wo die Pyrenäen beginnen ...«

»Das ist auch groß ...«

Hester Shapiro hob nur die Schultern. Irgendwie machte sie mir auch einen verkniffenen Eindruck. Sie hatte in der vergangenen Nacht Zeit genug gehabt, sich zu erholen und einen Plan zurechtzulegen. Suko und ich versuchten es immer wieder, sie aus der Reserve zu locken, doch die Frau blieb stur. Nach zwei Stunden brachen wir die Befragung ab. Sie wollte auch nicht mehr, und wir konnten sie nicht zwingen.

»Ich werde in meine Zelle zurückkehren«, erklärte Hester mit fester Stimme.

»Möchten Sie etwas zu essen?«

»Gern.«

»Die Beamten werden es Ihnen bringen.«

Hester blickte mich nachdenklich an. Ich hatte dabei das Gefühl, als würde sie mich taxieren. Noch einmal zuckte es um ihre Lippen, dann drehte sie sich um und ging.

Suko hob die Schultern. »Das war ein Lattenschuss.«

»Nicht mal ein Streifer.«

Glenda schaute herein. »Wenn einer von euch zu Tisch geht, hänge ich mich dran.«

Suko nickte. »Und ich bleibe hier.«

»Hast du keinen Hunger?«

»Nein, aber ich fühle mich ein wenig kaputt. Ich werde eine halbe Stunde entspannen.«

»Bis gleich.«

Ich stiefelte mit Glenda Perkins los. Sie trug an diesem Tag eine blaue Jeans, die weit geschnitten war und über den Knöcheln endete. Auf den Stoff waren weiße Blumen gemalt. Über die Bluse mit den breiten Schultern hatte sie eine rote Strickjacke gehängt.

Es war wieder warm geworden. Urplötzlich schien die Sonne durch die aufgerissene Wolkendecke. Ich setzte meine dunkle Brille auf, als wir zu einem Pub gingen, in dem der Wirt immer kleine Imbisse vorbereitet hatte.

An der Theke fanden wir noch zwei freie Plätze. Umwallt vom Rauch zahlreicher Zigaretten und eingehüllt in einen Wirrwarr von Stimmen, aß Glenda ihren Salat, während ich ein Sandwich hinunterwürgte. Das Zeug war ziemlich trocken, und ich musste schon mit einer Flasche Mineralwasser nachspülen.

»Meinst du, dass du die Festung knacken kannst?«, fragte Glenda.

Ich zündete mir eine Zigarette an und nickte. »Ja. Irgendwann wird sie weich. Das muss sie einfach.«

Glenda lächelte. »Ich habe selten eine Frau gesehen, die einen äußerlich so schüchternen Eindruck macht, aber in der Sache so hart sein kann. Schon fast brutal.«

»Das hält sie nicht durch.«

»Und weshalb nicht?«

Ich verzog den Mund. »Weil sie bestimmt von der Gegenseite auch Ärger bekommen wird.«

»Vor dem du sie bewahren willst.«

»Auch das.«

Glenda holte tief Luft und schob den Teller zur Seite. Sie nahm auch noch ein Glas Mineralwasser. »Ist dir eigentlich etwas aufgefallen, John?«

Ich grinste. »An dir?«

»Da frage ich erst gar nicht. Die Jacke ist übrigens neu.«

»Toll.«

»Hör auf, ich meine das anders. Aufgefallen müsste dir eigentlich etwas sein.«

»Und was?«

»Südfrankreich.« Glendas Blick wurde auffordernd. »Los, großer Geisterjäger, lass mal deine kleinen grauen Gehirnzellen spielen! Südfrankreich, der dunkle Gral, vielleicht Aibon und der Name eines gewissen de Valois. Hector de Valois ...«

»Du sagst es.«

Glenda hatte natürlich unsere Bemühungen mitbekommen, mehr über die Geheimnisse zu erfahren, die sich um den dunklen Gral, Aibon, mein Kreuz und die Templer drehten. Im Vordergrund stand der Name eines genialen und geheimnisvollen Mannes namens Hector de Valois, der im späten Mittelalter in Südfrankreich gelebt hatte und ein sehr bedeutsamer Mann gewesen sein sollte. Wir hatten Bücher gewälzt, Computer angeworfen, aber bisher keine Spur gefunden. Diese war im Lauf der Geschichte verschwunden.

Nicht nur wir wollten mehr über diesen Mann wissen, auch der Spuk und sein Diener Akim Samaran. Allerdings erging es ihnen wie uns. Auch sie hatten nichts herausbekommen, obwohl der Spuk so mächtig war. Da musste es irgendwo eine Barriere geben.

Ich hob die Schultern. »Es ist klar, dass ich daran gedacht habe. Aber ich sah noch keine Verbindung.«

»Dieses Phantom-Kommando könnte passen.«

»Möglich.«

»Wer hat es angeführt?«

»Jemand, der sich hat versilbern lassen und jetzt bei uns im Panzerschrank steht.«

Glenda lachte. »Lässt du ihn dort stehen?«

»Nein, ich habe mir dies für den zweiten Teil des Verhörs aufbewahrt. Bin gespannt, ob ich die Frau damit aus der Reserve hervorlocken kann.«

»Und wenn nicht?«

»Dann habe ich Pech gehabt. Ich kann Hester Shapiro ja nicht zwingen, mir etwas zu sagen.«

Glenda zog ein zweifelndes Gesicht und legte beide Hände um ihr Glas. »Meinst du nicht, dass die Frau eine bestimmte Absicht verfolgt.«

»Die verfolgt jeder.«

»Aber nicht gegen dich. Weshalb hat sie dir aufgelauert? Das muss einen Grund gehabt haben.«

»Sie wollte, dass ich mit ins Spiel kam.«

»Dann soll sie sich auch nicht so verstockt geben.« Glenda schlug mit der flachen Hand auf die Theke. Ihr Nachbar zur Rechten wurde aufmerksam und schüttelte verwundert den Kopf.

Ich holte Geld aus der Hosentasche und bezahlte die Rechnung. »Warte ab, wie es weitergeht. Wir werden schon den richtigen Dreh finden. Ich hole zunächst mal die Statue.«

Und das tat ich auch.

Glenda fuhr mit in den unterirdischen Bereich, wo sie stand. Verwundert schaute sie sich das Gebilde an. Die Statue war nicht mal ein so besonderes Kunstwerk. Wertvoll wurde sie durch das Material. Aber die Gesichtszüge hatte der Künstler nur grob geschaffen und auf Feinheiten völlig verzichtet.

Meine Sekretärin fuhr mit der Hand über das Material. »Das ist richtig kühl …«

»Normal.«

Ich packte den Gegenstand und musste mich anstrengen, um ihn aus dem Tresor zu heben. Als Glenda die schwere Tür schließen wollte, winkte ich ab. »Moment noch, Mädchen, da will ich noch etwas haben.«

»So?«

Ich griff ein Fach tiefer und holte einen Würfel hervor, der rotviolett schimmerte.

»Der Würfel des Unheils«, flüsterte Glenda beinahe andächtig.

»Bei mir nicht. Ich werde versuchen, ihn umzukehren. Für mich ist er der Würfel des Heils. Willst du ihn tragen?«

Sie verzog das Gesicht. »Ungern.«

»Mach schon, da kann nicht viel passieren.« Ich drückte ihr den Quader in die Hände.

Glenda nahm ihn mit spitzen Fingern entgegen. Ich hatte den Eindruck, als würden sich dabei ihre Haare sträuben. Die ganze Sache war ihr mehr als unangenehm.

Höchstpersönlich schloss ich die schwere Tür. Bis zum Lift war es nicht weit. Als wir in der Kabine standen und ich die Statue abstellte, lag Schweiß auf meiner Stirn.

»Ist Silber so schwer?«, fragte Glenda.

»Anscheinend.«

Der Lift schoss uns hoch. Ich sah Glenda an, dass sie froh war, die Kabine verlassen zu können. Sie traute der Statue nicht. Auch ich sah sie nicht als normal an und vermutete mehr dahinter.

Im Büro telefonierte Suko. Als wir eintraten, sprach er noch kurz weiter und legte dann auf.

»Schönen Gruß von Shao«, meldete er.

»Danke!«, keuchte ich und stellte die Statue auf meinen Schreibtisch.

»Das ist sie?«, fragte Suko.

»Ja.«

Er schaute sich das Beutestück an. »Sieht völlig normal aus«, meinte er.

»Sicher. Trotzdem muss sie etwas Besonderes sein.« Wir beide befanden uns allein im Raum, Glenda kochte frischen Kaffee.

»Hast du etwas Besonderes damit vor?«, erkundigte sich mein Freund und Kollege.

»Ja und nein. Ich möchte jedenfalls Hester Shapiro damit konfrontieren. Mal sehen, ob sie sich dann noch immer so verstockt zeigt. Irgendeine schwache Stelle muss sie haben.«

»Das denke ich auch.« Suko schnippte mit den Fingern. »Übrigens, Sir James rief an und war ein wenig pikiert, dass er dich nicht antraf. Er wollte wissen, wie es läuft.«

»Was hast du ihm gesagt?«

Suko grinste. »Positiv.«

»Lügner.«

»Hätte ich ihm die Wahrheit erzählt, wäre er unter Umständen noch aufgetaucht. Das wollen wir ja wohl beide nicht.«

»In der Tat.« Ich griff zum Hörer und ließ mich mit dem Zellentrakt verbinden. Als ich nach Hester Shapiro fragte, wurde mir gesagt, dass sie nicht anwesend sei.

»Wieso denn? Ist sie nicht gekommen?«

»Doch, sie ging dann, weil sie Hunger bekam«, erklärte der Kollege.

»Hat sie nichts hinterlassen?«

»Schon. Sie sagte einen schönen Gruß und …«

Ich verdrehte die Augen. »Das hätte mir auch meine Schwiegermutter erzählen können.«

»Sie sagte ja noch etwas. Sie sollten sich keine Gedanken machen, Sir. Sie würde noch etwas erledigen und sich einiges durch den Kopf gehen lassen, aber zu Ihnen zurückkommen.«

»Wie gnädig«, erwiderte ich und legte auf.

Für mich war der Käse gegessen. Meine Laune erreichte fast den absoluten Tiefpunkt. Aber was hätten wir machen sollen? Wir hatten keinen Grund, die Frau gegen ihren Willen festzuhalten. Außerdem befand sie sich nicht in einer direkten Gefahr wie ein Zeuge, der gegen die Mafia aussagen wollte.

»Geleimt!« Suko lachte leise. »Und das passiert einem alten Hasen wie dir.«

»Ja, die Frau ist etwas Besonderes. Die hat dich auch aufs Glatteis geführt. Sie macht einen ängstlichen Eindruck, aber sie hat es faustdick hinter den Ohren, darauf kannst du dich verlassen.«

»Das glaube ich dir sogar.«

So warteten wir. Nicht nur eine Stunde verging, sondern drei. Um überhaupt etwas zu tun, beschäftigten wir uns mit der Aufarbeitung irgendwelcher Akten. Zum Glück war Sir James anderweitig beschäftigt. Wir wurden in Ruhe gelassen.

Der Nachmittag war schon fast vorbei, und Glenda wollte Feierabend machen, als das Telefon anschlug. Diesmal hob Suko ab. »Hallo, Mrs. Shapiro, leben Sie noch?«

Ich schaute auf.

Suko zwinkerte mir zu, bevor er die nächsten Sätze sprach. »Natürlich können Sie zu uns kommen. Wir sind es eben gewöhnt, Überstunden zu machen, und haben auch auf Sie gewartet.« Er legte eine kurze Sprechpause ein. »Bis gleich dann.«

»Jetzt bin ich gespannt«, murmelte ich.

»Frag mich mal.«

Wir warteten. Ich rauchte und trank den Kaffee aus. Glenda verabschiedete sich. »Und berichtet mir morgen, was es gegeben hat. Ich muss noch einkaufen.«

Lässig winkte ich ab. »Okay, wann kommt denn der Alte zurück?«

»Keine Ahnung.«

Auf ihn warteten wir nicht, sondern auf Hester. Sie kam und klopfte zaghaft an.

»Come in.«

Eine blasse Frau erschien. Den Mantel hatte sie über ihren Arm gehängt. Sie trug ein graues Hängerkleid, dessen Farbe sie noch unauffälliger machte. Zwischen Tür und Schreibtisch blieb sie stehen. Die schräg durch das Fenster fallenden Sonnenstrahlen blendeten sie. »Jetzt sind Sie sauer auf mich, nicht wahr?«

»Ich winkte ab. »Nicht unbedingt. Aber nehmen Sie doch Platz.«

»Danke.« Hester hob die Schultern. »Sie müssen das verstehen. Ich habe zum ersten Mal in meinem Leben mit der Polizei zu tun. Und da werde ich gleich in eine Zelle gesperrt, muss mir Ihre Fragen anhören und kann selbst nicht antworten ...«

»Das könnte sich ändern.«

Erst jetzt schien sie die Statue zu sehen. Jedenfalls veränderte sich ihr Blick. Er wurde starr. »Sie haben sie geholt, Mr. Sinclair?«

»Wie Sie sehen.«

»Aber weshalb?«

»Weil wir mit Ihnen darüber reden wollen.«

»Ich kann Ihnen nichts sagen.«

»Nein, nein!« Ich hob beide Hände. »Nicht schon wieder die gleiche Leier. Lassen Sie sich etwas anderes einfallen!«

Hesters Stimme wurde schärfer. »Wenn mein Mann noch

lebte, sähe es anders aus. Aber ich habe die Figur am gestrigen Tag zum ersten Mal gesehen. Das können Sie doch bezeugen, Mr. Sinclair. Sie war noch eingepackt. So wie sie mein Mann in Frankreich hat verpacken lassen.«

»Das stimmt.«

»Dann weiß ich nicht, was Sie mit ihr wollen.«

»Sie lügen, Mrs. Shapiro!« Suko hatte die Worte gesprochen, die auf fruchtbaren Boden gefallen waren, denn Hester zuckte zusammen. »Was haben Sie da gesagt?«

»Dass Sie lügen!«

Sie schluckte und schaute Suko hart an. »So etwas müssen Sie beweisen.«

»Das werden wir auch. Keiner von uns kann sich vorstellen, dass Ihnen Ihr Mann nichts erzählt hat. Er muss Ihnen einfach einige Hinweise gegeben haben. Etwas anderes kommt für uns nicht in Frage.«

»Ich sagte Ihnen doch …«

Jetzt mischte ich mich wieder ein. »Weshalb wollen Sie nicht reden? Sie haben doch alles ins Rollen gebracht. Sie haben mir aufgelauert. Sie warteten auf mich in der Garage. Gemeinsam sind wir zu Ihnen gefahren und wurden dort angegriffen. Das sind alles Dinge, die Sie, ob bewusst oder unbewusst, in die Wege geleitet haben. Diese geisterhaften Gestalten wollten nicht allein mich, auch Sie. Und es kam ihnen auch auf die Statue an. Verdammt noch mal, dafür muss es einen Grund geben!«

Hester war bleich geworden. Hatten wir sie jetzt so weit, dass sie uns alles erzählte?

»Reden Sie, Mrs. Shapiro! Nur so können wir eine Gefahr abwenden, die nach wie vor vorhanden ist.«

Die Frau schluckte. »Ja«, sagte sie dann. »Ja, es stimmt, was Sie da gesagt haben. Ich habe auf Sie gewartet, weil ich mal etwas über Sie gehört habe. Ich wusste, dass ich in Gefahr schwebe. Mein Mann hat es mir gesagt. Die Kiste war wie Sprengstoff.« Hester deutete auf die Figur. »Auf sie allein kommt es an. Und ich habe mich an Sie gewendet, Mr. Sinclair, weil ich Angst hatte. Man hat meinen Mann getötet.

Ich habe zusehen müssen und konnte fliehen. Ich sah, wie er verbrannte.« Sie beugte sich vor, und ihre Stimme steigerte sich. »Deshalb wollte ich mich rächen und suchte nach einem Helfer, der diese Wesen vernichten kann. Ich erinnerte mich an Sie. Ich habe Sie praktisch als Lockvogel missbraucht.«

»Das ist ja nicht tragisch«, erwiderte ich. »So etwas bin ich gewohnt. Aber wenn ich diese Rolle schon spiele, möchte ich wenigstens voll informiert sein. Dieses Recht gestehen Sie mir wohl zu – oder?«

»Ja.«

»Dann los! Was wissen Sie noch?«

»Mein Mann war tatsächlich ein Einzelgänger. Aber die Figur ist gefährlich.«

»Dabei sieht sie so harmlos aus.«

»Täuschen Sie sich da mal nicht. Gordon warnte mich. Er sagte, dass er endlich eine Spur gefunden habe.«

»Wessen Spur?«

»Von dem Volk im Berg.«

»Wie?«

»Ja, es muss ein Dämonenvolk sein, dass in irgendeinem Berg lebt. In einem Stollen, in unterirdischen Höhlen, was weiß ich. Auf jeden Fall soll es sehr alt sein, und dieses Volk steht in irgendeiner Verbindung zu einst mächtig gewesenen Menschen oder Magiern.«

»Welcher Art?«, fragte Suko.

»Auch den Namen weiß ich«, erklärte die Frau. »Aber halten Sie mich nicht für übergeschnappt, wenn ich Ihnen jetzt ...«

»Reden Sie schon!«

»Es sind die Templer!«

Jetzt war es heraus. Ich hatte die Worte verstanden, Suko ebenfalls. Wir schauten uns gegenseitig an, und ich wurde das Gefühl nicht los, dass Hester Shapiro mit dieser Antwort irgendwie eine neue Ära eingeläutet hatte.

Die Templer!

Unheimliches sagte man über sie. Ihre Herkunft lag im Dunkeln. Sie waren aufgetaucht und wieder verschwunden. Sie hatten Kreuzzüge mitgemacht, sich aber gleichzeitig der Magie verschrieben. Jedenfalls spielten sie auch in unserem Leben eine Rolle.

»Sie sagen ja nichts.«

Ich lächelte. »Das war tatsächlich eine überraschende Antwort, Mrs. Shapiro.«

»Glauben Sie mir nicht?«

Ich winkte ab. »Doch, doch, schon. Ich glaube Ihnen alles, nur müssen wir das erst verdauen. Dieses Volk im Berg, ist es mit den Templern identisch?«

Sie schüttelte den Kopf. »Das nicht, aber es hat von ihnen gehört oder verehrt sie.«

»Und diese fliegenden Schützen mit ihren flammenden Pfeilen?«, hakte ich nach. »Was ist mit Ihnen?«

»Sie sind wohl das Volk.«

»Und es hat seinen Berg verlassen, um uns anzugreifen.«

»So ist es.«

»Weil Ihr Mann«, fuhr Suko fort, »die Statue geraubt hat. Nicht wahr?«

»Ja.«

»Dann muss die Figur mit dem Bergvolk, diesem Phantom-Kommando, in Verbindung stehen.«

»Auch das.«

»Aber wie?«

Hester bat um ein Glas Wasser. Sie bekam es von mir, trank und holte vor ihrer nächsten Antwort tief Luft. »Es ist so: Das Bergvolk hat diese Figur angebetet. Sie war ein Götze, ein Gott für sie. Auch einen Namen hat man ihr gegeben. Harun.«

Den hatte ich noch nie gehört. Ich schaute mir die Figur an und zog sie zu mir rüber. Mit beiden Händen strich ich über den Körper, ließ sie höher wandern und umfasste auch den Kopf.

Hester Shapiro beobachtete mich aus fiebernden Augen. Irgendetwas war mit ihr, das konnte ich aus dem Augenwinkel erkennen, denn sie wurde blass, ballte die Hände zu

Fäusten, öffnete sie wieder, und auf ihren Handflächen schimmerte der feuchte Schweiß.

»Haben Sie etwas?«, fragte ich.

Sie nickte. »Mr. Sinclair«, flüsterte sie. »Seien Sie um Himmels willen vorsichtig. Passen Sie auf! Geben Sie Acht. Sie dürfen wirklich nicht mit der …«

»Was darf ich nicht?«

»Lassen Sie die Finger davon! Die Statue ist gefährlich, glauben Sie mir.«

Ich dachte nicht daran, ihren Rat zu befolgen. Irgendwie hatte ich das Gefühl, dicht vor einer Teillösung zu stehen, und meine Hände wanderten wieder an der Figur nach oben, sodass sie sich dem Kopf näherten.

Da sprang Hester auf! »Nein, Mr. Sinclair, auf keinen Fall den Kopf. Nehmen Sie Ihre Hände weg!«

Ich ließ sie liegen. »Weshalb?«

»Sie dürfen es nicht. Drehen Sie ihn nicht nach rechts. Drehen Sie um Himmels willen nicht den Kopf! Dann kommen sie nämlich!«

»Wer kommt?«

»Das Phantom-Kommando!«

Mit einem Seufzer ließ sich die Frau wieder auf ihren Stuhl zurückfallen. Sie war blass geworden. Auf ihrer Stirn lagen Schweißperlen. Jetzt endlich hatte sie mit der ganzen Wahrheit herausgerückt, und die sah ziemlich gefährlich aus.

»Wiederholen Sie das noch einmal!«, forderte Suko. »Er hatte damit in meinem Sinne gesprochen.

Sie tat es mit einer leisen, kaum zu verstehenden Stimme. Aber wir merkten, dass sie Angst hatte. Irgendetwas bedrückte sie. Verständlich, denn sie hatte schon Bekanntschaft mit dem Phantom-Kommando gemacht.

Ich nahm die Hände weg. Hester sah es und entspannte sich. »Ist das die Lösung des Rätsels gewesen?«, fragte ich sie.

»Ja, Sir, das war oder ist sie.« Auf ihrem Gesicht hatten sich hektische rote Flecken gebildet. »Wenn Sie den Kopf des

Götzen drehen, entsteht eine magische Verbindung. Sie holt das Phantom-Kommando herbei, wie ich weiß.«

»Aber die Typen sind auch so gekommen«, hielt ich dagegen. »Die Statue war eingepackt …«

»Ja, weil sie ihren Gott zurückhaben wollten.«

Ich schabte über mein Kinn. Das erschien mir alles noch zu wenig logisch, aber eines wusste ich. An Hester Shapiros Rat würde ich mich auf keinen Fall halten. Ich wollte den Schädel zwar nicht jetzt drehen, sondern später und auch an anderer Stelle, denn diese Wesen waren verflucht gefährlich und mussten ausgeschaltet werden.

Hester hatte sich zurückgelehnt. »Ist noch etwas?«, fragte sie.

»Wissen Sie …«

Sie hob beide Hände. »Auf mich können Sie nicht mehr zählen, Mr. Sinclair. Ich habe Ihnen alles gesagt.«

»Ja, das befürchte ich auch.«

»Wieso?«

»Es war mir noch zu wenig.«

»Tut mir Leid. Mein Mann hat mehr gewusst. Wenn Sie mich jetzt bitte gehen lassen würden.«

»Natürlich. Sie sind ein freier Mensch, Mrs. Shapiro. Sie können hingehen, wohin Sie wollen. Trotzdem würde ich Ihnen raten, noch bei uns zu bleiben. In unserer Nähe sind Sie sicherer.«

»Werden Sie denn nicht nach Hause gehen?«

»Das glaube ich kaum. Wir müssen uns noch mit diesem Phantom-Kommando beschäftigen.«

»Ich weiß, was Sie vorhaben!«, flüsterte Hester.

»So?«

»Hüten Sie sich, ich rate es Ihnen.« Hester stand auf und schob den Stuhl zurück. Dann verließ sie das Büro und ließ Suko und mich schweigend zurück.

Wir blieben zunächst einmal sitzen, und jeder hing seinen eigenen Gedanken nach.

»Die Templer«, murmelte der Inspektor. »Haben wir eine erste Spur gefunden?«

»Es scheint so.«

Er runzelte die Stirn. »Südfrankreich scheint in zu sein. Was hältst du davon, wenn wir dem Land einen kleinen Besuch abstatten.«

»Noch nicht.«

»Wie lange willst du warten?«

Ich lächelte. »Denk an die Worte dieser Frau. Wir wissen jetzt, wie wir das Phantom-Kommando herholen können.«

»Und das willst du?«

»Ja.«

»Du denkst an die Verantwortung, die du dir aufgebürdet hast.«

»Natürlich.«

»Dann frage ich mich, wo wir uns ihnen stellen sollen.«

»Das weiß ich noch nicht.«

»London würde ich ausschließen. Ein freier Platz wäre am geeignetsten, finde ich.«

»Das stimmt.«

»The flaming stones.«

Ich lachte. »Gute Idee. Nur – wie willst du hinkommen?«

»Ja, das ist das Problem.«

Uns würde schon, das hoffte ich, eine Lösung einfallen. Zunächst aber fiel mir Sir James ein. Und plötzlich stand er in der Tür, warf einen Blick auf die Statue, schaute danach uns an und fragte: »Was ist das?«

»Eine lange Geschichte.«

»Ich habe Zeit.«

Das passte uns wiederum nicht in den Kram. So mussten wir die Lösung des Problems erst mal vor uns herschieben.

Sir James blieb bei uns. Natürlich berichteten wir, und der Superintendent war ein guter Zuhörer. Er blieb sehr lange, Zeit verging, der Tag ebenfalls. Der Abend rückte näher und damit auch die Dämmerung. Zusammen mit Sir James gingen wir das Problem an. Auch er war dafür, das Phantom-Kommando zu zerstören. Er fand die Lösung mit dem Würfel auch gut, aber einen Ort, an dem wir ungestört arbeiten konnten, wusste er auch nicht.

Das Läuten des Telefons empfand ich als störend, hob ab und hörte eine mir unbekannte Stimme. Dafür kannte der Anrufer mich. Es war einer der Polizisten, die zu dem abgelegenen Waldhaus gekommen waren und einiges mitbekommen hatten.

»Was möchten Sie denn?«, fragte ich.

»Sir, Sie sind wieder aufgetaucht.«

»Wer?« Im Augenblick war ich gedanklich noch woanders.

»Diese Wesen auf den fliegenden Teppichen.«

Ich sprang auf. »Wo und wann?«

Er berichtete es mir, sprach von Zeugen und sagte zum Schluss einen bedeutsamen Satz. »Wenn die Aussagen uns nicht täuschen, nähern sie sich der City of London …«

»Danke!« Ich legte auf und blieb stehen.

Suko schaltete schnell. »Sie sind wieder da – oder?«

»Ja.«

Ich berichtete in Stichworten. Jetzt kam es darauf an, wer von uns den besten Vorschlag hatte.

»Wissen Sie was, meine Herren?«, sagte Sir James. »Wir werden diese Armee hier erwarten.«

»Wo?«

Sir James lächelte. »Nicht im Büro, das ist klar.« Er deutete zur Decke. »Oben auf dem Dach. Wenn sie dort ankommen, haben wir und sie freie Bahn. Und nehmen Sie die Statue mit, John. Ein besseres Lockmittel gibt es nicht …«

Wir standen dort, wo das gewaltige Landekreuz begann, das auf dem Dach des hohen Yard Building aufgepinselt war. Es diente als Orientierung für Hubschrauber, doch in der nächsten Zeit war jede Landung verboten. Der Platz gehörte uns.

Es war dunkel geworden. Aus dieser Höhe hatten Suko und ich einen fantastischen Blick über London, das von einem gelblich schimmernden Lichterglanz erfasst war. Schauten wir in die Tiefe, sahen wir die fahrenden Autos groß wie Spielzeuge, die in Wolken von Licht getaucht waren, das ihre Scheinwerfer entließen.

Sir James hatte eine Art Telefonwache übernommen. Über Sprechfunk waren wir mit ihm verbunden. Zudem hatte er Alarm gegeben. Jeder Polizist, der sich im Dienst befand, hatte die vorrangige Aufgabe bekommen, auf diese Wesen zu achten.

Suko und ich hatten uns zudem mit Nachtgläsern ausgerüstet und suchten abwechselnd den blaugrauen Himmel ab, über den auch der Widerschein zahlreicher Lichter zuckte.

Im Augenblick beobachtete mein Freund durch das Glas. Er stand auf dem Dach und drehte sich nach allen Himmelsrichtungen.

Noch hatten wir nichts entdecken können, was wiederum nichts besagte, da ich wusste, wie schnell diese Phantome auch große Entfernungen überbrücken konnten.

Neben mir stand die Statue.

Sie hatte sich nicht verändert. Nach wie vor schimmerte sie in einem matten Glanz. Aber es lag kein Leuchten auf ihr, wie es oft bei meinem Kreuz der Fall war.

Bumerang, Kreuz und Beretta, das waren die normalen Waffen, mit denen ich mich eingedeckt hatte. Aber ich besaß noch eine spezielle. Und zwar den Würfel des Unheils.

Er sollte, wenn es keine andere Möglichkeit gab, die Angreifer stoppen, bevor sie Unheil anrichten konnten.

Und so warteten wir.

Suko kam zu mir. »Noch habe ich nichts gesehen.«

»Dann beobachte weiter.«

»Du bist dran.«

»Okay.«

Ich nahm seinen Platz ein und schaute durch das Glas. Weit war der Himmel. Unendlich und düster. Vieles rückte nahe heran, was bei normalem Blick so fern aussah. Ich sah die Gestirne, den Mond und erkannte auch die Schatten der Wolken, die lautlos und himmelhoch über unseren Köpfen segelten.

Alle anderen bewegten sich kaum. Und wenn, dann gehörten sie zu Flugzeugen, die entweder landeten oder starteten.

Ich drehte mich langsam.

Andere Gebäude gerieten in mein Blickfeld. Das Parlament, die Brücken und der Tower waren zu sehen. Soho lag zu meinen Füßen, und über diesem Stadtteil schien der Himmel an einigen Stellen zu explodieren, weil er dort besonders hell war. In Soho ging es wieder rund. Bei warmem Hochsommerwetter machten die Besitzer der Kneipen und Bars das große Geschäft. Ich gönnte es ihnen. In diesem Sommer hatten sie nicht viel verdienen können.

Nicht ich entdeckte den ersten Hinweis, sondern Suko. Ich hörte seine Stimme. »John, ich hab sie.«

»Wo?«

»Komm her.«

Rasch lief ich zu ihm. Mein Freund schaute nach Süden, zum Themseknick hin, denn jenseits davon tat sich etwas.

In der Luft bewegten sich Gestalten.

Wir konnten sie nicht direkt erkennen. Sie verschwammen noch mit der Finsternis, aber wir sahen das Flackern der kleinen Lichter, die in der Optik größer erschienen.

»Die müssen auch auf den Radarschirmen zu sehen sein!«, flüsterte Suko.

Das war nicht mein Problem. Ich versuchte die Gegner zu zählen und kam auf zehn.

Und sie waren schnell. Schon jetzt konnten wir sagen, dass sie sich uns als Ziel ausgesucht hatten. Dabei flogen sie eine dreieckige Formation. Eine Ecke zeigte dabei wie ein spitzer Keil nach vorn.

Fast gleichzeitig ließen wir die Gläser sinken. Die brauchten wir jetzt nicht mehr.

Suko schaute auf die Figur. »Du hast den Kopf der Statue also doch herumgedreht?«

»Ja, als du durch das Glas schautest.«

»Okay.«

Wir machten uns bereit. Suko holte seine Peitsche hervor und ließ die drei Riemen ausfahren. Die Beretta hielt er auch griffbereit, während ich das Kreuz jetzt gut sichtbar auf der Brust trug und zwischen beiden Händen den Würfel hielt.

»Du willst es tatsächlich mit ihm versuchen?«, fragte Suko.

»Ja.« Ich räusperte mich. »Es sind einfach zu viele. Wir können sie nicht beim ersten Angriff erledigen. Und wir müssen uns davor hüten, von einem der Pfeile getroffen zu werden. Dann gibt es keine Rettung mehr. Ich möchte nicht so aussehen wie Gordon Shapiro.«

»Das kann ich verstehen.«

Noch hatten wir etwas Zeit. Sie kam mir vor wie die berühmte Ruhe vor dem Sturm. Ich spürte meine innere Spannung und auch etwas von dem, was mir entgegenwehte.

Es waren keine Geräusche oder Laute, sondern ein Hauch, der mich traf. Irgendwie unheimlich, der Odem eines völlig Fremden, den ich noch nicht einordnen konnte.

Ich schaute auf mein Kreuz.

Es reagierte auf das Fremde, denn über das Silber hatte sich ein leichtes Flackern gelegt, und die vier Buchstaben an seinem Ende glühten hin und wieder kurz auf.

Natürlich hatte ich auch mit dem Gedanken gespielt, Kreuz und Figur miteinander in Verbindung zu bringen, es aber aus guten Gründen sein lassen, denn wie leicht wäre es meinem Kreuz unter Umständen möglich gewesen, die Figur zu zerstören.

Sie war ein Götze, ein heidnisches Symbol, diente dem Bösen, ebenso wie die heranfliegenden Mitglieder der geisterhaften Rotte.

»John, es geht gleich los!«

Sukos Stimme klang ruhig. So wie ich starrte er ebenfalls nach vorn, um genau zu sehen, wann es Zeit wurde, einzugreifen.

Sie hoben sich deutlich ab. Mit bloßem Auge konnten wir sie erkennen, und die bleichen Gestalten knieten auf den fliegenden Teppichen. Ihre Silbermasken leuchteten wie blasse Flecken. Die Bögen waren gespannt. Pfeile lagen auf den Sehnen.

So sahen sie kampfbereit aus.

Entfernungen waren schwer zu schätzen. Sie konnten das Dach in fünf, aber auch erst in zehn Sekunden erreicht haben. So lange wollten wir natürlich nicht warten.

Vor allen Dingen ich nicht, denn ich trat einen Schritt vor meinen Freund Suko und konzentrierte mich auf den Würfel.

Es war das Duplikat des ersten, besaß die gleichen Kräfte, sodass es mir gelingen konnte, starke magische Angriffe nicht nur abzuschmettern, sondern andere zu zerstören.

Dieser Würfel war flexibel. Er heilte und vernichtete. Es kam immer darauf an, wer ihn besaß. Den ersten Würfel hatte der Spuk. Samaran, sein großer Diener, wollte den zweiten bekommen. Bisher war ihm dies nicht gelungen. Und auch der Spuk konnte ihn nicht so einsetzen, wie er gern gewollt hätte, denn die Gegenmacht, mit Luzifer an der Spitze und seinem Stellvertreter Asmodis, setzte ihm gewisse Grenzen.

Zum Glück für uns …

Auf einmal waren sie da!

Ob sie zuletzt schneller geflogen waren oder nicht, hatten wir nicht feststellen können, wir mussten uns auf sie konzentrieren, weil sie jetzt schwarmartig auseinander glitten und noch in der Bewegung ihre verfluchten Pfeile abfeuerten.

Ich sah noch, wie Suko zur Seite federte, sich hinwarf, über das Dach rollte und im Liegen schoss.

Eines der Wesen wurde erwischt und von seinem Teppich geholt. Mehr bekam ich nicht mit, weil ich ebenfalls auf Tauchstation gegangen war.

Über mir huschten die brennenden Pfeile hinweg. Ich hatte mich auf den Würfel und seine Kräfte konzentriert, hielt die Arme halb ausgestreckt und wollte dafür sorgen, dass der Quader seine vernichtenden Kräfte freiließ.

Da jagte der Pfeil heran!

Ausweichen konnte ich nicht mehr. Er war einfach zu schnell, und er hätte mich in die Brust getroffen, wenn mir diesmal nicht das Glück die Hand gereicht hätte.

Der Pfeil jagte in den Würfel, blieb stecken, und während ich das Krachen von Sukos Beretta hörte, wurde der Würfel plötzlich warm. Gleichzeitig bewegten sich die Schlieren in seinem Innern, und der Pfeil verglühte vor meinen Augen.

Ich drehte mich um die eigene Achse. Über mir huschte eine der Gestalten hinweg. Den Bogen hielt sie gespannt, wollte mir den Pfeil in die Brust jagen, und diesmal hätte ich Pech gehabt, aber in meiner plötzlichen Panik mobilisierte ich Kräfte, an die ich kaum geglaubt hatte. Durch den Würfel, der jetzt voll unter meiner Kontrolle stand, wurden sie noch verstärkt.

Die Gestalt drehte plötzlich den Bogen, sodass der Pfeil auf ihre Brust wies.

Dann ließ sie die Sehne los.

Mit ungeheurer Wucht schlug der Pfeil in den Körper dieser dämonischen Figur und zerstörte sie vor meinen Augen. Sie zerfloss nicht, sie klumpte nicht zusammen, sondern huschte als silberner Staubstreifen davon.

Ich sprang auf die Füße. Geduckt lief ich zur Seite. Suko lag auf dem Boden. Soeben erwischte er wieder einen Krieger, während ich auf die Knie fiel und entdeckte, dass sich eine der Mauern in meinem Rücken befand.

Vier waren vernichtet worden.

Mehr als die doppelte Menge jagte noch über das Dach und feuerte ihre flammenden Pfeile ab.

Sie machten das Gebilde in dieser luftigen Höhe zu einer wahren Hölle. Auch ich kam nicht mehr dazu, mich so auf den Würfel zu konzentrieren, wie es sein musste. Bei einem gelang es mir noch, ihm zum Selbstmord zu bewegen, dann musste ich mich wieder zur Seite werfen, um einem Pfeil zu entgehen.

Sollte ich nicht doch lieber schießen?

Da teilten sie sich.

Plötzlich flogen einige einen Bogen, gerieten aus der Reichweite unserer Kugeln, aber sie verfolgten einen Plan, und es gelang ihnen, in die Nähe der Figur zu kommen.

Sie sollten sie nicht haben.

»John, du bist näher dran!«, brüllte Suko, als er mit einem gewaltigen Satz zurücksprang.

Das war ich auch, aber ich lief nicht direkt hin, denn eine Person, mit der sie nie gerechnet hatten, erschien plötzlich auf dem Dach des Yard Building.

Es war Hester Shapiro!

Sie taumelte hektisch aus dem kleinen Penthouse, in dem sich auch noch zwei Lifttüren befanden. Mit einer der Kabinen musste sie hochgekommen sein, und ihr Ziel war die Figur!

»Nein!«, brüllte sie. »Ihr dürft sie nicht nehmen! Nein, sie gehört uns. Lasst sie!«

»Hester!«

Auf meinen überlauten Ruf reagierte sie nicht. Sie sah auch nicht die Gefahr, in der sie schwebte.

Ich konzentrierte mich auf die Gruppe um den Würfel. Suko nahm sich die anderen vor, die mir hätten gefährlich werden können und die Luft durcheilten.

Es war zu spät.

Drei Pfeile jagten auf die herannahende Frau zu.

Und alle drei trafen.

Kopf, Brust und Beine wurden erwischt. Mitten im Vorwärtsdrang stoppte Hester. Sie schrie nicht ein einziges Mal, und erst als der Schock vorbei war und die Flammen sie erfasst hatten, begann sie zu brüllen.

Es war schrecklich für uns. Beistehen konnten wir ihr nicht, denn das Phantom-Kommando gab nicht auf.

Ich aber auch nicht.

Während Hester Shapiro starb, konzentrierte ich mich noch einmal auf den Würfel. Seine Schlieren gerieten in Bewegung. Sie vermittelten meine Befehle weiter, und die wiederum waren auf reine Vernichtung eingestellt.

Das Phantom-Kommando musste restlos zerstört werden!

Es gelang.

Plötzlich wurden die flammenden Pfeile von Händen gepackt, aus den Köchern gerissen, und dann rammten sich die Wesen ihre Waffen selbst in die Körper.

Es kam zu einem Massenselbstmord!

Ich stand mit unbewegtem Gesicht und harten Zügen und schaute zu, wie ihr eigenes Feuer, das anderen den Tod bringen sollte, jetzt sie verbrannte.

Die silbernen Masken lösten sich auf, und auch die Körper wurden zu flirrenden Staubfahnen.

Auch hinter mir wurde nicht mehr geschossen. Als ich

einen Blick über die Schulter warf, sah ich Suko mit noch gezogener Waffe starr auf einem Fleck stehen. Die Mündung der Beretta wies zu Boden.

Kein Mitglied des Phantom-Kommandos jagte noch über das Dach hinweg. Wir hatten sie erledigt.

Diesmal war es ein kurzer, sehr intensiver und verdammt harter Kampf gewesen, aber als Sieger fühlte ich mich beileibe nicht.

Hester Shapiros Ende ging mir nahe. Sie lag auf dem Dach. Letzte Restflämmchen zuckten noch über ihren bereits verbrannten Körper. Vielleicht hatte sie gewusst, was ihr bevorstand, und sie war freiwillig den Weg gegangen, den auch ihr Mann genommen hatte.

Und noch eine Gestalt erschien: Sir James. Uns sah er nicht; er ging direkt auf die tote Hester zu.

»Sir, es tut mir Leid«, sagte ich. »Aber wir …«

Er winkte ab. »Wahrscheinlich haben wir alle Schuld an ihrem Tod. Wir hätten sie nicht allein lassen sollen.« Er schaute sich um. »Haben Sie das Phantom-Kommando erledigt?«

»Das ist vorbei.«

Unser Chef lachte. »Vorbei? Daran will ich nicht glauben. Ich habe das Gefühl, dass dadurch einiges in Bewegung geraten ist. Ich glaube, wir fangen jetzt erst an.«

Der Ansicht war ich auch …

Was war, außer einem bitteren Nachgeschmack über Hester Shapiros Tod, geblieben?

Das Wissen um ein geheimnisvolles Bergvolk, das in Südfrankreich leben sollte, und eine Statue, die in irgendeinem Zusammenhang mit den Templern stand.

War sie ein Götze der Templer?

Wir wussten nur, dass man ihr den Namen Harun gegeben hatte, das war alles.

Suko war ebenso nachdenklich wie ich. Keiner von uns beiden wusste, ob wir tatsächlich das gesamte Phantom-

Kommando erledigt hatten. Jedenfalls kamen wir zu einem Fazit, das Suko sogar noch erweiterte. »Sollte uns die Spur nach Südfrankreich führen, könnten wir ja gleichzeitig nachforschen, ob auch ein gewisser Hector de Valois mit den Templern in Verbindung gestanden hat. Möglich, John, ist alles.«

Dem hatte ich nichts hinzuzufügen …

ENDE

Totentanz

Mit einer Gesamtauflage von 250 Millionen ist ›*Geisterjäger John Sinclair*‹ die erfolgreichste Horror-Serie der Welt, und Jason Dark zählt zu den meistgelesenen Autoren deutscher Sprache. In dieser Taschenbuchausgabe erscheinen acht seiner atemberaubenden Romane:

Diablitas Mörder-Gnome
Die Unheimliche vom Schandturm
Ich liebte eine Voodoo-Queen
Mord-Marionetten
Ein Duft von Tod und Grauen
Die Töchter von Atlantis
Totentanz am Urnengrab
Jenseits-Melodie

ISBN 3–404–73950–7

BASTEI LÜBBE